ALEXANDRE DUMAS d.Ä.

Die drei Musketiere

ALEXANDRE DUMAS d.Ä.

Die drei Musketiere

Mit Illustrationen der französischen Ausgabe
zwei Bände in einem Band

BAND I

MAGNUS VERLAG

Titel der Originalausgabe
"Les trois mousquetaires"

ISBN 3-88400-193-0

INHALTSVERZEICHNIS

LES
TROIS
MOUSQUETAIRES.

1. Kapitel

Die drei Geschenke von d'Artagnans Vater

Am ersten Montag des Monats April 1625 schien der Marktflecken Meung in einem so vollständigen Aufruhr begriffen zu sein, als ob die Hugenotten gekommen wären, um ein zweites Rochelle daraus zu machen. Mehrere Bürger beeilten sich, als sie die Frauen die Straßen entlang fliehen sahen und die Kinder auf den Türschwellen schreien hörten, den Küraß umzuschnallen und, ihre etwas unsichere Haltung durch eine Muskete oder eine Hellebarde unterstützend, zum Gasthof „Zur Mühle" zu eilen, von der sich von Minute zu Minute anwachsend eine lärmende, neugierige, dichte Gruppe drängte.

Zu dieser Zeit waren schreckhafte Überraschungen häufig, und wenige Tage vergingen, ohne daß die eine oder andere Stadt irgendein Ereignis dieser Art in ihre Archive einzutragen hatte. Da waren einmal die Feudalherren, die unter sich Krieg führten; da war der König, der den Kardinal bekriegte; da war der Spanier, der den König bekriegte. Außer diesen geräuschlosen oder lauten, geheimen oder offenkundigen Kriegen gab es Diebe, Bettler, Hugenotten, Wölfe und Lakaien, die mit aller Welt Krieg führten. Die Bürger bewaffneten sich immer gegen die Diebe, gegen die Wölfe, gegen die Lakaien; - häufig gegen die Feudalherren und die Hugenotten - zuweilen gegen den König -, aber nie gegen den Kardinal und den Spanier. Infolge dieser Gewohnheit geschah es, daß die Bürger an diesem Montag, als sie Lärm hörten und weder die gelbroten Standarten, noch die Livree des Kardinals Richelieu sahen, zum Gasthof liefen.

Hier angelangt, konnte jeder die Ursache dieses Lärms erschauen und erkennen.

Ein junger Mensch ... entwerfen wir sein Bild mit einem Federzug: Man denke sich Don Quichotte mit achtzehn; Don Quichotte ohne Bruststück, ohne Panzerhemd und ohne Beinschienen, Don Quichotte in einem Wams, dessen blaue Farbe sich in eine unbestimmbare Nuance von Weinhefe und Himmelblau verwandelt hatte. Langes braunes Gesicht, hervorspringende Backenknochen, außerordentlich stark entwickelte Kiefermuskeln, ein untrügliches Zeichen, an dem der Gascogner selbst ohne Baskenmütze zu erkennen ist; das Auge offen und gescheit, die Nase gebogen, aber fein gezeichnet, zu groß für einen Jüngling, zu klein für einen vollständigen Mann, und ein ungeübtes Auge hätte ihn für einen reisenden Pächterssohn gehalten, hätte er nicht den langen Degen getragen, der, an einem ledernen Wehrgehenk befestigt, an die Waden seines Eigentümers schlug.

Unser junger Mann hatte ein Pferd, und dieses Roß war

sogar so merkwürdig, daß es erwähnt werden muß. Es war ein Klepper, zwölf bis vierzehn Jahre alt, von gelber Farbe, ohne Haare am Schweif, aber nicht ohne Fesselgeschwüre an den Beinen, ein Tier, das den Kopf im Gehen tiefer hielt als die Knie. Unglücklicherweise waren die geheimen Vorzüge dieses Pferdes so gut unter seiner seltsamen Haut und unter seinem fehlerhaften Gang versteckt, daß in

einer Zeit, wo sich jedermann auf Pferde verstand, die Erscheinung der genannten Mähre in Meung ein allgemeines Aufsehen erregte, dessen Ungunst auf den Reiter zurücksprang.

Und dieses Aufsehen war für den jungen d'Artagnan (so hieß dieser junge Don Quichotte) um so peinlicher, als er sich den lächerlichen Anstrich nicht verbergen konnte, den ihm, ein so guter Reiter er auch war, ein solches Pferd gab. Es war ihm nicht unbekannt, daß dieses Tier einen Wert von höchstens zwanzig Livres hatte; die Worte, von denen das Geschenk begleitet wurde, waren allerdings unschätzbar.

„Mein Sohn", sagte der Vater von d'Artagnan, ein gascognischer Edelmann in dem reinen Patois des Bearn, von dem sich auch der verstorbene König Heinrich IV. nie hatte losmachen können, „mein Sohn, dieses Pferd wurde in dem Haus deines Vaters vor fast dreizehn Jahren geboren. Verkaufe es nie, laß es ruhig und ehrenvoll an Altersschwäche sterben, und wenn du einen Feldzug mit ihm machst, so schone es, wie du einen alten Diener schonen würdest. Am Hof", fuhr d'Artagnans Vater fort, „wenn du die Ehre hast, dahin zu kommen, eine Ehre, auf die wir übrigens aufgrund unseres alten Adels Anspruch machen dürfen, halte würdig deinen Namen als Edelmann aufrecht, der von unseren Ahnen seit fünfhundert Jahren auf eine ruhmvolle Weise geführt worden ist. Dulde nie etwas, außer vom Kardinal und vom König. Durch seinen Mut, höre wohl, nur durch seinen Mut macht ein Edelmann heutzutage sein Glück. Wer eine Sekunde zittert, läßt sich vielleicht den Köder entgehen, den ihm das Glück vielleicht genau in dieser Sekunde bietet. Du bist jung, du mußt aus zwei Gründen tapfer sein: Erstens weil du ein Gascogner und zweitens weil du mein Sohn bist. Fürchte dich nicht vor Auseinandersetzungen und suche die

Abenteuer. Ich habe dich den Degen handhaben gelehrt, du besitzt einen festen Stand, eine stählerne Handwurzel. Schlage dich bei jeder Veranlassung, schlage dich um so mehr, als Duelle verboten sind, und weil es deshalb doppelten Mut braucht, sich zu schlagen. Mein Sohn, ich habe dir nur fünfzehn Taler, mein Pferd und die Ratschläge zu geben, die du soeben vernommen hast. Deine Mutter wird das Rezept für einen Balsam beifügen, das sie von einer Zigeunerin erhalten hat, und das die wunderbare Kraft besitzt, jede Wunde zu heilen, die nicht gerade das Herz berührt. Ziehe aus allem den besten Nutzen, lebe glücklich und lange.

Ich habe nur noch ein Wort zu sagen. Ich will dir ein Beispiel nennen, nicht das meinige, denn ich bin nie am Hof erschienen und habe nur die Religionskriege mitgemacht. Ich spreche von Herrn von Treville, der früher mein Nachbar war und die Ehre hatte, als Kind mit unserem jetzigen König Ludwig XIII., den Gott erhalten möge, zu spielen. Manchmal arteten ihre Spiele in Schlachten aus, und bei diesen Schlachten war der König nicht immer der Stärkere. Die Schläge, die er erhielt, flößten ihm große Achtung und Freundschaft für Herrn von Treville ein. Später duellierte Herr von Treville, wo er nur konnte. – Nun ist er, allen Edikten und Urteilssprüchen zum Trotz, Kapitän der Musketiere, die der König sehr hoch schätzt und der Kardinal fürchtet, der sich sonst bekanntlich vor nichts fürchtet. Noch mehr, Herr von Treville ist jetzt steinreich, er ist ein sehr vornehmer Herr. – Er hat angefangen wie du, besuche ihn mit diesem Brief und richte dein Verhalten nach seinen Vorschriften ein, damit es dir ergehe wie ihm."

Darauf gab d'Artagnans Vater dem Jüngling seinen eigenen Degen, küßte ihn zärtlich auf beide Wangen und gab ihm seinen Segen.

Am gleichen Tag machte sich der junge Mann auf den Weg, ausgerüstet mit den drei väterlichen Geschenken, die, wie gesagt, aus fünfzehn Talern, dem Pferd und dem Brief an Herrn von Treville bestanden. D'Artagnan nahm jedes Lächeln als Beleidigung und jeden Blick als Herausforderung auf. Demzufolge hielt er seine Faust von Tarbes bis Meung geschlossen und fuhr wenigstens zehnmal am Tag an seinen Degenknauf; die Faust traf indessen keine Kinnbacken, und der Degen kam nicht aus der Scheide. Nicht als ob der Anblick der unglückseligen gelben Mähre nicht oftmals ein Lächeln auf den Gesichtern der Vorübergehenden hervorgerufen hätte, aber da über dem Klepper ein Degen von achtungswerter Größe klirrte und über diesem Degen ein wildes Auge glänzte, so unterdrückten die Vorübergehenden ihre Heiterkeit. D'Artagnan blieb also majestätisch und unverletzt in seiner Empfindlichkeit bis zu dem unseligen Städtchen Meung.

Hier aber, als er an der Tür des „Freimüllers" vom Pferd stieg, ohne daß irgend jemand, Wirt, Kellner oder Hausknecht, erschien, um ihm den Steigbügel zu halten, erblickte d'Artagnan an einem halbgeöffneten Fenster des Erdgeschosses einen Edelmann von gutem Wuchs und vornehmem Aussehen, der mit zwei Personen sprach, die ihm beflissen zuzuhören schienen. D'Artagnan glaubte seiner Gewohnheit gemäß der Gegenstand des Gesprächs zu sein und horchte. Diesmal hatte er sich nur zur Hälfte getäuscht; es war zwar nicht von ihm die Rede, aber von seinem Pferd, dessen Eigenschaften der Edelmann seinen Zuhörern aufzählte, und da diese Zuhörer große Ehrfurcht vor dem Erzähler zu hegen schienen, so brachen sie jeden Augenblick in ein neues schallendes Gelächter aus. Da auch schon ein halbes Lächeln reichte, um den jungen Mann zu reizen, so begreift man leicht, welchen Eindruck eine so geräuschvolle Heiterkeit auf ihn machen mußte.

D'Artagnan heftete seinen Blick voll Stolz auf den Fremden und erkannte in ihm einen Mann von vierzig bis fünfundvierzig Jahren, mit schwarzen, durchdringenden Augen, bleicher Gesichtsfarbe, stark hervortretender Nase und schwarzem, gestutztem Schnurrbart. Er trug ein veilchenblaues Wams und die Hosen in der gleichen Farbe. Dieses Wams und diese Hosen sahen, obwohl neu, doch zerknittert wie nach einer langen Reise aus. D'Artagnan machte alle seine Bemerkungen mit der Geschwindigkeit des schärfsten Beobachters und ohne Zweifel von einem Instinkt angetrieben, der ihm sagte, dieser Fremde müsse einen großen Einfluß auf sein zukünftiges Leben ausüben.

Da nun in dem Moment, wo d'Artagnan sein Auge auf den Edelmann mit dem veilchenblauen Wams heftete, dieser Herr eine seiner Erläuterungen hinsichtlich der bearnischen Mähre zum besten gab, so brachen seine Zuhörer in ein schallendes Gelächter aus, und er selbst ließ anscheinend gegen seine Gewohnheit ein bleiches Lächeln über sein Gesicht schweben. Diesmal konnte kein Zweifel entstehen, d'Artagnan war wirklich beleidigt. Erfüllt von dieser Überzeugung, drückte er sein Barett tief in die Augen und rückte, indem er sich Mühe gab, einige höfliche Manieren nachzuahmen, die er in der Gascogne bei reisenden vornehmen Herren aufgefangen hatte, eine Hand auf das Stichblatt seines Degens, die andere auf die Hüfte gestützt, vor. Leider verblendete ihn der Zorn immer mehr, je weiter er vorschritt, und statt einer würdigen stolzen Rede, die er im stillen zu einer Herausforderung vorbereitet hatte, fand er auf seiner Zungenspitze nichts weiter als eine plumpe Grobheit.

„He, mein Herr", rief er, „mein Herr, ja Ihr, sagt mir doch ein wenig, über wen Ihr lacht, dann wollen wir gemeinsam lachen."

Der Edelmann richtete langsam die Augen von dem

Pferd auf den Reiter, der so seltsame Worte an ihn richtete. Er runzelte leicht die Stirn und antwortete nach einer ziemlich langen Pause spöttisch:

„Ich spreche nicht mit Euch."

„Aber ich spreche mit Euch", rief der junge Mann, außer sich über diese Mischung von Frechheit und guten Manieren, von Anstand und Verachtung.

Der Unbekannte betrachtete ihn noch einen Augenblick lächelnd und zog sich langsam vom Fenster zurück, ging dann aus dem Wirtshaus, näherte sich d'Artagnan auf zwei Schritte und blieb vor dem Pferd stehen. Seine ruhige Haltung und seine spöttische Miene hatten die Heiterkeit derjenigen vermehrt, mit denen er plauderte, und die am Fenster geblieben waren. Als d'Artagnan ihn auf sich zukommen sah, zog er seinen Degen etwas aus der Scheide.

„Dieses Pferd ist offenbar oder war vielmehr in seiner Jugend ein Goldfuchs", sprach der Unbekannte, während er in den begonnenen Untersuchungen fortfuhr, wandte sich dabei an seine Zuhörer am Fenster, ohne daß er die Erbitterung d'Artagnans im geringsten zu beachten schien. „Es ist eine in der Botanik sehr bekannte, aber bis jetzt bei Pferden sehr seltene Farbe."

„Wer über das Pferd lacht", rief d'Artagnan wütend, „würde es nicht wagen, über den Herrn zu lachen."

„Ich lache nicht oft, mein Herr", erwiderte der Unbekannte, „wie Ihr gemerkt habt, aber ich möchte mir doch gern das Recht wahren, zu lachen, wenn es mir beliebt."

„Und ich", rief d'Artagnan, „ich will nicht, daß jemand über mich lacht, wenn es mir mißfällt."

„Wirklich, mein Herr?" erwiderte der Unbekannte ruhig, „nun denn, das ist recht und billig."

Und sich auf seinen Fersen drehend, wollte er durch das große Tor in das Gasthaus zurückkehren, wo d'Artagnan ein gesatteltes Pferd wahrgenommen hatte.

Aber d'Artagnan besaß nicht den Charakter, der ihm erlaubt hätte, einen Menschen loszulassen, der die Frechheit gehabt hatte, über ihn zu spotten. Er zog seinen Degen.

„Umgedreht, Spötter, damit ich Euch nicht auf den Rükken schlage.“

„Mich schlagen, mich?“ sagte der andere und schaute den jungen Mann mit ebenso großer Verwunderung als Verachtung an. „Geht, mein Lieber, Ihr seid ein Narr!“

Dann fuhr er mit leiser Stimme, wie im Selbstgespräch, fort: „Das ist ärgerlich; welch ein Fund für Seine Majestät, welche überall nach Leuten sucht, um ihre Musketiere zu rekrutieren.“

Er hatte kaum den Satz vollendet, als d'Artagnan mit seiner Degenspitze einen so wütenden Stoß führte, daß er, ohne einen sehr raschen Sprung rückwärts, wahrscheinlich zum letztenmal gescherzt hätte. Der Unbekannte sah jetzt, daß die Sache über den Spaß hinausging. Er zog seinen Degen und nahm Fechterstellung ein. Aber in dem Augenblick fielen seine zwei Zuhörer in Begleitung des Wirts mit Stöcken, Schaufeln und Feuerzangen über d'Artagnan her. Dies gab dem Angriff eine solche Wendung, daß d'Artagnans Gegner, während er sich umwandte, um einen Hagel von Schlägen abzuwehren, seinen Degen mit der größten Gelassenheit einsteckte und vom aktiven Mitglied, das er beinahe geworden wäre, wieder Zuschauer des Kampfes wurde. - Er murmelte durch die Zähne:

„Die Pest über alle Gascogner! Setzt ihn wieder auf sein orangefarbenes Pferd, er kann zum Teufel gehen.“

„Nicht ohne dich getötet zu haben, Feigling!“ rief d'Artagnan, während er sich so gut wie möglich und ohne einen Schritt zurückzuweichen gegen seine drei Feinde, die ihn mit Schlägen überhäuften, zur Wehr setzte.

„Abermals eine Gasconade“, murmelte der Edelmann. „Bei meiner Ehre, diese Gascogner sind unverbesserlich. Setzt also den Tanz fort, da er es durchaus haben will. Wenn er einmal müde ist, wird er es schon sagen.“

Aber der Unbekannte wußte noch nicht, mit was für einem hartnäckigen Menschen er es zu tun hatte. D'Artagnan war nicht der Mann, der um Gnade gebeten hätte. Der Kampf dauerte also noch einige Zeit, doch endlich ließ d'Artagnan erschöpft seinen Degen fahren, den ein Schlag mit einer Heugabel in zwei Stücke brach. Ein anderer Schlag, der seine Stirn traf, schmetterte ihn blutend und fast ohnmächtig nieder. In diesem Augenblick kamen von allen Seiten Leute auf den Schauplatz gelaufen, der Wirt fürchtete Aufsehen und trug den Verwundeten mit Hilfe seiner Leute in die Küche, wo man ihn verband.

Der Edelmann aber hatte seinen früheren Platz am Fenster wieder eingenommen und betrachtete mit einer gewissen Ungeduld die herumstehenden Leute, deren Verweilen ihm sehr ärgerlich zu sein schien.

„Nun, wie geht es dem Wütenden?“ fragte er, indem er sich bei dem durch das Öffnen der Tür verursachten Geräusch umdrehte und an den Wirt wandte, der kam, um sich nach seinem Befinden zu erkundigen. - „Eure Exzellenz sind gesund und wohlbehalten?“ fragte der Wirt. - „Ja, vollkommen, mein lieber Wirt, und ich frage Euch, was aus unserem jungen Menschen geworden ist?“ - „Es geht“, erwiderte der Wirt, „er ist in Ohnmacht gefallen.“ - „Wirklich?“ sprach der Edelmann.

„Doch ehe er in Ohnmacht fiel, raffte er alle seine Kräfte zusammen, rief nach Euch und forderte Euch heraus.“ - „Dieser Bursche ist also der leibhaftige Teufel!“ rief der Unbekannte. - „O nein, Eure Exzellenz, der Teufel ist er nicht“, entgegnete der Wirt verächtlich, „denn während seiner Ohnmacht haben wir ihn durchsucht und in seinem Gepäck nichts als ein Hemd, in seiner Börse nicht mehr als zwölf Taler gefunden, was ihn jedoch nicht davon abhielt, bevor er in Ohnmacht fiel, zu bemerken, wenn das in Paris geschehen wäre, so würdet Ihr es bereuen.“ - „Dann ist er irgendein verkleideter Prinz von Geblüt“, sagte der Unbekannte kalt. - „ Ich teile Euch dies mit, gnädiger Herr“, versetzte der Wirt, „damit Ihr auf Eurer Hut seid.“ - „Und er hat niemand in seinem Zorn genannt?“ - „Allerdings, er schlug an seine Tasche und sagte: ‚Wir wollen sehen, was Herr von Treville zu der Beleidigung sagen wird.'" - „Herr von Treville?" fragte der Unbekannte mit steigender Aufmerksamkeit; „er schlug an seine Tasche, während er den Namen des Herrn von Treville aussprach?... Hört, mein lieber Wirt, sicher habt Ihr nicht versäumt, ein wenig in diese Tasche zu schauen. Was war darin?" - „Ein Brief an Herrn von Treville, Kapitän der Musketiere." -

Der Wirt bemerkte den Ausdruck nicht, den seine Worte auf dem Gesicht des Unbekannten hervorriefen. Dieser entfernte sich von dem Fensterbrett, auf das er sich bis jetzt mit dem Ellbogen gestützt hatte, und verzog die Stirn wie ein Mensch, den etwas beunruhigt.

„Teufel!" murmelte er zwischen den Zähnen, „sollte mir Treville diesen Gascogner geschickt haben? Er ist noch sehr jung! Aber ein Degenstich bleibt ein Degenstich, und man nimmt sich vor einem jungen Bürschchen weniger in acht als vor anderen Leuten. Zuweilen genügt ein schwaches Hindernis, um einen großen Plan zu verhindern."

Der Unbekannte versank in Nachdenken.

„Hört einmal, Wirt", sagte er, „werdet Ihr mich nicht von diesem Wütenden befreien? Ich kann ihn mit gutem Gewissen nicht töten, und trotzdem", fügte er kaltdrohend bei, „ist er mir unbequem. Wo ist er?" -

„Im ersten Stock in der Stube meiner Frau, wo man ihn verbindet." - „Hat er Kleidungsstücke und seine Tasche bei sich? Hat er sein Wams nicht ausgezogen?" - „Alles dies blieb im Gegenteil unten in der Küche. Aber wenn Euch dieser junge Laffe unbequem ist... ?"

„Gewiß. Er veranlaßt in Eurem Gasthaus ein Ärgernis, das anständige Leute stört. Geht hinauf, macht meine Rechnung und benachrichtigt meinen Lakaien." - „Wie! Gnädiger Herr, Ihr verlaßt uns schon?" - „Ihr konntet es daraus sehen, daß ich Euch Befehl gegeben hatte, mein Pferd zu satteln. Hat man mir nicht Folge geleistet?" -

„Allerdings, und das Pferd steht völlig aufgezäumt unter dem großen Tor, wie Eure Exzellenz selbst hat sehen können." - „Das ist gut. Tut, was ich Euch gesagt habe."

„O weh!" sprach der Wirt zu sich selbst, „sollte er vor dem Jungen Angst haben?"

Aber ein gebieterischer Blick des Unbekannten machte seinen Gedanken rasch ein Ende. Er verbeugte sich und verschwand.

„Es ist nicht nötig, daß dieser Kerl Mylady zu Gesicht bekommt", fuhr der Fremde fort; „Sie muß bald kommen. Sie bleibt schon allzu lange aus. Offenbar ist es besser, wenn ich ihr entgegenreite... Könnte ich nur erfahren, was dieser Brief an Treville enthält!" Und unter fortwährendem Murmeln wandte sich der Fremde zur Küche.

Inzwischen war der Wirt, der nicht daran zweifelte, daß die Gegenwart des jungen Menschen den Unbekannten aus seiner Herberge treibe, zu seiner Frau hinaufgegangen und hatte d'Artagnan hier wiedergefunden. Er machte ihm begreiflich, die Polizei könnte ihm übel mitspielen, da er mit einem vornehmen Herrn Streit angefangen habe, denn nach der Meinung des Wirtes konnte der Unbekannte nur ein vornehmer Herr sein, und er veranlaßte ihn, trotz seiner Schwäche aufzustehen und seinen Weg fortzusetzen. Halb betäubt, ohne Wams und den Kopf eingebunden, stand d'Artagnan auf und ging, vom Wirt gedrängt, die Treppe hinab. Als er in die Küche kam, war das erste, was er bemerkte, sein Gegner, der am Tritt einer schweren, mit zwei plumpen normännischen Pferden bespannten Karosse ruhig plauderte.

Die Dame, mit der er sprach, deren Kopf vom Kutschenschlag eingerahmt schien, war eine Frau von zwanzig bis zweiundzwanzig Jahren. Wir haben bereits erwähnt, mit welcher Raschheit d'Artagnan eine Physiognomie aufzufassen wußte. Er sah also auf den ersten Blick, daß die

Frau jung und hübsch war. Diese Schönheit fiel ihm um so mehr auf, als sie eine im Süden des Landes, den d'Artagnan bis jetzt bewohnt hatte, ganz fremde Erscheinung war. Es war eine Blondine mit langen, auf die Schulter herabfallenden Locken, großen, schmachtenden blauen Augen, rosigen Lippen und weißen, schlanken Händen. Sie sprach sehr lebhaft mit dem Unbekannten.

„Also befiehlt mir Seine Eminenz...", sagte die Dame. - „Sogleich nach England zurückzukehren und ihn zu benachrichtigen, ob der Herzog London verlassen hat." - „Und was meine übrigen Instruktionen betrifft...?" fragte die schöne Reisende. - „Sie sind in dieser Schatulle enthalten, die Ihr erst jenseits des Kanals öffnen dürft." - „Sehr wohl, - und Ihr, was macht Ihr?" - „Ich kehre nach Paris zurück."

„Ohne das freche Bürschchen zu züchtigen?" fragte die Dame.

Der Unbekannte war dabei zu antworten, aber in dem Augenblick, in dem er den Mund öffnete, sprang d'Artagnan, der alles gehört hatte, auf die Türschwelle.

„Das freche Bürschchen züchtigt andere", rief er, „und ich hoffe, daß derjenige, welchen er zu züchtigen hat, ihm diesmal nicht entkommen wird wie das erste Mal."

„Nicht entkommen wird?" entgegnete der Unbekannte, die Stirn runzelnd.

„Nein, vor einer Dame, denke ich, werdet Ihr nicht zu fliehen wagen."

„Bedenkt", rief Mylady, als sie sah, daß der Edelmann die Hand an den Degen legte, „bedenkt, daß die geringste Verzögerung alles verderben kann."

„Ihr habt recht", rief der Edelmann, „reist Ihr also, ich werde das gleiche tun."

Und indem er der Dame zunickte, schwang er sich auf sein Pferd, während der Kutscher der Karosse sein Gespann kräftig mit der Peitsche antrieb. Die beiden Verhandelnden entfernten sich im Galopp, jeder in entgegengesetzter Richtung.

„Heda! Eure Rechnung", schrie der Wirt, dessen Ergebenheit für den Reisenden sich in tiefe Verachtung verwandelte, als er sah, daß er sich davonmachte, ohne seine Zeche zu berichtigen.

„Bezahle, Schlingel", rief der Reisende weitergaloppierend seinem Bedienten zu, der dem Wirt ein paar Geldstücke vor die Füße warf und dann seinem Herrn nacheilte.

„Ha, Feigling, ha, Elender, ha, falscher Edelmann!" rief d'Artagnan und lief dem Bediensteten nach.

Aber der Verwundete war noch zu schwach, um eine solche Anstrengung auszuhalten. Kaum hatte er zehn Schritt gemacht, so klangen ihm die Ohren, er sah nichts mehr, eine Blutwelle zog ihm über die Augen, und er stürzte unter dem beständigen Ruf: „Feigling, Feigling, Feigling!" auf die Straße.

„Er ist in der Tat sehr feig!" murmelte der Wirt, indem er sich d'Artagnan näherte und sich durch diese Schmeichelei mit dem armen Jungen auszusöhnen suchte wie der Held in der Fabel mit seiner Schnecke.

„Ja, sehr feig", sagte d'Artagnan mit schwacher Stimme, „aber sie ist sehr schön."

„Welche Sie?" fragte der Wirt.

„Mylady", stammelte d'Artagnan und fiel zum zweitenmal in Ohnmacht.

„Ist auch egal", sprach der Wirt, „es bleibt mir doch dieser da, den ich sicherlich einige Tage behalten werde. Da lassen sich immerhin elf Taler verdienen."

Man weiß bereits, daß sich der Inhalt von d'Artagnans Börse gerade auf elf Taler belief.

Der Wirt hatte elf Tage Krankheit den Tag zu einem Taler gerechnet. Er aber hatte die Rechnung ohne seinen

Gast gemacht. Am anderen Morgen stand d'Artagnan schon um fünf Uhr auf, ging in die Küche, verlangte außer einigen anderen Zutaten, deren Liste uns nicht bekannt ist, Wein, Öl, Rosmarin, und bereitete sich, das Rezept seiner Mutter in der Hand, einen Balsam, mit dem er seine zahlreichen Wunden behandelte. Er erneuerte seine Kompressen selbst und wollte keine ärztliche Hilfeleistung zulassen. Der Wirksamkeit des Zigeunerbalsams und ohne Zweifel auch ein wenig der Abwesenheit jedes Arztes hatte es d'Artagnan zu danken, daß er schon am gleichen Abend wieder auf den Beinen und am anderen Tage beinahe völlig geheilt war.

In dem Augenblick aber, als er den Rosmarin, das Öl und den Wein bezahlen wollte - die einzige Ausgabe des Herrn, der strenge Diät hielt, während das gelbe Roß, wenigstens nach der Aussage des Wirtes, dreimal soviel gefressen hatte, als sich vernünftigerweise bei seiner Gestalt voraussetzen ließ - fand d'Artagnan in seiner Tasche nur noch seine kleine Börse mit elf Talern. Jedoch der Brief an Herrn von Treville war verschwunden.

Der junge Mann suchte anfangs diesen Brief mit großer Geduld, drehte seine Taschen um und um, durchwühlte seinen Mantelsack, öffnete und schloß seine Börse wieder und wieder. Als er aber sicher war, daß der Brief nicht mehr zu finden war, geriet er in einen dritten Anfall von Wut, der ihm leicht einen neuen Verbrauch von aromatischem Wein und Öl hätte verursachen können. Als man sah, daß dieser junge Brausekopf sich erhitzte und drohte, er werde alles im Hause kurz und klein schlagen, wenn man seinen Brief nicht finde, da ergriff der Wirt einen Spieß, seine Frau einen Besenstiel und seine Bediensteten dieselben Stöcke, die zwei Tage vorher benutzt worden waren.

„Meinen Empfehlungsbrief", schrie d'Artagnan, „meinen

Empfehlungsbrief, oder ich spieße euch alle auf wie Ortolane."

Unglücklicherweise trat ein Umstand der Ausführung seiner Drohung in den Weg. Sein Degen war beim ersten Kampf in zwei Stücke zerbrochen worden, was er völlig vergessen hatte. Als d'Artagnan wirklich vom Leder ziehen wollte, sah er sich lediglich mit einem Degenstumpf von acht bis zehn Zoll bewaffnet, den der Wirt sorgfältig wieder in die Scheide gesteckt hatte. Den übrigen Teil der Klinge hatte der Herr der Herberge geschickt auf die Seite gebracht, um sich einen Bratspieß daraus zu machen.

Diese Enttäuschung dürfte wohl unseren jähzornigen jungen Mann nicht zurückgehalten haben, aber der Wirt sah ein, daß die Forderung, die sein Reisender an ihn stellte, völlig gerecht war.

„In der Tat", sprach er, „wo ist der Brief?"

„Wo ist dieser Brief?" rief d'Artagnan. „Ich sage Euch von vornherein, daß dieser Brief für Herrn von Treville bestimmt ist, und daß er sich wiederfinden muß. Ist dies nicht der Fall, so wird der schon machen, daß er gefunden wird!"

Diese Drohung schüchterte den Wirt vollends ein. Nach dem König und dem Herrn Kardinal war Herr von Treville ein Mann, dessen Name vielleicht am häufigsten von den Militärs und sogar von den Bürgern wiederholt wurde. Wohl war noch der Pater Josef, aber sein Name wurde immer nur ganz leise ausgesprochen, so groß war der Schrecken, den die „Graue Eminenz" einflößte, wie man den Vertrauten des Kardinals nannte.

Er warf also seinen Spieß weit weg und begann nach dem verlorenen Brief zu suchen.

„Enthielt dieser Brief etwas Wertvolles?" fragte der Wirt, nachdem er einen Augenblick fruchtlos gesucht hatte. – „Heiliger Gott, ich glaube schon!" erwiderte der Gascogner, der mit Hilfe dieses Schreibens seinen Weg bei Hofe zu machen hoffte, „er enthielt mein Glück." - „Anweisungen auf Spanien?" fragte der Wirt unruhig. - „Anweisungen auf den Privatschatz Seiner Majestät", erwiderte d'Artagnan, der damit rechnete, er werde durch diese Empfehlung in den Dienst des Königs aufgenommen werden, und deshalb ohne zu lügen diese Antwort gab.

„Teufel!" rief der Wirt ganz in Verzweiflung.

„Aber daran liegt nichts", fuhr d'Artagnan mit ganz nationaler Dreistigkeit fort, „daran liegt nichts, das Geld kommt gar nicht in Betracht! Der Brief war alles. Ich hätte lieber tausend Pistolen verloren als diesen Brief."

Es hätte nichts ausgemacht, wenn er zwanzigtausend gesagt hätte, aber seine Schüchternheit hielt in zurück.

Ein Lichtstrahl durchdrang plötzlich den Geist des Wirts, der aus der Haut fahren wollte, als er nichts fand.

„Dieser Brief ist durchaus nicht verloren", rief er.

„Ah!" seufzte d'Artagnan. - „Nein, er ist Euch gestohlen worden." - „Gestohlen - und von wem?" - „Von dem Edelmann von gestern. Er ist in die Küche hinabgegangen, wo Euer Wams lag, und allein geblieben. Ich wollte wetten, daß er ihn gestohlen hat."

„Ihr glaubt?" erwiderte d'Artagnan nicht sehr überzeugt, denn er kannte den ganz persönlichen Belang dieses Briefes und sah nichts dabei, was einen anderen dessen Besitz hätte nützen können. Keiner von den Dienern, keiner von den anwesenden Gästen würde etwas damit gewonnen haben, wenn er sich das Papier angeeignet hätte.

„Ihr sagt also", versetzte d'Artagnan, „daß Ihr diesen Edelmann im Verdacht habt?"

„Ich sage, daß ich vollkommen davon überzeugt bin", fuhr der Wirt fort; „als ich ihm mitteilte, Ihr seid ein Schützling des Herrn von Treville, und Ihr hättet sogar einen Brief an diesen erlauchten Herrn, da schien er sehr unruhig zu werden und fragte mich, wo dieser Brief sei. Er ging gleich in die Küche hinab, weil er wußte, daß Euer Wams dort lag.“

„Dann ist er mein Dieb“, sagte d’Artagnan, „ich werde mich bei Herrn von Treville darüber beklagen, und Herr von Treville wird sich beim König beklagen.“ Sofort zog er majestätisch zwei Taler aus der Tasche, gab sie dem Wirt, der ihn mit dem Hut in der Hand bis vor die Tür begleitete, bestieg wieder sein gelbes Roß, das ihn ohne weiteren Unfall bis zu der Porte Saint-Antoine in Paris trug, wo es der Eigentümer um drei Taler verkaufte. Der Pferdehändler, dem d’Artagnan die Mähre gegen diese neun Livres abtrat, verbarg dem jungen Mann keineswegs, daß er diese außerordentliche Summe nur wegen der originellen Farbe des Tieres bezahle.

D’Artagnan hielt also zu Fuß seinen Einzug in Paris, trug sein Päckchen unter dem Arm und marschierte so lange umher, bis er eine Stube zu mieten fand, die der Geringfügigkeit seiner Mittel entsprach. Diese Stube war eine Art von Mansarde und lag in der Rue des Fossoyeurs in der Nähe des Luxembourg.

Sobald d’Artagnan die Miete bezahlt hatte, nahm er Besitz von seiner Wohnung und brachte den übrigen Teil des Tages damit zu, seine Kleider auszubessern. Dann ging er auf den Quai de la Ferraille, um eine neue Klinge an seinen Degen machen zu lassen, später zum Louvre, wo er sich bei dem ersten Musketier, dem er begegnete, nach dem Hotel des Herrn von Treville erkundigte, das in der Rue du Vieux-Colombier lag, das heißt, ganz in der Nähe seiner Wohnung.

Am nächsten Morgen um neun Uhr ging er dann zu dem berühmten Herrn von Treville, der dritten Person des Reiches nach der väterlichen Schätzung.

2. Kapitel

Das Vorzimmer des Herrn von Treville

Herr von Troisville, wie seine Familie in der Gascogne noch hieß, oder Herr von Treville, wie er sich später in Paris nannte, hatte wirklich gerade wie d'Artagnan angefangen, nämlich ohne einen Heller bares Geld, aber mit jenem Fonds von Kühnheit, Geist und Ausdauer, wodurch der ärmste gascognische Krautjunker oft an väterlichem Erbteil mit seinen Hoffnungen mehr erhält, als der reichste Edelmann des Périgord oder Berry in Wirklichkeit empfängt. Sein Mut und sein noch viel größeres Glück in einer Zeit, wo die Schläge wie Hagel fielen, hatten ihn auf die Höhe der schwer erklimmbaren Leiter gehoben, die man

Hofgunst nennt, und deren Stufen er zu vieren auf einmal erstiegen hatte.

Er war der Freund des Königs, der, wie jedermann weiß, das Andenken seines Vaters Heinrich IV. sehr in Ehren hielt. Der Vater des Herrn von Treville hatte in den Kriegen gegen die Ligue so treu gedient, daß Heinrich IV. ihm in Ermangelung an Bargeld - etwas, das dem Bearner sein ganzes Leben lang abging, denn er bezahlte seine Schulden stets mit dem einzigen, das er nicht zu leihen brauchte, mit Witz - daß er ihm in Ermangelung von barem Gelde nach der Übergabe von Paris die Vollmacht verlieh, als Wappen einen goldenen Löwen im roten Feld mit dem Wahlspruch: fidelis et fortis, zu führen. Das war viel in bezug auf Ehre, aber mäßig in bezug auf Vermögen. Als der berühmte Gefährte des großen Heinrich starb, hinterließ er also seinem Herrn Sohn als einziges Erbe nur seinen Degen und seinen Wahlspruch. Dieser doppelten Gabe und dem fleckenlosen Namen, von dem sie begleitet war, hatte Herr von Treville seine Aufnahme unter die Leibwachen des jungen Fürsten zu verdanken, wo er sich so gut schlug und seiner Devise so treu war, daß Ludwig XIII., selbst ein hervorragender Fechter, zu sagen pflegte, wenn er einen Freund hätte, der sich duellieren wollte, so würde er ihm den Rat geben, zum Sekundanten zuerst ihn selbst und dann Herrn von Treville oder sogar vielleicht diesen vor ihm zu nehmen.

Ludwig XIII. hegte eine wahre Anhänglichkeit an Treville. In dieser unglücklichen Zeit strebte man mit aller Macht danach, sich mit Männern von dem Schlage Trevilles zu umgeben. Viele konnten sich den Beinamen fortis geben, der die zweite Hälfte seiner Devise bildete, aber wenige Edelleute hatten Anspruch darauf, sich fidelis zu nennen, wie der erste Teil hieß. Treville gehörte zu denen. Er war eines von jenen seltenen Wesen mit dem gehorchenden Verstand des Hundes, dem blinden Mut, dem raschen Auge, der schnellen Hand, ein Mann, dem das Auge nur gegeben schien, um zu sehen, ob der König mit jemand unzufrieden war, und diesen jemand, einen Besme, einen Maurevers, einen Poltrot von Meré, einen Vitry niederzuschlagen. Treville hatte bis jetzt nur die Gelegenheit gefehlt, aber er lauerte darauf, er hatte sich gelobt, sie beim Schopf zu fassen, sobald sie käme. Ludwig XIII. machte Treville zum Kapitän seiner Musketiere, welche in bezug auf Ergebenheit oder vielmehr auf Fanatismus für ihn dasselbe waren, was die schottische Leibwache für Ludwig XI. und seine Ordinären für Heinrich III.

Der Kardinal seinerseits blieb in dieser Beziehung nicht hinter dem König zurück. Als dieser zweite oder vielmehr erste König von Frankreich die furchtbare Eile wahrnahm, mit der sich Ludwig XIII. seine Umgebung schuf, wollte er ebenfalls seine Leibwache haben. Er hatte also seine Musketiere wie Ludwig XIII., und man sah diesen mächtigen Nebenbuhler in allen Provinzen Frankreichs und sogar im Ausland die berühmtesten Kampfhähne anwerben. Ludwig XIII. und Richelieu stritten sich auch oft, wenn sie abends eine Partie Schach spielten, über die Verdienste ihrer Anhänger. Jeder lobte den Mut und die Haltung der seinen, und während sie sich laut gegen Zweikämpfe und Raufhändel aussprachen, stachelten sie dieselben ganz in der Stille gegeneinander auf, und das Unterliegen oder der Sieg ihrer Leute bereitete ihnen wahren Kummer oder eine maßlose Freude. So erzählen wenigstens einige berühmte Memoiren.

Treville hatte seinen Herrn an dessen schwacher Seite gefaßt, und dieser Geschicklichkeit verdankte er die lange und beständige Gunst eines Königs, der nicht den Ruf großer Treue in seinen Freundschaften hinterlassen hat. Mit einem verschmitzten Lächeln ließ er seine Musketiere vor dem Kardinal Armand Duplessis paradieren, wobei sich die Haare im Schnurrbart Seiner Eminenz vor Zorn sträubten. Treville verstand sich vortrefflich auf den Krieg dieser Zeit, wo man, wenn man nicht auf Kosten des Feindes leben konnte, auf Kosten seiner Landsleute lebte. Seine Soldaten bildeten eine gegen jedermann, nur gegen ihn nicht, unbotmäßige Legion lebendiger Teufel.

Hals und Brust entblößt, oft betrunken, verbreiteten sich die Musketiere des Königs, oder vielmehr des Herrn von Treville, in den Schenken, auf den Spaziergängen, bei den öffentlichen Spielen, schrien, strichen ihren Schnurrbart, ließen ihre Degen klirren, versetzten aus lauter Mutwillen den Leibwachen des Herrn Kardinals Rippenstöße und zogen unter tausenderlei Scherzen am hellen Tag auf offener Straße vom Leder. Sie wurden manchmal getötet, aber sie wußten genau, daß man sie in diesem Fall rächte. Zuweilen töteten sie, aber sie wußten ebenso gewiß, daß sie nicht im Gefängnis zu verschimmeln brauchten, denn Herr von Treville war da, um sie herauszuholen. Das Loblied des Herrn von Treville wurde auch, in allen Tonarten von diesen Leuten gesungen, die den Teufel nicht fürchteten, aber vor Treville zitterten wie Schüler vor ihrem Lehrer, seinem geringsten Wort gehorchten und stets bereit waren, sich töten zu lassen, um den geringsten Vorwurf abzuwaschen.

Herr von Treville hatte sich anfangs dieses mächtigen Hebels für den König und die Freunde des Königs - dann für sich selbst und für seine Freunde bedient. Übrigens findet man in keinem Memoirenwerk dieser Zeit, die so viele Memoiren hinterlassen hat, daß dieser würdige Edelmann, selbst nicht einmal von Feinden - und er hatte viele unter den Leuten der Feder als auch unter denen vom Degen - nirgends, sagen wir, findet man, daß dieser würdige Edelmann angeklagt worden wäre, er habe sich für die Mitwirkung seiner Kampfhähne bezahlen lassen. Bei einem seltenen Talent für Intrigen, das ihn auf gleiche Stufe mit den stärksten Intriganten stellte, war er ein unbestechlicher Mann geblieben. Noch mehr, trotz der großen Stoßdegen, die lendenlahm machen, und des anstrengenden Hof- und Felddienstes, war er einer der galantesten Boudoirläufer, einer der elegantesten Frauenhelden, einer der geschraubtesten Schönredner seiner Zeit geworden. Man sprach von Trevilles Liebeshändeln, wie man zwanzig Jahre früher von denen Bassompierres gesprochen hatte, und das hieß viel. Der Kapitän war also bewundert, gefürchtet und geliebt, und dies bildet wohl den Gipfel menschlicher Glücksumstände.

Ludwig XIV. verschlang später alle kleinen Gestirne seines Hofs in seiner weiten Ausstrahlung, aber sein Vater,

eine Sonne pluribus impar jedem seiner Höflinge seinen Selbstwert. Außer dem Lever des Königs und dem des Kardinals zählte man damals in Paris mehr als zweihundert einigermaßen besuchte Levers. Unter den zweihundert kleinen Levers war das von Treville eines, zu dem man sich am meisten drängte.

Der Hof seines in der Rue du Vieux-Colombier gelegenen Hotels glich einem Heerlager, und dies von morgens sechs Uhr ab im Sommer und von acht Uhr im Winter. Fünfzig oder sechzig Musketiere, die sich hier ständig ablösten, um stets eine imposante Zahl darzustellen, gingen in voller Kriegsrüstung und zu jedem Tun bereit umher. Auf einer der großen Treppen stiegen die Bittsteller von Paris auf und ab, die irgendeine Gunst zu erhaschen suchten, ferner Edelleute aus der Provinz, deren höchster Wunsch war, in das Corps aufgenommen zu werden, und Lakaien, die an Herrn von Treville die Botschaften ihrer Herren überbrachten. In den Vorzimmern saßen auf langen, kreisförmigen Bänken die Auserwählten, die zum Lever oder zur Audienz zugelassen waren. Das Gesumm dauerte vom Morgen bis zum Abend, während Herr von Treville in seinem Kabinett Besuche empfing, Klagen anhörte, seine Befehle erteilte und, wie der König auf seinem Balkon im Louvre, sich nur an das Fenster zu stellen brauchte, um Männer und Waffen Revue passieren zu lassen.

An dem Tag, an dem d'Artagnan sich hier einfand, war die Versammlung äußerst imposant, besonders für einen Provinzbewohner, der eben erst aus seiner Heimat kam. Dieser Provinzbewohner war allerdings Gascogner, und damals besonders standen d'Artagnans Landsleute nicht im Ruf, als ließen sie sich leicht einschüchtern. Sobald man einmal durch die starke, mit langen, viereckigen Nägeln beschlagene Tür kam, geriet man mitten in eine Schar von

Männern des Degens, die sich im Hof herumtrieben, einander anriefen, miteinander stritten und spielten. Um sich durch diese brausenden Wogen Bahn zu brechen, hätte man ein Offizier, ein vornehmer Herr oder eine hübsche Frau sein müssen.

Mitten durch dieses Gedränge und diese Unordnung rückte unser junger Mann mit zitterndem Herzen, den langen Raufdegen an die mageren Beine gedrückt und eine Hand am Hut, sachte vorwärts. Hatte er eine Gruppe hinter sich, so atmete er freier. Er begriff aber, daß man sich umwandte, um ihm nachzuschauen, und zum erstenmal in seinem Leben kam sich d'Artagnan, der bis auf diesen Tag eine ziemlich gute Meinung von sich selbst gehabt hatte, ziemlich klein vor.

Als er zur Treppe gelangte, war die Sache noch schlimmer. Er fand hier auf den ersten Stufen vier Musketiere, die sich mit folgender Übung belustigten, während zehn bis zwölf mit ihren Kameraden auf dem Treppenflur warteten, bis an sie die Reihe käme, an der Partie teilzunehmen. Einer von ihnen, der mit blankem Degen auf der obersten Stufe stand, hinderte die anderen heraufzusteigen, oder er bemühte sich wenigstens, sie daran zu hindern. Diese drei anderen fochten mit sehr raschen Degenstößen gegen ihn. D'Artagnan hielt anfangs ihre Eisen für stumpfe Fechtrapiere. Aber bald erkannte er an gewissen Schrammen, daß jede Waffe im Gegenteil gehörig zugespitzt und scharf geschliffen war. Und bei jeder von diesen Schrammen lachten nicht nur die Zuschauer, sondern auch die Fechter wie die Narren.

Derjenige, der momentan die oberste Stufe behauptete, hielt seine Gegner bestens in Schach. Man bildete einen Kreis um sie. Es war Bedingung hierbei, daß bei jedem Stoß der Getroffene die Partie verlassen mußte, und dadurch seinen Platz in der Audienzreihe zugunsten des Berührenden verlor. In fünf Minuten waren drei gestreift, der eine an der Handwurzel, der andere am Kinn, der dritte am Ohr, während der Verteidiger, der ihnen diese Schrammen beibrachte, unberührt blieb, eine Geschicklichkeit, die ihn nach den Bedingungen um drei Plätze nach vorne brachte. So schwer auch unser junger Reisender in Erstaunen zu setzen war, so verblüffte ihn doch dieser Zeitvertreib sehr. Er hatte in seiner Provinz, wo sich die Köpfe doch so schnell erhitzten, etwas mehr als Präliminarien zu Zweikämpfen gesehen, und die Gasconade der vier Spieler erschien ihm als die stärkste unter allen, von denen er bis jetzt in der Gascogne gehört hatte.

Später, auf dem Treppenflur schlug man sich nicht, man erzählte sich Geschichten von Frauen, und im Vorzimmer Hofgeschichten. Auf dem Treppenflur errötete d'Artagnan, im Vorzimmer schauderte er. Seine rege, umherirrende Einbildungskraft, die sich ihn in der Gascogne für Kammermädchen und zuweilen sogar für junge Edeldamen erregte, hatte nie die Hälfte dieser verliebten Abenteuer und den vierten Teil dieser Heldentaten geträumt, bei denen die bekanntesten Namen herhalten mußten und die Einzelheiten indiskret genannt wurden. Aber wenn auf dem Treppenflur sein Sittlichkeitsgefühl verletzt wurde, so bereitete man im Vorzimmer seiner Achtung vor dem Kardinal ein wahres Ärgernis. Hier hörte d'Artagnan zu seinem größten Erstaunen ganz laut die Politik, die Europa erschütterte, und das Privatleben des Kardinals kritisieren, für dessen Verunglimpfung so viele hochgestellte und mächtige Herren gestraft worden waren. Dieser große, von d'Artagnans Vater verehrte Mann wurde von den Musketieren verspottet, die sich über seine krummen Beine und seinen gewölbten Rücken lustig machten. Einige sangen Spottlieder auf Madame d'Aiguillon, seine Geliebte, und auf Frau Combalet, seine Nichte, während andere gegen die Pagen und die Leibwache des Kardinal-Herzogs Pläne schmiedeten, lauter Dinge, die d'Artagnan als schlimme Unmöglichkeiten vorkamen.

Zuweilen fuhr plötzlich und ganz unversehens der Name des Königs mitten unter diese kardinalistischen Scherze wie eine Art Knebel, der für einen Augenblick allen Anwesenden den spöttischen Mund stopfte. Man schaute zögernd um sich und schien die Indiskretion der

Scheidewand von Herrn von Trevilles Kabinett zu fürchten. Aber bald brachte irgendeine Anspielung das Gespräch wieder auf Seine Eminenz, die Spöttereien wurden immer derber, und keine seiner Handlungen blieb von einer kräftigen Beleuchtung verschont.

„Gewiß sind dies Leute, die alle in die Bastille gebracht und gehängt werden", dachte d'Artagnan mit Schrecken, „und ich zweifellos mit ihnen, denn von dem Augenblick an, wo ich sie gehört und verstanden habe, wird man mich für ihren Mitschuldigen halten. Was würde mein Vater sagen, der mir so dringend Achtung vor dem Kardinal eingeschärft hat, wenn er mich in Gesellschaft von solchen Lümmeln sähe?"

D'Artagnan wagte es also, wie man sich leicht denken kann, nicht, an dem Gespräch teilzunehmen, er schaute nur mit beiden Augen, hörte nur, hielt seine fünf Sinne gierig gespannt, um nichts zu verlieren, und trotz seines Vertrauens auf die väterlichen Ermahnungen fühlte er sich immer mehr geneigt, die unerhörten Dinge, die sich in seiner Gegenwart ereigneten, zu loben als zu tadeln.

Da er aber der Schar der Höflinge des Herrn von Treville völlig fremd war, und da man ihn zum erstenmal hier sah, so fragte man ihn, was er wünsche. Auf diese Frage nannte d'Artagnan seinen Namen. Er berief sich auf seinen Titel und ersuchte den Kammerdiener, der diese Frage an ihn gerichtet hatte, Herrn von Treville für ihn um eine kurze Audienz zu bitten, was man ihm versprach.

D'Artagnan erholte sich allmählich von seinem ersten Staunen und hatte nun Muße, die Bekleidung und Gesichter ein wenig zu studieren.

Der Mittelpunkt der lebhaftesten Gruppe war ein Musketier von großer Gestalt, hochmütigem Gesichtsausdruck und höchst wunderlichem Aufzug, der die allgemeine Aufmerksamkeit auf sich lenkte. Er trug in diesem

Augenblick keine Uniform, wozu er auch in jener Zeit durchaus nicht verpflichtet war, sondern er hatte einen etwas abgetragenen Überrock an, und an diesem erblickte man ein prachtvolles Wehrgehenk mit goldenen Stickereien. Ein langer, karmesinroter Mantel fiel anmutig über die Schultern und ließ vorn nur das glänzende Wehrgehenk mit einem riesigen Raufdegen sehen.

Dieser Musketier war gerade von der Wache gekommen, beklagte sich über Schnupfen und hustete von Zeit zu Zeit. Deshalb hatte er den Mantel genommen, wie er zu seiner Umgebung sagte, und während er von oben herab sprach und verächtlich seinen Schnurrbart drehte, bewunderte man mit großer Begeisterung - d'Artagnan mehr als jeder andere - das gestickte Wehrgehenk.

„Was wollt ihr, es kommt in Mode", sagte der Musketier; „es ist eine Torheit, ich weiß, aber es ist einmal Mode. Übrigens muß man doch auch sein väterliches Erbteil zu etwas verwenden."

„Ah! Porthos!" rief einer von den Umstehenden, „suche uns nicht weiszumachen, dieses Wehrgehenk sei dir durch väterlichen Großmut zugefallen. Die verschleierte Dame hat es dir ohne Zweifel gegeben, mit der ich dich letzten Sonntag in der Nähe der Porte Saint-Honoré getroffen habe."

„Nein, auf Ehre und Gewissen, ich habe es selbst und mit eigenem Geld gekauft", antwortete der, den man mit dem Namen Porthos bezeichnete.

„Ja, wie ich diese neue Börse mit dem gekauft habe, was mir meine Geliebte in die alte gesteckt hat", sprach ein anderer Musketier.

„Wirklich, ich habe zehn Pistolen dafür bezahlt", sagte Porthos.

„Nicht wahr, Aramis?" fragte Porthos, und wandte sich dabei an einen dritten Musketier.

Dieser bildete einen vollständigen Kontrast zu dem Fragenden, der ihn mit dem Namen Aramis bezeichnet hatte. Es war ein junger Mann von kaum zwei- bis dreiundzwanzig Jahren, mit naivem, sanftem Gesicht und schwarzen Augen. Sein Schnurrbart zog eine völlig gerade Linie auf seiner Oberlippe. Seine Hände schienen sich vor dem Herabhängen zu hüten, weil ihre Adern anschwellen könnten, und von Zeit zu Zeit kniff er sich in die Ohren, um sie in einem zarten, durchsichtigen Hautton zu erhalten. Er hatte die Gewohnheit, wenig zu sprechen, viel zu grüßen und geräuschlos zu lachen, wobei er seine schönen Zähne zeigte, auf die er, wie auf seine ganze Person, die größte Sorgfalt zu verwenden schien. Er beantwortete die Aufforderung seines Freundes mit einem bestätigenden Kopfnicken.

Diese Bestätigung schien allen Zweifeln in bezug auf das Wehrgehenk ein Ende zu machen. Man bewunderte es fortwährend, aber man sprach nicht mehr darüber, und das Gespräch ging auf einen anderen Gegenstand über.

„Was denkt ihr von dem, was Chalais' Stallmeister erzählt?" fragte ein anderer Musketier, ohne seine Worte unmittelbar an einen von der Gruppe zu richten, sondern im Gegenteil sich an alle Umstehenden wandte.

„Und was erzählt er?" fragte Porthos in anmaßendem Ton.

„Er erzählt, er habe in Brüssel Rochefort, den Vertrauten des Kardinals, als Kapuziner verkleidet getroffen. Der verfluchte Rochefort hatte in dieser Verkleidung Herrn von Laigues, diesen Einfaltspinsel, hinters Licht geführt."

„Ja, ein richtiger Einfaltspinsel ist er", sagte Porthos, „aber ist die Sache sicher?"

„Ich habe es von Aramis gehört", antwortete der Musketier.

„Wirklich?"

„Ei! Ihr wißt es doch, Porthos", sagte Aramis, „ich habe es Euch gestern erzählt. Sprechen wir nicht mehr davon."

„Nicht mehr davon sprechen, das mag Eure Meinung sein", erwiderte Porthos. „Nicht mehr davon sprechen? Zum Henker! Wie! Der Kardinal läßt einen Edelmann ausspähen, er läßt ihm seine Briefe von einem Verräter, von einem Dieb, einem Galgenstrick stehlen - läßt mit Hilfe dieses Spähers und dieser Briefe Chalais unter dem Vorwand, er habe den König ermorden und Monsieur mit der Königin verheiraten wollen, den Hals abschneiden! Niemand wußte etwas von diesem Rätsel, Ihr teilt es uns gestern zum allgemeinen Erstaunen mit, und während wir über diese Neuigkeit noch ganz verwundert sind, kommt Ihr heute und sagt: Sprechen wir nicht mehr davon!"

„Sprechen wir also davon, wenn Ihr es wünscht", erwiderte Aramis geduldig.

„Wäre ich der Stallmeister des armen Chalais", rief Porthos, „so würde dieser Rochefort einen schlimmen Augenblick erleben."

„Und Ihr würdet einen schlimmen Augenblick mit dem Roten Herzog erleben", versetzte Aramis.

„Ah! der Rote Herzog! Bravo, bravo, der Rote Herzog!" erwiderte Porthos, und klatschte in die Hände. „Der Rote Herzog! Das ist allerliebst. Ich werde den Witz verbreiten, seid nur ruhig. Welch ein gescheiter Kerl doch dieser Aramis ist! Es ist ein wahres Unglück, daß Ihr Euren Beruf nicht verfolgen konntet, mein Lieber. Welch köstlicher Abbé wäre doch aus Euch geworden!"

„Ah! Das ist nur für den Augenblick hinausgeschoben", entgegnete Aramis, „ich werde es später schon noch werden. Ihr wißt, Porthos, daß ich deswegen Theologie weiterstudiere."

„Er tut, was er sagt", rief Porthos, „er tut es früher oder später."

„Früher“, sagte Aramis.

„Er wartet nur eins ab, um sich endgültig zu entscheiden und die Soutane nehmen, die hinter seiner Uniform hängt“, sagte ein anderer Musketier.

„Und was wartet er denn ab?“ fragte ein dritter.

„Er wartet, bis die Königin der Krone Frankreichs einen Erben geschenkt hat.“

„Scherzen wir nicht hierüber, meine Herren“, sprach Porthos; „sie ist - Gott sei Dank - noch in dem Alter, um der Krone einen Erben zu schenken.“

„Man sagt, Herr von Buckingham sei in Frankreich“, versetzte Aramis mit einem spöttischen Lächeln, das dieser scheinbar so einfachen Äußerung eine ziemlich skandalöse Bedeutung verlieh.

„Aramis, mein Freund“, unterbrach ihn Porthos, „diesmal habt Ihr unrecht. Eure Manie, Witze zu machen, läßt Euch ständig alle Grenzen überspringen. Wenn Herr von Treville Euch hört, so dürftet Ihr eine solche Sprache teuer bezahlen.“

„Wollt Ihr mir eine Lektion geben, Porthos!“ rief Aramis, und durch sein sanftes Auge zuckte ein Blitz.

„Mein Lieber, seid Musketier oder Abbé, seid das eine oder das andere, aber nicht das eine und das andere“, erwiderte Porthos. „Hört, Athos hat Euch noch vor kurzem gesagt: Ihr eßt an allen Krippen! Oh! Erhitzen wir uns nicht, es wäre vergeblich, Ihr wißt wohl, was zwischen Euch, Athos und mir abgemacht ist. Ihr geht zur Frau von Aiguillon und macht ihr den Hof. Ihr geht zur Frau von Bois-Tracy, der Base der Frau von Chevreuse, und man sagt, Ihr ständet bedeutend in Gunst bei dieser Dame. Oh! Mein Gott, Ihr braucht Euer Glück nicht einzugestehen. Man fragt Euch nicht nach Eurem Geheimnis, denn man kennt Eure Diskretion. Aber da Ihr diese Tugend besitzt, so macht in des Teufels Namen bezüglich Ihrer Majestät davon Gebrauch. Beschäftige sich mit dem König und dem Kardinal wer will und wie jeder will, aber die Königin ist geheiligt, und wenn man von ihr spricht, so muß es in Gutem geschehen."

„Porthos, Ihr seid anmaßend wie ein Narziß", erwiderte Aramis. „Ihr wißt, daß ich die Moral hasse, außer wenn sie Athos predigt. Was Euch betrifft, mein Lieber, Ihr habt ein viel zu prachtvolles Wehrgehenk, um in diesem Punkt stark zu sein. Ich werde Abbé, wann es mir beliebt. Jetzt bin ich Musketier. In dieser Eigenschaft sage ich, was mir gefällt, und in diesem Augenblick gefällt es mir zu sagen, daß Ihr mich ungeduldig macht!"

„Aramis!"

„Porthos!"

„He, meine Herren! Meine Herren!" rief man von allen Seiten.

„Herr von Treville erwartet Herrn d'Artagnan", unterbrach der Bedienstete und öffnete die Kabinettstür.

Bei dieser Ankündigung, während der die Tür offen blieb, schwieg jeder, und unter diesem Stillschweigen durchschritt der junge Gascogner das Vorzimmer und trat bei dem Kapitän der Musketiere ein, nicht ohne sich von ganzem Herzen Glück zu wünschen, daß er gerade rechtzeitig dem Ende dieser seltsamen Auseinandersetzung entging.

3. Kapitel

Die Audienz

Herr von Treville war in diesem Augenblick in einer abscheulichen Laune. Trotzdem grüßte er höflich den jungen Mann, der sich bis zur Erde verbeugte, und nahm lächelnd das Kompliment auf, dessen bearnesischer Ausdruck ihn an seine Jugend und an seine Heimat erinnerte - eine doppelte Erinnerung, die den Menschen in jedem Alter zum Lächeln bewegt. Aber beinahe in demselben Augenblick trat er, d'Artagnan mit der Hand ein Zeichen machend, als wolle er ihn um Erlaubnis bitten, die anderen abzufertigen, ehe er mit ihm anfinge, an die Tür, und rief dreimal:

„Athos! Porthos! Aramis!"

Die uns bereits bekannten zwei Musketiere antworteten auf die beiden letzten von diesen drei Namen, verließen sofort die Gruppen, in denen sie standen, und gingen auf das Kabinett zu, dessen Tür sich hinter ihnen schloß, sobald sie die Schwelle überschritten hatten. Ihre Haltung erregte durch ihre würdevolle und ehrerbietige Ungezwungenheit die Bewunderung d'Artagnans. Er sah in diesen Menschen Halbgötter und in ihrem Anführer einen mit all seinen Blitzen bewaffneten Jupiter.

Als die Musketiere eingetreten waren, als die Tür hinter ihnen geschlossen war, als das Gemurmel im Vorzimmer, dem der Aufruf ohne Zweifel neue Nahrung gab, wieder angefangen und Herr von Treville endlich drei- bis viermal sein Kabinett, schweigend und mit gefurchter Stirn immer an Porthos und Aramis vorübergehend, die steif und stumm wie auf der Parade dastanden, der ganzen Länge nach durchschritten hatte, blieb er plötzlich vor ihnen stehen, maß sie von Kopf zu Fuß mit zornigen Blicken und rief:

„Wißt ihr, was mir der König gesagt hat, und zwar erst gestern abend, wißt ihr es, meine Herren?"

„Nein", antworteten die beiden Musketiere nach kurzem Schweigen, „nein, wir wissen es nicht."

„Aber ich hoffe, Ihr werdet uns die Ehre erweisen, es uns zu sagen", fügte Aramis höflich unter der anmutigsten Verbeugung hinzu.

„Er hat mir gesagt, er werde in Zukunft seine Musketiere unter der Leibwache des Herrn Kardinals rekrutieren."

„Unter der Leibwache des Kardinals, und warum dies?" fragte Porthos lebhaft.

„Weil er einsähe, daß eine Auffrischung mit gutem Blut dringend notwendig wäre!"

Die beiden Musketiere erröteten bis über die Ohren.

„Ja, ja", fuhr Herr von Treville hitziger fort, „und Seine Majestät hat recht, denn, auf meine Ehre, die Musketiere spielen eine traurige Rolle bei Hof. Der Herr Kardinal erzählte gestern beim Spiel mit einer Miene des Bedauerns, die mir sehr mißfiel, diese verdammten Musketiere, diese lebendigen Teufel - und er legte auf diese Worte einen ironischen Nachdruck, der mir noch mehr mißfiel - diese Kopfspalter, fügte er hinzu und schaute mich dabei mit seinen Katzenaugen an, hätten sich gestern in der Rue Ferou in einer Kneipe verspätet, und eine Ronde seiner Leibwache, ich glaube, er wollte mir ins Gesicht lachen, sei genötigt gewesen, die Ruhestörer zu verhaften. Mord und Tod! Ihr müßt etwas davon wissen! Musketiere verhaften! Ihr wart dabei, ihr leugnet es nicht, man hat euch erkannt, und der Kardinal hat euch genannt. Es ist freilich mein Fehler, ja, mein Fehler ist es, da ich mir meine Leute auswähle.

Seht doch, Aramis, warum, zum Teufel, habt Ihr mich um die Kasacke gebeten, wo Euch doch der Priesterrock so gut stehen würde? Und Ihr, Porthos, habt Ihr ein so schönes goldenes Wehrgehenk, nur um einen Strohdegen daran zu tragen! Und Athos, ich sehe Athos nicht. Wo ist er?"

„Gnädiger Herr", antwortete Aramis traurig, „er ist krank, sehr krank."

„Woran leidet er?"

„Man befürchtet, an den Blattern, gnädiger Herr", antwortete Porthos, der auch ein Wort mitsprechen wollte, „was sehr unangenehm wäre, denn es würde sicherlich sein Gesicht verderben."

„Blattern! Abermals ein prächtiges Märchen, das Ihr mir da erzählt, Porthos! In seinem Alter noch Pocken? Nein!... Aber verwundet ohne Zweifel, vielleicht getötet... Ah! wenn ich es wüßte... Gottes Blut! meine Herren Musketiere, ich dulde es nicht, daß man sich auf diese Art in schlechten Kneipen herumtreibt, auf der Straße Händel anfängt und an jeder Ecke vom Leder zieht. Ich will nicht, daß man sich vor den Leibwachen des Herrn Kardinals lächerlich macht, denn diese sind brave, ruhige, gewandte Leute, die sich nie der Verlegenheit aussetzen, verhaftet zu werden, und die sich überdies nicht verhaften lassen, gewiß nicht! Sie würden eher auf dem Platz sterben als einen einzigen Schritt zurückweichen. Sich flüchten, aus dem Staub machen, Fersengeld geben, das ist eine schöne Aufführung für die Musketiere des Königs!"

Porthos und Aramis bebten vor Wut. Sie hätten gern Herrn von Treville erwürgt, wenn sie nicht gefühlt hätten, daß ihn die große Liebe, die er für sie hegte, zu dieser Sprache veranlaßte. Sie stampften mit dem Fuß auf, bissen sich die Lippen blutig und preßten den Griff ihres Degens. Außen hatte man, wie erwähnt, Athos, Porthos und Aramis rufen hören, und an dem Ton des Herrn von Treville hatte man erraten, daß er sehr zornig war. Zehn neugierige Köpfe lehnten an der Tapete und erbleichten vor Grimm. Ihre fest an die Tür gehaltenen Ohren verloren kein Wort von dem, was gesprochen wurde, während ihr Mund die für das ganze Korps beleidigenden Reden des Kapitäns, Silbe für Silbe, wiederholte. In einem Augenblick war das ganze Hotel von der Tür des Kabinetts bis zu dem Hoftor in Gärung.

„Ah! Die Musketiere des Königs lassen sich von der Leibwache des Herrn Kardinals verhaften!" fuhr Herr von Treville fort, der in seinem Innern ebenso wütend war wie seine Soldaten, aber seine Worte nur so herausstieß und eines nach dem anderen wie Dolchstiche in die Brust seiner Zuhörer bohrte. „Ah! Sechs Leibwachen Seiner Eminenz verhafteten sechs Musketiere Seiner Majestät! Mordelement! Ich weiß, was ich tue. Ich gehe auf der Stelle in den Louvre. Ich nehme meine Entlassung als Kapitän des Königs und bewerbe mich um ein Leutnantspatent bei den Garden des Kardinals, und wenn er es abschlägt, Mordelement! - so werde ich Abbé."

Bei diesen Worten kam es von dem Gemurmel außen zu einem völligen Ausbruch. Überall hörte man nur Schwüre und Flüche. Mordelement! Gottes Blut! Tod und Teufel! durchkreuzten die Luft. D'Artagnan schaute sich nach einer Tapete um, um sich dahinter zu verbergen, und hatte große Lust, gleichzeitig unter den Tisch zu kriechen.

„Nun, Kapitän", sprach Porthos außer sich, „wir waren allerdings sechs gegen sechs, aber wir wurden verräterischerweise überfallen, und ehe wir Zeit hatten, den Degen zu ziehen, stürzten zwei von uns tot nieder. Athos war als Schwerverwundeter kaum mehr wert. Denn Ihr kennt Athos, Kapitän! Nun, zweimal versuchte er es, sich zu erheben, aber zweimal fiel er wieder hin. Wir haben uns aber nicht ergeben. Nein, man hat uns mit Gewalt fortgeschleppt. Auf dem Weg flüchteten wir. Athos hielt man für tot! Man ließ ihn ruhig auf dem Schlachtfeld liegen und fand es nicht der Mühe wert, ihn wegzuschaffen. Das ist die ganze Geschichte. Was, Teufel! Kapitän, man gewinnt nicht alle Schlachten."

„Und ich habe die Ehre, zu versichern, daß ich einen mit seinem eigenen Degen tötete", sagte Aramis; „denn der meinige war bei der ersten Parade zerbrochen. Getötet oder erdolcht, gnädiger Herr, wie es Euch gefällt!"

„Ich wußte das nicht", erwiderte Herr von Treville in etwas sanfterem Ton, „der Herr Kardinal hat, wie es scheint, übertrieben."

„Aber noch ein Wort, Kapitän", sprach Aramis, der, da er Herrn von Treville etwas besänftigt sah, eine Bitte vorzubringen wagte; „sagt nicht, gnädiger Herr, daß Athos verwundet ist. Er wäre verzweifelt, wenn dies zu den Ohren des Königs käme, und da die Wunde sehr bedeutend zu sein scheint, da sie durch die Schulter tief in die Brust eingedrungen ist, so wäre zu befürchten ..."

In diesem Augenblick hob sich der Türvorhang, und ein edler, schöner, aber furchtbar bleicher Kopf erschien unter der Franse.

„Athos!" riefen die zwei Musketiere.

„Ihr habt nach mir verlangt, gnädiger Herr", sprach Athos mit einer schwachen, aber vollkommen ruhigen Stimme; „Ihr habt nach mir verlangt, wie mir meine Kameraden sagen, und ich beeile mich, Eurem Befehl nachzukommen. Hier bin ich, gnädiger Herr, was steht zu Diensten?"

Mit diesen Worten trat der Musketier in tadelloser Haltung, bewaffnet wie gewöhnlich, in das Kabinett. Im Innersten seines Herzens, durch diesen Beweis von Mut gerührt, eilte ihm Herr von Treville entgegen.

„Ich war eben dabei, diesen Herren zu erzählen“, fügte er bei, „daß ich meinen Musketieren verbiete, ihr Leben unnötig auszusetzen, denn brave Leute sind dem König sehr teuer, und der König weiß, daß seine Musketiere die bravsten Leute dieser Erde sind. Eure Hand, Athos.“

Und ohne eine Antwort des soeben Angekommenen auf diesen Beweis von Zuneigung abzuwarten, faßte Herr von Treville seine rechte Hand und drückte sie mit aller Kraft,

wobei er nicht merkte, daß Athos, wie groß auch seine Selbstbeherrschung war, eine Bewegung des Schmerzes nicht unterdrücken konnte und noch bleicher wurde.

Die Tür war halb offen geblieben, so sehr hatte Athos' Ankunft, dessen Verwundung allen bekannt war, Aufsehen erregt. Ein Freudenschrei war das Echo der letzten Worte des Kapitäns, und von der Begeisterung hingerissen, zeigten sich einige Köpfe in der Türöffnung. Ohne Zweifel war Herr von Treville im Begriff, durch kräftige Worte diesen Verstoß gegen die Gesetze der Etikette zu unterdrücken, als er fühlte, daß sich Athos' Hand in der seinen verkrampfte, und bei genauerer Betrachtung merkte er, daß Athos einer Ohnmacht nahe war. Im gleichen Augenblick fiel Athos auch schon wie tot zu Boden.

„Einen Arzt!" rief Herr von Treville. „Meinen, den des Königs, den nächstbesten! Einen Arzt! Gottes Blut! Mein braver Athos stirbt mir sonst!"

Auf das Geschrei des Herrn von Treville stürzte alles in sein Kabinett, und alle Anwesenden drängten sich um den Verwundeten. Aber dieser Eifer wäre fruchtlos gewesen, wenn der geforderte Arzt nicht im Hotel selbst gewesen wäre. Er durchschritt die Menge, näherte sich dem immer noch ohnmächtigen Athos, und da ihn das Geräusch und Gedränge in seiner Tätigkeit hemmten, so verlangte er zuallererst, daß man den Musketier in ein anstoßendes Zimmer bringe. Sogleich öffnete Herr von Treville eine Tür und zeigte Porthos und Aramis, die ihren Kameraden auf den Armen trugen, den Weg. Hinter dieser Gruppe ging der Arzt, und hinter dem Arzt schloß sich die Tür. Nun wurde das Kabinett des Herrn von Treville, dieser sonst so geheiligte Ort, ein zweites Vorzimmer. Jedermann schwatzte, sprach, rief, schrie, schwor, fluchte ganz laut und wünschte den Kardinal und seine Leibwachen zu allen Teufeln.

Einen Augenblick später kehrten Porthos und Aramis zurück. Der Chirurg und Herr von Treville waren bei dem Verwundeten geblieben.

Endlich kam auch Herr von Treville in sein Kabinett zurück. Der Verwundete hatte das Bewußtsein wiedererlangt, und der Arzt erklärte, der Zustand des Musketiers solle seine Freunde durchaus nicht beunruhigen, da seine Schwäche einzig und allein durch den Blutverlust veranlaßt worden sei.

Herr von Treville gab nun ein Zeichen mit der Hand, und jedermann entfernte sich, mit Ausnahme d'Artagnans, der durchaus nicht vergaß, daß er Audienz hatte, und mit der Hartnäckigkeit eines Gascogners geblieben war.

Als sich alle entfernt hatten und die Tür wieder verschlossen war, wandte sich Herr von Treville um und fand sich allein mit dem jungen Mann. Durch das vorhergehende Ereignis hatte er einigermaßen den Faden seiner Gedanken verloren. Er fragte daher den hartnäckigen Bittsteller. D'Artagnan nannte seinen Namen. Rasch tauchten in Herrn von Treville alle Erinnerungen an Gegenwart und Vergangenheit wieder auf, und er war über die Situation informiert.

„Vergebung", sprach er lächelnd, „Vergebung, mein lieber Landsmann, aber ich hatte Euch völlig vergessen. Was wollt Ihr! Ein Kapitän ist nur ein Familienvater mit einer größeren Verantwortlichkeit als ein gewöhnlicher Familienvater. Die Soldaten sind große Kinder. Da ich aber darauf halte, daß die Befehle des Königs und besonders die des Herrn Kardinals vollzogen werden..."

D'Artagnan konnte ein Lächeln nicht unterdrücken. Aus diesem Lächeln urteilte Herr von Treville, daß er es mit keinem Dummkopf zu tun habe. Er ging daher gerade auf die Sache los, veränderte das Gespräch und sagte:

„Ihr habt Euren Vater sehr geliebt! Was kann ich für

seinen Sohn tun? Beeilt Euch, meine Zeit gehört nicht mir."

„Gnädiger Herr", sprach d'Artagnan, „als ich Tarbes verließ und hierherkam, hatte ich die Absicht, Euch in Erinnerung an diese Freundschaft, die Ihr nicht aus dem Gedächtnis verloren habt, um eine Musketierkasacke zu bitten. Aber nach allem, was ich seit zwei Stunden gesehen, begreife ich, daß eine solche Gunst ungeheuer wäre.

„Es ist allerdings eine Gunst, junger Mann", antwortete Herr von Treville, „aber sie kann nicht so unerreichbar für Euch sein als Ihr glaubt oder zu glauben Euch den Anschein gebt. Eine Entscheidung Seiner Majestät ist für diesen Fall vorgesehen, und ich sage Euch mit Bedauern, daß niemand unter die Musketiere aufgenommen wird, ohne sich vorher in einigen Feldzügen, durch gewisse Waffentaten oder einen zweijährigen Dienst in einem anderen Regiment, das weniger begünstigt ist als das unsere, erprobt zu haben."

D'Artagnan verbeugte sich, ohne zu antworten. Sein Verlangen nach der Musketieruniform wurde noch dringender, seit er bemerkte, daß man so viele Hindernisse zu überwinden hatte, um sie zu bekommen.

„Aber", fuhr Treville fort und heftete dabei auf seinen Landsmann einen so durchdringenden Blick, daß man hätte glauben sollen, er wolle in seinem Herzen lesen; „aber Eurem Vater, meinem alten Landsmann, wie ich Euch gesagt habe, zuliebe, will ich etwas für Euch tun, junger Mann. Unsere Söhne vom Bearn sind gewöhnlich nicht reich, und ich zweifle, daß sich die Verhältnisse seit meiner Zeit bedeutend verändert haben. Das Geld, das Ihr mitgebracht habt, wird also zum Leben nicht zu reichlich sein."

D'Artagnan richtete sich mit einer stolzen Miene auf.

„Schon gut, junger Mann, schon gut", fuhr Treville fort,

„ich kenne diese Mienen, ich bin nach Paris mit vier Talern in der Tasche gekommen und hätte mich mit jedem geschlagen, der mir gesagt haben würde, ich sei nicht imstande, den Louvre zu kaufen."

D'Artagnan richtete sich noch höher auf. Aufgrund des Verkaufs seine Pferdes begann er seine Laufbahn mit vier Talern mehr als Herr von Treville.

„Ihr müßt also, wie ich sagte, Euer Eigentum zusammenhalten, so groß auch diese Summe sein mag. Aber Ihr müßt Euch auch in den Übungen vervollkommnen, die einem Edelmann zukommen. Ich werde noch heute einen Brief an den Direktor der königlichen Akademie schreiben, und schon morgen seid Ihr unentgeltlich aufgenommen. Schlagt dieses kleine Geschenk nicht aus. Unsere höchstgeborenen und reichsten Edelleute bewerben sich zuweilen um diese Gunst, ohne sie erlangen zu können. Ihr werdet reiten, fechten und tanzen lernen. Ihr werdet gute Kenntnisse erlangen, und von Zeit zu Zeit besucht Ihr mich, um mir zu sagen, wie weit Ihr seid und ob ich etwas für Euch tun kann."

So wenig d'Artagnan mit den Hofsitten bekannt war, so entging ihm doch die Kälte dieses Empfangs nicht.

„Ah! Gnädiger Herr", sagte er, „ich sehe, wie sehr der Empfehlungsbrief, den mir mein Vater gegeben hatte, mir heute fehlt."

„In der Tat", erwiderte Herr von Treville, „ich wundere mich, daß Ihr eine Reise ohne diese Notwendigkeit, der einzigen Hilfsquelle für uns Bearner, unternommen habt."

„Ich hatte es, Gott sei Dank, bei mir", rief d'Artagnan, „aber es ist mir gestohlen worden."

Und er erzählte den ganzen Vorfall in Meung, zeichnete den Unbekannten in seinen geringfügigsten Einzelheiten, alles mit einer Wärme und Wahrheit, die Herrn von Treville entzückte.

„Das ist seltsam", sprach Treville sinnend; „Ihr hattet also ganz laut von mir gesprochen?"

„Ja, gnädiger Herr, ich hatte allerdings diese Unklugheit begangen. Ein Name wie der Eurige mußte mir auf der Reise als Schild dienen. Ihr könnt Euch denken, daß ich mich oft unter den Schutz desselben gestellt habe."

Schmeichelei war damals sehr in Mode, und Herr von Treville liebte den Weihrauch so, wie der König oder der Kardinal.

„Hatte dieser Edelmann nicht eine leichte Narbe an der Wange?" - „Ja, wie von einem Streifschuß." - „War er nicht ein Mann von gutem Aussehen?" - „Ja." - „Von hoher Gestalt?" - „Ja" - „Von bleicher Gesichtsfarbe und braunen Haaren?" - „Ja, ja, so ist es. Wie kommt es, gnädiger Herr, daß Ihr diesen Menschen kennt? Ach! Wenn ich ihn wiederfinde, und ich werde ihn wiederfinden, ich schwöre es Euch, und wäre es in der Hölle..." - „Er erwartete eine Frau?" fuhr Treville fort. - „Er ist wenigstens abgereist, nachdem er einen Augenblick mit der Erwarteten gesprochen hatte." - „Ihr wißt nicht, was der Gegenstand ihres Gesprächs war?" - „Er übergab ihr eine Schatulle, sagte, sie enthalte Instruktionen, und schärfte ihr ein, sie erst in London zu öffnen."

„Diese Frau war eine Engländerin?" - „Er nannte sie Mylady." - „Er ist es!" murmelte Treville, „er ist es! Ich glaubte, er wäre noch in Brüssel." - „Oh! Gnädiger Herr, wenn Ihr diesen Menschen kennt", rief d'Artagnan, „so sagt mir, wer er ist und wo er ist. Ich entbinde Euch von allem, selbst von Eurem Versprechen, mich unter die Musketiere aufzunehmen, denn vor allem will ich mich rächen." - „Hütet Euch , junger Mann", rief Treville; „wenn Ihr ihn auf der einen Seite der Straße kommen seht, so geht auf die andere. Stoßt Euch nicht an einem solchen Felsen, er würde Euch wie Glas zerbrechen." - „Wenn ich ihn je wiederfinde“, sprach d’Artagnan, „hält mich dies nicht ab...“ - „Sucht ihn einstweilen nicht auf“, versetzte Treville, „wenn ich Euch raten soll.“

Plötzlich stoppte Treville, von einem raschen Argwohn erfaßt. Der gewaltige Haß, den der junge Reisende so laut gegen diesen Menschen äußerte, der ihm, wie sehr wahrscheinlich war, den Brief seines Vaters entwendet hatte, verbarg er nicht etwa eine Treulosigkeit? War dieser junge Mann nicht von Seiner Eminenz abgesandt? Kam er nicht, um ihm eine Falle zu stellen? War dieser angebliche d’Artagnan nicht ein Spion des Kardinals, den man in sein Haus zu bringen suchte, den man in seine Nähe gebracht hatte, um sein Vertrauen zu erschleichen, um ihn später zu vernichten? Er schaute d’Artagnan das zweite Mal noch schärfer an als das erste Mal. Diese von Schlauheit und geheuchelter Untertänigkeit funkelnde Physiognomie vermochte ihn nur wenig zu beruhigen.

„Ich weiß, daß er Gascogner ist“, dachte Herr von Treville, „aber er kann es ebensowohl für den Kardinal als für mich sein. Wir wollen ihn einmal auf die Probe stellen! - Mein Freund“, sprach er langsam, „ich will Euch als dem Sohn meines alten Freundes, denn ich halte die Geschichte dieses verlorenen Briefs für wahr, ich will Euch, sage ich, um die Kälte, die Ihr anfangs bei meinem Empfang bemerkt habt, wiedergutzumachen, die Geheimnisse unserer Politik offenbaren. Der König und der Kardinal sind die besten Freunde. Ihre scheinbaren Streitigkeiten sollen nur Dummköpfe täuschen. Ich will nicht, daß ein Landsmann, ein netter Kavalier, ein braver Kerl sich durch alle diese Finten täuschen läßt und wie ein Einfaltspinsel in das Garn läuft. Bedenkt, daß ich diesen zwei allmächtigen Herren ergeben bin, und daß ich nie einen anderen Zweck haben werde, als dem König und dem Kardinal, einem der erhabensten Geister Frankreichs, zu dienen. Danach richtet Euch nun, junger Mann, und wenn Ihr, sei es Eurer Familie, sei es Eurer freundschaftlichen Verbindungen wegen, oder aus Instinkt, gegen den Kardinal einen Groll hegt, wie wir ihn oft bei unseren Edelleuten sehen, so sagt uns Lebewohl und verlaßt uns. Ich werde Euch in tausenderlei Dingen unterstützen, aber ohne Euch eine nähere Verbindung mit meiner Person zu gestatten. Ich hoffe jedenfalls durch meine Freimütigkeit Euch zum Freund zu gewinnen, denn bis zu dieser Stunde seid Ihr der einzige junge Mensch, mit dem ich so gesprochen habe."

Treville sagte hierbei zu sich selbst:

„Wenn der Kardinal diesen jungen Fuchs an mich abgesandt hat, so wird er, der wohl weiß, wie sehr er mir verhaßt ist, nicht vergessen haben, seinem Spion zu sagen, das beste Mittel, mir den Hof zu machen, bestehe darin, daß man das Schlimmste von ihm sage. Der listige Fuchs wird mir auch trotz meiner Versicherungen antworten, er verabscheue den Kardinal."

Es ging ganz anders als Treville erwartete. D'Artagnan antwortete mit der größten Einfachheit:

„Mein gnädiger Herr, ich komme mit ähnlichen Ansichten und Absichten nach Paris. Mein Vater hat mir eingeschärft, von niemand als von dem König, dem Kardinal und von Euch, die er für die höchsten Männer von Frankreich hält, etwas zu dulden."

D'Artagnan stellte, wie man hier merkt, Herrn von Treville zu den beiden anderen, aber er dachte, diese Zusammenstellung könnte nichts schaden.

„Ich hege also die größte Verehrung für den Herrn Kardinal", fuhr er fort, „und die tiefste Achtung vor seinen Handlungen. Desto besser für mich, gnädiger Herr, wenn Ihr, wie Ihr sagt, freimütig mit mir sprecht, denn Ihr werdet mir dann die Ehre erweisen, diesen Charakterzug auch an mir zu schätzen. Habt Ihr aber irgendeinen allerdings sehr natürlichen Argwohn gehabt, so sehe ich wohl ein, daß ich mich zugrunde richte, indem ich die Wahrheit sage. Dies wäre um so schlimmer, als ich Eure Wertschätzung verlieren würde, und gerade dies ist es, worauf ich den höchsten Wert lege."

Herr von Treville war äußerst überrascht. So viel Offenherzigkeit, so viel Scharfsinn erregten seine Bewunderung, hoben aber seine Zweifel nicht zur Gänze auf. Je höher dieser junge Mann über anderen jungen Leuten stand, desto mehr war er zu fürchten, wenn er sich täuschte. Dem aber ungeachtet drückte er d'Artagnan die Hand und sagte:

„Ihr seid ein ehrlicher Bursche, aber in diesem Augenblick kann ich nicht mehr tun, als ich Euch soeben angeboten habe. Mein Hotel steht stets für Euch offen. Da Ihr zu jeder Stunde bei mir vorsprechen und deshalb jede Gelegenheit benutzen könnt, so werdet Ihr wahrscheinlich später erreichen, was Ihr erreichen wollt."

„Das heißt, gnädiger Herr", erwiderte d'Artagnan, „Ihr werdet warten, bis ich mich dessen würdig gezeigt habe. Nun gut!" fügte er mit der Vertraulichkeit eines Gascogners hinzu, „Ihr sollt nicht lange warten!" Und er grüßte, um sich zu entfernen, als ob nun das übrige seine Sache wäre.

„Aber wartet doch", rief Herr von Treville und hielt ihn zurück, „ich habe Euch einen Brief an den Vorstand der Akademie angeboten. Seid Ihr zu stolz, ihn anzunehmen, Junker?"

„Nein, gnädiger Herr", entgegnete d'Artagnan, „ich stehe Euch dafür ein, daß es mit diesem nicht gehen soll wie mit dem anderen. Ich werde ihn so gut bewahren, daß er, ich schwöre es Euch, an seine Adresse gelangen soll, und wehe dem, der es versuchen würde, ihn mir zu rauben!"

Herr von Treville lächelte bei dieser Großsprecherei, ließ seinen jungen Landsmann in der Fensternische zurück, wo die Unterredung stattgefunden hatte, setzte sich an einen Tisch und schrieb den versprochenen Empfehlungsbrief. Während dieser Zeit begann d'Artagnan, da er nichts Besseres zu tun hatte, einen Marsch auf den Fensterscheiben zu trommeln, beschaute die Musketiere, welche sich einer nach dem anderen entfernten, und folgte ihnen mit seinen Blicken, bis sie an der Straßenecke verschwanden.

Nachdem Herr von Treville den Brief geschrieben hatte, versiegelte er ihn, stand auf, aber gerade in dem Augenblick, wo d'Artagnan die Hand ausstreckte, um ihn in Empfang zu nehmen, sah Herr von Treville mit großem Staunen, wie sein Schützling einen Sprung machte, vor Zorn feuerrot wurde und aus dem Kabinett stürzte mit dem Ruf:

„Ah! Gottes Blut! Diesmal soll er mir nicht entkommen!"

„Wer denn?" fragte Herr von Treville.

„Er, mein Dieb", antwortete d'Artagnan. „Ha, Verräter!" Und er verschwand.

„Närrischer Teufel!" murmelte Herr von Treville. „Wenn das nicht eine geschickte Art ist, sich davonzumachen, weil er gesehen hat, daß sein Streich fehlgegangen ist."

4. Kapitel

Athos' Schulter, Porthos' Wehrgehenk und Aramis' Taschentuch

Wutentbrannt hatte d'Artagnan in drei Sprüngen das Vorzimmer hinter sich, und stürzte zur Treppe, deren Stufen er zu vieren hinabeilen wollte, als er blindlings stürmend einem Musketier, der durch eine Nebentür von Herrn von Treville kam, so an die Schulter stieß, daß dieser aufschrie.

„Entschuldigt mich", sagte d'Artagnan, der seinen Lauf fortzusetzen versuchte, „entschuldigt mich, aber ich habe es eilig."

Kaum war er die erste Treppe hinab, als ihn eine eiserne Hand packte und zurückhielt.

„Ihr habt Eile", rief der Musketier, bleich wie ein Leintuch, „unter diesem Vorwand stoßt Ihr mich? Ihr sagt: ‚Entschuldigt mich,' und glaubt, das genügt? Nicht ganz, junger Mann. Glaubt Ihr, weil Ihr Herrn von Treville heute wenig kavaliermäßig mit uns sprechen hörtet, man könnte uns so behandeln, wie er mit uns spricht? Laßt Euch diesen Wahn vergehen, Ihr seid noch nicht Herr von Treville!"

„Meiner Treu", erwiderte d'Artagnan, der Arthos erkannte, der, nachdem der Arzt den Verband angelegt hatte, wieder zu seiner Wohnung zurückkehrte, „meiner Treu, ich habe es nicht absichtlich getan, und weil ich es nicht absichtlich getan habe, sagte ich: ‚Entschuldigt mich.' Das scheint mir genug zu sein. Ich wiederhole aber, daß ich Eile habe, große Eile. Laßt mich los, ich bitte Euch, laßt mich dahin, wo ich hin muß."

„Mein Herr“, sprach Athos, „Ihr seid nicht artig. Man sieht, daß Ihr aus der Provinz kommt.“

D'Artagnan hatte schon drei bis vier Stufen hinter sich, aber Athos' Bemerkung hielt ihn auf der Stelle fest.

„Bei Gott! Mein Herr“, sprach er, „aus so weiter Ferne ich auch kommen mag, so werdet Ihr mir doch keinen Unterricht in feinen Manieren erteilen, das sage ich Euch.“ - „Vielleicht“, erwiderte Athos. - „Oh! Wenn ich nicht so große Eile hätte“, rief d'Artagnan, „und wenn ich nicht einem nachlaufen würde ...“ - „Ei, mein eiliger Herr, mich werdet Ihr finden, ohne mir nachzulaufen, versteht Ihr?“ - „Und wo dies, bitte?“ - „Bei den Karmeliter-Barfüßern.“ - „Wann?“ - „Gegen Mittag.“ - „Gegen Mittag, gut, ich werde dort sein.“ - „Laßt mich nicht lange warten, denn ein Viertel nach zwölf laufe ich Euch nach, das sage ich Euch, und schneide Euch die Ohren im Laufen ab.“ - „Gut! Ich werde zehn Minuten vor zwölf da sein.“

Und er fing wieder an zu rennen, als ob ihn der Teufel holte, in der Hoffnung, seinen Unbekannten zu finden, den sein ruhiger Gang noch nicht weit geführt haben konnte.

Aber am Straßentor plauderte Porthos mit einem wachestehenden Soldaten. Zwischen den zwei Sprechenden war gerade Raum für einen Mann. D'Artagnan glaubte, dieser Raum würde genügen und stürzte vor, um wie ein Pfeil zwischen beiden durchzuschießen. Aber d'Artagnan hatte ohne den Wind gerechnet. Als er eben im Begriff war durchzurennen, fing sich der Wind in Porthos' langem Mantel und d'Artagnan prallte gerade in den Mantel hinein. Porthos hatte ohne Zweifel Gründe, diesen wesentlichen Teil seiner Kleidung nicht preiszugeben, denn statt den Stoff, den er festhielt, fahren zu lassen, zog er ihn an sich, so daß d'Artagnan durch eine drehende Bewegung, die sich leicht durch den Widerstand des hartnäckigen Porthos erklären läßt, sich in den Samtstoff verwickelte.

V. Beaucé
A. GUSMAN SC.

Als d'Artagnan den Musketier fluchen hörte, wollte er sich unter dem Mantel, der ihm die Sicht nahm, hervorarbeiten und suchte in den Falten seinen Weg. Er fürchtete besonders die Frische des uns bereits bekannten glänzenden Wehrgehenks beeinträchtigt zu haben. Als er aber schüchtern die Augen öffnete, bemerkte er, daß seine Nase sich zwischen Porthos' beiden Schultern, das heißt gerade auf dem Wehrgehenk befand. Ah! Wie die meisten Dinge dieser Welt, die nur den Schein für sich haben, war das Wehrgehenk vorn aus Gold und hinten aus Büffelleder. Da Porthos, dieser richtige Hochmutsnarr, kein ganz goldenes Wehrgehenk haben konnte, so hatte er wenigstens die Hälfte davon. Jetzt begreift man die Notwendigkeit des Schnupfens und das dringende Bedürfnis eines Mantels.

„Donner und Teufel!" rief Porthos, während er sich mit aller Gewalt anstrengte, von d'Artagnan loszukommen, der ihm am Rücken klebte, „seid Ihr denn wahnsinnig, daß Ihr Euch so auf die Leute werft!"

„Entschuldigt mich", sagte d'Artagnan, als er wieder unter den Schultern des Riesen erschien, „aber ich hatte Eile, ich laufe einem nach, und ..."

„Vergeßt Ihr vielleicht Eure Augen, wenn Ihr jemand nachlauft?" fragte Porthos.

„Nein", antwortete d'Artagnan gereizt, „nein, und meinen Augen habe ich es sogar zu danken, daß ich das sehe, was andere nicht sehen."

Porthos verstand oder verstand nicht, jedenfalls packte ihn der Zorn, und er rief:

„Mein Herr, man wird Euch zu striegeln wissen, wenn Ihr Euch an Musketieren reibt."

„Striegeln", sagte d'Artagnan mit aufsteigendem Zorn, „das Wort ist hart."

„Es ist das Wort eines Mannes, der seinen Feinden ins Gesicht zu sehen gewohnt ist."

„Oh! Bei Gott, ich weiß wohl, daß Ihr den Eurigen den Rücken nicht zukehrt."

Und über seinen Witz entzückt, entfernte sich der junge Mann lachend.

Porthos schäumte vor Wut und machte eine Bewegung, um über d'Artagnan herzufallen.

„Später, später", rief dieser, „wenn Ihr Euren Mantel nicht mehr anhabt."

„Um ein Uhr also, hinter dem Luxembourg."

„Nun gut, um ein Uhr", erwiderte d'Artagnan, und ging um die Straßenecke.

Aber weder in der Straße, die er durchlaufen hatte, noch in der jetzigen, sah er irgend jemanden. So langsam der Unbekannte auch gegangen sein mochte, so hatte er doch einen Vorsprung gewonnen. Vielleicht war er auch in ein Haus eingetreten. D'Artagnan erkundigte sich bei allen, denen er begegnete, nach ihm, ging bis zur Fähre hinab und wieder durch die Rue de Seine und la Croix-Rouge hinauf, aber nichts, durchaus nichts. Dieses Laufen war jedoch insoweit für ihn vorteilhaft, als je mehr der Schweiß seine Stirn überströmte, desto mehr kühlte sein Gemüt sich ab. Er fing nun an, über die Ereignisse, die er soeben durchlebt hatte, nachzudenken. Es war kaum elf Uhr und bereits hatte ihm der Morgen die Ungunst des Herrn von Treville zugezogen, der die Art und Weise, wie d'Artagnan ihn verlassen hatte, wenig kavaliermäßig finden mußte. Dann war er zwei Duelle mit Männern eingegangen, von denen jeder imstande war, drei d'Artagnans zu töten, kurz mit zwei Musketieren, mit zwei von diesen Wesen, die er so hoch schätzte, daß er sie in seinem Geist und in seinem Herzen über alle anderen Menschen stellte.

Die Lage war traurig. In der Überzeugung, von Athos getötet zu werden, kümmerte sich der junge Mann begreiflicherweise nicht viel um Porthos. Da jedoch die

Hoffnung das letzte ist, was in dem Herzen des Menschen erlischt, so fing er wirklich an zu hoffen, er könnte diese zwei Duelle, freilich mit furchtbaren Wunden, überleben.

Immer weiter marschierend und mit sich selbst sprechend, war d'Artagnan bis auf einige Schritte von dem Hotel d'Aiguillon gelangt, und vor diesem Hotel hatte er Aramis wahrgenommen, der mit drei Edelleuten von der Leibwache des Königs plauderte. Aramis bemerkte d'Artagnan ebenfalls. Da er nicht vergaß, daß sich Herr von Treville diesen Morgen in seiner Gegenwart so stark ausgedrückt hatte, und da ein Zeuge der Vorwürfe, die den Musketieren zuteil wurden, ihm in keiner Beziehung angenehm war, so gab er sich den Anschein, als würde er ihn gar nicht sehen. D'Artagnan aber, der im Gegenteil ganz mit seinen Versöhnungs- und Höflichkeitserklärungen beschäftigt war, näherte sich den vier jungen Leuten und machte eine tiefe Verbeugung. Aramis nickte leicht mit dem Kopf. Alle vier unterbrachen jedoch ihr Gespräch.

D'Artagnan war nicht so töricht, um nicht einzusehen, daß er hier zuviel war, aber er hatte in den Manieren der großen Welt noch nicht genug Gewandtheit, um sich auf eine geschickte Art aus einer schiefen Lage zu ziehen. Er suchte eben in seinem Inneren nach einem Mittel, sich auf die beste Weise zurückzuziehen, als er sah, daß Aramis ein Taschentuch entfallen war, auf das er, ohne Zweifel aus Unachtsamkeit, seinen Fuß gestellt hatte. Dies schien ihm der günstige Augenblick zu sein, um seine Ungeschicklichkeit wiedergutzumachen. Er bückte sich, zog mit der verbindlichsten Miene, die er sich zu geben vermochte, das Taschentuch unter dem Fuß des Musketiers hervor, wie sehr dieser sich auch anstrengte, es zurückzuhalten, und sprach, indem er es ihm übergab:

„Ich glaube, mein Herr, Ihr würdet dieses Taschentuch wohl nicht gern verlieren."

Das Taschentuch war reich bestickt und hatte eine Krone und ein Wappen in einer seiner Ecken. Aramis errötete im höchsten Grad und riß das Taschentuch förmlich aus den Händen des Gascogners.

„Aha!" rief einer der Umstehenden, „wirst du noch behaupten, du stehst schlecht mit Frau von Bois-Tracy, da diese anmutige Dame die Gefälligkeit hat, dir ihre Taschentücher zu leihen?"

Aramis schleuderte d'Artagnan einen tödlichen Blick zu, aber mit süßlicher Miene sprach er:

„Ihr täuscht euch, meine Herren, dieses Taschentuch gehört mir nicht, und ich weiß nicht, warum es diesem Menschen in den Kopf gekommen ist, es eher mir als einem von euch zuzustellen. Zum Beweis ist hier das meinige in meiner Tasche."

Bei diesen Worten zog er sein eigenes Taschentuch hervor, ebenfalls ein sehr elegantes, feines Batisttuch, obgleich Batist damals noch teuer war, aber ohne Wappen, ohne Stickerei und nur mit einem einzigen Namenszug, dem seines Eigentümers, bezeichnet.

Diesmal gab d'Artagnan keinen Ton von sich. Er hatte seinen Mißgriff erkannt. Aber die Freunde von Aramis ließen sich durch sein Leugnen nicht überzeugen, und einer von ihnen wandte sich mit geheucheltem Ernst an ihn und sprach:

„Wenn es so wäre, wie du behauptest, mein lieber Aramis, so würde ich mich genötigt sehen, es von dir zurückzufordern, denn Bois-Tracy ist, wie du weißt, einer meiner besten Freunde, und man soll keine Trophäen aus dem Eigentum seiner Gattin machen."

„Du stellst dein Verlangen nicht auf die geeignete Weise", erwiderte Aramis, „und während ich die Gerechtigkeit deiner Forderung im Grunde würdige, müßte ich sie der Form wegen zurückweisen."

„In der Tat", wagte d'Artagnan schüchtern zu bemerken, „ich habe das Tuch nicht aus Aramis' Tasche fallen sehen. Er hatte den Fuß darauf, das ist alles, und weil er den Fuß darauf hatte, glaubte ich, das Taschentuch gehöre ihm."

„Und Ihr habt Euch getäuscht", antwortete Aramis kalt, ohne auf diese Entschuldigung Wert zu legen. Dann wandte er sich an denjenigen, welcher sich für den Freund von Bois-Tracy ausgegeben hatte, und fuhr fort: „Überdies, du lieber Busenfreund Bois-Tracys, wenn ich es recht bedenke, bin ich selbst ein nicht weniger zärtlicher Freund von ihm, als du es sein kannst, so daß dieses Tuch sowohl aus deiner Tasche als auch aus der meinen gefallen sein kann."

„Nein, auf Ehre", rief der Soldat von der Leibwache Seiner Majestät.

„Du schwörst bei deiner Ehre und ich bei meinem Wort, und dabei muß nun notwendig einer von uns beiden lügen. Halt, es ist das gescheiteste, Montaran, es nimmt jeder von uns die Hälfte davon."

„Von dem Taschentuch?"

„Ja."

„Vortrefflich", riefen die beiden anderen. „Das Urteil Salomos. Aramis, du bist wirklich ein Weiser."

Die jungen Leute brachen in Gelächter aus, und die Sache hatte, wie man sich denken kann, keine weiteren Folgen. Nach einem Augenblick hörte das Gespräch auf, die drei Soldaten von der Leibwache und der Musketier drückten sich herzlich die Hände und gingen auseinander.

„Das ist der Augenblick, um mit diesem artigen Mann Frieden zu schließen", sagte d'Artagnan, der sich während des letzten Teils der Unterredung etwas abseits gehalten hatte, zu sich selbst, und mit dieser freundlichen Gesinnung trat er zu Aramis, der sich entfernte, ohne ihm weitere Aufmerksamkeit zu schenken.

„Mein Herr“, sprach er, „Ihr werdet mich hoffentlich entschuldigen.“

„Ah! Mein Herr“, unterbrach ihn Aramis, „erlaubt mir, Euch zu sagen, daß Ihr in dieser Sache nicht gehandelt habt wie ein artiger Mann hätte handeln müssen.“

„Wie, Herr! Ihr meint...“

„Ich meine, Herr, daß Ihr kein Dummkopf seid, und daß Ihr, obwohl Ihr aus der Gascogne kommt, genau wißt, daß man nicht ohne Grund auf Taschentücher tritt. Was, zum Teufel, Paris ist nicht mit Batist gepflastert.“

„Mein Herr, Ihr habt unrecht, daß Ihr mich zu demütigen sucht“, sagte d'Artagnan, bei dem die angeborene Streitsucht lauter sprach als seine friedlichen Entschlüsse. „Ich bin allerdings aus der Gascogne, und da Ihr dies wißt, so brauche ich Euch nicht zu sagen, daß die Gascogner wenig Geduld besitzen, und wenn sie sich einmal entschuldigt haben, sei es auch wegen einer Grobheit, so sind sie überzeugt, daß sie um die Hälfte mehr getan haben, als sie hätten tun sollen.“

„Mein Herr“, erwiderte Aramis, „was ich Euch sage, sage ich nicht aus Streitsucht. Ich gehöre - Gott sei Dank - nicht zu den Raufbolden, und da ich nur vorläufig Musketier bin, so schlage ich mich bloß, wenn ich dazu genötigt werde, und stets mit Widerstreben. Aber diesmal ist es eine Angelegenheit von Belang, denn Ihr habt die Ehre einer Dame gefährdet.“

„Ich? Was wollt Ihr damit sagen?“ rief d'Artagnan. - „Warum hattet Ihr die Ungeschicklichkeit, mir dieses Taschentuch zu geben?“ - „Warum hattet Ihr die Ungeschicklichkeit, es fallen zu lassen?“ - „Ich habe gesagt und wiederhole, mein Herr, daß dieses Tuch nicht aus meiner Tasche ist.“ - „Nun, dann habt Ihr zweimal gelogen, mein Herr, denn ich habe es selbst herausfallen sehen.“ - „Ha! Ihr sprecht in diesem Tone, Herr Gascogner? Nun wohl!

Ich werde Euch Lebensart beibringen." - „Und ich werde Euch in Eure Messe zurückschicken, mein Herr Abbé. Zieht vom Leder, und zwar sogleich, wenn es Euch gefällt!"

„Nein, mit Eurer Erlaubnis, mein Freund, wenigstens nicht hier. Seht Ihr nicht, daß wir dem Hotel d'Aiguillon gegenüberstehen, das voll von Kreaturen des Kardinals ist? Wer sagt mir, daß Euch nicht Seine Eminenz beauftragt hat, ihm meinen Kopf zu verschaffen? Nun halte ich viel auf meinen Kopf, da er mir sehr gut steht. Ich werde Euch schon töten, seid ganz ruhig, aber in Stille, an einem heimlichen, verborgenen Ort, damit Ihr Euch vor niemandem Eures Todes rühmen könnt." - „Es mag wohl sein, aber verlaßt Euch nicht darauf, und nehmt Euer Taschentuch mit, ob es Euch gehört oder nicht. Ihr habt vielleicht Gelegenheit, es zu benützen." -

„Um zwei Uhr werde ich die Ehre haben, Euch im Hotel des Herrn von Treville zu erwarten, dort zeige ich Euch geeignete Stellen."

Die zwei jungen Leute grüßten, Aramis ging die Straße hinauf, die zum Luxembourg führte, während d'Artagnan, als er sah, daß die bestimmte Stunde kam, den Weg zum Barfüßerkloster einschlug. Dabei sagte er zu sich selbst: „Ich kann offenbar nicht mit dem Leben davonkommen, aber wenn ich getötet werde, so werde ich doch wenigstens von einem Musketier getötet."

5. Kapitel

Die Musketiere des Königs und die Leibwache des Herrn Kardinals

D'Artagnan kannte niemand in Paris. Er ging daher zu dem bestimmten Ort, ohne einen Sekundanten mitzubringen, entschlossen, sich mit denen zu begnügen, die sein Gegner gewählt haben würde. Überdies war es ausdrücklich seine Pflicht, offen, aber zugleich ohne Schwäche, jede Entschuldigung auszusprechen. Er fürchtete, dieses Duell könne die gewöhnliche Folge eines solchen Handelns haben, wenn sich ein junger und kräftiger Mann mit einem verwundeten und geschwächten Gegner schlägt: Überwunden, verdoppelt er den Triumph seines Widersachers, als Sieger wird er der Pflichtvergessenheit und eines billigen Muts angeklagt.

Wenn wir den Charakter unseres Abenteurers nicht schlecht geschildert haben, so kann es den Lesern nicht entgangen sein, daß d'Artagnan durchaus kein gewöhnlicher Mensch war. Während er stets wiederholte, daß sein Tod unvermeidlich sei, war er durchaus nicht willens, ganz geduldig zu sterben, wie ein anderer weniger mutiger Mensch an seiner Stelle getan haben würde. Er zog die verschiedenen Charaktere derjenigen in Betracht, mit denen er sich schlagen sollte, und fing an, seine Lage klarer zu sehen. Durch die Entschuldigungen, die er auszusprechen gedachte, hoffte er Athos, dessen vornehmes Aussehen und stolze Miene ihm ungemein gefielen, zum Freund zu gewinnen. Er schmeichelte sich, Porthos mit dem Wehrgehenk-Abenteuer einzuschüchtern, das er, wenn er nicht auf der Stelle getötet würde, jedermann erzählen könnte, und eine solche Erzählung, sagte er sich, müßte, auf eine geschickte Weise verbreitet, Porthos höchst lächerlich machen. Vor dem duckmäuserischen Aramis war ihm nicht besonders bange, und wenn es bis zu ihm käme, so meinte er, würde es ihm schon gelingen, ihn ganz abzufertigen oder wenigstens durch tüchtige Hiebe in das Gesicht für immer die Schönheit zugrunde zu richten, auf die er so stolz war.

Dann besaß d'Artagnan jenen unerschütterlichen Grundstock von Entschlossenheit, den in seinem Gemüt die Ermahnungen seines Vaters gebildet hatten, welche darauf hinausliefen, daß er von niemand, außer von dem König, dem Kardinal und von Herrn von Treville etwas dulden sollte. Er flog also beinahe zum Kloster der Karmeliter-Barfüßer, einem fensterlosen Gebäude, das an unfruchtbaren zur Schreiberwiese gehörigen Wiesen lag und von Leuten, die keine Zeit verlieren wollten, gewöhnlich zu Zweikämpfen benutzt wurde.

Als d'Artagnan auf dem kleinen, unbebauten Platz ankam, der sich am Fuß des Klosters befand, wartete Athos erst seit fünf Minuten, und es schlug gerade zwölf. Er war also pünktlich wie die Samaritanerin, und der strengste Duellspezialist hätte nichts auszusetzen gehabt.

Athos, der noch immer an seiner Wunde litt, obwohl sie um neun Uhr vom Chirurgen des Herrn von Treville verbunden worden war, saß auf einem Brunnen und erwartete seinen Gegner in ruhiger Haltung und mit würdiger Miene, die ihn nie verließ. Beim Anblick d'Artagnans stand er auf und ging ihm höflich einige Schritte entgegen. Dieser näherte sich seinem Widersacher, den Hut in der Hand.

„Mein Herr", sagte Athos, „ich habe zwei von meinen Freunden benachrichtigen lassen, die mir als Sekundanten dienen werden. Aber diese zwei Freunde sind noch nicht eingetroffen. Ich wundere mich über ihr langes Ausbleiben, denn es ist sonst nicht ihre Gewohnheit."

„Ich selbst habe keinen Sekundanten, mein Herr", erwiderte d'Artagnan, „denn erst gestern in Paris eingetroffen, kenne ich hier niemanden, außer Herrn von Treville, dem ich durch meinen Vater empfohlen worden bin, welcher sich zu seinen Freunden zu zählen die Ehre hat."

Athos überlegte einen Augenblick.

„Ihr kennt nur Herrn von Treville?" fragte er.

„Ja, mein Herr, ich kenne nur ihn."

„Nun dann", fuhr Athos halb mit sich selbst, halb zu d'Artagnan sprechend fort, „wenn ich Euch töte, werde ich das Ansehen eines Kinderfressers haben!"

„Nicht zu sehr, mein Herr", erwiderte d'Artagnan mit einer Verbeugung, „nicht gar zu sehr, da Ihr mir die Ehre erweist, den Degen gegen mich mit einer Wunde zu ziehen, die Euch sehr belästigen muß."

„Sie ist mir wirklich sehr lästig, und ich muß Euch sagen, Ihr habt mir sehr weh getan. Aber ich werde die linke Hand nehmen, was unter solchen Umständen meine Gewohnheit ist. Glaubt nicht, daß ich Euch eine Gnade gewähre, denn ich fechte gleich gut mit beiden Händen. Ja! Ihr seid sogar im Nachteil, ein Linkshänder ist sehr unbequem für Leute, die nicht zuvor davon in Kenntnis gesetzt sind. Ich bedauere daher ungemein, Euch diesen Umstand nicht früher mitgeteilt zu haben."

„Mein Herr", sagte d'Artagnan, „Ihr seid in der Tat von einer Höflichkeit, wofür ich Euch höchst verpflichtet bin."

„Ihr macht mich verlegen", erwiderte Athos mit seiner edelmännischen Miene; „Ich bitte, sprechen wir von etwas anderem, wenn es Euch nicht unangenehm ist. Ah, Gottes Blut! Wie habt Ihr mir weh getan! Die Schulter brennt mir."

„Wenn Ihr mir erlauben wollt ...", sagte d'Artagnan.

„Was denn, mein Herr?"

„Ich besitze einen Wunderbalsam für Wunden, einen Balsam, den mir meine Mutter gegeben hat, und von dem ich an mir selbst eine Probe gemacht habe."

„Nun?"

„Nun, ich bin überzeugt, daß dieser Balsam Euch in weniger als drei Tagen heilen würde, und nach Ablauf dieser drei Tage, mein Herr, wäre es mir immer eine große Ehre, Euch zu Diensten zu stehen."

D'Artagnan sprach die Worte mit einer Einfachheit, die seinen höflichen Sitten Ehre machte.

„Bei Gott, mein Herr", sagte Athos, „das ist ein Vorschlag, der mir gefällt. Nicht, als ob ich ihn annehmen würde, aber auf eine Meile erkennt man daran den Edelmann."

„Wenn Ihr Eile habt, mein Herr", sagte d'Artagnan zu Athos mit derselben Einfachheit, womit er ihm soeben einen dreitägigen Aufschub vorgeschlagen hatte, „wenn Ihr Eile habt, so fangen wir gleich an."

„Abermals ein Wort, das mir gefällt", sprach Athos mit freundlichem Kopfnicken. „Er ist nicht ohne Geist und hat sicherlich Herz", dachte er. „Mein Herr, ich liebe die Leute Eures Schlags, und sehe, daß ich, wenn wir uns nicht töten, später ein großes Vergnügen an Eurer Unterhaltung finden werde. Wir wollen diese Herren abwarten, denn ich habe Zeit genug, und so wird es korrekter sein. Ah, ich glaube, da kommt einer!"

Am Ende der Rue de Vaugirard erschien wirklich der riesige Porthos.

„Wie", rief d'Artagnan, „Euer erster Zeuge ist Herr Porthos?" - „Ja! Ist Euch dies etwa unangenehm?" - „Nein, keineswegs." - „Und hier ist der zweite." - D'Artagnan wandte sich nach der von Athos bezeichneten Seite um und erkannte Aramis.

„Wie!“ rief er mit noch größerer Verwunderung, „Euer zweiter Zeuge ist Herr Aramis?“ - „Allerdings! Wißt Ihr nicht, daß man nie einen von uns ohne den anderen sieht, und daß man uns bei den Musketieren wie bei den Leibwachen, bei Hof wie in der Stadt Athos, Porthos und Aramis, oder die drei Unzertrennlichen nennt? Da Ihr jedoch von Dax oder von Pau kommt...“ - „Von Tarbes“, sagte d'Artagnan. - „So ist es Euch erlaubt, diese Dinge nicht zu wissen.“ sprach Athos. - „Meiner Treu“, erwiderte d'Artagnan, „man nennt Euch mit Recht so, und mein Abenteuer, wenn es einiges Aufsehen macht, wird wenigstens beweisen, daß Eure Verbindung nicht auf Kontrasten beruht.“

Währenddessen kam Porthos näher und begrüßte Athos. Dann blieb er, sich zu d'Artagnan umwendend, sehr erstaunt stehen.

Beiläufig bemerken wir, daß er sein Wehrgehenk gewechselt und seinen Mantel abgelegt hatte.

„Aha!“ rief er, „was ist das?“ - „Mit diesem Herrn schlage ich mich“, sprach Athos und deutete mit der Hand auf d'Artagnan. - „Ich schlage mich ebenfalls mit ihm“, sagte Porthos. - „Aber erst um ein Uhr“, erwiderte d'Artagnan. - „Und ich schlage mich auch mit diesem Herrn“, sagte Aramis, der in diesem Augenblick herankam.

„Aber erst um zwei Uhr“, entgegnete d'Artagnan.

„Doch sage mir, warum schlägst du dich, Athos?“ fragte Aramis. - „Meiner Treu, ich weiß es nicht, er hat mir an der Schulter weh getan. Du, Porthos?“ - „Meiner Treu, ich schlage mich, weil ich mich schlage“, antwortete Porthos errötend.

Athos, dem nichts entging, sah, wie sich ein feines Lächeln über die Lippen des Gascogners hinzog.

„Wir haben einen Toilettenstreit gehabt“, sagte der junge Mann.

„Und du, Aramis?“ fragte Athos.

„Ich schlage mich wegen eines theologischen Themas", antwortete Aramis. Dabei gab er d'Artagnan ein Zeichen, durch das er ihn bat, die Ursache ihres Duells geheimzuhalten.

Athos sah ein zweites Lächeln über d'Artagnans Lippen schweben.

„Wirklich?" sagte Athos.

„Ja, wegen des Heiligen Augustin, über den wir verschiedener Meinung sind", erwiderte der Gascogner.

„Das ist entschieden ein gescheiter Kerl", murmelte Athos.

„Und nun, da Ihr beisammen seid, meine Herren", sagte d'Artagnan, „erlaubt mir meine Entschuldigungen vorzutragen."

Bei dem Wort Entschuldigungen zog eine Wolke über Athos' Stirn. Ein hochmütiges Lächeln glitt über die Lippen von Porthos, und ein verneinendes Zeichen war die Antwort von Aramis.

„Ihr versteht mich nicht, meine Herren", sagte d'Artagnan mit hochgeworfenem Haupt. „Ich bitte Euch um Vergebung, falls ich nicht imstande sein sollte, meine Schuld an alle drei abzutragen; denn Herr Athos hat das Recht, mich zuerst zu töten, was Eurer Schuldforderung, Herr Porthos, viel von ihrem Wert nimmt und die Eurige, Herr Aramis, beinahe zunichte macht. Und nun, meine Herren, wiederhole ich, entschuldigt mich, aber nur in dieser Beziehung, und ausgelegt!"

Nach diesen Worten zog d'Artagnan elegant seinen Degen. Das Blut war ihm in den Kopf gestiegen, und er hätte in diesem Augenblick seinen Degen gegen alle Musketiere des Königreichs gezogen.

Es war ein Viertel nach zwölf Uhr. Die Sonne stand im Zenit, und die zum Schauplatz des Zweikampfes gewählte Stelle war völlig ihrer Glut ausgesetzt.

„Es ist sehr warm“, sagte Athos, ebenfalls seinen Degen ziehend, „und dennoch kann ich mein Wams nicht ablegen. Ich habe soeben gefühlt, daß meine Wunde blutet, und ich müßte den Herrn zu belästigen fürchten, wenn ich ihn Blut sehen ließe, dessen Fließen er nicht selbst veranlaßt hätte.“

„Das ist wahr, mein Herr“, sagte d’Artagnan, „und ich versichere Euch, daß ich, mag die Wunde durch mich oder durch einen anderen veranlaßt sein, stets mit Bedauern das Blut eines so braven Edelmanns sehen werde. Ich werde mich also ebenfalls in Wams schlagen.“

„Vorwärts!“ rief Porthos, „genug der Artigkeit! Bedenkt, daß wir warten, bis die Reihe an uns kommt.“

„Sprecht für Euch allein, Porthos, wenn Ihr solche Ungereimtheiten vorzubringen habt“, unterbrach ihn Aramis. „Ich für meine Person finde die Dinge, die sich diese Herren sagen, sehr gut gesagt und zweier Edelleute vollkommen würdig.“

„Wenn’s beliebt, mein Herr“, sprach Athos und legte aus.

„Ich erwarte Eure Befehle“, entgegnete d’Artagnan den Degen kreuzend.

Aber die beiden Degen hatten kaum bei ihrer Berührung geklirrt, als eine Korporalschaft von der Leibwache Seiner Eminenz, von Herrn von Jussac befehligt, sich an der Ecke des Klosters zeigte.

„Die Leibwache des Kardinals!“ riefen Porthos und Aramis. „Die Degen weg, meine Herren, die Degen weg!“

Aber es war zu spät. Man hatte die zwei Kämpfenden in einer Stellung gesehen, welche keinen Zweifel über ihre Absichten zuließ.

„Hallo!“ rief Jussac, indem er auf sie zuging. „Hallo! Musketiere, man schlägt sich also hier? Und die Edikte, wie steht es damit?“

„Ihr seid sehr edelmütig, meine Herren Gardisten“,

sagte Athos voll Groll, denn Jussac war einer von den vorgestrigen Angreifern. „Wenn wir sehen, daß ihr euch schlagt, so stehe ich euch dafür, daß wir uns wohl hüten werden, euch daran zu hindern. Laßt uns also gewähren, und ihr sollt ein Vergnügen haben, das euch gar keine Mühe kostet."

„Meine Herren", entgegnete Jussac, „zu meinem größten Bedauern erkläre ich, daß dies unmöglich ist. Unsere Pflicht geht vor. Steckt bitte ein und folgt uns!"

„Mein Herr", sprach Aramis, Jussac parodierend, „mit größtem Vergnügen würden wir Eurer freundlichen Einladung Folge leisten, wenn es von uns abhinge, aber leider ist dies unmöglich. Herr von Treville hat es uns verboten. Geht also, das ist das beste, was Ihr tun könnt."

Dieser Spott brachte Jussac außer sich.

„Wir greifen euch an, wenn ihr nicht gehorcht."

„Sie sind zu fünft", sagte Athos mit leiser Stimme, „und wir sind nur drei. Wir werden wieder geschlagen und müssen hier sterben, denn ich erkläre, daß ich mich nicht vor dem Kapitän blicken lasse als Besiegter."

Athos, Porthos und Aramis traten gleich näher zusammen, während Jussac seine Leute in Linie aufstellte.

Dieser einzige Augenblick genügte d'Artagnan, seinen Entschluß zu fassen. War dies eines der Ereignisse, die über das Leben eines Menschen entscheiden, so war eine Wahl zwischen dem König und dem Kardinal zu treffen, und hatte er gewählt, so mußte er dabei bleiben. Wenn er sich schlug, beging er einen Ungehorsam gegen das Gesetz, wagte seinen Kopf und machte sich einen Minister zum Feind, der mächtiger als der König selbst war. Dies begriff der junge Mann, und wir haben zu seinem Lob zu erwähnen, daß er nicht eine Sekunde zögerte. Er wandte sich an Athos und sein Freunde und sagte:

„Ich habe an Euren Worten, wenn es erlaubt ist, etwas

auszusetzen. Ihr sagt, ihr wärt nur zu dritt, doch mir scheint, wir sind zu viert."

„Ihr gehört ja nicht zu den Unseren", sprach Porthos.

„Allerdings", entgegnete d'Artagnan, „nicht der Uniform, aber dem Herzen nach. Mein Herz ist das eines Musketiers, das fühle ich, meine Herren, und das reißt mich fort."

„Entfernt Euch, junger Mann", rief Jussac, der ohne Zweifel aus Gebärden und Ausdruck die Absicht d'Artagnans erraten hatte. „Ihr könnt Euch zurückziehen, wir erlauben es. Rettet Eure Haut, geht geschwind."

D'Artagnan wich nicht von der Stelle.

„Ihr seid wirklich ein herrlicher Junge", sagte Athos, und drückte dem Gascogner die Hand.

„Vorwärts, entschließen wir uns", sprach Jussac.

„Auf!" sagten Porthos und Aramis, „Wir müssen etwas tun."

„Ihr seid zu edelmütig", sprach Athos.

Alle drei zogen die Jugend d'Artagnans in Betracht und fürchteten seine Unerfahrenheit.

„Wir werden mit dem Verwundeten nur drei sein, denn diesen Jungen können wir nicht rechnen, und trotzdem wird es heißen, wir seien vier Mann hoch gewesen."

„Ja, aber zurückweichen!" entgegnete Porthos. - „Das ist schwierig", sagte Athos. - „Es ist unmöglich!" bemerkte Aramis.

D'Artagnan begriff ihre Unentschlossenheit.

„Meine Herren, stellt mich auf die Probe", rief er. „Ich schwöre euch bei meiner Ehre, daß ich nicht von dieser Stelle weiche, wenn wir besiegt sind."

„Wie heißt Ihr, mein Braver?" sagte Athos.

„D'Artagnan, mein Herr."

„Nun wohl, Athos, Porthos, Aramis und d'Artagnan, vorwärts!" rief Athos.

„Gut, meine Herren, ihr habt euch entschieden?“ rief Jussac zum drittenmal.

„So ist es“, entgegnete Athos.

„Und was denkt ihr zu tun?“ fragte Jussac.

„Wir werden die Ehre haben, euch anzugreifen“, antwortete Aramis, indem er mit der einen Hand seinen Hut und mit der anderen den Degen zog.

„Ah! Ihr leistet Widerstand!“ rief Jussac.

„Gottes Blut! Darüber wundert Ihr Euch?“

Und die neun Kämpfer stürzten mit einer Wut aufeinander los, die eine gewisse Methode nicht ausschloß. Athos nahm einen gewissen Cahusac, den Liebling des Kardinals, auf sich. Porthos hatte Biscarat gegen sich, und Aramis sah sich zwei Feinden gegenüber. D'Artagnan hatte gegen Jussac zu kämpfen.

Das Herz des jungen Gascogners schlug ihm bis zum Hals - nicht aus Furcht, denn davon hatte er keinen Schatten, sondern aus Eifer. Er kämpfte wie ein wütender Tiger, drehte sich zehnmal um seinen Gegner und veränderte zwanzigmal seine Stellung und sein Terrain. Jussac war, wie man es damals nannte, ein Freund der Klinge, und hatte viel Übung, aber nur mit großer Mühe konnte er sich gegen einen Widersacher wehren, der rasch und behend alle Augenblicke von den Regeln der Kunst abwich und von allen Seiten angriff, dabei aber wie ein Mensch parierte, der seiner Haut die größte Rücksicht widmet. Endlich verlor Jussac bei diesem Streit die Geduld. Wütend darüber, daß er von einem Menschen in Schach gehalten wurde, den er für ein Kind angesehen hatte, erhitzte er sich und fing an, sich Blößen zu geben. D'Artagnan, der in Ermangelung der Praxis eine gründliche Theorie besaß, verdoppelte seine Anstrengungen. Jussac wollte der Sache ein Ende machen und führte einen furchtbaren Streich gegen d'Artagnan. Dieser parierte aber, und während Jussac sich wieder erhob, stieß er ihm, schlangenartig unter seinem Stahl hingleitend, den Degen durch den Leib. Jussac fiel wie eine träge Masse zu Boden.

D'Artagnan warf einen raschen, unruhigen Blick auf das Schlachtfeld.

Aramis hatte bereits einen seiner Gegner getötet, aber der andere bedrängte ihn lebhaft. Doch war Aramis in einer guten Stellung und konnte sich noch verteidigen.

Biscarat und Porthos hatten gleichzeitig gegeneinander gestoßen. Porthos hatte einen Degenstich durch den Arm und Biscarat einen durch den Schenkel bekommen. Aber da weder die eine noch die andere Wunde bedeutend war, so fochten sie nur mit um so größerer Erbitterung.

Abermals von Cahusac verwundet, erbleichte Athos sichtbar, wich jedoch keinen Fußbreit zurück. Er hatte nur den Degen in die andere Hand genommen und schlug sich jetzt mit der linken.

D'Artagnan konnte nach den Duellgesetzen jener Zeit jedem beistehen. Während er mit den Augen einen seiner Gefährten suchte, der Hilfe brauchte, erhaschte er einen Blick von Athos. Dieser Blick war in hohem Grade beredt. Athos wäre lieber gestorben, als daß er um Hilfe gerufen hätte. Aber er konnte blicken und so Unterstützung fordern. D'Artagnan erriet ihn, machte einen Sprung und fiel Cahusac mit dem Ruf in die Seite:

„Gegen mich, mein Herr Gardist, oder ich töte Euch!"

Cahusac wandte sich um, es war höchste Zeit. Athos, den nur sein Mut aufrecht erhalten hatte, fiel auf die Knie.

„Gottes Blut!" rief er d'Artagnan zu, „tötet ihn nicht, junger Mann, ich bitte Euch, ich habe eine alte Geschichte mit ihm abzumachen, wenn ich geheilt bin. Entwaffnet ihn nur, bindet ihm den Degen. So! So! Gut! Sehr gut!"

Cahusacs Degen flog zwanzig Fuß weit weg. D'Artagnan und Cahusac stürzten zugleich auf ihn zu, der eine, um ihn wieder zu ergreifen, der andere, um sich seiner zu bemächtigen. Aber d'Artagnan kam zuerst an und setzte seinen Fuß darauf.

Cahusac lief nach dem Degen des Gardisten, den Aramis getötet hatte, bemächtigte sich seiner und wollte gegen d'Artagnan zurückgehen, aber auf dem Weg begegnete er Athos, der während dieser kurzen Pause, die ihm d'Artagnan verschaffte, Atem geschöpft hatte und den Kampf wieder beginnen wollte, damit d'Artagnan ihm seinen Feind nicht töten konnte.

D'Artagnan begriff, daß es eine Unhöflichkeit gewesen wäre, Athos nicht gewähren zu lassen. Nach einigen Sekunden stürzte Cahusac wirklich, die Kehle von einem Degenstich durchbohrt, nieder. In diesem Augenblick setzte Aramis seinem niedergeworfenen Feind den Degen auf die Brust und nötigte ihn, um Gnade zu bitten.

Nun blieben noch Porthos und Biscarat übrig. Porthos erlaubte sich während des Kampfes tausenderlei Prahlereien, fragte Biscarat, wieviel Uhr es wohl sei, und beglückwünschte ihn wegen der Kompanie, die sein Bruder beim Regiment Navarra bekommen hatte. Aber er gewann nichts mit diesen Spöttereien. Biscarat war einer von jenen Eisenmännern, die nur fallen, wenn sie tot sind.

Es mußte aber ein Ende gemacht werden. Die Wache konnte kommen und alle Kämpfer, verwundete oder nicht, Royalisten oder Kardinalisten, verhaften. Athos, Aramis und d'Artagnan stellten sich um Biscarat und forderten ihn auf, sich zu ergeben. Obwohl allein gegen alle, mit einem Degenstich durch den Schenkel, wollte Biscarat standhalten. Jussac aber, der sich auf seinen Ellbogen erhoben hatte, rief ihm zu, er sollte sich ergeben. Biscarat war ein Gascogner wie d'Artagnan. Er stellte sich taub, bezeichnete zwischen zwei Paraden eine Stelle auf dem Boden und sagte: „Hier wird Biscarat sterben!"

„Aber sie sind vier, hör' auf, ich befehle es dir!"

„Ah! Wenn du es befiehlst, dann ist es etwas anderes", erwiderte Biscarat; „da du mein Brigadier bist, so muß ich dir gehorchen." Und mit einem Sprung rückwärts zerbrach er seinen Degen, um ihn nicht übergeben zu müssen, warf die Stücke über die Klostermauer und kreuzte, ein kardinalistisches Lied pfeifend, die Arme über der Brust.

Mut wird immer geachtet, selbst bei einem Feind. Die Musketiere grüßten Biscarat mit ihren Degen und steckten diese wieder in die Scheide. D'Artagnan tat dasselbe und trug dann, unterstützt von Biscarat, der allein aufrecht geblieben war, Jussac, Cahusac und denjenigen von den Gegner des Aramis, der nur eine Wunde bekommen hatte, in die Klosterhalle. Der vierte war, wie gesagt, tot. Dann zogen sie an der Glocke und wanderten, nachdem vier Degen über fünf den Sieg davongetragen hatten, freudetrunken zum Hotel des Herrn von Treville. Man sah sie Arm in Arm die ganze Breite der Straße einnehmen und jeden Musketier, dem sie begegneten, herbeirufen, so daß am Ende ein wahrer Triumphzug daraus wurde. D'Artagnans Herz schwamm in Seligkeit. Er ging zwischen Athos und Porthos, die er eng an sich drückte.

„Wenn ich auch nicht wirklich Musketier bin", sagte er zu seinen neuen Freunden, als er die Schwelle des Trevilleschen Hotels überschritt, „so bin ich doch wenigstens als Lehrling aufgenommen, nicht wahr?"

6. Kapitel

Seine Majestät König Ludwig XIII.

Dieser Vorfall erregte großes Aufsehen. Herr von Treville äußerte sich laut sehr ungehalten über seine Musketiere und wünschte ihnen in der Stille Glück. Da aber keine Zeit zu verlieren war, um den König zu benachrichtigen, so begab er sich eiligst in den Louvre. Er kam aber schon zu spät. Der König war mit dem Kardinal eingeschlossen. Man sagte, er arbeite und könne in diesem Augenblick niemanden empfangen. Abends kam Herr von Treville zum Spiel des Königs. Der König gewann, und da Seine Majestät sehr geizig war, so war er auch bester Laune. Sobald der König Treville erblickte, rief er ihm zu: Kommt her, Herr Kapitän, daß ich Euch ausschelte; wißt Ihr, daß Seine Eminenz Eure Musketiere bei mir verklagt hat, und vor lauter Ärger krank geworden ist? Ei, ei, es sind doch leibhaftige Teufel, wahre Galgenstricke, Eure Musketiere!"

„Nein, Sire", erwiderte Treville, der mit dem ersten Blick bemerkte, welche Wendung die Sache nahm, „nein, sie sind im Gegenteil ganz gute, lammfromme Jungen, und ich hafte dafür, daß sie keinen anderen Wunsch hegen, als daß ihr Degen nur im Dienste Eurer Majestät steht. Aber was wollt Ihr? Die Leibwachen des Herrn Kardinals suchen unablässig Streit mit ihnen, und für die Ehre des Korps sehen sich die armen jungen Leute zur Verteidigung genötigt."

„Hört, Herr von Treville", sagte der König, „hört Ihn! Sollte man nicht glauben, Er spreche von einem religiösen

Orden? In der Tat, mein lieber Kapitän, ich habe Lust, Euch Euer Patent abzunehmen und es Fräulein von Chemerault zu geben, der ich eine Abtei zugesagt habe. Hofft aber nicht, daß ich Euch aufs Wort glauben werde. Man nennt mich Ludwig den Gerechten, und wir werden das gleich sehen!"

„Gerade, weil ich auf diese Gerechtigkeit baue, erwarte ich ruhig und geduldig, was Eurer Majestät beliebt."

„Wartet nur, wartet nur, ich werde Euch nicht lange warten lassen", sprach der König.

Das Glück nahm wirklich eine Wendung, und da der König seinen Gewinn zu verlieren anfing, so war es ihm nicht unangenehm, daß er einen Vorwand erhielt, um - man entschuldige den Spielerausdruck, dessen Ursprung wir nicht kennen - um „Charlemagne" zu machen. Der König stand bald auf, steckte das Gold, das vor ihm lag, in die Tasche und sagte:

„Vieuville, nehmt meinen Platz ein. Ich habe in wichtigen Angelegenheiten mit Herrn von Treville zu verhandeln. Ah... ich hatte achtzig Louisdor vor mir. Legt dieselbe Summe auf, damit diejenigen, die verloren haben, sich nicht beklagen können. Vor allem Gerechtigkeit." Dann wandte er sich an Herrn von Treville, ging mit ihm zu einer Fensternische und fuhr fort:

„Nun, mein Herr, Ihr sagt, die Leibwachen Seiner Eminenz haben Streit mit Euren Musketieren angefangen?"

„Ja, Sire, wie immer."

„Und wie kam das? Sprecht, denn Ihr wißt, mein lieber Kapitän, ein Richter muß alle Parteien hören!"

„Ach! Mein Gott! Auf die einfachste und natürlichste Weise. Drei meiner besten Soldaten, die Eure Majestät dem Namen nach kennt, und deren Ergebenheit Ihr mehr als einmal gewürdigt habt und denen, wie ich Eurer Majestät versichern kann, Euer Dienst sehr am Herzen liegt -

drei von meinen besten Soldaten, die Herren Athos, Porthos und Aramis, machten eine Lustpartie mit einem Junker aus der Gascogne, den ich ihnen heute morgen empfohlen hatte. Die Partie sollte, wie ich glaube, in Saint-Germain stattfinden, und sie waren bei den Karmeliter-Barfüßern zusammengetroffen, als sie von Herrn Jussac, den Herren Cahusac und Biscarat und zwei anderen Gardisten gestört wurden, die gewiß nicht ohne eine schlimme Absicht gegen die Edikte in so zahlreicher Gesellschaft dorthin kamen."

„Aha! Ihr bringt mich auf einen Gedanken, sie haben gewiß die Absicht gehabt, sich selbst zu schlagen."

„Ich klage nicht an, Sire, aber ich überlasse es Eurer Majestät zu bedenken, was fünf bewaffnete Männer an einem so öden, verlassenen Ort tun können."

„Ja, Ihr habt recht, Treville! Ihr habt recht!"

„Als sie meine Musketiere erblickten, gaben sie ihren Plan auf und vergaßen ihren Privathaß über dem Korpshaß. Es ist ja Eurer Majestät nicht unbekannt, daß die Musketiere, die ganz und gar nur dem König gehören, die natürlichen Feinde der Gardisten sind, die dem Herrn Kardinal angehören."

„Ja, Treville, ja", sagte der König schwermütig, „es ist sehr traurig, glaubt mir, in Frankreich zwei Parteien, zwei Köpfe des Königtums zu sehen, aber dies alles soll ein Ende nehmen. Ihr sagt also, die Gardisten haben Streit mit den Musketieren gesucht?"

„Ich sage, daß die Sache wahrscheinlich so vor sich ging, aber ich schwöre nicht, Sire. Ihr wißt, wie schwer es ist, die Wahrheit zu erkennen, und wenn man nicht mit dem bewunderungswürdigen Instinkt begabt ist, der Ludwig XIII. den Beinamen „der Gerechte" erworben hat..."

„Und Ihr habt recht, Treville, aber Eure Musketiere waren nicht allein, es war noch ein Junge dabei."

„Ja, Sire, und ein verwundeter Mann, so daß drei Musketiere des Königs, darunter ein Verwundeter, und ein Junge nicht allein gegen fünf der furchtbarsten Gardisten des Herrn Kardinals standgehalten, sondern auch vier von ihnen niedergestoßen haben."

„Aber das ist ja ein wahrer Sieg!" rief der König ganz strahlend, „ein vollständiger Sieg!"

„Ja, Sire, ebenso vollständig als der von Pont de Cé!"

„Vier Mann, darunter ein Verwundeter und ein Junge, sagt Ihr?"

„Kaum ein Jüngling, der sich bei dieser Gelegenheit so gut geschlagen hat, daß ich mir die Freiheit nehme, ihn Eurer Majestät zu empfehlen."

„Wie heißt er?"

„D'Artagnan, Sire. Er ist der Sohn meines ältesten Freundes, der Sohn eines Mannes, der mit Eurem königlichen Vater glorreichen Andenkens manchen Krieg mitgemacht hat."

„Und Ihr sagt, dieser junge Mensch habe sich gut benommen? Erzählt mir das, Treville! Ihr wißt, ich liebe Erzählungen vom Krieg und Kämpfen."

Und der König richtete sich auf und strich sich stolz den Schnurrbart.

„Sire", erwiderte Treville, Herr d'Artagnan ist, wie ich Euch gesagt habe, beinahe noch ein Kind, und da er nicht die Ehre hat, Musketier zu sein, so trug er zivile Kleidung. Als die Gardisten des Herrn Kardinals erkannten, wie jung er war und daß er nicht zum Korps gehörte, so forderten sie ihn auf, sich zurückzuziehen, ehe sie angreifen würden." – „Ihr seht also, Treville", unterbrach ihn der König, „daß sie der angreifende Teil gewesen sind." – „Allerdings, Sire, es gibt keinen Zweifel mehr. Sie forderten ihn also auf, sich zu entfernen, er aber antwortete, er sei seinem Herzen nach Musketier und gehöre ganz und gar Seiner Majestät, werde also bei den Musketieren bleiben." – „Tapferer Junge!" murmelte der König. – „Er blieb in der Tat bei ihnen, und Eure Majestät hat einen so treuen Anhänger an ihm, daß er es war, der Jussac den furchtbaren Degenstich beibrachte, worüber der Herr Kardinal so sehr erbost ist." – „Er hat Jussac verwundet?" rief der König; „Dieser Junge! Das ist unmöglich, Treville." – „Es ist, wie ich Eurer Majestät gesagt habe." – „Jussac, einer der besten Degen des Königreichs!" – Jawohl, Sire, er hat seinen Meister gefunden." – „Ich will diesen jungen Menschen sehen, Treville, ich will ihn sehen, und wenn man etwas für ihn tun kann, nun, wir werden die Sache in Betracht ziehen." – „Wann wird Eure Majestät ihn empfangen?" – „Morgen um die Mittagsstunde, Treville." – „Soll ich ihn allein bringen?" – „Nein, bringt mir alle vier miteinander. Ich will allen zugleich danken. Ergebene Männer sind selten, Treville, und man muß die Ergebenheit belohnen." – „Um die Mittagsstunde werden wir im Louvre sein." – „Ja, über die kleine Treppe, Treville, über die kleine Treppe, der Kardinal braucht es nicht zu erfahren..." – „Sehr wohl, Sire." – „Ihr versteht, Treville, ein Edikt bleibt ein Edikt, und es ist schließlich verboten, sich zu schlagen." – „Aber dieses Zusammentreffen, Sire, liegt ganz außerhalb der gewöhnlichen Bedingungen des Duells, es ist ein Streit, und es dient überdies zum Beweis, daß fünf Leibwachen des Kardinals gegen meine drei Musketiere und Herrn d'Artagnan waren." – „Das ist richtig", sprach der König, „aber egal, kommt nur über die kleine Treppe."

Treville lächelte, da es aber schon viel war, daß er dieses Kind dazu gebracht hatte, sich gegen seinen Erzieher aufzulehnen, so verbeugte er sich ehrfurchtsvoll vor dem König und verabschiedete sich mit dessen Erlaubnis.

Schon am gleichen Abend wurden die drei Musketiere

von der ihnen gewährten Ehre benachrichtigt. Da sie den König schon seit langer Zeit kannten, so gerieten sie dadurch nicht besonders in Feuer, aber d'Artagnan mit seiner gascognischen Einbildungskraft erblickte darin sein zukünftiges Glück und brachte die Nacht in goldenen Träumen hin. Schon um acht Uhr morgens war er bei Athos.

D'Artagnan fand den Musketier vollständig angezogen und zum Ausgehen bereit. Da man sich erst mittags bei dem König einzufinden hatte, so beabsichtigte er mit Porthos und Athos eine Partie in einem nahe bei den Ställen des Luxembourg liegenden Ballspielhaus zu machen. Athos lud d'Artagnan ein, ihn zu begleiten, und obwohl er dieses Spiel nicht kannte, an dem er nie teilgenommen hatte, willigte er ein, da er nicht wußte, was er von neun Uhr morgens bis Mittag mit seiner Zeit anfangen sollte.

Die zwei Musketiere waren schon eingetroffen und spielten miteinander zum Zeitvertreib, ohne die Regeln zu beachten. Athos, der in allen körperlichen Übungen sehr stark war, stellte sich ihnen mit d'Artagnan gegenüber und forderte sie heraus. Aber bei seiner ersten Bewegung bemerkte er, obwohl er mit der linken Hand spielte, daß seine Wunde noch zu frisch war, um eine solche Übung zu gestatten. D'Artagnan blieb also allein, und da er sich für zu ungeschickt erklärte, um eine regelrechte Partie aufrechtzuerhalten, fuhr man fort, sich Bälle zuzuwerfen, ohne das Spiel zu berechnen. Aber einer von den Bällen flog, von Porthos herkulischer Faust geschleudert, so nahe an d'Artagnans Gesicht vorüber, daß, wenn er ihn getroffen hätte, seine Audienz verloren gewesen wäre, weil ihn dieser ohne jeden Zweifel außerstande gesetzt hätte, vor dem König zu erscheinen. Da nun seiner gascognischen Einbildungskraft zufolge von dieser Audienz seine ganze Zukunft abhing, so verbeugte er sich höflich vor Porthos und Aramis und erklärte, er würde die Partie nicht eher wieder aufnehmen, als bis er imstande wäre, ihnen Widerstand zu leisten, worauf er einen Platz auf der Galerie einnahm.

Unglücklicherweise befand sich unter den Zuschauern ein Mann von der Leibwache Seiner Eminenz, der, noch ganz grimmig über die Niederlage, die seine Kameraden tags zuvor erlitten hatten, fest entschlossen war, die erste Gelegenheit zu ergreifen, um Rache zu nehmen. Er meinte, diese Gelegenheit biete sich ihm, und sagte, sich an seinen Nachbar wendend:

„Man darf sich nicht wundern, daß dieser junge Mensch vor einem Ball Angst hat, er ist ohne Zweifel ein Musketierlehrling."

D'Artagnan drehte sich um, und schaute den Mann, der das freche Wort gesprochen, fest an.

„In Gottes Namen!" fuhr dieser, seinen Knebelbart aufkräuselnd fort, „schaut mich an, solange Ihr wollt, mein kleiner Herr. Was ich gesagt habe, habe ich gesagt!" – „Und da das, was Ihr gesagt habt, zu klar ist, um einer Erläuterung zu bedürfen, so bitte ich Euch, mir zu folgen", antwortete d'Artagnan. – „Wann dies?" fragte der Gardist spöttisch. – „Sogleich, wenn es Euch beliebt." – „Und Ihr wißt ohne Zweifel, wer ich bin?" – „Ich, ich weiß es nicht und kümmere mich auch nicht darum." – „Ihr habt unrecht, denn wenn Ihr meinen Namen wüßtet, wäret Ihr vielleicht weniger eilig." – „Wie heißt Ihr?" – „Bernajoux." – „Nun, mein Herr Bernajoux", erwiderte d'Artagnan ruhig, „ich werde Euch vor der Tür erwarten." – „Geht, mein Herr, ich folge Euch." – „Beeilt Euch nicht zu sehr, mein Herr, damit man nicht merkt, daß wir miteinander gehen. Ihr begreift, daß bei unserem Geschäft zu viele Menschen lästig wären." – „Ganz gut", antwortete der Gardist erstaunt, daß sein Name keine größere Wirkung auf den jungen Menschen ausübte.

Der Name Bernajoux war wirklich jedermann bekannt, d'Artagnan allein ausgenommen. Er war einer von denen, die am häufigsten bei den täglichen Streitigkeiten vorkamen, die alle Edikte des Königs und des Kardinals nicht zu unterdrücken imstande gewesen waren.

Porthos und Aramis waren so sehr mit ihrer Partie beschäftigt, und Athos schaute ihnen mit so viel Aufmerksamkeit zu, daß sie nicht einmal ihren jungen Freund hinausgehen sahen, der, wie er zu dem Gardisten Seiner Eminenz gesagt hatte, vor der Tür wartete. Einen Augenblick später folgte ihm Bernajoux. Da d'Artagnan keine Zeit zu verlieren hatte, da die Audienz bei dem König auf die Mittagsstunde gesetzt war, so schaute er sich um und sagte zu seinem Gegner, als er keinen Menschen auf der Straße erblickte:

„Meiner Treu! Es ist ein Glück für Euch, obwohl Ihr Bernajoux heißt, daß Ihr es nur mit einem Musketierlehrling zu tun habt. Seid aber ruhig, ich werde mir alle Mühe geben. Legt aus!" - „He!" erwiderte der Mann, den d'Artagnan auf die Art herausforderte, „mir scheint dieser Platz sehr schlecht gewählt, wir wären viel besser hinter der Abtei Saint-Germain oder auf der Schreiberwiese." - „Was Ihr da sagt, ist sehr verständig", entgegnete d'Artagnan; „aber leider verfüge ich nur über wenig Zeit, da ich gerade um zwölf Uhr ein Rendezvous habe. Ausgelegt also, mein Herr, ausgelegt!"

Bernajoux war nicht der Mann, der eine solche Aufforderung zweimal ergehen ließ. Im gleichen Augenblick glänzte sein Degen in seiner Hand und er fiel gegen seinen Widersacher aus, den er leicht einzuschüchtern hoffte.

Aber d'Artagnan hatte den Tag vorher seine Lehre bestanden, und ganz frisch geschliffen durch seinen Sieg, ganz aufgeblasen von seinem zukünftigen Glück, war er entschlossen, keine Handbreit zurückzuweichen. Die zwei

Degen waren auch gleich gebunden, und da d'Artagnan fest auf der Stelle blieb, so machte sein Gegner einen Schritt rückwärts. Aber d'Artagnan ergriff den Augenblick, als bei dieser Bewegung die Klinge Bernajoux' von der Linie abwich, machte seine Klinge los, führte einen Hieb von oben herunter und traf seinen Gegner in die Schulter. Sofort machte d'Artagnan seinerseits einen Schritt rückwärts und hob seinen Degen in die Höhe, aber Bernajoux rief ihm zu, es sei nichts, stürzte wie blind auf ihn los und rammte sich selbst in den Degen seines Feindes. Da er indessen nicht fiel, da er sich nicht für besiegt erklärte, sondern nur seine Stellung in Richtung Hotel des Herrn de la Tremouille zu einnahm, in dessen Diensten er einen Verwandten hatte, so bedrängte ihn d'Artagnan, der nicht wußte, wie schwer sein Gegner verwundet war, auf das lebhafteste und hätte ihn ohne Zweifel mit einem dritten Streich umgebracht, als auf das Geräusch, das von der Straße bis zu dem Ballspiel hinaufdrang, zwei der Freunde des Gardisten, die ihn einige Worte mit d'Artagnan wechseln und hinausgehen gesehen hatten, mit dem Degen in der Faust aus dem Ballhaus stürzten und über den Sieger herfielen. Aber sogleich erschienen Athos, Porthos und Aramis ebenfalls und nötigten die zwei Gardisten in dem Augenblick, wo sie ihren jungen Kameraden angriffen, zum Rückzug. Jetzt fiel Bernajoux zu Boden, und da die Gardisten nur zwei gegen vier waren, so schrien sie: „Zu Hilfe, Hotel de la Tremouille!" Auf dieses Geschrei lief alles, was sich in dem Hotel befand, heraus und fiel über die vier Kameraden her, die ihrerseits: „Uns zu Hilfe, Musketiere!" zu schreien anfingen.

Dieser Ruf fand in der Regel Gehör, denn man kannte die Musketiere als Feinde Seiner Eminenz und liebte sie wegen ihres Hasses gegen den Kardinal. Auch ergriffen die Gardisten der Kompanien, die nicht dem Roten

Herzog gehörten, wie ihn Aramis genannt hatte, in der Regel bei diesen Streitigkeiten Partei für die Musketiere des Königs. Von drei Gardisten der Kompanie des Herrn des Essarts, die vorübergingen, kamen also zwei den vier Kameraden zu Hilfe, während der andere zum Hotel des Herrn von Treville lief und dort: „Zu Hilfe, Musketiere, uns zu Hilfe!“ rief. Da gewöhnlich das Hotel des Herrn von Treville voll von Soldaten war, die ihren Kameraden schnell zu Hilfe eilten, so wurde das Gefecht allgemein, aber die Oberhand blieb auf seiten der Musketiere. Die Gardisten des Kardinals und die Leute des Herrn de la Tremouille zogen sich in das Hotel zurück, dessen Tore sie noch zeitig genug verrammelten, um ihre Feinde daran zu hindern, sie weiter zu bedrängen. Den Verwundeten hatte man gleich anfangs in sehr schlimmem Zustand weggebracht.

Die Aufregung hatte unter den Musketieren und ihren Verbündeten den höchsten Grad erreicht, und man beratschlagte bereits, ob man nicht, um die Unverschämtheit der Bediensteten des Herrn de la Tremouille zu bestrafen, die es gewagt hatten, Musketiere des Königs anzufallen, Feuer an das Hotel legen sollte. Der Vorschlag wurde gemacht und mit Begeisterung aufgenommen, als es zum Glück elf Uhr schlug. D'Artagnan und seine Gefährten erinnerten sich ihrer Audienz, und da sie es bedauert hätten, wenn ein so schöner Streich ohne sie ausgeführt worden wäre, so suchten sie die Köpfe zu beschwichtigen, was ihnen auch gelang. Man begnügte sich, einige Pflastersteine an die Tore zu werfen, aber diese widerstanden, und man war der Sache müde. Zudem hatten diejenigen, welche man als Anführer des Unternehmens betrachten mußte, seit einigen Augenblicken die Gruppe verlassen und gingen zum Hotel des Herrn von Treville, der sie, bereits von diesem Handgemenge unterrichtet, erwartete.

„Rasch in den Louvre", sagte er, „in den Louvre, ohne einen Augenblick zu verlieren, wir müssen den König sehen, ehe uns der Kardinal zuvorgekommen ist. Wir erzählen ihm die Sache als eine Folge der gestrigen Angelegenheit, und beides wird zusammen durchgehen."

Herr von Treville begab sich in Begleitung der vier jungen Leute zum Louvre, aber mit großem Erstaunen hörte der Kapitän der Musketiere, der König sei im Wald von Saint-Germain auf Hirschjagd. Herr von Treville ließ sich diese Nachricht zweimal wiederholen, und jedesmal merkten seine Begleiter, wie sich sein Gesicht verdüsterte.

„Hatte Seine Majestät schon gestern die Absicht, diese Jagd vorzunehmen?" fragte er.

„Nein, Eure Exzellenz", antwortete der Kammerdiener, „der Oberjäger meldete diesen Morgen, man habe vergangene Nacht einen Hirsch zu Seiner Majestät Verlustierung bestellt. Anfangs antwortete der König, er werde nicht gehen, aber er konnte der Lust nicht widerstehen, die ihm diese Jagd gewähren sollte, und er entfernte sich nach dem Frühstück!"

„Und hat der König den Kardinal gesehen?" fragte Herr von Treville.

„Aller Wahrscheinlichkeit nach", antwortete der Kammerdiener, „denn ich habe heute früh den Wagen Seiner Eminenz angespannt gesehen. Ich fragte, wohin sie ginge, und man antwortete mir: Nach Saint-Germain."

„Man ist uns zuvorgekommen", sagte Herr von Treville. „Meine Herren, ich werde den König heute abend sprechen. Euch aber rate ich nicht, euch dorthin zu wagen."

Dieser Rat war vernünftig und kam von einem Mann, der den König zu gut kannte, als daß die vier jungen Leute widersprochen hätten. Herr von Treville forderte sie auf, nach Hause zu gehen und auf Nachricht von ihm zu warten.

In sein Hotel zurückgekehrt, überlegte jedoch Herr von

Treville, daß es für ihn das klügste wäre, zuerst Klage zu führen. Er schickte deshalb einen seiner Bediensteten zu Herrn de la Tremouille mit einem Brief, worin er ihn bat, die Leibwache des Herrn Kardinals aus seinem Haus zu entfernen und seinen Leuten einen Verweis dafür zu geben, daß sie die Frechheit gehabt hätten, einen Ausfall gegen Musketiere zu machen. Aber bereits durch seinen Stallmeister unterrichtet, mit dem Bernajoux, wie man weiß, verwandt war, ließ ihm Herr de la Tremouille antworten, es sei weder an Herrn von Treville noch an seinen Musketieren, sich zu beklagen, sondern im Gegenteil an ihm, dessen Leute von den Musketieren angegriffen und verwundet worden seien, und dem sie sein Hotel hätten in Brand stecken wollen. Da jedoch der Streit zwischen diesen beiden hohen Herren lange hätte dauern können, indem natürlich jeder auf seiner Meinung beharren mußte, so ersann Herr von Treville ein Mittel, durch das er die ganze Sache beenden wollte. Es bestand einfach darin, Herrn de la Tremouille selbst aufzusuchen.

Er begab sich also umgehend in dessen Hotel und ließ sich melden.

Die beiden Herren begrüßten sich sehr höflich, denn wenn sie auch keine enge Freundschaft verband, so achteten sie sich doch gegenseitig. Beide waren Männer von Herz und Ehre, und da Herr de la Tremouille, ein Protestant, den König nur selten sah und keiner Partei angehörte, so übertrug er gewöhnlich in seinem gesellschaftlichen Umgang kein Vorurteil. Diesmal war jedoch sein Empfang, obgleich höflich, kälter als die Etikette erlaubte.

„Mein Herr“, sagte Herr von Treville, „jeder von uns glaubt, er habe sich über den anderen zu beklagen, und ich bin gekommen, damit wir diese Angelegenheit gemeinschaftlich bereinigen.“ - „Gern“, erwiderte Herr de la Tremouille, „aber ich habe zu bemerken, daß ich gut unterrichtet bin, und daß alles Unrecht auf seiten Eurer Musketiere zu suchen ist." – „Ihr seid ein zu vernünftiger und gerechter Mann, mein Herr", sagte Herr von Treville, „um den Vorschlag nicht anzunehmen, den ich Euch machen will." – „Macht ihn, ich höre." – „Wie geht es Herrn Bernajoux, dem Vetter Eures Stallmeisters?" – „Sehr schlecht. Außer dem nicht besonders gefährlichen Degenstich, den er in den Arm bekommen hat, ist ihm noch ein anderer durch die Lunge versetzt worden, und der Arzt prophezeit das Schlimmste." – „Hat der Verwundete sein Bewußtsein behalten?" – „Vollkommen." – „Spricht er?" – „Mit einiger Schwierigkeit, aber er spricht." – „Nun gut, mein Herr, gehen wir zu ihm. Beschwören wir ihn im Namen Gottes, vor den er vielleicht bald treten wird, die Wahrheit zu sagen. Er soll Richter in eigener Sache sein, und was er sagt, werde ich glauben."

Herr de la Tremouille überlegte einen Augenblick und willigte dann ein, da man nicht gut einen anständigeren Vorschlag machen konnte.

Beide gingen in das Zimmer hinab, wo der Verwundete lag. Als dieser die Edelleute eintreten sah, versuchte er, sich zu erheben, aber er war zu schwach, durch diese kurze Anstrengung fiel er beinahe bewußtlos zurück.

Herr de la Tremouille ließ ihn an flüchtigen Salzen riechen, die ihn wieder ins Leben zurückriefen. Herr von Treville forderte Herrn de la Tremouille auf, den Kranken selbst zu fragen, damit man ihn nicht beschuldigen könne, er habe Einfluß ausgeübt.

Es geschah, was Herr von Treville vorhergesehen hatte. Zwischen Tod und Leben dachte Bernajoux nicht einen Augenblick daran, die Wahrheit zu verschweigen, und erzählte den beiden Herren den Vorfall ganz, wie er sich ereignet hatte.

Das war alles, was Herr von Treville haben wollte. Er

wünschte Bernajoux eine baldige Genesung, nahm von Herrn de la Tremouille Abschied, kehrte sogleich in sein Hotel zurück und ließ die vier Freunde benachrichtigen, daß er sie zum Mittagessen erwarte.

Herr von Treville empfing sehr gute, jedoch antikardinalistische Gesellschaft. Man begreift leicht, daß sich das Gespräch während des ganzen Mittagessens um die beiden Niederlagen drehte, die die Gardisten Seiner Eminenz erlitten hatten. Da nun d'Artagnan der Held dieser zwei Tage gewesen war, so fielen ihm alle Glückwünsche zu, die ihm Athos, Porthos und Aramis nicht nur als gute Kameraden, sondern auch als Männer überließen, an denen die Reihe schon oft genug gewesen war.

Gegen sechs Uhr äußerte Herr von Treville, er sei verpflichtet, sich in den Louvre zu begeben. Da jedoch die von Seiner Majestät bewilligte Audienzstunde vorüber war, stellte er sich, statt Eingang über die kleine Treppe zu fordern, mit den vier jungen Leuten im Vorzimmer auf. Der König war noch nicht von der Jagd zurückgekommen. Unsere jungen Leute warteten unter der Schar der Höflinge kaum eine halbe Stunde, als sich alle Türen öffneten und man den König ankündigte.

Bei dieser Ankündigung bebte d'Artagnan bis ins Mark. Der nächstfolgende Augenblick sollte aller Wahrscheinlichkeit nach über sein ganzes Leben entscheiden. Seine Augen waren voll Furcht auf die Tür gerichtet, durch welche Seine Majestät eintreten mußte.

Ludwig XIII. erschien zuerst im Vorzimmer. Er trug ein noch ganz verstaubtes Jagdgewand, hatte große Stiefel an und hielt eine Peitsche in der Hand. Auf den ersten Blick erkannte d'Artagnan, daß im Geist des Königs ein Sturm tobte.

So sichtbar auch diese Stimmung bei Seiner Majestät war, so hielt sie die Höflinge doch nicht ab, sich in den königlichen Vorgemächern in einer Gasse aufzustellen. Für sie ist es immer noch besser, lieber mit einem zornigen Auge als gar nicht gesehen zu werden. Die drei Musketiere zögerten also nicht und traten einen Schritt vor, während d'Artagnan hinter ihnen verborgen blieb. Aber obwohl der König Athos, Porthos und Aramis persönlich kannte, ging er doch an ihnen vorüber, ohne sie anzuschauen, ja, ohne mit ihnen zu sprechen. Als die Augen des Königs sich einen Moment auf Herrn von Treville hefteten, hielt dieser dem Blick mit solcher Festigkeit stand, daß der König sein Gesicht abwandte, worauf Seine Majestät unter ständigem Gemurre sich in seine Privaträume zurückzog.

„Die Sache steht schlimm", sagte Athos lächelnd, „und man wird uns diesmal noch nicht zu Ordensrittern schlagen."

„Wartet hier zehn Minuten", sprach Herr von Treville, „und wenn ihr mich nach Ablauf dieser Zeit nicht herauskommen seht, so kehrt in mein Hotel zurück, denn es ist unnütz, daß ihr dann länger hier bleibt."

Die jungen Leute warteten zehn Minuten, eine Viertelstunde, zwanzig Minuten. Als sie sahen, daß Herr von Treville nicht wieder erschien, entfernten sie sich, sehr beunruhigt.

Herr von Treville war mutig in das Kabinett des Königs getreten und hatte Seine Majestät in sehr übler Laune gefunden, was ihn nicht davon abhielt, den König mit dem größten Phlegma nach seinem Befinden zu fragen.

„Es steht schlecht, mein Herr, sehr schlecht", erwiderte der König, „ich langweile mich."

Dies war in der Tat die schlimmste Krankheit Ludwigs XIII., der häufig einen seiner Höflinge am Arm nahm, in eine Fensternische zog und ihm sagte: „Mein Herr, langweilen wir uns doch zusammen."

„Wie! Eure Majestät langweilt sich“, sprach Herr von Treville, „habt Ihr heute nicht die Jagd genossen?“

„Ein schönes Vergnügen! Auf Ehre, ganz entartet, und ich weiß nicht, ob das Wild keine Fährte mehr hat oder ob die Hunde keine Nase mehr haben. Wir treiben einen Zehnender auf, wir reiten ihm sechs Stunden nach, und als er eben im Begriff ist haltzumachen, als Simon eben das Horn an den Mund setzen will, um Halali zu blasen, hast du's nicht gesehen, verschlägt die ganze Meute die Spur und schießt einem Spießbock nach! Ihr werdet sehen, daß ich genötigt bin, auf diese Jagd Verzicht zu leisten, wie ich auf die Beize verzichtet habe. Ach! Ich bin ein sehr unglücklicher König, Herr von Treville. Ich hatte nur noch einen Geierfalken, er ist vorgestern gestorben.“

„In der Tat, Sire, ich begreife Eure Verzweiflung, aber ich denke, es bleibt Euch noch eine gute Anzahl an Beizvögeln übrig.“

„Und kein Mensch, um sie abzurichten. Die Falkner verschwinden und nur ich allein verstehe noch die Kunst dieser Art von Jägerei. Nach mir wird alles aus sein, und man wird nur noch mit Fuchs- und Marderfallen jagen. Wenn ich noch Zeit hätte, Schüler auszubilden! Aber nein, da ist der Herr Kardinal, der mir nicht einen Augenblick Ruhe läßt, der mir von Spanien vorschwatzt! Von Österreich, von England! Doch beim Kardinal fällt mir ein, Herr von Treville, ich bin unzufrieden mit Euch.“

Herr von Treville hatte erwartet, daß der König zu diesem Schluß kommen würde. Er kannte ihn lange genug. Er wußte, daß alle diese Klagen nur eine Vorrede waren, um sich selbst zu ermutigen, und daß er dahin kommen wollte, wohin er jetzt gelangt war.

„Und wodurch habe ich das Unglück gehabt, Eurer Majestät zu mißfallen?“ fragte Herr von Treville, tiefstes Erstaunen heuchelnd. – „Erfüllt Ihr auf diese Weise Eure Aufgabe, mein Herr", fuhr der König fort, ohne unmittelbar auf die Frage des Herrn von Treville zu antworten; „habe ich Euch deshalb zum Kapitän meiner Musketiere ernannt, daß sie einen Menschen ermorden, ein ganzes Quartier in Aufruhr bringen und Paris niederbrennen wollen, ohne daß Ihr mir ein Wort davon sagt? Doch während ich mich ereifere, Euch anzuklagen, sitzen die Ruhestörer ohne Zweifel bereits im Gefängnis, und Ihr kommt, um mir anzuzeigen, daß Gerechtigkeit geübt worden ist." - „Sire", antwortete Herr von Treville ruhig, „ich komme im Gegenteil, um diese von Euch zu verlangen." - „Und gegen wen?" rief der König. - „Gegen die Verleumder", sprach Herr von Treville. - „Ah! Das ist doch ganz neu", versetzte der König. „Werdet Ihr mir nicht zugestehen, daß sich Eure drei verdammten Musketiere, Athos, Porthos und Aramis und Euer Junker aus dem Bearn wie Wütende auf den armen Bernajoux geworfen und den so mißhandelt haben, daß er wahrscheinlich noch in dieser Stunde stirbt? Werdet Ihr nicht zugeben, daß sie hierauf das Hotel des Herzogs de la Tremouille belagert haben und es in Brand stecken wollten, was in Kriegszeiten vielleicht kein sehr großes Unglück gewesen wäre, da es ja ein Hugenottennest ist, jedoch in Friedenszeiten ein ärgerliches Beispiel geben würde? Sagt, wollt Ihr all dies ableugnen?" - „Und wer hat Euch dieses schöne Märchen erzählt, Sire?" fragte Herr von Treville ruhig. - „Wer mir dieses schöne Märchen erzählt hat, mein Herr? Wer anders als derjenige, der wacht, wenn ich schlafe, der arbeitet, wenn ich mich belustige, der alles lenkt, innerhalb und außerhalb des Königreichs, in Frankreich wie auch in Europa?" - „Eure Majestät belieben ohne Zweifel von Gott zu sprechen", sagte Herr von Treville, „denn ich kenne niemanden als Gott, der so hoch über Eurer Majestät stünde." - „Nein, mein Herr, ich spreche von der

Stütze des Staats, von meinem einzigen Diener, von meinem einzigen Freunde, von dem Herrn Kardinal." - „Seine Eminenz ist nicht Seine Heiligkeit, Sire!" - „Was wollt Ihr damit sagen, mein Herr?" - „Daß nur der Papst unfehlbar ist, und daß sich diese Unfehlbarkeit nicht auf die Kardinäle erstreckt." - „Ihr wollt behaupten, er täuscht mich? Ihr wollt behaupten, er verrät mich? Ihr klagt ihn also an.

Seht, sprecht, gesteht freimütig, daß Ihr ihn anklagt." – „Nein, Sire, aber ich sage, daß er sich selbst täuscht, ich sage, daß er schlecht unterrichtet gewesen ist, ich sage, daß er sich beeilt hat, die Musketiere Eurer Majestät anzuklagen, gegen die er ungerecht ist, und daß er seine Nachrichten nicht aus guten Quellen geschöpft hat." – „Die Anklage kommt von Herrn de la Tremouille, vom Herzog selbst. Was habt Ihr hierauf zu erwidern?" – „Ich könnte erwidern, Sire, er sei zu sehr in der Sache verwickelt, um unparteiischer Zeuge bei dieser Frage zu sein, aber weit entfernt, Sire, ich kenne den Mann als loyalen Edelmann, und ich stelle die Sache seinem Ausspruch anheim, jedoch unter einer Bedingung." – „Unter welcher?" – „Daß Eure Majestät ihn kommen läßt, ihn selbst Auge in Auge ohne Zeugen befragt, und daß ich vor Eurer Majestät sogleich erscheinen darf, sobald der Herzog dagewesen ist." –

„Gut so!" rief der König. „Und Ihr fügt Euch in das, was Herr de la Tremouille sagen wird?" – „Ja, Sire." – „Ihr unterwerft Euch der Genugtuung, die er fordert?" – „Vollkommen." – „La Chesnaye!" rief der König, „La Chesnaye!"

Der vertraute Kammerdiener des Königs, der sich immer in der Nähe aufhielt, trat ein.

„La Chesnaye", sprach der König, „gehe sogleich und hole Herrn de la Tremouille. Ich will ihn noch heute abend sprechen."

„Eure Majestät gibt mir Ihr Wort, daß sie niemand empfangen wird als Herrn de la Tremouille und mich?" – „Niemand, auf mein Wort!" – „Morgen also, Sire." – „Morgen, mein Herr." – „Wann, Eure Majestät?" – „Wann es Euch beliebt." – „Aber ich müßte Eure Majestät aufzuwecken befürchten, wenn ich zu früh käme." – „Mich aufwecken? Schlafe ich? Ich schlafe nicht mehr, mein Herr. Ich träume nur zuweilen, das ist alles. Kommt also so früh als Ihr wollt, um sieben Uhr etwa. Nehmt Euch aber in acht, wenn Eure Musketiere schuldig sind." - „Wenn meine Musketiere schuldig sind, Sire, so sollen die Schuldigen in die Hände Eurer Majestät ausgeliefert werden, welche nach Gutdünken über sie verfügen wird. Fordert Eure Majestät noch mehr, so mag sie sprechen, ich bin bereit, zu gehorchen." - „Nein, mein Herr, nein! Man hat mich nicht ohne Grund Ludwig den Gerechten genannt. Morgen also, mein Herr, morgen." - „Gott schütze Eure Majestät."

So wenig der König schlief, schlief Herr von Treville doch noch viel schlechter. Er hatte noch am gleichen Tag den drei Musketieren und ihrem Gefährten Nachricht geben lassen, daß sie sich am anderen Morgen um halb sieben Uhr bei ihm einfinden sollten. Er nahm sie mit, ohne ihnen zu verbergen, daß ihr Glück und sogar das seine davon abhing, wie die Würfel fielen.

Unten an der kleinen Treppe angelangt, ließ er sie warten. Wenn der König gegen sie aufgebracht wäre, sollten sie sich entfernen, ohne gesehen zu werden; wenn er sie empfangen wollte, so brauchte man sie nur zu rufen.

Im Antichambre des Königs traf von Treville La Chesnaye, der ihm mitteilte, man habe den Herzog de la Tremouille am vorigen Abend nicht in seinem Hotel angetroffen. Er sei zu spät nach Haus gekommen, um sich noch in den Louvre zu begeben. Er sei erst vor einem Augenblick erschienen und befinde sich jetzt beim König.

Dieser Umstand war Herrn von Treville sehr angenehm, denn er war nun überzeugt, daß keine fremde Meinung sich zwischen die Angaben des Herrn de la Tremouille und die seinen drängen könne.

Kaum waren zehn Minuten abgelaufen, so öffnete sich die Tür zum Kabinett des Königs, und Herr von Treville sah den Herzog de la Tremouille herauskommen, der auf ihn zutrat und zu ihm sagte:

„Herr von Treville, Seine Majestät hat mich kommen lassen, um sich zu erkundigen, wie sich die Dinge gestern morgen in meinem Hotel zugetragen haben. Ich habe die Wahrheit gesprochen, das heißt, daß meine Leute den Fehler gemacht haben, und daß ich bereit sei, mich bei Euch zu entschuldigen. Da ich Euch gerade hier finde, so nehmt diese Entschuldigung gefälligst an, und haltet mich stets für einen Eurer Freunde."

„Herzog", sagte Herr von Treville, „ich hege ein solches Zutrauen zu Eurer Rechtschaffenheit, daß ich bei Seiner Majestät keinen anderen Verteidiger als Euch selbst haben wollte. Ich sehe, daß ich mich nicht getäuscht habe, und ich danke Euch dafür, daß es noch einen Mann gibt, von dem man sagen kann, was ich von Euch gesagt habe."

„Gut!" sprach der König, der alle diese Komplimente mitgehört hatte, „sagt ihm, Treville, da er Euer Freund zu sein behauptet, daß ich zu den seinen zu gehören wünsche. daß er mich vernachlässige, daß ich ihn fast drei Jahre nicht mehr gesehen habe, und daß ich ihn überhaupt nur sehe, wenn ich ihn holen lasse. Sagt ihm das in meinem Namen, denn das sind Dinge, die ein König nicht sagen kann."

„Ich danke, Sire, ich danke", sprach der Herzog, „aber Eure Majestät mag wohl glauben, daß nicht diejenigen, ich sage dies nicht in Beziehung auf Herrn von Treville, daß nicht diejenigen, die Sie zu jeder Stunde des Tages um sich sieht, ihr am meisten ergeben sind."

„Ah! Ihr habt gehört, was ich gesprochen habe; desto besser, Herzog, desto besser", sagte der König und trat vor die Tür. „Ah! Ihr seid es, Treville, wo sind Eure Musketiere? Ich habe Euch vorgestern befohlen, sie zu bringen, warum habt Ihr es nicht getan?"

„Sie sind unten, Sire, und mit Eurer Erlaubnis lasse ich sie heraufholen."

„Ja, ja, sie sollen sofort kommen. Es ist gleich acht Uhr und um neun erwarte ich einen Besuch. Geht, Herzog, und besonders, kommt wieder. Tretet ein, Treville.“

Der Herzog verbeugte sich und ging. In dem Augenblick, wo er die Tür öffnete, erschienen die drei Musketiere und d’Artagnan, von La Chesnaye geführt, oben an der Treppe.

„Kommt, meine Tapferen, kommt!“ sagte der König, „ich muß Euch ermahnen.“

Die Musketiere näherten sich unter Verbeugungen, d’Artagnan hinter ihnen.

„Was, Teufel!“ fuhr der König fort, „Ihr vier habt sieben Gardisten Seiner Eminenz in zwei Tagen kampfunfähig gemacht! Das ist zuviel, meine Herren, zuviel. Auf diese Art wäre Seine Eminenz genötigt, seine Kompanie in drei Wochen zu erneuern, und ich, die Edikte in aller Strenge anzuwenden. Zufällig einen, da will ich nichts sagen, aber sieben, ich wiederhole es, das ist zuviel.“

„Sire, Eure Majestät sieht wohl, daß sie ganz zerknirscht und reumütig erscheinen, um ihre Entschuldigungen vorzubringen.“

„Ganz zerknirscht und reumütig! Haha!“ rief der König, „ich traue ihren heuchlerischen Gesichtern nicht ganz. Ich sehe besonders da hinten ein Gascognergesicht. Tretet näher, mein Herr.“

D’Artagnan begriff, daß die Aufforderung an ihn gerichtet war, und näherte sich, mit verzweiflungsvollster Miene.

„Wie, Ihr sagt, es sei ein Jüngling? Es ist ein Kind, Herr von Treville, ein wahres Kind. Hat der Jussac den bösen Degenstoß verpaßt?“

„Und Bernajoux die zwei schönen Stiche!“

„Wahrhaftig!“

„Abgesehen davon“, sprach Athos, „daß ich, wenn er

mich nicht den Händen Biscarats entrissen hätte, sicher nicht die Ehre haben könnte, in diesem Augenblick Eurer Majestät meine Reverenz zu machen."

„Es ist also ein wahrer Teufel, dieser Bearner - Ventre saint gris - wie mein Vater gesagt haben würde. Bei diesem Gewerbe muß man viele Wämser durchlöchern und viele Degen zerbrechen. - Die Gascogner sind wohl stets arm, nicht wahr?"

„Sire, ich darf behaupten, daß man noch keine Goldminen in ihren Bergen gefunden hat, obwohl ihnen der Herr im Himmel dieses Wunder als Belohnung für die Art und Weise schuldig wäre, wie sie die Ansprüche Eures königlichen Vaters unterstützt haben."

„Damit ist gesagt, daß sie mich selbst zum König gemacht haben, Treville, da ich ja der Sohn meines Vaters bin." - „Ganz recht, ich sage nicht nein."

„La Chesnaye, seht nach, ob Ihr in meinen Taschen noch vierzig Pistolen findet, und wenn Ihr sie findet, bringt sie mir. Und nun, junger Mann, sprecht, wie hat sich die Sache zugetragen?"

D'Artagnan erzählte das Abenteuer des vorigen Tages in allen Einzelheiten: Wie er vor Freude, Seine Majestät zu sehen, nicht habe schlafen können und drei Stunden vor der Audienz zu seinen Freunden gekommen sei, wie sie sich miteinander in ein Ballspielhaus begeben hätten, und wie er von Bernajoux verspottet worden sei, was dem Spötter selbst beinahe sein Leben und Herrn de la Tremouille sein Hotel gekostet habe.

„Es ist gut so", murmelte der König, „ja, so hat mir der Herzog die Sache erzählt. Armer Kardinal! Sieben Menschen in zwei Tagen, und zwar seine besten. Aber damit ist es jetzt genug, meine Herren, versteht ihr? Es ist genug! Ihr habt eure Rache für die Rue de Ferou und noch mehr genommen. Ihr müßt zufrieden sein."

„Wenn Eure Majestät es ist“, sagte Treville, „wir sind es.“

„Ja, ich bin es“, fügte der König hinzu, nahm eine Handvoll Gold aus La Chesnayes Händen, übergab sie d'Artagnan und sagte: „Hier, als Beweis meiner Zufriedenheit.“

Damals waren die stolzen Ideen, wie sie jetzt der äußere Anstand erheischt, noch nicht in der Mode. Ein Edelmann nahm unmittelbar aus der Hand des Königs Geld an und fühlte sich dadurch nicht im geringsten beleidigt.

„So, so!“ sprach der König und schaute auf die Pendeluhr. „Es ist nun halb neun, und ihr müßt euch entfernen. Ich habe euch gesagt, ich erwarte jemanden. Ich danke euch für eure Ergebenheit, meine Herren. Ich kann stets darauf zählen, nicht wahr?“

„Oh, Sire!“ riefen die vier Gefährten einstimmig, „wir lassen uns für Eure Majestät in Stücke hauen.“

„Gut, gut, bleibt ganz, das ist mehr wert, ihr seid mir so nützlicher. Treville“, fügte der König mit halber Stimme hinzu, während sich die anderen entfernten, „da kein Platz bei den Musketieren offen ist, und ich überdies als Bedingung der Aufnahme in dieses Korps ein Noviziat festgesetzt habe, so bringt diesen jungen Mann in die Gardekompanie von Herrn des Essarts, Eures Schwagers. Ah, bei Gott, Treville, ich freue mich auf die Grimasse, die der Kardinal machen wird. Er wird wütend sein, aber daran ist mir nicht gelegen, ich bin im Recht.“

Und Richelieu war, wie Seine Majestät gesagt hatte, wirklich so wütend, daß er acht Tage die Spielpartie des Königs nicht besuchte, was den König nicht abhielt, ihm das freundlichste Gesicht der Welt zu machen und ihn, so oft er ihm begegnete, im schmeichelhaftesten Ton zu fragen:

„Nun, Herr Kardinal, wie geht es dem armen Bernajoux und dem armen Jussac, Euren Leuten?“

7. Kapitel

Die Behausungen der Musketiere

Als sich d'Artagnan außerhalb des Louvre befand und mit seinen Freunden über die Verwendung seines Anteils an den vierzig Pistolen beriet, schlug ihm Athos vor, ein gutes Gastmahl zu bestellen, Porthos, einen Lakaien zu nehmen, und Aramis, sich eine anständige Geliebte anzuschaffen.

Das Mahl wurde am gleichen Abend veranstaltet, und der Lakai servierte dabei. Athos hatte das Mahl bestellt, Porthos den Lakaien geliefert. Dieser war ein Picarde, den Porthos auf dem Pont de la Tournelle anwarb, während er in das Wasser spuckend Kreise machte. Porthos behauptete, diese Beschäftigung sei der Beweis eines überlegenden und kontemplativen Geistes und nahm ihn ohne weiteres mit. Das vornehme Aussehen dieses Edelmannes, für den er sich angeworben glaubte, hatte Planchet - dies war der Name des Picarden - verführt. Es trat eine kleine Enttäuschung bei ihm ein, als er sah, daß der Platz bereits durch einen Zunftgenossen namens Mousqueton besetzt war, und Porthos ihm eröffnete, daß sein Hausstand, so groß er auch sei, zwei Bedienstete nicht zulasse, und daß er in d'Artagnans Dienst treten müsse. Als er aber das Mahl sah, das sein Herr gab, und diesen bei der Bezahlung eine Handvoll Gold aus der Tasche ziehen sah, hielt er sein Glück für gemacht und dankte dem Himmel, daß er ihn in die Hände eines solchen Krösus fallen ließ. Bei dieser Meinung blieb er bis nach dem Festmahl. Aber Planchets Illusionen schwanden, als er abends das Bett seines Herrn machte. Dieses Bett war das einzige in der Wohnung, die aus einem Vorzimmer und einem Schlafzimmer bestand. Planchet schlief im Vorzimmer auf einer Decke, die vom Bett d'Artagnans genommen wurde, und worauf dieser von nun an Verzicht leistete.

Athos hatte einen Bediensteten, namens Grimaud, den er auf eine ganz eigentümliche Weise für seinen Dienst dressiert hatte. Er war sehr schweigsam, dieser würdige Herr - wohlverstanden - wir sprechen von Athos. In den fünf oder sechs Jahren, die er im vertrautesten Umgang mit seinen zwei Gefährten Porthos und Aramis lebte, erinnerten sich diese wohl ihn lächeln, aber nie lachen gesehen zu haben. Seine Sätze waren kurz, ausdrucksvoll, sie sagten immer das, was sie sagen wollten, und nicht mehr; keine Ausschmückungen, keine Stickereien, keine Arabesken. Obwohl Athos erst dreißig und ein Mann von großer körperlicher und geistiger Schönheit war, kannte doch niemand eine Geliebte von ihm. Er sprach nie von Frauen. Er hielt jedoch auch niemand davon ab, in seiner Gegenwart von ihnen zu sprechen, obwohl man leicht wahrnehmen konnte, daß diese Art von Unterhaltung, in die er sich nur mit bitteren Worten und menschenfeindlichen Bemerkungen mischte, ihm besonders unangenehm war. Seine Zurückhaltung, sein herbes Wesen, seine Schweigsamkeit gaben ihm beinahe das Aussehen eines Greises. Um von seinen Gewohnheiten nicht abgehen zu müssen, hatte er Grimaud daran gewöhnt, ihm auf einen einfachen Wink, auf eine einzige Bewegung seines Mundes zu gehorchen. Nur in höchst wichtigen Fällen sprach er mit ihm. Grimaud, der seinen Herrn wie das Feuer fürchtete, obwohl er für ihn eine große Anhänglichkeit und für seinen Geist eine große Verehrung hegte, glaubte zuweilen vollkommen verstanden zu haben, was er verlangte, eilte, den erhaltenen Befehl auszuführen, und tat genau das Falsche. Dann zuckte Athos die Achseln und prügelte Grimaud, ohne in Zorn zu geraten. An solchen Tagen sprach er ein wenig.

Porthos hatte einen Charakter, der, wie man bereits bemerken konnte, dem von Athos gerade entgegengesetzt war. Er sprach nicht nur viel, sondern er sprach auch laut. Es war ihm aber, um ihm Gerechtigkeit widerfahren zu lassen, wenig daran gelegen, ob man ihm zuhörte oder nicht. Er sprach, weil es ihm Vergnügen machte, zu sprechen und sich selbst zu hören. Er sprach von allen Dingen mit Ausnahme der Wissenschaften. In dieser Hinsicht nahm er einen eingefleischten Haß zum Vorwand, den er seit seiner Kindheit gegen die Gelehrten zu hegen vorgab. Er hatte kein so vornehmes Aussehen wie Athos, und das Gefühl seiner niedrigeren Stellung in bezug auf das Äußere machte ihn am Anfang ihrer Bekanntschaft oft ungerecht gegen diesen Edelmann, den er durch seine glänzende Toilette zu überbieten versuchte. Aber mit seiner einfachen Musketier-Kasacke und einzig und allein durch die Art und Weise, wie er den Kopf zurückwarf und den Fuß vorsetzte, nahm Athos sogleich wieder die ihm gebührende Stelle ein und verwies den eitlen Porthos auf den zweiten Platz. Porthos tröstete sich damit, daß er das Vorzimmer des Herrn von Treville und die Wachstube des Louvre mit dem Lärm von seinen galanten Abenteuern erfüllte, wovon Athos nie sprach, und nachdem er vom Adel der Robe zum Adel des Schwertes, von der Robine zur Baronin übergegangen war, handelte es sich im Augenblick bei Porthos um nichts Geringeres als um eine ausländische Prinzessin, die ihm ihre ungemeine Zuneigung versichert hatte.

Ein altes Sprichwort sagt: Wie der Herr, so der Diener. Gehen wir also vom Diener des Athos zum Diener des Porthos, von Grimaud zu Mousqueton über.

Mousqueton war ein Normanne, dessen friedlichen

Namen Boniface sein Herr in den wesentlich klangreicheren und kriegerischen Mousqueton verwandelt hatte. Er war in den Dienst von Porthos nur unter der Bedingung getreten, nur mit Kleidern und Unterkunft, aber dies prachtvoll, versehen zu werden. Er verlangte nur zwei Stunden täglich, um sich einer Beschäftigung zu widmen, von deren Ertrag er seine übrigen Bedürfnisse bestreiten wollte. Porthos hatte den Handel angenommen. Die Sache stand ihm auf diese Art ganz gut an. Er ließ Mousqueton Westen aus seinen alten Kleidern und abgetragenen Mänteln zuschneiden, und mit Hilfe eines geschickten Schneiders, der den alten Röcken durch Wenden ein neues Aussehen gab, und dessen Frau man im Verdacht hatte, sie veranlasse Porthos, etwas von seinen aristokratischen Gewohnheiten herabzusteigen, spielte Mousqueton im Gefolge seines Herrn eine ziemlich gute Figur.

Was Aramis betrifft, so hieß sein Lakai Bazin. Da sein Herr Hoffnung hatte, eines Tages in den geistlichen Stand einzutreten, so war er immer schwarz gekleidet, wie dies der Diener eines Geistlichen sein soll. Er war ein Mann aus dem Berry, ungefähr fünfunddreißig bis vierzig Jahre, sanft, friedlich, fett, pflegte in den Mußestunden, die ihm sein Herr ließ, fromme Bücher zu lesen, und speiste für zwei zu Mittag, wobei er sich übrigens mit wenig Gängen beschied, diese aber mußten bestens zubereitet sein. Im übrigen war er stumm, blind, taub, aber von feuerfester Treue. Da wir jetzt die Herren und die Diener wenigstens oberflächlich kennen, wollen wir zu den Wohnungen der einzelnen übergehen.

Athos wohnte in der Rue Ferou, zwei Schritte vom Luxembourg. Seine Wohnung bestand aus zwei kleinen, sehr schön ausgestatteten Zimmern in einem möblierten Haus, dessen noch sehr junge und in der Tat sehr hübsche Wirtin vergeblich mit ihm liebäugelte. Einige Überreste großer ehemaliger Herrlichkeit glänzten da und dort an den Wänden dieser bescheidenen Wohnung. Ein reich damaszierter Degen zum Beispiel, der seiner Form nach aus der Zeit Franz I. stammte, und dessen mit kostbaren Steinen verzierter Griff an die zweihundert Pistolen wert war. Trotzdem hatte sich Athos selbst in seinen größten Verlegenheiten nie herbeigelassen, ihn zu verkaufen oder zu verpfänden. Dieser Degen war lange Zeit ein Gegenstand sehnsüchtigen Trachtens für Porthos gewesen. Porthos hätte zehn Jahre seines Lebens für diesen Degen gegeben.

Als er eines Tages ein Rendezvous mit einer Herzogin hatte, versuchte er, ihn von Athos zu leihen. Ohne ein Wort zu sagen, leerte Athos seine Taschen, suchte alle seine Juwelen zusammen, Börsen, goldene Nadeln und Ketten, und bot ihm alles an, aber von dem Degen sagte er, er sei an seiner Stelle befestigt und solle diese nur verlassen, wenn sein Herr seine Wohnung verlasse. Außer diesem Degen besaß er noch ein Porträt, einen vornehmen Mann aus der Zeit Heinrichs III. in äußerst eleganter Tracht und mit dem Heiligengeistorden darstellend, und dieses Porträt glich Athos sehr. Es lag eine Familienähnlichkeit darin, aus der sich erkennen ließ, daß dieser vornehme Mann, ein Ritter der Orden des Königs, sein Vorfahre war. Ein Kasten endlich von prachtvoller Goldschmiedearbeit, mit dem gleichen Wappen verziert wie Degen und Porträt, bildete einen Kaminaufsatz, der gewaltig von der übrigen Ausstattung abstach. Athos trug den Schlüssel dieses Kastens stets bei sich, aber eines Tages öffnete er ihn vor Porthos, und dieser hatte Gelegenheit, sich zu überzeugen, daß der Kasten nur Briefe und Papiere enthielt - ohne Zweifel Liebesbriefe und Familienpapiere.

Porthos hatte eine geräumige Wohnung von äußerst prunkvollem Aussehen in der Rue du Vieux-Colombier. Sooft er mit Freunden an seinen Fenstern vorüberkam, an denen Mousqueton stets in großer Livree stand, hob Porthos Kopf und Hand in die Höhe und sagte: „Hier ist meine Wohnung." Aber niemals fand man ihn zu Hause, nie lud er jemand ein, und niemand konnte sich einen Begriff davon machen, welche wirklichen Reichtümer diese prunkvolle Außenseite umschloß.

Aramis hatte eine kleine Wohnung, bestehend aus einem Ankleidezimmer, einem Speisezimmer und einem Schlafzimmer. Dieses lag wie die ganze Wohnung im Erdgeschoß und ging auf einen frischen, grünen, schattigen und für die Augen der Nachbarschaft undurchdringlichen kleinen Garten hinaus.

Von d'Artagnan wissen wir, wie er wohnte, und wir haben bereits mit seinem Lakai, Maître Planchet, Bekanntschaft gemacht.

D'Artagnan war von Natur sehr neugierig, und gab sich alle Mühe, um zu erfahren, wer Athos, Porthos und Aramis eigentlich seien; denn unter diesen Kriegsnamen verbarg jeder der jungen Leute seinen wahren adligen Familiennamen. Athos besonders, in dem man auf eine Meile den Hocharistokraten erkannte. Er wandte sich also an Porthos, um Auskunft über Athos und Aramis zu erhalten, und an Aramis, um Porthos kennenzulernen.

Leider wußte Porthos von dem Leben seines schweigsamen Kameraden selbst nicht mehr, als was ab und zu davon bekannt geworden war. Man sagte, er habe furchtbares Unglück in Liebesangelegenheiten gehabt, ein schändlicher Verrat habe das Leben dieses Mannes vergiftet. Worin bestand dieser Verrat? Niemand wußte es.

Was Porthos betraf, so konnte man sein Leben, abgesehen von seinem wahren Namen, den, wie die seiner beiden Kameraden, nur Herr von Treville wußte, leicht kennenlernen. Ihn, den eitlen, indiskreten Menschen, durchschaute man wie einen Kristall. Die Nachforschung nach seinen Verhältnissen würde nur dadurch irregeleitet worden sein, wenn man alles Gute, das er von sich selbst sagte, geglaubt hätte.

Aramis sah aus, als ob er kein Geheimnis besäße, während er von diesen vollgepfropft war. Er antwortete wenig auf die Fragen, die man über andere an ihn richtete, und wußte geschickt solchen auszuweichen, die seine Person betrafen. Als ihn d'Artagnan eines Tages lange über Porthos ausgeforscht und von ihm das Gerücht von dem Glück des Musketiers bei einer Prinzessin hatte, wollte er auch wissen, wie es mit den Liebeshändeln Aramis' stehe.

„Und Ihr, mein lieber Gefährte", sagte er, „Ihr, der Ihr von den Baroninnen, Gräfinnen, Prinzessinnen anderer redet?"

„Verzeihung", unterbrach ihn Aramis, „ich habe gesprochen, weil Porthos selbst davon spricht, weil er alle diese schönen Dinge vor mir ausgeschrien hat. Aber glaubt mir, mein lieber d'Artagnan, wenn ich es aus einer anderen Quelle wüßte, oder wenn er es mir als Geheimnis anvertraut hätte, so gäbe es für ihn keinen verschwiegeneren Beichtvater als mich."

„Ich zweifle nicht daran", erwiderte d'Artagnan, „aber es scheint mir, Ihr habt Euch selbst mit den Wappen sehr vertraut gemacht, was ein gewisses Taschentuch beweist, dem ich die Ehre Eurer Bekanntschaft zu danken habe."

Aramis ärgerte sich diesmal nicht, sondern nahm seine bescheidenste Miene an und antwortete mit rührendem Ton:

„Vergeßt nicht, mein Lieber, daß ich der Kirche angehören will und alle weltlichen Verlockungen meide. Das Taschentuch, das Ihr gesehen habt, ist mir nicht anvertraut worden, sondern einer meiner Freunde vergaß es bei mir. Ich mußte es zu mir nehmen, um ihn und die Dame, die er liebt, nicht zu kompromittieren. Ich habe keine Geliebte und will keine haben. Ich folge hierin dem sehr vernünftigen Beispiel von Athos, der ebenfalls keine hat."

„Aber der Teufel, Ihr seid nicht Abbé, solange Ihr die Musketier-Kasacke tragt."

„Musketier ad interim, mein Lieber, wie der Kardinal sagt, Musketier wider Willen, aber glaubt mir, im Herzen Geistlicher. Athos und Porthos haben mich, um mich zu beschäftigen, hier hineingeschoben. In dem Augenblick, wo ich ordiniert werden sollte, hatte ich eine kleine Streitigkeit mit... Aber das interessiert Euch nicht, und ich raube Euch eine kostbare Zeit."

„Im Gegenteil, das interessiert mich sehr", rief d'Artagnan, „und ich habe in diesem Augenblick nichts zu tun."

„Gut, aber ich muß mein Brevier beten", antwortete Aramis, „sodann einige Verse machen, die Madame d'Aiguillon von mir verlangt hat. Ferner muß ich mich nach der Rue Saint-Honoré begeben, um Schminke für Frau von Chevreuse zu kaufen. Ihr seht, mein lieber Freund, daß, wenn Ihr auch keine Eile habt, ich doch sehr in Eile bin."

Nach diesen Worten reichte Aramis seinem Freund freundlich die Hand.

D'Artagnan war nicht imstande, mehr über seine drei neuen Freunde zu erfahren, so sehr er sich auch Mühe gab. Er entschloß sich also, für die Gegenwart alles zu glauben, was man von ihrer Vergangenheit sagte, in der Hoffnung, in der Zukunft sichere und umfassendere Nachrichten zu erhalten.

Übrigens führten die vier jungen Leute ein lustiges Leben. Athos spielte, aber stets unglücklich. Er lieh aber nie einen Sou von seinen Freunden, obwohl ihnen seine Börse stets zu Diensten stand, und wenn er auf Ehrenwort gespielt hatte, ließ er seinen Gläubiger um sechs Uhr am anderen Morgen wecken, um ihm seine Schuld vom vorhergehenden Abend zu bezahlen. Porthos war leidenschaftlicher. An Tagen, an denen er gewann, war er übermütig und freigebig, und wenn er verlor, verschwand er mehrere Tage, bis er mit bleicher Miene und langem Gesicht, aber mit Geld in den Taschen, wieder zum Vorschein kam. Aramis spielte nie. Er war der schlechteste Musketier und der abscheulichste Zechgenosse, den man sich denken konnte. Er hatte stets etwas zu arbeiten. Mitten in einem Gelage, wenn jeder in der Aufregung des Weins und der Wärme des Gesprächs glaubte, man habe wenigstens noch zwei bis drei Stunden bei Tisch zu bleiben, schaute Aramis auf seine Uhr, erhob sich mit einem verbindlichen Lächeln und verabschiedete sich von der Gesellschaft, um, wie er sagte, zu einem Kasuisten zu gehen, mit dem er verabredet sei. Ein andermal kehrte er zu seiner Wohnung zurück, um eine These zu schreiben, und bat seine Freunde, ihn nicht zu stören. Athos aber lächelte in der schwermütigen Weise, die so gut zu seinem schönen Gesicht stand, und Porthos trank und schwor gotteslästerlich, aus Aramis würde nie etwas anderes als ein Dorfpfarrer werden.

Planchet, der Diener d'Artagnans, ertrug das Glück auf seine Weise. Er erhielt dreißig Sous täglich und kam einen Monat lang heiter wie ein Dompfaff und sehr freundlich seinem Herrn gegenüber nach Hause. Als ein anderer Wind auf das Hauswesen der Rue des Fossoyeurs zu blasen anfing, das heißt, als die vierzig Pistolen des Königs verzehrt oder wenigstens beinahe verzehrt waren, stimmte er Klagen an, die Athos ekelhaft, Porthos unschicklich und Aramis lächerlich fand. Athos riet d'Artagnan, den Burschen zu entlassen. Porthos wollte, man sollte ihn zuvor durchprügeln, und Aramis behauptete, ein Herr dürfe nur die Komplimente anhören, die man ihm sage, Klagen gebe es nicht.

„Das könnt Ihr leicht behaupten“, erwiderte d’Artagnan, „Ihr, Athos, der Ihr stumm mit Grimaud lebt, ihm das Sprechen untersagt und deshalb nie schlimme Worte mit ihm wechselt. Ihr, Porthos, der Ihr einen prachtvollen Haushalt führt und für Euren Diener Mousqueton Gott seid. Endlich Ihr, Aramis, der Ihr, stets mit Euren theologischen Studien beschäftigt, Eurem Diener Bazin, einem frommen, religiösen Menschen, die tiefste Ehrfurcht einflößt. Ich aber, der ich ohne Mittel und ohne feste Stellung bin, ich, der ich nicht Musketier und nicht einmal Gardist bin, was soll ich tun, um Planchet Zuneigung, Schrecken oder Achtung einzuflößen?“

„Die Sache ist schwierig“, antworteten die drei Feunde, „es ist eine häusliche Angelegenheit. Es ist mit den Bediensteten wie mit den Frauen, man muß sie sogleich auf den Fuß setzen, auf dem sie bleiben sollen.“

D’Artagnan überlegte und beschloß, Planchet provisorisch braun und blau zu prügeln, was mit der Gewissenhaftigkeit ausgeführt wurde, die d’Artagnan in allen Dingen befolgte. Nachdem er ihn gehörig durchgewalkt hatte, verbot er ihm, seinen Dienst ohne seine Erlaubnis zu verlassen. „Denn“, fügte er hinzu, „die Zukunft kann mir nicht fehlschlagen, ich erwarte mit Bestimmtheit bessere Zeiten, dein Glück ist also gemacht, wenn du bei mir bleibst, und ich bin ein zu guter Herr, um deinem Glück durch Genehmigung des Abschieds, den du von mir verlangst, im Weg zu stehen.“

Diese Handlungsweise flößte den Musketieren große Achtung vor der Taktik d’Artagnans ein. Planchet wurde ebenfalls von Bewunderung ergriffen und sprach nicht mehr vom Gehen.

Das Leben der vier jungen Leute war ein gemeinschaftliches geworden. D’Artagnan, der gar keine Gewohnheiten besaß, da er aus seiner Provinz kam, und mitten in eine ihm ganz neue Welt geriet, nahm bald die Gewohnheiten seiner Freunde an.

Man stand im Winter gegen acht Uhr, und im Sommer gegen sechs Uhr auf, holte bei Herrn von Treville das Losungswort und erkundigte sich nach dem Stand der Angelegenheiten. D'Artagnan verrichtete, obwohl er kein Musketier war, den Musketierdienst mit einer rührenden Pünktlichkeit. Er war stets auf Wache, weil er stets demjenigen seiner drei Freunde, der Wache bezog, Gesellschaft leistete. Man kannte ihn im Hotel der Musketiere und jeder behandelte ihn als einen guten Kameraden. Herr von Treville, der ihn mit dem ersten Blick gewürdigt hatte und wahre Zuneigung für ihn faßte, empfahl ihn ständig dem König.

Die drei Musketiere liebten den jungen Kameraden sehr. Die Freundschaft, die diese vier Menschen verband, und ihr Bedürfnis, sich drei- bis viermal täglich zu sehen, sei es wegen eines Duells, sei es in Geschäften oder wegen einer Lustpartie, machten, daß sie sich unablässig nachliefen wie Schatten, und man begegnete den Unzertrennlichen immer, wie sie sich vom Luxembourg zur Place Saint-Sulpice oder von der Rue du Vieux-Colombier zum Luxembourg begleiteten.

Mittlerweile gingen die Versprechungen des Herrn von Treville ihren Gang. An einem schönen Morgen befahl der König dem Herrn Chevalier des Essarts, d'Artagnan als Kadett in seine Gardekompanie aufzunehmen. Seufzend zog d'Artagnan dieses Gewand an, das er um den Preis von zwei Jahren seines Lebens gegen die Musketieruniform vertauscht hätte. Aber Herr von Treville versprach diese Gunst nach einem Noviziat von zwei Jahren, das sich aber abkürzen ließ, wenn sich für d'Artagnan eine Gelegenheit bot, dem König einen Dienst zu leisten oder eine glänzende Waffentat auszuführen. D'Artagnan beruhigte sich bei diesem Versprechen und trat schon am anderen Tag seinen Dienst an.

Nun war es an Athos, Porthos und Aramis, mit d'Artagnan auf Wache zu ziehen, wenn an ihn die Reihe kam. Die Kompanie des Herrn Chevalier des Essarts bekam also an dem Tag, an dem d'Artagnan eintrat, vier Mann, statt eines einzigen.

8. Kapitel

Eine Hofintrige

Die vierzig Pistolen von König Ludwig XIII. nahmen, wie alle Dinge dieser Welt, nachdem sie einen Anfang gehabt hatten, auch ein Ende, und seit diesem Ende waren unsere vier Gefährten in eine Klemme geraten. Einige Zeit hatte Athos den Bund mit seinem Geld unterstützt. Ihm folgte Porthos, und durch ein Verschwinden, wie man es bei ihm gewöhnt war, gelang es ihm, beinahe vierzehn Tage lang die Gesamtbedürfnisse zu bestreiten. Endlich kam die Reihe an Aramis, der sich gutwillig geopfert hatte, und, wie er sagte, durch den Verkauf seiner theologischen Bücher einige Pistolen beisteuern konnte.

Man nahm nun wie gewöhnlich seine Zuflucht bei Herrn von Treville, der einige Vorschüsse auf den Sold bewilligte. Aber diese konnten nicht lange ausreichen für Musketiere, die mit vielen Rechnungen im Rückstand waren, und für einen Gardisten, der noch keine hatte. Als man endlich sah, daß alles zu Ende ging, raffte man mit letzter Anstrengung acht bis zehn Pistolen zusammen, mit denen Porthos spielte. Leider hatte er an diesem Tag kein Glück. Er verlor alles und überdies noch fünfundzwanzig Pistolen auf Ehrenwort. Nun wurde die Verlegenheit sehr bedenklich, man sah die Ausgehungerten auf den Quais und in den Wachstuben herumlaufen, wo sie sich von ihren Freunden so oft als möglich einladen ließen. Nach Meinung von Aramis mußte man in glücklichen Umständen rechts und links Gastereien aussäen, um im Unglück einige ernten zu können.

Athos wurde viermal eingeladen und nahm jedesmal seine Freunde samt ihren Lakaien mit. Porthos fand sechs Gelegenheiten und ließ gleichfalls seine Kameraden daran teilnehmen. Aramis hatte acht. Er war ein Mensch, der, wie man bereits wahrnehmen konnte, wenig Lärm machte und viel tat. D'Artagnan aber, der noch niemand in der Hauptstadt kannte, fand nur ein Frühstück bei einem Priester aus seiner Heimat und ein Mittagessen bei einem Kornett der Garden. Er führte sein Heer zu dem Priester, dem man seinen Mundvorrat für zwei Monate verzehrte, und zu dem Kornett, der wahre Wunder tat. Aber man speiste stets nur einmal, selbst wenn man viel speiste, wie Planchet sagte.

D'Artagnan war daher sehr betrübt, daß er nur anderthalb Mahlzeiten, denn das Frühstück bei dem Priester konnte er nur halb zählen, seinen Gefährten als Wiedervergeltung für die Schmäuse anbieten konnte, die Athos, Porthos und Aramis verschafft hatten. Er glaubte sich der Gesellschaft verpflichtet. Er vergaß in seiner jugendlichen Gutmütigkeit, daß er diese Gesellschaft einen Monat lang ganz allein ernährt hatte, und sein geschäftiger Geist fing an zu arbeiten. Er dachte, daß diese Verbindung von vier jungen, mutigen unternehmungslustigen Männern einen anderen Zweck haben müsse als müßige Spaziergänge, Fechtstunden und mehr oder minder geistreiche Späße.

Er dachte daran, und zwar sehr ernst. Er zerbrach sich den Kopf, um eine Richtung für diese einzige, aber vierfache Kraft zu finden, mit der man die Welt aus ihren Fugen heben mußte. Da klopfte es leise an seine Tür. D'Artagnan weckte Planchet auf und befahl zu öffnen.

Aus den Worten, d'Artagnan weckte Planchet auf, darf der Leser nicht schließen, es sei Nacht gewesen oder noch nicht Tag geworden. Nein, es hatte eben vier Uhr nachmittags geschlagen. Planchet hatte zwei Stunden vorher von

seinem Herrn Mittagsbrot verlangt und war mit dem Sprichwort abgefertigt worden: „Wer schläft, speist.“ Und Planchet speiste schlafend.

Ein Mann von ziemlich einfältiger Miene und bürgerlichem Aussehen wurde eingeführt.

Planchet hätte gern zum Nachtisch der Unterredung zugehört, aber der Bürger erklärte d'Artagnan, er habe ihm im Vertrauen etwas Wichtiges mitzuteilen und wünschte mit ihm unter vier Augen zu sprechen.

D'Artagnan entließ Planchet und bot seinem Besuch Platz an.

Es herrschte kurzes Schweigen, während die beiden Männer sich ansahen.

„Ich habe von Herrn d'Artagnan als von einem sehr braven jungen Mann reden hören", sagte der Bürger, „und dieser Ruf, in dem er gerechterweise steht, hat mich veranlaßt, ihm ein Geheimnis anzuvertrauen." - „Sprecht, mein Herr, sprecht", sagte d'Artagnan, der instinktmäßig etwas Vorteilhaftes roch. Der Bürger machte eine neue Pause und fuhr dann fort: - „Ich habe eine Frau, die Weißzeugverwalterin der Königin ist, und der es weder an Verstand noch an Schönheit mangelt. Man hat mich vor ungefähr drei Jahren veranlaßt, sie zu heiraten, obwohl sie nur ein kleines Vermögen besitzt, weil Herr de la Porte, der Mantelträger der Königin, ihr Pate ist und sie ganz besonders begünstigt." - „Nun, mein Herr?" fragte d'Artagnan. - „Nun!" versetzte der Bürger, „nun mein Herr! Meine Frau ist gestern morgen, als sie aus ihrem Arbeitszimmer ging, entführt worden!" - „Und von wem, ist Eure Frau entführt worden?" - „Ich weiß es nicht gewiß, mein Herr, aber ich habe jemand im Verdacht." - „Und wer ist die Person, die Ihr im Verdacht habt?" - „Ein Mann, der sie seit einiger Zeit verfolgte." - „Teufel!" - „Aber, mein Herr, ich muß Euch sagen", fuhr der Bürger fort, „daß dabei weniger Liebe als Politik zu suchen ist." - „Weniger Liebe als Politik?" erwiderte d'Artagnan nachdenklich, „und wen habt Ihr im Verdacht?" - „Ich weiß nicht, ob ich Euch meinen Verdacht offenbaren soll..." - „Mein Herr, ich muß bemerken, daß ich durchaus nichts von Euch verlange. Ihr seid zu mir gekommen, Ihr sagt, Ihr habt mir ein Geheimnis anzuvertrauen. Macht, was Ihr wollt, Ihr habt noch Zeit, Euch zurückzuziehen." - „Nein, nein, Herr, nein, Ihr habt das Aussehen eines ehrlichen jungen Mannes, und ich vertraue Euch. Ich glaube also nicht, daß meine Frau wegen ihrer eigenen Liebschaften, sondern wegen der Liebschaften einer viel vornehmeren Dame verhaftet worden ist." - „Aha! Etwa wegen der Liebschaften der Frau von Bois-Tracy?" rief d'Artagnan, der dem Bürger gegenüber den Anschein haben wollte, als wäre er ganz auf dem laufenden mit den Angelegenheiten des Hofes. - „Höher, mein Herr, höher!" - „Der Frau von Aiguillon?" - „Noch höher!" - „Der Frau von Chevreuse?" - „Noch höher, viel höher?" - „Der..." D'Artagnan hielt inne. - „Ja, mein Herr", antwortete der erschrockene Bürger so leise, daß man ihn kaum hören konnte. - „Und mit wem?" - „Mit wem? Natürlich mit dem Herzog von..." - „Dem Herzog von..." - „Ja, mein Herr", antwortete der Bürger mit versagender Stimme. - „Aber woher wißt Ihr das alles?" - „Ah! Woher ich das weiß!" - „Ja, woher Ihr es wißt? Keine halben Offenbarungen, oder... Ihr versteht mich!" - „Ich weiß es von meiner Frau, mein Herr, von meiner Frau selbst." - „Und von wem weiß es die?" - „Von Herrn de la Porte. Habe ich Euch nicht gesagt, daß sie das Mündel des Herrn de la Porte, des Vertrauten der Königin, ist? Nun, Herr de la Porte hatte sie zu Ihrer Majestät gebracht, damit unsere arme Königin, verlassen von dem König, beobachtet vom Kardinal, verraten von allen, doch wenigstens eine Seele hätte, der sie sich anvertrauen könnte." - „Aha! Das wird immer klarer", sprach d'Artagnan. - „Meine Frau ist nun vor vier Tagen zu mir gekommen. Es ist nämlich abgemacht, daß sie mich zweimal in der Woche besuchen darf, denn meine Frau liebt mich zärtlich, meine Frau ist also zu mir gekommen und hat mir anvertraut, die Königin schwebe in diesem Augenblick in großer Furcht." - „Wahrhaftig?" - „Ja. Der Kardinal verfolgt sie, wie es scheint, mehr denn je. Er kann ihr die Geschichte mit der Sarabande nicht vergeben. Ihr kennt die

Geschichte der Sarabande?" – „Bei Gott! Ob ich sie kenne!" erwiderte d'Artagnan, der nichts von der ganzen Sache wußte, aber sich den Anschein geben wollte, als wäre er völlig informiert. – „So, daß es jetzt nicht mehr Haß, sondern Rache ist." – „Wirklich?" – „Und die Königin glaubt..." – „Nun, was glaubt die Königin?" – „Sie glaubt, man habe in ihrem Namen an den Herzog von Buckingham geschrieben." – „Im Namen der Königin?" – „Ja, um ihn nach Paris kommen zu lassen und ihn, wenn er einmal in Paris wäre, in eine Falle zu locken." – „Teufel! Aber mein lieber Herr, was hat Eure Frau mit alledem zu schaffen?" – „Man kennt ihre Ergebenheit für die Königin, man will sie entweder von ihrer Gebieterin entfernen, oder sie einschüchtern, um die Geheimnisse Ihrer Majestät zu erfahren, oder sie zum Spionieren verführen." – „Das ist wahrscheinlich", sprach d'Artagnan, „aber kennt Ihr den Mann, der sie entführt hat?" – „Ich habe Euch gesagt, daß ich ihn zu kennen glaube." – „Sein Name?" – „Ich weiß ihn nicht. Ich weiß nur, daß er eine Kreatur des Kardinals und ihm mit Leib und Seele ergeben ist." – „Aber Ihr habt ihn gesehen?" – „Ja, meine Frau hat ihn mir einmal gezeigt." – „Dürfte man ihn wohl an seiner Beschreibung erkennen?" – „Oh, gewiß! Er ist ein Herr von hochmütigem Aussehen, schwarzen Haaren, dunkler Gesichtsfarbe, durchdringenden Augen, weißen Zähnen und mit einer Narbe an der Schläfe." – „Einer Narbe an der Schläfe!" rief d'Artagnan, „und dabei weiße Zähne, durchdringende Augen, dunkle Gesichtsfarbe, schwarze Haare und ein hochmütiges Aussehen, das ist mein Mann von Meung." – „Das ist Euer Mann, sagt Ihr?" – „Ja, ja das tut aber nichts zur Sache. Nein, ich irre mich, es vereinfacht sie vielmehr. Wenn Euer Mann der meine ist, so werde ich mit einem einzigen Streich doppelte Rache nehmen, das ist das Ganze. Aber wo diesen Menschen finden?" – „Ich weiß es nicht." - „Habt Ihr nicht die geringste Ahnung von seiner Wohnung?" - „Keine. Als ich eines Tages meine Frau zum Louvre zurückführte, kam er gerade heraus, und da hat sie ihn mir gezeigt." - „Teufel! Teufel!" murmelte d'Artagnan. „Das ist alles so unbestimmt. Von wem habt Ihr die Entführung Eurer Frau erfahren?" - „Von Herrn de la Porte." - „Hat er Euch einzelne Umstände angegeben?" - „Er wußte nichts weiter." - „ Und Ihr habt von keiner anderen Seite etwas erfahren?" - „Doch, ich habe gehört..." - „Was?" - „Aber ich weiß nicht, ob ich nicht eine große Unklugheit begehe." - „Ihr kommt noch einmal auf diesen Punkt. Nun muß ich aber bemerken, daß es diesmal ein wenig zu spät ist, um zurückzutreten." - „Ich trete auch nicht zurück", rief der Bürger unter verschiedenen Flüchen, mit denen er sich wohl Mut machen wollte. „Überdies, so wahr ich Bonacieux heiße..." - „Ihr heißt Bonacieux?" unterbrach ihn d'Artagnan. - „Ja, das ist mein Name." - „Ihr sagtet, so wahr ich Bonacieux heiße! Entschuldigt, daß ich Euch unterbrochen habe, aber es kam mir vor, als wäre mir dieser Name nicht unbekannt." - „Das ist möglich, mein Herr, ich bin Euer Hauswirt." - „Aha!" rief d'Artagnan, „Ihr seid mein Hauswirt?" - „Ja, mein Herr, ja, und da Ihr seit den drei Monaten, die Ihr bei mir wohnt, wahrscheinlich aus geschäftlicher Zerstreutheit die Miete zu bezahlen vergessen habt, ich Euch aber nicht ein einziges Mal drängte, so dachte ich, Ihr würdet auf meine Zartheit Rücksicht nehmen." - „Allerdings, mein lieber Herr Bonacieux", erwiderte d'Artagnan, „glaubt mir, daß ich ein solches Benehmen zu schätzen weiß, und wie gesagt, wenn ich Euch in irgendeiner Beziehung nützlich sein kann..." - „Ich glaube Euch, mein Herr, ich glaube Euch und habe Vertrauen zu Euch." - „Vollendet also Eure angefangene Mitteilung."

Der Bürger zog ein Papier aus seiner Tasche.

„Ein Brief!“ sprach der junge Mann.

„Den ich diesen Morgen erhalten habe.“

D’Artagnan öffnete das Schreiben, und da es dämmerte, so trat er näher ans Fenster. Der Bürger folgte ihm.

„Sucht Eure Frau nicht“, las d’Artagnan; „sie wird Euch zurückgegeben werden, wenn man sie nicht mehr braucht. Unternehmt Ihr aber Schritte, um sie zu finden, so seid Ihr verloren.“

„Das ist sehr bestimmt“, fuhr d’Artagnan fort. „Im ganzen aber ist es nur eine Drohung.“

„Ja, aber diese Drohnung erschreckt mich, mein Herr. Ich bin kein Mann des Degens und fürchte mich vor der Bastille.“

„Herr“, sprach d’Artagnan, „ich sehne mich ebensowenig nach der Bastille. Wenn es sich nur um einen Degenstoß handelte, das ginge ja noch an.“ - „Ich habe jedoch bei dieser Veranlassung sehr auf Euch gezählt, mein Herr.“ - „So?“ - „Als ich Euch beständig von Musketieren umgeben sah und erkannte, daß es Musketiere des Herrn von Treville und deshalb Feinde des Kardinals waren, so dachte ich, Ihr und Eure Freunde würdet mit dem größten Vergnügen bereit sein, unserer armen Königin zu ihrem Recht zu verhelfen und zugleich Seiner Eminenz einen schlimmen Streich zu spielen.“ - „Allerdings!“ - „Und dann dachte ich auch, da Ihr mir drei Monate Miete schuldig seid, und ich Euch nie gemahnt habe ...“ - „Ja, ja, Ihr habt mir diesen Grund bereits genannt, und ich finde ihn ausgezeichnet.“ - „Da ich überdies beabsichtige, solange Ihr mir die Ehre erzeigen werdet, bei mir zu bleiben, künftig niemals mehr von Mietzins mit Euch zu reden ...“ - „Schon gut.“ - „Und da ich Euch überdies, wenn nötig, solltet Ihr Euch in diesem Augenblick, gegen alle Wahrscheinlichkeit, in einer Klemme befinden, fünfzig Pistolen anzubieten gedachte ...“ - „Vortrefflich! Ihr seid also reich, mein lieber Herr Bonacieux?" - „Ich bin wohlhabend, das ist das rechte Wort. Ich habe mir so zwei- bis dreitausend Taler Staatsanleihen und besonders Rentenpapiere dadurch erworben, daß ich einige Kapitalien bei der letzten Reise des berühmten Seefahrers Jean Mosquet anlegte, so daß Ihr begreift... Ja, aber...", rief der Bürger.

„Was?" sagte d'Artagnan. - „Was sehe ich?" - „Wo?" - „Auf der Straße, Eurem Fenster gegenüber, in der Vertiefung jener Tür, ein Mann in einen Mantel gehüllt." - „Er ist es!" riefen d'Artagnan und der Bürger gleichzeitig, denn beide hatten ihren Mann erkannt.

„Ah! Diesmal", schrie d'Artagnan, nach seinem Degen greifend, „diesmal soll er mir nicht entgehen."

Er zog vom Leder und stürzte aus dem Zimmer.

Auf der Treppe begegnete er Athos und Porthos, die ihn besuchen wollten. Sie machten Platz, d'Artagnan schoß wie ein Pfeil zwischen ihnen durch.

„Heda! Wohin läufst du denn?" riefen die beiden Musketiere.

„Der Mann von Meung", erwiderte d'Artagnan und verschwand.

D'Artagnan hatte seinen Freunden mehr als einmal sein Abenteuer mit dem Unbekannten, sowie die Erscheinung der schönen Reisenden mitgeteilt, der dieser Mensch, wie es schien, so wichtige Papiere anvertraute.

Sie konnten also aus den paar Worten d'Artagnans schließen, wovon die Rede war, und da sie dachten, wenn d'Artagnan seinen Mann getroffen oder aus dem Gesicht verloren hätte, würde er zurückkommen, so setzten sie ihren Weg fort.

Als sie in d'Artagnans Zimmer traten, war es leer. Die Folgen des Zusammentreffens befürchtend, hatte es der Hauseigentümer für gut befunden, sich aus dem Staub zu machen.

9. Kapitel

D'Artagnan zeigt sich in einem eigentümlichen Licht

Nach einer halben Stunde kehrte d'Artagnan zurück, wie dies Athos und Porthos vorausgesehen hatten. Er hatte auch diesmal seinen Mann verfehlt, der wie durch Zauberhand verschwunden war. D'Artagnan war ihm mit dem Degen in der Faust durch alle benachbarten Straßen nachgelaufen, ohne etwas zu finden, was dem Gesuchten glich. Dann kam er darauf zurück, womit er vielleicht hätte anfangen sollen und klopfte an die Tür, an die sich der Unbekannte gelehnt hatte. Aber vergeblich ließ er zehn bis zwölfmal den Klopfer ertönen. Niemand antwortete, und Nachbarn, welche wegen des Geräusches zur Tür liefen oder die Nase durchs Fenster steckten, versicherten ihm, dieses Haus, dessen Fenster alle verschlossen waren, sei seit sechs Monaten völlig unbewohnt.

Während d'Artagnan in den Straßen umherlief und an Türen klopfte, hatte sich Aramis bei seinen zwei Gefährten eingefunden, so daß d'Artagnan, bei seiner Rückkehr die Versammlung vollzählig fand.

„Nun?" fragten die drei Musketiere, als sie d'Artagnan mit Schweiß auf der Stirn und zornentstelltem Gesicht eintreten sahen.

„Nun," rief er und warf seinen Degen auf das Bett, „der Mensch muß der leibhaftige Teufel sein, er ist verschwunden, wie ein Phantom, wie ein Schatten, wie ein Gespenst!"

„Glaubt Ihr an Erscheinungen?" fragte Athos seinen Kameraden Porthos.

„Ich? Ich glaube nur das, was ich gesehen habe, und da

ich nie Erscheinungen gesehen habe, so glaube ich nicht daran."

„Die Bibel", sagte Aramis, „macht es uns zum Gesetz, daran zu glauben: Der Schatten Samuels erschien Saul, es ist dies ein Glaubensartikel, den ich nicht gern in Zweifel ziehen lasse."

„In jedem Fall ist dieser Mann, ob nun Mensch oder Teufel, Körper oder Schatten, Täuschung oder Wirklichkeit, zu meiner Verdammnis geboren. Durch seine Flucht entgeht uns ein herrliches Geschäft, meine Freunde, ein Geschäft, bei dem man hundert Pistolen und vielleicht noch mehr hätte verdienen können."

„Wie das?" fragten Porthos und Aramis.

Athos aber begnügte sich, seinem Schweigesystem getreu, d'Artagnan nur mit einem Blick zu befragen.

„Planchet", sagte d'Artagnan zu seinem Bediensteten, der in diesem Augenblick seinen Kopf durch die Tür steckte, um einige Brocken von dem Gespräch zu erhaschen, „geh hinab zu Bonacieux und sage ihm, er möge uns ein halbes Dutzend Flaschen Beaugency-Wein schicken. Ich bevorzuge diesen."

„Ah, du scheinst offenen Kredit bei deinem Hauswirt zu haben?" fragte Porthos.

„Ja", antwortete d'Artagnan, „ab heute, und seid nur ruhig, wenn sein Wein schlecht ist, so muß er uns anderen holen."

„Man muß gebrauchen und nicht mißbrauchen", sagte Aramis spruchreich.

„Ich habe immer behauptet, d'Artagnan sei der einsichtsvollste Kopf von uns vieren", bemerkte Athos, und nachdem er diese Meinung ausgesprochen, auf die d'Artagnan mit einer Verbeugung antwortete, verfiel er bald wieder in sein gewöhnliches Schweigen.

„Aber nun laßt einmal hören, wie verhält sich die Sache?" fragte Porthos.

„Ja", sprach Aramis, „teilt es uns mit, lieber Freund, wenn nicht die Ehre einer Dame bei dieser Eröffnung beteiligt ist. In diesem Fall tätet Ihr besser daran, das Geheimnis für Euch zu behalten."

„Seid unbesorgt", erwiderte d'Artagnan, „es wird sich niemand bei dem, was ich Euch mitteilen will, zu beklagen haben."

Und hierauf erzählte er seinen Freunden Wort für Wort, was sich zwischen ihm und seinem Hauswirt ereignet hatte, und wie der Mann, der die Frau des würdigen Hauswirts entführt, derselbe war, mit dem er im Gasthof zu Meung Streit gehabt hatte.

„Eure Angelegenheit ist nicht schlimm", sagte Athos, nachdem er den Wein als Kenner gekostet und mit einem Zeichen angedeutet hatte, daß er ihn gut finde, „und man könnte wohl aus diesem guten Mann fünfzig bis sechzig Pistolen herausschlagen. Nun entsteht nur noch die Frage, ob fünfzig bis sechzig Pistolen so viel wert sind, daß man vier Köpfe dafür aufs Spiel setzt."

„Aber vergeßt nicht", rief d'Artagnan, „daß eine Frau bei dieser Angelegenheit beteiligt ist, eine entführte Frau, eine Frau, die man ohne Zweifel bedroht, die man wahrscheinlich martert und zwar alles das, weil sie ihrer Gebieterin treu ist."

„D'Artagnan", sprach Aramis, „Ihr erhitzt Euch meiner Ansicht nach etwas zu sehr über das Schicksal der Frau Bonacieux. Zu unserem Verderben ist das Weib geschaffen und von ihm rührt all unser Unglück her."

Bei diesem Bibelzitat von Aramis runzelte Athos die Stirn und biß sich in die Lippen.

„Ich bin nicht wegen Frau Bonacieux unruhig", rief d'Artagnan, „sondern wegen der Königin, die der König im Stich läßt, die der Kardinal verfolgt, und die die Köpfe ihrer Freunde einen nach dem anderen fallen sieht."

„Warum liebt sie das, was wir am meisten auf der Welt verabscheuen: die Spanier und die Engländer?"

„Spanien ist ihr Vaterland", erwiderte d'Artagnan, „und es ist ganz natürlich, daß sie die Spanier liebt. Was den zweiten Vorwurf betrifft, den Ihr ihr macht, so habe ich sagen hören, daß sie gar nicht die Engländer, sondern einen Engländer liebt."

„Ei! Meiner Treu," sprach Athos, „ich muß gestehen, dieser Engländer ist im höchsten Grad würdig, geliebt zu werden. Ich habe nie eine so vornehme Miene gekannt wie die seinige."

„Abgesehen davon, daß er sich kleidet wie kein anderer", sprach Porthos, „ich war an dem Tag im Louvre, wo er seine Perlen ausstreute. Ich habe zwei aufgerafft, die ich für zehn Pistolen das Stück verkaufte. Und du, Aramis, kennst du ihn?"

„So gut als ihr, meine Herren, denn ich befand mich unter denen, die ihn im Garten von Amiens festgenommen haben, wo mich der Stallmeister der Königin, Herr von Putange, eingeführt hatte. Ich war damals im Seminar, und die Geschichte kam mir damals sehr schlimm für den König vor."

„Wenn ich nur wüßte, wo sich der Herzog von Buckingham befindet", sagte d'Artagnan, „so sollte mich das nicht abhalten, ihn bei der Hand zu nehmen und zur Königin zu führen. Wäre es auch nur, um den Kardinal wütend zu machen; denn unser wahrer, unser einziger und ewiger Feind, meine Herren, ist der Kardinal, und wenn wir Mittel und Wege finden könnten, ihm einen losen Streich zu spielen, so würde ich, ich gestehe es, gern meinen Kopf wagen."

„Und der Krämer hat Euch gesagt, d'Artagnan", sprach Athos, „die Königin dächte, man habe den Buckingham unter einem falschen Vorwand kommen lassen?"

„Sie befürchtet es."

„Wartet", sagte Aramis.

„Worauf?" fragte Porthos.

„Fahrt nur fort! Ich versuche, mich zu erinnern."

„Und nun bin ich überzeugt", sprach d'Artagnan, „daß die Verhaftung dieser Kammerfrau der Königin sich auf die Ereignisse, von denen wir reden, und vielleicht auf die Gegenwart des Herrn von Buckingham in Paris bezieht."

„Der Gascogner ist voll kluger Gedanken“, sagte Porthos mit Bewunderung.

„Ich höre ihn sehr gern sprechen“, versetzte Athos, „sein Patois macht mir einen Riesenspaß.“

„Meine Herren“, rief Aramis, „hört mich an.“

„Hören wir Aramis“, meinten die drei Freunde.

„Gestern befand ich mich bei einem Doktor der Theologie, den ich bei meinen Studien zuweilen um Rat frage.“

Athos lächelte.

„Er wohnt in einem öden Quartier“, fuhr Aramis fort; „es entspricht aber seinem Geschmack, seiner Beschäftigung. In dem Augenblick nun, wo ich aus seinem Haus trat...“

Aramis zögerte.

„Nun!“ fragten seine Zuhörer, „in dem Augenblick, wo Ihr aus seinem Haus kamt...“

Aramis schien nicht recht zum Entschluß zu kommen, wie ein Mensch, der sich mitten in einer Lüge durch ein unvorhergesehenes Hindernis gehemmt sieht. Die Augen seiner drei Gefährten aber waren auf ihn geheftet, ihre Ohren erwarteten gespannt die Fortsetzung, es gab kein Mittel, zurückzuweichen.

„Dieser Doktor hat eine Nichte“, fuhr Aramis fort.

„Ah! Er hat eine Nichte“, unterbrach ihn Porthos.

„Eine sehr ehrenwerte Dame“, sagte Aramis.

Die drei Freunde brachen in Gelächter aus.

„Ah! Wenn ihr lacht oder wenn ihr zweifelt“, sagte Aramis, „so erfahrt ihr nichts mehr.“

„Wir sind gläubig wie Mohammedaner und stumm wie Gräber“, erwiderte Athos.

„Ich fahre also fort“, sprach Aramis. „Diese Nichte besucht ihren Onkel manchmal. Gestern befand sie sich nun zu gleicher Zeit mit mir bei ihm, und ich bot ihr an, sie an ihren Wagen zu führen.“

„Ah, sie hat einen Wagen, die Nichte des Doktors?“ unterbrach ihn Porthos, der unter anderen Fehlern auch den einer losen Zunge besaß, „eine schöne Bekanntschaft, mein Freund.“

„Porthos“, sprach Aramis, „ich habe Euch bereits mehr als einmal gesagt, daß Ihr sehr indiskret seid und daß Euch dies bei den Frauen schadet.“

„Meine Herren! Meine Herren!“ rief d'Artagnan, der bereits klar dem Abenteuer auf den Grund sah, „die Sache ist ernst. Lassen wir also alle Scherze.“

„Plötzlich näherte sich mir ein großer, brauner Mann von edelmännischem Wesen... Seht, so etwa in der Art des Eurigen, d'Artagnan.“

„Vielleicht der gleiche“, sagte der.

„Schon möglich“, fuhr Aramis fort, „er näherte sich mir plötzlich in Begleitung von fünf bis sechs Menschen, die ihm ungefähr auf zehn Schritte folgten, und sagte höflich zu mir: ‚Herzog und Sie, Madame‘ fuhr er gegen die Dame fort, die ich am Arme führte...“

„Ah! Die Nichte des Doktors?“

„Still, Porthos!“ sprach Athos, „Ihr seid unerträglich.“

„Würdet Ihr gefälligst in diesen Wagen steigen, und zwar ohne den geringsten Widerstand zu versuchen, ohne den mindesten Lärm zu machen.“

„Er hielt Euch für Buckingham!“ rief d'Artagnan. - „Ich glaube es“, antwortete Aramis. - „Aber diese Dame?“ sagte Porthos. - „Er hielt sie für die Königin!“ sagte d'Artagnan. - „Allerdings!“ erwiderte Aramis. - „Der Gascogner hat den Teufel im Leib“, rief Athos, „nichts entgeht ihm.“ - „Es ist nicht zu leugnen“, sprach Porthos, „Aramis hat die Gestalt des Herzogs und auch etwas von seiner Haltung. Aber es scheint mir, daß die Musketiertracht...“

„Ich trug einen riesigen Mantel“, entgegnete Aramis.

„Im Juli? Teufel!“ rief Porthos. „Befürchtet der Doktor, man würde dich erkennen?“

„Ich begreife, daß sich der Spion durch die Haltung täuschen ließ", sprach Athos, „aber das Gesicht ..."

„Ich hatte einen großen Hut", sagte Aramis.

„O mein Gott", rief Porthos, „was für Vorsichtsmaßregeln, um Theologie zu studieren."

„Meine Herren, meine Herren", sagte d'Artagnan, „verlieren wir nicht die Zeit mit unnützem Geschwätz. Wir wollen uns verteilen und die Frau des Krämers suchen. Das ist der Schlüssel der Intrige."

„Eine Frau von so untergeordneter Stellung! Ihr glaubt, d'Artagnan?" sprach Porthos verächtlich.

„Sie ist das Mündel La Portes, des Vertrauten der Königin, habe ich euch das nicht gesagt, meine Herren? Und dann war es diesmal vielleicht Berechnung von der Königin, daß sie so tief unten Beistand suchte. Die erhabenen Köpfe sieht man von fern, und der Kardinal hat ein gutes Gesicht."

„Das schon!" sprach Porthos, „doch setzt zuerst mit dem Krämer einen Preis fest, und zwar einen guten Preis."

„Das ist unnötig", entgegnete d'Artagnan, „denn ich glaube, wenn er uns nicht bezahlt, so wird man uns von einer anderen Seite bezahlen."

In diesem Augenblick ertönte auf der Treppe das Geräusch eiliger Tritte, die Tür öffnete sich mit Getöse und der unglückliche Krämer stürzte in das Zimmer.

„Ach, meine Herren", rief er, „rettet mich, um Himmels willen, rettet mich! Es sind vier Männer da, die mich verhaften wollen! Rettet mich! Rettet mich!"

Porthos und Aramis sprangen auf.

„Einen Augenblick", rief d'Artagnan und gab ihnen ein Zeichen, ihre halbgezogenen Degen wieder einzustecken. „Hier nützt nicht Mut, sondern Klugheit!"

„Doch wir lassen nicht ...", rief Porthos.

„Laßt d'Artagnan machen", sprach Athos. „Ich wiederhole es, er ist der Einsichtsvollste von uns, und ich meinesteils erkläre, daß ich ihm gehorche. Tu, was du willst, d'Artagnan."

In diesem Augenblick erschienen die vier Leibgardisten in der Tür des Vorzimmers, doch als sie vier Musketiere mit dem Degen an der Seite in aufrechter Haltung erblickten, zögerten sie weiterzugehen.

„Tretet ein, meine Herren, tretet ein", rief d'Artagnan; „ihr seid hier in meiner Wohnung, und wir sind alle treue Diener des Königs und des Herrn Kardinals."

„In diesem Falle werdet ihr euch nicht widersetzen, wenn wir die Befehle, die wir erhalten haben, vollstrekken?" fragte der Anführer der kleinen Mannschaft.

„Im Gegenteil, meine Herren, wir werden euch, wenn nötig, unterstützen."

„Was spricht Er da?" murmelte Porthos.

„Du bist ein Einfaltspinsel", sagte Athos, „schweig!"

„Aber ihr habt mir versprochen...", flüsterte der arme Krämer ganz leise.

„Wir können Euch nur retten, wenn wir frei bleiben", antwortete d'Artagnan rasch und ebenfalls leise, „machen wir aber Miene, Euch zu verteidigen, so verhaftet man uns ebenfalls."

„Es scheint mir jedoch..."

„Kommt, meine Herren, kommt", sprach d'Artagnan laut, „ich habe keinen Grund, den Herrn zu schützen. Ich sah ihn heute zum ersten Mal, und aus welcher Veranlassung! Er wird es Euch selbst sagen: um die Bezahlung meiner Hausmiete zu fordern. Ist dies wahr, Herr Bonacieux? Antwortet!"

„Es ist die reine Wahrheit", rief der Krämer, „aber der Herr sagt Euch nicht..."

„Schweigt über mich, schweigt über meine Freunde, schweigt besonders über die Königin, oder Ihr stürzt uns

alle ins Verderben, ohne Euch zu retten. Vorwärts, vorwärts, meine Herren, bringt diesen Mann weg!“

Und d'Artagnan stieß den ganz betäubten Krämer in die Hände der Leibgardisten und sagte:

„Ihr seid ein Halunke, mein Lieber, Ihr kommt und verlangt Geld von mir, von einem Musketier! Fort ins Gefängnis! Noch einmal, meine Herren, bringt ihn ins Gefängnis und haltet ihn so lange als möglich hinter Schloß und Riegel - ich gewinne dadurch Zeit zu bezahlen.“

Die Häscher verwickelten sich in Danksagungen und nahmen ihre Beute mit sich fort.

In dem Augenblick, wo sie hinausgingen, klopfte d'Artagnan ihrem Führer auf die Schulter, füllte zwei Gläser mit Beaugency-Wein, den er der Freigebigkeit des Herrn Bonacieux zu verdanken hatte, und sprach:

„Soll ich nicht auf Eure Gesundheit und Ihr nicht auf die meine trinken?“ - „Das wäre eine große Ehre für mich“, antwortete der Anführer der Häscher, „und ich nehme dankbar an.“ - „Auf Eure Gesundheit also, mein Herr... Wie heißt Ihr?“ - „Boisrenard.“ - „Boisrenard?“ - „Auf die Eure, mein Herr, bitte, nennt mir Euren Namen.“ - „D'Artagnan.“ - „Auf die Eure, Herr d'Artagnan.“

„Und vor allem“, rief d'Artagnan, als erfaßte ihn Begeisterung, „auf die des Königs und des Kardinals!“

Der Anführer der Häscher hätte vielleicht an der Aufrichtigkeit d'Artagnans gezweifelt, wenn der Wein schlecht gewesen wäre, aber der Wein war gut, und der Mann somit überzeugt.

„Aber was für einen teuflischen Unsinn habt Ihr da gemacht?“ sagte Porthos, als die vier Freunde wieder allein waren. „Pfui! Vier Musketiere lassen einen Unglücklichen, der um Hilfe ruft, in ihrer Mitte verhaften! Ein Edelmann trinkt mit den Schergen!“

„Porthos“, sprach Aramis, „Athos hat bereits bemerkt, du seist ein Einfaltspinsel, und ich pflichte seiner Ansicht bei. D'Artagnan, du bist ein großer Mann, und wenn du einmal an der Stelle des Herrn von Treville stehst, so bitte ich dich um deine Protektion für eine Abtei.“

„Ah, ich kann nicht klug aus der Sache werden“, sagte Porthos; „Ihr billigt, was d'Artagnan getan hat?“

„Ich glaube, bei Gott, ja“, erwiderte Athos; „ich billige nicht nur, was er getan hat, sondern ich wünsche ihm sogar Glück dazu.“

„Und nun, meine Herren", sprach d'Artagnan, ohne sich die Mühe zu geben, Porthos sein Benehmen zu erläutern, „alle für einen, einer für alle, das ist unser Wahlspruch, nicht wahr?"

„Aber -", sagte Porthos.

„Strecke die Hand aus und schwöre", riefen Athos und Aramis zu gleicher Zeit.

Besiegt durch das Beispiel streckte Porthos unter leisen Flüchen die Hand aus, und die vier Freunde wiederholten mit einer Stimme die von d'Artagnan vorgesprochene Formel:

„Alle für einen, einer für alle!"

„So ist es gut", sagte d'Artagnan, „jeder gehe nun ruhig nach Hause, und aufgepaßt! Von diesem Augenblick an liegen wir im Kampf mit dem Kardinal."

10. Kapitel

Eine Mausefalle des siebzehnten Jahrhunderts

Die Mausefalle ist keine Erfindung unserer Tage. Sobald die Gesellschaft irgendeine Polizei erfunden hatte, erfand die ihrerseits die Mausefalle.

Wenn man in irgendeinem Haus irgendeine verdächtige Person verhaftet hat, so hält man diese Verhaftung geheim. Man legt vier oder fünf Mann im ersten Zimmer in Hinterhalt, öffnet die Tür allen, die anklopfen, schließt sie wieder hinter ihnen und verhaftet sie. Nach zwei bis drei Tagen hat man alle, die mit dem betreffenden Haus in Verbindung stehen, in Gewahrsam.

Das ist eine Mausefalle.

Man machte also eine Mausefalle aus der Wohnung des Maître Bonacieux, und wer dort erschien, wurde ergriffen und von den Leuten des Kardinals ausgefragt. Es bedarf kaum der Erwähnung, daß diejenigen, die zu d'Artagnan kamen, von Ausforschungen befreit blieben, da ja ein besonderer Aufgang zu seiner Wohnung im ersten Stock führte.

Überdies kamen die drei Musketiere allein dahin. Jeder von ihnen hatte sich einzeln erkundigt, aber keinem war es gelungen, etwas zu entdecken. Athos war sogar so weit gegangen, Herrn von Treville zu befragen, worüber sein Kapitän in Betracht der gewöhnlichen Schweigsamkeit des Musketiers nicht wenig staunte. Herr von Treville wußte nur, daß das letzte Mal, als er den König, die Königin und den Kardinal gesehen hatte, der Kardinal eine sehr sorgenvolle Miene zeigte, der König sehr unruhig war, und die Augen der Königin andeuteten, daß sie geweint oder gewacht hatte. Letzteres aber veranlaßte keinerlei Verwunderung mehr bei ihm, denn die Königin wachte und weinte viel seit ihrer Heirat.

Herr von Treville empfahl jedenfalls Athos den Dienst des Königs und besonders den bei der Königin, und ersuchte ihn, diese Weisung auch seinen Kameraden mitzuteilen.

D'Artagnan verließ seine Wohnung nicht. Er hatte sein Zimmer in eine Beobachtungsstation verwandelt. Von seinem Fenster aus sah er die ankommen, die gefangengenommen wurden. Da er ferner die Dielen seines Fußbodens aufgebrochen hatte und nur ein einfacher Plafond ihn von dem unter ihm liegenden Zimmer trennte, wo die Verhöre stattfanden, so hörte er alles, was zwischen den Inquisitoren und den Angeklagten vorging.

Die Verhöre, die stets mit einer sorgfältigen Durchsuchung der verhafteten Personen verbunden waren, glichen sich ihrem Inhalt nach beinahe vollständig: „Hat Euch Madame Bonacieux etwas für ihren Gatten oder für irgendeine andere Person zugestellt?"

„Hat Euch Herr Bonacieux irgend etwas für seine Frau oder für irgendeine andere Person zugestellt?"

„Hat Euch jemand von ihnen irgendeine vertrauliche mündliche Mitteilung gemacht?"

„Wenn sie etwas wüßten, so würden sie nicht so fragen", sagte d'Artagnan zu sich selbst. „Was wollen sie nur erfahren? Ob sich der Herzog von Buckingham nicht in Paris befindet, und ob er nicht mit der Königin eine Zusammenkunft gehabt hat oder haben soll?"

D'Artagnan blieb bei dieser Ansicht, der es nach allem, was er erfahren hatte, nicht an Wahrscheinlichkeit mangelte.

Mittlerweile war die Mausefalle permanent und die

Wachsamkeit d'Artagnans ebenso. Am zweiten Tag nach der Verhaftung des armen Bonacieux, als Athos d'Artagnan soeben verlassen hatte, um zu Herrn von Treville zu gehen, als es gerade neun Uhr geschlagen und Planchet, der das Bett noch nicht gemacht hatte, eben seine Arbeit verrichtete, hörte man lautes Klopfen. Sofort wurde die Tür geöffnet und wieder geschlossen. Es hatte sich jemand in der Mausefalle fangen lassen.

D'Artagnan stürzte zu der Stelle, wo die Dielen weggenommen waren, legte sich mit dem Bauch auf den Boden und horchte. Er vernahm Geschrei, dann folgte ein starkes Seufzen, das man zu ersticken suchte, von einem Verhör war nicht die Rede.

„Teufel!" sprach d'Artagnan zu sich selbst. „Es scheint mir, das ist eine Frau. Man durchsucht sie, sie widersteht, man tut ihr Gewalt an. Die Schurken!"

D'Artagnan hatte, trotz seiner Klugheit, die größte Mühe, sich von dem Vorfall entfernt zu halten, welcher unten vorging.

„Aber ich sage euch, daß ich die Hausfrau bin, meine Herren, ich sage euch, daß ich Frau Bonacieux bin, ich sage euch, daß ich im Dienst der Königin stehe", rief die Unglückliche.

„Frau Bonacieux!" murmelte d'Artagnan, „sollte ich so glücklich sein, das gefunden zu haben, was jedermann sucht?"

„Gerade Euch haben wir hier erwartet", sprachen die Fragenden unten.

Die Stimme der Frau wurde immer dumpfer. Das Zimmergetäfel ertönte von einer geräuschvollen Bewegung, das Opfer widerstand, soweit eine Frau vier Männern widerstehen kann.

„Vergebung, meine Herren, vergebt...", murmelte die Stimme, welche nur noch unartikulierte Töne hören ließ.

„Sie knebeln sie! Sie schleppen sie fort!“ rief d’Artagnan und sprang wie eine Feder auf. „Meinen Degen! Planchet!“

„Gnädiger Herr!“

„Lauf schnell, suche Athos, Porthos und Aramis auf! Einer wird sicher zu Hause sein. Vielleicht sind alle drei heimgekehrt. Sie sollen sich bewaffnen und rasch hierherkommen. Ah, ich erinnere mich, Athos ist bei Herrn von Treville.“

„Aber wohin geht Ihr, gnädiger Herr, wohin geht Ihr?“

„Ich steige durch das Fenster hinab“, rief d’Artagnan, „um schneller an Ort und Stelle zu sein. Du lege die Diele wieder ein, fege den Boden, lauf, wohin ich dir gesagt habe.“

„O mein Herr, mein Herr, Ihr bringt Euch ums Leben“, rief Planchet.

„Schweig, Dummkopf“, sprach d’Artagnan, und sich mit der Hand an der Randleiste des Fensters haltend, glitt er vom ersten Stockwerk, das glücklicherweise nicht hoch war, hinab.

Dann klopfte er an die Tür und murmelte dabei:

„Ich will mich ebenfalls in der Mausefalle fangen lassen. Wehe den Katzen, die sich an einer solchen Maus reiben.“

Kaum hatte der Klopfer unter der Hand des jungen Mannes ertönt, als das Geräusch aufhörte. Es näherten sich Tritte, die Tür öffnete sich und d’Artagnan stürzte mit bloßem Degen in das Zimmer des Maître Bonacieux, dessen Tür, ohne Zweifel durch eine Feder in Bewegung gesetzt, sich von selbst wieder schloß.

Dann vernahmen die übrigen Bewohner des unglücklichen Hauses sowie die nächsten Nachbarn Geschrei, Stampfen, Degengeklirr und ein Zertrümmern von Gerätschaften. Einen Augenblick später konnten die Leute, die sich erstaunt über diesen Lärm an ihr Fenster gestellt hatten, um die Ursache zu erfahren, deutlich sehen, wie die

Tür sich wieder öffnete und vier schwarzgekleidete Männer wie aufgescheuchte Raben hinausflogen, am Boden und an den Tischecken Federn zurücklassend, d. h. Fetzen ihrer Kleider und Stücke ihrer Mäntel.

D'Artagnan hatte mit leichter Mühe den Sieg errungen, denn nur ein einziger von den Häschern war bewaffnet, und dieser verteidigte sich nur der Form wegen. Die drei anderen hatten allerdings versucht, den jungen Mann mit Stühlen, Bänken und Töpfen niederzuschlagen, aber zwei bis drei Hiebe mit dem Degen des Gascogners jagten sie in Schrecken.

Allein mit Frau Bonacieux, wandte sich d'Artagnan ihr zu. Die arme Frau war auf einen Lehnstuhl zurückgesunken und halb ohnmächtig. D'Artagnan schaute sie mit einem raschen Blick prüfend an. Es war eine reizende Frau von fünf- bis sechsundzwanzig Jahren, brünett, mit blauen

Augen, leicht aufgestülpter Nase, prächtigen Zähnen und einem wundervollen Teint. Hier aber hörten die Zeichen auf, nach denen man sie mit einer Dame von Stand hätte verwechseln können. Die Hände waren weiß, aber nicht zart, die Füße nicht sehr zierlich. Zum Glück konnte sich d'Artagnan noch nicht mit allen diesen Einzelheiten beschäftigen.

Als d'Artagnan in seiner Musterung der Frau Bonacieux bis zu den Füßen gelangte, sah er auf dem Boden ein feines Batisttuch, das er aufhob, und erkannte an der Ecke denselben Namenszug wie an dem Taschentuch, dessentwegen er sich mit Aramis beinahe auf Leben und Tod hätte schlagen müssen. Von dieser Zeit an mißtraute d'Artagnan allen mit Wappen verzierten Taschentüchern, und er steckte es deshalb, ohne ein Wort zu sagen, in die Tasche der Frau Bonacieux.

In diesem Augenblick kam Frau Bonacieux wieder zu sich. Sie schlug die Augen auf, schaute erschrocken um sich und sah, daß das Zimmer leer und sie mit ihrem Befreier allein war. Sie reichte ihm lächelnd die Hände. Frau Bonacieux besaß das reizendste Lächeln der Welt.

„Ah! Mein Herr", sprach sie, „Ihr habt mich gerettet. Erlaubt mir, daß ich Euch danke."

„Madame", sagte d'Artagnan, „ich habe nicht mehr getan, als jeder Edelmann an meiner Stelle getan hätte. Ihr seid mir also keinen Dank schuldig."

„Gewiß, mein Herr, gewiß, und ich hoffe, Euch beweisen zu können, daß Ihr keiner Undankbaren einen Dienst geleistet habt. Aber was wollten denn diese Menschen, die ich anfangs für Diebe gehalten habe, und warum ist Herr Bonacieux nicht hier?"

„Madame, diese Menschen waren bei weitem gefährlicher als Diebe sein könnten. Es sind Schergen des Kardinals, und was Euern Gatten, Herrn Bonacieux, betrifft, so befindet sich dieser nicht hier, weil man ihn gestern verhaftet und in die Bastille abgeführt hat."

„Mein Mann in der Bastille!" rief Frau Bonacieux. „O mein Gott, was hat er getan, er ist ja die Unschuld selbst!"

Und etwas wie ein Lächeln trat auf dem noch erschrokkenen Anlitz der jungen Frau hervor.

„Was er getan hat, Madame?" sprach d'Artagnan, „ich glaube, sein Verbrechen besteht einzig und allein darin, daß er zugleich das Glück und das Unglück hat, Euer Gatte zu sein." - „Aber mein Herr, Ihr wißt also..." - „Ich weiß, daß man Euch entführt hat, Madame." - „Und wer hat dies getan? Wißt Ihr es? Oh, wenn Ihr es wißt, so sagt es mir." - „Ein Mann von vierzig bis fünfundvierzig Jahren, mit schwarzen Haaren, dunkler Gesichtsfarbe und einer Narbe an der linken Schläfe." - „So ist es, so ist es, aber sein Name?" - „Ah! Sein Name? Ich weiß ihn nicht." - „Und mein Mann, wußte er, daß man mich gewaltsam weggebracht hatte?" - „Er war von dem Entführer selbst davon benachrichtigt worden." - „Und hat er irgendeinen Verdacht?" fragte Frau Bonacieux verlegen. - „Er schrieb es einer politischen Ursache zu." - „Anfangs zweifelte ich daran, und nun teile ich seine Ansicht. Also hat dieser gute Herr Bonacieux mich nicht einen Augenblick im Verdacht gehabt?" - „Ach! Weit entfernt, Madame. Er war zu stolz auf Eure Klugheit und besonders auf Eure Liebe."

Ein zweites, beinahe unmerkliches Lächeln umspielte die Lippen der schönen jungen Frau.

„Aber wie ist es Euch gelungen zu entfliehen?" fuhr d'Artagnan fort.

„Ich benutzte einen Augenblick, wo ich allein blieb, und da ich seit heute morgen wußte, was ich von meiner Entführung zu halten hatte, so ließ ich mich mit Hilfe meiner Bettücher vom Fenster herab und lief in der Hoffnung hierher, meinen Mann zu finden."

„Um Euch unter seinen Schutz zu stellen?"

„O nein! Der arme liebe Mann, ich wußte, daß er unfähig wäre, mich zu verteidigen. Da er uns aber zu etwas anderem dienen konnte, so wollte ich ihn benachrichtigen."

„Wovon?"

„Oh, das ist mein Geheimnis, ich kann es Euch also nicht sagen."

„Übrigens", sprach d'Artagnan, „übrigens glaube ich, daß wir hier nicht am geeigneten Ort für vertrauliche Mitteilungen sind. Die Leute, die ich in die Flucht geschlagen habe, werden bald mit bewaffneter Mannschaft zurückkehren, und wenn sie uns hier finden, sind wir verloren. Ich habe wohl drei von meinen Freunden benachrichtigen lassen, aber wer weiß, ob man sie zu Hause antraf?"

„Ja, ja, Ihr habt recht", rief Frau Bonacieux erschrocken, „fliehen wir, retten wir uns!"

Bei diesen Worten nahm sie d'Artagnan beim Arm und suchte ihn fortzuziehen.

„Aber wohin fliehen?" sprach d'Artagnan. „Wo werden wir sicher sein?"

„Entfernen wir uns zuerst von diesem Haus, und das übrige wird sich finden!"

Und der junge Mann und die junge Frau gingen rasch, ohne auch nur die Haustür zu schließen, durch die Rue des Fosses-Monsieur-le-Prince und hielten erst auf der Place Saint-Sulpice an.

„Und was fangen wir nun an?" fragte d'Artagnan, „und wohin soll ich Euch führen?"

„Ich bin sehr in Verlegenheit, Euch hierauf zu antworten," sagte Frau Bonacieux. „Es war meine Absicht, Herrn de la Porte durch meinen Mann benachrichtigen zu lassen, damit er uns genau sagen könnte, was seit drei Tagen im Louvre vorgegangen ist, und ob es nicht gefährlich für mich sei, mich dort blicken zu lassen."

„Aber ich kann ebenso Herrn de la Porte benachrichtigen“, sagte d’Artagnan.

„Allerdings, nur ist dabei ein unglücklicher Umstand zu berücksichtigen. Herrn Bonacieux kennt man im Louvre und ließe ihn passieren, während man Euch nicht kennt und Euch die Tür verschließen würde.“

„Ah, bah!“ sprach d’Artagnan, „Ihr habt gewiß an irgendeiner Pforte des Louvre einen Hauswart, der Euch ergeben ist, und mit Hilfe eines Losungswortes ...“

Frau Bonacieux schaute den jungen Mann fest an.

„Und wenn ich Euch dieses Losungswort gebe“, sprach sie, „würdet Ihr es wohl vergessen, sobald Ihr Euren Auftrag erfüllt habt?“ - „Bei meiner Ehre, so wahr ich ein Edelmann bin“, sagte d’Artagnan in einem Ton, der keinen Zweifel an seiner Aufrichtigkeit ließ. - „Gut, ich glaube Euch, Ihr seht aus wie ein aufrechter junger Mann. Vielleicht ist Euer Glück die Folge Eurer Ergebenheit.“ - „Ich werde ohne ein Versprechen und freiwillig alles tun, was in meinen Kräften steht, um dem König zu dienen und der Königin angenehm zu sein“, sagte d’Artagnan. „Verfügt also über mich wie über einen Freund.“ - „Aber ich, wohin werdet Ihr mich bringen?“ - „Habt Ihr niemand, bei dem Euch Herr de la Porte abholen könnte?“ - „Nein, Ich will mich niemandem anvertrauen.“ - „Halt!“ sprach d’Artagnan, „wir sind an der Tür von Athos. Ja, so geht es.“ - „Wer ist Athos?“ - „Einer meiner Freunde.“ - „Aber wenn er zu Hause ist, so sieht er mich.“ - „Er ist nicht zu Hause, und ich nehme den Schlüssel mit, nachdem ich Euch in sein Zimmer geführt habe.“ - „Und wenn er zurückkommt?“ - „Er wird nicht zurückkommen. Außerdem wird man ihm sagen, ich habe eine Frau gebracht und diese Frau befinde sich in seiner Wohnung.“ - „Das wird meinen Ruf gefährden!“ - „Was ist Euch daran gelegen? Man kennt Euch nicht, und abgesehen davon befinden wir uns in einer Lage, wo man sich einigermaßen über die Schicklichkeit wegsetzen muß." - „Gehen wir also zu Eurem Freund. Wo wohnt er?" - „In der Rue Ferou, zwei Schritte von hier." - „Vorwärts!"

Und beide machten sich wieder auf den Weg. Athos war, wie d'Artagnan vorausgesehen hatte, nicht zu Hause. Er nahm den Schlüssel, den man ihm als Freund des Mieters zu geben gewohnt war, stieg die Treppe hinauf und führte Frau Bonacieux in die Wohnung.

„Fühlt Euch wie zu Hause", sprach er, „schließt die Tür von innen und öffnet niemandem, wenn Ihr nicht dreimal auf folgende Weise klopfen hört. Gebt acht!" Und er klopfte dreimal, zweimal kurz hintereinander und sehr stark, einmal nach einer Pause und leichter.

„Gut", sprach Frau Bonacieux. „Nun ist es an mir, Euch Instruktionen zu geben." - „Ich höre." - „Begebt Euch zur Pforte des Louvre auf der Seite der Rue de l'Echelle und fragt nach Germain." - „Gut, und dann?" - „Er wird Euch fragen, was Ihr wollt, und Ihr antwortet ihm mit zwei Worten: Tours und Brüssel. Sogleich wird er dann zu Eurem Befehl stehen." - „Und was soll ich ihm befehlen?" - „Herrn de la Porte, den Kammerdiener der Königin, zu holen." - „Und wenn er ihn geholt hat und Herr de la Porte kommt?" - „So schickt Ihr ihn zu mir." - „Ganz gut. Aber wo und wie werde ich Euch wiedersehen?" - „Ist Euch viel daran gelegen, mich wiederzusehen?" - „Gewiß." - „Überlaßt mir die Sorge hierfür und seid ruhig." - „Ich baue auf Euer Wort." - „Rechnet darauf."

D'Artagnan verabschiedete sich von Frau Bonacieux mit dem verliebtesten Blick, den er auf ihre reizende kleine Person werfen konnte, und während er die Treppen hinabstieg, hörte er die Tür doppelt hinter sich verschließen. Mit zwei Sprüngen war er am Louvre. Als er durch die Pforte an der Rue de l'Echelle trat, schlug es zehn Uhr.

Alles ging, wie Frau Bonacieux vorhergesagt hatte. Auf das Losungswort hin verbeugte sich Germain. Zwei Minuten später befand sich de la Porte in der Loge. Mit zwei Worten teilte ihm d'Artagnan das Notwendige mit und bezeichnete ihm den Aufenthalt von Frau Bonacieux. Sobald de la Porte die Adresse genau wußte, entfernte er sich in größter Eile. Kaum hatte er jedoch zehn Schritte gemacht, als er zurückkehrte und zu d'Artagnan sagte:

„Junger Mann, einen Rat!" – „Welchen?" – „Man könnte Euch wegen des Vorgefallenen beunruhigen." – „Ihr glaubt?" - „Ja. Habt Ihr einen Freund, dessen Uhr nachgeht?" - „Nun?" - „Geht zu ihm, damit er bezeugen kann, Ihr wärt um halb zehn Uhr bei ihm gewesen. Das nennt man in der Justiz ein Alibi."

D'Artagnan fand den Rat klug. Er lief Hals über Kopf zu Herrn von Treville. Aber statt wie alle Welt in den Salon zu gehen, bat er, in sein Kabinett eingelassen zu werden. Nach fünf Minuten fragte Herr von Treville d'Artagnan, mit was er ihm zu Diensten sein könne und welchem Umstand er seinen späten Besuch zu verdanken habe.

„Verzeihung, gnädiger Herr", sprach d'Artagnan, der den Augenblick seines Alleinseins dazu benutzt hatte, die Uhr um eine Dreiviertelstunde zurückzudrehen, „ich dachte, da es erst neun Uhr fünfundzwanzig Minuten sei, so könne ich mich wohl noch bei Euch einfinden."

„Neun Uhr fünfundzwanzig Minuten!" rief Herr von Treville und schaute auf seine Pendeluhr, „das ist unmöglich!"

„Seht selbst, gnädiger Herr, dort ist der Beweis."

„Es ist richtig", versetzte Herr von Treville, „ich hätte geglaubt, es wäre später. Doch laßt hören, was wollt Ihr von mir?"

D'Artagnan erzählte nun Herrn von Treville eine lange Geschichte über die Königin, er setzte ihm seine Befürchtungen in bezug auf Ihre Majestät auseinander, erzählte ihm, was er von den Projekten des Kardinals wegen Buckingham hatte sagen hören, und alles dies mit einer Ruhe, mit einer festen Haltung, wodurch sich Herr von Treville um so leichter einwickeln ließ, als er ja selbst wahrgenommen hatte, daß etwas Neues zwischen dem König, der Königin und dem Kardinal vorging.

Als es zehn Uhr schlug, verließ d'Artagnan Herrn von Treville, der ihm für seine Nachrichten dankte. Aber unten an der Treppe erinnerte sich d'Artagnan, daß er seinen

Stock vergessen hatte. Er stieg schnell wieder hinauf, kehrte in das Kabinett zurück, schob die Uhr mit dem Finger an ihre richtige Zeit vor, damit man am anderen Morgen nicht bemerken konnte, daß man sie verstellt hatte, und da er nun einen Zeugen für sein Alibi hatte, lief er wieder die Treppe hinab und befand sich in kurzem wieder auf der Straße.

11. Kapitel

Die Intrige weitet sich aus

Als d'Artagnan seinen Besuch bei Herrn von Treville gemacht hatte, nahm er den weitesten Weg, um nach Hause zu gehen.

An was dachte d'Artagnan wohl, als er sich so weit von seiner Straße entfernte und die Sterne betrachtete.

Er dachte an Frau Bonacieux. Für einen Musketierlehrling war diese junge Frau das Liebesideal. Hübsch, mysteriös, beinahe in alle Geheimnisse des Hofs eingeweiht, die so viel reizenden Ernst auf ihren anmutigen Zügen widerspiegelten, stand sie im Verdacht, nicht unempfindlich zu sein, was für Neulinge der Liebe einen unwiderstehlichen Reiz ausmacht. Zudem hatte d'Artagnan sie aus den Händen dieser Teufel befreit, die sie mißhandeln und durchsuchen wollten. Und dieser wichtige Dienst hatte Dankbarkeitsgefühle bei ihr begründet, die leicht einen zärtlicheren Charakter annehmen.

D'Artagnan sah bereits, so rasch gehen Träume auf Flügeln der Einbildungskraft, einen Boten von der jungen Frau vor sich, der ihm ein Billett zu einem Rendezvous, eine goldene Kette oder einen Diamanten zustellte. Es wurde schon erwähnt, daß junge Kavaliere, ohne sich zu schämen, Geld von ihrem König annahmen; fügen wir noch hinzu, daß sie in jenen Zeiten leichter Moral auch vor ihren Geliebten nicht erröteten, und daß diese ihnen oft kostbare und dauerhafte Erinnerungen zurückließen, als ob sie die Gebrechlichkeit ihrer Gefühle durch die Festigkeit ihrer Geschenke hätten wettmachen wollen.

Man machte damals seinen Weg über die Frauen, ohne sich dessen zu genieren. Diejenigen, die nur schön waren, gaben ihre Schönheit, und hiervon rührt ohne Zweifel das Sprichwort: Das schönste Mädchen der Welt kann nur das geben, was es hat. Die Reichen gaben überdies einen Teil ihres Vermögens, und man könnte einige Helden dieser galanten Epoche anführen, die erstens ihre Sporen und zweitens ihre Schlachten nicht gewonnen hätten ohne die mehr oder minder gespickte Börse, die ihre Geliebte ihnen an den Sattelbogen hängte.

D'Artagnan besaß überhaupt nichts. Die Scheu des Provinzbewohners - ein leichter Firnis, eine ephemere Blüte, ein Pfirsichflaum - war unter dem Wind der nicht sehr orthodoxen Ratschläge verdunstet, die die drei Musketiere ihrem Freund gaben. D'Artagnan betrachtete sich, nach dem seltsamen Brauch jener Zeit, in Paris wie im Feld, und dies nicht mehr und nicht weniger als in Flandern: „Der Spanier da unten, die Frau hier." Es gab überall Feinde, die man zu überwinden hatte, überall waren es Kontributionen, die man eintreiben zu müssen glaubte.

Aber wir wollen zugeben, daß d'Artagnan in diesem Augenblick von einem edleren, uneigennützigeren Gefühl bewegt war. Der Krämer hatte ihm gesagt, er sei reich. Der junge Mann konnte sich leicht denken, daß bei einem albernen Menschen, wie Herr Bonacieux, die Frau die Kassenschlüssel in Händen haben mußte. Aber all dies übte durchaus keinen Einfluß auf die Empfindung aus, die der Anblick von Constance Bonacieux bewirkt hatte, und das Interesse war diesem Liebesanfang, der Folge dieses Anblicks, beinahe fremd geblieben. Wir sagen beinahe, denn der Gedanke, daß eine schöne, anmutige, geistreiche junge Frau zu gleicher Zeit reich ist, benimmt diesem Liebesanfang durchaus nichts, sondern verstärkt ihn. Es gibt bei der Wohlhabenheit eine Menge von aristokratischen

Launen und Bedürfnissen, die der Schönheit sehr gut stehen. Ein feiner weißer Strumpf, ein seidenes Kleid, ein Spitzenbesatz, ein schöner Schuh am Fuß, ein frisches Band auf dem Kopf machen eine häßliche Frau nicht hübsch, aber eine hübsche Frau schön, abgesehen von den Händen, die bei all dem gewinnen. Die Hände müssen bei Frauen müßig bleiben, um schön zu sein. Oder?

Denn d'Artagnan war, wie der Leser weiß, kein Millionär. Er hoffte, es eines Tages zu werden, aber die Zeit, die er selbst für diese glückliche Veränderung der Dinge feststellte, war ziemlich weit entfernt. Bis dahin, welche Verzweiflung, eine Frau die tausenderlei Kleinigkeiten begehren zu sehen, die das Glück der Frauen bilden, und ihr eben diese tausenderlei Kleinigkeiten nicht geben zu können! Wenn die Frau reich ist und der Liebhaber nicht, so gibt sie sich selbst, was ihr der Liebhaber nicht bieten kann, und obwohl sie sich diesen Genuß gewöhnlich mit dem Geld ihres Mannes verschafft, so fließt doch ihr Dank sehr selten diesem zu.

Geneigt, der zärtlichste Liebhaber zu sein, war d'Artagnan im Moment der ergebenste Freund. Mitten unter den verliebten Entwürfen auf die Frau des Krämers, vergaß er die seinen nicht. Die hübsche Bonacieux war ganz die Frau, die man auf St.-Denis oder auf St.-Germain spazieren führen konnte, in Gesellschaft von Athos, Porthos und Aramis, denen er eine solche Eroberung mit Stolz zeigen würde. Wenn man lange gegangen ist, stellt sich der Hunger ein. Dies hatte d'Artagnan seit einiger Zeit bemerkt. Man konnte da jene kleinen Diners einnehmen, wobei man auf der einen Seite die Hand eines Freundes und auf der anderen den Fuß der Geliebten berührt. Und dann konnte d'Artagnan in dringlichen Augenblicken und peinlichen Lagen der Retter seiner Freunde werden.

Herr Bonacieux aber, den d'Artagnan in die Hände der

Häscher gestoßen, den er laut verleugnet und dem er ganz leise Rettung versprochen hatte? Wir müssen unseren Lesern gestehen, daß d'Artagnan auf keine Weise daran dachte, oder daß er, wenn er auch daran dachte, sich höchstens sagte, der Mann sei ganz gut da, wo er jetzt war, wo dies auch sein sollte. Für den Augenblick wollen wir es machen wie der verliebte Gascogner. Wir kommen jedoch später auf den würdigen Krämer zurück.

Während d'Artagnan seine zukünftige Liebe überdachte, die Nacht anredete und den Sternen zulächelte, ging er in die Rue Cherche-Midi oder Chasse-Midi, wie man sie damals nannte, hinauf. Da er sich in dem Viertel von Aramis befand, so kam ihm der Gedanke, seinem Freund einen Besuch zu machen und ihm die Gründe auseinanderzusetzen, die ihn bewogen hatten, Aramis durch Planchet zu einem sofortigen Besuch in der Mausefalle auffordern zu lassen. Wäre Aramis zu Hause angetroffen worden, so würde er ohne Zweifel zur Rue des Fossoyers gelaufen sein und dort niemand als seine zwei Kameraden gefunden haben, die ebensowenig wie er selbst gewußt hätten, was dies bedeuten sollte. Diese Störung verdiente aufgeklärt zu werden. Das genau war es, was sich d'Artagnan ganz laut sagte.

Ganz leise dachte er, es sei für ihn eine Gelegenheit, von der hübschen, kleinen Frau Bonacieux zu sprechen, die seinen Geist - jedenfalls sein Herz - bereits ganz und gar in Beschlag genommen hatte. Bei einer ersten Liebe darf man keine Diskretion fordern. Die erste Liebe ist von so großer Freude begleitet, daß sie ausströmen muß, wenn sie uns nicht ersticken soll.

Paris war seit zwei Stunden finster und fing an, öde zu werden. Es schlug 11 Uhr auf allen Türmen des Faubourg St.-Germain. Er atmete die Düfte ein, die der Wind aus der Rue de Vaugirard und den daran angrenzenden, vom

Abendtau erfrischten Gärten herübertrug. Aus der Ferne tönte das durch gute Fensterladen etwas gedämpfte Geräusch der Schenken. Am Ende der Straße angelangt, wandte sich d'Artagnan nach links. Das von Aramis bewohnte Haus lag zwischen der Rue Cassette und der Rue Servandoni. D'Artagnan hatte bereits die Rue Cassette durchschritten und erkannte die Haustür seines Freundes, die unter Sikomoren und Waldreben vergraben war, die einen schweren Behang bildeten, als er einen Schatten erblickte, der aus der Rue Servandoni hervorkam. Dieses Etwas war in einen Mantel gehüllt, und d'Artagnan hielt es anfangs für einen Mann. Aber an der Feinheit des Wuchses und der Unsicherheit des Ganges erkannte er bald, daß es eine Frau war. Diese Frau schlug, als wäre sie unsicher über das Haus, das sie suchte, die Augen auf, um sich zu orientieren, blieb stehen, kehrte um, ging einige Schritte rückwärts und wieder vorwärts. Das reizte die Neugier d'Artagnans.

„Wenn ich ihr meine Dienste anböte?" dachte er. „An ihrem Wesen erkennt man, daß sie jung ist. Vielleicht ist sie auch hübsch. O ja! Aber eine Frau, die um diese Zeit in den Straßen umherläuft, sucht in der Regel nichts anderes als ihren Liebhaber. Pest auch! Rendezvous zu stören, wäre eine schlimme Einleitung zu meinem Liebeshandel."

Die junge Frau ging indessen weiter und zählte Häuser und Fenster. Das war übrigens weder schwierig noch langwierig. Es gab in diesem Teil der Straße nur drei Hotels und zwei Fenster, die auf die Straße gingen. Das eine war das eines Pavillons, der mit der Wohnung Aramis parallel lag, das andere das von Aramis selbst.

„Bei Gott", sprach d'Artagnan, dem die Nichte des Theologen einfiel, zu sich selbst, „bei Gott, es wäre drollig, wenn diese verspätete Taube das Haus unseres Freundes aufsuchte. Aber, bei meiner Seele, es sieht so aus! Ah, mein lieber Aramis, diesmal wollen wir dir auf die Sprünge helfen!"

D'Artagnan machte sich so dünn wie möglich und verbarg sich auf der dunkelsten Seite der Straße bei einer steinernen Bank.

Die junge Frau schritt weiter vorwärts. Abgesehen von dem leichten Gang, der sie verraten hatte, ließ sie ein leichtes Husten vernehmen, das eine äußerst helle Stimme verriet. D'Artagnan hielt es für ein Signal. Aber ob nun das Husten durch ein gleichbedeutendes Zeichen erwidert wurde, das der Unentschlossenheit der nächtlichen Sucherin ein Ende machte oder ob sie ohne fremde Hilfe erkannt hatte, daß sie am Ziel ihrer Wanderung angelangt war - sie näherte sich entschlossen dem Fensterladen von Aramis und klopfte dreimal in gleichen Zwischenräumen dagegen.

„Das ist allerdings bei Aramis“, murmelte d'Artagnan. „Ah, mein Herr Heuchler, ich ertappe Euch bei Euren theologischen Studien!“

Die Unbekannte hatte dreimal geklopft, als das innere Fensterkreuz sich öffnete und ein Licht durch den Laden fiel.

„Ah, ah!“ flüsterte der Horcher, „nicht durch die Türen, sondern durch die Fenster, ah, ah! Der Besuch war erwartet. Schön! Der Laden wird sich öffnen und die Dame einsteigen. Sehr gut!“

Aber zum großen Erstaunen d'Artagnans blieb der Laden geschlossen, das Licht, das einen Augenblick geleuchtet hatte, verschwand wieder, und alles versank abermals in Dunkelheit.

D'Artagnan dachte, dies könne nicht lange so dauern, und horchte mit gespannten Ohren und schaute mit weit geöffneten Augen. Er hatte recht. Nach einigen Augenblikken tönten zwei dumpfe Schläge im Inneren.

Die junge Frau auf der Straße antwortete durch einmaliges Klopfen, und der Laden öffnete sich.

Man kann sich leicht denken, mit welcher Gier d'Artagnan schaute und horchte.

Zum Unglück hatte man das Licht in ein anderes Zimmer gebracht. Aber die Augen des jungen Mannes waren an die Nacht gewöhnt.

D'Artagnan bemerkte also, wie die junge Frau aus ihrer Tasche einen weißen Gegenstand herausholte, den sie schnell auseinanderwickelte, und der sodann die Gestalt eines Taschentuches annahm. Sobald dieser Gegenstand enthüllt war, zeigte sie der Person im Haus eine Ecke desselben.

Dies erinnerte d'Artagnan an das Taschentuch, das er zu den Füßen von Frau Bonacieux gefunden, und das ihn an das zu den Füßen Aramis gefundene erinnert hatte.

„Was, Teufel, konnte denn dieses Taschentuch bedeuten?"

Auf der Stelle, wo er stand, konnte d'Artagnan das Gesicht von Aramis nicht sehen. Wir sagen von Aramis, weil d'Artagnan nicht im geringsten zweifelte, daß sein Freund es sei, der mit der Dame sprach. Die Neugier trug den Sieg über die Vorsicht davon, und den Umstand benutzend, daß die beiden Personen, die wir auf die Bühne gebracht haben, ganz von der Aufmerksamkeit gefesselt zu sein schienen, die sie dem Anblick des Taschentuchs widmeten, verließ er sein Versteck und drückte sich rasch, aber mit gedämpften Tritten, an eine Mauerecke, von wo aus sein Auge vollkommen ins Innere von Aramis' Wohnung dringen konnte.

Hier angelangt, stieß d'Artagnan beinahe einen Schrei des Erstaunens aus. Nicht Aramis sprach mit dem nächtlichen Besuch, sondern eine Frau. D'Artagnan sah genug, um die Form ihrer Kleidung zu erkennen, aber nicht genug, um ihre Züge zu unterscheiden.

In dem Augenblick zog die Frau in der Wohnung ein zweites Taschentuch hervor und vertauschte es mit dem, das man ihr gezeigt hatte. Dann wurden einige Worte zwischen beiden Frauen gewechselt, der Laden schloß sich wieder, die Frau, die außen stand, wandte sich um und kam, während sie die Kapuze ihres Mantels niederschlug, auf vier Schritte an d'Artagnan vorüber. Aber die Vorsichtsmaßregel war zu spät genommen worden. D'Artagnan hatte Frau Bonacieux erkannt.

Frau Bonacieux! Dieser Verdacht hatte sich schon geregt, als sie das Taschentuch hervorzog. Aber welche Wahrscheinlichkeit war vorhanden, daß Frau Bonacieux, die nach Herrn de la Porte geschickt hatte, um sich zum Louvre zurückführen zu lassen, allein um halb zwölf in der Nacht, auf die Gefahr, abermals verhaftet zu werden, in den Straßen umhergehen würde?

Es mußte also eine sehr wichtige Angelegenheit sein, und was für wichtige Angelegenheiten gibt es für eine Frau von fünfundzwanzig Jahren? Die Liebe. –

Aber setzte sie sich für eigene Rechnung oder für Rechnung einer anderen Person solchen Zufällen aus? Das war es, was sich der junge Mann selbst fragte. Der Dämon der Eifersucht nagte nicht mehr und nicht weniger an seinem Herzen, als wenn er bereits ein in volles Recht eingesetzter Liebhaber gewesen wäre.

Es gab übrigens ein sehr einfaches Mittel, sich zu überzeugen, wohin Frau Bonacieux ging. Er brauchte ihr nur zu folgen, und dieses Mittel war so einfach, daß d'Artagnan es ganz von selbst und instinktmäßig anwandte.

Aber bei dem Anblick des jungen Mannes, der aus der Mauernische hervortrat, und bei dem Geräusch der Tritte stieß Frau Bonacieux einen Schrei aus und floh.

D'Artagnan lief ihr nach. Es wurde ihm nicht schwer, eine Frau zu erreichen, die durch ihren Mantel im Lauf behindert wurde. Er hatte sie also schon innerhalb des ersten Drittels der Straße eingeholt, in die sie sich flüchtete. Die Unglückliche war erschöpft, nicht vor Ermüdung, sondern vor Schreck, und als ihr d'Artagnan die Hand auf die Schulter legte, stürzte sie auf die Knie und schrie:

„Tötet mich, wenn Ihr wollt, aber Ihr werdet nichts erfahren."

D'Artagnan schlang seinen Arm um sie und hob sie auf. Da er aber bemerkte, daß sie einer Ohnmacht nahe war, so beeilte er sich, sie durch Beteuerungen seiner Ergebenheit zu beruhigen. Diese Beteuerungen bedeuteten Frau Bonacieux nichts, denn man kann solche mit den schlimmsten Absichten der Welt geben, aber die Stimme machte alles aus. Die junge Frau glaubte den Klang dieser Stimme zu kennen. Sie öffnete die Augen, warf einen Blick auf den Mann, der ihr so Angst gemacht hatte, erkannte d'Artagnan und stieß einen Freudenschrei aus.

„Ah, Ihr seid's, Ihr seid's", sprach sie, „Gott sei gelobt!" – „Ja, ich bin's", erwiderte d'Artagnan. – „Seid Ihr mir mit Absicht gefolgt?" fragte die junge Frau, mit kokettem Lächeln. – „Nein", sprach d'Artagnan, „nein, ich gestehe, der Zufall hat mich über den Weg geführt. Ich sah eine Frau an das Fenster eines meiner Freunde klopfen." – „Eines Eurer Freunde?" unterbrach ihn Frau Bonacieux. – „Allerdings! Aramis ist einer meiner besten Freunde." – „Aramis? Wer ist das?" – „Geht doch! Wollt Ihr etwa behaupten, Ihr kennt Aramis nicht?" – „Ich höre zum erstenmal seinen Namen." – „Ihr kommt also auch zum ersten Mal an dieses Haus?" – „Allerdings!" – „Und Ihr wußtet nicht, daß es von einem jungen Menschen bewohnt war?" – „Nein." – „Von einem Musketier?" – „Keineswegs." – „Ihn habt Ihr also nicht aufgesucht?" – „Allerdings nicht. Zudem habt Ihr wohl gesehen, daß die Person, mit der ich sprach, eine Frau war." – „Allerdings. Aber diese Frau gehört wohl zu den Freundinnen von Aramis?" – „Ich weiß es nicht." – „Da sie ja bei ihm wohnt." – „Das geht mich nichts an." – „Aber wer ist sie denn?" – „Oh, das ist nicht mein Geheimnis." – „Liebe Frau Bonacieux, Ihr seid reizend, aber zugleich die geheimnisvollste Frau ..." – „Verliere ich dabei?" – „Nein, Ihr seid im Gegenteil anbetungswürdig." – „Dann gebt mir Euren Arm." – „Sehr gern; und nun? ..." – „Nun führt mich." – „Wohin?" – „Wohin ich gehe." – „Aber wohin geht Ihr?" – „Ihr werdet es sehen, da Ihr mich an der Tür verlassen müßt." – „Soll ich Euch erwarten?" – „Das wird unnötig sein." – „Ihr werdet also allein zurückkehren?" – „Vielleicht ja, vielleicht nein." – „Aber wird die Person, die Euch dann begleitet, ein Mann oder eine Frau sein?" - „Ich weiß es noch nicht." - „Das werde ich wohl erfahren." - „Wie dies?" - „Ich werde Euch erwarten, um Euch herauskommen zu sehen." - „In diesem Fall, ‚Adieu'!" - „Wieso?" - „Ich bedarf Eurer nicht." - „Aber Ihr erbatet Euch ja ..." - „Die Hilfe eines Kavaliers und nicht die Überwachung eines Spions." - „Das Wort ist etwas herb." - „Wie nennt man diejenigen, die den Leuten ungeheißen folgen?" - „Indiskrete." - „Das Wort ist zu zart." - „Nun, Madame, ich sehe wohl, daß man alles tun muß, was Ihr haben wollt." - „Warum habt Ihr Euch des Verdienstes beraubt, es gleich zu tun?" - „Gibt es nicht Menschen, die zu bereuen wissen?" - „Ihr bereut also ernstlich?" - „Ich weiß das jetzt selbst nicht. Ich weiß nur so viel, daß ich Euch alles verspreche, was Ihr haben wollt, wenn Ihr zulaßt, daß ich Euch bis dahin begleite, wohin Ihr geht." - „Und Ihr verlaßt mich dann?" - „Ja." - „Ohne mich bei meinem Fortgehen zu belauern?" - „Nein." - „Auf Ehrenwort?" - „So wahr ich ein Edelmann bin!"

D'Artagnan bot seinen Arm der Frau Bonacieux, die sich halb lachend, halb zitternd einhing, und sie gelangten zur Mitte der Rue de la Harpe. Hier angekommen, schien die junge Frau zu zögern, wie sie dies bereits in der Rue de Vaugirard getan hatte. Aber sie erkannte an gewissen Zeichen die Tür, ging darauf zu und sprach:

„Nun, mein Herr, hier habe ich zu tun. Ich danke Euch tausendmal für das Geleit, das mich vor allen Gefahren beschützt hat. Der Augenblick aber, Wort zu halten, ist gekommen. Ich bin am Ort meiner Bestimmung."

„Und Ihr habt bei Eurer Rückkehr nichts mehr zu befürchten?"

„Ich habe nur Diebe zu fürchten."

„Ist das nichts?"

„Was könnten sie mir nehmen? Ich habe keinen Pfennig bei mir."

„Ihr vergeßt das gestickte Taschentuch mit dem Wappen."

„Welches?"

„Das, welches ich zu Euren Füßen gefunden und wieder in Eure Tasche gesteckt habe."

„Schweigt, schweigt, Unglücklicher!" rief die junge Frau. „Wollt Ihr mich verderben?"

„Ihr seht, daß immer noch Gefahr für Euch vorhanden ist, da Euch ein einziges Wort zittern macht und Ihr eingesteht, daß Ihr verloren wärt, wenn man dieses Wort hören würde. Ach, Madame", fuhr d'Artagnan fort, indem er ihre Hand ergriff, „seid edelmütiger, vertraut Euch mir an. Habt Ihr nicht in meinen Augen gelesen, daß in meinem Herzen nur Ergebenheit und Mitgefühl herrschen?"

„Allerdings", antwortete Frau Bonacieux, „verlangt meine Geheimnisse von mir, und ich werde sie Euch sagen. Bei fremden Geheimnissen aber ist mir dies nicht möglich."

„Gut", sprach d'Artagnan, „ich werde sie zu entdecken wissen. Da diese Geheimnisse Einfluß auf Euer Leben ausüben können, so müssen sie die meinen werden."

„Hütet Euch", rief die junge Frau. „Oh, mischt Euch nicht in meine Angelegenheiten, sucht mich nicht in der Erfüllung meiner Aufgabe zu unterstützen, ich bitte Euch darum, bei der Teilnahme, die ich Euch einflöße, bei dem Dienst, den Ihr mir geleistet habt, und den ich in meinem ganzen Leben nicht vergessen werde. Glaubt vielmehr, was ich Euch sage. Beschäftigt Euch nicht mehr mit mir."

„Muß Aramis dasselbe tun wie ich?" fragte d'Artagnan.

„Ihr habt diesen Namen schon zwei- oder dreimal ausgesprochen, mein Herr, und ich sagte Euch doch, daß ich ihn nicht kenne."

„Ihr kennt den Mann nicht, an dessen Fensterladen Ihr geklopft habt? Ihr haltet mich doch für gar zu leichtgläubig, Madame!"

„Gesteht, daß Ihr, um mich zum Sprechen zu veranlassen, diese Geschichte erfindet und diese Person ersinnt."

„Ich erfinde nichts, ich ersinne nichts, Madame, ich schwöre es Euch!"

„Und Ihr behauptet, einer Eurer Freunde wohne in diesem Haus?"

„Ich behaupte und wiederhole es zum drittenmal, in diesem Haus wohnt mein Freund, und der heißt Aramis."

„All das wird sich später klären, für jetzt, mein Herr, schweigt."

„Wenn Ihr mein Herz ganz unverhüllt sehen könntet", sprach d'Artagnan, „so würdet Ihr darin so viel Neugier lesen, daß Ihr Mitleid mit mir hättet, und so viel Liebe, daß Ihr sogleich eben diese Neugier befriedigen würdet. Man hat von Liebenden nichts zu befürchten."

„Ihr sprecht sehr rasch von Liebe, mein Herr", sagte die junge Frau.

„Weil die Liebe mich rasch und zum erstenmal erfaßt hat, und weil ich noch nicht zwanzig Jahre alt bin."

Die junge Frau schaute ihn verstohlen an.

„Hört, ich bin der Sache bereits auf der Spur", versetzte d'Artagnan. „Vor drei Monaten hätte ich beinahe ein Duell mit Aramis wegen eines Taschentuchs gehabt, das ganz dem gleicht, das Ihr der Frau, die bei ihm war, gegen ein auf dieselbe Weise gezeichnetes Tuch vorgewiesen habt."

„Mein Herr", erwiderte die junge Frau, „ich schwöre Euch, Ihr ermüdet mich mit solchen Fragen."

„Aber Ihr, die Ihr so klug seid, Madame, bedenkt doch: Wenn man Euch verhaftete und dieses Taschentuch bei Euch fände, würdet Ihr dadurch nicht gefährdet?"

„Warum denn, sind die Anfangsbuchstaben nicht die meinen! C. B.: Constance Bonacieux?"

„Oder Camille de Bois-Tracy."

„Still! Da die Gefahren, denen ich ausgesetzt bin, Euch

nicht zurückhalten, so bedenkt, in welche Ihr geraten könnt."

„Ich?"

„Ja, Ihr, Eure Freiheit ist bedroht, Euer Leben steht auf dem Spiel, wenn Ihr mich kennt."

„Dann verlasse ich Euch nicht mehr."

„Mein Herr", sprach die junge Frau flehend, „mein Herr, im Namen des Himmels, im Namen der Ritterlichkeit, ent-

fernt Euch; hört, es schlägt Mitternacht, es ist jetzt genau die Stunde, wo man mich erwartet."

„Madame", erwiderte der junge Mann sich verbeugend, „wenn man mich so bittet, kann ich nichts verweigern. Seid ruhig, ich entferne mich."

„Aber Ihr folgt mir nicht, Ihr belauscht mich nicht."

„Ich gehe gleich nach Hause."

„Oh, ich wußte, daß Ihr ein braver junger Mann seid!" rief Frau Bonacieux, indem sie ihm eine Hand reichte und die andere an den Klopfer einer verborgenen Tür legte.

D'Artagnan ergriff die Hand, die man ihm bot, und bedeckte sie mit Küssen.

„Ach! Ich wollte ich hätte Euch nie gesehen", rief d'Artagnan mit naiver Derbheit, die Frauen häufig den künstlichen Redensarten der Höflichkeit vorziehen, weil sie die Gesinnung bis auf den Grund enthüllt und als Beweis dient, daß das Herz den Sieg über die Vernunft davonträgt.

„Nun", erwiderte Frau Bonacieux schmeichelnd und drückte dabei d'Artagnans Hand, „nun! Ich sage noch nicht soviel wie Ihr: Was für heute verloren ist, ist nicht für die Zukunft verloren. Wer weiß, ob ich nicht, wenn ich eines Tages von meinem Versprechen entbunden bin, Eure Neugier befriedige."

„Und leistet Ihr meiner Liebe dasselbe Versprechen?" rief d'Artagnan in höchster Freude.

„Ah! Von dieser Seite will ich mich zu nichts verpflichten, das hängt von den Gefühlen ab, die Ihr einflößt."

„Also heute, Madame ..."

„Heute, mein Herr, stehe ich erst bei der Dankbarkeit!"

„Ah! Ihr seid zu reizend", sprach d'Artagnan traurig, „und Ihr mißbraucht meine Liebe."

„Nein, ich benutze Euren Edelmut, das ist alles. Aber glaubt mir, bei gewissen Leuten findet sich alles wieder."

„Oh, Ihr macht mich zum Glücklichsten der Sterblichen. Vergeßt diesen Abend nicht!"

„Seid unbesorgt, zu geeigneter Zeit, am geeigneten Ort, werde ich mich an alles erinnern. Aber nun geht, geht in des Himmels Namen! Man erwartet mich Schlag zwölf, und ich habe mich bereits verspätet."

„Um fünf Minuten."

„Ja, aber unter gewissen Umständen sind fünf Minuten fünf Jahrhunderte."

„Wenn man liebt."

„Wer sagt Euch denn, daß ich es nicht mit einem Liebenden zu tun habe?"

„Ein Mann erwartet Euch", rief d'Artagnan, „ein Mann?"

„Geht, soll der Streit schon wieder beginnen?" sprach Frau Bonacieux mit leichtem Lächeln.

„Nein, nein, ich gehe, ich gehe, ich entferne mich, ich glaube an Euch, ich will das volle Verdienst meiner Ergebenheit haben, und wäre dies auch eine Albernheit. Gott befohlen, Madame!"

Und als fühlte er nicht die Kraft in sich, von der Hand, die er hielt, sich anders als durch ein gewaltsames Losreißen zu trennen, lief er rasch fort, während Frau Bonacieux, wie bei dem Fensterladen, dreimal langsam und in denselben Zwischenräumen klopfte. An der Ecke der Straße drehte er sich um. Man hatte die Tür geöffnet und wieder geschlossen. Die schöne Bonacieux war verschwunden.

D'Artagnan setzte seinen Weg fort. Er hatte sein Wort gegeben, Frau Bonacieux nicht zu beobachten, und hätte sein Leben von dem Ort, wohin sie ging, und von der Person, die sie begleiten sollte, abgehangen, d'Artagnan wäre nach Hause gegangen, weil er es zugesagt hatte. Nach fünf Minuten befand er sich in der Rue des Fossoyeurs.

„Armer Athos", sprach er, „er wird nicht wissen, was dies heißen soll. Er ist ohne Zweifel, mich erwartend, eingeschlafen, oder nach Hause gegangen, und dort wird er erfahren haben, daß eine Frau in seine Wohnung gekommen ist. Eine Frau bei Athos. Übrigens war auch eine bei Aramis", fuhr d'Artagnan fort. „Das ist eine ganz seltsame Geschichte, und ich bin neugierig, wie das alles enden wird."

„Schlimm, gnädiger Herr, schlimm", antwortete eine Stimme, an der der junge Mann Planchet erkannte, denn nach Art der Leute, die ganz und gar von ihren Gedanken in Anspruch genommen sind, war er laut mit sich sprechend in den Gang gelangt, an dessen Hintergrund die Treppe lag, die zu seinem Zimmer führte.

„Wieso, schlimm? Was willst du damit sagen, Dummkopf?" fragte d'Artagnan, „und was ist denn vorgefallen?" - „Alles mögliche Unglück." - „Was denn?" - „Erstens hat man Athos verhaftet." - „Verhaftet! Athos! Verhaftet! Warum?" - „Man hat ihn in Eurer Wohnung gefunden und für Euch gehalten." - „Und durch wen ist er verhaftet worden?" - „Durch die Wache, die die schwarzen Menschen holen wollte, die Ihr in die Flucht geschlagen habt." - „Warum hat er nicht seinen Namen genannt? Warum hat er nicht gesagt, daß er gar nichts von dieser Angelegenheit wisse?" - „Er hat sich gehütet, gnädiger Herr. Er sagte mir: ‚Dein Herr braucht seine Freiheit in diesem Augenblick, ich nicht, da er alles weiß und ich nichts. Man wird glauben, er sei verhaftet, und dadurch gewinnt er Zeit. In drei Tagen sage ich, wer ich bin, und dann muß man mich gehen lassen.'" - „Bravo, Athos! Edles Herz, daran erkenne ich ihn", murmelte d'Artagnan. „Und was taten die Häscher?" - „Vier haben ihn, ich weiß nicht wohin, in die Bastille oder ins Fort l'Evèque gebracht, zwei sind mit den schwarzen Männern zurückgeblieben, die alles durchsuchten und alle Papiere in Beschlag nahmen. Währenddessen hielten die beiden anderen Wache vor der Tür. Sobald sie fertig waren, zogen sie ab und ließen das Haus leer und offen." - „Und Porthos und Aramis?" - „Ich fand sie nicht, sie kamen nicht." - „Aber sie können jeden Augenblick kommen, denn du hast ihnen doch sagen lassen, daß ich sie erwarte?" - „Ja, gnädiger Herr." - „Gut, geh nicht weg. Wenn sie kommen, sage ihnen, was mir zustieß. Sie sollen mich in der Herberge ‚Zum Fichtenapfel' erwarten. Hier ist Gefahr, das Haus kann belauert werden. Ich laufe zu Herrn von Treville, um ihm alles mitzuteilen, und kehre dann zu ihnen zurück." - „Ist gut, gnädiger Herr", sprach Planchet. - „Aber du bleibst, du hast keine Furcht?" sagte d'Artagnan, noch einmal zurückkehrend. - „Seid ruhig", erwiderte Planchet, „Ihr kennt mich noch nicht. Ich bin mutig, wenn ich einmal anfange. Ich brauche nur anzufangen, zudem bin ich Picarde." - „Abgemacht also", sagte d'Artagnan: „Du läßt dich eher töten, als daß du von deinem Posten weichst." - „Ja, Herr, es gibt nichts, was ich nicht tun würde, um Euch meine Anhänglichkeit zu beweisen." - „Gut", sprach d'Artagnan zu sich selbst, „die Methode, die ich bei diesem Burschen in Anwendung gebracht habe, scheint offenbar gut zu sein. Ich werde bei Gelegenheit weiteren Gebrauch davon machen."

Und mit der ganzen Geschwindigkeit seiner durch die verschiedenen Märsche dieses Tages bereits ermüdeten Beine lief d'Artagnan zur Rue du Colombier.

Herr von Treville war nicht zu Hause. Seine Kompanie hatte Wache im Louvre.

Man mußte notwendigerweise zu Herrn von Treville gelangen. Es war sehr wichtig, ihn von allen Vorgängen in Kenntnis zu setzen. D'Artagnan beschloß, den Versuch zu machen, ob er in den Louvre könnte. Seine Uniform als Gardist sollte ihm als Paß dienen.

Er ging also durch die Rue des Petits-Augustins hinab und an dem Quai hinauf, um den Pont Neuf zu erreichen.

Einen Augenblick kam ihm der Gedanke, in der Fähre über den Fluß zu setzen, als er aber am Rand des Wassers stand, steckte er mechanisch die Hand in die Tasche und bemerkte, daß er kein Geld bei sich hatte, um den Fährmann zu bezahlen.

In dem Augenblick, wo er in die Mitte der Rue Guenegaud gelangte, sah er aus der Rue Dauphine zwei Personen hervorkommen, deren Erscheinung ihn sehr in Erstaunen setzte.

Die zwei Personen waren ein Mann und eine Frau. Die Frau hatte die Gestalt von Frau Bonacieux, und der Mann war Aramis täuschend ähnlich.

Die Frau trug überdies den schwarzen Mantel, dessen Umrisse d'Artagnan noch von dem Laden der Rue Vaugirard und von der Tür der Rue de la Harpe sich abheben sah.

Noch mehr, der Mann trug Musketieruniform.

Die Kapuze der Frau war vorgeschlagen. Der Mann hielt ein Taschentuch vor sein Gesicht. Beide hatten, wie diese Vorsicht bewies, Interesse daran, nicht erkannt zu werden.

Sie schlugen den Weg zur Brücke ein. Es war auch d'Artagnans Weg, da er zum Louvre ging. D'Artagnan folgte ihnen. Kaum hatte er aber zwanzig Schritt zurückgelegt, war er überzeugt, daß diese Frau nur Frau Bonacieux, dieser Mann nur Aramis sein könne.

Sogleich regte sich Eifersucht in seinem bewegten Herzen.

Er glaubte sich doppelt verraten. Von seinem Freunde und von derjenigen, die er bereits wie eine Geliebte liebte. Frau Bonacieux hatte ihm bei allen Göttern geschworen, sie kenne Aramis nicht, und eine Viertelstunde nach diesem Schwur findet er sie an Aramis' Arm.

D'Artagnan bedachte nicht einmal, daß er die hübsche

Frau erst seit drei Stunden kannte, daß sie ihm zu nichts verpflichtet war als zu Dankbarkeit für ihre Errettung aus den Händen der schwarzen Männer, und daß sie ihm gar nichts versprochen hatte. Er betrachtete sich als einen beleidigten, verachteten, verspotteten Liebhaber. Blut und Zorn stiegen ihm ins Gesicht, und er beschloß, sich Aufklärung über alles zu verschaffen.

Die junge Frau und der junge Mann bemerkten, daß man ihnen folgte, und verdoppelten ihre Schritte.

D'Artagnan lief schneller, überholte sie und kehrte sich ihnen in dem Augenblick zu, wo sie sich vor der Samaritaine befanden, die durch eine Laterne beleuchtet wurde, die ihr Licht über diesen Teil der Brücke verbreitete.

D'Artagnan blieb vor ihnen stehen.

„Was wollt Ihr, mein Herr?" fragte der Musketier, einen Schritt zurückweichend und mit einem fremden Akzent, woraus d'Artagnan ersah, daß er sich in einem Teil seiner Vermutung getäuscht habe.

„Das ist nicht Aramis", rief er.

„Nein, mein Herr, es ist nicht Aramis, und da ich aus Eurem Ausruf erkenne, daß Ihr mich für einen anderen gehalten habt, so vergebe ich Euch."

„Ihr vergebt mir!" rief d'Artagnan.

„Ja", erwiderte der Unbekannte, „laßt mich meiner Wege gehen, da Ihr mit mir nichts zu schaffen habt."

„Ihr habt recht, mein Herr, ich habe mit Euch nichts zu tun, wohl aber mit dieser Frau."

„Mit der Frau! Ihr kennt sie nicht", sprach der Fremde.

„Ihr täuscht Euch, Herr, ich kenne sie."

„Ah!" sagte Frau Bonacieux mit einem Ton des Vorwurfs, „ah, mein Herr, ich hatte Euer Ehrenwort als Edelmann und glaubte darauf zählen zu dürfen."

„Und Ihr, Madame", erwiderte d'Artagnan verlegen, „Ihr habt mir versprochen ..."

„Nehmt meinen Arm, Madame“, sprach der Fremde, „wir wollen weitergehen.“

Betäubt, niedergebeugt, vernichtet durch alles, was ihm begegnete, blieb d'Artagnan inzwischen mit gekreuzten Armen vor dem Musketier und Frau Bonacieux stehen.

Der Musketier trat zwei Schritte vor und versuchte d'Artagnan auf die Seite zu schieben.

D'Artagnan sprang zurück und zog seinen Degen.

Zu gleicher Zeit und mit Blitzesschnelle zog der Unbekannte ebenfalls vom Leder.

„Im Namen des Himmels, Mylord“, rief Frau Bonacieux,

sich zwischen die Kämpfenden werfend und nach den Degen greifend.

„Mylord“, rief d’Artagnan, plötzlich von einem Gedanken erleuchtet, „Mylord, Vergebung. Gnädiger Herr, solltet Ihr es sein ...“

„Mylord Herzog von Buckingham“, sagte Frau Bonacieux mit lauter Stimme, „und nun könnt Ihr uns alle ins Verderben stürzen.“

„Mylord und Madame, ich bitte um Vergebung, tausendmal um Vergebung. Aber ich liebe, Mylord, und war eifersüchtig, und Ihr wißt, was lieben heißt, Mylord. Vergebt mir und sagt mir, wie ich mich für Eure Durchlaucht töten lassen kann?“

„Ihr seid ein tapferer junger Mann“, sprach Buckingham und reichte d’Artagnan eine Hand, die dieser ehrfurchtsvoll drückte. „Ihr bietet mir Eure Dienste, ich nehme sie an. Folgt mir auf zwanzig Schritt bis zum Louvre, und wenn uns jemand verfolgt, so tötet ihn.“

D’Artagnan nahm den blanken Degen unter den Arm, ließ Frau Bonacieux und den Herzog zwanzig Schritt vorausgehen und folgte ihnen, bereit, die Anweisung des edlen und eleganten Ministers Karls I. buchstäblich zu vollstrecken.

Glücklicherweise hatte der junge Mann keine Gelegenheit, dem Herzog diesen Beweis von Ergebenheit abzulegen, und die junge Frau und der hübsche Musketier erreichten unangefochten die Pforte des Louvre.

D’Artagnan begab sich gleich zur Schenke „Zum Fichtenapfel“, wo er Porthos und Aramis fand, die auf ihn warteten.

Er gab ihnen keine nähere Erklärung über die Störung, die er beiden verursacht hatte, sondern sagte nur, er habe die Angelegenheit, wobei er ihren Beistand einen Augenblick für notwendig erachtet, allein abgemacht.

12. Kapitel

George Villiers, Duke of Buckingham

Frau Bonacieux und der Herzog gelangten ohne Mühe in den Louvre. Von Frau Bonacieux war bekannt, daß sie im Dienst der Königin stand. Der Herzog trug die Uniform der Musketiere des Herrn von Treville, die an diesem Abend die Wache hatten. Überdies stand Germain auf der Seite der Königin, und wenn etwas vorfiel, so wäre Frau Bonacieux ganz einfach beschuldigt worden, sie habe ihren Liebhaber in den Louvre gebracht.

Sobald der Herzog und die junge Frau sich im Innern des Hofes befanden, gingen sie ungefähr zwanzig Schritte an einer Mauer entlang. Nachdem sie diesen Weg zurückgelegt hatten, stieß Frau Bonacieux an eine kleine Tür, die tagsüber offen, aber nachts gewöhnlich geschlossen war. Die Tür gab nach, beide traten ein und befanden sich im Dunkeln. Frau Bonacieux kannte jedoch alle Winkel und Räume dieses für die Leute des Gefolges bestimmten Teils des Louvre. Sie verschloß die Tür hinter sich, nahm den Herzog bei der Hand, machte tastend einige Schritte, erfaßte ein Geländer, berührte mit dem Fuß eine Stufe und stieg eine Treppe hinauf, wobei der Herzog zwei Stockwerke zählte. Dann wandte sie sich nach rechts, folgte einem langen Gang, stieg wieder ein Stockwerk hinab, machte dann noch einige Schritte, steckte einen Schlüssel in ein Schloß, öffnete eine Tür, schob den Herzog in ein nur durch eine kleine Lampe beleuchtetes Zimmer und sagte zu ihm: „Bleibt hier, Mylord, man wird kommen!“ Hierauf entfernte sie sich.

Obwohl sich der Herzog von Buckingham von aller Welt abgeschnitten sah, so befiel ihn doch nicht die geringste Furcht. Eine der hervorstechendsten Seiten seines Charakters bestand in der Aufsuchung von Abenteuern und in der Liebe zum Romantischen. Tapfer, kühn, unternehmend wie er war, geschah es nicht zum ersten Mal, daß er sein Leben in solchen Abenteuern wagte. Er hatte erfahren, daß die angebliche Botschaft von Anna von Österreich, im Vertrauen auf deren Inhalt er nach Paris kam, eine Falle war, und statt nach England zurückzukehren, hatte er die Lage, in die man ihn versetzt, mißbraucht und der Königin erklärt, er würde nicht zurückkehren, ohne sie gesehen zu haben. Die Königin hielt seinem Drängen anfangs stand, später aber befürchtete sie, der Herzog könnte außer sich geraten und eine Torheit begehen. Schon war sie entschlossen, ihn zu empfangen und ihn zu bitten, er möge sofort abreisen, als gerade an dem Abend dieser Entscheidung Frau Bonacieux, die den Herzog zu suchen und zum Louvre zu führen hatte, verhaftet wurde. Zwei Tage wußte man durchaus nicht, was aus ihr geworden war, und alles blieb ausgesetzt. Aber sobald sie ihre Freiheit wieder erlangt und mit La Porte die Verbindung wieder hergestellt hatte, nahmen die Dinge wieder ihren Lauf, und sie führte den gefahrvollen Auftrag aus, den sie ohne ihre Verhaftung drei Tage früher vollführt haben würde.

Als sich Buckingham allein sah, stellte er sich vor einen Spiegel. Die Musketierkleidung stand ihm. Damals ein Mann von fünfunddreißig Jahren, galt er mit Recht für den schönsten Baron und elegantesten Kavalier von Frankreich und England. Der Liebling zweier Könige, im Besitz eines Vermögens von Millionen, allmächtig in einem Reich, das er nach seiner Laune regierte, war George Villiers, Duke of Buckingham, eine jener fabelhaften Existenzen, die noch nach Jahrhunderten die Nachwelt in Erstaunen setzen. Seiner sicher, überzeugt von seiner Macht, gewiß, daß die Gesetze, die andere beherrschen, ihn nicht erreichen konnten, ging er gerade auf das Ziel los, das er sich gesteckt hatte, und war es auch noch so erhaben, so blendend, daß es für einen anderen eine Torheit gewesen wäre, nur seinen Blick darauf zu werfen. So war es ihm gelungen, sich wiederholt der schönen und stolzen Anna von Österreich zu nähern und sie so zu blenden, daß er ihre Liebe gewann.

George Villiers stellte sich, wie gesagt, vor einen Spiegel und gab seinem schönen blonden Haar die Wellenlinien wieder, die das Gewicht seines Hutes niedergedrückt hatte, strich seinen Schnurrbart und lächelte, glücklich und stolz, dem solange ersehnten Augenblick nahe zu sein, sich selbst in übermütiger Hoffnung zu.

In diesem Augenblick öffnete sich eine verborgene Tapetentür, und eine Dame erschien. Buckingham sah diese Erscheinung im Spiegel, stieß einen Schrei aus — es war die Königin!

Anna von Österreich war damals sechs- bis siebenundzwanzig Jahre alt, sie stand also im vollen Glanz ihrer Schönheit. Ihr Gang war der einer Königin oder Göttin. Ihre Augen, die Smaragdreflexe warfen, waren unendlich schön und zugleich voll Sanftmut und Majestät. Ihr Mund war klein und rot, und obwohl ihre Unterlippe, wie bei allen Prinzen aus dem Haus Österreich, etwas vortrat, so war er doch äußerst anmutig in seinem Lächeln, aber ungemein wegwerfend in der Geringschätzung. Ihre Haut war berühmt wegen ihrer samtartigen Weichheit. Ihre Hand und ihre außerordentlich reizenden Arme wurden von den Dichtern der Zeit als unvergleichlich besungen. Ihre Haare, die in ihrer Jugend blond, nun aber kastanienbraun geworden waren, umrahmten auf eine bewunderungswürdige Weise ihr Gesicht, dem der strengste Richter nur etwas weniger Röte und der anspruchsvollste Bildhauer nur eine etwas feinere Nase hätte wünschen können.

Buckingham stand geblendet da. Nie war ihm Anna von Österreich auf den Bällen und anderen Veranstaltungen so schön vorgekommen, als sie ihm in diesem Augenblick in ihrem einfachen weißen Seidenkleid erschien. Sie war begleitet von Donna Estefania, der einzigen ihrer spanischen Hofdamen, die nicht durch die Eifersucht des Königs oder die Verfolgungen Richelieus vertrieben worden war.

Anna von Österreich ging zwei Schritte vorwärts; Buckingham fiel auf seine Knie und küßte, ehe es die Königin verhindern konnte, den Saum ihres Kleides.

„Herzog, Ihr wißt bereits, daß ich Euch nicht habe schreiben lassen?“

„O ja, Madame, ja, Eure Majestät. Ich weiß, daß ich ein Wahnsinniger gewesen bin, glauben zu können, der Schnee würde sich beleben, der Marmor erwärmen. Aber was wollt Ihr? Wenn man liebt, glaubt man leicht an die Liebe. Zudem habe ich bei dieser Reise nicht alles verloren, da ich Euch sehe.“

„Ja“, erwiderte Anna, „aber Ihr wißt, warum und wie ich Euch sehe, Mylord. Ich sehe Euch aus Mitleid für Euch selbst. Ich sehe Euch, weil Ihr, unempfindlich für alle meine Qualen, hartnäckig in einer Stadt verweilt, wo Ihr Euer Leben wagt und meine Ehre bloßstellt. Ich sehe Euch, um Euch zu sagen, daß uns alles trennt, die Tiefe des Meeres, die Zwistigkeiten der Königreiche, die Heiligkeiten der Schwüre. Es ist ein wahrer Frevel, gegen so viele Dinge zu kämpfen, Mylord. Ich sehe Euch endlich, um Euch zu sagen, daß wir uns nicht mehr sehen dürfen.“

„Sprecht, Madame, sprecht!“ erwiderte Buckingham, „die Sanftheit Eurer Stimme verhüllt die Härte Eurer

Worte. Ihr sprecht von Frevel, aber der Frevel liegt in der Trennung von Herzen, die Gott füreinander geschaffen hatte."

„Mylord!" rief die Königin, „Ihr vergeßt, daß ich Euch nie gesagt habe, ich liebe Euch."

„Aber Ihr habt mir auch nie gesagt, Ihr liebt mich nicht, und in der Tat, eine solche Äußerung wäre von seiten Eurer Majestät eine zu große Undankbarkeit. Denn sagt mir, wo würdet Ihr eine Liebe finden, die der meinen gliche, eine Liebe, die weder Zeit, noch Entfernung, noch Verzweiflung zu ersticken vermögen. Eine Liebe, die sich mit einem entfallenen Band, einem verlorenen Blick, einem entschlüpften Wort begnügt? Vor drei Jahren, Madame, habe ich Euch zum erstenmal gesehen, und seit drei Jahren liebe ich Euch auf diese Weise. Soll ich Euch sagen, wie Ihr gekleidet wart, als ich Euch zum erstenmal sah, soll ich jedes Stück Eurer damaligen Toilette beschreiben? Ich sehe Euch noch vor mir: Ihr saßt, nach spanischer Sitte, auf Polstern. Ihr hattet ein Kleid von grüner Seide mit Gold- und Silberstickerei, lange, an Euren schönen, Euren bewunderungswürdigen Armen mit großen Diamanten befestigte Ärmel, eine geschlossene Krause, eine kleine Mütze in der Farbe Eures Kleides und auf dieser Mütze eine Reiherfeder."

„Welche Torheit!" murmelte Anna von Österreich, die nicht den Mut besaß, dem Herzog zu grollen, weil er ihr Bild so gut in seinem Innern bewahrt hatte; „welche Torheit, eine vergebliche Leidenschaft mit solchen Erinnerungen zu nähren!"

„Und wovon soll ich denn leben? Ich habe nur Erinnerungen. Das ist mein Glück, mein Schatz, meine Hoffnung! Sooft ich Euch sehe, finde ich einen Diamanten mehr, den ich im Schrein meines Herzens einschließe. Dieser ist der vierte, den Ihr fallen laßt und den ich aufraffe; denn in drei

Jahren Madame, habe ich Euch nur viermal gesehen, das erste Mal war das, von dem ich soeben gesprochen, das zweite Mal bei Frau von Chevreuse, das dritte Mal in den Gärten von Amiens ..."

„Herzog", rief die Königin, „sprecht mir nicht von diesem Abend."

„O doch, sprechen wir davon, Madame, sprechen wir davon, es ist der schönste, leuchtendste Abend meines Lebens. Ihr erinnert Euch jener herrlichen Nacht! Wie schön war der Himmel so blau und mit Sternen bestreut. Ach! Damals Madame, konnte ich einen Augenblick mit Euch allein sein. Damals wart Ihr bereit, mir alles mitzuteilen, die Einsamkeit Eures Lebens, den Kummer Eures Herzens. Ihr stütztet Euch auf meinen Arm. Als ich meinen Kopf neigte, da streiften Eure schönen Haare mein Gesicht, und sooft sie es streiften, bebte ich vom Scheitel bis zu den Zehen. Oh, Ihr wißt nicht, was ein solcher Augenblick an himmlischen, paradiesischen Freuden an sich hat. Meine Güter, mein Vermögen, meinen Ruhm, mein ganzes Leben würde ich für eine solche Nacht hingeben, denn in dieser Nacht, Madame, in dieser Nacht liebtet Ihr mich, das schwöre ich Euch."

„Mylord, ja, es ist möglich, daß der Einfluß des Orts, der Zauber jener schönen Nacht, das Bestrickende Eures Wesens, daß die tausend Umstände, die sich zuweilen verbinden, um eine Frau ins Verderben zu stürzen, sich in diesem unseligen Augenblick vereinigt haben. Aber Ihr mußtet wahrnehmen, Mylord, daß die Königin der schwach werdenden Frau zur Hilfe kam: Bei dem ersten Wort, das Ihr zu sagen wagtet, bei der ersten Kühnheit, auf die ich zu antworten hatte, rief ich Hilfe herbei."

„O ja, ja, das ist wahr, und eine andere Liebe, als die meine, wäre dieser Prüfung unterlegen! Aber meine Liebe ist nur noch glühender und beständiger daraus hervorgegangen. Ihr dachtet, mich vergessen zu können, indem Ihr nach Paris zurückfuhrt. Ihr glaubtet, ich würde es nicht wagen, den Schatz zu verlassen, dessen Bewachung mein Herr mir übertragen hatte. Ach! Was liegt mir an allen Schätzen der Welt und allen Königen der Erde! Nach acht Tagen war ich zurückgekehrt, Madame. Diesmal hattet Ihr mir nichts zu sagen. Ich hatte die Gnade meines Königs, mein Leben eingesetzt, um Euch wieder zu sehen. Ich berührte nicht einmal Eure Hand, und Ihr vergabt mir, als Ihr mich so unterwürfig, so reumütig, erblicktet."

„Ja, aber die Verleumdung hat sich aller dieser Leichtsinnigkeiten bemächtigt, an denen ich, wie Ihr wohl wißt, nicht im geringsten schuld war. Der König hat, durch den Kardinal aufgereizt, einen furchtbaren Krach angefangen. Frau von Vernet wurde fortgejagt, Putange verbannt, Frau von Chevreuse fiel in Ungnade, und als Ihr als Botschafter nach Frankreich zurückkehren wolltet, widersetzte sich der König selbst, Mylord, wie Ihr Euch erinnert. "

„Ja, und Frankreich wird die Weigerung seines Königs mit einem Krieg bezahlen. Ich kann Euch nicht mehr sehen, Madame, nun denn es sei! Ihr sollt jeden Tag von mir reden hören. Welchen Zweck glaubt Ihr wohl, daß diese Expedition von Ré und das von mir beabsichtigte Bündnis mit den Protestanten von La Rochelle haben? Das Vergnügen, Euch zu sehen! Ich habe nicht die Hoffnung, bis nach Paris vorzudringen, das weiß ich. Aber dieser Krieg kann einen Frieden herbeiführen. Dieser Friede wird die Person eines Unterhändlers nötig machen, und dieser Unterhändler werde ich sein. Man wird es nicht mehr wagen, mich zurückzuweisen, ich werde nach Paris zurückkommen, Euch sehen und einen Augenblick glücklich sein. Tausende von Menschen müssen allerdings mein Glück mit ihrem Leben bezahlen, aber was liegt mir daran, wenn ich Euch nur sehe? Alles dies ist vielleicht wahnsinnig, aber sagt mir, welche Frau hat einen verliebteren Liebhaber, welche Königin einen eifrigeren Diener?"

„Mylord! Mylord! Ihr beruft Euch zu Eurer Verteidigung auf Dinge, die Euch noch mehr anklagen. Mylord, alle diese Beweise von Liebe, die Ihr mir geben wollt, sind beinahe Verbrechen."

„Weil Ihr mich nicht liebt, Madame. Wenn Ihr mich liebtet, würdet Ihr alles das ganz anders sehen. Wenn Ihr mich liebtet, oh, es wäre zuviel Glück, ich würde wahnsinnig werden. Ah, Frau von Chevreuse, von der Ihr soeben gesprochen habt, Frau von Chevreuse war weniger grausam als Ihr. Holland liebte sie, und sie erwiderte seine Liebe."

„Frau von Chevreuse war nicht die Königin", murmelte Anna von Österreich, wider Willen durch den Ausdruck einer so innigen Liebe besiegt. „Ihr würdet mich also lieben, wenn Ihr nicht Ihr wäret, Madame. Ihr würdet mich also lieben? Ich darf also glauben, daß Euch nur die Würde Eurer Stellung so grausam gegen mich macht! Ich darf glauben, daß der arme Buckingham hätte hoffen dürfen, wenn Ihr Frau von Chevreuse gewesen wäret? Dank für die süßen Worte! Hundertfachen Dank!"

„Mylord, Ihr habt mich schlecht verstanden, falsch ausgelegt, ich wollte nicht sagen ..."

„Still, still", erwiderte der Herzog, „wenn ein Irrtum mich glücklich macht, so seid nicht so grausam, ihn mir zu nehmen. Ihr sagt mir selbst, man habe mir eine Falle gestellt. Ich werde vielleicht mein Leben lassen. Ich habe nämlich seltsamerweise seit einiger Zeit Vorgefühle meines nahe bevorstehenden Todes." Der Herzog lächelte traurig aber reizend.

„O mein Gott!" rief Anna von Osterreich mit einem Ausdruck des Schreckens, der eine größere Teilnahme für den Herzog ausdrückte, als sie eingestehen wollte.

„Ich sage dies nicht, um Euch zu erschrecken, Madame. Nein, es ist sogar lächerlich, daß ich es Euch sage. Glaubt mir, solche Träume beschäftigen mich durchaus nicht. Aber mit dem Wort, das Ihr soeben zu mir gesprochen, mit der Hoffnung, die Ihr mir beinahe gegeben, wird alles, sogar mein Leben bezahlt sein."

„Auch ich, Herzog", sprach Anna von Österreich, „auch ich habe Ahnung und Träume. Ich sah Euch verwundet, blutend auf der Erde ausgestreckt."

„Auf der linken Seite verwundet, nicht wahr, und zwar mit einem Messer?" unterbrach Buckingham die Königin.

„Ja, so ist es, Mylord, so ist es, auf der linken Seite mit einem Messer, wer konnte Euch dies sagen? Ich habe es nur Gott in meinem Gebet anvertraut."

„Ich verlange nicht mehr, und Ihr liebt mich, Madame, das ist gewiß."

„Ich liebe Euch, ich?"

„Ja, Ihr. Würde Euch Gott dieselben Träume schicken wie mir, wenn Ihr mich nicht liebtet? Hätten wir dieselben Ahnungen, wenn sich unser Leben nicht durch das Herz berührte? Ihr liebt mich und werdet mich beweinen?"

„O mein Gott! Mein Gott!" rief Anna von Österreich, „das ist mehr, als ich ertragen kann. Geht, Herzog, um Himmels willen, geht, entfernt Euch! Ich weiß nicht, ob ich Euch liebe oder ob ich Euch nicht liebe. Ich weiß nur so viel, daß ich nicht meineidig sein werde. Habt also Mitleid mit mir und geht. Oh, wenn Ihr in Frankreich angetroffen würdet, wenn Ihr in Frankreich sterben müßtet, und ich könnte glauben, Eure Liebe für mich wäre die Ursache Eures Todes - ich wüßte mich nie mehr zu trösten, ich würde wahnsinnig. Geht also, geht, ich flehe Euch an."

„Oh, wie schön seid Ihr so, wie liebe ich Euch!" sprach Buckingham.

„Entfernt Euch, geht, ich bitte Euch, und kommt später

wieder. Kommt als Botschafter, als Minister, kommt umgeben von Garden, die Euch verteidigen, von Dienern, die Euch bewachen, dann fürchte ich nicht mehr für Euer Leben und werde mich glücklich schätzen, Euch wiederzusehen."

„Ist es wahr, was Ihr mir sagt?"

„Ja ..."

„Nun, ein Pfand Eurer Huld, einen Gegenstand, der von Euch kommt und mich daran erinnert, daß ich nicht träumte, irgendeine Sache, die Ihr getragen habt und die ich selbst tragen kann, einen Ring, ein Halsband."

„Und geht Ihr gewiß, wenn ich Euch gebe, was Ihr von mir verlangt?"

„Ja, sofort, ja."

„Ihr verlaßt Frankreich? Ihr kehrt nach England zurück?"

„Ja, ich schwöre es."

„Dann wartet einen Augenblick."

Anna von Österreich ging in ihre Räume und kam bald wieder heraus. Sie hielt in der Hand ein mit Gold eingelegtes Kästchen aus Rosenholz.

„Hier, Herzog", sprach sie, „behaltet dies zur Erinnerung."

Buckingham nahm das Kästchen und sank zum zweiten Mal auf die Knie.

„Ihr habt mir versprochen, abzureisen", sprach die Königin.

„Und ich halte mein Wort. Eure Hand, Eure Hand, Madame, und ich reise."

Anna reichte ihm die Hand, wobei sie die Augen schloß und sich auf Estefania stützte, denn sie fühlte, daß ihre Kräfte schwanden.

Buckingham drückte seine Lippen leidenschaftlich auf diese schöne Hand, stand dann auf und rief:

„Ehe sechs Monate vergehen, habe ich Euch wieder gesehen, wenn ich nicht tot bin, Madame, und sollte ich auch gegen die ganze Welt angehen!"

Seinem Versprechen getreu, stürzte er aus dem Zimmer.

Auf dem Gang traf er Frau Bonacieux, die ihn erwartete und ihn mit denselben Vorsichtsmaßregeln und mit demselben Glück aus dem Louvre führte.

13. Kapitel

Herr Bonacieux

Bei dieser ganzen Geschichte spielte eine Person mit, um die man sich, trotz ihrer bedenklichen Lage, nur wenig zu beunruhigen schien: Es war Herr Bonacieux, der ehrenwerte Märtyrer politischer und verliebter Intrigen, die sich in dieser zugleich so ritterlichen und galanten Epoche gut miteinander verstrickten.

Zum Glück erinnert sich der Leser, oder er erinnert sich auch nicht, daß wir versprochen haben, ihn nicht aus den Augen zu lassen.

Die Häscher, welche ihn verhaftet hatten, führten ihn geradewegs in die Bastille, wo man ihn zitternd an einem Zug Soldaten, die ihre Musketen luden, vorübergehen ließ. Von hier in eine halb unterirdische Galerie gebracht, wurde er seitens derjenigen, die ihn verhaftet hatten, der Gegenstand der gröbsten Beleidigungen, der größten Mißhandlungen. Die Häscher sahen, daß sie es mit keinem Edelmann zu tun hatten und behandelten ihn dementsprechend.

Nach einer halben Stunde machte ein Gerichtsschreiber seinen Qualen, aber nicht seiner Unruhe ein Ende, indem er befahl, Herrn Bonacieux ins Verhörzimmer zu bringen. Gewöhnlich befragte man die Gefangenen in ihrem Gelaß, aber mit Herrn Bonacieux machte man nicht soviel Umstände.

Zwei Gardisten ergriffen den Krämer, ließen ihn durch einen Hof gehen, dann in einen Flur treten, wo drei Schildwachen standen, öffneten eine Tür und stießen ihn in eine niedrige Stube, in der die gesamte Ausstattung aus einem Tisch, einem Stuhl und einem Kommissar bestand. Der Kommissar saß auf dem Stuhl und schrieb auf dem Tisch. Die zwei Gardisten führten den Gefangenen vor den Tisch und entfernten sich auf ein Zeichen des Kommissars auf Gehörweite. Der Kommissar, der bis dahin seinen Kopf gesenkt gehalten hatte, erhob ihn nun, um zu sehen, mit wem er es zu tun hätte. Dieser Kommissar war ein Mann von widerlichem Ausdruck, mit spitzer Nase, gelben, hervorstehenden Backenknochen, kleinen, aber forschenden und lebhaften Augen, ein Mann, dessen Physiognomie eine Mischung von Marder und Fuchs zu sein schien. Sein von einem langen Hals getragener Kopf trat, sich wiegend, aus seinem schwarzen Gewand beinahe mit derselben Bewegung hervor, die man bei Schildkröten wahrnimmt, wenn sie den Kopf aus der Schale herausstrecken.

Er fing damit an, daß er Herrn Bonacieux nach Namen und Vornamen, Alter und Wohnung fragte. Der Angeklagte antwortete, er heiße Jacques Michel Bonacieux, sei einundfünfzig Jahre alt, Krämer, der sich vom Geschäft zurückgezogen habe und wohne in der Rue des Fossoyeurs Nr. 11. Statt mit dem Verhör fortzufahren, hielt ihm der Kommissar nun eine lange Rede über die Gefahr, die ein unbedeutender Bürger laufe, wenn er sich in öffentliche Angelegenheiten mische. Diese Predigt verband er mit einer Erläuterung, worin er von der Macht und den Verfügungen des Kardinals, dieses unvergleichlichen Ministers, dieses Besiegers früherer Minister, dieses Beispiels zukünftiger Minister sprach, von einer Macht und von Verfügungen, gegen die sich niemand ungestraft auflehne.

Nach diesem zweiten Teil dieser Rede richtete er seinen Sperberblick auf den armen Bonacieux und forderte ihn auf, den Ernst seiner Lage zu überlegen.

Der Krämer war vollständig am Ende. Er wünschte den Augenblick zum Teufel, wo Herr La Porte den Gedanken gehabt hatte, ihn mit seinem Mündel zu verheiraten, und mehr noch den Augenblick, wo eben dieses Mündel als Weißzeugbewahrerin der Königin eingestellt wurde.

Der Grundzug im Charakter von Maître Bonacieux war verhärtete Selbstsucht, vermischt mit schmutzigem Geiz und gewürzt mit außerordentlicher Feigheit. Die Liebe, die ihm seine junge Frau eingeflößt hatte, war ein ganz zweitrangiges Gefühl und konnte mit den aufgezählten Gefühlen nicht in die Schranken treten.

Herr Bonacieux überdachte sich in der Tat, was man ihm soeben gesagt hatte.

„Aber Herr Kommissar“, sprach er schüchtern, „glaubt mir, daß ich mehr als irgendein Mensch das Verdienst der unvergleichlichen Eminenz, von der wir regiert zu werden die Ehre haben, kenne und zu schätzen weiß.“

„Wirklich?“ fragte der Kommissar mit zweifelhafter Miene. „Aber wenn dem in der Tat so ist, wie kommt Ihr in die Bastille?“

„Wie ich hierherkomme, oder vielmehr, warum ich hier bin“, erwiderte Bonacieux, „das kann ich Euch unmöglich sagen, weil ich es selbst nicht weiß; aber sicherlich nicht, weil ich den Herrn Kardinal beleidigt habe, wenigstens nicht wissentlich.“

„Ihr müßt doch ein Verbrechen begangen haben, da Ihr hier des Hochverrats angeklagt seid.“

„Des Hochverrats!“ rief Bonacieux erschrocken. „Des Hochverrats! Wie sollte ein armer Krämer, der die Hugenotten haßt und die Spanier verabscheut, des Hochverrats angeklagt sein? Bedenkt doch, mein Herr, dies ist rein unmöglich.“

„Herr Bonacieux“, sprach der Kommissar, und schaute dabei den Angeklagten an, als ob seine kleinen Augen die Macht besäßen, in der Tiefe der Herzen zu lesen, „Herr Bonacieux, habt Ihr eine Frau?“

„Ja, mein Herr“, antwortete der Krämer, und zitterte am ganzen Leibe, denn er fühlte, daß in diesem Punkt der böse Knoten der ganzen Angelegenheit geknüpft sein mußte, „das heißt, ich hatte eine.“

„Wie? Ihr hattet eine! Was habt Ihr mit ihr gemacht, wenn Ihr sie nicht mehr besitzt?“

„Man hat sie mir entführt, mein Herr.“

„Man hat sie Euch entführt?“ sprach der Kommissar. „Ah!“ Bonacieux fühlte bei diesem Ah, daß sich die Angelegenheit immer mehr verwickelte.

„Man hat sie Euch entführt?“ versetzte der Kommissar, „und wißt Ihr, wer diesen Raub begangen hat?“

„Ich glaube ihn zu kennen.“

„Wer ist es?“

„Bedenkt, daß ich nichts behaupte, mein Herr Kommissar, sondern nur vermute.“

„Wen habt Ihr in Verdacht? Antwortet offenherzig!“

Herr Bonacieux war in der größten Verlegenheit. Sollte er alles leugnen oder alles sagen? Leugnete er alles, so konnte man glauben, er wisse zuviel, um zu gestehen. Sagte er alles, so war dies ein Beweis guten Willens. Er entschloß sich, alles zu sagen.

„Ich habe“, sprach er, „einen großen Mann von bräunlicher Gesichtsfarbe und stolzer Miene im Verdacht, der ganz aussieht wie ein vornehmer Herr. Er folgte uns wiederholt, wie mir schien, wenn ich meine Frau vor dem Louvre erwartete, um sie nach Hause zu begleiten.“

Der Kommissar schien sich etwas beunruhigt zu fühlen.

„Und sein Name?“ sprach er.

„Ah, was seinen Namen betrifft, den weiß ich nicht. Und wenn ich ihm begegne, und wäre es unter tausend Menschen, werde ich ihn sogleich wiedererkennen.“

Die Stirn des Kommissars verfinsterte sich.

„Ihr habt mir geantwortet, Ihr würdet ihn wiedererkennen, sagt Ihr?“ fuhr er fort.

„Das heißt,“ erwiderte Bonacieux, der einsah, daß er den falschen Weg eingeschlagen hatte, „das heißt ... “

„Ihr habt mir geantwortet, Ihr würdet ihn wiedererkennen“, sprach der Kommissar, „schon gut, das ist für heute genug. Ehe wir weitergehen, muß jemand davon in Kenntnis gesetzt werden, daß Ihr den Räuber Eurer Frau kennt.“

„Aber ich habe Euch nicht gesagt, ich kenne ihn!“ rief Bonacieux in Verzweiflung. „Ich sagte Euch im Gegenteil...“

„Führt den Gefangenen ab“, sprach der Kommissar zu den Wachen.

„Und wohin soll man ihn führen“, fragte der Gerichtsschreiber.

„In einen Kerker.“

„In welchen?“

„O mein Gott! In den nächstbesten, wenn er nur fest ist“, erwiderte der Kommissar mit einer Gleichgültigkeit, die den armen Bonacieux schaudern machte.

„Wehe, wehe!“ sprach er zu sich selbst. „Das Unglück lastet auf meinem Haupt. Meine Frau wird ein furchtbares Verbrechen begangen haben. Man hält mich für ihren Mitschuldigen und bestraft mich mit ihr. Sie wird gesprochen, sie wird gestanden haben, ich sei mit allem vertraut. Eine Frau ist so schwach! Ein Kerker! Der nächstbeste! So geht es! Eine Nacht ist bald vorüber, und dann morgen Galgen und Rad! O mein Gott, mein Gott erbarme dich!“

Ohne im geringsten auf das Klagegeschrei des Maître Bonacieux zu hören, ein Geschrei, woran sie übrigens gewöhnt waren, nahmen die beiden Wachen den Gefangenen beim Arm und führten ihn weg, während der Kommissar in Eile einen Brief schrieb, auf den der Gerichtsschreiber wartete.

Bonacieux schloß kein Auge. Nicht, als ob sein Kerker gar zu abscheulich gewesen wäre, sondern weil seine Unruhe zu groß war. Er blieb die ganze Nacht auf seiner Bank, er zitterte bei dem geringsten Geräusch, und als die ersten Strahlen des Tages in seine Kammer drangen, kam es ihm vor, als hätte das Morgenrot eine Leichenfärbung angenommen.

Plötzlich hörte er die Riegel klirren und sprang erschrocken auf. Der Unglückliche glaubte, man komme, um ihn zu holen und zum Schafott zu führen. Aber als er statt des erwarteten Henkers seinen Kommissar und seinen Gerichtsschreiber vom vorigen Tage erscheinen sah, war er sehr geneigt, ihnen um den Hals zu fallen.

„Eure Angelegenheit hat sich seit gestern abend sehr verwirrt, mein braver Mann", sagte der Kommissar, „und ich rate Euch, die Wahrheit unumwunden zu gestehen, denn nur Eure Reue kann den Zorn des Kardinals mildern!"

„Ich bin bereit, alles zu sagen", rief Bonacieux, „wenigstens alles, was ich weiß. Fragt, ich bitte Euch!"

„Vor allem: Wo ist Eure Frau?"

„Ich sage Euch doch, man hat sie mir entführt."

„Ja, aber seit gestern mittag um fünf Uhr ist sie durch Eure Hilfe entflohen."

„Meine Frau ist entflohen?" rief Bonacieux. „Oh, die Unglückliche! Mein Herr, wenn sie entflohen ist, so bin ich nicht schuld, ich schwöre es Euch."

„Was hattet Ihr dann bei Herrn d'Artagnan, Eurem Nachbarn, zu tun, mit dem Ihr an diesem Tage eine lange Konferenz hieltet?"

„Ach ja, Herr Kommissar, ja, das ist wahr, und ich gestehe, daß ich unrecht hatte. Ja, ich bin bei Herrn d'Artagnan gewesen."

„Und der Zweck Eures Besuchs?"

„Ich wollte ihn bitten, mir meine Frau suchen zu helfen. Ich glaubte mich berechtigt, sie zurückzufordern. Aber ich täuschte mich, wie es scheint, und bitte um Vergebung."

„Was antwortete Herr d'Artagnan?"

„Herr d'Artagnan hat mir seinen Beistand zugesagt. Aber ich sah bald ein, daß er mich verriet."

„Ihr wollt der Justiz eine Lüge aufschwatzen! Herr d'Artagnan hat einen Vertrag mit Euch abgeschlossen, hat kraft dieses Vertrages die Polizei, die Eure Frau verhaftete, in die Flucht gejagt und alle Nachforschungen vereitelt."

„Herr d'Artagnan hat meine Frau entführt?"

„Zum Glück ist Herr d'Artagnan in unseren Händen, und Ihr sollt ihm gegenübergestellt werden."

„Ah, meiner Treu, das ist mir ungemein lieb!" rief Bonacieux. „Es soll mir gar nicht leid tun, ein bekanntes Gesicht zu sehen."

„Laßt Herrn d'Artagnan eintreten", sprach der Kommissar zu den beiden Wachen.

Die Wachen ließen Athos eintreten.

„Herr d'Artagnan," sprach der Kommissar und wandte sich an Athos, „erklärt, was zwischen Euch und diesem Herrn vorgefallen ist."

„Aber Ihr zeigt mir ja gar nicht d'Artagnan!" rief Bonacieux.

„Wie, das ist nicht d'Artagnan?" sprach der Kommissar.

„Keineswegs", antwortete Bonacieux.

„Wie heißt dieser Herr?" fragte der Kommissar.

„Ich kann es Euch nicht sagen, ich kenne ihn nicht."

„Wie, Ihr kennt ihn nicht?"

„Nein!"

„Ihr habt ihn nie gesehen?"

„Doch, aber ich weiß nicht, wie er heißt."

„Euer Name?" fragte der Kommissar.

„Athos", antwortete der Musketier.

„Das ist kein Menschenname, sondern der Name eines Berges", rief der arme Untersuchungsrichter, der den Verstand zu verlieren anfing.

„Es ist aber mein Name", sprach Athos ruhig.

„Aber Ihr sagtet doch, Ihr hießet d'Artagnan?"

„Ich?"

„Ja, Ihr!"

„Man hat zu mir gesagt: Ihr seid Herr d'Artagnan? Ich erwiderte: Ihr glaubt? Meine Wächter meinten, sie wüßten es gewiß. Ich wollte ihnen nicht widersprechen, zudem konnte ich mich täuschen."

„Mein Herr, Ihr beleidigt die Majestät der Justiz!"

„Durchaus nicht", entgegnete Athos gelassen.

„Ihr seid Herr d'Artagnan?"

„Seht, Ihr sagt es schon wieder."

„Nun, ich sage Euch, Herr Kommissar", rief Bonacieux, „daß man hier keinen Augenblick zweifeln darf. Herr d'Artagnan wohnt in meinem Haus, und ich muß ihn folglich kennen, obwohl er mir die Miete nicht zahlt, und gerade aus diesem Grund. Herr d'Artagnan ist ein junger Mann von kaum neunzehn bis zwanzig Jahren, und dieser Herr ist gewiß dreißig Jahre alt. Herr d'Artagnan ist bei den Garden des Herrn des Essarts und dieser Herr bei der Musketierkompanie des Herrn von Treville. Schaut die Uniform an, Herr Kommissar, schaut die Uniform an."

„Es ist wahr", murmelte der Kommissar, „es ist bei Gott wahr!"

In diesem Augenblick wurde die Tür rasch geöffnet, und ein von einem Gefangenenwärter der Bastille geführter Bote übergab dem Kommissar einen Brief.

„Oh, die Unglückliche!" rief der Kommissar.

„Wie? Was sagt Ihr? Von wem sprecht Ihr? Hoffentlich nicht von meiner Frau?"

„Im Gegenteil, gerade von ihr. Eure Angelegenheit steht ganz schön!"

„Ah", rief der Krämer in Verzweiflung, „macht mir das Vergnügen und sagt mir, wie sich meine Angelegenheit durch das verschlimmern kann, was meine Frau tut, während ich im Gefängnis sitze."

„Weil das, was sie tut, die Folge eines unter euch abgekarteten Plans ist."

„Ich schwöre Euch, Herr Kommissar, daß Ihr in einem gewaltigen Irrtum befangen seid; daß ich nicht das mindeste von dem weiß, was meine Frau tun dürfte; daß ich an dem, was sie gesagt hat, vollkommen unbeteiligt bin, und daß ich sie, wenn sie Dummheiten begangen hat, verleugne, verfluche."

„Ei", sprach Athos zu dem Kommissar, „wenn Ihr mich hier nicht mehr braucht, so schickt mich irgendwohin. Dieser Bonacieux ist ein sehr langweiliger Zeitgenosse."

„Führt die Gefangenen in ihre Kerker zurück", sprach der Kommissar, mit derselben Gebärde Athos und Bonacieux bezeichnend, „bewacht sie mit der größten Strenge!"

„Wenn Ihr jedoch mit Herrn d'Artagnan zu tun habt", sagte Athos mit seiner gewöhnlichen Ruhe, „so sehe ich nicht ganz ein, warum ich seine Stelle vertreten soll."

„Tut, was ich gesagt habe", rief der Kommissar, „und bewahrt tiefstes Stillschweigen, hört Ihr?"

Athos folgte den Wachen mit einem Achselzucken, und Herr Bonacieux mit einem Klageschrei, das einem Tiger hätte das Herz zerreißen können.

Man führte den Krämer in denselben Kerker, wo er die Nacht zugebracht hatte, und ließ ihn hier den ganzen Tag über schmoren. Den ganzen Tag weinte Herr Bonacieux wie ein echter Krämer, denn er war durchaus kein Mann des Schwertes, wie er uns selbst gesagt hat.

Abends gegen neun Uhr, in dem Augenblick, wo er sich entschloß, ins Bett zu gehen, hörte er Schritte im Korridor. Diese Schritte näherten sich seinem Kerker, die Tür wurde geöffnet, es erschienen Wachen.

„Folgt mir", sagte ein Gefreiter, der hinter den Wachen herging.

„Euch folgen!" rief Bonacieux, „Euch folgen, zu dieser Stunde! Wohin denn, mein Gott!"

„Wohin wir Euch zu führen den Befehl haben."

„Aber das ist keine Antwort."

„Das ist die einzige, die wir Euch geben können."

„Ach, mein Gott, mein Gott!" murmelte der arme Krämer, „diesmal bin ich verloren."

Und er folgte mechanisch ohne Widerstand den Wachen, die ihn holten. Er ging durch denselben Gang, durch den er bereits gekommen war, durchschritt einen ersten Hof und dann ein zweites Hauptgebäude. Vor dem Tor des Einfahrthofes fand er einen von vier Reitern umgebenen Wagen. Man ließ ihn in diesen Wagen einsteigen, der Gefreite setzte sich neben ihn. Man verschloß den Kutschenschlag mit einem Schlüssel, und beide befanden sich in einem fahrenden Gefängnis.

Das Gefährt setzte sich langsam wie ein Leichenwagen in Bewegung. Durch das geschlossene Gitter bemerkte der Gefangene die Häuser und das Pflaster, mehr nicht. Aber als geborener Pariser erkannte Bonacieux jede Straße an den Ecksteinen, an den Schildern, an den Laternen. Als sie nach St. Paul gelangten, wo man die Verurteilten der Bastille hinrichtete, war er einer Ohnmacht nahe und bekreuzigte sich zweimal. Er glaubte der Wagen würde hier halten, aber es ging weiter. Später erfaßte ihn abermals ein gewaltiger Schrecken, als er am Friedhof von St.-Jean vorüberfuhr, wo man die Staatsverbrecher beerdigte. Ein einziger Umstand beruhigte ihn einigermaßen, nämlich, daß man sie vor der Einscharrung gewöhnlich köpfte, und sein Kopf saß noch auf seinen Schultern. Als er aber sah, daß der Wagen die Straße nach der Grève einschlug, als er die spitzen Dächer der Stadthalle bemerkte und wahrnahm, daß man unter die Arkaden einbog, da glaubte er, jetzt sei alles aus. Er wollte dem Gefreiten beichten. Da ihm dieser aber jedes Gehör verweigerte, so stieß er ein so erbarmungswürdiges Geschrei aus, daß ihm der Gefreite erklärte, wenn er nicht aufhöre, ihm die Ohren vollzuschreien, so werde er ihm einen Knebel anlegen. Diese Drohung beruhigte Bonacieux einigermaßen. Wollte man ihn an der Grève hinrichten, so lohnte es sich nicht der Mühe, ihn zu knebeln, da man die Richtstätte beinahe erreicht hatte. Der Wagen fuhr wirklich über den unseligen Ort ohne anzuhalten. Jetzt war nichts mehr zu befürchten als das Croix-du-Trahoir, und der Wagen nahm seinen Weg wirklich geradewegs in diese Richtung.

Diesmal konnte man nicht mehr zweifeln. Auf dem Croix-du-Trahoir wurden Verbrecher untergeordneten Ranges hingerichtet. Bonacieux hatte sich des St. Paul oder des Grève für würdig gehalten. An dem Croix-du-Trahoir sollten sein Leben und sein Schicksal enden! Er konnte das unglückliche Kreuz noch nicht sehen, aber er hatte ein Gefühl, als ob es ihm entgegenkäme. Als nur noch etwa zwanzig Schritt zurückzulegen waren, hörte er ein Getümmel, und der Wagen hielt an. Das war mehr als der arme, durch die rasch aufeinander erfolgten Gemütsbewegungen niedergeschmetterte Krämer ertragen konnte. Er stieß einen schwachen Seufzer aus, den man für den letzten Atemzug eines Sterbenden hätte halten können, und sank in Ohnmacht.

14. Kapitel

Der Mann von Meung

Der Zusammenlauf fand nicht statt, weil man einen für den Galgen Bestimmten erwartete, sondern wurde durch die Zurschaustellung eines Gehenkten veranlaßt. Einen Augenblick aufgehalten, fuhr der Wagen bald wieder weiter, setzte seinen Weg durch die Menge fort, gelangte in die Rue St. Honoré, wandte sich zur Rue des Bons-Enfants und hielt vor einer niederen Pforte an.

Die Tür öffnete sich. Zwei Wachen nahmen Bonacieux, der von dem Gefreiten gestützt wurde, in ihre Arme, und man stieß ihn in einen Gang, ließ ihn eine Treppe hinaufsteigen und setzte ihn in einem Vorzimmer ab. All diese Bewegungen hatten sich für ihn mechanisch vollzogen. Er war gegangen wie im Traum. Er hatte die Gegenstände wie in einem Nebel gesehen. Seine Ohren hatten Töne vernommen, ohne ihre Bedeutung zu verstehen. Man hätte ihn in diesem Augenblick hinrichten können, und er würde nicht das geringste zu seiner Verteidigung unternommen, keinen Schrei ausgestoßen haben, um Mitleid zu erflehen.

Er blieb also, den Rücken an die Wand gelehnt und die Arme herabhängend, auf derselben Stelle der Bank sitzen, wo ihn die Wachen abgesetzt hatten. Da er jedoch beim Umherschauen nichts Bedrohliches sah, da nichts eine wirkliche Gefahr andeutete, da die Bank einigermaßen gepolstert und die Wand mit schönem Korduanleder tapeziert war, da prächtige rote Damastvorhänge vom Fenster herabhingen, so begriff er allmählich, daß seine Furcht übertrieben war, und er fing an, seinen Kopf nach rechts und links, und von unten nach oben zu bewegen. Durch diese Bewegungen, denen sich niemand widersetzte, faßte er etwas Mut. Er wagte es, zuerst ein Bein, dann das andere vorzuziehen. Dann hob er sich vorsichtig mit Hilfe seiner Hände auf seiner Bank in die Höhe und stand halb auf seinen Füßen.

In diesem Augenblick öffnete ein Offizier einen Türvorhang. Er wechselte noch ein paar Worte mit einer im anstoßenden Zimmer befindlichen Person, wandte sich dann an den Gefangenen und sagte:

„Seid Ihr Bonacieux?"

„Ja, mein Herr Offizier", stammelte der Krämer, mehr tot als lebendig, „zu Eurer Verfügung."

„Tretet ein", sagte der Offizier.

Und er trat zur Seite, daß der Krämer vorbeigehen konnte. Dieser gehorchte und trat in das Zimmer, wo man ihn zu erwarten schien.

Es war ein großes, an den Wänden mit Verteidigungs- und Angriffswaffen geschmücktes, geschlossenes und luftloses Kabinett, in dem bereits ein Feuer brannte, obwohl man erst Ende September hatte. Ein viereckiger, mit Büchern und Papieren bedeckter Tisch, auf dem ein riesiger Plan der Stadt Rochelle entrollt war, nahm die Mitte des Zimmers ein. Vor dem Kamin stand ein Mann von mittlerer Größe, stolzer, hochmütiger Miene, mit durchdringenden Augen, breiter Stirn und abgemagertem Gesicht, das durch Schnurr- und Knebelbart noch länger wurde. Obgleich er erst sechs- bis siebenunddreißig Jahre alt zu sein schien, so fingen doch Haupthaar, Schnurrbart und Knebelbart an grau zu werden. Dieser Mann trug zwar keinen Degen, sah aber ganz wie ein Kriegsmann aus, und seine büffelledernen, noch leicht mit Staub bedeckten Stiefel deuteten an, daß er tagsüber geritten war.

Dieser Mann war Armand Jean Duplessis, Kardinal Richelieu, nicht wie man ihn uns darstellte, hinfällig wie ein Greis, leidend wie ein Märtyrer, mit gebrochenem Körper, erloschener Stimme, in einem großen Lehnstuhl begraben, nur durch die Kraft seines Genius lebend und den Kampf mit Europa einzig und allein durch die ewige Tätigkeit seines Geistes aushaltend; sondern so wie er in Wirklichkeit zu dieser Zeit war, das heißt ein galanter Aristokrat von aufrechter Haltung, zwar schwach von Körper, aber

unterstützt von jener geistigen Kraft, die ihn zu einem der außerordentlichsten Menschen machte, die je gelebt haben. Nachdem er den Herzog von Nevers in seinem Herzogtum Mantua erhalten, nachdem er Nîmes, Castres und Uzès genommen hatte, war er mit den Vorbereitungen beschäftigt, um die Engländer von der Insel Ré zu vertreiben und La Rochelle zu belagern.

Beim ersten Anblick bezeichnete nichts den Kardinal, und diejenigen, die sein Gesicht nicht kannten, konnten unmöglich erraten, vor wem sie standen.

Der arme Krämer blieb vor der Tür stehen, während die Augen der soeben beschriebenen Person auf ihn gerichtet waren, als wollten sie bis in die tiefste Tiefe seiner Gedanken dringen.

„Ist das Bonacieux?“ fragte er nach kurzem Stillschweigen.

„Ja, Monseigneur“, antwortete der Offizier.

„Gut, gebt mir die Papiere und laßt uns allein.“

Der Offizier nahm die bezeichneten Papiere vom Tisch, übergab sie, verbeugte sich und trat ab.

Bonacieux erkannte in diesen Papieren das Verhörprotokoll aus der Bastille. Von Zeit zu Zeit schlug der Mann am Kamin die Augen von den Schriften auf und bohrte sie wie zwei Dolche dem armen Krämer in den Grund des Herzens.

Nachdem der Kardinal zwei Minuten gelesen und zwei Sekunden geprüft hatte, hatte er entschieden.

„Dieser Kopf da hat niemals konspiriert“, murmelte er, „doch gleichviel, überzeugen wir uns jedenfalls. – Ihr seid des Hochverrats angeklagt“, sprach der Kardinal langsam.

„Das hat man mir bereits gesagt, Monseigneur“, rief Bonacieux, indem er dem Fragenden den Titel gab, den er von dem Offizier gehört hatte; „aber ich schwöre Euch, daß ich nichts davon wußte.“

Der Kardinal unterdrückte ein Lächeln.

„Ihr habt mit Eurer Frau, mit Frau von Chevreuse und mit dem Duke of Buckingham konspiriert." - „In der Tat, Monseigneur", antwortete der Krämer, „ich habe sie alle diese Namen aussprechen hören." - „Und bei welcher Gelegenheit?" - „Sie sagte, Kardinal Richelieu habe den Duke of Buckingham nach Paris gelockt, um ihn und die Königin mit ihm zu verderben." - „Das sagte sie?" rief der Kardinal heftig. - „Ja, Monseigneur. Ich aber erwiderte, sie hätte unrecht, solche Worte zu reden, und Seine Eminenz sei unfähig..." - „Schweigt! Ihr seid ein Dummkopf", versetzte der Kardinal. - „Meine Frau hat mir gerade dasselbe geantwortet, gnädigster Herr." - „Wißt Ihr, wer Eure Frau entführt hat?" - „Nein, Monseigneur!" - „Ihr habt jedoch einen Verdacht?" - „Ja, Monseigneur, aber dieser Verdacht schien dem Herrn Kommissar ärgerlich zu sein, und ich habe ihn nicht mehr." - „Eure Frau ist entflohen. Wußtet Ihr das?" - „Nein, Monseigneur, ich habe es erst gestern erfahren, seit ich im Gefängnis bin, und zwar einzig und allein durch die Vermittlung des Herrn Kommissars, eines sehr liebenswürdigen Herrn!"

Der Kardinal unterdrückte ein zweites Lächeln.

„Dann wißt Ihr also auch nicht, was aus Eurer Frau seit Ihrer Flucht geworden ist?" - „Durchaus nicht, Monseigneur. Sie muß aber in den Louvre zurückgekommen sein." - „Um ein Uhr morgens war sie noch nicht zurück."

„Aber mein Gott, was ist dann aus ihr geworden?"

„Man wird es erfahren, seid ruhig. Man verbirgt dem Kardinal nichts. Der Kardinal weiß alles." - „Glaubt Ihr in diesem Fall, Monseigneur, der Kardinal werde sich herablassen, mir zu sagen, was aus meiner Frau geworden ist?" - „Vielleicht, aber zuvor müßt Ihr alles gestehen, was Ihr über die Beziehung Eurer Frau zu Frau von Chevreuse wißt."

„Monseigneur, ich weiß nichts, ich habe diese nie gesehen.“ - „Kehrte Eure Frau, wenn Ihr sie im Louvre abgeholt habt, unmittelbar in Euer Haus zurück?“ - „Beinahe nie, sie hatte Geschäfte mit Leinwandhändlern, zu denen ich sie führte.“ - „Mit wieviel Leinwandhändlern?“ - „Mit zwei, gnädigster Herr.“ - „Wo wohnen sie?“ - „Der eine in der Rue de Vaugirard, der andere in der Rue de la Harpe.“ - „Gingt Ihr mit ihr hinein?“ - „Nie, Monseigneur, ich erwartete sie an der Tür.“ - „Welchen Vorwand hatte sie, um allein hinzugehen?“ - „Keinen, sie sagte mir, ich sollte warten, und ich wartete.“ - „Ihr seid ein gefälliger Gatte, mein lieber Herr Bonacieux“, sprach der Kardinal.

„Er hat mich ‚lieber Herr‘ genannt“, sagte der Krämer zu sich selbst, „Teufel, die Sache geht gut.“

„Würdet Ihr die Türen wiedererkennen?“ - „Ja.“ - „Wißt Ihr die Nummern?“ - „Ja.“ - „Welche sind es?“ - „Nr. 25 in der Rue de Vaugirard, Nr. 75 in der Rue de la Harpe.“ - „Gut“, sagte der Kardinal.

Bei diesen Worten nahm er ein silbernes Glöckchen, läutete, und der Offizier trat wieder ein.

„Sucht mir Rochefort“, sagte er leise, „und er soll sofort hierherkommen, sobald er zurückgekehrt ist.“

„Der Graf ist da“, erwiderte der Offizier, „und wünscht mit Eurer Eminenz zu sprechen.“

„Er soll kommen, er soll kommen!“ sagte der Kardinal.

Der Offizier entfernte sich mit der Geschwindigkeit, mit der alle Diener Richelieus zu gehorchen pflegten.

„Mit Eurer Eminenz!“ murmelte Bonacieux und verdrehte ganz verwirrt seine Augen.

Es waren noch keine fünf Sekunden seit dem Verschwinden des Offiziers abgelaufen, als die Tür sich öffnete und eine neue Person eintrat.

„Er ist es!“ rief Bonacieux.

„Wer?“ fragte der Kardinal.

„Der mir meine Frau entführt hat."

Der Kardinal läutete zum zweitenmal. Der Offizier erschien wieder.

„Übergebt diesen Menschen seinen zwei Wachen, und er soll warten, bis ich ihn rufe."

„Nein, Monseigneur, nein, er ist es nicht", schrie Bonacieux, „ich habe mich getäuscht. Es ist ein anderer, der nicht die geringste Ähnlichkeit mit ihm hat. Dieser Herr ist ein rechtschaffener Mann."

„Führt diesen Dummkopf weg", sprach der Kardinal.

Der Offizier nahm Bonacieux beim Arm und führte ihn in das Vorzimmer, wo er seine zwei Wachen fand.

Die zuletzt eingeführte Person folgte Bonacieux ungeduldig mit den Augen, bis man ihn weggebracht hatte, und sobald diese wieder geschlossen war, näherte sie sich lebhaft dem Kardinal und sprach:

„Sie haben sich gesehen!" - „Wer?" fragte die Eminenz. - „Er und sie." - „Die Königin und der Herzog!" rief Richelieu. - „Ja." - „Und wo?" - „Im Louvre." - „Wißt Ihr das gewiß?" - „Ganz gewiß!" - „Wer hat es Euch gesagt?" - „Frau von Lannoy, die Eurer Eminenz ganz ergeben ist, wie Ihr wißt." - „Warum hat sie es nicht früher gesagt?" - „Die Königin ließ zufälligerweise oder aus Mißtrauen Frau von Surgis in ihrem Zimmer schlafen und behielt sie den ganzen Tag über bei sich." - „Das ist schön, wir sind geschlagen. Doch wir wollen Revanche nehmen." - „Ich werde Euch aus allen Kräften unterstützen, gnädiger Herr, seid ruhig." - „Wie ist das zugegangen?" - „Um halb ein Uhr nachts war die Königin bei ihren Frauen..." - „Gut." - „Als man ihr ein Taschentuch von ihrer Weißzeugverwalterin zustellte." - „Und dann?" - „Sogleich äußerte die Königin große Unruhe und erbleichte trotz der Schminke." - „Und dann, was dann?" - „Sie stand jedoch auf und sagte mit bewegter Stimme: ‚Meine Damen, wartet hier zehn

Minuten auf mich, ich komme zurück.' Und sie öffnete die Tür ihres Alkovens und entfernte sich." - „Warum hat Frau von Lannoy Euch nicht gleich davon unterrichtet?" - „Es stand noch nichts fest. Zudem hatte die Königin gesagt: ‚Meine Damen, wartet auf mich', und sie wagte es nicht, ungehorsam zu sein." - „Und wie lange ist die Königin weggeblieben?" - „Eine dreiviertel Stunde." - „Keine der Frauen begleitete sie?" - „Donna Estefania allein." - „Und sie kehrte dann zurück?" - „Ja, um ein kleines Kästchen aus Rosenholz mit ihrem Namenszug zu holen und sich gleich wieder zu entfernen." - „Und als sie später kam, brachte sie dieses Kästchen zurück?" - „Nein." - „Weiß Frau von Lannoy, was in diesem Kästchen war?" - „Ja, die Diamant-Nestelstifte, welche Seine Majestät der Königin gegeben hatte." - „Und sie kehrte ohne das Kästchen zurück?" - „Ja." - „Frau von Lannoy meint, sie habe es Buckingham gegeben?" - „Sie ist fest davon überzeugt." - „Wieso?" - „Im Verlauf des Tages suchte Frau von Lannoy als Kammerdame der Königin das Kästchen, stellte sich beunruhigt darüber, daß sie es nicht fand, und fragte endlich die Königin danach." - „Und die Königin..." - „Wurde sehr rot und erwiderte, sie habe am Tag vorher einen der Nestelstifte zerbrochen und das Ding zur Ausbesserung ihrem Goldschmied geschickt." - „Man muß dorthin gehen und sich überzeugen, ob es wahr ist oder nicht." - „Ich bin dort gewesen." - „Nun, der Goldschmied..." - „Hat keine Silbe davon erfahren." - „Gut, gut! Rochefort, es ist noch nicht alles verloren und vielleicht ... vielleicht steht alles bestens." - „Ich zweifle allerdings nicht, daß das Genie Eurer Eminenz..." - „Die Torheiten meines Agenten wiedergutmacht, nicht wahr?" - „Das wollte ich gerade sagen, wenn Eure Eminenz mich hätte aussprechen lassen." - „Wißt Ihr nun, wo sich die Herzogin von Chevreuse und Buckingham verborgen hielten?" - „Nein, Monseigneur, meine Leute konnten mir nichts Bestimmtes sagen." - „Ich weiß es." - „Ihr Monseigneur?" - „Wenigstens vermute ich es. Die eine dieser beiden Personen hielt sich in der Rue de Vaugirard Nr. 25, die andere in der Rue de la Harpe Nr. 75 auf." - „Befehlen Eure Eminenz, daß ich beide verhaften lasse?" - „Es ist ohne Zweifel zu spät, sie werden abgereist sein." - „Egal, man kann sich Gewißheit verschaffen." - „Nehmt zehn Mann meiner Garde und durchsucht die beiden Häuser." - „Ich gehe, Monseigneur."

Rochefort eilte aus dem Zimmer.

Als der Kardinal allein war, dachte er einen Augenblick nach und läutete zum drittenmal.

Derselbe Offizier erschien.

„Laßt den Gefangenen eintreten", sprach der Kardinal.

Maître Bonacieux wurde wieder hereingebracht, und der Offizier zog sich auf ein Zeichen des Kardinals zurück.

„Ihr habt mich getäuscht", sprach der Kardinal streng.

„Ich!" rief Bonacieux, „ich und Eure Eminenz täuschen!"

„Wenn Eure Frau in die Rue de Vaugirard und in die Rue de la Harpe ging, ging sie nicht zu Leinwandhändlern."

„Wohin ging sie denn, gerechter Gott?"

„Sie ging zu der Herzogin von Chevreuse und zu Buckingham."

„Ja", sagte Bonacieux, alle seine Erinnerungen sammelnd, „ja, so ist es, Eure Eminenz haben recht. Ich bemerkte wiederholt, es sei sonderbar, daß Leinwandhändler in solchen Häusern wohnten, die gar keine Schilder haben, und da lachte sie jedesmal laut auf. Ach! Monseigneur", fuhr Bonacieux, sich Richelieu zu Füßen werfend, fort, „ach! Ihr seid wohl der Kardinal, der große Kardinal, der geniale Mann, den alle Welt verehrt!"

So geringfügig auch der Sieg war, den er über einen so

gewöhnlichen Menschen, wie Bonacieux, davongetragen hatte, so freute sich doch der Kardinal nichtdestoweniger einen Augenblick darüber. Sogleich aber, als wäre ein neuer Gedanke in ihm aufgetaucht, spielte ein Lächeln um seine Lippen, und er sprach, dem Krämer die Hand reichend:

„Steht auf mein Freund, Ihr seid ein braver Mann."

„Der Kardinal hat meine Hand berührt! Ich habe die Hand des großen Mannes berührt!" rief Bonacieux. „Der große Mann hat mich seinen Freund genannt."

„Ja, mein Freund, ja", sprach der Kardinal mit dem väterlichen Ton, den er manchmal anschlug, wodurch aber nur diejenigen hintergangen wurden, die ihn nicht kannten; „und da man Euch ungerechterweise im Verdacht gehabt hat, so verdient Ihr eine Entschädigung. Nehmt diesen Beutel mit hundert Pistolen und vergebt mir."

„Ob ich Euch vergebe, Monseigneur!" sagte Bonacieux, zögerte jedoch, den Beutel zu nehmen, ohne Zweifel aus Furcht, das angebliche Geschenk könnte nur ein Scherz sein. „Es stand Euch ganz frei, mich verhaften zu lassen, es steht Euch vollkommen frei, mich foltern, mich hängen zu lassen. Ihr seid der Herr, und ich hätte kein Wörtchen darüber zu sagen gehabt. Euch verzeihen, Monseigneur? Nein, das kann nicht Euer Ernst sein."

„Ach, mein lieber Herr Bonacieux, Ihr wollt Großmut üben, wie ich sehe und ich danke Euch dafür. Ihr nehmt also diesen Beutel und geht ohne Groll?"

„Ich gehe entzückt, Monseigneur."

„So lebt wohl, oder vielmehr ‚auf Wiedersehen', denn ich hoffe, wir werden uns wiedersehen."

„Sooft es Monseigneur haben will, ich stehe ganz Eurer Eminenz zu Befehl."

„Seid ruhig, das wird oft vorkommen, denn Eure Unterhaltung hat mich in hohem Maße gefreut."

„Monseigneur!"

„Auf Wiedersehen, Herr Bonacieux, auf Wiedersehen."

Der Kardinal machte ein Zeichen mit der Hand, das Bonacieux mit einer Verbeugung erwiderte. Dann entfernte er sich rückwärts, und als er im Vorzimmer war, hörte ihn der Kardinal aus vollem Halse schreien: „Es lebe Monseigneur! Es lebe Seine Eminenz! Es lebe der große Kardinal!"

Der Kardinal vernahm mit einem Lächeln die geräuschvolle Kundgebung der enthusiastischen Gefühle von Maître Bonacieux. Als sich das Geschrei in der Ferne verloren hatte, sagte er:

„Das ist nun ein Mensch, der sich für mich totschlagen ließe."

Und der Kardinal betrachtete mit der größten Aufmerksamkeit die Karte von la Rochelle, die, wie gesagt, auf seinem Schreibtisch ausgebreitet lag, und zog mit dem Bleistift eine Linie, wo der berühmte Damm sich hinziehen sollte, der achtzehn Monate später den Hafen der belagerten Stadt einschloß.

Als er ganz in seine strategischen Betrachtungen vertieft war, öffnete sich die Tür wieder, und Rochefort trat ein.

„Nun?" sprach der Kardinal.

„Nun", antwortete Rochefort, „eine junge Frau von sechs- bis achtundzwanzig Jahren und ein Mann von fünfunddreißig bis vierzig Jahren haben wirklich, die eine vier Tage, der andere fünf, in den von Eurer Eminenz bezeichneten Häusern gewohnt. Die Frau ist aber in der vergangenen Nacht, der Mann heute morgen abgereist."

„Sie waren es!" rief der Herzog, auf die Pendeluhr schauend, „und nun", fuhr er fort, „ist es zu spät, um ihnen nachzusetzen. Die Herzogin ist in Tours, Buckingham bereits in Boulogne. Man muß sie in London treffen."

„Was sind die Befehle Eurer Eminenz?"

„Kein Wort von dem, was vorgefallen ist. Die Königin

verharrt in vollkommener Sicherheit. Sie darf nicht erfahren, daß wir ihr Geheimnis wissen. Sie soll glauben, wir forschen irgendeiner Verschwörung nach. Schickt mir den Siegelbewahrer Seguier."

„Und dieser Mensch? Was hat Eure Eminenz mit ihm gemacht?"

„Was für ein Mensch?" fragte der Kardinal.

„Dieser Bonacieux?"

„Ich habe alles aus ihm gemacht, was man aus ihm machen konnte. Ich habe ihn zum Spion seiner Frau gemacht."

Rochefort verbeugte sich als Mann, der die große Überlegenheit seines Herrn anerkennt, und ging ab.

Wieder allein, setzte sich der Kardinal, schrieb einen Brief, den er mit seinem Privatsiegel schloß, und läutete. Der Offizier trat zum viertenmal ein.

„Laßt mir Vitray kommen", sprach er, „und sagt ihm, er solle sich zur Reise bereit halten."

Einen Augenblick später stand der verlangte Mann gestiefelt und gespornt vor ihm.

„Vitray", sagte der Kardinal, „Ihr reist sogleich nach London. Ihr haltet Euch nicht einen Augenblick unterwegs auf. Diesen Brief übergebt Ihr Mylady! Hier ist eine Anweisung auf zweihundert Pistolen. Geht zu meinem Schatzmeister und laßt sie Euch auszahlen. Ebensoviel erhaltet Ihr, wenn Ihr in sechs Tagen zurück seid und Euren Auftrag gut ausgeführt habt."

Ohne ein Wort zu erwidern, verbeugte sich der Bote, nahm den Brief und die Anweisung auf zweihundert Pistolen und entfernte sich.

Der Brief enthielt folgendes:

„Mylady!

Findet Euch auf dem ersten Ball ein, den der Herzog von Buckingham besucht. Er wird an seinem Rock zwölf

Diamantnestelstifte tragen. Nähert Euch ihm und schneidet zwei davon ab.
Sobald diese Nestelstifte in Euren Händen sind, gebt mir Nachricht."

15. Kapitel

Männer der Robe und Männer des Schwerts

Als am Tage nach diesen Ereignissen Athos nicht erschien, wurde Herr von Treville durch d'Artagnan und Porthos von seinem Verschwinden in Kenntnis gesetzt.

Aramis hatte sich einen Urlaub von fünf Tagen erbeten und befand sich, wie es hieß, in Familienangelegenheiten in Rouen.

Herr von Treville war der Vater seiner Soldaten. Der Geringste und Unbekannteste unter ihnen war, sobald er die Uniform seiner Kompanie trug, seiner Hilfe und seines Beistands so sicher, als es nur sein eigener Bruder hätte sein können.

Er begab sich also gleich zum Kriminalrichter. Man ließ den Offizier kommen, der den Posten am Croix-Rouge kommandierte, und aus den Nachrichten, die man nach und nach erhielt, ging hervor, daß Athos für den Augenblick im Fort l'Evêque einquartiert war.

Athos hatte alle Prüfungen durchgemacht, denen Bonacieux unterworfen gewesen war.

Wir haben der Konfrontation zwischen den beiden Gefangenen beigewohnt. Athos, der bis dahin nichts gesagt hatte, weil er dachte, d'Artagnan könnte ebenfalls beunruhigt worden sein und die nötige Zeit nicht gefunden haben, erklärte von diesem Augenblick an, er heiße Athos und nicht d'Artagnan. Übrigens kenne er weder Herrn noch Frau Bonacieux. Er habe noch nie weder mit dem einen noch mit der anderen gesprochen, er sei gegen zehn Uhr abends gekommen, um Herrn d'Artagnan, seinen

Freund zu besuchen, aber bis zu dieser Stunde sei er bei Herrn von Treville gewesen, wo er zu Mittag gegessen habe. Zehn Zeugen könnten, fügte er bei, diese Tatsache beweisen, und er nannte mehrere ausgezeichnete Edelleute, darunter den Herzog de la Tremouille.

Der zweite Kommissar wurde gleich dem ersten gewaltig verblüfft durch die einfache und feste Erklärung des Musketiers, an dem er, wie Beamte Kriegsmännern gegenüber zu tun lieben, so gern sein Mütchen gekühlt hätte, aber die Namen des Herrn von Treville und des Herzogs machten Eindruck.

Athos wurde ebenfalls zum Kardinal geschickt, aber unglücklicherweise befand sich dieser beim König.

In diesem Augenblick traf Herr von Treville, der von dem Kriminalrichter und dem Gouverneur des Fort l'Evêque kam, ohne Athos gefunden zu haben, ebenfalls beim König ein.

Als Kapitän der Musketiere hatte Herr von Treville zu jeder Stunde Zutritt beim König.

Man kennt die Bedenken des Königs gegen die Königin, die auf geschickte Weise durch den Kardinal genährt wurden, der im Punkt der Intrigen Frauen mehr mißtraute als Männern. Eine der bedeutendsten Ursachen dieser Bedenken war die Freundschaft Anna von Österreichs für Frau von Chevreuse. Diese zwei Frauen bereiteten ihm mehr Unruhe als die Kriege mit Spanien, die Streitigkeiten mit England und die Finanzverlegenheiten. In seinen Augen und nach seiner Überzeugung unterstützte Frau von Chevreuse die Königin nicht nur in ihren politischen Intrigen, sondern auch, was ihn noch vielmehr quälte, in ihren Liebesangelegenheiten.

Bei dem ersten Wort des Kardinals, daß Frau von Chevreuse, die man an ihrem Verbannungsort Tours glaubte, nach Paris gekommen sei und der Polizei zum Trotz fünf

Tage hier blieb, geriet der König in furchtbaren Zorn. Launisch und ungetreu, wollte der König *Ludwig der Gerechte und Ludwig der Keusche* heißen. Der Nachwelt wird es schwer werden, diesen Charakter zu begreifen, den die Geschichte nur durch Tatsachen und nie durch Urteile erklärt.

Als aber der Kardinal beifügte, Frau von Chevreuse sei nicht nur nach Paris gekommen, sondern auch mittels einer der geheimnisvollen Korrespondenzen, die man damals „Kabale" nannte, mit der Königin in Verbindung getreten. Als er versicherte, er, der Kardinal, sei nahe daran gewesen, die verborgensten Fäden dieser Intrige zu enthüllen, aber in dem Augenblick wo man die Sendbotin der Königin bei der Verbannten mit allen Beweisen auf der Tat hätte ertappen können, habe ein Musketier sich unterstanden, den Gang der Gerechtigkeit gewaltsam zu unterbrechen und mit dem Degen in der Hand über ehrliche Männer des Gesetzes herzufallen, die beauftragt gewesen seien, die ganze Angelegenheit unparteiisch zu untersuchen, um sie dem König vorzulegen, da konnte Ludwig XIII. nicht mehr an sich halten. Er tat, mit jener bleichen, stummen Entrüstung, die diesen Fürsten, wenn sie zum Ausbruch kam, bis zur kalten Grausamkeit führte, einen Schritt zu den Gemächern der Königin.

Und dennoch hatte der Kardinal in der ganzen Sache noch nicht ein Wort von Buckingham gesprochen.

Jetzt trat Herr von Treville ein, kalt und höflich.

Durch die Gegenwart des Kardinals und durch die Entstellung in den Gesichtszügen des Königs genügend über das Vorgefallene unterrichtet, fühlte sich Herr von Treville stark wie Samson vor den Philistern.

Ludwig XIII. legte bereits die Hand an den Türknopf. Bei dem Geräusch, das Herrn von Trevilles Eintritt verursachte, drehte er sich um.

„Ihr kommt gerade recht, mein Herr“, sprach der König, der, wenn seine Leidenschaften einen gewissen Grad erreicht hatten, sich nicht mehr zu verstellen wußte, „und ich erfahre schöne Dinge von Euren Musketieren.“

„Und ich,“ sprach Herr von Treville kalt, „ich habe Eurer Majestät schöne Dinge von Ihren Beamten zu melden.“

„Und bitte was?“ fragte der König stolz.

„Ich habe die Ehre, Eure Majestät zu benachrichtigen“, fuhr Herr von Treville fort „daß eine Anzahl von Prokuratoren, Kommissaren und Leuten der Polizei - sehr schätzenswerte Leute, aber, wie es scheint, sehr erbittert gegen die Uniform, sich erlaubt hat, einen meiner Musketiere in einem Haus zu verhaften, über die offene Straße zu führen, und auf einen Befehl, dessen Vorzeigen man mir verweigerte, ins Fort l'Evêque zu werfen, und alles dies, sage ich, ist einem meiner Musketiere, oder vielmehr Eurer Musketiere, Sire, einem Mann von tadellosem Benehmen, von beinahe erhabenem Ruf, einem Mann, der Eurer Majestät bestens bekannt ist, Herrn Athos, widerfahren.“

„Athos“, sprach der König mechanisch, „ja, in der Tat, ich kenne diesen Namen.“

„Eure Majestät belieben sich seiner zu erinnern“, sagte Herr von Treville, „Athos ist der Musketier, der bei dem ärgerlichen Duell, das Ihr kennt, Herrn von Cahusac schwer zu verwunden das Unglück hatte. Apropos, Monseigneur“, fuhr Herr von Treville sich an den Kardinal wendend fort, „Herr von Cahusac ist wieder völlig hergestellt, nicht wahr?“

„Ich denke“, sagte der Kardinal, sich vor Zorn in die Lippen beißend.

„Herr Athos wollte also einen seiner Freunde besuchen, der gerade nicht zu Hause war, einen Bearner, der als Kadett bei den Garden Seiner Majestät, Kompanie des Ess-

arts, dient. Aber kaum befand er sich im Zimmer seines Freundes und hatte ein Buch genommen, als ein Haufen von Schergen und Soldaten das Haus belagert und mehrere Türen einschlägt."

Der Kardinal macht dem König ein Zeichen, das bedeuten soll:

„Es geschah in der Angelegenheit, von der ich gesprochen habe."

„Wir wissen alles, was Ihr uns da sagt, denn es ist alles in unserem Dienst geschehen", sagte der König.

„Dann geschah es wohl auch im Dienst Eurer Majestät, daß man einen meiner Musketiere ganz unschuldig ergriff, wie einen Verbrecher zwischen zwei Wachen stellte und mitten durch einen frechen Pöbelhaufen diesen ehrenfesten Mann durchführte, der zehnmal sein Blut im Dienst Seiner Majestät vergossen hat."

„Ah!" sprach der König erschüttert. „Hat sich die Sache wirklich so zugetragen?"

„Herr von Treville", versetzte der Kardinal mit dem größten Phlegma, „verschweigt, daß dieser unschuldige Musketier, dieser ehrenfeste Mann, eine Stunde vorher vier Kriminalbeamte, die ich zur Untersuchung einer sehr wichtigen Angelegenheit abgeschickt, mit dem Degen in der Faust angegriffen und in die Flucht geschlagen hatte."

„Ich fordere Eure Eminenz auf, dies zu beweisen", rief Herr von Treville mit seiner ganzen gascognischen Freimütigkeit und mit voller militärischer Derbheit, „denn Herr Athos, ein Mann von besten Eigenschaften, erzeigte mir eine Stunde vorher, nachdem er bei mir zu Mittag gegessen hatte, die Ehre, sich im Salon meines Hotels mit dem Herzog de la Tremouille und dem Grafen von Chalus zu unterhalten."

Der König schaute den Kardinal an.

„Ein Protokoll beglaubigt, was ich sagte", antwortete

der Kardinal ganz laut auf die stumme Frage Seiner Majestät, „und die Mißhandelten haben folgende Urkunde abgefaßt, die ich Eurer Majestät zu überreichen die Ehre habe.“

„Ist ein Protokoll von Beamten so viel wert als das Ehrenwort eines Kriegsmannes?“ erwiderte Herr von Treville herausfordernd.

„Ruhig, ruhig, Treville! Schweigt!“ sagte der König.

„Hegt Seine Eminenz einen Verdacht gegen einen meiner Musketiere“, sprach Treville, „so ist die Gerechtigkeit des Herrn Kardinals' so weltbekannt, daß ich selbst eine Untersuchung verlange.“

„In dem Haus, wo diese gerichtliche Besichtigung vorgenommen wurde“, fuhr der Kardinal leidenschaftslos fort, „wohnt, wie ich glaube, ein Bearner, ein Freund des Musketiers.“

„Ja, Eure Eminenz, so ist es.“

„Glaubt Ihr nicht, daß dieser junge Mensch böse Ratschläge gegeben hat ... “

„Herrn Athos, einem Mann, der doppelt so alt ist“, unterbrach ihn Herr von Treville: „Nein, Monseigneur, außerdem hat d'Artagnan den Abend bei mir zugebracht.“

„Ach, es scheint, alle Welt brachte den Abend bei Euch zu?“ erwiderte der Kardinal.

„Sollte Eure Eminenz an meinem Wort zweifeln?“ sprach Herr von Treville voller Zorn.

„Nein, davor soll mich Gott bewahren!“ sagte der Kardinal, „aber es handelt sich nur darum, zu welcher Stunde er bei Euch war?“

„Das kann ich Eurer Eminenz genau sagen, denn als er eintrat, sah ich auf der Uhr, daß es halb zehn war, obwohl ich annahm, es müßte später sein.“

„Und um welche Zeit hat er Euer Hotel verlassen?“

„Um halb elf, gerade eine Stunde nach dem Vorfall.“

„Aber“, fuhr der Kardinal fort, der nicht einen Augenblick an der Redlichkeit des Herrn von Treville zweifelte und merkte, daß der Sieg seinen Händen entschlüpfen wollte, „aber Athos ist doch in dem Haus der Rue des Fossoyeurs verhaftet worden.“

„Ist es einem Freunde verboten, einen Freund zu besuchen? Ist es einem Musketier meiner Kompanie verboten, mit einem Gardisten der Kompanie des Essarts Brüderschaft zu halten?“

„Ja, wenn das Haus, wo man mit diesem Freund Brüderschaft pflegt, verdächtig ist?“

„Dieses Haus ist verdächtig, Treville“, sprach der König.

„In der Tat, Sire, ich wußte es nicht. Jedenfalls kann es überall verdächtig sein, nur stelle ich in Abrede, daß es in dem Teil, den Herr d'Artagnan bewohnt, verdächtig ist, denn ich darf wohl im Vertrauen auf seine eigenen Äußerungen versichern, daß es keinen ergebeneren Diener Eurer Majestät, keine innigeren Bewunderer des Herrn Kardinals gibt.“

„Ist das nicht jener d'Artagnan, der früher bei dem unglücklichen Streit in der Nähe des Klosters der Karmeliter-Barfüßer Jussac verwundete?“ fragte der König und schaute dabei den Kardinal an, der vor Ärger im ganzen Gesicht rot wurde.

„Und am anderen Tage Bernajoux. Ja, Sire, ja der ist es, Eure Majestät haben ein gutes Gedächtnis.“

„Nun, was wollen wir jetzt also beschließen?“ sagte der König.

„Das ist mehr Eurer Majestät als meine Sache“, sagte der Kardinal.

„Ich möchte die Strafwürdigkeit behaupten.“

„Und ich leugne sie. Aber Seine Majestät hat Richter und diese Richter sollen entscheiden.“

„Ganz gut“, versetzte der König, „übergeben wir den

ganzen Prozeß den Richtern. Es ist ihre Sache zu urteilen, und sie werden urteilen."

„Nur ist es traurig", sprach Herr von Treville, „daß in den gegenwärtigen unglücklichen Zeiten der reinste Lebenswandel, die vorwurfsfreieste Tugend einen Mann nicht vor der Bosheit und Verfolgung schützt. Die Armee wird auch ganz sicherlich sehr unzufrieden sein, wenn sie sieht, daß sie bei Polizeiangelegenheiten der strengsten Behandlung preisgegeben wird."

Dies Wort war unklug, aber Herr von Treville hatte es ausgesprochen, weil er mit dem Stand der Dinge genau vertraut war. Er wollte einen Ausbruch herbeiführen, denn bei diesem fängt die Mine Feuer, und das Feuer flammt auf und gibt Licht.

„Polizeiangelegenheiten!" rief der König, Herrn von Trevilles Worte aufnehmend, „Polizeiangelegenheiten! Und was wißt denn Ihr davon, mein Herr? Kümmert Euch um Eure Musketiere und macht mich nicht toll. Hört man Euch, so sollte man glauben, Frankreich wäre in Gefahr, wenn unglücklicherweise ein Musketier verhaftet wird. Ei, was für ein Lärm um einen Musketier! Ich lasse zehn verhaften, bei Gott, hundert, ja, die gesamte Kompanie, und man soll nicht mucksen."

„Die Musketiere sind schuldig, sobald Eure Majestät einen Verdacht gegen sie hegen", entgegnete Herr von Treville, „auch seht Ihr mich bereit, Sire, Euch meinen Degen zu übergeben; denn ich zweifle nicht daran, daß der Herr Kardinal, nachdem er meine Soldaten angeklagt hat, am Ende auch mich anklagen wird, und es ist somit besser, daß ich mich selbst in Haft begebe, mit Herrn Athos, der bereits verhaftet ist, und mit Herrn d'Artagnan, den man noch verhaften wird."

„Gascognerkopf, wollt Ihr schweigen!" rief der König.

„Sire", antwortete Treville, ohne die Stimme im geringsten zu dämpfen, „befehlt, mir meinen Musketier zurückzugeben oder Gericht über ihn zu halten."

„Man wird Gericht über ihn halten", sagte der Kardinal.

„Nun, desto besser, in diesem Fall werde ich Seine Majestät bitten, für ihn plädieren zu dürfen."

Der König fürchtete großes Aufsehen und sprach:

„Wenn Seine Eminenz nicht persönliche Motive hätte..."

Der Kardinal sah, worauf der König hinauswollte, und kam ihm zuvor.

„Um Vergebung", sagte er. „Wenn Eure Majestät in mir einen Richter von vorgefaßter Meinung erblicken, so ziehe ich mich zurück."

„Hört", sprach der König, „schwört Ihr mir bei meinem Vater, daß Herr Athos während des Vorfalls bei Euch gewesen ist und daran nicht teilgenommen hat?"

„Bei Eurem glorreichen Vater und bei Euch selbst, der Ihr das seid, was ich auf der Welt am innigsten liebe und verehre, schwöre ich!"

„Überlegt, Sire", sprach der Kardinal, „wenn wir den Gefangenen so entlassen, wird man nie mehr die Wahrheit erfahren."

„Herr Athos wird stets zu finden und bereit sein, den Gerichten Rede und Antwort zu stehen, wenn sie ihn zu befragen Lust haben", entgegnete Herr von Treville. „Er wird nicht desertieren, dafür stehe ich."

„Gewiß, er wird nicht desertieren", sprach der König. „Man kann ihn immer wiederfinden, wie Herr von Treville sagt. Überdies", fügte er mit gedämpfter Stimme und einem flehenden Blick auf Seine Eminenz hinzu, „überdies wollen wir sie sicher machen, das ist Politik."

Über die Politik Ludwigs XIII. lächelte Richelieu.

„Befehlt, Sire", sprach er, „Euch steht das Recht der Begnadigung zu."

„Das Recht der Begnadigung ist nur auf Schuldige anwendbar“, entgegnete Treville, der das letzte Wort haben wollte, „ und mein Musketier ist unschuldig. Ihr laßt also nicht Gnade, sondern Gerechtigkeit widerfahren, Sire.“

„Er ist im Fort l'Evêque?“ sagte der König.

„Ja, Sire, und in einem Kerker, wie der gemeinste Verbrecher.“

„Teufel!“ murmelte der König, „was soll man da tun?“

„Den Freilassungsbefehl unterzeichnen, und alles ist abgemacht“, sprach der Kardinal. „Ich halte, wie Eure Majestät, die Bürgschaft des Herrn von Treville für mehr als ausreichend.“

Treville verbeugte sich ehrfurchtsvoll und mit einer Freude, die nicht ohne etwas Beimischung von Furcht war. Er hätte einen hartnäckigen Widerstand diesem plötzlichen Nachgeben vorgezogen.

Der König unterzeichnete den Freilassungsbefehl, mit dem Herrn von Treville sich ohne Verzug entfernte.

Im Augenblick seines Abgangs lächelte ihm der Kardinal freundschaftlich zu und sagte zu dem König:

„Es herrscht bei Euren Musketieren eine schöne Harmonie zwischen den Führern und Soldaten, das ist sehr ersprießlich für den Dienst und sehr ehrenvoll für alle.“

„Er wird mir demnächst einen schlimmen Streich spielen“, dachte Treville. „Man hat nie das letzte Wort bei einem solchen Menschen. Aber eilen wir! Dem König kann gleich wieder ein anderer Kopf wachsen. Im ganzen ist es schwieriger, einen Menschen, der einmal herausgekommen ist, wieder in die Bastille oder das Fort l'Evêque zu bringen, als einen Gefangenen dort zu behalten, den man eingekerkert hat.“

Herr von Treville hielt triumphierend seinen Einzug im Fort l'Evêque, wo er den Musketier befreite, den seine Ruhe nicht einen Augenblick verlassen hatte.

Als er zum erstenmal d'Artagnan wiedersah, sprach er: „Ihr kommt gut weg, Euer Degenstich gegen Jussac ist nun bezahlt. Es bleibt noch der gegen Bernajoux, aber seid immerhin auf Eurer Hut!“

Herr von Treville hatte übrigens recht, dem Kardinal zu mißtrauen und zu glauben, es sei noch nicht alles vorüber. Denn kaum hatte der Kapitän der Musketiere die Tür hinter sich geschlossen, als Seine Eminenz zum König sagte:

„Nun, da wir allein sind, wollen wir ernsthaft reden, wenn es Eurer Majestät beliebt. - Sire, Buckingham war fünf Tage lang in Paris, und ist erst heute morgen abgereist.“

16. Kapitel

Der Siegelbewahrer Seguier greift zur Glocke wie früher

Man kann sich unmöglich einen Begriff von dem Eindruck machen, den diese Worte bei Ludwig XIII. hervorriefen. Er wurde abwechselnd blaß und rot, und der Kardinal sah sogleich, daß er mit einem einzigen Schlag das verlorene Terrain wiedergewonnen hatte.

„Buckingham in Paris!" rief der König. „Und was hat er hier gemacht?"

„Ohne Zweifel mit den Hugenotten und den Spaniern, Euren Feinden, konspiriert."

„Nein, bei Gott, nein! Er hat mit Frau von Chevreuse, Frau von Longueville und den beiden Condés gegen meine Ehre konspiriert."

„Oh, welcher Gedanke, Sire! Die Königin ist zu klug, zu vernünftig und liebt Eure Majestät zu sehr."

„Das Weib ist schwach, Kardinal", sprach der König, „und was die allzu große Liebe betrifft, so habe ich meine eigene Ansicht darüber."

„Nichtsdestoweniger behaupte ich", sagte der Kardinal, „daß Buckingham zu rein politischen Zwecken nach Paris gekommen ist."

„Und ich bin überzeugt, daß er anderer Dinge wegen sich hier eingefunden hat, Kardinal. Aber wenn die Königin gefehlt hat, so mag sie zittern!"

„Obgleich meine Gedanken nur mit dem größten Widerwillen bei einem solchen Verrat verweilen", erwiderte der Kardinal, „so bringen mich Eure Majestät doch auf eine Idee: Frau von Lannoy, die ich auf Eurer Majestät

Befehl wiederholt befragt habe, sagt mir, Ihre Majestät habe in der letzten Nacht sehr lange gewacht, heute morgen viel geweint und den ganzen Tag geschrieben."

„So ist's", sprach der König, „gewiß an ihn, Kardinal, ich muß die Papiere der Königin haben."

„Aber wie, Sire? Es scheint mir, daß weder ich noch Eure Majestät einen solchen Auftrag vollziehen können."

„Wie hat man's denn bei der Marschallin d'Ancre gemacht?" rief der König höchst zornig. „Man hat zuerst ihre Schränke und dann sie selbst untersucht."

„Die Marschallin d'Ancre, Sire, war nur die Marschallin d'Ancre, eine florentinische Abenteurerin und sonst nichts, während die erhabene Gemahlin Eurer Majestät, Anna von Österreich, Königin von Frankreich, das heißt eine der größten Fürstinnen der Welt ist."

„Sie ist darum nur um so schuldiger, Herzog! Je mehr sie ihre hohe Stellung vergessen hat, desto tiefer ist sie hinabgestiegen. Ich bin überdies schon längst entschlossen, all diese kleinen politischen Intrigen und Liebeshändel mit einem Schlag zu beenden. Sie hat auch einen gewissen La Porte bei sich ..."

„Den ich für den Hauptschuldigen bei der ganzen Sache halte", sagte der Kardinal.

„Ihr glaubt also wie ich, daß sie mich täuscht?" sprach der König.

„Ich glaube und wiederhole Eurer Majestät, daß die Königin gegen die Macht des Königs konspiriert. Ich habe aber keineswegs gesagt gegen seine Ehre."

„Und ich sage Euch, gegen beides. Ich sage Euch, daß die Königin mich nicht liebt. Ich sage Euch, daß sie einen anderen liebt. Ich sage Euch, daß sie Buckingham liebt! Warum habt Ihr ihn nicht während seines Aufenthalts in Paris verhaften lassen?"

„Den Herzog verhaften! Den ersten Minister Karls I.

verhaften! Bedenkt doch, Sire, welches Aufsehen dies machen müßte, und wenn es sich zeigte, daß der Verdacht Eurer Majestät nicht grundlos gewesen wäre, woran ich immer noch zweifle, welch ein furchtbarer Lärm! Welch ein Skandal!“

„Aber da er sich wie ein Vagabund, wie ein Dieb bloßstellte, mußte man ...“

Ludwig XIII. hielt, erschrocken über das, was er zu sagen im Begriff war, selbst an, während Richelieu mit großer Spannung vergeblich das Wort erwartete, das auf seinen Lippen schwebte.

„Man mußte?“

„Nichts,“ sagte der König, „aber Ihr habt ihn doch während der ganzen Zeit, die er sich in Paris aufhielt, nicht aus den Augen verloren?“

„Nein, Sire.“

„Wo wohnte er?“

„In der Rue de la Harpe Nr. 75.“

„Wo ist dies?“

„Neben dem Luxembourg.“

„Und Ihr seid überzeugt, daß die Königin und er sich nicht gesehen haben?“

„Ich glaube, daß die Königin zu treu ihren Pflichten ergeben ist, Sire.“

„Aber sie wechselten Briefe, an ihn hat die Königin den ganzen Tag geschrieben. Ich muß diese Briefe haben.“

„Sire, wenn aber ... “

„Herzog, ich will sie haben!“

„Ich erlaube mir aber, Eurer Majestät gegenüber zu bemerken ... “

„Verratet Ihr mich also auch, Kardinal, daß Ihr Euch stets auf diese Art meinem Willen widersetzt? Seid Ihr im Einverständnis mit dem Spanier und dem Engländer? Vielleicht mit Frau von Chevreuse und der Königin?“

„Sire“, antwortete der Kardinal lächelnd, „ich hielt mich vor einem solchen Verdacht sicher.“

„Kardinal, Ihr habt mich verstanden, ich will diese Briefe haben.“

„Es dürfte nur ein Mittel geben.“

„Welches?“

„Man müßte den Herrn Siegelbewahrer Seguier damit beauftragen. Die Sache gehört ganz und gar zu den Pflichten seines Amtes.“

„Man soll ihn gleich holen lassen.“

„Er muß bei mir sein, Sire. Ich habe ihn zu mir bestellt, und als ich in den Louvre ging, Befehl gegeben, ihn warten zu lassen, wenn er sich einfinden würde.“

„Man hole ihn gleich hierher.“

„Die Befehle Eurer Majestät sollen vollzogen werden, aber ...“

„Was aber?“

„Aber die Königin wird sich vielleicht weigern, zu gehorchen.“

„Meinen Befehlen?“

„Ja, wenn sie nicht weiß, daß diese Befehle vom König direkt kommen.“

„Gut! Damit sie daran nicht zweifelt, will ich sie selbst in Kenntnis setzen.“

„Eure Majestät werden nicht vergessen, daß ich alles getan habe, um einen Bruch abzuwenden.“

„Ja, Herzog, ja, ich weiß, daß Ihr vielleicht zu nachsichtig seid, und ich sage Euch, daß wir später hierüber sprechen müssen.“

„Wann es Eurer Majestät beliebt. Ich aber werde stets glücklich und stolz sein, Sire, mich dem guten Einvernehmen aufzuopfern, von dem ich wünsche, daß es beständig zwischen dem König und der Königin von Frankreich herrschen möge.“

„Gut, Kardinal, gut. Aber laßt mir mittlerweile den Siegelbewahrer holen."

Ludwig XIII. öffnete die Verbindungstür und betrat den Korridor, der von seinen Zimmern in die Gemächer Annas von Österreich führte.

Die Königin befand sich inmitten ihrer Frauen. Um sie herum saßen Frau von Guitaut, Frau von Sablé, Frau von Montbazon und Frau von Guémené. In einem Winkel stand die spanische Kammerfrau Donna Estefania, die ihr von Madrid gefolgt war. Frau von Guémené las vor, und alle hörten aufmerksam auf die Vorleserin, mit Ausnahme der Königin, die im Gegenteil diese Lektüre befohlen hatte, um, während sie sich den Anschein gab, zuzuhören, dem Faden ihrer eigenen Gedanken folgen zu können.

Diese Gedanken waren, so sehr sie auch durch einen letzten Widerschein der Liebe vergoldet wurden, darum nicht weniger traurig. Des Vertrauens ihres Gatten beraubt, verfolgt von dem Haß des Kardinals, der ihr nicht vergeben konnte, daß sie ein zärtliches Gefühl zurückgewiesen, das Beispiel der Königinmutter vor Augen, die von diesem Haß ihr ganzes Leben hindurch gequält wurde, obwohl Maria von Medici, wenn man den Memoiren jener Zeit glauben darf, anfangs dem Kardinal ein Glück zugestanden, das Anna von Österreich beständig verweigerte – hatte sie ihre ergebensten Diener, ihre innigsten Vertrauten, ihre liebsten Günstlinge fallen sehen. Sie brachte Unglück über alles, was sie berührte. Ihre Freundschaft war ein unseliges Merkmal, das Verfolgung hervorrief. Frau von Chevreuse und Frau von Vernet waren verbannt. La Porte verbarg seiner Gebieterin nicht, daß er jeden Augenblick einer Verhaftung entgegensah.

Während sie so in düstere Gedanken vertieft war, öffnete sich die Tür und der König trat ein.

Die Vorleserin schwieg sofort, alle Damen standen auf,

und es herrschte allgemeines Schweigen. Der König enthielt sich aller Höflichkeitsbezeigungen, blieb vor der Königin stehen und sagte mit bebender Stimme:

„Madame, Ihr werdet einen Besuch vom Kanzler erhalten, der Euch gewisse Dinge mitteilen wird, mit denen ich ihn beauftragt habe."

Die unglückliche Königin, die man beständig mit Ehescheidung, Verbannung und sogar mit einem Urteil bedrohte, erbleichte unter der Schminke, und konnte nicht anders, als zu erwidern: „Aber warum dieser Besuch, Sire? Was wird mir der Kanzler sagen, das mir Eure Majestät nicht selbst sagen könnten?"

Der König wandte sich auf den Fersen um, ohne eine Antwort zu geben, und beinahe im gleichen Augenblick kündigte der Kapitän der Garden, Herr von Guitant, den Besuch des Kanzlers an.

Als der Kanzler erschien, war der König bereits durch eine andere Tür hinausgegangen. Der Kanzler trat halb lächelnd, halb errötend ein. Da wir ihm wahrscheinlich im Verlauf dieser Geschichte wieder begegnen werden, kann es nicht schaden, wenn unsere Leser sogleich seine Bekanntschaft machen.

Dieser Kanzler war ein drolliger Mensch. Des Roches le Masle, Kanonikus von Notre-Dame, früher Kammerdiener des Kardinals, schlug ihn Seiner Eminenz als einen ergebenen, zuverlässigen Mann vor. Der Kardinal vertraute hierauf und fuhr gut damit.

Man erzählte sich gewisse Geschichten von ihm. Unter anderen folgende:

Nach einer stürmischen Jugend hatte er sich in ein Kloster zurückgezogen, um wenigstens eine Zeitlang seine Jugendtorheiten zu büßen. Bei seinem Eintritt aber konnte der arme Reumütige nicht so schnell die Tür schließen, daß die Leidenschaften, vor denen er floh, nicht mit ihm eingezogen wären. Er wurde ohne Unterlaß von ihnen belagert und der Superior, dem er sein Unglück anvertraut hatte, empfahl ihm, er solle, um sich vor diesen Anfällen zu schützen und den versuchenden Teufel zu beschwören, seine Zuflucht zur Glocke nehmen und mit aller Gewalt läuten. Dadurch würden die Mönche benachrichtigt werden, daß die Versuchung einen Bruder bedränge, und die ganze Gemeinde würde für sein Heil beten.

Der Rat schien dem zukünftigen Kanzler gut. Er beschwor den bösen Geist mit starker Unterstützung der Gebete, die die Mönche verrichteten. Aber der Teufel läßt sich nicht leicht aus dem Ort vertreiben, wo er sich einquartiert hat.

In dem Maß, wie man die Exorzismen verdoppelte, verdoppelte er seine Versuchungen, so daß die Glocke Tag und Nacht ertönte und das heiße Verlangen des Reumütigen nach Abtötung des Fleisches verkündete.

Die Mönche hatten Tag und Nacht keine Ruhe mehr. Sie mußten den ganzen Tag die Treppe auf und ab rennen, die zu der Kapelle führte. In der Nacht waren sie außer den Kompleten und Frühmessen noch genötigt, sich zwanzigmal aus ihren Betten auf den Boden ihrer Zellen niederzustürzen.

Man weiß nicht, ob der Teufel nachließ oder ob die Mönche müde wurden. Nur soviel ist sicher, daß der Reumütige nach drei Monaten mit dem Ruf des furchtbarst Besessenen, der je gelebt, wieder in der Welt erschien.

Als er das Kloster verließ, trat er in den Richterstand, folgte seinem Onkel als Parlamentspräsident, schlug sich zur Partei Richelieus, was Scharfsinn verriet, erhielt seine Ernennung als Kanzler, diente Seiner Eminenz mit dem größten Eifer in seinem Haß gegen die Königinmutter und in seiner Rache gegen Anna von Österreich – stachelte die Richter in der Angelegenheit von Chalais auf, unterstützte die Versuche des Herrn von Laffemas, Großwildmeister von Frankreich, und erhielt endlich, mit dem so erworbenen Vertrauen des Kardinals betraut, den seltsamen Auftrag, zu dessen Vollstreckung er sich bei der Königin einfand.

Die Königin stand bei seinem Eintritt noch, aber sobald sie ihn erblickte, setzte sie sich in ihren Sessel und gab

ihren Frauen ein Zeichen, sich ebenfalls zu setzen. Höchst stolz fragte Anna von Österreich:

„Was wollt Ihr mein Herr? In welcher Absicht erscheint Ihr hier?"

„Um hier im Namen des Königs und bei aller Ehrfurcht, die ich Eurer Majestät schuldig bin, eine genaue Durchsuchung Eurer Papiere durchzuführen."

„Wie? Mein Herr! Eine Durchsuchung meiner Papiere! Mir dies! Das ist eine unwürdige Handlungsweise."

„Verzeihung, Madame, aber unter diesen Umständen bin ich nur das Werkzeug des Königs. Ist Seine Majestät nicht soeben weggegangen? Hat er Euch nicht selbst aufgefordert diesem Besuch entgegenzusehen?"

„So sucht, mein Herr. Ich bin wie es scheint, eine Verbrecherin. Estefania, gebt ihm die Schlüssel zu meinen Tischen und meinen Sekretären."

Der Kanzler suchte der Form wegen in diesen Möbeln, er wußte aber, daß die Königin den Brief, den sie geschrieben, in keinem dieser Möbel verschließen würde.

Nachdem der Kanzler zwanzigmal die Schubladen des Sekretärs geöffnet und wieder verschlossen hatte, mußte er, wie sehr er auch zögerte, seinen Auftrag zu Ende führen, das heißt die Königin selbst durchsuchen. Der Kanzler trat gegen Anna von Österreich vor und sagte äußerst verlegen und verwirrt:

„Nun habe ich noch die Hauptdurchsuchung vorzunehmen."

„Welche?" fragte die Königin, die nicht begriff oder vielmehr nicht begreifen wollte.

„Seine Majestät weiß gewiß, daß heute ein Brief von Euch geschrieben worden und daß dieser noch nicht abgegangen ist. Dieser Brief findet sich weder in Eurem Tisch noch in Eurem Sekretär, und doch ist er irgendwo."

„Solltet Ihr es wagen, Hand an Eure Königin zu legen!"

rief Anna von Österreich, sich hoch aufrichtend und warf dabei einen Blick auf den Kanzler, dessen Ausdruck beinahe drohend wurde.

„Ich bin ein getreuer Untertan des Königs, Madame, und alles, was Seine Majestät mir befiehlt, werde ich tun."

„Wohl, das ist wahr," sprach Anna von Österreich, „und der Kardinal ist von seinen Spionen gut bedient worden. Ich habe heute einen Brief geschrieben, und dieser ist noch nicht abgegangen. Hier ist der Brief."

Und die Königin legte hierbei ihre schöne Hand auf das Dekolleté ihres Kleides.

„Dann gebt mir diesen Brief, Madame", sprach der Kanzler.

„Ich werde ihn nur dem König geben, mein Herr", sagte Anna.

„Wäre es des Königs Wille gewesen, den Brief selbst in Empfang zu nehmen, so würde er ihn selbst gefordert haben. Aber ich wiederhole Euch, er hat mich beauftragt, ihn zu fordern, und wenn Ihr ihn mir nicht geben solltet ..."

„Nun?"

„So bin ich ebenfalls beauftragt, ihn zu nehmen."

„Wie? Was wollt Ihr damit sagen?"

„Daß meine Befehle weit gehen, Madame, und daß ich bevollmächtigt bin, das verdächtige Papier sogar an der Person Eurer Majestät zu suchen."

„Wie abscheulich!" rief die Königin.

„Wollt also bitte nachgeben, Madame."

„Dieses Benehmen ist schändlich. Wißt Ihr das, mein Herr?"

„Der König befiehlt, Madame, entschuldigt."

„Ich werde es nicht dulden, nein, nein, eher sterben!" rief die Königin empört.

Der Kanzler machte eine tiefe Verbeugung, aber in der klaren Absicht, keinen Zoll breit von der Erfüllung des

Auftrags, den er übernommen hatte, zurückzuweichen, und er näherte sich Anna von Österreich, aus deren Augen man jetzt Tränen der Wut hervorstürzen sah.

Die Königin war, wie gesagt, eine große Schönheit. Der Auftrag konnte als äußerst delikat angesehen werden, aber der König war durch seine Eifersucht gegen Buckingham so weit gekommen, daß er gegen keinen mehr Eifersucht fühlte.

Ohne Zweifel suchte der Kanzler Seguier in dieser Minute mit seinen Augen den Strang der berüchtigten Glokke. Da er ihn aber nicht fand, so faßte er seinen Entschluß und streckte die Hand nach dem Ort aus, wo das Papier nach dem Geständnis der Königin verwahrt war. Anna von Österreich wurde so bleich, daß man hätte glauben können, sie würde sterben. Einen Schritt zurücktretend, stützte sie sich, um nicht zu fallen, mit der linken Hand auf einen Tisch, der hinter ihr stand, zog mit der rechten ein Papier aus ihrem Busen hervor und reichte es dem Siegelbewahrer.

„Nehmt, hier ist der Brief!“ rief die Königin mit zitternder Stimme, „nehmt und befreit mich von Eurer Gegenwart.“

Der Kanzler, der ebenfalls in einer leicht begreiflichen Aufregung zitterte, nahm den Brief, verbeugte sich bis zur Erde und trat ab.

Kaum war die Tür hinter ihm geschlossen, als die Königin halb ohnmächtig in die Arme ihrer Frauen sank.

Der Kanzler trug den Brief zum König, ohne ein einziges Wort zu lesen. Der König ergriff ihn mit zitternder Hand, suchte die Adresse, die fehlte, wurde sehr bleich, öffnete ihn langsam und las den Inhalt sehr rasch, als er bei den ersten Worten bemerkte, daß er an den König von Spanien gerichtet war.

Es war ein förmlicher Angriffsplan gegen Richelieu. Die

Königin forderte ihren Bruder und den Kaiser von Österreich auf, sich zu stellen, als würden sie, verletzt durch die Politik Richelieus, der sich unablässig mit der Erniedrigung des Hauses Österreich beschäftigte, Frankreich den Krieg erklären, und sodann als Friedensbedingungen die Entfernung des Kardinals zu fordern. Von Liebe aber stand kein Wörtchen in dem Brief.

Hocherfreut darüber, erkundigte sich der König, ob der

Kardinal noch im Louvre sei. Man sagte ihm, Seine Eminenz erwarte im Arbeitskabinett die Befehle Seiner Majestät.

Der König begab sich sogleich zu ihm.

„Hört, Herzog", sprach er, „Ihr hattet recht, und ich hatte unrecht. Die ganze Intrige ist politischer Natur, und die Liebe wird in diesem Brief mit keiner Silbe berührt. Dagegen ist sehr viel von Euch die Rede."

Der Kardinal nahm den Brief und las ihn mit der größten Aufmerksamkeit. Nachdem er damit zu Ende war, las er ihn noch einmal.

„Gut, Eure Majestät", sagte er. „Ihr seht, wie weit meine Feinde gehen. Man bedroht Euch mit zwei Kriegen, wenn Ihr mich nicht entfernt. An Eurer Stelle, Sire, würde ich in der Tat bei so mächtigem Drängen nachgeben, und ich würde mich wirklich glücklich fühlen, mich von den Geschäften zurückziehen zu dürfen."

„Was sagt Ihr da, Herzog?"

„Ich sagte, Sire, daß meine Gesundheit in diesen Kämpfen zugrunde geht. Ich sage, daß ich aller Wahrscheinlichkeit nach die Strapazen der Belagerung von La Rochelle nicht werde aushalten können, und daß Ihr besser den Condé oder Herrn von Bassompierre oder irgendeinen tapferen Mann, der seinem Stand nach zum Kriegführen bestimmt ist, ernennen würdet, aber nicht mich, der ich ein Mann der Kirche bin, und den man beständig von seinem Beruf abzieht, um ihn zu Dingen zu gebrauchen, für die er kein Geschick besitzt. Ihr werdet glücklicher im Innern und, ich zweifle nicht daran, auch nach außen größer sein"

„Herzog", sprach der König, „ich begreife, seid nur ruhig. All diejenigen, die in diesem Brief genannt sind, und die Königin selbst, sollen bestraft werden."

„Was sagt Ihr, Sire? Gott behüte mich, daß die Königin

meinetwegen die geringste Unannehmlichkeit erfahre. Sie hat mich immer für ihren Feind gehalten, Sire, obwohl Eure Majestät bezeugen kann, daß ich stets ihre Partei, sogar gegen Euch genommen habe. Oh, wenn sie Eure Majestät im bezug auf die Ehre verriete, dann wäre es etwas anderes, und ich wäre der erste, der sagen müßte: Keine Gnade für die Schuldige! Zum Glück ist dem nicht so, und Eure Majestät haben einen neuen Beweis hierfür erlangt."

„Das ist wahr, Kardinal", erwiderte der König, „und Ihr habt recht wie immer. Aber die Königin verdient darum nicht weniger meinen Zorn."

„Ihr habt Euch den ihrigen zugezogen, Sire, und wenn sie Eurer Majestät ernstlich grollen würde, so könnte ich es wohl begreifen! Eure Majestät haben sie mit einer Strenge behandelt ..."

„So werde ich stets meine und Eure Feinde behandeln, Herzog, so hoch sie gestellt sein mögen, und welche Gefahr ich auch bei strenger Behandlung laufen könnte."

„Die Königin ist meine Feindin, aber nicht Eure, Sire. Sie ist im Gegenteil eine gehorsame und tadellose Gattin. Laßt mich also für sie ein Wort einlegen." –

„Sie komme mir zuerst entgegen."

„Im Gegenteil, Sire, gebt Ihr das Beispiel. Ihr habt zuerst unrecht gehabt, denn Ihr habt die Königin beargwöhnt."

„Ich, den ersten Schritt tun?" sagte der König. „Nie!"

„Sire, ich flehe Euch an."

„Übrigens, wie sollte ich ihr zuerst entgegenkommen?"

„Indem Ihr irgend etwas veranstaltet, wovon Ihr wißt, daß es ihr angenehm ist."

„Was?"

„Gebt einen Ball. Ihr wißt, wie gern die Königin tanzt. Ich stehe dafür ein, daß ihr Groll einer solchen Aufmerksamkeit nicht standhalten wird."

„Kardinal, es ist Euch bekannt, daß ich die weltlichen Freuden nicht liebe."

„Die Königin wird Euch um so dankbarer sein, weil sie Eure Abneigung gegen diese Vergnügen kennt. Zudem gibt es ihr Gelegenheit, die schönen Diamantnestelstifte zu tragen, die Ihr Eurer Gemahlin an ihrem Namenstag geschenkt habt, ohne daß sie sich bis jetzt damit schmücken konnte."

„Wir werden sehen, Herr Kardinal, wir werden sehen“, sagte der König, „wir werden sehen, aber bei meiner Ehre, Ihr seid zu nachsichtig.“

„Sire“, sprach der Kardinal, „überlaßt die Strenge Euren Ministern, die Nachsicht ist eine königliche Tugend. Übt sie, und Ihr werdet Euch überzeugen, daß Ihr gut dabei fahrt.“

Als der Kardinal die Uhr elf schlagen hörte, machte er eine tiefe Verbeugung, bat den König, sich beurlauben zu dürfen und forderte ihn noch einmal auf, sich mit der Königin zu versöhnen.

Anna von Österreich, welche wegen des ihr abgenommenen Briefes Vorwürfe erwartete, war sehr erstaunt, als sie den König am nächsten Tag Annäherungsversuche machen sah. In der ersten Regung war sie abweisend. Der Stolz der Frau und die Würde der Königin waren so grausam verletzt worden, daß sie sich nicht gleich von diesem Schlag erholen konnte. Doch ließ sie sich von den Frauen ihrer Umgebung bereden und tat, als wollte sie allmählich vergessen. Der König nutzte den ersten Moment eines Entgegenkommens, um ihr zu sagen, er wolle ein Fest geben.

Ein Fest war etwas so Seltenes für die arme Anna von Österreich, daß bei dieser Ankündigung, wie es der Kardinal vorhergesehen hatte, die letzte Spur ihres Grolles, wenn nicht in ihrem Herzen, doch wenigstens auf ihrem Gesicht verschwand. Sie fragte, wann dieses Fest stattfinden sollte, aber der König antwortete, er müsse sich über diesen Punkt noch mit dem Kardinal verständigen.

Der König fragte den Kardinal wirklich jeden Tag, wann das Fest gegeben werden solle, und jeden Tag schob Richelieu eine bestimmte Äußerung darüber unter irgendeinem Vorwand hinaus.

Am achten Tag nach dem Vorfall bekam der Kardinal

einen Brief aus London, der folgende Zeilen enthielt: „Ich habe sie, kann aber London nicht verlassen, weil mir Geld fehlt. Schickt mir fünfhundert Pistolen, und vier bis fünf Tage nach deren Empfang bin ich in Paris."

An dem Tag, an dem der Kardinal diesen Brief empfangen hatte, richtete der König seine gewöhnliche Frage an ihn.

Richelieu zählte an den Fingern ab und sagte ganz leise zu sich selbst:

„Sie wird, schreibt sie, vier bis fünf Tage nach Empfang des Geldes ankommen. Das Geld braucht vier bis fünf Tage. Sie selbst braucht vier bis fünf Tage, um hierherzukommen. Das macht zehn Tage. Rechnen wir nun noch widrige Winde, etwaige Unfälle, Weiberschwäche dazu, nun gut, sagen wir zwölf Tage."

„Nun, Herzog", sprach der König, „habt Ihr Eure Rechnung gemacht?"

„Ja, Sire, heute ist der 20. September. Der Rat von Paris gibt am 3. Oktober ein Fest. Das trifft vortrefflich zusammen. Dann sieht es nicht aus, als ob Ihr Euch so große Mühe gäbt, um die Königin zu versöhnen."

„Doch", fügte der Kadinal bei, „vergeßt nicht, Sire, am Vorabend des Festes Ihrer Majestät zu sagen, daß Ihr zu sehen wünscht, wie ihr die diamantenen Nestelstifte stehen."

17. Kapitel

Bei den Bonacieux

Es war das zweite Mal, daß der Kardinal die diamantenen Nestelstifte dem König gegenüber erwähnte. Ludwig XIII. war über diese Wiederholung betroffen und dachte, es müsse ein Geheimnis dabei sein, daß er ihm diesen Gegenstand so dringend empfahl.

Mehr als einmal hatte sich der König dadurch gedemütigt gesehen, daß der Kardinal, der eine vortreffliche Polizei besaß, über das, was in seinem eigenen Haushalt vorging, besser unterrichtet war als er selbst. Er hoffte nun aus einem Gespräch mit Anna von Österreich Licht zu gewinnen und sodann mit irgendeinem Geheimnis, das der Kardinal wüßte, zur Eminenz zurückzukehren, was ihn in beiden Fällen in den Augen seines Ministers unendlich heben mußte.

Er suchte deshalb die Königin auf und knüpfte seiner Gewohnheit gemäß die Unterredung mit neuen Drohungen gegen ihre Umgebung an. Anna von Österreich senkte den Kopf, ließ den Strom verlaufen, ohne zu antworten. Ludwig XIII. wollte einen Wortwechsel aus dem irgendeine Aufklärung hervorleuchten würde, denn er war überzeugt, daß der Kardinal einen Hintergedanken habe und ihm eine von jenen Überraschungen bereite, welche Seine Eminenz herbeizuführen wußte. Er gelangte zu diesem Ziel durch seine Beharrlichkeit im Anschuldigen.

„Aber", rief Anna von Österreich, dieser unbestimmten, schwankenden Angriffe müde, „aber, Sire, Ihr sagt mir nicht alles, was Ihr auf dem Herzen habt. Was habe ich denn getan? Es ist nicht möglich, daß Eure Majestät all diesen Lärm wegen eines Briefes machen, den ich an meinen Bruder geschrieben habe."

Seinerseits so direkt angegriffen, wußte der König nicht, was er antworten sollte. Er dachte, dies sei der geeignete Augenblick, die Anforderung anzubringen, die er erst am Vorabend des Festes machen sollte.

„Madame", sprach er hoheitsvoll, „es wird bald ein Ball im Rathaus stattfinden. Ich erwarte, daß Ihr unseren braven Ratsherrn die Ehre antun werdet, dort mit den diamantenen Nestelstiften, die ich Euch an Eurem Namenstag geschenkt habe, zu erscheinen. Das ist meine Antwort."

Die Antwort war furchtbar. Anna von Österreich glaubte, Ludwig XIII. wisse alles, und der Kardinal habe ihn zu dieser sechs- und siebentägigen Verstellung bestimmt, die übrigens seinem Charakter entsprach. Sie wurde totenblaß, schaute den König mit erschrockenen Augen an und antwortete keine Silbe.

„Ihr versteht, Madame", sagte der König, der sich an dieser Verlegenheit in vollem Umfang weidete, aber ohne die Ursache zu erraten, „Ihr versteht?"

„Ja, Sire, ich verstehe", stammelte die Königin.

„Ihr werdet auf diesem Ball erscheinen?"

„Ja!"

„Mit Euren Nestelstiften?"

„Ja!"

Die Blässe der Königin nahm noch zu, der König bemerkte es und weidete sich daran mit jener kalten Grausamkeit, die eine der schlimmsten Seiten seines Charakters bildete.

„Dann ist die Sache abgemacht", sprach der König, „und das ist alles, was ich Euch zu sagen hatte."

„Aber an welchem Tag soll der Ball stattfinden?" fragte Anna von Österreich.

Ludwig XIII. fühlte instinktmäßig, daß er auf die Frage, die die Königin mit beinahe ersterbender Stimme gestellt hatte, nicht antworten durfte.

„Sehr bald, Madame", sagte er, „aber ich erinnere mich nicht mehr genau und werde den Kardinal fragen."

„Also hat Euch der Kardinal dieses Fest angekündigt!" rief die Königin. - „Ja, Madame", erwiderte der König erstaunt. „Aber warum dies?" - „Er hat Euch gesagt, Ihr sollt mich auffordern, dabei mit diesen Nestelstiften zu erscheinen." - „Das heißt, Madame..." - „Er, Sire!" - „Was liegt daran, ob er oder ich? Ist diese Aufforderung etwa ein Verbrechen?" - „Nein, Sire!" - „So werdet Ihr also erscheinen?" - „Ja, Sire!" - „Gut", sprach der König und entfernte sich, „ich zähle darauf."

Die Königin machte eine Verbeugung, weniger aus Etikette als aus Schwäche.

Der König war entzückt.

„Ich bin verloren", murmelte die Königin, „verloren, denn der Kardinal weiß alles. Und er ist es, der den König antreibt, der nichts weiß, aber bald alles erfahren wird. Ich bin verloren! Mein Gott! Mein Gott! Mein Gott!"

Ihre Lage war in der Tat furchtbar. Buckingham war nach London zurückgekehrt. Frau von Chevreuse befand sich in Tours. Strenger als je überwacht, hatte die Königin eine geheime Ahnung, daß sie von einer ihrer Frauen verraten wurde, ohne sich sagen zu können, von welcher. La Porte konnte den Louvre nicht verlassen. Sie hatte nicht eine Seele auf der Welt, der sie sich anvertrauen durfte.

Bei dem Unglück, das sie bedrohte, und bei der Verlassenheit, der sie preisgegeben war, brach sie in heftiges Schluchzen aus.

„Kann ich Eurer Majestät nichts nützen?" erklang plötzlich eine Stimme voll Sanftmut und Mitleid.

Die Königin wandte sich heftig um, denn man konnte sich im Ausdruck dieser Stimme nicht täuschen. Es war eine Freundin, welche so sprach.

An einer der Türen, die in das Gemach der Königin führten, erschien wirklich die hübsche Frau Bonacieux. Sie war, als der König eintrat, damit beschäftigt gewesen, Kleider und Weißwäsche in einem Kabinett zu ordnen. Sie konnte sich nicht entfernen und hatte deshalb alles gehört. Die Königin stieß einen durchdringenden Schrei aus, als sie sich überrascht sah. In ihrer Angst erkannte sie anfangs die junge Frau nicht, die ihr La Porte beigegeben hatte.

„Oh, fürchtet nichts, Madame", sagte die junge Frau.

„Ich gehöre Eurer Majestät mit Leib und Seele an und so fern ich Euch stehe, so untergeordnet meine Stellung ist, so glaube ich doch, das Mittel gefunden zu haben, Eurer Majestät helfen zu können."

„Ihr! O Himmel, Ihr!" rief die Königin. „Aber seht, schaut mir ins Gesicht. Ich bin von allen Seiten verraten. Kann ich Euch vertrauen?"

„Oh, Madame!" rief die junge Frau auf Knien, „bei meiner Seele, ich bin bereit, für Euch zu sterben!"

Dieser Ruf kam aus der Tiefe des Herzens.

„Ja", fuhr Frau Bonacieux fort, „ja, es gibt Verräter hier. Aber bei der heiligen Jungfrau schwöre ich Euch, daß niemand ergebener sein kann, als ich es Eurer Majestät bin. Diese Nestelstifte, die der König fordert, habt Ihr seiner Durchlaucht, dem Duke of Buckingham gegeben, nicht wahr? Die Nestelstifte waren in einem Kästchen von Rosenholz, das er unter seinem Arm trug. Täusche ich mich? Ist es nicht so?"

„O mein Gott! Mein Gott!" murmelte die Königin, der die Zähne vor Angst klapperten.

„Nun", fuhr Frau Bonacieux fort, „man muß diese Nestelstifte wieder bekommen." - „Ja, allerdings, das muß geschehen!" rief die Königin. „Aber wie soll man das machen, wie?" - „Man muß jemand nach England schicken." - „Aber wen? ... Wem mich anvertrauen?" - „Habt Vertrauen zu mir, Madame. Erweist mir diese Ehre, und ich werde den Boten finden." - „Aber ich werde schreiben müssen!" - „O ja, das ist unerläßlich. Zwei Worte von Eurer Majestät Hand und Euer Privatsiegel." - „Aber diese zwei Worte sind meine Verurteilung, die Ehescheidung, die Verbannung!" - „Ja, wenn sie in schlechte Hände fallen. Aber ich stehe dafür ein, daß diese zwei Worte ihre Adresse erreichen werden." - „Mein Gott! Ich muß also mein Leben, meine Ehre, meinen Ruf in Eure

Hände legen." - „Ja, ja, Madame, es muß sein und ich werde alles retten!" - „Aber wie? Sagt mir wenigstens dies." - „Mein Gatte ist vor zwei oder drei Tagen in Freiheit gesetzt worden, ich habe noch nicht Zeit gehabt, ihn zu sehen. Er ist ein braver, ehrlicher Mann, der weder Haß noch Liebe für irgend jemand hegt. Er wird tun, was ich haben will. Er wird auf einen Befehl von mir abreisen, ohne zu wissen, was er bei sich trägt, und den Brief Eurer Majestät abgeben."

Die Königin ergriff die Hände der jungen Frau leidenschaftlich, schaute sie an, als wollte sie in der Tiefe ihres Herzens lesen, und küßte sie zärtlich, als sie nur Aufrichtigkeit in ihren Augen bemerkte.

„Tu dies", rief sie, „und du hast mir das Leben, du hast mir die Ehre gerettet!" - „Oh, schlagt den Dienst, den ich Euch zu leisten so glücklich bin, nicht allzu hoch an. Ich habe Eurer Majetät, die nur das Opfer treuloser Komplotte ist, nichts zu retten." - „Das ist wahr, das ist wahr, mein Kind", sprach die Königin, „und du hast recht." - „Gebt mir also den Brief, Madame, die Zeit drängt."

Die Königin schrieb zwei Zeilen, versiegelte den Brief mit ihrem Siegel und übergab ihn Frau Bonacieux.

„Nun aber", sagte die Königin, „nun aber vergessen wir eine sehr notwendige Sache." - „Welche?" - „Das Geld."

Frau Bonacieux errötete.

„Ja, das ist wahr", sagte sie, „und ich gestehe Eurer Majestät, daß mein Mann ... " - „Dein Mann hat keins, nicht wahr, das willst du mir sagen?" - „Gewiß, er hat, aber er ist sehr geizig, das ist sein Fehler. Übrigens dürfen sich Eure Majetät hierdurch nicht beunruhigen lassen, wir werden Mittel finden..." - „Ich habe keins", sprach die Königin, (diejenigen, die die Memoiren der Frau von Motteville lesen, werden über diese Antwort nicht staunen), „aber warte!"

Anna von Österreich eilte zu ihrer Schmuckschatulle.

„Halt", sagte sie, „hier ist ein Ring von großem Wert. Er kommt von meinem Bruder, dem König von Spanien. Er gehört mir, und ich kann darüber verfügen. Nimm diesen Ring, mach ihn zu Geld und schicke deinen Mann auf die Reise."

„Der Brief soll ihm selbst ausgehändigt werden."

„Edelmütiges Kind!" rief Anna von Österreich.

Frau Bonacieux küßte der Königin die Hände, verbarg das Papier in ihrem Mieder und verschwand mit der Leichtigkeit eines Vogels.

Zehn Minuten nachher war sie in ihrem Haus. Sie hatte ihren Gatten, seit er in Freiheit gesetzt worden war, nicht wiedergesehen und wußte nichts von der Veränderung, die in ihm in Beziehung auf den Kardinal vorgegangen war.

Sie traf Herrn Bonacieux allein an. Der arme Mann brachte mit großer Anstrengung wieder Ordnung in das Haus, dessen Geräte er beinahe alle zertrümmert, und dessen Schränke er beinahe leer fand, da die Gerechtigkeit nicht zu den drei Dingen gehört, von denen der König Salomo sagt, daß sie keine Spuren ihres Erscheinens zurücklassen. Die Magd war bei der Verhaftung ihres Herrn entflohen. Das arme Mädchen hatte solche Angst, daß sie von Paris bis in ihre Heimat Burgund lief.

Der Krämer hatte gleich nach seiner Rückkehr seine Frau benachrichtigt, und diese hatte ihm mit ihrem Glückwunsch geantwortet, daß der erste Augenblick, wo sie sich ihren Verpflichtungen entziehen könne, vollständig einem Besuch bei ihm gewidmet werden solle.

Dieser erste Augenblick ließ fünf Tage auf sich warten, was unter allen anderen Umständen Maître Bonacieux sehr lange vorgekommen sein würde. Er aber hatte in dem Besuch, den er dem Kardinal gemacht, und den Besuchen, die ihm Rochefort machte, reichlich Stoff zum Nachdenken gefunden, und bekanntlich verkürzt nichts die Zeit so sehr als Nachdenken. Überdies waren die Betrachtungen Bonacieux' insgesamt rosenfarbig. Rochefort nannte ihn seinen Freund, seinen lieben Bonacieux, und versicherte ihm unaufhörlich, der Kardinal halte große Stücke auf ihn. Der Krämer sah sich bereits auf dem Weg der Ehre und des Glücks.

Frau Bonacieux hatte ihrerseits auch nachgedacht, allerdings über etwas ganz anderes als über Ehrgeiz. Unwillkürlich kam ihr immer und immer wieder der gutaussehende, mutige, junge Mann in den Sinn, der so verliebt schien. Mit achtzehn Jahren an Herrn Bonacieux verheiratet, stets unter den Freunden ihres Gatten lebend, der wenig geeignet war, einer jungen Frau, deren Herz sie hoch über ihre bürgerliche Stellung erhob, Gefühle einzuflößen, war Madame Bonacieux unempfindlich für gewöhnliche Verführung geblieben. Der Titel eines Edelmannes übte besonders in dieser Epoche einen großen Einfluß auf das Bürgertum aus, und d'Artagnan war Edelmann. Zudem trug er die Uniform der Garden, die nach der Musketieruniform bei den Damen in höchster Achtung stand. Er war, wir wiederholen es, schön, jung, abenteuerlich. Er sprach von Liebe wie ein Mann, der liebt und Gegenliebe fordert. Darin lag mehr als nötig war, um ein dreiundzwanzigjähriges Köpfchen zu verdrehen.

Die zwei Gatten trafen also, obwohl sie sich seit mehr als acht Tage nicht gesehen hatten, obwohl im Verlauf dieser Woche wichtige Ereignisse vorgefallen waren, nicht ohne allen Zwang wieder zusammen. Dem ungeachtet äußerte Herr Bonacieux eine wahre Freude und ging mit offenen Armen auf seine Frau zu.

Frau Bonacieux bot ihm die Stirn.

„Plaudern wir ein wenig", sagte sie.

„Wie?" fragte Bonacieux erstaunt.

„Ja, allerdings. Ich habe dir eine Sache von größter Wichtigkeit mitzuteilen."

„In der Tat, ich habe ebenfalls einige sehr ernsthafte Fragen an dich zu richten. Ich bitte dich, erkläre mir ein wenig deine Entführung."

„Es handelt sich in diesem Augenblick nicht darum", sagte Frau Bonacieux.

„Und wovon handelt es denn? Von meiner Gefangenschaft?"

„Ich habe sie am gleichen Tage erfahren. Da du aber keines Verbrechens, keiner Intrigen schuldig warst, da du nichts wußtest, was dich oder sonst jemand hätte gefährden können, so legte ich nicht mehr Gewicht auf dieses Ereignis als es verdient. "

„Ihr sprecht freundlich, Madame!" versetzte Bonacieux, verletzt durch die geringe Teilnahme. „Wißt Ihr, daß ich einen Tag und eine Nacht in einem Kerker der Bastille saß!"

„Ein Tag und eine Nacht sind bald vorüber. Lassen wir deine Gefangenschaft, und kommen wir auf das, was mich hierher führt."

„Wie? Was dich hierher führt! Also nicht das Verlangen, mich wiederzusehen, seit acht Tagen von mir getrennt?" fragte der Krämer äußerst gereizt.

„Zuerst dies, und dann etwas anderes."

„Sprich!"

„Eine Sache von der größten Bedeutung, wovon vielleicht unsere zukünftige Lebenslage abhängt."

„Unsere Lebenslage hat sich bedeutend verändert, seitdem ich dich nicht mehr gesehen habe, und es sollte mich nicht wundern, wenn uns in einigen Monaten viele Leute darum beneiden würden."

„Ja, besonders wenn du die Anweisungen befolgen willst, die ich dir geben werde."

„Mir?“

„Ja, dir! Es ist eine gute und heilige Handlung zu vollbringen, mein Freund, und vielleicht viel Geld dabei zu verdienen.“

Frau Bonacieux wußte, daß sie ihren Mann bei der schwachen Seite faßte, wenn sie von Geld sprach.

Aber ein Mensch, und wäre es auch ein Krämer, ist, wenn er zehn Minuten mit dem Kardinal von Richelieu gesprochen hat, nicht mehr derselbe Mensch.

„Viel Geld!“ - sagte Bonacieux. - „Ja, viel!“ - „Wieviel ungefähr?“ - „Etwa tausend Pistolen.“ - „Was du von mir willst, ist also sehr wichtig?“ - „Ja!“ - „Was soll geschehen?“ - „Du reist sofort ab, ich gebe dir ein Papier, das du unter keinen Umständen aus deinen Händen läßt, und nur an seine Adresse abgibst.“ - „Und wohin soll ich reisen?“ - „Nach London.“ - „Ich nach London! Geh, du scherzst. Ich habe nichts in London zu tun!“ - „Aber für andere ist es notwendig, daß du dorthin gehst.“ - „Wer sind andere? Ich sage dir, daß ich nichts mehr blindlings mache, und will nicht nur wissen, welchen Gefahren ich mich aussetze, sondern für wen ich mich Gefahren aussetze.“ - „Eine vornehme Person schickt dich, eine vornehme Person erwartet dich. Die Belohnung wird deine Wünsche übertreffen. Das ist alles, was ich dir versprechen kann.“ - „Abermals Intrigen! Immer Intrigen! Ich danke, ich traue jetzt keinem mehr, und der Herr Kardinal hat mich hierüber aufgeklärt.“ - „Der Kardinal?“ rief Frau Bonacieux, „hast du den Kardinal gesehen?“ - „Er hat mich rufen lassen“, antwortete der Krämer stolz. - „Und du hast seiner Einladung Folge geleistet, unkluger Mann?“ - „Ich muß gestehen, daß es nicht in meiner Wahl stand, mich zu ihm zu begeben oder nicht. Ich befand mich zwischen zwei Wachen. Ich kann nicht leugnen, daß ich, da ich damals Seine Eminenz nicht kannte, sehr entzückt gewesen wäre, mich von diesem Besuch frei machen zu können." – „Er hat dich also mißhandelt? Er hat dich bedroht?" – „Er hat mir die Hand gereicht und mich seinen Freund genannt – seinen Freund! Hörst du? Ich bin der Freund des großen Kardinals!" – „Des großen Kardinals!" – „Wollt Ihr ihm vielleicht diesen Titel streitig machen, Madame?" – „Ich bestreite nichts, ich sage nur, daß die Gunst eines Ministers eine Eintagsfliege ist, und daß man ein Narr sein muß, um sich an einen Minister zu hängen. Es gibt Gewalten, die über der seinen stehen, und nicht auf der Laune eines Menschen oder dem Ausgang eines Ereignisses beruhen. Mit diesen Gewalten muß man sich verbinden." – „Es tut mir leid, Madame, aber ich kenne keine andere Gewalt als die des großen Mannes, dem ich zu dienen die Ehre habe." – „Du dienst also dem Kardinal?" – „Ja, Madame, und als sein Diener werde ich nicht zugeben, daß Ihr Euch in Komplotte gegen die Sicherheit des Staates einlaßt, und eine Frau, die keine Französin ist und ein spanisches Herz hat, in ihren Intrigen unterstützt. Zum Glück ist der große Kardinal da. Sein wachendes Auge dringt bis in die Tiefe des Herzens."

Bonacieux wiederholte Wort für Wort eine Phrase, die er vom Grafen Rochefort gehört hatte. Aber die arme Frau, die auf ihren Gatten gerechnet und sich in dieser Hoffnung bei der Königin für ihn verantwortlich gemacht hatte, zitterte darum nicht minder sowohl über die Gefahr, in die sie sich beinahe begeben, wie über die Ohnmacht, in die sie sich versetzt sah. Da sie jedoch die Schwäche und besonders die Habgier ihres Mannes kannte, so verzweifelte sie noch nicht daran, ihn zu ihrem Ziel zu lenken.

„Ah, Ihr seid der Kardinalist, mein Herr", rief sie. „Ah, Ihr dient der Partei derer, die Eure Frau mißhandeln und Eure Königin beleidigen!" – „Die Privatinteressen sind nichts den allgemeinen Interessen gegenüber. Ich bin für diejenigen, welche den Staat retten“, sagte Bonacieux mit Pathos.

Das war eine andere Phrase des Grafen Rochefort, die er behalten hatte und hier gut angebracht glaubte.

„Und wißt Ihr, was der Staat ist, von dem Ihr sprecht?“ sagte Frau Bonacieux achselzuckend. „Begnügt Euch, ein Bürger ohne alle feine Unterscheidungen zu sein, und haltet Euch auf der Seite, die Euch am meisten Vorteil bietet.“ - „Ei, ei!“ erwiderte Bonacieux und schlug auf einen runden, prallen Beutel, der einen silbernen Ton von sich gab. „Was sagt Ihr hierzu, Frau Predigerin?“ - „Woher kommt dieses Geld?“ - „Ihr erratet es nicht?“ - „Vom Kardinal?“ - „Von ihm und von meinem Freund, dem Grafen Rochefort. “ - „Vom Grafen Rochefort! Aber das ist ja mein Entführer!“ - „Das kann sein, Madame.“ - „Und ihr nehmt Geld von diesem Menschen an?“ - „Habt Ihr mir nicht gesagt, diese Entführung sei ganz politischer Natur gewesen?“ - „Ja, aber der Zweck dabei war, mich zu einem Verrat an meiner Gebieterin zu veranlassen, mir durch Foltern Geständnisse zu erpresssen, die die Ehre und vielleicht das Leben der Königin bloßstellen sollten.“ - „Madame“, entgegnete Bonacieux, „Eure erhabene Fürstin ist eine treulose Spanierin, und was der große Kardinal tut, ist wohlgetan.“ - „Mein Herr“, sprach die junge Frau, „ich kannte Euch als feig, geizig und einfältig, aber ich wußte nicht, daß Ihr ehrlos seid!“ - „Madame,“ sagte Bonacieux, der seine Frau nie zornig gesehen hatte und vor dem ehelichen Zorn zurückwich. „Madame, was sagt Ihr da?“ - „Ich sage, daß Ihr ein Elender seid!“ fuhr Madame Bonacieux fort, der es nicht entging, daß sie wieder Einfluß auf ihren Gatten gewann. „Ah! Ihr treibt Politik, und zwar kardinalistische Politik! Ah! Ihr verkauft um schnödes Gold Leib und Seele an den Teufel!“ - „Nein, aber an den Kardinal!“ - „Das ist ganz dasselbe. Wer Richelieu sagt, sagt Satan." - „Schweigt, Madame, man könnte Euch hören!" - „Ihr habt recht, und ich würde mich Eurer Feigheit schämen müssen." - „Aber was verlangt Ihr denn von mir? Laßt hören!" - „Ich habe Euch gesagt, mein Herr, daß Ihr umgehend abreisen und den Auftrag sogleich vollziehen sollt, unter dieser Bedingung vergebe ich alles, vergesse ich alles. Mehr noch" - sie reichte ihm die Hand - „ich schenke Euch wieder meine Freundschaft."

Bonacieux war feig und geizig, aber er liebte seine Frau. Er ließ sich erweichen. Madame Bonacieux sah, daß er schwankte, und sagte:

„Nun, seid Ihr entschlossen?" - „Aber, meine liebe Freundin, überlegt doch einen Augenblick, was Ihr von mir fordert. London ist weit von Paris, sehr weit, und es ist vielleicht mit dem Auftrag, den Ihr mir gebt, Gefahr verbunden." - „Was ist daran gelegen, wenn Ihr sie vermeidet?" - „Hört, Madame Bonacieux, hört", sagte der Krämer, „ich widersetze mich entschieden Eurem Ansinnen. Die Intrigen machen mir Angst. Ich habe die Bastille gesehen. Brrr! Die Bastille ist furchtbar. Wenn ich nur daran denke, überläuft mich ein Schauer."

Bonacieux versank in tiefes Nachdenken, er erwog reiflich den beiderseitigen Grimm, den des Kardinals und den der Königin. Der des Kardinals gewann die Oberhand.

„Laßt mich im Namen der Königin verhaften", sprach er, „ich fordere meine Freilassung von Seiner Eminenz."

Madame Boncieux sah ein, daß sie zu weit gegangen war und erschrak darüber, daß sie sich hatte so fortreißen lassen. Sie betrachtete einen Augenblick nicht ohne Bangigkeit dieses alberne Gesicht, auf dem eine unüberwindliche Entschlossenheit zu lesen war, wie gewöhnlich bei Albernen, die Furcht haben.

„Nun gut, es sei so!" sagte sie, „Ihr habt vielleicht am

Ende recht. Ein Mann sieht in der Politik weiter als eine schwache Frau und Ihr besonders, Herr Bonacieux, der Ihr mit dem Kardinal gesprochen habt. Trotzdem ist es sehr hart", fügte sie hinzu, „daß mein Gatte, daß ein Mann, auf dessen Liebe ich rechnete, mich so unfreundlich behandelt und meine Launen nicht befriedigt."

„Weil Eure Launen zu weit führen könnten", entgegnete Bonacieux triumphierend, „und weil ich nicht traue."

„Ich werde also Verzicht leisten", sprach die junge Frau seufzend, „gut, reden wir nicht mehr davon."

„Wenn Ihr nur wenigstens sagen wolltet, was ich in London zu tun hätte", fragte Bonacieux, dem es etwas spät einfiel, daß ihm Rochefort aufgetragen hatte, er solle die Geheimnisse seiner Frau erforschen.

„Ihr braucht es nicht zu wissen", antwortete die junge Frau, die ein instinktmäßiges Mißtrauen jetzt zurückscheuchte, „es handelt sich um eine Bagatelle, wie sie die Frauen oft zu bekommen wünschen, um einen Einkauf, wobei viel zu verdienen gewesen wäre."

Aber je mehr sich die junge Frau verteidigte, desto mehr kam Bonacieux auf die Idee, das Geheimnis, das sie ihm anzuvertrauen sich weigerte, müsse von großem Belang sein. Er beschloß deshalb, sofort zum Grafen Rochefort zu laufen und ihm mitzuteilen, die Königin suche einen Boten, um ihn nach England zu schicken.

„Verzeiht, wenn ich Euch verlasse, meine liebe Madame Bonacieux", sagte er, „aber da ich nicht wußte, daß Ihr kommen würdet, so hatte ich mich mit einem von meinen Freunden verabredet, ich komme aber gleich wieder, und wenn Ihr eine halbe Minute auf mich warten wollt, so hole ich Euch ab, sobald ich meinen Freund getroffen habe und begleite Euch, da es bereits spät ist, in den Louvre zurück."

„Ich danke, mein Herr", erwiderte Madame Bonacieux. „Ihr seid nicht mutig genug, um mir von irgendeinem Nut-

zen zu sein, und ich werde allein in den Louvre zurückkehren."

„Wie Ihr wollt, Madame Bonacieux", versetzte der Exkrämer. „Werde ich Euch bald wiedersehen?"

„Ohne Zweifel. In der nächsten Woche wird mir mein Dienst hoffentlich einige Freiheit gönnen, und ich gedenke diese zu benutzen, um wieder Ordnung in unsere Angelegenheiten zu bringen, die ein wenig durcheinander gekommen sein müssen."

„Gut, ich erwarte Euch. Ihr seid mir nicht böse?"

„Ich! Nicht im mindesten."

„Also, auf baldiges Wiedersehen?"

„Gewiß", Bonacieux küßte seiner Frau die Hand und entfernte sich rasch.

„Schön", sagte Madame Bonacieux, als ihr Mann die Haustür geschlossen hatte und sie allein war, „diesem Schwachkopf fehlte nichts weiter, als daß er Kardinalist wurde. Und ich, die ich der Königin dafür einstand, ich, die ich meiner armen Gebieterin versprochen habe... Ach, mein Gott! Mein Gott! Sie wird mich für eine von den Elenden halten, von denen der Palast wimmelt und die man in ihre Nähe gebracht hat, um sie auszuspionieren. Ah! Herr Bonacieux, ich habe Euch nie sehr geliebt, aber jetzt steht es noch schlimmer! Ich hasse Euch und gebe Euch mein Wort, Ihr sollt es mir bezahlen."

In dem Augenblick, wo sie diese Worte sprach, hörte sie einen Schlag an die Zimmerdecke, sie hob den Kopf in die Höhe, und eine Stimme, die durch die Decke kam, rief ihr zu:

„Liebe Madame Bonacieux, öffnet mir die kleine Tür und ich komme zu Euch hinab."

18. Kapitel

Der Liebhaber und der Ehemann

„Aber Madame Bonacieux", sagte d'Artagnan, „erlaubt mir zu bemerken, Ihr habt einen traurigen Mann."

„Hörtet Ihr denn unser Gespräch?" fragte Madame Bonacieux lebhaft und schaute dabei d'Artagnan unruhig an.

„Vollkommen."

„Aber mein Gott, wie dies?"

„Durch ein mir bekanntes Verfahren, durch das ich auch Euer etwas belebteres Gespräch mit der Polizei mit anhörte."

„Und was habt Ihr von dem, was wir sagten, verstanden."

„Tausenderlei. Vor allem, daß Euer Gatte ein armseliger Tropf ist. Ferner, daß Ihr glücklicherweise in Verlegenheit seid, denn dies ist mir sehr angenehm, weil es mir Gelegenheit bietet, Euch zu Diensten zu sein, und Gott weiß, daß ich bereit bin, mich für Euch in die Flammen zu stürzen. Endlich, daß die Königin einen braven, gescheiten und ergebenen Mann zu einer Reise nach London braucht. Ich besitze wenigstens zwei von diesen Eigenschaften, und hier bin ich."

Madame Bonacieux antwortete nicht, aber ihr Herz schlug gewaltig vor Freude, und eine geheime Hoffnung glänzte in ihren Augen.

„Und welche Bürgschaft könnt Ihr mir geben", fragte sie, „wenn ich mich entschließe, Euch diese Sendung anzuvertrauen?" - „Meine Liebe für Euch. Sprecht, befehlt, was soll ich tun?“ - „Mein Gott, mein Gott“, murmelte die junge Frau, „darf ich Euch ein solches Geheimnis anvertrauen, mein Herr? Ihr seid beinahe noch ein Kind.“ - „Ich sehe schon, daß irgend jemand für mich gut stehen müßte.“ - „Ich kann nicht leugnen, daß mich dies ungemein beruhigen würde.“ - „Kennt Ihr Athos?“ - „Nein!“ - „Porthos?“ - „Nein!“ - „Aramis?“ - „Nein. Wer sind diese Herren?“ - „Musketiere des Königs, kennt Ihr Herrn von Treville, ihren Kapitän?“ - „O ja, ihn kenne ich; nicht persönlich, aber ich habe oft von ihm sprechen hören.“ - „Ihr fürchtet nicht, von ihm an den Kardinal verraten zu werden, nicht wahr?“ - „O nein, gewiß nicht.“ - „Nun, so enthüllt diesem Euer Geheimnis, und fragt ihn, ob Ihr es mir, so wichtig, so kostbar, so furchtbar es auch sein mag, anvertrauen könnt?“ - „Aber das Geheimnis gehört nicht mir, und ich kann es nicht auf diese Art enthüllen.“ - „Ihr wolltet es Herrn Bonacieux anvertrauen,“ sprach d'Artagnan etwas ärgerlich. - „Wie man einen Brief einem hohlen Baum, dem Flügel einer Taube, dem Halsband eines Hundes anvertraut.“ - „Und doch seht Ihr wohl, daß ich Euch liebe.“ - „Ihr sagt es.“ - „Ich bin ein Mann von Ehre!“ - „Ich glaube es.“ - „Ich habe Mut.“ - „Oh, davon bin ich überzeugt.“ - „Dann stellt mich auf die Probe.“

Madame Bonacieux schaute den jungen Mann mit einem letzten Zögern an. Aber es lag ein solcher Eifer in seinen Augen, eine solche Überzeugungskraft in seiner Stimme, daß sie sich hingezogen fühlte, sich d'Artagnan anzuvertrauen.

„Hört“, sprach sie, „ich füge mich Euren Beteuerungen, ich gebe Euren Versicherungen nach. Ich schwöre vor Gott, der uns hört, daß, wenn ihr mich verratet und meine Feinde mir verzeihen, ich mich töten und für meinen Tod auf Euch die Schuld wälzen werde.“

„Und ich schwöre Euch vor Gott, Madame“, sagte d'Ar-

tagnan, „daß, werde ich bei der Ausführung Eurer Anweisungen ergriffen, ich lieber sterben werde, ehe ich irgend etwas tue oder sage, was jemand bloßstellen könnte."

Daraufhin vertraute ihm die junge Frau das furchtbare Geheimnis an, das ihm der Zufall teilweise vor der Samaritaine geoffenbart hatte.

Das war ihre gegenseitige Liebeserklärung.

D'Artagnan strahlte vor Stolz und Freude. Das Geheimnis, das er nun besaß, die Frau, die er liebte, das Vertrauen und die Liebe machten ihn zum Riesen.

„Ich reise", sagte er, „ich reise auf der Stelle." - „Wie! Ihr reist!" rief Madame Bonacieux. „Und Euer Kapitän, Euer Regiment?" - „Bei meiner Seele! Ihr habt mich das ganz und gar vergessen lassen, liebe Constanze. Ja, Ihr habt recht, ich brauche eine Beurlaubung." - „Wieder ein Hindernis!" murmelte Madame Bonacieux schmerzlich. - „Oh, was dieses betrifft", rief d'Artagnan nach kurzem Überlegen, „seid ruhig, ich werde es beseitigen." - „Wie?" - „Ich suche noch heute abend Herrn von Treville auf und veranlasse ihn, seinen Schwager, Herrn des Essarts, um diese Gunst für mich zu bitten." - „Nun, noch etwas anderes." - „Was?" fragte d'Artagnan, als er sah, daß Madame Bonacieux zögerte. - „Habt Ihr vielleicht kein Geld?" - „Vielleicht ist zuviel", erwiderte d'Artagnan lächelnd. - „Gut", versetzte Madame Bonacieux, öffnete einen Schrank und zog daraus den Beutel, den ihr Gatte vor einer halben Stunde so verliebt gestreichelt hatte. „Gut, so nehmt diesen Beutel." - „Den Beutel des Kardinals!" rief d'Artagnan mit lautem Lachen, denn er hatte, wie man sich erinnert, keine Silbe von der Unterredung des Krämers und seiner Frau verloren. - „Ja freilich", antwortete Madame Bonacieux. „Ihr seht, daß er sich in einer sehr ehrwürdigen Gestalt präsentiert." - „Bei Gott!" rief d'Artagnan, „es wird doppelt belustigend sein, die Königin mit dem Geld Seiner Eminenz zu retten!" - „Glaubt mir, Ihre Majestät wird nicht undankbar sein."

„Oh, ich bin bereits großartig belohnt", rief d'Artagnan. „Ich liebe Euch. Ihr erlaubt mir, es Euch zu sagen, das ist bereits mehr Glück, als ich zu hoffen wagte." - „Still", sprach Madame Bonacieux zitternd. - „Was?"

„Man spricht auf der Straße." -

„Es ist die Stimme ... " -

„Meines Mannes, ja, ich erkenne sie."

D'Artagnan lief an die Tür und legte den Riegel vor.

„Er wird nicht eher eintreten, als bis ich weggegangen bin", sprach er, „und dann öffnet Ihr ihm!"

„Aber ich sollte ebenfalls weggegangen sein. Wie ließe sich das Verschwinden des Geldes rechtfertigen, wenn ich hier wäre?" - „Ihr habt recht, wir müssen fortgehen." - „Wie? Er wird uns gehen sehen." - „Dann müssen wir in meine Wohnung hinauf!" - „Ach!" rief Madame Bonacieux. „Ihr sagt mir dies in einem Ton, der mir Angst und Sorgen macht."

Madame Bonacieux sprach diese Worte mit Tränen in den Augen. D'Artagnan antwortete:

„Bei mir", sagte er, „seid Ihr so sicher wie in der Kirche, darauf gebe ich Euch mein Edelmannswort."

„So laßt uns gehen", erwiderte sie; „ich traue Euch, mein Freund."

D'Artagnan öffnete vorsichtig den Riegel wieder. Beide schlüpften leicht wie Schatten durch die innere Tür des Flurs, stiegen geräuschlos die Treppe hinauf und traten in das Zimmer d'Artagnans.

Sofort verbarrikadierte er zu größerer Sicherheit die Tür. Dann näherten sich beide dem Fenster und sahen durch einen Spalt des Ladens Herrn Bonacieux, der mit einem in einen Mantel gehüllten Mann sprach.

Beim Anblick dieses Mannes im Mantel sprang d'Artagnan auf und stürzte mit halbgezogenem Degen zur Tür. Es war der Mann von Meung.

„Was wollt Ihr tun?" rief Madame Bonacieux, „Ihr richtet uns zugrunde." - „Aber ich habe geschworen, diesen Menschen zu töten!" sagte d'Artagnan. - „Ich verbiete Euch im Namen der Königin, Euch in irgendeine Gefahr zu begeben, außer in die der Reise." - „Und in Eurem

Namen befehlt Ihr mir nichts?“ - „In meinem Namen“, sagte Madame Bonacieux äußerst bewegt, „in meinem Namen bitte ich Euch. Aber horchen wir! Es scheint mir, sie sprechen von mir.“

D’Artagnan näherte sich dem Fenster und lauschte.

Herr Bonacieux hatte die Tür wieder geöffnet und kehrte, als er die Wohnung leer fand, zu dem Mann im Mantel zurück, den er allein gelassen hatte.

„Sie ist fort“, sprach er, „sie wird in den Louvre zurückgekehrt sein.“ - „Ihr wißt gewiß“, erwiderte der Fremde, „daß sie nicht vermutet, in welcher Absicht Ihr weggegangen seid?“ - „Allerdings“, antwortete Bonacieux anmaßend. „Es ist eine zu gedankenlose Frau.“ - „Ist der Gardekadett zu Hause?“ - „Ich glaube nicht. Sein Laden ist, wie Ihr seht geschlossen, und man sieht kein Licht durch die Spalten schimmern.“ - „Egal, man soll sich vergewissern.“ - „Wie dies?“ - „Indem man an die Tür klopfen würde.“ - „Ich werde nach seinem Bediensteten fragen.“ - „Geht!“

Bonacieux kehrte in sein Haus zurück, stieg bis zu dem Vorflur d’Artagnans hinauf und klopfte.

Niemand antwortete. Um sich größer zu machen, hatte Porthos diesen Abend Planchet ausgeliehen. D’Artagnan hütete sich wohl, ein Lebenszeichen von sich zu geben.

Im Augenblick, wo Bonacieux’ Finger an der Tür ertönte, schlugen die Herzen der jungen Leute gewaltig.

„Es ist niemand zu Hause“, sagte Bonacieux. - „Gut, doch gehen wir erst einmal zu Euch hinein. Wir sind sicherer als auf einer Türschwelle.“ - „Ach, mein Gott“, murmelte Madame Bonacieux, „wir werden nichts mehr hören.“ - „Im Gegenteil“, sprach d’Artagnan, „wir hören nur besser.“

D’Artagnan hob die Fliesen auf, die aus seinem Zimmer ein zweites Dionysiusrohr machten, breitete einen Teppich aus, legte sich auf die Knie und gab Madame Bonacieux durch ein Zeichen zu verstehen, sie möge sich, wie er, zur Öffnung bücken.

„Ihr wißt gewiß, daß niemand zu Hause ist“, sprach der Unbekannte. - „Ich stehe dafür ein,“ sagte Bonacieux. - „Und Ihr glaubt, daß Eure Frau...“ - „In den Louvre zurückgekehrt ist.“ - „Ohne mit irgend jemand zu sprechen, außer mit Euch?“ - „Ich bin sicher.“ - „Das ist ein wichtiger Punkt, versteht Ihr.“ - „Also hat die Nachricht, die ich Euch überbracht habe, einigen Wert...“ - „Einen sehr großen Wert, mein lieber Bonacieux, ich will es Euch nicht verbergen.“ - „Dann wird der Kardinal mit mir zufrieden sein.“ - „Ich zweifle nicht daran.“ - „Der große Kardinal!“ - „Ihr wißt gewiß, daß Eure Frau in Eurer Unterredung mit Euch keinen Eigennamen ausgesprochen hat.“ - „Ich glaube nicht.“ - „Sie hat weder Frau von Chevreuse, noch Buckingham, noch Frau von Vernet genannt?“ - „Nein, sie hat mir nur gesagt, sie wolle mich nach London schicken, um den Interessen einer vornehmen Person zu dienen.“ - „Der Verräter!“ murmelte Madame Bonacieux. - „Still!“ sagte d'Artagnan und nahm sie bei der Hand, die sie ihm, ohne daran zu denken, überließ.

„Wie dem auch ist“, fuhr der Mann im Mantel fort, „Ihr seid ein Narr, daß Ihr Euch nicht gestellt habt, als wolltet Ihr den Auftrag übernehmen. Ihr hättet jetzt den Brief, der Staat, den man bedroht, wäre gerettet, und Ihr...“ - „Und ich?...“ - „Nun, der Kardinal würde Euch in den Adelsstand erheben.“ - „Hat er Euch dies gesagt?“ - „Ja, er wollte Euch diese Überraschung bereiten.“ - „Seid ruhig,“ erwiderte Bonacieux, „meine Frau betet mich an, und es ist noch Zeit.“ - „Der Dummkopf!“ murmelte Madame Bonacieux. - „Still!“ sagte d'Artagnan und drückte ihr die Hand noch stärker. - „Wie kann es noch Zeit sein?“ versetzte der Mann in dem Mantel. - „Ich kehre in den Louvre zurück, ich frage nach Madame Bonacieux, ich sage, ich habe mir die Sache überdacht, ich knüpfe mit der Angelegenheit wieder an, ich erhalte den Brief und laufe zum Kardinal." - „Nun! Geht geschwind. Ich werde bald zurückkehren, um den Erfolg Eures Gangs zu erfahren."

Der Unbekannte entfernte sich.

„So ein Schuft!" sagte Madame Bonacieux, diesen Beinamen abermals an ihren Gatten richtend.

„Still!" wiederholte d'Artagnan.

Ein furchtbares Gekreisch unterbrach jetzt die Betrachtungen d'Artagnans und der Frau Bonacieux'. Ihr Gatte hatte das Verschwinden seines Beutels bemerkt und schrie um Hilfe.

„O mein Gott!" rief Madame Bonacieux. „Er wird das ganze Stadtviertel in Aufruhr bringen!"

Bonacieux schrie lange Zeit, aber da solch ein Geschrei, weil es sehr häufig vorkam, niemand in der Rue des Fossoyeurs zog, und da überdies das Haus des Krämers seit einiger Zeit ziemlich in Verruf stand, so ging er, als er niemand kommen sah, hinaus, ohne in seinem Gekreisch nachzulassen, und man hörte seine Stimme in der Richtung der Rue du Bac verhallen.

„Und nun, da er fort ist, ist es an Euch, zu gehen", sagte Madame Bonacieux. „Mut und besonders Klugheit! Bedenkt, daß Ihr der Königin dient."

„Ihr und Euch!" rief d'Artagnan. „Seid ruhig, schöne Constanze, ich werde Ihrer Dankbarkeit würdig wiederkehren, aber werdet Ihr mir dann Eure Liebe schenken?"

Die junge Frau antwortete nur durch eine lebhafte Röte. Einige Augenblicke später entfernte sich auch d'Artagnan, ebenfalls in einen großen Mantel gehüllt, aus dem kavaliermäßig die Scheide eines langen Degens vorstand.

Madame Bonacieux folgte ihm mit jenem langen Liebesblick, womit die Frau den Mann begleitet, von dem sie sich geliebt fühlt.

19. Kapitel

Der Feldzugsplan

D'Artagnan begab sich geradewegs zu Herrn von Treville. Er hatte überlegt, daß in einigen Minuten der Kardinal durch diesen verdammten Unbekannten, der sein Agent zu sein schien, benachrichtigt sein mußte, und dachte mit Recht, daß man keinen Augenblick verlieren dürfe.

Das Herz des jungen Mannes strömte vor Freude über. Ein Abenteuer, wobei Ruhm zu erwerben und Geld zu gewinnen war, bot sich ihm dar und hatte ihn als erste Ermutigung einer Frau nähergebracht, die er anbetete.

Herr von Treville befand sich mit seinem gewöhnlichen Hof von Edelleuten in seinem Salon. D'Artagnan, den man als Vertrauten des Hauses kannte, begab sich sofort in sein Kabinett und ließ ihn benachrichtigen, daß er ihn in einer wichtigen Angelegenheit erwarte.

D'Artagnan war etwa fünf Minuten da, als Herr von Treville eintrat. Beim ersten Blick erkannte der würdige Kapitän, daß wirklich etwas Neues vorging.

Den ganzen Weg entlang hatte d'Artagnan sich gefragt, ob er sich Herrn von Treville anvertrauen oder ob er ihn nur bitten sollte, ihm freie Hand in einer wichtigen Angelegenheit zu bewilligen. Aber Herr von Treville war stets so vollkommen gut gegen ihn gewesen, er war so sehr dem König und der Königin ergeben, er haßte Richelieu so von ganzem Herzen, daß der junge Mann sich entschloß, ihm alles zu sagen.

„Ihr habt mich bitten lassen, mein junger Freund?" sprach Herr von Treville. – „Ja, gnädiger Herr", sprach

d'Artagnan, „und Ihr werdet mir diese Störung hoffentlich vergeben, wenn Ihr erfahrt, wie wichtig die Angelegenheit ist, um die es sich handelt." –

„Sprecht, ich höre!" – „Es handelt sich um nichts Geringeres," sagte d'Artagnan, die Stimme dämpfend, „als um die Ehre und vielleicht das Leben der Königin." – „Was sprecht Ihr da?" fragte Herr von Treville, wobei er sich umschaute, ob sie auch gewiß allein seien, und blickte dann wieder auf d'Artagnan.

„Ich sage, gnädiger Herr, daß mir der Zufall ein Geheimnis in die Hände gespielt hat..." - „Das Ihr hoffentlich bewahren werdet, junger Mann! Bei Eurem Leben warne ich Euch!" - „Das ich aber Euch anvertrauen muß, gnädiger Herr, denn Ihr allein könnt mich in der Sendung unterstützen, die ich von der Königin erhalten habe." - „Gehört das Geheimnis Euch?" - „Nein, der Königin." - „Seid Ihr von Eurer Majestät bevollmächtigt, es mir anzuvertrauen?" - „Nein, es ist mir im Gegenteil das tiefste Stillschweigen anempfohlen." - „Und warum wollt Ihr es mir gegenüber brechen?" - „Weil ich, wie gesagt, ohne Euch nichts tun kann, und weil ich fürchte, Ihr könntet mir die Gnade, um die ich Euch bitte, abschlagen, wenn Ihr nicht wüßtet, in welcher Absicht ich Euch bitte." - „Behaltet Euer Geheimnis, junger Mann, und nennt mir Euren Wunsch." - „Ich wünsche, daß Ihr mir bei Herrn von Essarts einen Urlaub von vierzehn Tagen verschafft." - „Wann dies?" - „Noch in dieser Nacht." - „Ihr verlaßt Paris?" - „Ich gehe in einem Auftrag." - „Könnt Ihr mir sagen wohin?" - „Nach London." - „Hat jemand ein Interesse daran, daß Ihr Euer Ziel nicht erreicht?" - „Der Kardinal würde, glaube ich, alles in der Welt dafür geben, wenn es mir nicht gelänge." - „Und Ihr reist allein?" - „Ich reise allein." - „In diesem Fall kommt Ihr nicht über Bondy hinaus. Das sage ich Euch, so wahr ich Treville heiße." - „Wieso?" - „Man läßt Euch ermorden." - „Dann sterbe ich in der Erfüllung meiner Pflicht." - „Aber Euer Auftrag ist nicht erfüllt." - „Das ist wahr", sprach d'Artagnan. - „Glaubt mir," fuhr Treville fort, „bei solchen Unternehmungen muß man zu viert sein, wenn einer ankommen soll." - „Ihr habt recht, gnädiger Herr," sagte d'Artagnan, „aber Ihr kennt Porthos, Athos und Aramis und wißt, daß ich über sie verfügen kann." - „Ohne ihnen das Geheimnis anzuvertrauen, das ich nicht wissen wollte?" - „Wir haben uns ein für allemal blindes Vertrauen und Ergebenheit geschworen. Überdies könnt Ihr ihnen sagen, daß Ihr volles Vertrauen in mich setzt, und sie werden nicht weniger gläubig sein als Ihr." – „Ich kann nicht mehr tun, als jedem von ihnen einen Urlaub von vierzehn Tagen schicken. Athos, der immer noch an seiner Wunde leidet, um die Bäder von Forges zu besuchen. Porthos und Aramis, um ihrem Freund zu folgen, den sie in einer solchen Lage nicht verlassen wollen. Die Übersendung des Urlaubs wird ihnen als Beweis dienen, daß ich die Reise billige." – „Ich danke, gnädiger Herr, für diese Güte." – „Sucht sie also gleich auf, und bringt alles noch in dieser Nacht zur Ausführung. Doch schreibt mir vor allem Euer Urlaubsgesuch an Herrn des Essarts."

D'Artagnan faßte die Meldung ab. Herr von Treville übernahm sie mit der Versicherung, vor zwei Uhr morgens sollten die vier Urlaubsbescheinigungen in den Wohnungen der Reisenden sein.

„Habt die Güte, den meinen zu Athos zu schicken", sagte d'Artagnan. „Ich fürchte ein schlimmes Zusammentreffen, wenn ich nach Hause heimkehren würde." – „Seid unbesorgt, Gott befohlen, und glückliche Reise!"

D'Artagnan verbeugte sich vor Herrn von Treville, der ihm die Hand gab. Der junge Gardist drückte sie mit einer Mischung von Ehrfurcht und Dankbarkeit.

Zuerst suchte er Aramis auf. Er war nicht mehr zu seinem Freund gekommen seit dem Abend, an dem er Frau Bonacieux folgte. Mehr noch, er hatte den jungen Musketier kaum gesehen, und sooft er ihn wiedersah, glaubte er Anzeichen tiefer Schwermut wahrzunehmen.

Auch diesen Abend wachte Aramis düster und träumerisch. D'Artagnan richtete einige Fragen an ihn über diese lang anhaltende Schwermut. Aramis entschuldigte sich mit einem Kommentar über das neunzehnte Kapitel des heili-

gcn Augustin, den er in lateinischer Sprache bis zur nächsten Woche schreiben müsse, was seinen Geist sehr in Anspruch nehme.

Die zwei Freunde hatten kaum einige Minuten miteinander geplaudert, als ein Diener des Herrn von Treville mit einem versiegelten Päckchen eintrat.

„Was ist das?“ fragte Aramis. - „Der Urlaub, den der Herr verlangt hat“, antwortete der Lakai. - „Ich? Ich habe keinen Urlaub verlangt.“ - „Schweigt und seht“, sagte d'Artagnan. „Und Ihr, mein Freud, habt hier eine halbe Pistole für Eure Mühe. Ihr sagt Herrn von Treville, Herr Aramis lasse ihm von Herzen danken. Geht!"

Der Bedienstete verbeugte sich bis zur Erde und ging.

„Was soll das bedeuten?" fragte Aramis. – „Nehmt, was Ihr zu einer Reise von vierzehn Tagen braucht, und folgt mir." – „Aber ich kann Paris diesen Augenblick nicht verlassen, ohne zu wissen ... "

Aramis hielt inne.

„Was aus ihr geworden ist, nicht wahr?" fuhr d'Artagnan fort. – „Aus wem?" – „Aus der Frau, welche hier war, aus der Frau mit dem gestickten Taschentuch." – „Wer sagt Euch, daß eine Frau hier war?" fragte Aramis und wurde dabei bleich wie der Tod. – „Ich habe sie gesehen." – „Und Ihr wißt, wer es ist?" – „Ich glaube, es wenigstens zu vermuten." – „Hört," sprach Aramis, „da Ihr so viele Dinge wißt, wißt Ihr vielleicht auch, was aus dieser Frau geworden ist?" – „Meiner Überzeugung nach ist sie nach Tours zurückgekehrt." – „Nach Tours? Ja, so wird es sein; Ihr kennt sie. Aber warum ist sie nach Tours zurückgekehrt, ohne mir etwas davon zu sagen?" – „Weil sie verhaftet zu werden fürchtete." – „Warum hat sie mir nicht geschrieben?" – „Weil sie für Euch fürchtete." – „D'Artagnan, Ihr gebt mir das Leben wieder!" rief Aramis, „ich hielt mich für verachtet, für verraten. Ich war so glücklich, sie wiederzusehen, und konnte nicht glauben, daß sie ihre Freiheit für mich aufs Spiel setzen würde, und doch, aus welcher anderen Ursache sollte sie nach Paris gekommen sein?" – „Aus derselben Ursache, die uns heute zu der Reise nach England veranlaßt." – „Und was ist dies?" – „Ihr sollt es eines Tages erfahren, für den Augenblick aber werde ich die Zurückhaltung der Nichte des Doktors nachahmen."

Aramis lächelte, denn er erinnerte sich an das, was er eines Abends seinen Freunden erzählt hatte.

„Nun also, da sie Paris verlassen hat, und da Ihr es gewiß wißt, d'Artagnan, so hält mich nichts hier zurück, und ich bin bereit, Euch zu folgen. Ihr sagt, wir gehen ... "

„Zunächst zu Athos, und wenn Ihr mitkommen wollt, so bitte ich Euch um Eile, denn wir haben bereits viel Zeit verloren. Doch bald hätte ich vergessen, setzt Bazin davon in Kenntnis."

„Wird uns Bazin begleiten?"

„Vielleicht. In jedem Fall ist es gut, wenn er uns vorläufig zu Athos folgt."

Aramis rief Bazin, und nachdem er Befehl gegeben hatte, ihn bei Athos aufzusuchen, sagte er: „Nun wollen wir gehen." Ehe er jedoch sein Zimmer verließ, nahm er seinen Mantel, seinen Degen und seine Pistolen und öffnete vergeblich mehrere Schubladen, um nachzusehen, ob nicht etwa irgendein verirrtes Goldstück zu finden wäre. Nachdem er sich von der Fruchtlosigkeit seiner Nachsuchung überzeugt hatte, folgte er d'Artagnan, indem er sich fragte, wie es komme, daß der junge Gardekadett so gut wie er selbst wisse, wer die Frau gewesen, der er Gastfreundschaft gegeben, und besser als er, was aus ihr geworden.

Als sie aus dem Haus traten, legte Aramis seine Hand auf d'Artagnans Arm, schaute ihn fest an und sagte:

„Ihr habt mit niemand von dieser Frau gesprochen?" - „Mit niemand." - „Nicht einmal mit Arthos und Porthos?" - „Ich habe ihnen kein Wörtchen gesagt." - „Dann ist es gut."

Und über diesen wichtigen Punkt beruhigt, setzte Aramis den Weg mit d'Artagnan fort, und beide gelangten bald zu Athos.

Als sie eintraten hielt er seinen Urlaub in der einen, den Brief des Herrn von Treville in der anderen Hand.

„Könnt Ihr mir erklären, was dieser Brief und dieser Urlaub bedeuten soll?" sprach Athos erstaunt.

„Mein lieber Athos, es ist mein Wille, da es Eure Gesundheit fordert, daß Ihr vierzehn Tage ausruht. Geht in die Bäder von Forges oder in jedes andere Bad, das Euch zusagt, und sorgt, daß Ihr Eure Gesundheit bald wiederherstellt.

Euer wohlgeneigter Treville"

„Nun, dieser Urlaub und dieser Brief bedeuten, daß Ihr mir folgen sollt, Athos!" - „In die Bäder von Forges?" - „Dorthin oder anderswohin." - „Im Dienste des Königs?" - „Des Königs oder der Königin. Sind wir nicht Diener Ihrer Majestäten?"

In diesem Augenblick trat Porthos ein.

„Bei Gott", sagte er, „das ist eine seltsame Geschichte. Seit wann bewilligt man bei den Musketieren den Leuten einen Urlaub, wenn sie ihn nicht verlangen?" - „Seitdem es Freunde gibt, die ihn für sie erbitten," erwiderte d'Artagnan. - „Ah, ah", sagte Porthos, „da scheint etwas Neues vorzugehen." - „Ja, wir reisen", sprach Aramis. - „In welches Land?" fragte Porthos. - „Meiner Treu, ich weiß es nicht", erwiderte Athos. „Frage d'Artagnan." - „Nach London, meine Herren", sagte d'Artagnan. - „Nach London!" rief Porthos, „und was sollen wir in London machen?" - „Das kann ich Euch nicht sagen, meine Herren, Ihr müßt mir trauen." - „Aber um nach London zu gehen", fügte Porthos bei, „braucht man Geld, und ich habe keins." - „Ich auch nicht", sagte Aramis. - „Ich ebensowenig", sprach Athos. - „Ich aber habe", versetzte d'Artagnan, zog seinen Schatz aus der Tasche und legte ihn auf den Tisch. „In diesem Sack sind dreihundert Pistolen. Jeder von uns nimmt fünfundsiebzig davon. Das ist genug, um nach London zu reisen und wieder zurückzukehren. Überdies seid ruhig, wir erreichen nicht alle London." - „Und warum dies?" - „Weil aller Wahrscheinlichkeit nach einige von uns auf dem Weg zurückbleiben werden." - „Wir unternehmen also einen Feldzug?" - „Und zwar einen sehr gefährlichen, das sage ich Euch." - „Ei, da wir Gefahr laufen, uns umbringen zu lassen", sprach Porthos, „so möchte ich wenigstens wissen, warum?" - „Das wird dir wohl viel nützen", sprach Athos. - „Ich bin indessen auch der Meinung zu Porthos", sagte Aramis. - „Hat der König die Gewohnheit, euch Rechenschaft abzulegen? Nein, er sagt ganz einfach: ‚Meine Herren, man schlägt sich in der Gascogne oder in Flandern. Begebt Euch dorthin, schlagt euch!' Warum? Um das Warum habt Ihr Euch nicht zu kümmern." - „D'Artagnan hat recht", sagte Athos. - „Hier ist unser Urlaub, der von Herrn von Treville kommt, und hier dreihundert Pistolen, die Gott weiß woher kommen. Lassen wir uns töten, wo man uns sagt, daß wir hingehen sollen. Lohnt sich das Leben nur der Mühe, so viele Fragen darüber zu machen? D'Artagnan, ich bin bereit, dir zu folgen." - „Und ich auch", sprach Porthos. - „Und ich ebenfalls", rief Aramis. „Auch ist es mir gar nicht unangenehm, Paris zu verlassen. Ich brauche Zerstreuung." - „Gut! Seid nur ruhig, ihr sollt Zerstreuung finden, meine Herren", sagte d'Artagnan. - „Und nun, wann reisen wir?" fragte Athos. - „Sofort!" antwortete d'Artagnan. „Es ist keine Minute zu verlieren!" - „Holla, Grimaud, Planchet, Mousqueton, Bazin!" riefen die vier jungen Leute ihren Lakaien zu. „Schmiert unsere Stiefel und führt unsere Pferde her!"

Jeder Musketier ließ im allgemeinen Hotel wie in einer Kaserne sein Pferd und das seines Lakaien.

Planchet, Grimaud, Mousqueton und Bazin entfernten sich eiligst.

„Nun wollen wir einen Feldzugsplan entwerfen", sagte Porthos. „Wohin gehen wir zuerst?"

„Nach Calais", antwortete d'Artagnan. „Das ist die direkte Linie, um nach London zu kommen."

„Nun, so hört meinen Rat“, versetzte Porthos.

„Sprich!“

„Vier miteinander reisende Personen wären verdächtig. D'Artagnan wird jedem von uns seine Instruktionen geben. Ich reise voraus auf der Route von Boulogne. Athos geht zwei Stunden später auf der Route von Amiens ab. Aramis folgt uns auf der von Royon. D'Artagnan reist auf einer ihm beliebigen Straße in den Kleidern Planchets, während uns Planchet als d'Artagnan in der Uniform der Garden folgt.“

„Der Plan von Porthos scheint mir unausführbar“, sprach d'Artagnan, „da ich selbst nicht weiß, welche Instruktionen ich Euch geben soll. Ich bin der Überbringer eines Briefes, das ist das Ganze. Ich kann nicht drei Abschriften von dem Brief machen, weil er versiegelt ist. Wir müssen also meiner Meinung nach in Gesellschaft reisen. Der Brief ist hier in meiner Tasche.“ Und er deutete auf die Tasche, in der der Brief verwahrt war. „Werde ich getötet, so nimmt ihn einer von euch, und ihr setzt den Marsch fort. Wird dieser getötet, so ist die Reihe am nächsten. Wenn nur einer ankommt, das ist genug.“

„Wohl gesprochen!“ rief Aramis. „Du sprichst nicht viel, aber wenn du sprichst, klingt es wie ein Evangelium. Ich schließe mich dem Plan an. Und du, Porthos?“

„Ich ebenfalls,“ antwortete Porthos. „D'Artagnan ist als Überbringer des Briefes natürlich das Haupt der Unternehmung; er mag entscheiden, wir führen aus.“

„Gut!“ sagte d'Artagnan, „wir reisen in einer halben Stunde.“

„Angenommen!“ riefen zustimmend im Chor die drei Musketiere.

Jeder von ihnen streckte die Hand nach dem Beutel aus, nahm fünfundsiebzig Pistolen und traf Anstalt zu schleuniger Abreise.

20. Kapitel

Die Reise

Um zwei Uhr morgens zogen die vier Abenteurer durch die Barriére St.-Denis aus Paris. Solange es Nacht war, blieben sie stumm. Unter dem Einfluß der Dunkelheit erblickten sie unwillkürlich überall Hinterhalte, erst bei den ersten Strahlen des Tages lösten sich ihre Zungen. Mit der Sonne kehrte ihre Heiterkeit wieder zurück. Es war wie am Vorabend einer Schlacht. Das Herz klopfte in der Brust, die Augen lachten, man fühlte, daß das Leben, von dem man vielleicht scheiden sollte, am Ende doch ein schönes Ding war.

Die Bediensteten, bis an die Zähne bewaffnet, folgten.

Alles ging gut bis Chantilly, wo man gegen acht Uhr morgens anlangte. Man mußte frühstücken und stieg vor einer Herberge ab, die sich durch ein Schild, den heiligen Martin darstellend, wie er die Hälfte seines Mantels einem Armen gibt, empfahl. Man schärfte den Lakaien ein, die Pferde nicht abzusatteln und sich zu schleunigem Wiederaufbruch bereitzuhalten.

Die vier Freunde traten in das Wirtszimmer und setzten sich zu Tisch.

Ein Herr, der auf der Straße von Dammartin kam, saß am gleichen Tisch und frühstückte. Er fing an, von Regen und schönem Wetter zu sprechen. Die Reisenden antworteten. Er trank auf ihre Gesundheit. Die Reisenden erwiderten diese Höflichkeit.

Aber in dem Augenblick, wo Mousqueton ankündigte, die Pferde seien bereit, und man vom Tisch aufstand, schlug der Fremde Porthos einen Toast auf die Gesundheit des Kardinals vor. Porthos antwortete, er sei ganz damit einverstanden, wenn der Fremde ebenfalls auf die Gesundheit des Königs trinken wolle. Der Fremde antwortete, er kenne keinen anderen König als Seine Eminenz. Porthos nannte ihn einen Trunkenbold. Der Fremde zog seinen Degen.

„Ihr habt eine Albernheit begangen", sprach Athos, „aber egal, jetzt läßt sich nicht mehr zurückweichen. Tötet diesen Menschen und holt uns so schnell als möglich wieder ein."

Und alle drei bestiegen wieder ihre Pferde und jagten mit verhängten Zügeln davon, während Porthos seinem Gegner versprach, er werde ihn mit allen in der Fechtkunst bekannten Stößen durchbohren.

„Dies der erste", sagte Athos nach fünfhundert Schritt.

„Aber warum hat dieser Mensch eher Porthos als jeden anderen angegriffen?" fragte Aramis.

„Weil Porthos viel lauter sprach als wir, weshalb er ihn für unseren Führer gehalten hat", sagte d'Artagnan.

„Ich habe immer gesagt, dieser gascognische Kadett sei ein wahrer Brunnen der Weisheit", murmelte Athos.

Und die Reisenden setzten ihren Marsch fort.

In Beauvais hielt man zwei Stunden an, um die Pferde verschnaufen zu lassen wie auch um Porthos zu erwarten. Als dieser nach zwei Stunden nicht erschien und auch keine Nachricht von ihm eintraf, machte man sich wieder auf den Weg.

Eine Meile von Beauvais, an einer Stelle, wo die Straße zwischen zwei Böschungen eingezwängt war, stieß man auf acht bis zehn Menschen, die, da man hier gerade das Pflaster aufgebrochen hatte, aussahen, als ob sie hier arbeiteten, um Löcher zu graben oder die Straße auszubessern.

Aramis, der seine Stiefel in diesem künstlichen Schlammloch zu beschmutzen fürchtete, redete sie mit harten Worten an. Athos wollte ihn zurückhalten, es war zu spät. Die Arbeiter fingen an, die Reisenden zu verspotten, und ihre Frechheit brachte den kalten Athos so außer sich, daß er sein Pferd auf einen von ihnen zutrieb.

Nun wich jeder dieser Menschen bis zu dem Graben zurück und ergriff eine verborgene Muskete. Aramis wurde von einer Kugel getroffen, die durch seine Schulter drang. Mousqueton von einer anderen, die in seinem besten Rükkenstück steckenblieb. Mousqueton fiel aber allein vom Pferd, nicht daß er schwerer verwundet gewesen wäre. Da aber er die Wunde nicht sehen konnte, so hielt er sich ohne Zweifel für viel gefährlicher verletzt, als er wirklich war.

„Das ist ein Hinterhalt!" rief d'Artagnan, „lassen wir unsere Pistolen stecken und vorwärts!"

Aramis nahm trotz seiner Wunde sein Pferd bei der Mähne, und dieses trug ihn mit den anderen fort. Das von Mousqueton holte sie wieder ein und galoppierte ganz allein.

„Das gibt uns ein Pferd zum Wechseln", sagte Athos.

„Ein Hut wäre mir lieber", sprach d'Artagnan, „der meine ist von einer Kugel fortgerissen worden. Es ist nur ein Glück, daß der Brief, den ich trage, nicht darin war."

„Bei Gott! Sie werden den armen Porthos töten, wenn er vorüberkommt", sprach Aramis.

„Wenn Porthos auf den Beinen wäre, so müßte er uns bereits eingeholt haben", sagte Athos. „Meiner Meinung nach hat der Trunkenbold auf dem Kampfplatz den Rausch sehr plötzlich verloren."

Man galoppierte noch zwei Stunden lang, obwohl die Pferde so ermüdet waren, daß man befürchten mußte, sie würden bald zusammenbrechen.

Die Reisenden hatten einen Seitenweg eingeschlagen, in der Hoffnung, auf diese Art weniger beunruhigt zu werden. In Crèvecœur aber erklärte Aramis, er könne nicht weiterreiten. In der Tat hatte er seinen ganzen Mut zusammengenommen, den er unter seiner eleganten Form und unter seinen höflichen Manieren verbarg, um bis hierher zu gelangen. Jeden Augenblick erbleichte er, und man war genötigt, ihn auf seinem Pferd zu stützen. Man hob ihn vor der Tür einer Schenke herab, ließ ihm Bazin, der übrigens bei einem Scharmützel mehr hinderlich als nützlich war, und zog weiter, in der Hoffnung, erst in Amiens Nachtlager zu halten.

„Beim Teufel!" sagte Athos, als sie sich auf zwei Herren und auf Grimaud und Planchet zusammengeschmolzen, wieder auf der Straße befanden, „beim Teufel! Ich lasse mich nicht drankriegen und stehe Euch dafür, daß mich von hier bis Calais niemand dazu bringen wird, den Mund zu öffnen oder den Degen zu ziehen. Ich schwöre ..."

„Schwören wir nicht", sagte d'Artagnan, „galoppieren wir lieber, wenn es unsere Pferde gestatten."

Die Reisenden spornten ihr Rosse so an, daß sie ihre Kräfte wiederfanden. Man langte in Amiens um Mitternacht an und stieg vor der Herberge „Zur Goldenen Lilie" ab.

Der Wirt sah aus wie der ehrlichste Mann der Welt. Er empfing die Reisenden, seinen Leuchter in der einen, die Mütze in der anderen Hand. Er wollte die beiden Reisenden jeden in einem eigenen Zimmer einquartieren. Zum Unglück lag jedes dieser Zimmer am äußersten Ende des Gasthauses. D'Artagnan und Athos weigerten sich. Der Wirt antwortete, er habe keine anderen Zimmer. Die Reisenden aber erklärten, sie würden in einer gemeinschaftlichen Stube jeder auf einer Matratze schlafen, die man auf den Boden werfen könne. Der Wirt bestand auf seiner Absicht, die Reisenden gaben nicht nach, und er mußte tun, wie sie es haben wollten.

Sie hatten ihr Bett gerade geordnet und ihre Tür von innen verbarrikadiert, als man vom Hof aus an ihre Läden klopfte. Sie fragten, wer da sei, erkannten die Stimme ihrer Bediensteten und öffneten.

„Grimaud kann allein die Pferde bewachen“, sagte Planchet. „Wenn die Herren erlauben, so werde ich mich quer vor ihre Tür legen. Auf diese Art sind sie sicher, daß man nicht zu ihnen hineinkommt.“

„Und auf was willst du schlafen?“ fragte d'Artagnan.

„Hier ist mein Bett“, antwortete Planchet und zeigte ein Bund Stroh.

Planchet stieg durch das Fenster ein und legte sich quer vor die Tür, während sich Grimaud im Stall einschloß, nachdem er zuvor versprach, daß er und die Pferde um fünf Uhr morgens bereit sein sollten.

Die Nacht ging ziemlich ruhig vorüber. Man versuchte wohl gegen zwei Uhr morgens die Tür zu öffnen. Da aber Planchet plötzlich erwachte und: „Wer da!“ rief, so antwortete man ihm, man habe sich getäuscht und zog ab. Um vier Uhr morgens vernahm man gewaltigen Lärm im Stall. Grimaud hatte die Hausknechte wecken wollen und diese schlugen ihn. Als man das Fenster öffnete, sah man den armen Burschen bewußtlos auf der Erde ausgestreckt. Ein mächtiger Hieb mit der Heugabel hatte ihn am Kopf verletzt.

Planchet ging in den Hof hinab und wollte die Pferde satteln. Die Pferde lahmten! Nur das von Grimaud, das am Tag vorher fünf bis sechs Stunden ohne Reiter gelaufen war, hätte den Marsch fortsetzen können. Aber infolge eines unbegreiflichen Irrtums hatte der Tierarzt, den man ohne Zweifel holen ließ, um das Pferd des Wirts zur Ader zu lassen, das von Grimaud zur Ader gelassen.

Die Sache fing an, beunruhigend zu werden. All diese rasch aufeinanderfolgenden Vorfälle waren vielleicht das Resultat des Zufalls, aber sie konnten ebensogut die Frucht eines Anschlags sein. Athos und d'Artagnan gingen hinaus, während sich Planchet erkundigte, ob man nicht in der Gegend drei Pferde kaufen könne. Vor der Tür stan-

den wirklich zwei Pferde gesattelt und gezäumt, frisch und kräftig. Das fügte sich gut. Er fragte, wo die Eigentümer seien, man antwortete ihm, sie hätten die Nacht in dem Wirtshaus zugebracht und bezahlten in diesem Augenblick ihre Rechnung.

Athos ging hinab, um ebenfalls zu zahlen, während d'Artagnan und Planchet wartend an der Haustür stehenblieben. Der Wirt befand sich in einem unteren, nach hinten gelegenen Zimmer. Man bat Athos, dorthin zu gehen und wies ihm den Weg.

Athos trat ohne Mißtrauen ein und zog zwei Goldstücke hervor, um zu bezahlen. Der Wirt war allein und saß vor seinem Schreibtisch, an dem eine der Schubladen halb offen stand. Er nahm das Geld, das ihm Athos gab, drehte es wiederholt in der Hand um und rief plötzlich, es sei falsch, und er werde ihn und seine Gefährten als Falschmünzer in Haft nehmen lassen.

„Schurke", sprach Athos, „ich werde dir die Ohren abschneiden!"

Aber der Wirt bückte sich, nahm zwei Pistolen aus einer der Schubladen und richtete sie, um Hilfe rufend, auf Athos.

In diesem Augenblick traten vier bis an die Zähne bewaffnete Männer durch die Seitentüren ein und warfen sich auf Athos.

„Ich bin verloren", schrie Athos laut; „fort, d'Artagnan, fort, fort!" Und er drückte seine beiden Pistolen ab.

D'Artagnan und Planchet ließen sich diesen Zuruf nicht wiederholen. Sie machten die zwei Pferde, die vor der Tür standen, los, sprangen in den Sattel, stießen ihnen die Sporen in den Leib und jagten davon.

„Weißt du, was aus Athos geworden ist?" fragte d'Artagnan.

„Ach! gnädiger Herr", erwiderte Planchet, „ich habe

zwei auf seine Schüsse fallen sehen, und bei einem Blick, den ich noch durch die Glastür warf, kam es mir vor, als raufe er mit den anderen."

„Braver Athos!" murmelte d'Artagnan. „Wenn ich bedenke, daß man ihn so im Stich lassen muß! Übrigens erwartet uns vielleicht zehn Schritte von hier dasselbe Schicksal. Vorwärts! Planchet, vorwärts!"

Beide jagten in einem Zug nach Saint-Omer. Hier ließen sie ihre Pferde verschnaufen, wobei sie aus Furcht vor irgendeinem Unfall die Zügel um den Arm schlangen und aßen, vor der Tür stehend, einige Bissen aus der Hand.

Hundert Schritt vor den Toren von Calais stürzte d'Artagnans Pferd, es war unmöglich, es wieder auf die Beine zu bringen. Das Blut lief ihm aus den Nüstern und aus den Augen. Es war noch das Pferd Planchets übrig, aber dieses stand still, und man konnte es keinen Schritt mehr weiter treiben.

Zum Glück waren sie, wie gesagt, nur noch hundert Schritt von der Stadt entfernt. Sie ließen die beiden Pferde auf der Landstraße stehen und liefen zum Hafen. Planchet machte seinen Gebieter auf einen Herrn aufmerksam, der eben mit seinem Bediensteten ankam und nur fünfzig Schritt vor ihnen ging.

Sie näherten sich rasch diesem Herrn, der große Eile zu haben schien. Seine Stiefel waren staubbedeckt, und er fragte, ob er nicht gleich nach England übersetzen könnte.

„Nichts leichter als das", antwortete der Patron eines segelfertigen Schiffes. „Diesen Morgen aber ist ein Befehl eingetroffen, niemand ohne ausdrückliche Erlaubnis des Herrn Kardinals passieren zu lassen."

„Ich habe diese Erlaubnis", sagte der Herr, ein Papier aus seiner Tasche ziehend, „hier ist sie."

„So laßt sie vom Hafengouverneur unterzeichnen, und gönnt mir den Vorzug vor den anderen Schiffen."

„Wo kann ich den Gouverneur finden?“

„In seinem Landhaus.“

„Und wo liegt dieses?“

„Eine Viertelmeile vor der Stadt! Ihr seht es dort, am Fuß jener Anhöhe, mit dem Schieferdach.“

„Gut!“ rief der Herr und schlug, von seinem Bediensteten gefolgt, den Weg zum Haus des Gouverneurs ein.

D’Artagnan und Planchet folgten dem Herrn in einer Entfernung von fünfhundert Schritt.

Sobald sie vor der Stadt waren, beschleunigte d'Artagnan seine Schritte und holte den Herrn ein, als er eben in ein kleines Gehölz einbog.

„Mein Herr", sprach d'Artagnan, „Ihr scheint große Eile zu haben." - „Im höchsten Grad." - „Bedaure sehr, denn da ich ebenfalls große Eile habe, so wollte ich Euch um einen Dienst bitten." - „Um welchen?" - „Mich vorausgehen zu lassen. Ich habe sechzig Meilen in vierundzwanzig Stunden zurückgelegt und muß morgen mittag in London sein." - „Ich habe denselben Weg in vierzig Stunden gemacht und muß morgen früh um zehn Uhr in London sein." - „Bedaure, mein Herr, aber da ich zuerst angekommen, werde ich nicht als zweiter gehen." - „Es tut mir unendlich leid, ich bin als zweiter angekommen, aber ich werde zuerst gehen." - „Im Dienst des Königs?" sprach der Herr. - „In meinem Dienst!" antwortete d'Artagnan. - „Ihr scheint mir Streit zu suchen?" - „Beim Teufel! Was sonst?" - „Was verlangt Ihr von mir?" - „Wollt Ihr es wissen?" - „Allerdings." - „Nun! Ich verlange den Erlaubnisschein, den Ihr bei Euch tragt, da ich keinen habe." - „Ihr scherzt hoffentlich?" - „Ich scherze nie." - „Laßt mich ziehen." - „Ihr kommt nicht von der Stelle." - „Mein braver junger Mann, ich werde Euch den Schädel zerschmettern. Lubin, meine Pistolen." - „Planchet", sagte d'Artagnan, „übernimm du den Bediensteten, ich nehme mir den Herrn vor."

Planchet sprang auf Lubin, warf ihn, stark wie er war, zu Boden und setzte ihm das Knie auf die Brust.

„Macht Euer Geschäft ab, gnädiger Herr", sagte Planchet, „ich bin mit meinem fertig."

Der Unbekannte zog seinen Degen und fiel gegen d'Artagnan aus, aber er hatte es mit einem harten Gegner zu tun.

In drei Sekunden versetzte ihm d'Artagnan drei Degenstöße und bei jedem Stoß sagte er:

„Einen für Athos, einen für Porthos, einen für Aramis!"

Beim dritten Stoß stürzte der Unbekannte wie ein Sack zur Erde.

D'Artagnan hielt ihn für tot oder wenigstens für ohnmächtig und näherte sich ihm, um den Erlaubnisschein zu nehmen. Aber in dem Augenblick, wo er die Hand ausstreckte, um ihn zu suchen, brachte ihm der Verwundete, der seinen Degen nicht losgelassen hatte, einen Stich in die Brust bei und rief:

„Einen für Euch!"

„Und einen für dich! Wer zuletzt lacht, lacht am besten!" schrie d'Artagnan wütend und spießte ihn mit einem vierten Stoß durch den Bauch an den Boden.

Diesmal schloß der Fremde die Augen und verlor die Besinnung.

D'Artagnan durchsuchte die Tasche, in welche er ihn den Erlaubnisschein hatte stecken sehen, und nahm ihn. Er war auf den Namen des Grafen von Wardes ausgestellt.

Einen letzten Blick auf den jungen Mann werfend, der kaum fünfundzwanzig Jahre alt sein mochte und den er hier zurücklassen mußte, seufzte er über das seltsame Geschick, das die Menschen dahin bringt, daß sie einander vernichten im Interesse von Leuten, die ihnen fremd sind und denen ihr Dasein häufig ganz unbekannt ist.

Bald aber wurde er seinen Betrachtungen durch Lubin entzogen, der ein furchtbares Jammergeschrei ausstieß und mit aller Gewalt um Hilfe rief.

Planchet faßte ihn bei der Gurgel und schnürte sie ihm aus Leibeskräften zusammen.

„Gnädiger Herr", sagte er, „solange ich ihn so halte, wird er sicher nicht schreien, das weiß ich gewiß, aber sobald ich ihn loslasse, wird er wieder zu kreischen anfangen. Es ist ein Normanne und die Normannen sind hartnäckige Burschen."

Lubin suchte wirklich, so gepreßt er auch war, einige Töne von sich zu geben.

„Warte!" sprach d'Artagnan, nahm sein Taschentuch und knebelte ihn.

„Nun wollen wir ihn an einen Baum binden!" sagte Planchet.

Dies wurde ausgeführt. Dann schleppte man den Grafen von Wardes in die Nähe seines Bediensteten, und da die Nacht bereits einbrach, mußten beide, der Verwundete und der Geknebelte, offenbar bis zum nächsten Tag hierbleiben.

„Und nun zum Gouverneur", rief d'Artagnan.

„Es scheint mir, Ihr seid verwundet?" sagte Planchet.

„Das ist jetzt unwichtig, wir wollen uns mit Dringenderem beschäftigen."

Und beide eilten mit großen Schritten zum Landhaus des Beamten.

Man kündigte den Grafen von Wardes an.

D'Artagnan wurde eingeführt.

„Ihr habt einen vom Kardinal unterzeichneten Paß?" sagte der Gouverneur. - „Ja, mein Herr, hier ist er." - „Er ist in Ordnung und mit guten Empfehlungen versehen", sprach der Gouverneur. - „Das ist ganz einfach", erwiderte d'Artagnan, „ich gehöre zu seinen treuesten Anhängern." - „Es scheint, Seine Eminenz will irgend jemand daran hindern, nach England zu kommen?" - „Ja, einen gewissen d'Artagnan, einen Bearner Edelmann, der mit dreien seiner Freunde von Paris abgereist ist, in der Absicht, nach London zu reisen." - „Kennt Ihr ihn persönlich", fragte der Gouverneur. - „Wen?" - „Diesen d'Artagnan." - „Sehr gut!" - „Gebt mir seine Beschreibung." - „Nichts leichter!"

D'Artagnan gab Zug für Zug die Beschreibung des Grafen von Wardes.

„Hat er einen Begleiter?" fragte der Gouverneur.

„Ja, einen Bediensteten namens Lubin."

„Wenn man ihrer habhaft wird, mag Seine Eminenz ruhig sein, sie sollen unter sicherem Geleit nach Paris zurückgeführt werden."

„Wenn Ihr dies tut, Gouverneur", sprach d'Artagnan, „werdet Ihr Euch große Verdienste um den Kardinal erwerben."

„Ihr seht ihn wohl bei Eurer Rückkehr, Graf?"

„Das versteht sich."

„Sagt ihm bitte, ich sei sein getreuer Diener."

„Ich werde das nicht versäumen."

Erfreut über diese Versicherung, visierte der Gouverneur den Paß und gab ihn d'Artagnan wieder zurück.

D'Artagnan verlor keine Zeit, verbeugte sich vor dem Gouverneur, dankte ihm und ging.

Sobald er mit Planchet aus dem Haus war, setzten sie sich in Bewegung, machten einen langen Umweg, um das Gehölz zu vermeiden, und gelangten durch ein anderes Tor in die Stadt.

Das Schiff war immer noch abfahrbereit. Der Patron wartete am Hafen.

„Nun, wie steht's?" sagte er, sobald er d'Artagnan sah. – „Hier ist der visierte Paß", erwiderte dieser. – „Und der andere Herr?" – „Er wird heute nicht mehr abreisen", sprach d'Artagnan, „aber seid ruhig, ich bezahle die Überfahrt für uns beide." – „In diesem Fall, aufs Schiff", sagte der Patron. – „Aufs Schiff", wiederholte d'Artagnan.

Und er sprang mit Planchet in das Boot. Fünf Minuten später waren sie an Bord.

Es war höchste Zeit. Sie befanden sich kaum eine halbe Meile in See, als d'Artagnan eine Flamme bemerkte und einen Knall hörte.

Es war der Kanonenschuß, der das Schließen des Hafens ankündigte.

Nun mußte man sich endlich mit d'Artagnans Wunde beschäftigen. Zum Glück war sie, wie er selbst gedacht hatte, nicht gefährlich. Die Degenspitze hatte eine Rippe getroffen und war vom Knochen abgeglitten. Außerdem hatte sich das Hemd an der Wunde festgeklebt, und so war nur wenig Blut hervorgedrungen.

D'Artagnan war im höchsten Grad erschöpft. Man breitete eine Matratze auf dem Verdeck aus, er warf sich darauf nieder und schlief sofort ein.

Am anderen Morgen bei Tagesanbruch befand er sich nur noch drei bis vier Meilen von der englischen Küste entfernt. Der Wind war die ganze Nacht über sehr schwach gewesen, und man hatte deshalb nur eine kleine Strecke zurückgelegt.

Um zwei Uhr ging das Schiff im Hafen von Dover vor Anker.

Um halb drei Uhr setzte d'Artagnan den Fuß auf den Boden Englands.

Aber damit war es noch nicht getan. Man mußte London erreichen. In England war die Post ziemlich gut. D'Artagnan und Planchet nahmen jeder ein Pferd. Ein Postillon ritt voraus, in vier Stunden waren sie vor den Toren der Hauptstadt.

Der Herzog befand sich mit dem König auf der Jagd.

D'Artagnan kannte London nicht. D'Artagnan verstand kein Wort Englisch, aber er schrieb den Namen Buckingham auf ein Papier, und jedermann zeigte ihm das Hotel des Herzogs.

D'Artagnan fragte nach dem ersten Kammerdiener Buckinghams, der ihn auf allen seinen Reisen begleitet hatte und fließend Französisch sprach. Er sagte ihm, er komme von Paris in einer Angelegenheit, bei der es sich um Leben und Tod handle, und müsse seinen Herrn umgehend sprechen.

Die Sicherheit, mit der d'Artagnan sein Verlangen ausdrückte, überzeugte Patrick, so hieß dieser Minister des Ministers. Er ließ zwei Pferde satteln und übernahm es, den jungen Gardisten zu begleiten. Planchet hatte man, steif wie ein Rohr, von seinem Pferd herabgehoben. Die Kräfte des armen Burschen waren völlig erschöpft. D'Artagnan schien von Eisen.

Man kam im Schloß an und zog hier Erkundigungen ein. Der König und Buckingham waren auf der Vogelbeize in einem zwei bis drei Meilen entfernten Moor.

In zwanzig Minuten traf man an der bezeichneten Stelle ein. Bald hörte Patrick die Stimme seines Herrn, der seinen Falken rief.

„Wen soll ich ankündigen?" fragte Patrick.

„Den jungen Mann, der eines Abends auf dem Pont Neuf bei der Samaritaine Streit mit ihm gesucht hat."

„Eine sonderbare Empfehlung!"

„Ihr werdet sehen, daß sie viel wert ist."

Patrick setzte sein Pferd in Galopp, erreichte den Herzog und meldete ihm den Boten.

Buckingham erinnerte sich sofort, und da er vermutete, daß in Frankreich etwas vorging, wovon man ihn in Kenntnis setzen wollte, so nahm er sich nicht die Zeit, zu fragen, wo der Bote sei, sondern galoppierte, als er von fern die Uniform der Garden erkannt hatte, gerade auf d'Artagnan zu. Patrick hielt sich diskret entfernt.

„Es ist der Königin doch kein Unglück zugestoßen?" rief Buckingham voller Sorge.

„Ich glaube nicht, aber ich bin der Überzeugung, daß sie in eine große Gefahr läuft, der Eure Herrlichkeit allein sie entziehen kann."

„Ich?" rief Buckingham. „Sollte ich so glücklich sein, ihr in irgend etwas nützen zu können? Sprecht!"

„Nehmt diesen Brief", sagte d'Artagnan.

„Diesen Brief? Von wem kommt er?"

„Von Ihrer Majestät, wie ich glaube."

„Von Ihrer Majestät", sprach Buckingham und erbleichte so sehr, daß d'Artagnan meinte, er würde in Ohnmacht fallen.

Er erbrach das Siegel.

„Woher dieser Riß?" sagte er und zeigte d'Artagnan eine Stelle, wo er durchbohrt war.

„Ach, ach", rief d'Artagnan, „ich hatte das nicht gesehen.

Der Degen des Grafen von Wardes wird dieses schöne Loch gemacht haben, als er ihn mir in die Brust stieß."

„Ihr seid verwundet?" fragte Buckingham.

„O nichts", erwiderte d'Artagnan, „eine Schramme."

„Gerechter Himmel! Was habe ich gelesen?" rief der Herzog. „Patrick, bleib hier oder suche vielmehr den König auf, wo er auch sein mag, und sage Seiner Majestät, daß ich mich entschuldige. Eine Angelegenheit von höchster Wichtigkeit rufe mich nach London zurück. Kommt, d'Artagnan, kommt!"

Und beide schlugen im Galopp den Weg zur Hauptstadt ein.

21. Kapitel

Die Gräfin Winter

Den ganzen Weg über ließ sich der Herzog über alles von d'Artagnan Bericht erstatten. Indem er die Mitteilungen des jungen Mannes mit seinen Erinnerungen verband, konnte er sich einen genauen Begriff der Lage machen, von deren Mißlichkeit ihm der Brief der Königin, so kurz er auch war, ein Bild gab. Er wunderte sich besonders darüber, daß es dem Kardinal, dem so viel daran liegen mußte, daß der junge Mann England nicht erreichen konnte, nicht gelungen war, ihn auf dem Weg greifen zu lassen. Als er sein Erstaunen hierüber äußerte, erzählte ihm d'Artagnan von den Vorsichtsmaßregeln, wie er durch die aufopfernde Hingabe seiner drei Freunde, die er blutend und verstreut auf der Straße zurückgelassen, mit einem Degenstich sich durchgeschlagen, der durch das Billett der Königin gedrungen war und den er dem Grafen von Wardes mit furchtbarer Münze zurückbezahlt hatte. Während der Herzog auf diese Erzählung hörte, die mit der größten Einfachheit vorgetragen wurde, schaute er d'Artagnan mit erstaunter Miene an, als könnte er nicht begreifen, wie er so viel Mut, so viel Klugheit, so viel Hingebung mit einem Gesicht zusammenreimen sollte, das kaum zwanzig Jahre andeutete.

Die Pferde liefen wie der Wind, und in wenigen Minuten befanden sie sich vor den Toren Londons. D'Artagnan hatte geglaubt, der Herzog würde in der Stadt etwas langsamer reiten, aber dem war nicht so. Er setzte seinen Weg in größter Eile fort und kümmerte sich nicht darum, ob er die Leute auf der Straße über den Haufen ritt. Wirklich ereigneten sich mehrere Unfälle dieser Art während des Rittes durch die Stadt. Aber Buckingham wandte nicht einmal den Kopf, um zu sehen, was aus denjenigen, die er niederritt, geworden war. D'Artagnan folgte ihm mitten unter Ausrufen, die viel Ähnlichkeit mit Verfluchungen hatten.

Im Hof seines Hotels sprang Buckingham vom Pferd, warf ihm gleichgültig den Zügel auf den Hals und stürzte zur Treppe. D'Artagnan tat dasselbe, jedoch mit etwas mehr Unruhe für diese edlen Tiere, deren Verdienst er zu würdigen gelernt hatte. Zu seiner Befriedigung bemerkte er, daß drei bis vier Bedienstete aus den Küchen und Ställen herbeiliefen und sich sofort um die Pferde kümmerten.

Der Herzog ging so rasch, daß d'Artagnan Mühe hatte, ihm zu folgen. Er durchschritt mehrere Salons, die mit einer Eleganz ausgestattet waren, von der selbst die vornehmen Herren Frankreichs keinen Begriff hatten, und kam endlich in ein Schlafgemach, das ein Wunder an Geschmack und Reichtum war. Im Alkoven dieses Gemachs war eine in der Tapete angebrachte Tür, die der Herzog mit einem kleinen goldenen Schlüssel öffnete, den er an einer Kette am Hals trug. Aus Bescheidenheit war d'Artagnan zurückgeblieben, aber in dem Augenblick, wo Buckingham die Schwelle dieser Tür überschritt, drehte er sich um und sprach, als er das Zögern des jungen Mannes bemerkte:

„Kommt, und wenn Ihr die Ehre habt, vor Ihrer Majestät erscheinen zu dürfen, so sagt ihr, was Ihr hier seht."

Ermutigt durch diese Aufforderung, folgte d'Artagnan dem Herzog, der die Tür hinter sich schloß.

Beide standen nun in einer kleinen mit persischer Seide tapezierten und mit Gold durchwirkten Kapelle, die mit einer großen Anzahl von Kerzen stark beleuchtet war.

Über einer Art Altar und unter einem Prachthimmel von blauem Samt, überragt von weißen und roten Federn, sah man ein Porträt in Lebensgröße, Anna von Österreich so vollkommen darstellend, daß d'Artagnan unwillkürlich einen Schrei des Erstaunens ausstieß. Man hätte glauben können, Ihre Majestät wäre im Begriff zu sprechen.

Auf dem Altar und unter dem Porträt stand das Kästchen, das die diamantenen Nestelstifte enthielt.

Der Herzog näherte sich dem Altar, kniete davor nieder

wie ein Priester vor dem Christusbild und öffnete das Kästchen.

„Seht“, sprach er, wobei er eine große, ganz von Diamanten funkelnde blaue Bandschleife hervorzog, „seht, hier sind die kostbaren Nestelstifte, mit denen ich mich begraben lassen wollte. Die Königin hat sie mir gegeben, die Königin nimmt sie mir wieder, ihr Wille geschehe, wie der Wille Gottes, in allen Dingen.“

Dann küßte er alle diese Stifte, von denen er sich trennen sollte, einen nach dem andern. Plötzlich stieß er einen furchtbaren Schrei aus.

„Was gibt es?“ fragte d'Artagnan unruhig. „Was ist, Mylord?“

„Alles ist verloren!“ rief Buckingham, indem er totenbleich wurde, „zwei dieser Nestelstifte fehlen. Es sind nur noch zehn.“

„Hat Mylord sie verloren, oder glaubt er, man könnte sie ihm gestohlen haben?“

„Man hat sie mir gestohlen“, erwiderte der Herzog, „und das ist ein Streich des Kardinals. Seht, die Bänder, an denen sie befestigt waren, sind mit der Schere durchschnitten.“

„Sollte Mylord vermuten, wer den Diebstahl begangen hat?... Vielleicht sind sie noch in den Händen jener Person.“

„Geduld!“ rief der Herzog. „Ich trug diese Nestelstifte nur ein einziges Mal vor acht Tagen auf einem Ball des Königs in Windsor. Die Gräfin Winter näherte sich mir auf diesem Ball. Diese Annäherung war eine Rache der eifersüchtigen Frau. Seitdem habe ich sie nicht wieder gesehen. Sie ist eine Agentin Richelieus.“

„Also hat er auf der ganzen Welt Agenten?“ rief d'Artagnan.

„O ja, ja“, sprach Buckingham, vor Zorn mit den Zähnen knirschend, „ja, er ist ein furchtbarer Gegner. Doch wann soll der bewußte Ball stattfinden?“

„Nächsten Montag.“

„Nächsten Montag! Fünf Tage also? Das ist mehr Zeit, als wir brauchen. Patrick!“ rief der Herzog, die Tür der Kapelle öffnend, „Patrick!“

Der Kammerdiener erschien.

„Meinen Juwelier und meinen Sekretär!“

Der Kammerdiener entfernte sich mit einer Geschwindigkeit und Schweigsamkeit, die erkennen ließen, daß er an blinden und stummen Gehorsam gewöhnt war.

Aber obwohl man den Juwelier zuerst gerufen hatte, erschien doch der Sekretär zuerst. Dies war ganz einfach, denn er wohnte im Hotel. Er fand Buckingham in seinem Schlafzimmer eigenhändig einige Briefe schreibend an.

„Jackson“, sprach er, „Ihr begebt Euch unverzüglich zum Lordkanzler und sagt ihm, daß ich ihn mit Vollziehung dieser Befehle beauftrage. Ich verlange, daß sie sofort bekanntgemacht werden sollen.“

„Aber, gnädigster Herr, wenn der Lordkanzler mich nach den Motiven fragt, die Eure Herrlichkeit zu so außerordentlichen Maßregeln veranlassen konnten, was soll ich antworten?“

„Es habe mir so gefallen, und ich brauche niemand über meinen Willen Rechenschaft zu geben.“

„Ist das die Antwort, die er Seiner Majestät zu überbringen hat“, versetzte der Sekretär lächelnd, „wenn Seine Majestät zufällig neugierig sein sollte, warum kein Schiff aus den Häfen Großbritanniens auslaufen darf?“

„Ihr habt recht“, antwortete Buckingham, „er kann in diesem Fall dem König sagen, ich hätte den Krieg beschlossen, und diese Maßregel sei mein erster feindseliger Akt gegen Frankreich.“

Der Sekretär verbeugte sich und trat ab.

„Wir sind nun hierin beruhigt", sprach Buckingham. „Wenn die Nestelstifte noch nicht nach Frankreich abgegangen sind, so werden sie erst nach Euch ankommen."

„Wie dies?"

„Ich habe ein Embargo auf alle Schiffe gelegt, welche sich zu dieser Stunde in den Häfen Englands befinden, und ohne besondere Erlaubnis wird es keines wagen, die Anker zu lichten."

D'Artagnan betrachtete diesen Mann, der die unbeschränkte Gewalt, womit ihn das Vertrauen des Königs bekleidet hatte, zugunsten seiner Liebschaften ausbeutete. Buckingham bemerkte am Gesichtsausdruck des jungen Mannes, was in seinem Innern vorging, und lächelte.

„Ja", sagte er, „ja, Anna von Österreich ist meine wahre Königin, auf ein Wort von ihr verriete ich mein Vaterland, meinen König, meinen Gott. Sie hat mich gebeten, den Protestanten von La Rochelle die Hilfe nicht zu schicken, die ich ihnen zugesagt hatte, und ich habe es getan. Ich habe mein Wort gebrochen, aber egal, ich gehorchte ihrem Wunsch. Sagt, wurde ich nicht großmütig für meinen Gehorsam belohnt? Diesem habe ich nämlich ihr Porträt zu verdanken."

D'Artagnan staunte und überdachte, an welch schwachen und unbekannten Fäden oft die Geschicke der Völker und das Leben der Menschen hängen.

Er war ganz in Betrachtungen versunken, als der Goldschmied eintrat. Er war Ire und einer der geschicktesten Künstler seines Fachs. Er gestand selbst, daß er jährlich hunderttausend Livres durch den Duke of Buckingham verdiente.

„O'Reilly", sagte der Herzog, indem er ihn in die Kapelle führte, „betrachtet diese diamantenen Nestelstifte und sagt mir, was das Stück wert ist."

Der Goldschmied warf einen Blick auf die zierliche Fassung, berechnete den Wert jedes einzelnen Diamanten und antwortete ohne Zögern:

„Fünfzehnhundert Pistolen das Stück."

„Wie viele Tage braucht man, um zwei solcher Nestelstifte zu machen? Ihr seht, daß zwei fehlen."

„Acht Tage, Mylord."

„Ich bezahle Euch dreitausend Pistolen für das Stück. Übermorgen muß ich sie haben."

„Mylord wird sie haben."

„Ihr seid ein kostbarer Mann, O'Reilly. Aber das ist noch nicht alles. Diese Stifte kann man niemand anvertrauen, sie müssen in meinem Palast gemacht werden."

„Unmöglich, Mylord, nur ich bin imstande, die Arbeit so auszuführen, daß man den Unterschied zwischen den neuen und den alten nicht sieht."

„Dann seid Ihr mein Gefangener, mein lieber O'Reilly, und dürft den Palast von dieser Stunde an nicht mehr verlassen, entschließt Euch also. Nennt mir diejenigen Eurer Gehilfen, die ihr braucht, und bezeichnet mir die Werkzeuge, die sie mitbringen sollen."

Der Goldschmied kannte den Herzog. Er wußte, daß jede Widerrede vergeblich wäre, und faßte also sogleich seinen Entschluß.

„Darf ich meine Frau davon in Kenntnis setzen?" fragte er.

„Oh, es ist Euch auch erlaubt, sie zu sehen, mein lieber O'Reilly. Seid unbesorgt, Eure Gefangenschaft soll mild sein, und da jede Störung eine Entschädigung fordert, so nehmt außer dem Preis für die zwei Nestelstifte diese Anweisung auf tausend Pistolen, damit Ihr leichter die Beschwerde vergeßt, die ich Euch verursache."

D'Artagnan konnte sich von seinem Erstaunen über diesen Minister nicht erholen, der mit vollen Händen Menschen und Millionen in Bewegung setzte.

Der Goldschmied schrieb an seine Frau und schickte ihr die Anweisung auf tausend Pistolen, mit dem Auftrag, ihm dagegen seinen geschicktesten Gesellen, eine Auswahl von Diamanten, die er ihr dem Gewicht und Titel nach bezeichnete, und eine Anzahl verschiedener Instrumente zuzusenden.

Buckingham führte den Goldschmied in das für ihn bestimmte Zimmer, das in einer halben Stunde in eine Werkstätte verwandelt war. Dann stellte er eine Wache vor jede Tür mit dem strengen Verbot, irgend jemand außer seinem Kammerdiener Patrick einzulassen. Es bedarf kaum der Erwähnung, daß es dem Goldschmied O'Reilly und seinem Gehilfen unter keinem Vorwand gestattet war, den Palast zu verlassen.

Nachdem der Herzog diesen Punkt geordnet hatte, kehrte er zu d'Artagnan zurück.

„Nun, mein junger Freund", sprach er, „nun gehört England uns beiden. Was wollt Ihr, was wünscht Ihr?"

„Ein Bett", antwortete d'Artagnan, „das ist in diesem Augenblick für mich das wesentlichste Bedürfnis."

Buckingham gab d'Artagnan ein Zimmer, das an das seine stieß. Er wollte den jungen Mann behalten, nicht als ob er ihm mißtraut hätte, sondern um einen Menschen um sich zu haben, mit dem er beständig von der Königin sprechen konnte.

Eine Stunde später wurde in London der Befehl verkündet, kein nach Frankreich bestimmtes Schiff aus den Häfen auslaufen zu lassen. Dies war eindeutig eine Kriegserklärung zwischen den zwei Königreichen.

Am zweiten Tag um elf Uhr waren die diamantenen Nestelstifte fertig und so genau nachgeahmt, so vollkommen ähnlich, daß Buckingham die neuen nicht von den alten unterscheiden konnte und daß das geübteste Kennerauge sich getäuscht hätte.

Gleich ließ der Herzog d'Artagnan rufen.

„Hier sind die diamantenen Nestelstifte, die Ihr holen wolltet. Seid mein Zeuge, daß ich alles getan habe, was in der Macht eines Menschen lag."

„Seid unbesorgt, Mylord, ich werde erzählen, was ich gesehen habe, aber Eure Herrlichkeit legen die Nestelstifte nicht wieder in das Kästchen."

„Das Kästchen wäre unbequem für Euch. Überdies ist es für mich um so kostbarer, als es mir allein bleibt. Ihr werdet sagen, daß ich es behalte."

„Euer Auftrag soll Wort für Wort vollzogen werden, Mylord."

„Und nun", sprach Buckingham und schaute dabei den jungen Mann fest an, „wie soll ich meine Schuld gegen Euch abtragen?"

D'Artagnan errötete bis über die Ohren. Er sah, daß der Herzog ihn bewegen wollte, irgend etwas anzunehmen, und der Gedanke, daß das Blut seiner Gefährten und das seine mit englischem Gold bezahlt werden sollte, widerstrebte ganz und gar seiner Denkungsart.

„Verständigen wir uns, Mylord", versetzte d'Artagnan, „wägen wir die Umstände vorher genau ab, damit nicht nachher ein Mißverständnis daraus entstehe. Ich bin im Dienste des Königs und der Königin von Frankreich und gehöre zu der Gardekompanie des Herrn des Essarts, der wie sein Schwager, Herr von Treville, Ihren Majestäten ganz besonders ergeben ist. Ich habe also alles für die Königin und nichts für Eure Herrlichkeit getan. Außerdem hätte ich vielleicht von all dem gar nichts ausgeführt, wenn es sich nicht darum gehandelt hätte, einer Person angenehm zu sein, die meine Dame ist, wie die Königin die Eure."

„Ja", sprach der Herzog lächelnd, „und ich glaube sogar die andere Person zu kennen; es ist..."

„Mylord, ich habe sie nicht genannt“, unterbrach ihn der junge Mann lebhaft.

„Das ist wahr“, sprach der Herzog. „Also muß ich dieser Person für Eure Aufopferung dankbar sein?“

„Ihr habt es gesagt, Mylord. Denn gerade zu dieser Stunde, wo von einem Krieg die Rede ist, gestehe ich, daß ich in Eurer Herrlichkeit nur einen Engländer und folglich einen Feind sehe, dem ich noch viel lieber auf dem Schlachtfeld als im Park von Windsor oder in den Gängen des Louvre begegnen würde, was mich aber nicht abhalten soll, meine Sendung zu vollziehen und mich nötigenfalls in deren Erfüllung töten zu lassen. Ich wiederhole aber Eurer Herrlichkeit, daß Ihr mir persönlich ebensowenig für das zu danken habt, was ich bei diesem zweiten Zusammentreffen für mich tue, als für das, was ich bei den ersten für Euch getan habe.“

„Wir sagen: ‚Stolz wie ein Schotte‘ “, murmelte Buckingham.

„Und wir sagen: ‚Stolz wie ein Gascogner‘ “, antwortete d'Artagnan. „Die Gascogner sind die Schotten Frankreichs.“

D'Artagnan verbeugte sich vor dem Herzog und wollte gehen.

„Nun? Ihr geht, wie Ihr seid! Auf welchem Weg, wie?“

„Das ist wahr!“

„Gott verdamm mich! Die Franzosen überlegen gar nichts.“

„Ich hatte vergessen, daß England eine Insel ist und daß Ihr deren König seid.“

„Geht zum Hafen, fragt nach der Brigg ‚Sund‘, stellt dem Kapitän diesen Brief zu. Er wird Euch zu einer Bucht in Frankreich bringen, wo man Euch gewiß nicht erwartet und wo gewöhnlich nur Fischerschiffe landen.“

„Wie heißt diese Bucht?“

„Saint Valery. Doch wartet. Dort angelangt geht Ihr in eine schlechte Herberge ohne Namen und Schild, in eine wahre Matrosenschenke. Ihr könnt Euch nicht täuschen. Es gibt nur eine dort."

„Und dann?"

„Ihr fragt nach dem Wirt und sagt ihm: ‚Forward.'"

„Was soll das heißen?"

„Vorwärts. Das ist das Losungswort. Er wird Euch ein gesatteltes Pferd geben und den Weg sagen, den Ihr einzuschlagen habt. Auf dieselbe Art findet Ihr vier Relais auf Eurem Weg. Wenn Ihr wollt, so gebt Ihr jedem Eure Adresse in Paris, und die vier Pferde werden Euch dorthin folgen. Zwei davon kennt Ihr bereits, und es schien mir, Ihr wußtet sie als Liebhaber zu schätzen. Es sind die beiden, die wir ritten. Glaubt mir, die zwei anderen werden ihnen nicht nachstehen. Diese vier Pferde sind für das Feld ausgerüstet. So stolz Ihr auch seid, werdet Ihr Euch doch wohl nicht weigern, eines für Euch und die drei anderen für Eure Gefährten anzunehmen. Ihr nehmt sie ja, um damit Krieg gegen uns zu führen. Der Zweck heiligt das Mittel, wie Ihr Franzosen sagt, nicht wahr?"

„Ja, Mylord, ich nehme an", sprach d'Artagnan, „und wir werden, wenn es Gott gefällt, einen guten Gebrauch von Euren Geschenken machen."

„Nun Eure Hand, junger Mann, vielleicht treffen wir uns bald auf dem Schlachtfeld, mittlerweile scheiden wir gewiß als gute Freunde."

„Ja, Mylord, aber in der Hoffnung, bald Feinde zu werden."

„Seid ruhig, ich verspreche es Euch."

„Ich baue auf Euer Wort, Mylord."

D'Artagnan verbeugte sich vor dem Herzog und lief rasch zum Hafen.

Dem Tower von London gegenüber fand er das bezeichnete Schiff, stellte den Brief dem Kapitän zu, der ihn von dem Hafengouverneur visieren ließ und sogleich unter Segel ging.

Fünfzig Schiffe warteten zum Auslaufen bereit. Als d'Artagnan Bord an Bord an einem vorüberfuhr, glaubte er, die Frau von Meung zu erkennen, die der unbekannte Edelmann Mylady genannt und die er selbst so schön gefunden hatte.

Aber mit Hilfe der raschen Strömung und gutem Wind lief das Schiff so geschwind, daß es bald außer Sicht der anderen war.

Am anderen Tag gegen neun Uhr morgens ankerte man vor Saint-Valery.

D'Artagnan wandte sich sogleich zur bezeichneten Herberge. Man sprach dort von dem Krieg zwischen England und Frankreich als von einer nahe bevorstehenden und unzweifelhaften Sache, und die Matrosen feierten ein lustiges Gelage.

D'Artagnan durchschritt die Menge, ging auf den Wirt zu und sprach das Wort „Forward" aus. Sogleich deutete ihm der Wirt durch ein Zeichen an, er möge ihm folgen, entfernte sich mit ihm durch eine Tür, die in den Hof ging, führte ihn in den Stall, wo ein vollständig gesatteltes und aufgezäumtes Pferd stand, und fragte ihn, ob er sonst noch etwas brauche.

„Ich brauche nur den Weg kennenzulernen, den ich einzuschlagen habe", sagte d'Artagnan.

„Reitet von hier nach Blangy und von Blangy nach Neufchâtel. In Neufchâtel steigt an der Herberge ‚Zur Goldenen Egge' ab, sagt dem Wirt das Losungswort, und Ihr werdet wie hier ein Pferd mit Sattel und Zeug finden."

„Habe ich Euch etwas zu zahlen?" fragte d'Artagnan.

„Es ist alles bezahlt", antwortete der Wirt, „und zwar reichlich. Geht also, und Gott geleite Euch."

„Amen!“ erwiderte der junge Mann und ritt im Galopp davon.

Vier Stunden später war er in Neufchâtel.

Er befolgte streng die Instruktion, die er erhalten hatte. In Neufchâtel, wie zuvor in Saint-Valery, fand er ein Pferd mit Sattel und Zeug. Er wollte die Pistolen aus dem Sattel nehmen und in den anderen übertragen, aber die Halfter waren bereits mit ähnlichen Pistolen ausgerüstet.

„Eure Adresse in Paris?“ - „Hotel der Garden, Kompanie des Essarts.“ - „Gut“, antwortete der Wirt. - „Welchen Weg soll ich nehmen?“ fragte d'Artagnan.

„Den von Rouen. Ihr laßt aber die Stadt rechts liegen. In dem Dorf Ecouis haltet Ihr an. Es gibt dort nur eine Herberge, die ‚Zum Französischen Taler‘. Beurteilt sie nicht nach ihrem Aussehen. In ihrem Stall findet Ihr ein Pferd, das so viel wert ist wie dieses.“

„Dasselbe Losungswort?“ - „Ganz dasselbe.“ - „Gott befohlen!“ - „Glückliche Reise, edler Herr!“

D'Artagnan gab seinem Pferd die Sporen. In Ecouis wiederholte sich dieselbe Szene. Er fand einen ebenso zuvorkommenden Wirt, ein frisches, ausgeruhtes Pferd, ließ seine Adresse zurück und ritt mit Eile nach Pontoise. In Pontoise wechselte er zum letztenmal, und um neun Uhr abends sprengte er in vollem Galopp in den Hof des Herrn von Treville. Er hatte beinahe sechzig französische Meilen in zwölf Stunden zurückgelegt.

Herr von Treville empfing ihn, als ob er ihn an demselben Morgen gesehen hätte, nur drückte er ihm die Hand etwas lebhafter als gewöhnlich. Er teilte ihm mit, daß die Kompanie des Herrn des Essarts im Louvre Wache habe und daß er gleich auf Posten ziehen könne.

22. Kapitel

Das Ballett der Merlaison

Am folgenden Tag sprach man in allen Straßen von Paris nur von dem Ball, den die Ratsherren der Stadt dem König und der Königin gaben und wobei Ihre Majestäten das berühmte Ballett der Merlaison tanzen sollten.

Man traf wirklich seit acht Tagen im Rathaus alle Anstalten zu dieser feierlichen Soirée. Der Stadtzimmermeister hatte Gerüste aufgeschlagen, auf denen die eingeladenen Damen ihre Plätze bekommen sollten. Die Gewürzkrämer der Stadt hatten die Säle mit zweihundert weißen Wachskerzen geschmückt, was in jener Zeit ein unerhörter Luxus war. Endlich waren zwanzig Geiger bestellt worden, und man hatte ihnen das Doppelte des gewöhnlichen Lohnes bewilligt, in Anbetracht - sagt der Bericht -, daß sie die ganze Nacht spielen mußten.

Um zehn Uhr morgens erschien der Sieur de la Coste, Fähnrich der Garden des Königs, gefolgt von zwei Gefreiten und von mehreren Leibbogenschützen, und forderte von dem Ratsschreiber der Stadt, namens Clement, alle Schlüssel der Türen, der Zimmer und aller Arbeitsräume des Rathauses. Diese Schlüssel wurden ihm sofort ausgehändigt. An jedem einzelnen war ein Zettelchen befestigt, damit man sich zurechtfinden könnte, und von diesem Augenblick an war dem Sieur de la Coste die Bewachung aller Türen und Zugänge übertragen.

Um elf Uhr kam du Hallier, Kapitän der Garden, mit fünfzig Bogenschützen, die sich gleich an den Türen, die man ihnen anwies, aufstellten.

Um drei Uhr kamen noch zwei Gardekompanien dazu, eine französische und eine schweizerische. Die Kompanie der französischen Garden bestand zur Hälfte aus der Mannschaft des Herrn du Hallier, zur Hälfte aus der des Herrn des Essarts.

Um sechs Uhr begannen die Eingeladenen einzutreten. Bei ihrem Eintritt wurden ihnen Plätze im großen Saal auf den Gerüsten angewiesen.

Um neun Uhr traf die Gemahlin des Ersten Präsidenten ein. Da diese nach der Königin die bedeutendste Person des Festes war, so wurde sie von den Herren der Stadt empfangen und in die Loge geführt, die gegenüber der der Königin lag.

Um zehn Uhr trug man in dem kleinen Saal, auf der Seite der St.-Jean-Kirche, und zwar dem silbernen Büfett der Stadt gegenüber, das von vier Bogenschützen bewacht wurde, die Konfitüren für den König auf.

Um Mitternacht hörte man einen gewaltigen Lärm und zahlreiche Zurufe. Es war der König, der durch die Straßen zog, die vom Louvre zum Rathaus führten und die alle durch farbige Lampions beleuchtet waren.

Die Ratsherren, vor denen Stadtsoldaten mit Fackeln in den Händen gingen, eilten, in ihre Tuchgewänder gekleidet, dem König bis auf die Treppe entgegen, wo ihn der Vorsteher der Kaufleute mit einer Anrede begrüßte, die der König dadurch erwiderte, daß er sein spätes Erscheinen entschuldigte und die Schuld auf den Kardinal schob, der ihn bis elf Uhr mit Staatsangelegenheiten aufgehalten habe.

Seine Majestät erschien in großer Gala, und sein Gefolge bestand aus Seiner Königl. Hoheit Monsieur, dem Grafen von Soissons, dem Großprior, dem Herzog von Longueville, dem Herzog d'Elbeuf, dem Grafen d'Harcourt, dem Grafen de la Roch-Guyon, Herrn von Liancourt, Herrn von Baradas, dem Grafen von Cramail und dem Chevalier Souveray. Jeder bemerkte, daß der König traurig und mißgestimmt war.

Man hatte ein Kabinett für den König und ein anderes für Monsieur bereitet. In jedem von diesen Kabinetten lagen Kostüme und Masken.

Dasselbe hatte man für die Königin und die Frau Präsidentin getan. Die Herren und Damen vom Gefolge Ihrer Majestäten sollten sich zu zweien in Zimmern ankleiden, die zu diesem Zweck eingerichtet waren.

Ehe der König in das Kabinett trat, gab er Befehl, ihn gleich zu benachrichtigen, wenn der Kardinal erscheinen würde.

Eine halbe Stunde nach dem König ertönten neue Zurufe. Diese verkündeten die Ankunft der Königin. Die Ratsherren taten dasselbe, was sie bereits getan hatten, und gingen, Stadtsoldaten voran, ihrem erhabenen Gast entgegen.

Die Königin erschien im Saal. Man bemerkte, daß sie, wie der König, traurig und angegriffen aussah.

Im Augenblick, wo sie eintrat, öffnete sich der Vorhang einer kleinen Tribüne, die bis jetzt geschlossen gewesen war, und man erblickte den bleichen Kopf Richelieus, der die Tracht eines spanischen Granden angelegt hatte. Seine Augen richteten sich auf die Königin, und ein Lächeln furchtbarer Freude umzuckte seine Lippen. Die Königin trug ihre diamantenen Nestelstifte nicht.

Die Königin verweilte einige Zeit, um die Komplimente der Ratsherren und die Begrüßungen der Damen zu erwidern.

Plötzlich erschien der König mit dem Kardinal an einer der Saaltüren. Der Kardinal sprach sehr leise mit ihm, und der König war äußerst bleich.

Der König durchschritt die Menge. Er war ohne Maske

und hatte sich nicht einmal die Zeit genommen, die Rockbänder schnüren zu lassen. So näherte er sich der Königin und sprach erregt zu ihr:

„Madame, wenn ich fragen darf, warum tragt Ihr Eure diamantenen Nestelstifte nicht, da Ihr doch wißt, daß es mir angenehm gewesen wäre, sie zu sehen?“

Die Königin schaute um sich und erblickte hinter sich den Kardinal, der wahrhaft teuflisch lächelte.

„Sire“, antwortete die Königin bebend, „ich fürchtete, unter dieser großen Menschenmasse könnte mir damit ein Unglück begegnen.“

„Und Ihr habt unrecht gehabt, Madame. Wenn ich Euch dieses Geschenk machte, so geschah es, damit Ihr Euch damit schmücken sollt.“

Die Stimme des Königs zitterte vor Zorn. Jeder sah und hörte mit Erstaunen und niemand begriff, was vorging.

„Sire“, sagte die Königin, „ich kann sie im Louvre holen lassen, um den Wünschen Eurer Majestät zu entsprechen.“

„Tut das, Madame, tut das, und zwar so schnell wie möglich, denn in einer Stunde beginnt das Ballett.“

Die Königin verbeugte sich, um damit ihren Gehorsam anzudeuten, und begab sich mit ihren Damen in das für sie bestimmte Kabinett.

Der König kehrte ebenfalls in das seine zurück.

Es herrschte einen Augenblick Unruhe und Verwirrung im Saal.

Jedermann konnte vermerken, daß etwas zwischen dem König und der Königin vorging. Beide aber sprachen so leise, daß sich alle Anwesenden aus Ehrfurcht einige Schritte zurückzogen und somit niemand etwas vernahm. Die Geigen ertönten mit aller Macht, aber niemand hörte sie.

Der König trat zuerst aus seinem Kabinett. Er trug ein äußerst elegantes Jagdkostüm, und Monsieur und die übri-

gen Höflinge hatten sich ebenso gekleidet. Es war dies das Kostüm, das dem König am besten stand und worin er allerdings der Erste Edelmann seines Königreichs zu sein schien.

Der Kardinal näherte sich dem König und übergab ihm ein Etui, der König öffnete es und fand darin zwei diamantene Nestelstifte.

„Was soll das bedeuten?" fragte er den Kardinal.

„Nichts", antwortete dieser, „wenn die Königin Nestelstifte trägt, woran ich zweifle, so zählt sie, Sire, und wenn Ihr nur zehn findet, so fragt Ihre Majestät, wer ihr die Stifte, die Ihr hier habt, genommen haben könnte."

Der König schaute den Kardinal forschend an, aber er hatte nicht Zeit, eine Frage an ihn zu richten, ein Schrei der Verwunderung drang aus dem Mund aller Anwesenden. Schien der König der Erste Edelmann seines Reiches zu sein, so war die Königin sicherlich die schönste Frau Frankreichs.

Die Tracht einer Jägerin stand ihr allerdings wunderbar gut. Sie trug einen Filzhut mit blauen Federn, ein durch Diamant-Agraffen befestigtes perlgraues Samtoberkleid und ein mit Silber gesticktes Unterkleid von blauer Seide. Auf ihrer linken Schulter glänzten die Nestelstifte, gehalten von einer Schleife von derselben Farbe wie die Federn und das Unterkleid.

Der König bebte vor Freude, der Kardinal vor Zorn. Doch in der Entfernung, in der sie von der Königin standen, konnten sie die Stifte nicht zählen. Die Königin hatte sie, soviel war sicher. Nur fragte es sich, hatte sie zehn oder zwölf?

In diesem Augenblick gaben die Geigen das Zeichen zum Ballett. Der König schritt auf die Frau Präsidentin zu, mit der er tanzen sollte, und Seine Hoheit Monsieur näherte sich der Königin. Man stellte sich auf und begann.

Der König figurierte der Königin gegenüber, und sooft er an ihr vorüberkam, verschlang er mit seinen Blicken die Nestelstifte, die er nicht abzählen konnte. Kalter Schweiß bedeckte die Stirn des Kardinals.

Das Ballett dauerte eine Stunde. Es hatte sechzehn Entrées.

Sobald das Ballett vorüber war, führte jeder Herr unter dem Beifallsklatschen des ganzen Saals seine Dame an ihren Platz. Aber der König benutzte das ihm zukommende Vorrecht, seine Dame stehenzulassen, wo er sich gerade befand, um eilig auf die Königin zuzugehen.

„Ich danke Euch, Madame", sprach er, „für die Bereitwilligkeit, mit der Ihr meinen Wünschen Folge geleistet habt, aber ich glaube, es fehlen Euch zwei Nestelstifte, die ich Euch hier überbringe."

Mit diesen Worten überreichte er die zwei Stifte, die ihm der Kardinal gegeben hatte.

„Wie, Sire!" rief die Königin, die Erstaunte spielend, „Ihr gebt mir noch zwei andere, dann habe ich vierzehn."

Der König zählte wirklich - zwölf Nestelstifte waren an der Schulter Ihrer Majestät befestigt.

Der König rief den Kardinal und fragte in strengem Ton: „Was soll das bedeuten, Herr Kardinal?"

„Sire", antwortete der Kardinal, „das bedeutet, daß ich der Königin gern diese Stifte verehrt hätte, und da ich es nicht wagte, sie selbst Ihrer Majestät anzubieten, so wählte ich dieses Mittel."

„Und ich bin Eurer Eminenz hierfür um so mehr zu Dank verpflichtet", antwortete Anna von Österreich mit einem Lächeln, das bewies, daß sie sich durchaus nicht von dieser geistreichen Galanterie täuschen ließ, „als ich die Überzeugung hege, daß diese zwei Stifte allein Euch mehr kosten als die zwölf anderen Seine Majestät gekostet haben."

Dann zog sich die Königin, nachdem sie den König und den Kardinal gegrüßt hatte, wieder in das Ankleidezimmer zurück.

Die Aufmerksamkeit, die wir am Anfang dieses Kapitels den von uns eingeführten hohen Personen schenken mußten, entfernte uns einen Augenblick von demjenigen, welchem Anna von Österreich den unerhörten Triumph zu verdanken hatte, den sie über den Kardinal davontrug, und der unbekannt, verloren unter der an der Tür sich drängenden Menge, diese Szene betrachtete, die nur für vier Personen, für den König, die Königin, Seine Eminenz und ihn verständlich war.

Die Königin hatte ihr Zimmer wieder erreicht, und d'Artagnan wollte gerade fortgehen, als er fühlte, daß man leicht seine Schulter berührte. Er wandte sich um und sah eine junge Frau, die ihn durch ein Zeichen aufforderte, ihr zu folgen. Das Gesicht dieser jungen Frau war mit einer schwarzen Maske bedeckt, aber trotz dieser Vorsichtsmaßregel, die übrigens mehr anderen als ihm galt, erkannte er seine Führerin, die heitere und geistreiche Frau Bonacieux.

Am Tag vorher hatten sie sich kaum bei dem Schweizer Germain, wohin sie d'Artagnan hatte rufen lassen, gesprochen. Die junge Frau eilte so sehr, der Königin die gute Nachricht von der Rückkehr ihres Boten zu überbringen, daß die beiden Liebenden nur sehr wenig miteinander sprechen konnten. Von einer doppelten Empfindung, von Liebe und Neugier getrieben, folgte d'Artagnan Frau Bonacieux. Auf dem ganzen Weg und als sie nun auf die einsamen Gänge kamen, wollte d'Artagnan die junge Frau anhalten, ergreifen, betrachten, wenn auch nur für einen Augenblick; aber lebhaft wie ein Vogel entschlüpfte sie stets seinen Händen, und wenn er sprechen wollte, wurde er durch ihren, mit einer kleinen gebieterischen

Miene voll Liebreiz auf den Mund gelegten Finger daran erinnert, daß er unter der Herrschaft einer Macht stand, der er blindlings gehorchen mußte und die ihm auch die leiseste Klage untersagte. Nachdem beide ein paar Minuten lang kreuz und quer gegangen waren, öffnete Frau Bonacieux eine Tür und führte den jungen Mann in ein völlig dunkles Kabinett. Hier gab sie ihm ein neues Zeichen, stumm zu bleiben, schloß eine zweite, unter einer Tapete verborgene Tür auf, deren Öffnung plötzlich ein helles Licht eindringen ließ, und verschwand.

D'Artagnan blieb einen Augenblick unbeweglich und fragte sich, wo er wäre; aber ein Lichtstrahl, der aus diesem Zimmer drang, die warme und von Wohlgerüchen erfüllte Luft, die an ihn heranströmte, die Unterhaltung mehrerer Frauen in zugleich ehrfurchtsvoller und zierlicher Sprache, das mehrmals wiederholte Wort Majestät zeigten ihm plötzlich ganz klar, daß er sich in einem an das Zimmer der Königin stoßenden Kabinett befand.

Der junge Mann blieb im Schatten stehen und harrte der Dinge, die da kommen sollten.

Die Königin schien heiter und glücklich, worüber die Personen ihrer Umgebung ohne Zweifel gewaltig staunten, da sie im Gegenteil gewöhnt waren, sie beinahe immer bekümmert zu sehen. Die Königin schrieb dieses heitere Gefühl der Schönheit des Festes, dem Vergnügen, das ihr das Ballett bereitete, zu, und da es nicht erlaubt ist, einer Königin zu widersprechen, so überboten sich alle in Lobeserhebungen über die Galanterie der Ratsherren von Paris.

Obwohl d'Artagnan die Königin nicht kannte, so unterschied er doch bald ihre Stimme von den übrigen, einmal an dem etwas fremdartigen Akzent und dann an jenem Gefühl der Überlegenheit, das allen fürstlichen Reden ein eigentümliches Gepräge verleiht. Er hörte, wie sie sich der offenen Tür näherte und sich wieder entfernte. Er sah sogar zwei- oder dreimal, wie der Schatten eines Körpers sich vor das Licht schob. Endlich kamen plötzlich eine Hand und ein Arm von bewunderungswürdiger Form und Weiße hervor. D'Artagnan begriff, daß dies seine Belohnung war. Er warf sich auf ein Knie, ergriff diese Hand und drückte ehrfurchtsvoll seine Lippen darauf. Dann zog sich diese Hand zurück und ließ in der seinen einen Gegenstand, in dem er einen Ring erkannte. Bald schloß sich die Tür, und d'Artagnan befand sich in völliger Finsternis.

D'Artagnan steckte den Ring an seinen Finger und wartete abermals. Offenbar war noch nicht alles zu Ende. Auf die Belohnung seiner Ergebenheit mußte der Lohn seiner Liebe folgen. Das Ballett war allerdings getanzt, aber das Fest hatte kaum seinen Anfang genommen. Man tafelte um drei Uhr, und die Glocke von St-Jean hatte bereits vor einiger Zeit drei Viertel nach zwei geschlagen.

Der Lärm der Stimmen nahm in dem anstoßenden Zimmer allmählich ab. Dann hörte man, wie er sich entfernte. Die Tür des Kabinetts, in dem sich d'Artagnan befand, öffnete sich, und Frau Bonacieux trat heraus.

„Endlich kommt Ihr!" rief d'Artagnan.

„Still!" sprach die junge Frau und legte ihre Hand auf seine Lippen, „Still! Geht auf demselben Wege zurück, auf dem Ihr gekommen seid."

„Aber wo und wann werde ich Euch wiedersehen?" rief d'Artagnan.

„Ein Billett, das Ihr bei Eurer Rückkehr zu Hause findet, wird Euch das sagen. Geht, geht!"

Bei diesen Worten öffnete sie die Flurtür und drängte d'Artagnan aus dem Kabinett.

D'Artagnan gehorchte wie ein Kind ohne Widerstand, ohne Einwendung, woraus hervorgeht, daß er wirklich sehr verliebt war.

23. Kapitel

Das Rendezvous

D'Artagnan lief in aller Eile nach Hause, und obwohl es morgens drei Uhr war und er die schlimmsten Viertel von Paris durchwandert hatte, begegnete ihm doch nichts Schlimmes. Bekanntlich wacht ein Gott über den Trunkenen und Verliebten.

Er fand die Tür zu seinem Flur halb offen, stieg die Treppe hinauf und klopfte auf eine zwischen ihm und seinem Lakaien abgemachte Weise leise an. Planchet, den er zwei Stunden vorher mit dem Befehl, auf ihn zu warten, aus dem Rathaus zurückgeschickt hatte, öffnete ihm.

„Hat jemand einen Brief für mich gebracht?" fragte d'Artagnan lebhaft.

„Niemand hat einen Brief gebracht, gnädiger Herr", antwortete Planchet, „aber es ist einer ganz allein gekommen."

„Was willst du damit sagen, Dummkopf?"

„Ich will damit sagen, daß ich bei meiner Rückkehr auf der grünen Decke des Tischs in Eurem Schlafzimmer einen Brief gefunden habe."

„Und wo ist dieser Brief?"

„Ich ließ ihn, wo er war, gnädiger Herr. Es geht nicht mit natürlichen Dingen zu, daß Briefe auf diese Art zu den Leuten kommen. Wäre wenigstens das Fenster offen oder auch nur halb geöffnet gewesen, so würde ich nichts sagen. Aber nein, alles war hermetisch verschlossen. Seid auf Eurer Hut, Herr, denn sicherlich ist hierbei Zauberwerk im Spiel."

Der junge Mann stürzte in das Zimmer und öffnete den Brief. Er war von Frau Bonacieux und in folgenden Worten abgefaßt:

„Man hat Euch lebhaften Dank abzustatten und zu überbringen. Findet Euch heute abend gegen zehn Uhr in St.-Cloud vor dem Pavillon ein, der sich an der Ecke des Hauses von Herrn d'Estrées erhebt. C. B."

Als d'Artagnan diesen Brief las, fühlte er, wie sich sein Herz erweiterte und zusammenschnürte.

Es war der erste Liebesbrief, den er erhielt, das erste Rendezvous, das ihm bewilligt wurde. Von der Trunkenheit der Freude übervoll, war sein Herz nahe daran, auf der Schwelle des irdischen Paradieses, das man Liebe nennt, zu brechen.

„Nun, gnädiger Herr", sagte Planchet, der seinen Gebieter bald blaß, bald rot werden sah, „nicht wahr, ich habe richtig erraten, es ist eine abscheuliche Geschichte?"

„Du täuschst dich, Planchet", antwortete d'Artagnan, „und zum Beweis hast du hier einen Taler, um auf meine Gesundheit zu trinken."

„Ich danke dem gnädigen Herrn für den Taler, den er mir gibt, und verspreche ihm, seine Anweisung pünktlich zu befolgen. Darum ist es aber nicht minder wahr, daß Briefe, die auf diese Art in die geschlossenen Häuser kommen..."

„Vom Himmel fallen, mein Freund, vom Himmel fallen."

„Der gnädige Herr ist also zufrieden?" fragte Planchet.

„Mein lieber Planchet, ich bin der Glücklichste der Sterblichen."

„Und ich darf das Glück des gnädigen Herrn benutzen, um mich schlafen zu legen?"

„Ja, geh!"

„Alle Segnungen des Himmels mögen auf den gnädigen

Herrn herabströmen, darum ist es aber nicht minder wahr, daß dieser Brief ..."

Und Planchet entfernte sich kopfschüttelnd und mit einer Miene des Zweifels, den d'Artagnans Großmut nicht gänzlich beseitigen konnte.

Allein in seinem Zimmer, las d'Artagnan das Billett wieder und wieder. Dann küßte er wohl zwanzigmal diese von seiner schönen Geliebten geschriebenen Zeilen. Endlich legte er sich nieder, träumte goldene Träume.

Um sieben Uhr morgens stand er auf und rief Planchet, der, noch einige Spuren von der gestrigen Ausschweifung im Gesicht, auf den zweiten Ruf die Tür öffnete.

„Planchet", sagte d'Artagnan zu ihm, „ich entferne mich vielleicht für den ganzen Tag, du bist also bis sieben Uhr abends frei. Um sieben Uhr aber halte dich mit zwei Pferden bereit." – „Ah, gnädiger Herr", sprach Planchet, „es scheint, wir wollen uns die Haut noch an verschiedenen Stellen durchstechen lassen." – „Du nimmst deine Muskete und deine Pistolen." – „Schön, sagte ich's doch!" rief Planchet. „Dahinter steckt ganz bestimmt der verdammte Brief." – „Sei ruhig, alberner Tropf, es handelt sich ganz einfach um eine Vergnügungspartie." – „Ja, wie bei den Lustreisen von neulich, wo es Kugeln regnete und überall Wolfsfallen erschienen." – „Wenn du übrigens Furcht hast, Planchet", sprach d'Artagnan, „so werde ich allein gehen. Ich will lieber allein reisen, als einen zitternden Gefährten bei mir haben." – „Der gnädige Herr tut mir unrecht", sagte Planchet, „es scheint mir doch, er hat mich bei der Arbeit gesehen." – „Ja, aber ich glaubte, du hättest all deinen Mut auf einmal verbraucht." – „Der gnädige Herr wird sehen, daß ich noch welchen übrig habe, nur bitte ich, nicht zu verschwenderisch damit umzugehen, wenn mir noch lange etwas davon bleiben soll." – „Meinst du, du würdest heute abend noch eine gewisse Summe aus-

zugeben haben?“ – „Ich hoffe es.“ – „Gut, ich zähle auf dich.“ – „Zur genannten Stunde werde ich bereit sein. Ich glaubte nur, der gnädige Herr hätte nur ein Pferd im Stall der Garden.“ – „Vielleicht ist in diesem Augenblick nur eins dort, aber heute abend werden vier dort sein.“ – „Unsere Reise war, scheint es, eine Remonter-Reise?“ – „Ganz richtig“, sagte d'Artagnan, schärfte Planchet seinen Auftrag noch einmal ein und entfernte sich.

Herr Bonacieux stand an seiner Tür. D'Artagnan wollte

vorbeigehen, ohne mit dem würdigen Krämer zu sprechen. Aber dieser grüßte ihn so zuckersüß und freundlich, daß sich der Mieter nicht nur genötigt sah, den Gruß zu erwidern, sondern auch ein Gespräch mit ihm anzuknüpfen.

Wie sollte man nicht ein wenig Herablassung gegen einen Mann zeigen, dessen Frau einem für denselben Abend ein Rendezvous vor dem kleinen Pavillon des Herrn d'Estrées in Saint-Cloud gegeben hat? D'Artagnan näherte sich ihm mit der liebenswürdigsten Miene, die er aufsetzen konnte.

Man kam natürlich auf die Einkerkerung des armen Mannes zu sprechen. Herr Bonacieux, der nicht wußte, daß d'Artagnan seine Unterredung mit dem Unbekannten von Meung gehört hatte, erzählte seinem jungen Mieter die Verfolgung jenes Ungeheuers, des Herrn von Laffemas, den er unablässig während seiner Mitteilungen als den Henker des Kardinals bezeichnete, und verbreitete sich mit vielen Worten über die Bastille, die Riegel, die Pforten, die Luftlöcher, die Gitter und die Folterwerkzeuge.

D'Artagnan hörte ihm mit musterhafter Gefälligkeit zu und sagte, als er geendet hatte:

„Und wie steht's mit Frau Bonacieux? Wißt Ihr, wer sie entführt hat? Denn ich vergesse nicht, daß ich diesem unangenehmen Umstand die Ehre Eurer Bekanntschaft zu danken habe."

„Ach", rief Herr Bonacieux, „sie haben sich wohl gehütet, mir dies zu sagen, und meine Frau hat mir bei allen Göttern geschworen, daß sie nichts wisse. Aber Ihr selbst", fuhr Bonacieux in äußerst gutmütigem Ton fort, „was ist mit Euch in allen diesen Tagen vorgegangen? Ich habe weder Euch noch Eure Freunde gesehen, und Ihr habt wohl nicht auf dem Pflaster von Paris all den Staub gesammelt, den Planchet gestern aus Euren Stiefeln klopfte?"

„Ihr habt recht, mein lieber Herr Bonacieux. Meine Freunde und ich machten eine kleine Reise."

„Weit von hier?"

„O mein Gott, nein, höchstens vierzig Meilen. Wir begleiteten Herrn Athos zu den Bädern von Forges, wo meine Freunde zurückgeblieben sind."

„Und Ihr seid zurückgekehrt, nicht wahr?" versetzte Herr Bonacieux, indem er seinem Gesicht ein höchst schalkhaftes Aussehen zu geben versuchte. „Ein hübscher Junge wie Ihr erhält keinen langen Urlaub von seiner Geliebten. Und wir wurden ungeduldig zurückerwartet, nicht wahr?"

„Meiner Treu", erwiderte der junge Mann lachend, „ich gestehe Euch dies um so eher, mein lieber Herr Bonacieux, als ich sehe, daß man Euch nichts verbergen kann. Ja, ich wurde erwartet, und zwar sehr ungeduldig, das könnt Ihr glauben."

Eine leichte Wolke zog über Bonacieux' Stirn, aber so leicht, daß es d'Artagnan nicht merkte.

„Und wir werden für unseren Eifer belohnt?" fuhr der Krämer mit beinahe unmerklichem Zittern seiner Stimme fort, einem Zittern, das d'Artagnan ebensowenig bemerkte als die augenblickliche Wolke, die einen Augenblick vorher das Gesicht des würdigen Mannes verdüstert hatte.

„Ach, schweigt doch", sagte d'Artagnan lachend.

„Nein", versetzte Bonacieux, „ich sage Euch dies nur, um zu erfahren, ob wir spät nach Hause kommen."

„Warum diese Frage, mein lieber Wirt?" entgegnete d'Artagnan, „habt Ihr vielleicht im Sinn, auf mich zu warten?"

„Nein, aber seit meiner Verhaftung und dem Diebstahl erschrecke ich, sooft ich eine Tür schlagen höre, und zwar besonders nachts. Verdammt! Was wollt Ihr? Ich bin kein Kriegsmann."

„Schon gut, erschreckt meinetwegen nicht, wenn ich erst um zwei oder drei Uhr zurückkehre. Erschreckt nicht, wenn ich auch gar nicht nach Hause komme."

Diesmal wurde Bonacieux so bleich, daß es d'Artagnan nicht entgehen konnte, weshalb er ihn auch fragte, was mit ihm sei.

„Nichts", antwortete Bonacieux, „nichts. Seit meinen Unglücksfällen bin ich Schwächen unterworfen, die mich plötzlich befallen, und es hat mich soeben ein Schauder überlaufen. Achtet nicht darauf, denn Ihr habt Euch doch nur damit zu beschäftigen, glücklich zu sein."

„Dann habe ich Beschäftigung, denn ich bin es."

„Noch nicht, wartet noch, Ihr sagtet diesen Abend."

„Nun, dieser Abend wird kommen, Gott sei Dank! Und Ihr erwartet ihn wohl mit ebenso großer Ungeduld als ich? Vielleicht wird Madame Bonacieux das eheliche Gemach besuchen."

„Madame Bonacieux ist heute abend nicht frei", erwiderte der Gatte sehr ernst, „sie wird durch ihren Dienst im Louvre zurückgehalten."

„Desto schlimmer für Euch, mein lieber Wirt, desto schlimmer. Wenn ich glücklich bin, wünsche ich, die ganze Welt wäre es. Aber es scheint, es sei nicht möglich."

Und der junge Mann entfernte sich, laut lachend über den Scherz, den er allein verstehen zu können glaubte.

„Unterhaltet Euch gut", erwiderte Bonacieux mit Grabesstimme.

Aber d'Artagnan war bereits zu weit entfernt, um ihn zu hören, und hätte er ihn gehört, so würde er es in seiner Gemütsstimmung gewiß nicht bemerkt haben.

Er wandte sich zum Hotel des Herrn von Treville. Sein Besuch war am Tag vorher, wie man sich erinnern wird, sehr kurz gewesen und hatte wenig Erklärungen gebracht.

Er fand Herrn Treville in der vollen Freude seines Herzens. Der König und die Königin hatten sich auf den Ball höchst freundlich gegen ihn benommen. Der Kardinal war allerdings unter dem Vorwand einer Unpäßlichkeit höchst verdrießlich gewesen. Er entfernte sich schon um ein Uhr morgens. Ihre Majestäten kehrten erst um sechs Uhr in den Louvre zurück.

„Nun", sprach Herr von Treville, die Stimme dämpfend und mit dem Blick alle Winkel des Zimmers durchforschend, um zu sehen, ob sie allein waren, „nun, sprechen wir von Euch, mein junger Freund, denn Eure glückliche Rückkehr spielt offenbar eine Rolle bei der Freude des Königs, bei dem Triumph der Königin und bei der Demütigung Seiner Eminenz. Ihr müßt auf Eurer Hut sein." – „Was habe ich zu fürchten?" antwortete d'Artagnan, „solange ich bei Ihren Majestäten in Gunst stehe?" – „Glaubt mir, alles. Der Kardinal ist nicht der Mann, zu vergessen, solange er noch nicht mit jemandem abgerechnet hat. Und dieser scheint mir ganz einem gewissen jungen Mann meiner Bekanntschaft zu gleichen." – „Glaubt Ihr, der Kardinal sei so gut unterrichtet als Ihr und wisse, daß ich in London gewesen bin?" – „Teufel! Ihr seid in London gewesen und von London habt Ihr diesen schönen Diamanten mitgebracht, der an Eurem Finger glänzt? Nehmt Euch in acht, mein lieber d'Artagnan. Das Geschenk eines Feindes hat nichts Gutes zu bedeuten. Gibt es nicht hierüber einen lateinischen Vers?" ... – „Ja, allerdings", antwortete d'Artagnan, der nie die erste Regel der Anfangsgründe hatte in den Kopf bringen können und oft durch seine Unwissenheit seinen Lehrer in Verzweiflung brachte, „ja, allerdings, es gibt einen hierüber." – „Ganz gewiß", sprach Herr von Treville, dem es nicht an wissenschaftlichem Anstrich fehlte. „Und Herr von Benserade zitierte ihn mir eines Tages ... Geduld ... ah! Ich hab' es:

... Timeo Danaos et dona ferentes.

Das bedeutet: Mißtrauet dem Feinde, wenn er Euch Geschenke macht." – „Dieser Diamant kommt nicht von einem Feind, gnädiger Herr", entgegnete d'Artagnan, „er kommt von der Königin." – „Von der Königin!" sprach Herr von Treville, „das ist ein wahrhaft königliches Juwel, das unter Brüdern seine tausend Pistolen wert ist. Durch wen hat Euch die Königin dieses Geschenk zustellen lassen?" – „Sie hat es mir selbst übergeben." – „Wo?" – „In dem Kabinett, das an das Zimmer stößt, wo sie ihre Toilette wechselte." – „Wie?" – „Indem sie mir die Hand zum Kuß reichte." – „Ihr habt die Hand der Königin geküßt?" rief Herr von Treville, d'Artagnan anschauend. – „Ihre Majestät hat mir die Ehre gezeigt, mir diese Gnade zu bewilligen." – „Und dies in Gegenwart von Zeugen? Unvorsichtige, dreimal unvorsichtige Frau!" – „Nein, gnädiger Herr, seid unbesorgt, niemand hat es gesehen", erwiderte d'Artagnan und erzählte Herrn von Treville den Hergang der Sache. – „Oh, diese Weiber! Diese Weiber!" rief der alte Soldat, „daran seh' ich wieder ihre romantische Einbildungskraft. Alles entzückt sie, was geheimnisvoll klingt. Also habt Ihr nur den Arm gesehen und nichts weiter? Ihr würdet der Königin begegnen und sie nicht wiedererkennen? Sie würde Euch begegnen und nicht wissen, wer Ihr seid?" – „Nein, aber durch diesen Diamanten...", versetzte der junge Mann. – „Hört", sprach Herr von Treville, „soll ich Euch einen Rat geben, einen guten Rat, einen Freundesrat?" – „Ihr werdet mir eine Ehre erweisen, gnädiger Herr", sprach d'Artagnan. – „Wohl! So geht zu dem erstbesten Goldschmied und verkauft diesen Diamanten um das, was er Euch dafür gibt! So jüdisch er auch sein mag, so werdet Ihr doch immerhin achthundert Pistolen dafür bekommen. Pistolen haben keinen Namen, junger Mann, aber dieser Ring hat einen furchtbaren, der seinen Träger verraten kann." – „Diesen Ring verkaufen! Einen

Ring, den ich von meiner Fürstin erhalten habe! Nie!" sagte d'Artagnan. – „Dann dreht den Stein nach innen, denn man weiß, daß ein Junker aus der Gascogne solche Juwelen nicht in dem Schmuckkästchen seiner Mutter findet." – „Ihr glaubt also, daß ich etwas zu befürchten habe?" fragte d'Artagnan. – „Das heißt, junger Mann, daß derjenige, der auf einer Mine einschläft, deren Lunte angezündet ist, sich im Vergleich zu Euch für sicher halten darf." –

„Teufel!" sprach d'Artagnan, den der bestimmte Ton des Herrn von Treville zu beunruhigen anfing, „Teufel! Was soll ich tun?" - „Stets und vor allem auf Eurer Hut sein. Der Kardinal hat ein gutes Gedächtnis und eine lange Hand. Glaubt mir, er wird Euch einen schlimmen Streich spielen." - „Aber welchen?" - „Weiß ich es? Hat er nicht alle Ränke des Teufels in seinem Dienst? Das Geringste, was Euch widerfahren kann, ist, daß man Euch verhaftet." - „Wie, man sollte es wagen, einen Mann im Dienst Seiner Majestät zu verhaften?" - „Bei Gott, hat man sich bei Athos viel darum gekümmert? Glaubt immerhin einem Mann, der seit dreißig Jahren am Hof lebt, junger Mensch, laßt Euch nicht in Sicherheit einlullen, oder Ihr seid verloren. Seht vielmehr im Gegenteil überall Feinde, das sage ich Euch. Sucht man einen Streit mit Euch, weicht aus, und wäre es ein Kind von zehn Jahren, das mit Euch anbinden wollte. Greift man Euch bei Tag oder Nacht an, nehmt fechtend Euern Rückzug und schämt Euch dessen nicht. Geht Ihr über eine Brücke, so betastet die Bretter aus Furcht, es könnte etwas unter Euren Füßen weichen; kommt Ihr an einem Ort vorüber, wo man ein Haus baut, schaut in die Höhe, es könnte Euch ein Stein auf den Kopf fallen. Kehrt Ihr spät nachts heim, so laßt Euch von Eurem Bediensteten begleiten, und dieser sei bewaffnet, wenn Ihr Euch überhaupt auf ihn verlassen könnt. Mißtraut aller Welt, Euren Freunden, Eurem Bruder, Eurer Geliebten besonders."

D'Artagnan errötete.

„Meiner Geliebten", wiederholte er mechanisch, „und warum ihr mehr als einem anderen?"

„Die Geliebte ist das Lieblingsmittel des Kardinals, es gibt kein wirksameres. Eine Frau verkauft Euch um zehn Goldstücke, dies beweist Dalila. Ihr kennt die Heilige Schrift, he?"

D'Artagnan dachte an das Rendezvous, das ihm Madame Bonacieux für den Abend gegeben hatte, aber unserem Helden zum Lob sei es gesagt, die schlechte Meinung, die Herr von Treville im allgemeinen von den Frauen hatte, flößte ihm nicht den geringsten Verdacht gegen seine junge Wirtin ein.

„Aber apropos", versetzte Herr von Treville, „was ist denn aus Euren drei Gefährten geworden?" – „Ich war im Begriff, Euch zu fragen, ob Ihr nichts von ihnen gehört habt." – „Nichts, mein Freund." – „Nun, ich habe sie auf meiner Reise zurückgelassen. Porthos in Chantilly mit einem Duell auf dem Hals, Aramis in Crèvecœur mit einer Kugel in der Schulter, Athos in Amiens mit einer Falschmünzeranklage auf dem Leib." – „Seht Ihr!" rief Herr von Treville, „und wie seid Ihr entkommen?" – „Ich muß gestehen, durch ein Wunder, gnädiger Herr, mit einem Degenstich in der Brust, indem ich den Grafen von Wardes auf der Straße von Calais in die Gosse spießte wie einen Schmetterling an die Tapete." – „Da seht Ihr es wieder! Wardes, einen Mann des Kardinals, einen Vetter von Rochefort. Hört, mein Freund, es kommt mir ein Gedanke." – „Sprecht, gnädiger Herr." – „An Eurer Stelle würde ich etwas tun." – „Was?" – „Während ich Seine Eminenz suchen ließe, würde ich in aller Stille den Weg in die Picardie einschlagen und mich nach meinen drei Gefährten erkundigen. Teufel! Sie verdienen wohl diese kleine Aufmerksamkeit von Euch." – „Der Rat ist gut, und ich werde morgen reisen." – „Morgen! Warum nicht heute abend?" – „Heute abend hält mich eine unerläßliche Angelegenheit in Paris zurück." – „Ah! Junger Mann! Junger Mann! Irgendeine kleine Liebschaft. Nehmt Euch in acht, ich muß es wiederholen, das Weib hat uns insgesamt ins Verderben gestürzt und wird uns verderben, solange wir bestehen. Hört auf mich, reist noch diesen Abend." – „Unmöglich, gnädiger Herr." - „Ihr habt Euer Wort gegeben?" - „Ja, gnädiger Herr." - „Das ist etwas anderes, aber versprecht mir, morgen zu reisen, wenn Ihr in dieser Nacht nicht getötet werdet." - „Ich verspreche es Euch." - „Braucht Ihr Geld?" - „Ich habe noch fünfzig Pistolen. Mehr brauche ich, glaube ich, nicht." - „Aber Eure Gefährten." - „Ich denke nicht, daß es ihnen daran fehlt. Wir sind jeder mit fünfundsiebzig Pistolen in der Tasche von Paris abgereist." - „Werde ich Euch noch vor Eurer Abreise sehen?" - „Das ist nicht wahrscheinlich, gnädiger Herr, wenn nichts Neues vorfällt." - „Dann glückliche Reise!" - „Ich danke, gnädiger Herr."

D'Artagnan verabschiedete sich von Herrn von Treville, mehr als gerührt durch seine väterliche Fürsorge.

Er ging hintereinander zu Athos, zu Porthos und zu Aramis. Keiner von ihnen war zurückgekehrt. Auch ihre Bediensteten waren noch abwesend, und man hatte nicht die geringste Kunde von ihnen.

Wohl hätte er sich gern bei ihren Geliebten nach ihnen erkundigt, aber er kannte weder die von Porthos noch die von Aramis - Athos hatte keine.

Als er an dem Hotel der Garden vorüberkam, warf er einen Blick in den Stall; drei von vier Pferden waren bereits eingetroffen. Obwohl sehr erstaunt, war Planchet doch schon dabei, sie zu striegeln und hatte zwei von ihnen vollkommen geputzt.

„Ach, gnädiger Herr!" sprach er, als er d'Artagnan erkannte, „wie freut es mich, Euch zu sehen!" - „Und warum, Planchet?" fragte der junge Mann. - „Habt Ihr Vertrauen zu Herrn Bonacieux, unserem Wirt?" - „Ich? Nicht im mindesten." - „Oh, daran tut Ihr sehr wohl, gnädiger Herr." - „Warum diese Frage?" - „Darum, weil ich, während Ihr mit ihm spracht, euch beobachtete, ohne euch zu hören. Sein Gesicht hat zwei- bis dreimal die Farbe gewechselt."

– „Pah!“ – „Nur mit dem Brief beschäftigt, den er erhalten, hat es der gnädige Herr nicht wahrgenommen. Mir aber, den der auf so seltsame Weise ins Haus gekommene Brief mißtrauisch gemacht hatte, mir ist keine Bewegung seines Gesichtes entgangen.“ – „Und du fandest sie?“ – „Verräterisch, gnädiger Herr.“ – „In der Tat?“ – „Mehr noch – sobald der gnädige Herr ihn verlassen hatte und an der Straßenecke verschwunden war, nahm Herr Bonacieux seinen

Hut, verschloß die Tür und lief aus Leibeskräften durch die entgegengesetzte Straße." - „Du hast wirklich recht, alles dies kommt mir sehr zweideutig vor. Sei ohne Sorge, wir bezahlen ihm unsere Miete nicht eher, als bis er uns die ganze Geschichte auf eine gute Weise erklärt hat." - „Der gnädige Herr scherzt, aber er wird sehen." - „Was willst du, Planchet! Was geschehen soll, steht im Buch des Schicksals geschrieben." - „Der gnädige Herr verzichtet also nicht auf seinen Abendspazierritt?" - „Ganz im Gegenteil, Planchet, je mehr ich Herrn Bonacieux grolle, desto mehr bin ich entschlossen, mich bei dem Rendezvous einzufinden, das mir der Brief gegeben hat, der dich so sehr beunruhigt." - „Wenn es also der Entschluß des gnädigen Herrn ist..." - „Der unerschütterliche Entschluß, mein Freund. Halte dich hier im Hotel um sieben Uhr bereit. Ich hole dich ab."

Als Planchet sah, daß keine Hoffnung vorhanden war, seinen Herrn zum Verzicht seines Vorhabens zu bewegen, stieß er einen tiefen Seufzer aus und fing an, auch das dritte Pferd zu striegeln.

D'Artagnan, im Grund ein sehr kluger junger Mann, ging zum Mittagessen nicht nach Hause, sondern zu dem gascognischen Priester, der zur Zeit, wo die vier Freunde in Not waren, ihnen ein Frühstück spendiert hatte.

24. Kapitel

Der Pavillon

Um sieben Uhr befand sich d'Artagnan bei dem Hotel der Garden. Er fand Planchet unter Waffen. Das vierte Pferd war eingetroffen. Planchet hatte seine Muskete und eine Pistole bei sich. D'Artagnan war mit seinem Degen bewaffnet und hatte zwei Pistolen in seinem Gürtel. Dann schwangen sich beide aufs Pferd und zogen geräuschlos ab. Es war finstere Nacht, und niemand sah, wie sie sich entfernten. Planchet ritt zehn Schritt hinter seinem Herrn.

D'Artagnan ritt über die Quais, zog durch die Porte de la Conférence und schlug dann den reizenden Weg ein, der nach Saint-Cloud führt und damals noch viel schöner war als heutzutage.

Solange man in der Stadt war, hielt sich Planchet in der ehrfurchtsvollen Entfernung, die er sich vorgeschrieben hatte; aber als der Weg öder und dunkler zu werden anfing, näherte er sich ganz leise, so daß er, als man den Bois de Boulogne erreichte, auf eine ganz natürliche Weise neben seinem Herrn herritt. Wir können nicht verschweigen, daß die zitternde Bewegung der großen Bäume und der Widerschein des Mondes in dem düsteren Gehölz ihm eine lebhafte Unruhe verursachte. D'Artagnan bemerkte, daß in seinem Bediensteten etwas Außerordentliches vorging, und fragte ihn:

„Planchet, was haben wir denn?" - „Findet Ihr nicht, gnädiger Herr, daß die Wälder gerade wie die Kirchen sind?" - „Warum dies, Planchet?" - „Weil man in ihnen nicht laut zu sprechen wagt." - „Warum wagst du nicht laut zu sprechen, Planchet? Weil du Furcht hast?" – „Furcht, gehört zu werden, ja, gnädiger Herr." – „Furcht, gehört zu werden? Unser Gespräch ist doch moralischer Natur, und niemand wird etwas dagegen einzuwenden haben."

„Ach, gnädiger Herr", versetzte Planchet, auf den in ihm vorherrschenden Gedanken zurückkommend, „daß dieser Herr Bonacieux etwas Duckmäuserisches in seinen Augenbrauen und etwas Widerwärtiges im Spiel seiner Lippen hat, ist gewiß nicht zu leugnen!" – „Welcher Teufel heißt dich an Bonacieux denken?" – „Gnädiger Herr, man denkt, an was man kann, und nicht, an was man will." – „Weil du ein Hasenherz bist, Planchet." – „Gnädiger Herr, wir wollen nicht die Klugheit mit der Feigheit verwechseln. Klugheit ist eine Tugend." – „Und du bist tugendhaft, nicht wahr, Planchet?" – „Gnädiger Herr, ist das nicht ein Musketenlauf, was da unten glänzt? Wenn wir uns bückten?" – „Wirklich", murmelte d'Artagnan, der sich an den Rat des Herrn von Treville erinnerte, „dieses Vieh könnte mir am Ende bange machen." Und er setzte sein Pferd in Trab.

Planchet folgte der Bewegung seines Herrn so genau, als ob er sein Schatten gewesen wäre, und hielt sich an seiner Seite.

„Werden wir die ganze Nacht so marschieren, gnädiger Herr?" fragte er. – „Nein, Planchet, denn du bist an Ort und Stelle." – „Wie? Ich bin an Ort und Stelle! Und der gnädige Herr?" – „Ich gehe noch einige Schritte." – „Und der gnädige Herr läßt mich hier allein?" – „Ist dir bange, Planchet?" – „Nein, aber ich erlaube mir zu bemerken, daß die Nacht sehr kalt wird, daß die Kühle Rheumatismus verursacht und daß ein mit Rheumatismus behafteter Lakai ein trauriger Bediensteter ist, besonders für einen so rüstigen Mann wie Ihr." – „Wohl, wenn du frierst, Planchet,

so geh in eine der Schenken, die du da unten siehst, und erwarte mich morgen früh um sechs Uhr vor der Tür." – „Gnädiger Herr, ich habe den Taler, den Ihr mir diesen Morgen gegeben habt, ehrfurchtsvoll verspeist und vertrunken, so daß mir kein einziger Sou mehr übrigbleibt, falls ich frieren würde." – „Hier ist eine halbe Pistole. Morgen also."

D'Artagnan stieg vom Pferd, warf Planchet den Zügel über den Arm, hüllte sich in seinen Mantel und ging rasch davon.

„Gott, wie kalt!" rief Planchet, sobald er seinen Herrn

aus dem Gesicht verloren hatte, und um sich so schnell als möglich wieder zu erwärmen, klopfte er eiligst an die Tür eines Hauses, das mit allen Zeichen einer Schenke geschmückt war.

D'Artagnan, der einen kleinen Fußpfad eingeschlagen hatte, setzte mittlerweile seine Wanderung fort und erreichte Saint-Cloud, aber statt die Landstraße zu nehmen, wandte er sich hinter das Schloß, ging durch eine ziemlich verborgene Gasse und befand sich bald vor dem bezeichneten Pavillon. Dieser lag an einem völlig öden Ort. Eine große Mauer, an deren Ecke er den Pavillon sah, zog sich an der einen Seite dieser Gasse hin, auf der anderen verdeckte eine Hecke, in deren Hintergrund sich eine elende Hütte erhob, einen kleinen Garten gegen die Vorübergehenden.

Er hatte die Stelle des Rendezvous erreicht, und da man ihm nicht angedeutet hatte, daß er sich durch ein Signal ankündigen sollte, so wartete er.

Nicht das geringste Geräusch ließ sich vernehmen. Man hätte in der Tat glauben können, man wäre hundert Meilen von der Hauptstadt entfernt. D'Artagnan lehnte sich an die Hecke, nachdem er einen Blick hinter sich geworfen hatte. Jenseits der Hecke hüllte ein düsterer Nebel den unermeßlichen Raum, wo Paris schläft, in seine Falten, eine gähnende Leere, in der noch einige leuchtende Punkte, düstere Sterne dieser Hölle, glänzten.

Aber für d'Artagnan kleideten sich alle diese Ansichten in eine glückliche Gestalt, alle Gedanken hatten ein Lächeln, die Finsternis war durchsichtig. Die Stunde des Rendezvous sollte schlagen. Nach einigen Minuten ließ wirklich der Glockenturm von Saint-Cloud langsam zehn Schläge aus seinem brüllenden Rachen fallen. Es lag etwas Trauriges in dieser ehernen, mitten in der Nacht wehklagenden Stimme.

Aber jeder dieser Schläge, der die erwartete Stunde bezeichnete, vibrierte harmonisch im Herz des jungen Mannes.

Seine Augen blieben auf den kleinen an der Ecke der Mauer liegenden Pavillon gerichtet, dessen Fenster alle durch Läden verschlossen waren, mit Ausnahme eines einzigen im ersten Stock. Durch dieses Fenster glänzte ein sanftes Licht, das das zitternde Laubwerk einiger Linden versilberte, die, eine Gruppe bildend, sich vor dem Park erhoben. Hinter diesem so anmutig beleuchteten Fenster erwartete ihn offenbar die hübsche Madame Bonacieux.

Von diesem süßen Gedanken gewiegt, hatte d'Artagnan eine halbe Stunde ohne die geringste Ungeduld, die Augen auf die reizende kleine Wohnung geheftet, von der er teilweise die Decke mit den vergoldeten Leisten erblickte, die auf die Eleganz des übrigen schließen ließen.

Die Glocken von Saint-Cloud schlugen halb elf Uhr. Diesmal durchlief ein Schauer die Adern unseres Helden, ohne daß er begriff, warum. Vielleicht bemächtigte sich die Kälte seiner, und er nahm eine rein körperliche Empfindung für einen seelischen Eindruck.

Dann kam ihm der Gedanke, er habe schlecht gelesen und das Rendezvous sei erst für elf Uhr bestimmt.

Er näherte sich dem Fenster, stellte sich in einen Lichtstrahl, zog den Brief aus der Tasche und las ihn noch einmal durch. Er hatte sich nicht getäuscht: das Rendezvous war auf zehn Uhr festgesetzt. Er begab sich wieder auf seinen Posten und fing an, über diese Stille und Einsamkeit sehr traurig zu werden.

Es schlug elf Uhr.

D'Artagnan begann zu fürchten, es könnte Madame Bonacieux etwas zugestoßen sein.

Er schlug dreimal in die Hände - das gewöhnliche Zeichen der Verliebten - aber niemand antwortete, nicht einmal ein Echo.

Dann dachte er, nicht ohne einen gewissen Ärger, die junge Frau sei vielleicht, während sie ihn erwartete, eingeschlafen. Er näherte sich der Mauer und versuchte hinaufzusteigen, aber sie war frisch getüncht, und d'Artagnan brach sich vergeblich die Nägel ab.

In diesem Augenblick bemerkte er die Bäume, deren Blätter fortwährend von dem Licht versilbert wurden, und da einer davon in den Weg hineinragte, so glaubte er, aus seinen Zweigen würde sein Blick in den Pavillon dringen können.

Der Baum war leicht zu ersteigen. D'Artagnan war überdies erst zwanzig und erinnerte sich an seine Schülerübungen. Sogleich befand er sich mitten in den Zweigen, und durch die Fensterscheiben tauchten seine Augen in das Innere des Pavillons.

Seltsamer Anblick, der d'Artagnan vom Scheitel bis zur Fußsohle erschaudern ließ - dieses sanfte Licht, diese ruhige Lampe beleuchtete eine furchtbare Verwüstung: Eine der Fensterscheiben war zerbrochen, die Tür hatte man eingestoßen, und sie hing halb zertrümmert an ihren Angeln, ein Tisch, auf dem ein großes Abendessen gestanden haben mußte, lag auf dem Boden, Scherben von Flaschen lagen auf dem Teppich umher, und dazwischen sah man Früchte und Speisen umhergeworfen. Alles zeugte dafür, daß in diesem Zimmer ein heftiger, verzweifelter Kampf stattgefunden hatte. D'Artagnan glaubte sogar mitten unter diesem seltsamen Durcheinander Fetzen von Kleidern und Blutflecken an dem Tischtuch und an den Vorhängen zu erkennen.

Er beeilte sich mit gräßlichem Herzklopfen, wieder auf die Straße hinabzusteigen, und wollte sehen, ob er keine andere Spur von Gewalt feststellen könnte.

Das sanfte Licht glänzte immer noch in der Stille der Nacht. D'Artagnan bemerkte jetzt, was ihm früher entgangen war, da ihn vorher nichts zu einer näheren Prüfung anregte, daß der Boden, hier und dort eingetreten und durchlöchert, verworrene Spuren von Menschentritten und Pferdehufen zeigte. Überdies hatten die Räder eines Wagens, der anscheinend von Paris gekommen war, in der weichen Erde einen tiefen Eindruck gewühlt, der nicht über den Pavillon hinausreichte und sich gegen Paris zurückwendete.

Seine Nachforschungen weiter verfolgend, fand d'Artagnan in der Nähe der Mauer einen Frauenhandschuh, der jedoch an allen Stellen, wo er die schmutzige Erde nicht berührt hatte, von tadelloser Frische war. Es war einer jener duftenden Handschuhe, wie die Liebenden sie so gern einer hübschen Hand entreißen.

Je länger d'Artagnan seine Forschungen fortsetzte, desto mehr schnürte sich sein Herz in furchtbarer Angst zusammen, sein Atem wurde keuchend, und dennoch suchte er sich durch den Gedanken zu beruhigen, dieser Pavillon habe vielleicht nichts mit Madame Bonacieux gemein. Die junge Frau habe ihn ja vor und nicht in den Pavillon bestellt. Sie könnte in Paris durch ihren Dienst, durch die Eifersucht ihres Gatten zurückgehalten worden sein. Aber alle diese Betrachtungen wurden abgeschwächt, zerstört, über den Haufen geworfen durch jenes schmerzliche innere Gefühl, das sich bei gewissen Veranlassungen unseres ganzen Seins bemächtigt und uns durch alles das, was wir zu hören bestimmt sind, zuruft, daß ein großes Unglück über uns schwebe.

D'Artagnan wurde nun beinahe wahnsinnig. Er lief auf die Landstraße, schlug denselben Weg ein, den er bereits gekommen war, und ging bis zur Fähre, um den Fährmann zu befragen.

Gegen sieben Uhr abends hatte der Fährmann eine in

einen schwarzen Mantel gehüllte Frau übergesetzt, der viel daran zu liegen schien, daß man sie nicht erkenne, aber gerade wegen dieser Vorsichtsmaßregel betrachtete sie der Fährmann mit größerer Aufmerksamkeit und erkannte, daß es eine junge und schöne Frau war.

Damals wie heutzutage gab es eine Menge junger und schöner Frauen, die nach Saint-Cloud kamen und denen sehr viel daran lag, nicht erkannt zu werden, und dennoch zweifelte d'Artagnan nicht einen Augenblick daran, daß es Madame Bonacieux gewesen war, die der Fährmann gesehen hatte.

D'Artagnan benutzte die Lampe, die in der Hütte des Fährmanns glänzte, um das Billett von Madame Bonacieux noch einmal zu lesen und sich zu überzeugen, daß er sich nicht getäuscht, daß das Rendezvous in Saint-Cloud und nicht anderswo, vor dem Pavillon des Herrn d'Estrées und nicht in einer anderen Straße stattfinden sollte. Alles wirkte zusammen, um d'Artagnan zu beweisen, daß seine Ahnungen ihn nicht täuschten und daß sich ein großes Unglück ereignet hatte.

Er lief rasch auf dem Weg zum Schloß zurück. Er dachte, es sei in dem Pavillon vielleicht etwas Neues vorgefallen und es müßten ihn Nachrichten dort erwarten.

Die Gasse war immer noch öde, und derselbe ruhige, sanfte Schein verbreitete sich aus dem Zimmer. D'Artagnan dachte nun an das blinde und taube kleine Gebäude, das aber ohne Zweifel gesehen hatte und vielleicht sprechen konnte. Die Tür des Zauns war verschlossen, aber er sprang über die Hecke und näherte sich der Hütte trotz des Bellens eines Kettenhundes.

Auf die ersten Schläge antwortete niemand. Es herrschte Totenstille in der Hütte wie in dem Pavillon; da jedoch diese Hütte seine letzte Zuflucht war, so blieb er beharrlich.

Bald glaubte er im Innern ein leichtes Geräusch zu vernehmen, ein furchtsames Geräusch, ein Geräusch, das zitterte, gehört zu werden.

D'Artagnan hörte nun auf zu klopfen, und bat mit einem Ton so voll Unruhe und Versprechungen, voll Schrecken und Schmeichelei, daß seine Stimme auch den Furchtsamsten beruhigen mußte. Endlich wurde ein alter wurmstichiger Laden ein wenig geöffnet, aber sogleich wieder geschlossen, als der Schein einer elenden Lampe, welche in einem Winkel brannte, d'Artagnans Wehrgehenk, seinen Degengriff und den Schaft seiner Pistolen beleuchtete. So rasch die Bewegung gewesen war, so hatte d'Artagnan doch Zeit gehabt, flüchtig den Kopf eines Greises wahrzunehmen.

„Um Gottes willen!" rief er, „hört mich. Ich erwarte jemand, der nicht kommt, und sterbe vor Unruhe. Sollte ein Unglück in der Gegend vorgefallen sein? Sprecht!"

Das Fenster öffnete sich langsam zum zweitenmal, und dasselbe Gesicht erschien wieder.

D'Artagnan erzählte unumwunden seine Geschichte beinahe bis auf die Namen. Er sagte, wie er mit einer jungen Frau vor diesem Pavillon ein Rendezvous hätte haben sollen und wie er, da sie nicht erschienen, auf eine Linde gestiegen beim Lampenschein die Zerstörung im Innern des Zimmers gesehen habe.

Der Greis hörte ihm aufmerksam zu und bestätigte durch Zeichen, daß es sich so verhalten müsse. Als d'Artagnan geendigt hatte, schüttelte er den Kopf mit einer Miene, die nichts Gutes andeutete.

„Was wollt Ihr sagen?" rief d'Artagnan. „Ich beschwöre Euch im Namen des Himmels, erklärt Euch!"

„Oh, Herr", sprach der Greis, „fragt mich nicht; denn wenn ich Euch sagte, was ich gesehen habe, würde es mir sicherlich schlimm ergehen."

„Ihr habt also etwas gesehen?" versetzte d'Artagnan. „In diesem Fall bitte ich Euch um Gottes willen", fuhr er, dem Alten ein Goldstück zuwerfend, fort, „sagt, sagt, was Ihr gesehen habt, und ich gebe Euch mein Wort als Edelmann, daß nichts von dem, was Ihr mir mitteilt, über meine Lippen kommen soll."

Der Greis las in d'Artagnans Gesicht so viel Schmerz und Offenherzigkeit, daß er mit leiser Stimme sprach:

„Es war ungefähr neun Uhr; ich vernahm ein Geräusch

auf der Straße und wollte wissen, was das sein könnte, als man sich meiner Tür näherte, und ich sah, daß jemand hereinkommen wollte. Da ich arm bin und mich nicht vor Dieben zu fürchten habe, so öffnete ich und erblickte einige Schritte vor mir drei Männer; im Schatten stand ein Wagen mit angespannten Pferden und Reitpferden. Diese gehörten offenbar den drei Männern, die Reitkleidung trugen.

‚Aber meine guten Herren,' rief ich, ‚was verlangt Ihr?'

‚Du mußt eine Leiter haben,' sprach derjenige von ihnen, der der Anführer der Eskorte zu sein schien.

‚Ja, Herr, zum Obstpflücken.'

‚Gib sie uns, und geh wieder in deine Hütte. Hier ist ein Taler für die Störung. Erinnere dich jedoch, daß du, wenn du ein Wort von dem sagst, was du sehen oder hören wirst (und du wirst hinsehen und zuhören, wie sehr wir dich auch bedrohen mögen), daß du, sage ich, verloren bist.'

Bei diesen Worten warf er mir einen Taler zu, den ich aufhob, und nahm meine Leiter.

Nachdem ich die Tür der Hecke hinter ihnen verschlossen hatte, stellte ich mich wirklich, als kehrte ich in das Haus zurück, aber ich ging gleich wieder durch eine Hintertür hinaus, schlüpfte in den Schatten, und es gelang mir, das Hollundergebüsch zu erreichen, aus dem ich alles sehen konnte, ohne selbst gesehen zu werden.

Die drei Männer hatten den Wagen ohne Geräusch vorfahren lassen und zogen einen kleinen, dicken, kurzen, ärmlich gekleideten Mann heraus, der vorsichtig die Leiter hinaufkletterte, duckmäuserisch in das Innere des Zimmers schaute, leise wieder herabstieg und mit gedämpfter Stimme murmelte:

‚Sie ist es!'

Sogleich näherte sich derjenige, der mit mir gesprochen hatte, der Pavillontür und öffnete sie mit einem Schlüssel, den er bei sich trug, verschloß die Tür wieder und verschwand. Zu gleicher Zeit stiegen die zwei anderen die Leiter hinauf. Der kleine Alte blieb am Kutschenschlag, der Kutscher hielt die Wagenpferde und ein Lakai die Reitpferde.

Plötzlich ertönte ein gewaltiges Geschrei in dem Pavillon. Eine Frau lief an das Fenster und öffnete es, als wollte sie sich hinausstürzen. Aber sobald sie die zwei Männer erblickte, fuhr sie zurück, die zwei Männer sprangen ihr ins Zimmer nach.

Nun sah ich nichts mehr, aber ich hörte ein Getöse, wie wenn Möbel zerschlagen würden. Die Frau kreischte und schrie um Hilfe. Bald wurde ihr Geschrei erstickt. Die drei Männer näherten sich, die Frau in ihren Armen, dem Fenster. Zwei stiegen auf der Leiter herab und brachten sie in den Wagen, in den der kleine Alte nach ihr hineinkletterte. Derjenige, welcher im Pavillon geblieben war, verschloß das Fenster wieder, trat einen Augenblick nachher zur Tür heraus und überzeugte sich, daß die Frau im Wagen gut untergebracht war. Seine zwei Gefährten erwarteten ihn bereits zu Pferde. Er sprang ebenfalls in den Sattel; der Lakai nahm seinen Platz neben dem Kutscher; der Wagen entfernte sich, von den drei Reitern geleitet, im Galopp, und alles war vorüber. Von diesem Augenblick an habe ich nichts mehr gehört, nichts mehr gesehen."

Niedergeschmettert von dieser Auskunft, blieb d'Artagnan stumm und unbeweglich, während in seinem Innern alle Teufel des Zorns und der Eifersucht wüteten.

„Aber, mein edler Herr", versetzte der Greis, auf den diese Verzeiflung eine größere Wirkung hervorbrachte, als wenn er geschrien und geweint hätte, „laßt Euch doch nicht vom Schmerz so beugen, sie haben sie Euch nicht getötet, das ist die Hauptsache."

„Wißt Ihr vielleicht“, sprach d’Artagnan, „wer der Mann ist, der diese höllische Expedition anführte?“

„Ich kenne ihn nicht.“

„Aber da er mit Euch sprach, so konntet ihr ihn doch wohl sehen?“

„Ah! Ihr verlangt sein Signalement von mir.“

„Ja.“

„Ein großer, magerer Mann von schwärzlicher Gesichtsfarbe, mit schwarzem Schnurrbart, schwarzen Augen und dem Wesen eines Edelmanns.“

„Ganz recht!“ rief d’Artagnan, „schon wieder er! Das ist mein böser Dämon, wie es scheint! Und der andere?“

„Welcher?“

„Der Kleine.“

„Ah! Das war kein vornehmer Herr! Dafür stehe ich. Auch trug er keinen Degen, und die anderen behandelten ihn durchaus nicht mit Achtung.“

„Irgendein Lakai“, murmelte d’Artagnan. „Oh, arme Frau, arme Frau! Was haben sie mit ihr gemacht?“

„Ihr habt mir Geheimhaltung versprochen“, sagte der Greis.

„Ich erneuere Euch mein Versprechen. Seid unbesorgt, ich bin ein Edelmann. Ein Edelmann hat nur sein Ehrenwort, und ich habe Euch das meine gegeben.“

Mit tief verwundeter Seele schlug d’Artagnan wieder den Weg zur Fähre ein. Bald konnte er nicht glauben, daß es Madame Bonacieux gewesen, und er hoffte, sie am anderen Tage wieder im Louvre zu finden; bald befürchtete er, sie könnte einen Liebeshandel mit einem anderen haben und ein Eifersüchtiger habe sie überfallen und entführt. Er schwankte, er wütete, er verzweifelte.

„Oh, wenn meine Freunde hier wären!“ rief er, „dann hätte ich wenigstens Hoffnung, sie wiederzufinden, aber wer weiß, was aus ihnen geworden ist?“

Es war beinahe Mitternacht, und er mußte Planchet aufsuchen. D'Artagnan ließ sich nach und nach alle Schenken öffnen, in denen er Licht bemerkte. In keiner davon fand er Planchet. Bei der sechsten bedachte er, daß die Nachforschung etwas gewagt war. D'Artagnan hatte seinen Bediensteten erst auf sechs Uhr morgens bestellt, und dieser befand sich in seinem Recht, wo er auch sein mochte. Überdies kam dem jungen Mann der Gedanke, daß er, wenn er in der Nähe des Orts bliebe, wo das Ereignis vorgefallen war, vielleicht einige Aufklärung über die geheimnisvolle Geschichte erhalten würde. In der sechsten Schenke blieb d'Artagnan also, verlangte eine Flasche vom besten und zog sich in den dunkelsten Winkel zurück, entschlossen, hier den Tag zu erwarten. Aber auch diesmal wurde er in seiner Hoffnung getäuscht, und obwohl er mit gespitzten Ohren horchte, vernahm er doch mitten unter den Flüchen, den Späßen und den Grobheiten, die die Arbeiter, Lakaien und Fuhrleute, in deren ehrenwerte Gesellschaft er geraten war, einander zuwarfen, durchaus nichts, was ihn auf die Spur der entführten Frau bringen konnte. Nachdem er also, um kein Aufsehen zu erregen, seine Flasche in aller Muße geleert hatte, mußte er in seinem Winkel eine möglichst bequeme Lage suchen und wohl oder übel schlafen. D'Artagnan war, wie man sich erinnern wird, erst zwanzig, und in diesem Alter hat der Schlaf unverjährbare Rechte, die er gebieterisch auch von dem verzweiflungsvollsten Gemüt fordert.

Gegen sechs Uhr morgens erwachte d'Artagnan mit jener Unbehaglichkeit, die gewöhnlich bei Tagesanbruch nach einer schlechten Nacht eintritt. Seine Toilette machte ihm nicht lange zu schaffen. Er betastete sich, um sich zu überzeugen, daß man seinen Schlaf nicht zu seiner Beraubung genutzt hatte, und als er seinen Diamanten am Finger, seine Börse in der Tasche und seine Pistolen im Gürtel

fand, stand er auf, bezahlte seine Flasche und ging hinaus, um nachzusehen, ob ihn das Glück bei Aufsuchen seines Lakaien am Morgen nicht mehr begünstigen würde als in der Nacht. Das erste, was er durch den dicken, grau-feuchten Nebel erblickte, war wirklich der ehrliche Planchet, der ihn, die zwei Pferde an der Hand, vor der Tür einer kleinen Winkelschenke erwartete, an der d'Artagnan vorübergegangen war, ohne nur ihr Dasein zu ahnen.

25. Kapitel

Porthos

Statt sich unmittelbar nach Hause zu begeben, stieg d'Artagnan vor dem Hotel des Herrn von Treville ab und lief rasch die Treppe hinauf. Diesmal war er entschlossen, ihm alles zu erzählen, was sich ereignet hatte. Er hoffte von ihm einen guten Rat in der ganzen Angelegenheit. Da Herr von Treville die Königin beinahe täglich sah, so konnte dieser auch bei Ihrer Majestät Erkundigungen über die arme Frau einziehen, die man ohne Zweifel ihre Ergebenheit für ihre Gebieterin bezahlen ließ.

Herr von Treville hörte die Erzählung des jungen Mannes mit Ernst an, woraus hervorging, daß er in diesem ganzen Abenteuer etwas anderes sah als eine Liebesintrige. Als d'Artagnan geendet hatte, sagte er:

„Hm! Das riecht auf eine Meile nach dem Kardinal."

„Aber was ist zu tun?" fragte d'Artagnan.

„Nichts, durchaus nichts, augenblicklich, als Paris, wie ich Euch gesagt habe, so schnell als möglich zu verlassen. Ich werde die Königin sehen, ich werde ihr alle einzelnen Umstände vom Verschwinden der armen Frau, wovon sie vielleicht noch gar nichts weiß, mitteilen. Diese Umstände werden ihr als Leitfaden dienen, und bei Eurer Rückkehr habe ich vielleicht gute Nachricht für Euch. Verlaßt Euch auf mich."

D'Artagnan wußte, daß Herr von Treville, auch als Gascogner, nicht die Gewohnheit hatte, zuviel zu versprechen, und daß er, wenn er etwas versprach, Wort hielt. Er verabschiedete sich von ihm, voll Dankbarkeit für das Vergangene und für die Zukunft, und der Kapitän, der lebhafte Teilnahme für diesen mutigen und entschlossenen jungen Mann fühlte, drückte ihm liebevoll die Hand und wünschte ihm glückliche Reise.

Entschlossen, sogleich den Ratschlag des Herrn von Treville zur Ausführung zu bringen, wanderte d'Artagnan zur Rue des Fossoyeurs, um beim Packen seines Mantelsacks zugegen zu sein. Als er sich Nr. 11 näherte, erkannte er Herrn Bonacieux, der im Morgenmantel auf seiner Türschwelle stand. D'Artagnan erinnerte sich an all das, was ihm der kluge Planchet tags zuvor über den zweideutigen Charakter seines Wirts gesagt hatte, und schaute ihn aufmerksamer an als je zuvor. Außer der gelblichen krankhaften Blässe, die Galle im Blut andeutet und nur zufällig sein konnte, bemerkte d'Artagnan etwas duckmäuserisch Treuloses in der Art und Weise, wie er sein Gesicht zu verziehen gewohnt war. Ein Schelm lacht nicht auf dieselbe Art wie ein ehrlicher Mann, ein Heuchler weint nicht dieselben Tränen wie ein Mann von Treu und Glauben. Jede Falschheit ist eine Maske, so gut diese auch gemacht sein mag, mit etwas Geduld und Aufmerksamkeit lernt man sie immer vom Gesicht unterscheiden.

D'Artagnan kam es also vor, als ob Herr Bonacieux eine Maske trüge, und zwar eine der unangenehmsten, die man sehen konnte.

Überwältigt von dem Widerwillen, den ihm dieser Mensch einflößte, ging er an ihm vorüber, ohne mit ihm zu sprechen, als Herr Bonacieux, wie am Tag zuvor, d'Artagnan anrief.

„Junger Mann", sprach er, „es scheint mir, wir machen Faschingsnächte? Morgens sieben Uhr, Teufel! Ihr wollt wahrscheinlich den Brauch umkehren und kommt nach Hause, wenn andere ausgehen."

„Euch kann man diesen Vorwurf nicht machen, Maître

Bonacieux, denn Ihr seid ein wahres Muster von einem gesetzten Mann. Wenn man eine hübsche junge Frau hat, braucht man allerdings dem Glück nicht nachzulaufen. Das Glück sucht Euch auf, nicht wahr, Herr Bonacieux?"

Bonacieux wurde bleich wie der Tod und schnitt eine Grimasse, die ein Lächeln andeuten sollte.

„Ah, ah!" sprach Bonacieux, „Ihr seid ein lustiger Geselle. Aber wo seid Ihr denn die ganze Nacht umhergelaufen, junger Herr? Die Nebenwege scheinen nicht sehr gut gewesen zu sein."

D'Artagnan senkte den Blick auf seine ganz mit Kot bedeckten Stiefel, aber bei dieser Bewegung traf sein Blick zugleich die Schuhe und Strümpfe des Krämers. Man hätte wirklich glauben können, sie wären in denselben Schlamm getaucht worden. An beiden zeigten sich ganz dieselben Schmutzflecken.

Plötzlich durchzuckte ein Gedanke d'Artagnans Geist. Der kleine, kurze, dicke, gräuliche, lakaienartige, schlecht gekleidete Mann, der von den Kriegsleuten der Eskorte ohne alle Achtung behandelt wurde, war Bonacieux selbst. Der Mann hatte die Entführung seiner Frau geleitet.

D'Artagnan fühlte ungeheuere Lust, dem Krämer an die Gurgel zu springen und ihn zu erdrosseln. Aber er war, wie gesagt, ein kluger Bursche und hielt sich zurück. Aber der Aufruhr, der in seinem Innern vorging, drückte sich so sichtbar auf seinem Gesicht aus, daß Bonacieux darüber in Schreck geriet und einen Schritt zurückzuweichen suchte. Er befand sich jedoch gerade vor dem geschlossenen Türflügel, und dieses Hindernis zwang ihn, auf seiner Stelle zu bleiben.

„Ei, ei! Ihr spaßt, mein guter Herr", sagte d'Artagnan, „mir scheint es, wenn meine Stiefel den Schwamm brauchen, so verlangen Eure Schuhe und Eure Strümpfe einigermaßen die Bürste. Solltet Ihr etwa ebenfalls herumgestrichen sein, Maître Bonacieux? Ah! Teufel, das wäre unverzeihlich bei einem Mann Eures Alters und vollends bei einem Mann, der eine so hübsche Frau hat wie Ihr."

„Ach! Mein Gott, nein", sagte Bonacieux, „aber ich war gestern in Saint-Mandé, um Erkundigungen über eine Magd einzuziehen, da ich eine solche notwendig brauche. Da die Wege schlecht waren, so brachte ich all den Schmutz mit, den ich aus Mangel an Zeit noch nicht entfernen konnte."

Der von Bonacieux als Ziel seiner Wanderung bezeichnete Ort war eine neue Bestätigung des Verdachts, der sich in d'Artagnan geregt hatte. Bonacieux nannte Saint-Mandé, weil Saint-Mandé gerade in der entgegengesetzten Richtung von Saint-Cloud lag.

Diese Vermutung brachte ihm den ersten Trost. Wußte Bonacieux, wo seine Frau war, so konnte man immerhin zu gewagten Mitteln greifen und den Krämer zwingen, den Mund aufzutun und sein Geheimnis zu verraten. Man mußte diese Vermutung in Gewißheit verwandeln.

„Ich bitte um Vergebung, mein lieber Herr Bonacieux, wenn ich mit Euch ohne alle Umstände verfahre", sprach d'Artagnan, „aber nichts greift so sehr an, als eine Nacht nicht geschlafen zu haben, und mich plagt ein wütender Durst. Erlaubt mir, ein Glas Wasser bei Euch zu trinken, Ihr wißt, Nachbarn verweigern das einander nicht."

Und ohne die Antwort seines Wirts abzuwarten, trat d'Artagnan rasch in das Haus und warf einen Blick auf das Bett. Es war unberührt - Bonacieux hatte sich nicht schlafen gelegt. Es unterlag keinem Zweifel, er war erst seit ein paar Stunden zurückgekehrt und hatte seine Frau an den Ort, wohin man sie führte, oder wenigstens bis zum ersten Relais begleitet.

„Ich danke, Maître Bonacieux", sagte d'Artagnan und leerte sein Glas, „das war alles, was ich von Euch wollte. Nun gehe ich in mein Zimmer, lasse mir von Planchet meine Stiefel putzen, und ist er damit fertig, so schicke ich ihn, wenn Ihr wollt, zu Euch, daß er Eure Schuhe bürstet."

D'Artagnan verließ den Krämer, der über diesen seltsamen Abschied ganz erstaunt war und sich fragte, ob er sich nicht durch irgendeine unbesonnene Rede bloßgestellt habe.

Oben auf der Treppe fand d'Artagnan seinen Diener Planchet in der größten Bestürzung.

„Ah! Gnädiger Herr", rief der Lakai, sobald er seinen

Herrn erblickte, „endlich seid Ihr hier, ich konnte Eure Rückkehr kaum erwarten!" - „Was gibt es denn?" - „Oh, ich wette hundert, ich wette tausend, gnädiger Herr, gegen eins, daß Ihr den Besuch nicht erratet, den ich in Eurer Abwesenheit für Euch erhalten habe." - „Wann?" - „Vor einer halben Stunde, während Ihr bei Herrn von Treville wart." - „Wer ist denn hier gewesen? Sprich." - „Herr von Cavois." - „Herr von Cavois?" - „In eigener Person." - „Der Kapitän der Leibwache Seiner Eminenz?" - „Er selbst." - „Er wollte mich ohne Zweifel verhaften?" - „Ich habe es vermutet trotz seiner freundlichen Miene." - „Er sah freundlich aus, sagst du?" - „Er war ganz Honig, gnädiger Herr." - „Wirklich?" - „Er sagte, er komme von Seiner Eminenz, die Euch sehr wohlwolle, um Euch zu bitten, ihm ins Palais Royal zu folgen." - „Und du hast ihm geantwortet?" - „Es sei dies nicht möglich, da Ihr Euch außer Hause befändet, wie er selbst sehen könne." - „Was sagte er hierauf?" - „Ihr würdet wohl nicht verfehlen, ihn im Laufe des Tages zu besuchen; dann fügte er noch ganz leise bei: ‚Sage deinem Herrn, Seine Eminenz sei sehr wohl gesinnt gegen ihn, und sein Glück hänge vielleicht von dieser Zusammenkunft ab.' " - „Diese Falle war für den Kardinal ziemlich ungeschickt gestellt", versetzte der junge Mann lächelnd. - „Ich habe die Falle auch gesehen und erwiderte, Ihr würdet bei Eurer Rückkehr sehr bedauern. - ‚Wohin ist er gegangen?' - fragte Herr von Cavois. - ‚Nach Troyes in der Champagne', antwortete ich. - ‚Und wann ist er abgereist?' - ‚Gestern abend.' " - „Planchet, mein Freund", unterbrach ihn d'Artagnan, „du bist ein herrlicher Bursche." - „Ich dachte natürlich, wenn Ihr Herrn von Cavois besuchen wolltet, so sei es immer noch Zeit, mich Lügen zu strafen und zu sagen, Ihr habt gar keine Reise unternommen: Ich hätte in diesem Falle gelogen, und da ich kein Edelmann bin, so kann ich ja wohl lügen." - „Sei unbesorgt, du sollst deinen Ruf als wahrheitsliebender Mann behalten. In einer Viertelstunde reisen wir." - „Diesen Rat wollte ich eben dem gnädigen Herrn geben. Wohin gehen wir? Das möchte ich gerne erfahren, ohne neugierig zu sein." - „Gerade in entgegengesetzter Richtung von der Gegend, die du genannt hast. Dir scheint übrigens an Nachrichten von Grimaud, Mousqueton und Bazin nicht so viel zu liegen wie mir an Nachrichten über Athos, Porthos und Aramis." - „Oh, gewiß, gnädiger Herr", erwiderte Planchet, „und ich reise, wann Ihr wollt. Die Provinzluft taugt, wie ich glaube, in diesem Augenblick besser für uns als die Pariser Luft. Also ..." - „Schnüre deine Bündel, Planchet, und dann vorwärts. Ich gehe mit den Händen in der Tasche, damit man keinen Verdacht schöpft, voraus. Du holst mich im Hotel der Garden ein. Doch - nebenbei gesagt - du hattest recht in Beziehung auf unseren Wirt, das ist offenbar eine schändliche Kanaille." - „Oh, glaubt mir immer, wenn ich Euch etwas sage. Bestimmt, ich kenn' mich aus!"

D'Artagnan ging verabredetermaßen zuerst hinab und begab sich, um sich keinen Vorwurf machen zu müssen, zum letztenmal zu den Wohnungen seiner drei Freunde. Man hatte keine Nachrichten von ihnen erhalten. Nur ein ganz von Wohlgerüchen duftender Brief von äußerst zarter und zierlicher Handschrift war für Aramis eingelaufen. D'Artagnan steckte ihn gleich ein. Zehn Minuten später traf Planchet mit ihm in den Ställen des Hotels der Garden zusammen. Um keine Zeit zu verlieren, hatte d'Artagnan sein Pferd bereits selbst gesattelt.

„Gut so", sagte er zu Planchet, als er den Mantelsack festgeschnallt hatte; „nun sattle auch die drei anderen Pferde und dann vorwärts."

„Glaubt Ihr, daß wir jeder mit zwei Pferden schneller reisen?" fragte Planchet mit verschmitzter Miene.

„Nein, nein, du Spaßvogel", antwortete d'Artagnan, „aber mit unseren vier Pferden können wir unsere drei Freunde zurückbringen, wenn wir sie überhaupt noch lebend finden."

„Das wäre ein großes Glück", sprach Planchet, „aber man darf an der Barmherzigkeit Gottes nicht verzweifeln."

„Amen", rief d'Artagnan und stieg aufs Pferd.

Beide verließen das Hotel der Garden, jedoch auf verschiedenen Straßen, der eine sollte seinen Weg durch die Barrière de la Villete, der andere durch die Barrière Montmartre nehmen, und jenseits von Saint-Denis sollten sie sich dann wieder treffen - ein strategisches Manöver, das von beiden Seiten mit gleicher Pünktlichkeit ausgeführt und von den glücklichsten Resultaten gekrönt wurde. D'Artagnan und Planchet ritten also miteinander in Pierresitte ein.

Planchet war allerdings bei Tag mutiger als bei Nacht. Seine natürliche Klugheit verließ ihn jedoch keinen Augenblick. Er hatte keinen von den Vorfällen der ersten Reise vergessen und glaubte in allen Menschen, denen er auf der Reise begegnete, Feinde zu erblicken. Deshalb hielt er unablässig den Hut in der Hand, was ihm strenge Verweise seitens d'Artagnans zuzog, der befürchtete, man könnte ihn bei diesem Übermaß an Höflichkeit für einen Mann geringen Standes ansehen.

Wurden die Vorübergehenden wirklich durch das artige Benehmen Planchets gerührt oder hatte man diesmal niemand an dem Weg des jungen Mannes in Hinterhalt gelegt - unsere Reisenden gelangten jedenfalls, ohne irgendeinen Unfall zu erleben, nach Chantilly und stiegen vor dem Gasthaus „Zum Großen Sankt Martin" ab, wo sie bei ihrer ersten Reise angehalten hatten.

Der Wirt trat ehrfurchtsvoll auf die Schwelle seiner Tür, als er einen jungen Mann mit einem Lakaien und zwei

Handpferden kommen sah. Da d'Artagnan bereits elf Meilen zurückgelegt hatte, so hielt er es für zweckdienlich, einzukehren, ob nun Porthos in dem Wirtshaus wäre oder nicht. Vielleicht war es auch nicht klug, mit der Tür ins Haus zu fallen und sich gleich zu erkundigen, was aus dem Musketier geworden wäre. Durch diese Betrachtungen bewogen, stieg d'Artagnan ab, ohne sich nach irgend jemand zu erkundigen, überließ die Pferde seinem Lakaien, trat in ein kleines Zimmer, das zur Aufnahme von Gästen bestimmt war, die allein bleiben wollten, und verlangte von dem Wirt eine Flasche von seinem besten Wein und ein Frühstück so gut, als man es haben könne. Diese Bestellung bestärkte den Wirt noch mehr in der guten Meinung, die er beim ersten Blick von dem jungen Reisenden gefaßt hatte.

D'Artagnan wurde auch mit bewundernswerter Geschwindigkeit bedient. Das Regiment der Garden rekrutierte sich unter den ersten Edelleuten des Königreichs. Von einem Lakaien gefolgt und mit vier prachtvollen Pferden reisend, mußte also d'Artagnan trotz der Einfachheit seiner Uniform notwendigerweise einiges Aufsehen erregen. Der Wirt wollte ihn selbst bedienen. Als d'Artagnan dies sah, ließ er zwei Gläser herbeischaffen und knüpfte folgendes Gespräch an:

„Meiner Treu, mein lieber Wirt", sprach d'Artagnan, die zwei Gläser füllend, „ich verlangte von Eurem besten Wein, und wenn Ihr mich getäuscht habt, so sollt Ihr da gestraft werden, wo Ihr sündigt, da Ihr ja mit mir trinken müßt, da ich es hasse, allein eine Flasche zu leeren. Nehmt also dieses Glas und laßt uns trinken. Auf was wollen wir trinken, um keine empfindliche Seite zu verletzen? Trinken wir auf das Wohlergehen Eures Gasthofes." – „Eure Herrlichkeit erweist mir eine große Ehre", sprach der Wirt, „und ich danke von Herzen für diesen guten

Wunsch." - „Täuscht Euch nicht", sprach d'Artagnan, „es liegt in meinem Toast vielleicht mehr Selbstsucht, als Ihr vielleicht glauben mögt. Nur in den Gasthöfen, die gedeihen, findet man gute Aufnahme. In anderen geht alles drunter und drüber, und der Reisende ist das Opfer der Verlegenheiten seines Wirts. Da ich aber viel und besonders viel auf dieser Straße reise, so wünsche ich, daß es allen Gastwirten wohl ergeht." - „In der Tat", sprach der Wirt, „es scheint mir, es ist nicht das erste Mal, daß ich die Ehre habe, den gnädigen Herrn zu sehen." - „Pah! Ich bin mehr als zehnmal durch Chantilly gereist und dabei wenigstens drei- bis viermal bei Euch eingekehrt. Ich war sogar vor zehn bis zwölf Tagen hier. Damals begleitete ich Freunde, Musketiere. Zum Beweis erinnere ich Euch daran, daß einer von ihnen mit einem Fremden, einem Unbekannten, in Streit geriet, der, Gott weiß warum, Händel mit ihm suchte." - „Ah, ja, wahrhaftig!" sprach der Wirt. „Eure Herrlichkeit meint wohl Herrn Porthos?" - „Das ist gerade der Name meines Reisegefährten. Mein Gott! Mein lieber Wirt, sagt mir, sollte ihm etwa ein Unglück widerfahren sein?" - „Eure Herrlichkeit muß wohl wahrgenommen haben, daß er seine Reise nicht fortsetzen konnte." - „In der Tat, er versprach uns, sogleich nachzufolgen. Wir haben ihn aber nicht wiedergesehen." - „Er hat uns die Ehre erzeigt, hierzubleiben." - „Wie? Er hat Euch die Ehre erzeigt, hierzubleiben?" - „Ja, gnädiger Herr, in diesem Gasthof. Wir sind sogar sehr in Unruhe." - „Worüber?" - „Über gewisse Ausgaben, die er gemacht hat." - „Gut! Aber er wird die Ausgaben, die er gemacht hat, bezahlen." - „Ah, gnädiger Herr, Ihr gießt mir in der Tat Balsam in das Blut. Wir haben große Vorschüsse geleistet, und noch diesen Morgen erklärte uns der Wundarzt, wenn ihn Herr Porthos nicht bezahle, so werde er sich an mich halten, da ich ihn habe holen lassen." - „Porthos ist also verwundet?“ - „Ich wüßte es Euch nicht zu sagen, gnädiger Herr.“ - „Wie, Ihr wüßtet es mir nicht zu sagen? Ihr solltet doch besser unterrichtet sein als irgend jemand.“ - „Ja, aber wir Gastwirte sagen nicht alles, was wir wissen, besonders wenn man uns angeschafft hat, daß unsere Ohren für unsere Zunge haften müssen.“ - „Kann ich Porthos sehen?“ - „Gewiß, gnädiger Herr, geht die Treppe hinauf und klopft im ersten Stock an Nr. 1, nur sagt ihm rechtzeitig, daß Ihr es seid.“ - „Wie, ich soll ihm ankündigen, daß ich es bin?“ - „Ja, es könnte sonst ein Unglück geschehen.“ - „Und welches Unglück sollte mir widerfahren?“ - „Herr Porthos könnte Euch für jemand aus dem Haus halten und Euch in einem Anfall von Zorn den Degen durch den Leib rennen oder den Kopf zerschmettern.“ - „Was habt Ihr ihm denn getan?“ - „Wir haben Geld von ihm gefordert!“ - „Ah, Teufel, ich begreife es. Das ist eine Forderung, die Porthos sehr übel aufnimmt, wenn er nicht bei Kasse ist. Aber ich weiß, daß er dies sein sollte.“ - „Das haben wir auch gedacht, gnädiger Herr; da in diesem Hause große Ordnung herrscht und wir jede Woche abrechnen, so überreichten wir ihm nach acht Tagen unsere Rechnung. Es scheint aber, wir hatten hierzu einen ungünstigen Augenblick gewählt, denn bei dem ersten Wort, das wir über diesen Gegenstand sprachen, wünschte er uns zu allen Teufeln. Allerdings hatte er den Tag vorher gespielt.“ - „Wie, er hatte gespielt, und mit wem?“ - „O mein Gott, wer weiß? Mit einem durchreisenden vornehmen Herrn, dem er eine Partie Landsknecht anbot.“ - „So steht es, der Unglückliche wird wohl alles verloren haben.“ - „Bis zu seinem Pferd, gnädiger Herr, denn als der Fremde abreisen wollte, bemerkten wir, daß er das Pferd von Herrn Porthos durch seinen Lakaien satteln ließ. Wir machten darüber eine Bemerkung, aber er erwiderte uns, wir mischten uns in Dinge, die uns nichts angingen, und das Pferd gehöre ihm. Wir ließen auch Herrn Porthos von dem Vorfall in Kenntnis setzen, doch er antwortete, wir seien Schufte, daß wir an dem Wort eines Edelmannes zweifelten, und da dieser uns gesagt habe, das Pferd gehöre ihm, so müsse es wohl auch so sein." – „Daran erkenne ich ihn", murmelte d'Artagnan. – „Darauf ließ ich ihm sagen", fuhr der Wirt fort, „wenn wir uns mit der Bezahlung nicht verständigen könnten, so hoffe ich, daß er wenigstens die Güte haben werde, die Gunst seiner Kundschaft meinem Kollegen, dem Wirt ‚Zum Goldenen Adler', zuzuwenden; aber Herr Porthos antwortete mir, da mein Gasthof der beste sei, so wünsche er hier zu bleiben. Diese Antwort war zu schmeichelhaft, als daß ich auf seinen Auszug bestehen konnte. Ich bat ihn also bloß, er möchte mir sein Zimmer, das schönste im Gasthof, zurückgeben und sich mit einem hübschen Kabinett im dritten Stock begnügen. Hierauf aber erwiderte Herr Porthos, da er jeden Augenblick seine Geliebte, eine der vornehmsten Damen des Hofes, erwarte, so müsse ich einsehen, daß das Zimmer, welches er zu bewohnen mir die Ehre erweise, immer noch sehr mittelmäßig für eine solche Person sei. Obschon ich die Wahrheit des Gesagten vollkommen einsah, glaubte ich trotzdem auf meiner Forderung bestehen zu müssen. Aber er gab sich nicht einmal die Mühe, sich mit mir in eine Diskussion darüber einzulassen, sondern nahm seine Pistole, legte sie auf seinen Nachttisch und erklärte, daß er beim ersten Wort, das man über das Ausziehen zu ihm zu sprechen sich erfreche, demjenigen den Kopf zerschmettern werde, der so unklug wäre, sich in eine Angelegenheit zu mischen, die ihn nichts anginge. Seit dieser Zeit, gnädiger Herr, betritt außer seinem Bediensteten niemand mehr sein Zimmer." – „Mousqueton ist also hier?" – „Ja, gnädiger Herr. Fünf Tage nach seiner Abreise ist er in sehr übler Laune zurückge-

kehrt. Es scheint, es sei auch ihm eine Unannehmlichkeit auf seiner Reise widerfahren. Leider ist er flinker als sein Herr und kehrt für diesen das Unterste zuoberst. Da er glaubt, man könnte ihm verweigern, was er fordert, so nimmt er alles, was er braucht, ohne zu fordern." - „Ich habe bei Mousqueton allerdings stets ungewöhnliche Ergebenheit und Geistesgaben wahrgenommen", erwiderte d'Artagnan. - „Das ist möglich, gnädiger Herr. Aber setzt den Fall, ich komme nur viermal im Jahr mit solcher Ergebenheit und solchen Geistesgaben in Berührung, so bin ich ein zugrundegerichteter Mann." - „Nein, denn Porthos wird Euch bezahlen." - „Hm", murmelte der Wirt in zweifelhaftem Ton. - „Er ist der Günstling einer vornehmen Dame, die ihn wegen einer Bagatelle, die er Euch schuldig ist, nicht im Stich lassen wird." - „Wenn ich es wagte, Euch zu sagen, was ich hierüber denke..." - „Was denkt Ihr hierüber?" - „Ich dürfte sogar sagen: was ich hierüber weiß." - „Was Ihr wißt?" - „Und sogar was ich ganz gewiß weiß." - „Und was wißt Ihr gewiß? Laßt hören!" - „Ich dürfte sagen, ich kenne diese vornehme Dame." - „Ihr?" - „Ja, ich." - „Und woher kennt Ihr sie?" - „Oh, gnädiger Herr, wenn ich mich Eurer Verschwiegenheit anvertrauen dürfte..." - „Sprecht! Auf Edelmannswort, Ihr sollt Euer Vertrauen nicht zu bereuen haben." - „Wohl, gnädiger Herr. Ihr begreift, daß die Besorgnis zu allerhand Dingen verleitet." - „Was habt Ihr gemacht?" - „Oh, nichts, was nicht in der Befugnis eines Gläubigers läge." - „Nun?" - „Herr Porthos übergab uns ein Billett für diese Herzogin, mit dem Befehl, es auf die Post zu bringen. Sein Bediensteter war noch nicht angelangt. Da er sein Zimmer nicht verlassen konnte, so mußten wir seine Aufträge zur Besorgung übernehmen." - „Weiter!" - „Statt den Brief auf die Post zu bringen, was nie ganz sicher ist, benutzten wir die Gelegenheit, da gerade einer von unseren Aufwärtern nach Paris ging, und beauftragten ihn, den Brief der Herzogin persönlich zuzustellen. Dies hieß den Absichten des Herrn Porthos entsprechen, der uns seinen Brief so sehr anempfohlen hatte, nicht wahr?" - „Ungefähr." - „Nun, gnädiger Herr, wißt Ihr, wer diese große Dame ist?" - „Nein, ich habe nur Porthos von ihr sprechen hören." - „Wißt Ihr, wer diese angebliche Herzogin ist?" - „Ich wiederhole Euch, ich kenne sie nicht." - „Es ist eine alte Frau, die Gattin eines Prokurators beim Chatelet, gnädiger Herr, eine gewisse Madame Coquenard. Sie hat wenigstens ihre fünfzig Jahre auf dem Rücken und spielt noch die Eifersüchtige. Das kam mir auch ganz sonderbar vor - eine Prinzessin, die in der Rue aux Ours wohnt!" - „Woher wißt Ihr dies?" - „Weil sie in gewaltigen Zorn geriet, als sie den Brief empfing, und sagte: Herr Porthos sei ein flatterhafter Mensch und habe wohl irgendeiner Frauensperson wegen den Degenstich bekommen." - „Er hat also einen Degenstich bekommen?" - „Ah! Mein Gott! Was habe ich da gesagt?" - „Ihr sagtet, Porthos habe einen Degenstich bekommen." - „Ja, aber er hat mir streng verboten, darüber zu sprechen." - „Warum dies?" - „Weil er sich gerühmt hatte, er werde diesen Fremden, mit dem Ihr ihn im Streit zurückließet, durchbohren, während dieser Fremde im Gegenteil ihn trotz seiner Prahlereien zu Boden streckte. Da nun Herr Porthos ein sehr eitler Herr ist, besonders seiner Herzogin gegenüber, die er durch Erzählung seines Abenteuers für sich gewinnen zu können geglaubt hatte, so will er niemand zugestehen, daß er einen Degenstich erhalten hat." - „Also hält ihn ein Degenstich im Bett zurück?" - „Und zwar ein Hauptstich. Die Seele Eures Freundes muß mit Pflöcken im Körper befestigt sein." - „Ihr wart also dabei?" - „Gnädiger Herr, ich folgte ihnen aus Neugier und sah den Kampf, ohne daß die Kämpfenden mich sehen konnten." - „Und wie ging es dabei zu?" - „Oh, die Sache dauerte nicht lange, das kann ich Euch sagen. Sie nahmen Stellung ein. Der Fremde machte eine Finte und stieß zu, und zwar so schnell, daß Herr Porthos, als er zur Parade gelangte, bereits drei Zoll Eisen in der Brust hatte. Der Fremde setzte ihm sogleich die Spitze seines Degens an die Gurgel, aber als sich Herr Porthos der Gnade seines Gegners preisgegeben sah, erklärte er sich für überwunden. Der Fremde fragte ihn hierauf nach seinem Namen, und als er erfuhr, daß er Herr Porthos und nicht Herr d'Artagnan hieß, so bot er ihm seinen Arm, führte ihn bis zum Hotel, stieg zu Pferd und verschwand." - „Also wollte der Fremde Herrn d'Artagnan an den Leib gehen?" - „Es scheint so." - „Und wißt Ihr, was aus ihm geworden ist?" - „Nein, ich hatte ihn bis zu jenem Augenblick nicht gesehen, und er ist uns seitdem auch nicht wieder zu Gesicht gekommen." - „Gut, ich weiß, was ich wissen wollte. Ihr sagt also, das Zimmer von Porthos sei im ersten Stock Nr. 1?" - „Ja, gnädiger Herr, das schönste des Gasthofs. Ein Zimmer, das ich schon mehr als zehnmal vermieten hätte können." - „Pah, beruhigt Euch", sprach d'Artagnan lachend, „Porthos wird Euch mit dem Geld der Herzogin Coquenard bezahlen." - „Oh, gnädiger Herr, Prokuratorsfrau oder Herzogin, wenn sie nur ihre Börse öffnen wollte, das wäre mir gleich; aber sie hat geradezu erklärt, sie sei der Forderungen und Treulosigkeiten des Herrn Porthos müde und sie werde ihm nicht einen Sou schicken." - „Und habt Ihr diese Antwort Eurem Gast mitgeteilt?" - „Wir hüteten uns wohl, er würde gesehen haben, auf welche Weise wir seinen Auftrag besorgten." - „Also wartet er immer noch auf sein Geld?" - „O mein Gott, ja, er hat gestern erst geschrieben, aber diesmal brachte sein Bediensteter den Brief auf die Post." - „Und Ihr sagt, die Person sei alt und häßlich?" - „Wenigstens fünfzig Jahre alt, gnädiger Herr, und durchaus nicht schön, wie Pathaud behauptet." - „Dann seid ohne Sorge, sie wird sich erweichen lassen. Überdies kann Euch Porthos nicht viel schuldig sein." - „Wie, nicht viel schuldig! Bereits zwanzig Pistolen, den Arzt nicht gerechnet. Oh, er versagt sich nicht das mindeste, man sieht, daß er gut zu leben gewohnt ist." - „Wenn ihn seine Geliebte auch verläßt, so wird er doch Freunde finden, dafür bürge ich Euch. Seid also ganz ruhig, mein lieber Wirt, und widmet ihm alle

Sorgfalt, welche sein Zustand erfordert." - „Der gnädige Herr hat mir versprochen, nichts von der Prokuratorsfrau zu erwähnen und keine Silbe über die Wunde zu sagen?" - „Das ist abgemacht. Mein Wort darauf." - „Oh, er würde mich sicherlich umbringen." - „Seid ohne Furcht! Er ist nicht so teufelmäßig wie er aussieht."

Sofort stieg d'Artagnan die Treppe hinauf, der Wirt aber war in bezug auf die zwei Dinge, auf die er sehr viel zu halten schien, nämlich seine Schuldforderung und sein Leben, bedeutend ruhiger.

Oben an der Treppe war an die augenfälligste Tür des Korridors mit schwarzer Farbe ein riesiges Nr. 1 geschrieben; d'Artagnan klopfte an und trat auf die Einladung, welche hierauf erfolgte, in das Zimmer.

Porthos lag im Bett und spielte zum Zeitvertreib eine Partie Landsknecht mit Mousqueton, während sich ein mit Rebhühnern besetzter Spieß vor dem Feuer drehte und in jeder Ecke eines großen Kamins auf zwei Kohlenpfannen

zwei Kasserollen kochten, aus denen der doppelte Wohlgeruch von Frikassee und Matelote lieblich hervorströmte. Die Oberfläche eines Schrankes und die Marmortafel einer Kommode waren mit leeren Flaschen bedeckt.

Beim Anblick seines Freundes erhob Porthos ein Freudengeschrei. Mousqueton stand ehrfurchtsvoll auf, trat ihm seinen Platz ab und ging zu den Kohlenpfannen, um einen Blick in die beiden Kasserollen zu werfen, deren Oberaufsicht ihm anvertraut war.

„Ah, bei Gott, Ihr seid es", sprach Porthos zu d'Artagnan. „Seid mir willkommen und entschuldigt, daß ich Euch nicht entgegenkomme. Aber", fügte er hinzu, und schaute d'Artagnan zugleich mit einer gewissen Unruhe an, „Ihr wißt nicht, was mir begegnet ist?" - „Nein." - „Der Wirt hat Euch nichts gesagt?" - „Ich habe nach Euch gefragt und bin sogleich hinaufgegangen."

Porthos schien freier zu atmen.

„Und was ist Euch begegnet, mein lieber Porthos?" fuhr d'Artagnan fort. - „Als ich gegen meinen Widersacher ausfiel, dem ich bereits drei Degenstiche beigebracht hatte und ihm mit dem vierten den Garaus machen wollte, stieß ich mit dem Fuß an einen Stein und verstauchte mir das Knie." - „Wirklich?" - „Auf Ehre! Zum Glück für den Schurken, denn ich hätte ihn tot auf dem Platz gelassen, dafür stehe ich Euch ein." - „Und was ist aus ihm geworden?" - „Oh, ich weiß es nicht. Er hatte genug und zog ab, ohne den Rest von mir zu fordern. Aber Ihr, mein lieber d'Artagnan, was ist Euch begegnet?" - „Also", fuhr d'Artagnan fort, „also fesselt Euch diese Verstauchung an das Bett?" - „Ach! Mein Gott, ja, nichts anderes. Übrigens werde ich in einigen Tagen wieder auf den Beinen sein." - „Aber warum habt Ihr Euch nicht nach Paris transportieren lassen, mein Freund. Ihr müßt Euch hier schrecklich langweilen?"

„Es war meine Absicht, doch ich muß Euch etwas gestehen.“ - „Was?“ - „Gerade weil ich mich schrecklich langweilte, wie Ihr sagtet, und die fünfundsiebzig Pistolen in meiner Tasche hatte, die Ihr mir zuteiltet, ließ ich, um mich zu zerstreuen, einen vorüberziehenden Edelmann zu mir heraufkommen und bot ihm eine Würfelpartie an, er willigte ein, und, meiner Treu, meine fünfundsiebzig Pistolen gingen aus meiner Tasche in die seinige über, mein Pferd gar nicht zu rechnen, das er auch noch bekam. Aber Ihr, mein lieber d'Artagnan?“ - „Was wollt Ihr, mein lieber Porthos, man kann nicht auf jede Weise bevorzugt sein“, sagte d'Artagnan. „Ihr kennt das Sprichwort: ‚Unglück im Spiel, Glück in der Liebe!‘ Ihr seid zu glücklich in der Liebe, als daß sich nicht das Spiel rächen sollte. Aber was kümmert Ihr Euch um den Wechsel des Glücks, habt Ihr, glücklicher Schelm, nicht Eure Herzogin, die Euch notwendig zu Hilfe kommen muß?“ - „Seht, mein lieber d'Artagnan, wie alles gegenwärtig bei mir schiefgeht“, antwortete Porthos mit der freimütigsten Miene von der Welt; „ich schrieb ihr um etliche fünfzig Louisdor, die ich in Betracht meiner Lage durchaus benötige.“ - „Nun?“ - „Nun! Sie muß auf ihren Gütern sein, denn sie hat mir gar nicht geantwortet!“ - „Wahrhaftig!“ - „Nein, auch schickte ich Ihr gestern ein noch dringenderes Schreiben zu; aber da Ihr jetzt hier seid, so sprechen wir von Euch, mein Lieber! Ich gestehe, daß ich über Euch unruhig zu werden anfing.“ - „Doch Euer Wirt benimmt sich gut gegen Euch, mein lieber Porthos“, sprach d'Artagnan und deutete auf die vollen Kasserollen und die leeren Flaschen. - „Soso!“ erwiderte Porthos. „Der unverschämte Kerl brachte mir schon vor drei oder vier Tagen seine Rechnung, aber ich warf beide, seine Rechnung und ihn, zur Tür hinaus, so daß ich hier wie eine Art von Sieger, wie ein Eroberer lebe. Auch bin ich, wie Ihr seht, bis an die Zähne bewaffnet, da ich immer einen Angriff auf meine Stellung fürchten muß." – „Ihr scheint mir aber von Zeit zu Zeit Ausfälle zu machen", sprach d'Artagnan lachend und deutete auf die Flaschen und Kasserollen. – „Nein, leider nicht ich", sagte Porthos. „Diese elende Verstauchung hält mich im Bett, aber Mousqueton zieht ins Feld und bringt Proviant mit. Mousqueton, mein Freund", fuhr Porthos fort, „Ihr seht, daß wir Verstärkung bekommen, wir brauchen mehr Lebensmittel." – „Mousqueton", sprach d'Artagnan, „du mußt mir einen Gefallen tun." – „Welchen, gnädiger Herr?" – „Du mußt mir dein Rezept für Planchet geben. Ich könnte ebenfalls einmal belagert werden, und es würde mir leid tun, wenn ich nicht dieselben Vorteile genösse, mit denen du deinen Herrn erfreust." – „Ei, mein Gott, gnädiger Herr", sprach Mousqueton mit bescheidener Miene, „nichts leichter auf der Welt. Man muß nur geschickt sein, das ist alles. Ich bin im Feld aufgezogen worden, und mein Vater war in seinen müßigen Augenblicken ein wenig Wildschütz. Als ich nun sah, daß uns unser Schurke von einem Wirt mit Massen von schwerverdaulichem Fleisch, höchstens gut für Bauern und keineswegs zuträglich für zwei so sehr geschwächte Magen, fütterte, so pflegte ich wieder ein wenig mein altes Gewerbe. Während ich im Wald spazierenging, legte ich Schlingen auf die Wechsel. Während ich am Rande des Wassers lag, ließ ich Leinen in die Teiche gleiten. Auf diese Art fehlt uns, Gott sei Dank, jetzt nichts mehr, wie sich der gnädige Herr selbst überzeugen kann. Wir haben Rebhühner und Kaninchen, Karpfen und Aale, lauter leichte und gesunde, für Kranke zuträgliche Nahrungsmittel." – „Aber den Wein", sprach d'Artagnan, „wer liefert den Wein? Euer Wirt?" – „Das heißt: ja und nein." – „Wie, ja und nein?" – „Er liefert ihn allerdings, aber er weiß nicht, daß er diese Ehre genießt." – „Erklärt Euch näher, Mousqueton. Eure

Unterhaltung ist äußerst lehrreich." – „So hört, gnädiger Herr. Unser Wirt hat einen sehr wohl ausgerüsteten Keller, dessen Schlüssel er jedoch immer bei sich trägt. Dieser Keller hat aber ein Luftloch, durch dieses Luftloch werfe ich nun eine Schlinge, und da ich weiß, wo der rechte Winkel ist, so schöpfe ich aus diesem. Wollt Ihr nun unseren Wein kosten und uns ohne Vorurteil sagen, was Ihr davon denkt?" – „Ich danke, mein Freund, ich danke, ich habe leider schon gefrühstückt." – „Gut", sprach Porthos, „stelle den Tisch hierher, Mousqueton, und während wir frühstücken, wird uns d'Artagnan erzählen, was ihm in den zehn Tagen, seit er uns verlassen hat, begegnet ist." – „Sehr gern", erwiderte d'Artagnan.

Während Porthos und Mousqueton mit dem Appetit von Wiedergenesenden und mit der brüderlichen Herzlichkeit frühstückten, welche die Menschen im Unglück einander näherbringt, erzählte d'Artagnan, wie Aramis in Crèvecœur verwundet hat zurückbleiben müssen, wie er Athos zu Amiens in einem Handgemenge mit vier Menschen, die ihn der Falschmünzerei angeklagt, zurückgelassen hatte und wie er, d'Artagnan, um England zu erreichen, genötigt gewesen war, den Grafen von Wardes an den Boden zu spießen.

Damit endeten die Mitteilungen d'Artagnans. Er sprach nur noch davon, daß er bei seiner Rückkehr aus Großbritannien vier prachtvolle Pferde mitgebracht habe, wovon eins für ihn und ein anderes für jeden von seinen Gefährten. Dann schloß er mit der Ankündigung, das für Porthos bestimmte stehe bereits im Stall des Gasthofs.

In diesem Augenblick trat Planchet ein. Er meldete seinem Herrn, die Pferde seien hinreichend ausgeruht, und man könne wohl bis zum Abend Clermont erreichen, um dort zu übernachten.

Da d'Artagnan in bezug auf Porthos ziemlich beruhigt

war und es ihn drängte, auch von seinen beiden anderen Freunden zu hören, so reichte er dem Kranken die Hand und sagte ihm, er werde sogleich abreisen, um seine Nachforschungen fortzusetzen. Er hoffe übrigens auf demselben Wege zurückzukehren und gedenke Porthos, wenn er sich in sechs bis acht Tagen noch im Hotel „Zum Großen Sankt Martin“ befände, im Vorüberziehen mitzunehmen.

Porthos erwiderte, aller Wahrscheinlichkeit nach würde ihm seine Verstauchung die Abreise um diese Zeit noch nicht erlauben. Außerdem müsse er in Chantilly bleiben, um die Antwort seiner Herzogin abzuwarten.

D'Artagnan wünschte ihm ein baldiges und erfreuliches Eintreffen dieser Antwort, empfahl Porthos noch einmal der Sorge Mousquetons, bezahlte seine Rechnung und setzte seine Reise mit Planchet fort, der nun bereits von einem seiner Handpferde befreit war.

26. Kapitel

Die These von Aramis

D'Artagnan hatte Porthos weder von der Wunde noch von der Prokuratorsfrau etwas gesagt. Es war ein sehr kluger Bursche, unser Bearner, trotz seiner Jugend. Er stellte sich, als glaube er alles, was ihm der großsprecherische Musketier erzählte, wobei er von der Überzeugung ausging, daß man immer eine moralische Überlegenheit über die Menschen hat, deren Leben man kennt, ohne es sie sogleich fühlen zu lassen und ihren Stolz dadurch zu verletzen. D'Artagnan aber, der fest entschlossen war, seine drei Gefährten zu Werkzeugen seines Glücks zu machen und sie bei seinen zukünftigen Intrigen zu benutzen, freute sich im voraus, in seiner Hand die unsichtbaren Fäden zu vereinigen, mit deren Hilfe er sie zu lenken gedachte.

Auf dem ganzen Weg schnürte ihm jedoch eine gewaltige Traurigkeit das Herz zusammen. Er dachte an die junge und hübsche Frau Bonacieux, die ihm den Preis für seine Ergebenheit reichen sollte. Fügen wir jedoch sogleich hinzu, daß diese Traurigkeit bei dem jungen Mann weniger von dem Kummer über sein verlorenes Glück herrührte, als von seiner Furcht, es könnte der armen Frau ein Unglück zugestoßen sein. Für ihn gab es keinen Zweifel mehr, sie war das Opfer einer Rache des Kardinals; die Rache Seiner Eminenz war bekanntlich furchtbar. Wie hatte er Gnade vor den Augen dieses Ministers gefunden! Das wußte er sich selbst nicht zu erklären, und der Herr von Cavois würde ihm dies wohl enthüllt haben, wenn ihn der Kapitän der Garde zu Hause angetroffen hätte.

Nichts leiht der Zeit raschere Flügel, nichts kürzt den Weg so sehr ab als ein Gedanke, der alle Fähigkeiten der Organisation des Denkenden verschlingt. In dieser Geistesabwesenheit legte d'Artagnan bei dem Gang, den sein Pferd einschlug, die sechs bis acht Meilen, die Chantilly von Crèvecœur trennten, zurück, ohne daß er sich bei seiner Ankunft in diesem Dorf an eines der Dinge erinnerte, denen er auf seinem Ritt begegnet war.

Hier erst kehrte sein Gedächtnis zurück. Er schüttelte

den Kopf, bemerkte die Schenke, wo er Aramis gelassen hatte, und trabte auf das Tor zu. Diesmal war es kein Wirt, sondern eine Wirtin, die ihn empfing. D'Artagnan war Physiognomiker. Er überschaute mit einem Blick das dicke, heitere Gesicht der Herrin des Hauses und begriff, daß es hier keiner Verstellung bedurfte und daß er von einem solchen lustigen Gesicht nichts zu fürchten hatte.

„Meine gute Dame“, fragte d'Artagnan, „könnt Ihr mir wohl sagen, was aus einem meiner Freunde geworden ist, den wir vor etwa zwölf Tagen hierlassen mußten?“ - „Ein hübscher junger Mann von drei- bis vierundzwanzig Jahren, sanft, liebenswürdig, wohlgebaut?“ - „So ist es, überdies an der Schulter verwundet.“ - „Ganz richtig. Nun, mein Herr, er befindet sich immer noch hier.“ - „Ah, bei Gott, meine liebe Dame“, sprach d'Artagnan absteigend und Planchet den Zügel seines Pferdes zuwerfend, „Ihr gebt mir das Leben wieder; wo ist dieser teuere Aramis, damit ich ihn umarme? Ich gestehe, es drängt mich, ihn wiederzusehen.“ - „Um Vergebung, gnädiger Herr, ich zweifle, ob er Euch in diesem Augenblick empfangen kann.“ - „Warum? Ist eine Frau bei ihm?“ - „Jesus, mein Gott! Der arme Junge! Nein, gnädiger Herr, es ist keine Frau bei ihm.“ - „Nun, wer ist denn bei ihm?“ - „Der Pfarrer von Montdidier und der Superior der Jesuiten von Amiens.“ - „Gott im Himmel!“ rief d'Artagnan. „Sollte es mit dem armen Jungen so schlimm stehen?“ - „Nein, gnädiger Herr, im Gegenteil, aber infolge seiner Krankheit hat ihn die himmlische Gnade berührt, und er ist entschlossen, in den geistlichen Stand einzutreten.“ - „Ganz richtig“, sprach d'Artagnan, „ich hatte vergessen, daß er nur vorläufig Musketier war.“ - „Besteht der gnädige Herr immer noch darauf, ihn zu sehen?“ - „Mehr als je.“ - „Nun, der gnädige Herr braucht nur die Treppe rechts im Hof hinaufgehen, im zweiten Stock Nr. 5.“

D'Artagnan eilte in der angegebenen Richtung davon und fand eine von den äußeren Treppen, wie man sie noch heutzutage in den Höfen der alten Gasthäuser sieht. Aber man gelangte auf diese Art nicht in die Wohnung des zukünftigen Abbé. Die Zugänge zu den Zimmern von Aramis waren nicht mehr und nicht minder bewacht, als die Gärten der Armida. Bazin stand im Hausflur Wache und versperrte ihm den Weg mit um so größerer Unerschrockenheit, als er sich endlich dem Ziel nahe sah, nach dem er ewig mit frommem Ehrgeiz gestrebt hatte. Der arme Bazin hatte stets davon geträumt, einem Mann der Heiligen Kirche zu dienen, und er erwartete mit Ungeduld den Augenblick, den er unablässig in der Zukunft erblickt hatte, wo Aramis endlich die Uniform mit der Soutane vertauschen würde. Nur das oft wiederholte Versprechen des jungen Mannes, daß dieser Augenblick nicht mehr lange ausbleiben könne, hatte ihn im Dienst eines Musketiers zurückgehalten, einem Dienst, wo, wie er sagte, seine Seele notwendig zugrunde gehen müßte.

Bazin schwamm also in einem Meer von Freude. Aller Wahrscheinlichkeit nach konnte sein Herr diesmal nicht wieder zurücktreten.

Das Zusammentreffen des körperlichen Schmerzes mit dem moralischen hatte endlich die so lang ersehnte Wirkung hervorgebracht. An Leib und Seele leidend, hatte Aramis seine Augen und seinen Geist auf die Religion gerichtet, und sein doppelter Unfall, das heißt, das plötzliche Verschwinden seiner Geliebten und seine Verwundung an der Schulter, war ihm als eine Verkündigung des Himmels erschienen.

Man begreift, daß Bazin bei der gegenwärtigen Lage der Dinge nichts unangenehmer sein konnte als die Ankunft d'Artagnans, die seinen Herrn wieder in den Strudel weltlicher Gedanken, die ihn so lange fortgerissen hatten, zurückwerfen konnte. Er beschloß also, die Tür mutig zu verteidigen, und da er, nachdem es bereits von der Wirtin verraten war, nicht sagen konnte, Aramis sei nicht zu Hause, so suchte er dem Ankommenden zu beweisen, es wäre der höchste Grad von Indiskretion, seinen Herrn in der frommen Unterredung zu stören, die schon am Morgen angefangen habe und nach der Aussage Bazins vor Abend nicht zu Ende gehen konnte.

Aber d'Artagnan nahm keine Rücksicht auf die Beredsamkeit von Bazin, und da er nicht bereit war, sich in eine Polemik mit dem Diener seines Freundes einzulassen, so schob er ihn ganz einfach mit einer Hand auf die Seite und drehte mit der anderen den Knopf der Tür von Nr. 5.

Die Tür öffnete sich, und d'Artagnan trat in das Zimmer.

Aramis saß in einem schwarzen Oberrock mit einer runden und platten Kopfbedeckung, welche nicht wenig Ähnlichkeit mit einer Kalotte hatte, vor einem länglichen, mit Papierrollen und ungeheuren Folianten bedeckten Tisch. Rechts von ihm saß der Superior der Jesuiten, links der Pfarrer von Montdidier. Die Vorhänge waren halb geschlossen und ließen nur ein mystisches, glückseliger Träumerei entsprechendes Licht eindringen. Alle weltlichen Gegenstände, die das Auge treffen, wenn man in das Zimmer eines jungen Mannes eintritt, und besonders, wenn dieser junge Mann ein Musketier ist, waren wie durch einen Zauber verschwunden, und ohne Zweifel hatte die Furcht, ihr Anblick könnte seinen Herrn auf Gedanken von dieser Welt zurückbringen, Bazin veranlaßt, den Degen, die Pistolen, den Federhut und die Stickereien und Spitzen jeder Art und Gattung beiseite zu schaffen.

Bei dem Geräusch, das d'Artagnan verursachte, als er die Tür öffnete, hob Aramis seinen Kopf in die Höhe und erkannte sogleich den Freund. Aber zum großen Erstaunen des jungen Mannes schien sein Anblick keinen großen

Eindruck auf den Musketier zu machen, so sehr hatte sich sein Geist von allen irdischen Dingen losgemacht.

„Guten Morgen, mein lieber d'Artagnan", sprach Aramis, „glaubt mir, daß ich mich unendlich freue, Euch wiederzusehen."

„Und ich Euch", erwiderte d'Artagnan, „obgleich ich noch nicht ganz gewiß weiß, ob es Aramis ist, mit dem ich spreche."

„Mit ihm selbst, mein Freund, mit ihm selbst, aber was konnte dich zu einem Zweifel veranlassen..."

„Ich fürchtete mich im Zimmer zu täuschen und glaubte anfangs in die Wohnung eines Dieners der Heiligen Kirche einzutreten. Dann erfaßte mich ein neuer Schreck, als ich Euch in Gesellschaft dieser Herren fand, denn ich glaubte, Ihr wärt ernstlich krank."

Die zwei schwarzen Herren schleuderten d'Artagnan, dessen Absicht sie begriffen, einen drohenden Blick zu, aber d'Artagnan kümmerte sich nicht darum.

„Ich störe Euch vielleicht, lieber Aramis", fuhr er fort, „denn nach dem, was ich sehe, muß ich glauben, daß Ihr diesen Herren Beichte ablegt."

Aramis errötete unmerklich.

„Ihr mich stören! Ganz im Gegenteil, lieber Freund, das schwöre ich Euch. Und zum Beweis erlaubt mir vor allem, mich zu freuen, daß ich Euch gesund und wohlbehalten wiedersehe."

„Ah, nun kommt er endlich darauf", dachte d'Artagnan, „es steht nicht ganz schlimm!"

„Denn dieser Herr, mein Freund, ist einer drohenden Gefahr entgangen", fuhr Aramis salbungsreich fort, indem er mit der Hand auf d'Artagnan deutete.

„Lobet Gott, mein Herr", erwiderten die zwei Geistlichen und verbeugten sich gleichzeitig.

„Ich habe dies nicht versäumt, ehrwürdige Herren", antwortete der junge Mann und gab ihnen den Gruß zurück.

„Ihr kommt zu gelegener Zeit, lieber d'Artagnan. Ihr werdet an der Diskussion teilnehmen und sie mit Eurem Licht erleuchten. Der Herr Prinzipal von Amiens, der Herr Pfarrer von Montdidier und ich argumentieren über gewisse theologische Fragen, die uns seit einiger Zeit in Anspruch nehmen. Ich werde entzückt sein, Eure Meinung darüber zu vernehmen."

„Die Meinung eines Mannes des Degens entbehrt jeglichen Gewichts", antwortete d'Artagnan, der über die

Wendung, die die Dinge nahmen, unruhig zu werden anfing, „und Ihr könnt Euch, glaubt mir, ganz an die Wissenschaft dieser Herren halten."

„Im Gegenteil", versetzte Aramis, „Eure Meinung wird höchst wertvoll für uns sein. Hört, worum es sich handelt: der Herr Prinzipal glaubt, meine These müsse hauptsächlich dogmatisch und didaktisch sein."

„Eure These! Ihr macht also eine These?"

„Allerdings", antwortete der Jesuit, „für die Prüfung, die der Ordination vorhergeht, ist eine These unerläßlich."

„Der Ordination!" rief d'Artagnan, der nicht glauben konnte, was ihm die Wirtin und Bazin gesagt hatten. „Ordination!" wiederholte er, und ließ seine Augen erstaunt auf den drei Personen, die er vor sich hatte, umherlaufen.

„Da nun", fuhr Aramis fort, indem er in seinem Sessel eine Haltung annahm, als säße er in einem Chorstuhl, und zugleich seine frauenhaft weiße und fleischige Hand, die er in der Luft hielt, wohlgefällig betrachtete, „da nun, wie Ihr gehört habt, d'Artagnan, der Herr Prinzipal meine These dogmatisch haben will, während ich wünsche, daß sie idealistisch sein sollte, so hat mir der Herr Prinzipal folgenden Gegenstand vorgeschlagen, worin ich allerdings Stoff zu prachtvollen Entwicklungen finden werde:

„Utraque manus in benedicendo clericis inferioribus
necessaria est."

D'Artagnan, dessen wissenschaftliche Bildung wir kennen, veränderte sein Gesicht bei diesem Zitat so wenig als bei demjenigen, das ihm Herr von Treville in bezug auf die Geschenke gemacht hatte, von denen er glaubte, er habe sie vom Herzog von Buckingham erhalten.

„Was so viel heißen will", fuhr Aramis fort, um ihm die Sache zu erleichtern, „die zwei Hände sind für die Priester der niederen Ordnung unerläßlich, wenn sie den Segen erteilen."

„Ein bewunderungswürdiger Gegenstand!“ rief der Jesuit.

„Bewunderungswürdig und dogmatisch“, wiederholte der Pfarrer, der im Lateinischen ungefähr ebenso bewandert wie d'Artagnan war, sorgfältig den Jesuiten beobachtete, um Schritt mit ihm zu halten und seine Worte wie ein Echo zu wiederholen.

D'Artagnan blieb völlig gleichgültig bei der Begeisterung der zwei schwarzen Männer.

„Ja, bewunderungswürdig! prorsus admirabile!“ fuhr Aramis fort, „aber es erfordert ein großes Studium der Kirchenväter und der Heiligen Schrift. Ich erklärte nun diesen gelehrten geistlichen Herren, und zwar in aller Demut, daß ich in der Wachstube der Musketiere und im Dienst des Königs dieses Studium etwas vernachlässigt habe. Ich würde mich bequemer, facilius natans, bei einem Gegenstand meiner Wahl finden, der bei diesen rein theologischen Fragen das wäre, was die Moral für die Metaphysik in der Philosophie ist.“

D'Artagnan langweilte sich sehr.

„Seht, welches Exordium!“ rief der Jesuit.

„Exordium!“ wiederholte der Pfarrer.

„Quemadmodum inter coelorum immensitatem!“

Aramis warf einen Seitenblick auf d'Artagnan und sah ihn so gewaltig gähnen, daß er sich fast den Kiefer ausrenkte.

„Sprechen wir Französisch, mein Vater“, sagte er zu dem Jesuiten, „Herr d'Artagnan wird mehr Genuß an unseren Worten finden.“

„Ja, ich bin müde von der Reise“, sagte d'Artagnan, „und all dies Latein entfällt mir.“

„Vor allem“, sprach der Jesuit, etwas aus der Fassung gebracht, während der Pfarrer äußerst erfreut d'Artagnan voll Dankbarkeit anschaute, „betrachtet einmal den Nutzen, den man aus dieser Glosse ziehen könnte.“

„Moses, ein Diener Gottes ... er ist nur ein Diener, versteht Ihr wohl, Moses segnet mit den Händen, er läßt sich die zwei Arme halten, während die Hebräer ihre Feinde schlagen. Er segnet also mit beiden Händen. Überdies sagt das Evangelium: Imposuite manus, und nicht manum: Leget die Hände auf, und nicht die Hand."

„Leget die Hände auf", wiederholte der Pfarrer.

„Bei dem heiligen Petrus dagegen, dessen Nachfolger die Päpste sind", fuhr der Jesuit fort: „porrige digitos: Strecket die Finger aus. Begreift Ihr das nun?"

„Gewiß", erwiderte Aramis mit Behagen, „gewiß, aber die Sache ist sehr kitzliger Natur."

„Die Finger!" wiederholte der Jesuit, „der heilige Petrus segnete mit den Fingern. Der Papst segnet also auch mit den Fingern. Und mit wieviel Fingern segnet er? Mit drei Fingern. Einen für den Vater, einen für den Sohn und einen für den Heiligen Geist."

Alle bekreuzten sich.

D'Artagnan glaubte dieses Beispiel nachahmen zu müssen.

„Der Papst ist der Nachfolger des heiligen Petrus und stellt die drei göttlichen Gewalten dar. Der Rest, ordines inferiores der kirchlichen Hierarchie, segnet im Namen der heiligen Erzengel und Engel. Die niedersten Geistlichen, wie unsere Diakone und Sakristane, segnen mit den Weihwedeln, die nun eben als eine unbegrenzte Zahl von segnenden Fingern zu betrachten sind. Dies ist der Gegenstand in vereinfachter Gestalt, Argumentum omni denudatum ornamento. Daraus", fuhr der Jesuit fort, „wollte ich zwei Bände von dem Umfang des Folianten hier machen."

Und in seiner Begeisterung schlug er auf den heiligen Chrysostomus in folio, daß der Tisch sich unter seinem Gewicht bog.

D'Artagnan bebte.

„Ich lasse gewiß den Schönheiten dieser These Gerechtigkeit widerfahren“, sagte Aramis, „aber ich muß auch erkennen, daß ich ihrer Last erliegen würde. Ich hatte folgenden Text gewählt: Sagt mir, mein lieber d'Artagnan, ob er Eurem Geschmack entspricht: Non inutile est desiderium in oblatione, oder besser: Etwas Bedauern ist bei einem Opfer, das man darbringt, nicht von Übel.“

„Halt!“ rief der Jesuit, „diese These riecht nach Ketzerei. Es ist ein ähnlicher Vorschlag, in dem ‚Augustinus‘ des Ketzervaters Jansen enthalten, dessen Buch früher oder später auf dem Scheiterhaufen landen wird. Nehmt Euch in acht, junger Freund, Ihr neigt zu falschen Lehren, Ihr richtet Euch zugrunde, junger Freund.“

„Ihr richtet Euch zugrunde“, sprach der Pfarrer, schmerzlich den Kopf schüttelnd.

„Ihr berührt den bekannten Punkt vom freien Willen, der eine menschliche Klippe ist. Ihr greift die Insinuationen der Pelagianer und Semi-Pelagianer an.“

„Aber, ehrwürdiger Herr...“, versetzte Aramis, etwas betäubt von dem Hagel der Argumente, der auf seinen Kopf niederprasselte.

„Wie wollt Ihr beweisen“, fuhr der Jesuit fort, ohne daß er ihm zum Sprechen Zeit ließ, „wie wollt Ihr beweisen, daß man die Welt bedauern muß, wenn man Gott ein Opfer darbringt? Hört folgendes Dilemma: Gott ist Gott, und die Welt ist der Teufel. Die Welt bedauern heißt den Teufel bedauern. Das ist mein Schluß.“

„Das ist auch der meinige“, sagte der Pfarrer.

„Aber ich bitte...“, versetzte Aramis.

„Desideras diabolum! Unglücklicher!“ rief äußerst erregt der Jesuit.

„Er bedauert den Teufel. Ha! Mein junger Freund“, sprach der Pfarrer seufzend, „bedauert den Teufel nicht, darum bitte ich Euch.“

D'Artagnan wirbelte es im Kopfe. Es kam ihm vor, als sei er in einem Narrenhaus und solle ein Narr werden wie diejenigen, die er vor sich sah. Nur war er genötigt zu schweigen, da er die Sprache nicht verstand, die man in seiner Gegenwart sprach.

„Aber hört mich doch", sagte Aramis mit einer Höflichkeit, unter der etwas Ungeduld durchzuscheinen anfing, „ich sage nicht, daß ich bedauere, nein. Ich werde nie diesen Satz aussprechen, der nicht orthodox wäre ..."

Der Jesuit hob die Arme zum Himmel, und der Pfarrer tat dasselbe.

„Nein, aber gebt wenigstens zu, daß es nicht sehr schön ist, dem Herrn nur das anzubieten, was man mit gänzlichem Überdruß und Widerwillen betrachtet. Habe ich recht, d'Artagnan?"

„Ich glaube, bei Gott!" rief dieser.

Der Pfarrer und der Jesuit sprangen von ihren Stühlen auf.

„Folgendes ist mein Ausgangspunkt. Es ist ein Syllogismus: Es fehlt der Welt nicht an Reizen, ich verlasse die Welt, folglich bringe ich ein Opfer; nun sagt aber die Schrift ganz deutlich: Bringt dem Herrn ein Opfer dar."

„Das ist wahr", sprachen die Antagonisten.

„Und dann", sagte Aramis, sich in das Ohr kneifend, um es rot zu machen, wie er die Hände schüttelte, damit sie weiß wurden, „und dann habe ich hierüber ein gewisses Rondeau gemacht, das ich im vorigen Jahr Herrn Voiture mitteilte und worüber mir dieser Mann tausend Komplimente sagte."

„Ein Rondeau?" sagte der Jesuit verächtlich.

„Sprecht, sprecht", rief d'Artagnan, „das bringt ein wenig Abwechslung in die Sache."

„Nein, es ist religiöser Natur", antwortete Aramis, „es ist Theologie in Versen."

„Teufel“, murmelte d'Artagnan.

„Hört“, sagte Aramis mit bescheidener Miene, die nicht ganz von Heuchelei und Eitelkeit frei war:

Beweint ihr eine schöne Lebenszeit,
Und jetzt in banger Qual die Tage schwinden,
All euer Leid wird schnell ein Ende finden,
Wenn ihr die Tränen Gott allein nur weiht,
Ihr, die ihr weint.

D'Artagnan und der Pfarrer schienen erfreut, der Jesuit beharrte bei seiner Meinung.

„Hütet Euch vor dem profanen Geschmack im theologischen Stil. Was sagt der heilige Augustin? Severus sit clericorum sermo.“

„Ja, die Rede sei klar“, sprach der Pfarrer.

„Eure These“, unterbrach ihn der Jesuit rasch, als er sah, daß sein Akolyt vom rechten Weg abkam, „Eure These wird höchstens den Damen gefallen. Sie wird den Erfolg einer Verteidigungsrede des Herrn Patru haben.“

„Möge es Gott gefallen!“ rief Aramis entzückt.

„Ihr seht“, rief der Jesuit, „die Welt spricht noch mit lauter Stimme in Euch. Altissima voce. Ihr folgt der Welt, mein junger Freund, und ich fürchte, die Gnade ist noch nicht ganz wirksam.“

„Beruhigt Euch, ehrwürdiger Herr, ich stehe für mich.“

„Weltliche Anmaßung!“

„Ich kenne mich, mein Vater, mein Entschluß ist unwiderruflich.“

„Also besteht Ihr darauf, diese These auszuführen?“

„Ich fühle mich berufen, diese und keine andere zu behandeln. Ich will sie fortsetzen, und Ihr werdet morgen hoffentlich mit den Verbesserungen zufrieden sein, die ich nach Eurem Rat daran vorgenommen habe.“

„Arbeitet langsam“, sprach der Pfarrer, „wir lassen Euch in guter Stimmung zurück.“

„Ja, der Boden ist ganz eingesät“, sagte der Jesuit, „und wir haben nicht zu befürchten, daß ein Teil des Korns auf einen Felsen, ein anderer an den Weg falle und daß die Vögel des Himmels das übrige fressen. Aves coeli comederunt illam.“

„Die Pest ersticke dich mit deinem Latein“, murmelte d'Artagnan, der kaum mehr an sich halten konnte.

„Gott befohlen, mein Sohn“, sprach der Pfarrer, „morgen also.“

„Morgen, junger Wagehals“, sagte der Jesuit, „Ihr versprecht ein Licht der Kirche zu werden. Wolle der Himmel, daß dieses Licht zu einem verzehrenden Feuer werde.“

Die zwei schwarzen Männer standen auf, grüßten Aramis und d'Artagnan und gingen zur Tür. Bazin, der im Zimmer stehengeblieben war und die ganze Kontroverse mit frommem Jubel gehört hatte, stürzte ihnen entgegen, nahm das Brevier des Pfarrers, das Meßbuch des Jesuiten und marschierte ehrfurchtsvoll vor ihnen her, um ihnen den Weg zu bahnen.

Aramis begleitete sie bis unten an die Treppe und kam sogleich wieder zu d'Artagnan zurück, der noch in Träumen versunken war.

Als die zwei Freunde einander allein gegenüberstanden, beobachteten sie anfangs verlegenes Stillschweigen. Einer mußte es jedoch brechen, und da d'Artagnan entschlossen schien, diese Ehre seinem Freunde zu überlassen, so fing dieser an:

„Ihr seht, daß ich zu meinem Grundgedanken zurückgekehrt bin.“ - „Ha, die wirksame Gnade hat Euch berührt, wie dieser Herr soeben sagte.“ - „Oh, diese Rückzugspläne sind schon lange vorbereitet und geplant, und Ihr habt mich bereits davon sprechen hören, nicht wahr, mein Freund?“ - „Allerdings, aber ich glaubte, Ihr wolltet scherzen.“ - „Mit solchen Dingen? Oh, d'Artagnan!“ - „Gott verdamme mich, man scherzt auch mit dem Tod.“ - „Und man hat unrecht, d'Artagnan, denn der Tod ist die Pforte, die zum Heil oder zum Verderben führt.“ - „Einverstanden! Aber lassen wir die Theologie beiseite, wenn es Euch beliebt, Aramis. Ihr müßt für den Rest des Tages genug haben. Ich jedenfalls habe das wenige Latein, was ich nie wußte, völlig vergessen. Dann muß ich gestehen, daß ich seit heute morgen um zehn Uhr ohne Speis und Trank geblieben bin und einen ganz teuflischen Hunger habe." – „Wir werden gleich Mittag essen, lieber Freund. Nur erinnert Euch, daß es heute Freitag ist, und an einem solchen Tag kann ich weder Fleisch essen noch essen sehen. Wollt Ihr Euch mit meinem Mittagsbrot begnügen? Es besteht aus gekochten Vierecken und Obst." – „Was versteht Ihr unter Vierecken?" fragte d'Artagnan unruhig. – „Ich verstehe darunter Spinat", erwiderte Aramis. „Aber für Euch werde ich Eier beifügen lassen, und das ist eine schwere Verletzung der Vorschrift, denn die Eier sind Fleisch, da sie das Huhn erzeugen." – „Dieses Mahl ist eben nicht sehr üppig. Doch egal, um bei Euch zu bleiben, will ich mich dem unterziehen." – „Ich bin Euch dankbar für dieses Opfer", sprach Aramis; „aber wenn es Eurem Körper nichts nützt, so wird es doch Eurer Seele nützen, da könnt Ihr überzeugt sein." – „Also Ihr tretet entschieden in den geistlichen Stand ein, Aramis? Was werden Eure Freunde, was wird Herr von Treville sagen! Sie werden Euch als Deserteur behandeln, das sage ich Euch im voraus." – „Ich trete nicht in den geistlichen Stand ein, ich trete wieder in ihn zurück. Ich hatte die Kirche der Welt zuliebe verlassen, denn Ihr wißt, daß ich mir Gewalt antun mußte, um die Kasacke des Musketiers zu nehmen." – „Ich, ich weiß nichts davon." – „Wie? Ihr wißt nicht, wie ich das Seminar verlassen habe?" – „Nein." – „Hört meine Geschichte. Übrigens sagt die Schrift, beichtet einander, und ich lege Euch meine Beichte ab, d'Artagnan." – „Und ich gebe Euch im voraus die Absolution. Ihr wißt, daß ich ein guter Kerl bin." – „Scherzt nicht mit heiligen Dingen, mein Freund." – „So sprecht also, ich höre."

„Ich war im Seminar von meinem neunten Lebensjahr an und zählte jetzt einundzwanzig. Noch drei Tage und ich wäre Abbé geworden, und alles wäre abgetan gewesen. Als ich mich eines Abends meiner Gewohnheit gemäß in ein Haus begab, das ich oft besuchte - was wollt Ihr? Man ist jung, man ist schwach - trat ein Offizier, der es mit eifersüchtigen Augen sah, daß ich der Gebieterin des Hauses das Leben der Heiligen vorlas, plötzlich und unangemeldet ein. Gerade an diesem Abend hatte ich eine Episode von Judith übersetzt und ich teilte meine Verse der Dame mit, welche mir alle möglichen Komplimente darüber sagte und sie, über meine Schulter geneigt, mit mir zum zweitenmal las. Die Stellung, welche - ich kann es nicht leugnen - etwas nachlässig war, verletzte den Offizier. Er sagte nichts, aber als ich wegging, folgte er mir; er holte mich ein und sprach:

‚Abbé, liebt Ihr Stockschläge?'

‚Ich kann es nicht sagen, mein Herr,' erwiderte ich, ‚da es niemand gewagt hat, mir welche zu geben.'

‚Nun, so hört mich, Abbé: Wenn Ihr noch einmal in das Haus kommt, wo ich Euch getroffen habe, so werde ich es wagen.'

Ich glaube, ich hatte Furcht; ich wurde bleich, ich fühlte, daß die Füße beinahe unter mir zusammenbrachen, ich suchte eine Antwort, fand aber keine und schwieg.

Der Offizier erwartete eine Antwort, und da er sah, daß sie ausblieb, so lachte er, wandte mir den Rücken zu und ging in das Haus zurück.

Ich begab mich in das Seminar.

Ich bin ein guter Edelmann und habe lebhaftes Blut, wie Ihr bemerken konntet, mein lieber d'Artagnan. Die Beleidigung war furchtbar, und obgleich die Welt nichts davon erfahren hatte, so fühlte ich doch, daß sie in der Tiefe meines Herzens tobte. Ich erklärte meinen Oberen, ich sei nicht hinreichend für die Ordination vorbereitet, und auf meine Bitte verschob man die Zeremonie um ein Jahr.

Dann suchte ich den besten Fechtmeister von Paris auf; ich schloß einen Vertrag mit ihm, daß er mir jeden Tag eine Lektion in der Fechtkunst zu geben hatte, und ein ganzes Jahr lang nahm ich diese Lektion jeden Tag. Am Jahrestag der mir widerfahrenen Beleidigung hängte ich meine Soutane an einen Nagel, legte ein vollständiges Kavalierskostüm an und ging auf einen Ball, den eine mir befreundete Dame gab, wo ich meinen Mann zu treffen überzeugt sein konnte. Es war in der Rue des Francs-Bourgeois, ganz nahe bei der Force.

Mein Offizier hatte sich wirklich eingefunden. Ich näherte mich ihm, als er unter zärtlichen Blicken auf eine Dame ein Liebeslied sang, und unterbrach ihn mitten in der ersten Strophe.

‚Mein Herr,' sprach ich, ‚mißfällt es Euch immer noch, wenn ich ein gewisses Haus der Rue Payenne besuche, und werdet Ihr mir immer noch Stockschläge geben, wenn es mir einfällt, Euch ungehorsam zu sein?'

Der Offizier sah mich erstaunt an und sagte:

‚Was wollt Ihr von mir, mein Herr? Ich kenne Euch nicht.'

‚Ich bin der kleine Abbé,' erwiderte ich, ‚der das Leben der Heiligen vorliest und Judith in Verse übersetzt.'

‚Ah, ah, ich erinnere mich', sprach der Offizier mit gleichgültigem Lachen, ‚was wollt Ihr von mir?'

‚Ich wollte, Ihr hättet Muße, einen Spaziergang mit mir zu machen.'

‚Morgen früh, wenn Ihr wollt, und zwar mit dem größten Vergnügen.'

‚Nein, nicht morgen früh, bitte sehr, sondern gleich.'

‚Wenn Ihr es durchaus verlangt ...'

‚Ja, ich verlange es.'

‚So laßt uns gehen. – Meine Damen,' sprach der Offizier, ‚laßt euch nicht stören. Ich brauche nur so viel Zeit, um diesen Herrn zu töten, und werde dann gleich zurückkehren und meine zweite Strophe vollenden.'

Wir entfernten uns.

Ich führte ihn in die Rue Payenne gerade an die Stelle, wo er mir ein Jahr vorher zur selben Stunde das erwähnte Kompliment gemacht hatte. Es war herrlicher Mondschein. Wir nahmen den Degen in die Hand, und mit dem ersten Stoß streckte ich ihn mausetot zur Erde."

„Teufel!" rief d'Artagnan.

„Da nun", fuhr Aramis fort, „die Damen ihren Sänger nicht zurückkommen sahen und man ihn in der Rue Payenne mit einem gewaltigen Degenstich durch den Leib fand, so dachte man, ich hätte ihn auf diese Weise gebettet, und die Sache erregte Aufsehen. Ich war also genötigt, für einige Zeit auf die Soutane zu verzichten. Athos, dessen Bekanntschaft ich um diese Zeit machte, und Porthos, der mir neben meinen Lektionen einige Fechterkunstgriffe beigebracht hatte, bewegten mich, um eine Musketierkasacke zu bitten. Der König, der meinen Vater, der bei der Belagerung von Arras getötet worden war, sehr gemocht hatte, bewilligte mir diese Gnade. Ihr begreift nun, daß heute für mich der Augenblick gekommen ist, in den Schoß der Kirche zurückzukehren."

„Und warum eher heute als gestern und morgen? Was ist Euch heute begegnet, das Euch auf so abscheuliche Gedanken bringt?" - „Diese Wunde, mein lieber d'Artagnan, war mir eine Verkündigung des Himmels." - „Diese Wunde! Pah! Die ist beinahe geheilt, und ich bin überzeugt, daß es heute nicht diese ist, die Euch am meisten zu schaffen macht."

Aramis' Auge funkelte unwillkürlich.

„Ah!" sprach er, die Bewegung in seinem Innern unter einer geheuchelten Gleichgültigkeit verbergend, „sprecht mir nicht von solchen Dingen! Ich an dergleichen Dinge denken! Ich Liebeskummer haben! Vanitas vanitatum! Ich sollte mir, Eurer Meinung nach, das Hirn verdreht haben! Und für wen? Für eine Kammerjungfer oder irgendeine Bürgerdirne, der ich in einer Garnison den Hof gemacht hätte? Pfui!" - „Verzeiht, mein lieber Aramis, aber ich glaubte, Eure Blicke wären etwas höher gerichtet." - „Höher, und was bin ich, was berechtigte mich zu einem solchen Stolz? Ein bettelarmer, unbekannter Musketier, der die Sklaverei haßt und sich in der Welt durchaus nicht an seinem Platz sieht." - „Aramis, Aramis!" rief d'Artagnan und schaute seinen Freund mit zweifelhafter Miene an. - „Staub, kehre ich in den Staub zurück", fuhr Aramis fort. „Das Leben ist voll von Demütigungen und Schmerzen", sagte er düster; „alle Fäden, die es mit dem Glück verknüpfen, reißen nacheinander in der Hand des Menschen ab, und besonders die goldenen Fäden. Oh, mein lieber d'Artagnan", fuhr er mit einem leichten Anflug von Bitterkeit fort, „verbergt Eure Wunden wohl, wenn Ihr welche habt. Das Stillschweigen ist die letzte Freude der Unglücklichen. Hütet Euch wohl, irgend jemand auf die Spur Eurer Schmerzen zu bringen. Die Neugierigen pumpen unsere Tränen aus wie die Fliegen das Blut eines verwundeten Hirsches." - „Ach! Mein lieber Aramis", sprach d'Artagnan seufzend, „was Ihr da sagt, ist gerade meine Geschichte." - „Wie?" - „Ja, eine Frau, die ich liebte, die ich anbetete, ist mir mit Gewalt entführt worden. Sie ist vielleicht eingekerkert, vielleicht tot." - „Aber Ihr habt doch wenigstens den Trost, Euch sagen zu können, daß sie Euch nicht freiwillig verlassen hat, daß ihr, wenn Ihr keine Nachricht von ihr erhaltet, alle Verbindung mit Euch untersagt ist, während ... " - „Während?" - „Nichts?" erwiderte Aramis, „nichts." - „Also entsagt Ihr der Welt für immer? Das ist Euer fester, unwiderruflicher Entschluß?" - „Für immer. Ihr seid heute mein Freund, morgen werdet Ihr für mich nur ein Schatten sein, oder vielmehr Ihr werdet gar nicht für mich existieren. Was die Welt betrifft, so ist sie ein Grab und nichts anderes." - „Teufel! Das ist sehr traurig, was Ihr mir da sagt." - „Was wollt Ihr? Mein Beruf zieht mich an, reißt mich hin."

D'Artagnan lächelte und antwortete nicht. Aramis fuhr fort:

„Und dennoch hätte ich, während ich noch an der Welt

hänge, gern mit Euch über Euch und über unsere Freunde gesprochen." – „Und ich", sagte d'Artagnan, „hätte gern über Euch selbst gesprochen. Ich sehe Euch so sehr von allem losgelöst. Die Liebe behandelt Ihr mit Pfui, die Freunde sind Schatten, die Welt ist ein Grab." – „Ach, Ihr werdet es noch selbst erfahren", sprach Aramis mit einem Seufzer. – „Es sei also unter uns nicht mehr die Rede davon", sagte d'Artagnan, „und wir wollen diesen Brief verbrennen, der Euch ohne Zweifel eine neue Treulosigkeit von Eurem Bürgermädchen oder von Eurer Kammerjungfer ankündigte." - „Welchen Brief?" rief Aramis lebhaft. - „Einen Brief, der in Eurer Abwesenheit für Euch eingetroffen ist und den man mir für Euch übergeben hat." - „Aber von wem ist dieser Brief?" - „Von irgendeiner tränenerfüllten Zofe, von einer verzweiflungsvollen Grisette, vielleicht von der Kammerjungfer der Frau von Chevreuse, welche genötigt gewesen sein wird, mit ihrer Gebieterin nach Tours zurückzukehren, und ohne Zweifel aus reiner Gefallsucht parfümiertes Papier genommen und ihren Brief mit einer Herzogskrone versiegelt hat." - „Was sagt Ihr da?" - „Ich werde ihn wohl verloren haben", sprach der junge Mann, indem er sich den Anschein gab, als suchte er das Schreiben. „Zum Glück ist die Welt ein Grab, die Menschen und folglich die Frauen nur Schatten, die Liebe ist ein Gefühl, über das Ihr pfui macht." - „Ah, d'Artagnan!" rief Aramis, „du tötest mich." - „Da ist er endlich", sprach d'Artagnan, und zog den Brief aus der Tasche.

Aramis sprang auf, nahm den Brief und las oder vielmehr verschlang ihn. Er strahlte über das ganze Gesicht.

„Die Zofe scheint einen hübschen Stil zu haben", sagte d'Artagnan nachlässig.

„Ich danke, d'Artagnan!" rief Aramis beinahe außer sich. „Sie hat sich genötigt gesehen, nach Tours zurückzukehren. Sie ist mir nicht untreu. Sie liebt mich noch. Komm, mein Freund, komm, daß ich dich umarme, das Glück erstickt mich!"

Und die beiden Freunde fingen an, um den ehrwürdigen Folianten des Sankt Chrysostomus zu tanzen und stampften mit den Füßen auf die Blätter der These, die auf den Boden gefallen waren.

In diesem Augenblick trat Bazin mit dem Spinat und dem Eierkuchen ein.

„Hinweg, Unglücklicher!" rief Aramis, und warf ihm seine Kalotte ins Gesicht. „Kehre dahin zurück, wo du hergekommen bist, bringe dieses schreckliche Gemüse und die abscheuliche Beilage weg! Verlange einen gespickten Hasen, einen fetten Kapaun, eine Hammelkeule mit Knoblauch und vier Flaschen alten Burgunder."

Bazin, der seinen Herrn anschaute und die Veränderung durchaus nicht begreifen konnte, ließ schwermütig den Eierkuchen in den Spinat und den Spinat auf den Boden fallen.

„Das ist der Augenblick, Euer Dasein dem König der Könige zu opfern", sprach d'Artagnan, „wenn Euch daran liegt, ihm eine Artigkeit zu erzeigen. Non inutile desiderium in oblatione."

„Geht zum Teufel mit Eurem Latein! Laßt uns trinken, lieber d'Artagnan, Tod und Teufel! Laßt uns trinken und erzählt mir ein wenig, was man in der Welt treibt."

27. Kapitel

Athos' Frau

„Wir müssen uns nur noch Nachricht über Athos beschaffen", sagte d'Artagnan dem munter gewordenen Aramis, als er ihn von dem, was seit ihrer Abreise in der Hauptstadt vorgefallen war, in Kenntnis gesetzt, und nachdem ein ausgezeichnetes Mittagessen den einen seine These, den anderen seine Müdigkeit vergessen gemacht hatte.

„Glaubt Ihr also, es könnte ihm ein Unglück zugestoßen sein?" fragte Aramis. „Athos ist so kaltblütig, so mutig und weiß seinen Degen so geschickt zu handhaben." - „Allerdings, und niemand ist mehr geneigt als ich, den Mut und die Geschicklichkeit von Athos anzuerkennen, aber ich lasse mich lieber mit Lanzen als mit Knütteln angreifen. Ich fürchte, Athos ist von dem Bedienstetenvolk gestriegelt worden. Die Knechte sind Leute, die gewaltig schlagen und nicht so bald aufhören. Das ist der Grund, warum ich so schnell als möglich abzureisen wünsche." - „Ich werde es versuchen, Euch zu begleiten", sagte Aramis, „obgleich ich mich kaum imstande fühle, zu Pferd zu steigen." - „Aber Ihr wart krank, und Krankheit schwächt, weshalb ich Euch entschuldige." - „Und wann wollt Ihr abreisen?" - „Morgen bei Tagesanbruch. Ruht diese Nacht so gut als möglich, und morgen, wenn Ihr könnt, reisen wir zusammen." - „Morgen also", sagte Aramis, „denn sosehr Ihr auch von Eisen seid, so müßt Ihr doch wohl auch etwas Ruhe haben."

Als d'Artagnan am anderen Morgen bei Aramis eintrat, stand dieser an seinem Fenster.

„Was betrachtet Ihr da?" fragte d'Artagnan. - „Meiner Treu! Ich bewundere diese drei prächtigen Pferde, die die Stallknechte am Zaum halten. Es ist ein fürstliches Vergnügen, auf solchen Pferden zu reisen." - „Nun, mein lieber Aramis, Ihr werdet Euch dieses Vergnügen machen, denn eins der drei Pferde gehört Euch." - „Ah! Ah! Und welches?" - „Das Ihr auswählt. Ich gebe keinem den Vorzug." - „Und die reiche Decke gehört auch mir?" - „Allerdings."

- „Ihr scherzt, d'Artagnan." - „Ich scherze nicht mehr, seitdem Ihr wieder französisch sprecht." - „Also gehören mir diese vergoldeten Pistolenhalfter, diese Samtschabracke, dieser silberbeschlagene Sattel?" - „Euch selbst, wie jenes bäumende Pferd mir und das andere tänzelnde Athos gehört." - „Teufel, das sind drei herrliche Tiere!" - „Es freut mich, daß sie Eurem Geschmack entsprechen." - „Also der König hat Euch dieses Geschenk gemacht?" - „Sicherlich nicht der Kardinal. Kümmert Euch aber nicht darum, woher sie kommen, und denkt nur daran, daß eins Euch gehört." - „Ich nehme das, das der rote Bedienstete hält." - „Vortrefflich." - „Bei Gott!" rief Aramis, „das befreit mich von dem Rest meines Schmerzes. Ich würde es mit dreißig Kugeln im Leib besteigen. Ah, bei meiner Seele, die schönen Steigbügel! Bazin, kommt hierher; sogleich!"

Bazin erschien düster und schleichend auf der Schwelle.

„Putze meinen Degen, stülpe meinen Hut auf, bürste meinen Mantel und lade meine Pistolen."

„Das ist unnötig", unterbrach ihn d'Artagnan, „es sind geladene Pistolen in Euren Halftern."

Bazin seufzte.

„Auf, Bazin, beruhigt Euch. Man gewinnt das Himmelreich in allen Lebenslagen."

„Der gnädige Herr war ein so guter Theologe", sagte Bazin weinerlich, „er wäre Bischof oder vielleicht Kardinal geworden."

„Nun, mein armer Bazin, sieh zu und denke ein wenig. Ich bitte dich, wozu nützt es, ein Mann der Kirche zu sein? Man muß darum doch in den Krieg ziehen. Du siehst, daß der Kardinal den ersten Feldzug mit der Pickelhaube auf dem Kopf und mit der Partisane in der Faust macht, und Herr von Nogaret de La Valette - was sagst du von ihm? Er ist ebenfalls Kardinal. Frage seinen Lakai, wie oft er Verbandswatte für ihn gezupft hat."

„Ach, ich weiß, gnädiger Herr", seufzte Bazin. „Alles ist heutzutage verkehrt in der Welt."

Währenddessen waren die zwei jungen Leute und der arme Lakai die Treppe hinabgegangen.

„Halte mir den Steigbügel, Bazin", sprach Aramis.

Und er sprang mit seiner gewöhnlichen Anmut und Leichtigkeit in den Sattel. Aber nach einigen Volten und Courbetten des edlen Tiers fühlte sein Reiter so unerträgliche Schmerzen, daß er erbleichte und wankte. D'Artagnan, der ihn nicht aus den Augen verloren hatte, lief hinzu, fing ihn auf und führte ihn in sein Zimmer.

„Es ist gut, mein lieber Aramis, pflegt Euch", sagte er, „und ich werde Athos allein aufsuchen." – „Ihr seid ein eiserner Mann", erwiderte Aramis. – „Nein, ich habe Glück, das ist alles. Aber wie wollt Ihr leben, bis ich zurückkomme? Keine These? Keine Glosse über die Finger und die Segnungen mehr, nicht wahr?"

Aramis lächelte.

„Ich werde Verse machen", sprach er.

„Ja, Verse so duftend wie das Billett der Kammerjungfer der Frau von Chevreuse. Lehrt Bazin die Verskunst, das wird ihn beruhigen. Was Euer Pferd betrifft, so reitet es jeden Tag ein wenig, damit Ihr Euch an seine Manöver gewöhnt."

„Oh, was das betrifft, seid unbesorgt", sprach Aramis, „Ihr werdet mich bereit finden, Euch zu folgen."

Sie nahmen Abschied, und zehn Minuten nachher trabte d'Artagnan in Richtung Amiens, nachdem er zuvor seinen Freund der Wirtin und Bazin empfohlen hatte.

Wie sollte er Athos wiederfinden und durfte er ihn überhaupt zu finden hoffen?

D'Artagnan hatte Athos in einer äußerst kritischen Lage zurückgelassen, und er konnte wohl unterlegen sein. Dieser Gedanke verdüsterte d'Artagnans Stirn und veranlaßte ihn zu ganz leisen Racheschwüren. Von allen seinen Freunden war Athos der älteste und folglich derjenige, welcher ihm in Geschmack und Sympathien scheinbar am wenigsten nahestand. Er hegte jedoch für diesen Edelmann eine sichtbare Vorliebe. Das edle stolze Aussehen von Athos, diese Blitze von Größe, welche von Zeit zu Zeit aus den Schatten hervorsprangen, in denen er sich freiwillig eingeschlossen hielt, dieses unveränderliche Gleichmaß der Stimmung, das ihn zum angenehmsten Kameraden von der Welt machte, diese gezwungene und beißende Heiterkeit, dieser Mut, den man hätte blind nennen können, wenn er nicht das Resultat der seltensten Kaltblütigkeit gewesen wäre, alle diese Eigenschaften nötigten d'Artagnan mehr als Achtung, mehr als Freundschaft, sie nötigten ihm volle Bewunderung ab.

Selbst mit Herrn von Treville, dem eleganten und edlen Hofmann, gegenüber konnte Athos in seinen gutgelaunten Tagen einen vorteilhaften Vergleich aushalten. Er war von mittlerer Gestalt, aber diese Gestalt war so bewunderungswürdig gebaut, so ebenmäßig, daß er bei seinen Kämpfen mit Porthos diesen Riesen, dessen Körperkraft unter den Musketieren sprichwörtlich geworden war, mehr als einmal bezwungen hatte. In seinem Kopf mit den blitzenden Augen, mit der Adlernase, mit dem Brutuskinn lag ein Charakter unbeschreiblicher Größe und Anmut. Seine Hände, auf die er keine Sorgfalt verwendete, brachten Aramis zur Verzweiflung, der die seinigen mit viel Mandelkleie und wohlriechendem Öl pflegte. Der Ton seiner Stimme war zugleich durchdringend und melodisch, und dabei hatte Athos etwas ganz Unerklärliches an sich, diese genaue Vertrautheit mit der Welt und den Gebräuchen der großen Gesellschaft, diese Gewohnheit an ein vornehmes Leben, die sich ganz unwillkürlich selbst in seinen geringsten Handlungen äußerte.

Sollte ein Festmahl stattfinden, so konnte es niemand in der Welt besser ausrichten als er, indem er jeden Gast an den Platz und nach dem Rang setzte, den er vermöge seiner Ahnen oder seines eigenen Verdienstes beanspruchen durfte. War von heraldischer Wissenschaft die Rede, so kannte Athos alle edlen Familien des Königreichs, ihre Genealogie, ihre Verbindungen, ihre Wappen und den Ursprung ihrer Wappen. Die Etikette besaß keine wenn auch noch so kleinlichen Rücksichten, die ihm fremd gewesen wären. Er war vertraut mit den Rechten der großen Grundeigentümer, er besaß vollkommene Kenntnisse im Jagdwesen und in der Falknerei, und er hatte eines Tages, als er über diese große Kunst sprach, den König Ludwig XIII., der doch als Meister galt, in Erstaunen gesetzt. Wie alle große Herren dieser Zeit war er ein vollendeter Reiter und ein ausgezeichneter Fechter.

Mehr noch: Man hatte seine Erziehung, sogar hinsichtlich der scholastischen Studien, die damals unter Edelleuten so selten zu finden waren, so wenig vernachlässigt, daß er oft bei den lateinischen Brocken, die Aramis zum besten gab und Porthos verstehen wollte, sich ein Lächeln nicht verwehren konnte. Einigemal war es sogar zum großen Erstaunen seiner Freunde vorgekommen, daß er, wenn Aramis einen Fehler machte, das Verbum in sein Tempus und das Nomen in seinen Kasus setzte. Überdies war seine Redlichkeit unantastbar in einem Jahrhundert, wo es die Kriegsmänner mit ihrer Religion und ihrem Gewissen, die Liebenden mit dem strengen Zartgefühl und die Armen mit dem siebenten Gebot so leicht nahmen. Athos war also ein sehr ungewöhnlicher Mann.

Und doch sah man diese so ausgezeichnete Natur, dieses so schöne Geschöpf, dieses so gesund organisierte Wesen sich unmerklich dem materiellen Leben zuwenden, wie die Greise der körperlichen und geistigen Schwäche zuneigen.

In seinen Stunden der Entbehrung, und diese kamen sehr häufig vor, erlosch Athos ganz in seinem leuchtenden Teil, und seine glänzende Seite verschwand wie in einer tiefen Nacht. Wenn dann der Halbgott unsichtbar wurde, blieb kaum noch ein Mensch übrig. Mit gesenktem Kopf, mattem Auge und schwerer Zunge schaute Athos stundenlang seine Flasche, sein Glas oder Grimaud an, der gewöhnt war, ihm auf Zeichen zu gehorchen, und in dem stummen Blick seines Gebieters sein geringstes Verlangen las, das er auch sogleich befriedigte. Fand in einem solchen Augenblick eine Zusammenkunft der vier Freunde statt, so war ein gewaltsam ausgestoßenes Wort der einzige Beitrag, den Athos zu ihrem Gespräch lieferte. Dagegen trank Athos ganz allein für vier, und zwar ohne daß dies durch etwas anderes als durch ein stärkeres Runzeln der Stirn und durch eine tiefere Traurigkeit sichtbar wurde.

D'Artagnan, dessen forschenden durchdringenden Geist wir kennen, hatte bis jetzt, so sehr ihm daran lag, auch seine Neugier in dieser Beziehung zu befriedigen, noch keinen Grund für diese seltsame Erscheinung aufzufinden und die Ereignisse, die ihr vorangegangen sein mußten, noch nicht erforschen können. Nie empfing Athos Briefe, nie tat er einen Schritt, der nicht allen seinen Freunden bekannt gewesen wäre. Man konnte nicht sagen, der Wein versetze ihn in diese Traurigkeit, denn er trank im Gegenteil nur, um diese Traurigkeit zu bekämpfen, welche sich, wie bemerkt, durch diese Gegenmittel noch düsterer gestaltete. Man konnte dieses Übermaß von Mißmut nicht dem Spiel zuschreiben, denn im Gegensatz gegen Porthos, der alle Wechselfälle des Spiels mit seinen Flüchen oder Liedern begleitete, blieb Athos ebenso unempfindlich, wenn er gewonnen als wenn er verloren hatte. Man hat ihn in Gesellschaft der Musketiere an einem Abend dreitausend Pistolen gewinnen, sein Pferd, seine Waffen, ja sogar das goldgestickte Wehrgehenk für Galatage verlieren und später das alles und noch hundert Louisdor dazu wiedergewinnen sehen, ohne daß sich seine schönen schwarzen Augenbrauen auch nur um eine halbe Linie erhöht oder gesenkt hätten, ohne daß seine Hände ihre Perlmutterfarbe verloren, ohne daß seine Unterhaltung, die an diesem Abend sehr angenehm war, aufgehört hätte, ruhig und freundlich zu sein.

Ebensowenig war es, wie bei den Engländern, ein atmosphärischer Einfluß, der sein Gesicht verdüsterte, denn diese Traurigkeit nahm gewöhnlich in der schönen Jahreszeit überhand: Juni und Juli waren die furchtbaren Monate für Athos.

Für die Gegenwart hatte er keinen Kummer. Er zuckte die Achseln, wenn man von der Zukunft mit ihm sprach. Sein Geheimnis lag also in der Vergangenheit, wie man dies d'Artagnan in unbestimmter Weise gesagt hatte.

Diese geheimnisvolle, über seine ganze Person verbreitete Färbung machte den Mann noch viel interessanter, der nie, selbst nicht einmal im Zustand vollkommener Trunkenheit, weder mit den Augen noch mit dem Mund etwas verraten hatte, so geschickt auch die Fragen gestellt gewesen waren, die man an ihn richtete.

„Der arme Athos ist vielleicht schon tot“, dachte d'Artagnan, „und tot durch meine Schuld, denn ich habe ihn in diese Angelegenheit verwickelt, deren Ursprung er nicht kannte, deren Erfolg er nicht erfahren und woraus er nicht den geringsten Nutzen ziehen wird.“

„Abgesehen davon, gnädiger Herr“, erwiderte Planchet, „daß wir ihm wahrscheinlich das Leben zu verdanken haben. Ihr erinnert Euch, wie er schrie: ‚Fort, d'Artagnan, ich bin gefangen!‘ Und nachdem er seine zwei Pistolen abgefeuert hatte, was für einen furchtbaren Lärm machte er mit seinem Degen! Man hätte glauben können, es wären zwanzig Menschen, oder vielmehr zwanzig rasende Teufel!"

Diese Worte verdoppelten den Eifer d'Artagnans, der sein Pferd antrieb, das bereits seinen Reiter im schnellsten Galopp davontrug. Gegen elf Uhr morgens erblickte man Amiens. Um halb zwölf Uhr war man vor der Tür des schlimmen Wirtshauses.

D'Artagnan hatte oft gegen den treulosen Wirt auf Rache gesonnen, wie sie den Menschen schon in der Erwartung tröstet. Er trat also, den Hut in die Augen gedrückt, die linke Hand am Degengriff und die Reitpeitsche mit der Rechten schwingend, in den Gasthof ein.

„Erkennt Ihr mich?" sprach er zu dem Wirt, der ihm grüßend entgegentrat.

„Ich habe nicht die Ehre, gnädiger Herr", antwortete der Wirt, dessen Auge noch von der glänzenden Erscheinung d'Artagnans geblendet war.

„Ah, Ihr kennt mich nicht?"

„Nein, gnädiger Herr."

„Gut. Zwei Worte sollen Euch das Gedächtnis zurückgeben. Was habt Ihr mit dem Edelmann gemacht, den Ihr vor vierzehn Tagen der Falschmünzerei zu bezichtigen die Frechheit hattet?"

Der Wirt erbleichte, denn d'Artagnan hatte seine drohendste Stellung angenommen, und Planchet richtete sich nach seinem Gebieter.

„Ach, gnädiger Herr, sprecht mir nicht hiervon!" rief der Wirt mit äußerst kläglicher Stimme. „Ach, gnädiger Herr, wie teuer mußte ich dieses Versehen bezahlen! Ach, ich bin ein unglücklicher Mann!"

„Sprecht, was ist aus diesem Edelmann geworden?"

„Hört mich gnädigst an und verfahrt glimpflich. Habt die Gnade, setzt Euch."

Stumm vor Zorn und Aufregung setzte sich d'Artagnan

drohend wie ein Richter nieder. Planchet lehnte sich stolz an seinen Stuhl.

„Hört die ganze Geschichte, gnädiger Herr", fuhr der Wirt zitternd fort, „denn jetzt erkenne ich Euch. Ihr seid weggeritten, als ich den unseligen Streit mit dem Edelmann hatte, von dem Ihr sprecht." - „Ja, das war ich. Ihr seht also, daß Ihr keine Gnade zu erwarten habt, wenn Ihr nicht die volle Wahrheit bekennt." - „Ihr sollt alles erfahren." - „Ich höre." - „Ich war von den Behörden in Kenntnis gesetzt worden, es würde ein berühmter Falschmünzer mit mehreren seiner Gefährten, die sich alle als Gardisten oder Musketiere verkleidet hätten, in meinen Gasthof kommen. Eure Pferde, Eure Lakaien, Eure Gesichter, gnädigster Herr, alles war mir genau bezeichnet worden." - „Weiter, weiter", sprach d'Artagnan, der bald erkannte, woher eine so genaue Beschreibung gekommen war. - „Ich ergriff also auf Befehl der Behörde, die mir eine Verstärkung von sechs Mann zuschickte, diejenigen Maßregeln, die ich für zweckmäßig hielt, um mich der angeblichen Falschmünzer zu versichern." - „Nochmals!" rief d'Artagnan, dem der Ausdruck Falschmünzer furchtbar den Kopf warm machte. - „Vergebt mir, gnädiger Herr, daß ich solche Dinge sage, aber sie dienen gerade zu meiner Rechtfertigung. Die Behörde hatte mir bange gemacht, und Ihr wißt, daß ein Wirt der Behörde gehorchen muß." - „Aber noch einmal, wo ist dieser Edelmann? Was ist aus ihm geworden? Ist er tot? Lebt er?" - „Geduld, gnädiger Herr, wir kommen sogleich darauf. Es geschah, was Ihr wißt, und Eure schleunige Abreise schien zu dem Verfahren zu berechtigen", fügte der Wirt mit einer Feinheit hinzu, welche d'Artagnan nicht entging. „Dieser Edelmann, Euer Freund, verteidigte sich wie ein Verzweifelter. Sein Bediensteter, der durch ein unvorhergesehenes Unglück Streit mit den Leuten von der Behörde gesucht hatte, die als Stallknechte verkleidet waren ..." - „Ha, Elender", rief d'Artagnan, „Ihr wart also einverstanden, und ich weiß nicht, warum ich Euch nicht sogleich alle umbringe!" - „Ach, nein, gnädiger Herr, wir waren nicht alle einverstanden, wie Ihr sehen werdet. Euer Freund, vergebt, daß ich ihn nicht bei dem ehrenwerten Namen nenne, den er ohne Zweifel führt, aber wir wissen diesen Namen nicht, Euer Freund zog sich, nachdem er zwei Menschen mit seinen zwei Pistolenschüssen kampfunfähig gemacht hatte, fechtend zurück, indem er sich mit seinem Degen verteidigte, wobei er einen von meinen Leuten zum Krüppel hieb und mich durch einen Schlag mit der flachen Klinge betäubte." – „He, Henkersknecht, wirst du bald zu Ende kommen?" rief d'Artagnan. „Athos! Was geschah mit Athos?" – „Indem er sich fechtend zurückzog, wie ich dem gnädigen Herrn gesagt habe, fand er hinter sich die Kellertreppe, und da die Tür offen war, so sprang er hinein. Sobald er sich im Keller befand, zog er den Schlüssel ab und verrammelte sich von innen. Da man überzeugt war, daß man ihn hier wiederfinden konnte, so ließ man ihn." – „Ja", sprach d'Artagnan, „man kümmerte sich nicht darum, ihn zu töten, man suchte ihn nur einzukerkern." – „Gerechter Gott! Ihn einzukerkern, gnädiger Herr? Er kerkerte sich selbst ein, das schwöre ich Euch. Er hatte zuvor ein tüchtiges Stück Arbeit vollbracht. Ein Mann lag tot auf dem Platz, zwei andere waren schwer verwundet. Der Tote und die zwei Verwundeten wurden von ihren Kameraden weggebracht, und nie habe ich mehr von irgendeinem von ihnen gehört. Ich selbst, als ich wieder zu Bewußtsein kam, suchte den Herrn Gouverneur auf, dem ich alles erzählte, was vorgefallen war. Ich fragte ihn, was ich mit dem Gefangenen machen sollte, aber der Gouverneur sah aus, als wäre er aus den Wolken gefallen. Er sagte mir, er verstehe gar nicht, was ich da spräche, die Befehle, die ich erhalten, seien nicht von ihm ausgegangen, und wenn ich so unglücklich wäre, gegen irgend jemand zu äußern, daß er den geringsten Anteil an diesem heillosen Streit gehabt habe, so würde er mich hängen lassen. Es scheint, ich hatte mich getäuscht, gnädiger Herr, und den Falschen für den Richtigen genommen, und der verhaftet werden sollte, war gerettet." – „Aber Athos?" rief d'Artagnan, dessen Ungeduld sich noch durch die Art und Weise verdoppelte, wie die Behörde die ganze Sache von sich abgelehnt hatte; „was ist aus Athos geworden." – „Da mir daran liegen mußte, eiligst mein Unrecht den Gefangenen gegenüber gutzumachen", antwortete der Wirt, „so lief ich zum Keller, um ihn wieder in Freiheit zu setzen. Ach, gnädiger Herr, das war kein Mensch mehr, das war ein Teufel. Bei meinem Vorschlag, ihn freizulassen, erklärte er, es sei eine Falle, die man ihm legen wolle, und ehe er hinausgehe, werde er Bedingungen stellen. Ich erwiderte ihm ganz demütig, denn ich verhehlte mir die schlimme Lage nicht, in die ich mich dadurch gebracht hatte, daß ich an einen Musketier Seiner Majestät Hand legte. Ich erwiderte ihm, ich sei bereit, mich allen seinen Bedingungen zu unterziehen. – ‚Vor allem,' sprach er, ‚verlange ich, daß man mir meinen Bediensteten vollständig bewaffnet zurückgibt.' – Man beeilte sich, diesem Befehl zu gehorchen, denn Ihr begreift wohl, gnädiger Herr, daß wir bereit waren, alles zu tun, was Euer Freund verlangte. Herr Grimaud, dieser hatte seinen Namen genannt, obwohl er nicht viel spricht, Herr Grimaud wurde also, obwohl verwundet, in den Keller hinabgelassen. Sobald er sich bei seinem Herrn befand, verrammelte dieser wieder die Tür und befahl uns, in unserer Schankstube zu bleiben." – „Aber wo ist er denn?" rief d'Artagnan, „wo ist Athos?" – „Im Keller, gnädiger Herr." – „Wie, Unglücklicher? Ihr haltet ihn seit dieser Zeit im Keller fest?" – „Gütiger Gott! Nein, gnädiger Herr. Wir ihn im Keller festhalten! Ihr wißt also nicht, was er im Keller gemacht hat? Ach! Wenn Ihr ihn herausbringen könntet, ich wäre Euch mein ganzes Leben dankbar, ich würde Euch anbeten wie meinen Schutzpatron!" – „Also ist er da? Ich finde ihn dort?" – „Allerdings, gnädiger Herr. Er besteht darauf, im Keller zu bleiben. Jeden Tag reicht man ihm durch das Luftloch Brot an einer Gabel und Fleisch, wenn er es verlangt. Aber sein stärkster Verbrauch besteht leider nicht in Brot und Fleisch. Einmal versuchte ich es, mit zwei von meinen Aufwärtern hinabzusteigen, aber er geriet in furchtbare Wut. Ich hörte das Geräusch seiner Pistolen, die er lud, und seiner Muskete, die sein Bediensteter lud. Als wir sie dann fragten, was sie beabsichtigten, so antwortete er: Sie hätten zusammen noch vierzig Schüsse abzufeuern, und sie würden sie eher bis auf den letzten abfeuern, als daß sie einem von uns den Eintritt in den Keller gestatteten. Ich ging sodann zu dem Gouverneur, gnädiger Herr, um mich zu beklagen. Dieser aber erwiderte mir, es geschehe mir ganz recht, und das würde mir ein Beispiel sein, in Zukunft ehrenwerte Edelleute, die bei mir einkehren, nicht mehr zu beleidigen." - „Und seit dieser Zeit...", versetzte d'Artagnan, der sich eines lauten Lachens über das erbarmungswürdige Gesicht des Wirtes nicht enthalten konnte. - „Und seit dieser Zeit, gnädiger Herr", sprach dieser, „führen wir das traurigste Leben, das man sich denken kann, denn Ihr müßt wissen, daß alle meine Vorräte im Keller aufbewahrt sind. Unser Flaschen- und unser Faßwein, das Bier, das Öl und die Spezereien, der Speck und die Würste. Und da es uns verboten ist, hinabzusteigen, so sind wir genötigt, den Reisenden, die bei uns einkehren, Essen und Trinken zu verweigern, so daß unser Geschäft von Tag zu Tag abnimmt. Verweilt Euer Freund noch eine Woche in unserem Keller, so sind wir geschlagene Leute." - „Und das wäre nicht mehr als billig, du Schuft! Sagt, hat man uns nicht an unserer Miene angesehen, daß wir Leute von Stand und keine Falschmünzer waren?" - „Ja, gnädiger Herr, ja Ihr habt recht. Aber hört, hört, wie er wütet!" - „Ohne Zweifel wird man ihn gestört haben." - „Man muß ihn wohl stören", rief der Wirt. „Es sind soeben zwei vornehme Engländer bei uns angekommen." - „Was weiter?" - „Was weiter! Die Engländer lieben den guten Wein, wie Ihr wißt, und diese haben vom besten verlangt. Meine Frau wird von Eurem Freund sich die Erlaubnis erbeten haben, eintreten zu dürfen, um diese Herren befriedigen zu können. Und er hat wahrscheinlich wie gewöhnlich abgeschlagen. Ach, gütiger Gott! Der Teufelslärm verdoppelt sich!"

D'Artagnan hörte wirklich vom Keller her ein gewaltiges Getöse. Er stand auf. Der Wirt schritt, die Hände ringend, vor ihm her, Planchet folgte ihm, das geladene Gewehr in der Hand, und so näherte er sich dem Ort des Geschehens.

Die zwei fremden Herren waren voller Verzweiflung. Sie hatten einen langen Ritt gemacht und starben beinahe vor Hunger und Durst.

„Das ist eine wahre Tyrannei!" riefen sie in sehr gutem Französisch mit einem etwas fremden Akzent, „es ist eine wahre Tyrannei, daß dieser Hauptnarr die guten Leute nicht über ihren Wein verfügen lassen will. Auf! Treten wir die Tür ein, und wenn er zu wütend ist, so schlagen wir ihn tot."

„Warum nicht gar, meine Herren", sagte d'Artagnan, seine Pistolen aus dem Gürtel ziehend. „Ihr werdet niemand totschlagen, wenn's beliebt."

„Gut, gut", sprach Athos ruhig hinter der Tür, „man lasse sie nur ein wenig eintreten, diese Kleinkinderfresser, und wir werden sehen."

So mutig die beiden englischen Herren sich gebärdet hatten, so schauten sie doch jetzt zögernd einander an. Man hätte glauben sollen, im Keller befinde sich ein ausgehungerter Werwolf, in dessen Höhle niemand ungestraft eindringt.

Nach einer kurzen Pause stieg der Streitsüchtigste von ihnen die fünf oder sechs Stufen der Treppe hinab und gab der Tür einen Fußtritt, daß eine Mauer davon hätte bersten müssen.

„Planchet“, sprach d’Artagnan, seine Pistolen ladend, „ich übernehme den oberen, übernimm du den unteren. Ah! Meine Herren, ihr wollt eine Schlacht! Ganz gut, sie soll euch geliefert werden.“

„Mein Gott“, rief Athos mit hohler Stimme, „ich höre d’Artagnan, wie mir scheint.“

„In der Tat!“ schrie d’Artagnan, „ich bin es, mein Freund.“

„Ah, dann ist es gut“, sprach Athos, „wir wollen sie bearbeiten, diese Türenstürmer!“

Die Fremden hatten ihre Degen ergriffen, aber sie fanden sich zwischen zwei Feuern. Sie zögerten noch einen Augenblick. Doch der Stolz trug wie das erste Mal den Sieg davon, und ein zweiter Fußtritt ließ die Tür in ihrer ganzen Höhe erdröhnen.

„Halt dich fertig, d’Artagnan!“ rief Athos, „ich schieße!“

„Meine Herren!“ rief d’Artagnan, den die Überlegung nie verließ, „meine Herren, bedenkt doch! Geduld, Athos! Ihr fangt einen schlimmen Handel an, bei dem ihr sicherlich den kürzeren zieht. Ich und mein Bediensteter, wir feuern dreimal, ebensoviel Kugeln werden vom Keller aus gefeuert. Dann haben wir noch unsere Degen, mit denen mein Freund und ich ziemlich gut zu spielen wissen, das versichere ich euch. Laßt mich eure und meine Sache abmachen. Ihr werdet sogleich zu trinken bekommen, darauf gebe ich euch mein Ehrenwort.“

„Wenn noch etwas übrig ist“, knurrte Athos mit spöttischer Stimme.

Dem Wirt lief der kalte Schweiß über den Rücken.

„Wieso? Wenn noch etwas übrig ist!“ murmelte er.

„Der Teufel! Es wird wohl noch etwas übrig sein“, erwiderte d’Artagnan. „Seid unbesorgt, sie werden zu zweit nicht den ganzen Keller ausgetrunken haben. Meine Herren, steckt eure Degen in die Scheide!“

„Gut, aber steckt Ihr ebenfalls Eure Pistolen in den Gürtel!“

„Gern!“

D’Artagnan gab das Beispiel, wandte sich dann zu Planchet um und deutete ihm durch ein Zeichen an, er solle seine Muskete abspannen.

Hierdurch überzeugt, steckten die Engländer ihre Degen brummend in die Scheide. Man erzählte ihnen die Geschichte der Einkerkerung von Athos, und da sie gute Edelleute waren, so gaben sie dem Wirt unrecht.

„Nun, meine Herren", sagte d'Artagnan, „geht in euer Zimmer hinauf, und in zehn Minuten sollt ihr alles bekommen, was ihr nur wünscht, dafür stehe ich euch ein."

Die Engländer grüßten und entfernten sich.

„Da ich jetzt allein bin, mein lieber Athos", sagte d'Artagnan, „so öffnet mir gefälligst die Tür."

„Gleich", erwiderte Athos.

Dann vernahm man ein Geräusch von übereinander geworfenen Reisigbündeln und knarrenden Balken. Dies waren die Contreescarpen und Bastionen von Athos, die der Belagerte selbst zerstörte. Einen Augenblick später wankte die Tür und man sah Athos' bleichen Kopf erscheinen, der mit raschem Blick das Terrain musterte.

D'Artagnan warf sich ihm an den Hals und umarmte ihn. Er wollte ihn aus seinem feuchten Aufenthalt herausziehen, nun aber merkte er erst, daß sein Freund wankte.

„Ihr seid verwundet", sprach er.

„Nicht im mindesten, ich bin schwer betrunken, das ist alles. Und um dies zu bewerkstelligen, ist nie ein Mensch in der Welt besser verfahren. Bei Gott! Herr Wirt, ich habe für meinen Teil wenigstens hundertundfünfzig Flaschen getrunken."

„Barmherzigkeit!" rief der Wirt, „wenn der Diener nur halb soviel getrunken hat als der Herr, so bin ich zugrundegerichtet."

„Grimaud ist ein Lakai aus gutem Haus, der sich nicht erlaubt haben würde, dieselbe Portion zu sich zu nehmen wie ich. Er trank nur aus dem Faß. Halt! Ich glaube, er hat vergessen, den Zapfen wieder hineinzustecken. Hört Ihr, wie das läuft!"

D'Artagnan brach in ein schallendes Gelächter aus, das den Schauder des Wirts in ein hitziges Fieber verwandelte.

In dem Augenblick erschien auch Grimaud hinter seinem Herrn, die schwere Büchse auf der Schulter mit wak-

kelndem Kopf, wie ein trunkener Satyr auf den Gemälden von Rubens. Er war hinten und vorn mit einer fetten Flüssigkeit benetzt, worin der Wirt sein bestes Olivenöl erkannte.

Der Zug ging durch den großen Saal und verfügte sich in das schönste Zimmer des Gasthofs, welches d'Artagnan aus eigener Machtvollkommenheit in Beschlag nahm.

Während dieser Zeit stürzten der Wirt und seine Frau in

den Keller, der für sie so lange verschlossen gewesen war. Hier aber bot sich ihnen ein furchtbares Schauspiel.

Hinter den Festungswerken, die aus Reisigbündeln, Brettern, Balken und leeren Fässern bestanden, die Athos nach allen Regeln der Strategie aufgehäuft, nun aber eingerissen hatte, um hinausgehen zu können, sah man in Lachen von Öl und Wein die Gebeine aller verspeisten Schinken schwimmen, während eine Masse zerbrochener Flaschen die ganze linke Ecke des Kellers füllte und ein Faß, dessen Hahn offen geblieben war, durch diese Öffnung die letzten Tropfen vergoß. Das Bild der Verwüstung und des Todes herrschte hier, nach den Worten eines alten Dichters, wie auf dem Schlachtfeld.

Von fünfzig an den Balken aufgehängten Würsten waren kaum noch zehn übrig.

Das Jammergeschrei des Wirts und der Wirtin durchdrang nun das Kellergewölbe, und selbst d'Artagnan war von ihrem lauten Wehklagen bewegt. Athos drehte nicht einmal den Kopf um.

Auf den Schmerz folgte die Wut. Der Wirt bewaffnete sich mit einem Bratspieß und rannte in seiner Verzweiflung in das Zimmer, in das sich die beiden Freunde zurückgezogen hatten.

„Wein!" sprach Athos, als er den Wirt erblickte. - „Wein!" rief der Wirt ganz außer sich. „Wein! Ihr habt für mehr als hundert Pistolen getrunken, ich bin ein geschlagener, verlorener, zugrunde gerichteter Mann!" - „Pah!" sagte Athos, „unser Durst ist immer gleich geblieben." - „Wenn Ihr Euch mit dem Trinken begnügt hättet, aber Ihr habt alle Flaschen zerbrochen." - „Ei, warum mußtet Ihr mich auf einen Haufen treiben, der herunterrumpelte? Das ist Eure Schuld." - „All mein Öl ist zugrunde gegangen." - „Das Öl ist Balsam für die Wunden, und der arme Grimaud mußte doch die, die Ihr ihm beigebracht habt, ein wenig einschmieren", - „Alle meine Würste sind aufgegessen." - „Es gibt eine ungeheuere Menge Ratten in diesem Keller." - „Ihr werdet mir alles bezahlen", rief der Wirt verzweiflungsvoll. - „Dreifacher Schurke", sagte Athos aufstehend, aber er fiel sogleich wieder zurück und gab dadurch einen Maßstab von seinen Kräften. D'Artagnan kam ihm, die Reitpeitsche schwingend, zu Hilfe.

Der Wirt trat einen Schritt zurück und machte sich durch einen Tränenstrom Luft.

„Das wird Euch die Gäste, die Euch Gott schickt, auf eine höflichere Weise behandeln lehren", sprach d'Artagnan.

„Gott schickt? Sagt lieber der Teufel."

„Mein lieber Freund", erwiderte d'Artagnan, „wenn Ihr unsere Ohren noch länger peinigt, so schließen wir uns alle vier in den Keller ein, und wir werden dann sehen, ob der Schaden wirklich so groß ist, wie Ihr sagt."

„Ja, ja", sprach der Wirt, „ich gestehe, ich habe unrecht, aber es gibt Gnade und Barmherzigkeit für jede Sünde. Ihr seid vornehme Herren, und ich bin ein armer Wirt. Ihr werdet Mitleid mit mir haben."

„Ah! Wenn du so sprichst", sagte Athos, „so zerreißt du mir das Herz, und die Tränen entströmen meinen Augen, wie der Wein deinen Fässern entströmte. Man ist kein so eingefleischter Teufel, wie man aussieht. Komm her, plaudern wir miteinander."

Der Wirt trat unruhig näher.

„Komm her, sage ich dir, und fürchte dich nicht", fuhr Athos fort. „In dem Augenblick, wo ich dich bezahlen wollte, hatte ich meine Börse auf den Tisch gelegt." - „Ja, gnädiger Herr." - „Diese Börse enthielt sechzig Pistolen. Wo ist sie?" - „In der Gerichtskanzlei deponiert; man sagte, es sei Falschgeld." - „Gut! Laß dir meine Börse zurückgeben und behalte die sechzig Pistolen." - „Aber, der gnädige Herr weiß doch, daß die Gerichtskanzlei nichts mehr zurückgibt, was sie einmal in ihrer Kasse hat. Wenn es falsche Münzen wären, dann dürfte man noch hoffen, aber leider sind es gute Goldstücke." - „Mach das mit der Kanzlei ab, mein braver Mann. Darum kümmere ich mich um so weniger, als mir kein Livre mehr übrigbleibt." - „Hört", sagte d'Artagnan, „wo ist das alte Pferd von Athos?" - „Im Stall." - „Wieviel ist es wert?" - „Höchstens fünfzig Pistolen." - „Es ist achtzig wert, nimm es, und alles ist in Ordnung." - „Wie, du verkaufst mein Pferd?" sprach Athos, „du verkaufst meinen Bajazet? Und worauf soll ich den Feldzug machen? Auf Grimaud vielleicht?" - „Ich bringe dir ein anderes", sagte d'Artagnan. - „Ein herrlicheres!" rief der Wirt. - „Wenn ein schöneres und jüngeres für mich vorhanden ist, so nimm das alte, und - jetzt Wein her!" - „Von welchem?" fragte der Wirt wieder erheitert. - „Von dem, der hinten bei den Latten liegt. Es sind noch fünfundzwanzig Flaschen davon übrig. Die anderen zerbrachen alle bei meinem Sturz. Rasch hinab!" - „Das ist ein wahrer Teufelskerl von einem Menschen", sagte der Wirt bei sich; „bleibt er nur vierzehn Tage hier und bezahlt alles, was er trinkt, so bin ich wieder saniert." - „Und vergiß nicht", fuhr d'Artagnan fort, „vier Flaschen davon zu den englischen Herren hinaufzutragen." - „Nun, mein Freund", sprach Athos, „während er den Wein holt, erzählt mir, was aus den anderen geworden ist. Laß hören."

D'Artagnan teilte ihm mit, wie er Porthos mit einer Quetschung im Bett und Aramis an einem Tisch zwischen zwei Theologen gefunden hatte. Als er seine Erzählung beendete, erschien der Wirt mit den verlangten Flaschen und mit einem Schinken, der glücklicherweise außerhalb des Kellers geblieben war.

„Das ist gut", sagte Athos, sein und d'Artagnans Glas füllend, „so viel von Porthos und Aramis. Aber Ihr, mein

Freund, was habt Ihr und was ist Euch persönlich begegnet! Ihr seht so trübselig aus." - „Ach! Ich bin wirklich der Unglücklichste von uns allen." - „Du, unglücklich, d'Artagnan?" sprach Athos. „Laß hören, sprich! Auf welche Art bist du unglücklich?" - „Später", sagte d'Artagnan. - „Später, und warum später? Weil du glaubst, ich sei betrunken, d'Artagnan? Merke dir, ich habe nie klarere Ideen, als wenn ich im Wein schwimme. Sprich also, ich bin ganz Ohr."

D'Artagnan erzählte sein Abenteuer mit Madame Bonacieux. Athos hörte ihm zu, ohne eine Miene zu verändern; als er vollendet hatte, rief der Musketier:

„Erbärmlichkeiten, lauter Erbärmlichkeiten!"

„Erbärmlichkeiten! Das ist immer Euer Wort", sprach d'Artagnan, „das steht Euch sehr schlecht, der Ihr nie geliebt habt."

Athos' erstorbenes Auge flammte plötzlich auf, aber es war nur ein Blitz. Es wurde wieder matt wie vorher.

„Das ist wahr", sagte er ruhig, „ich habe nie geliebt." - „Ihr seht also wohl, Marmorseele", sprach d'Artagnan, „daß Ihr unrecht habt, gegen uns, die wir ein zärtlich Herz besitzen, hart zu sein." - „Zärtliches Herz, durchbohrtes Herz." - „Was sagt Ihr da?" - „Ich sage, daß die Liebe eine Lotterie ist, wo derjenige, welcher gewinnt, den Tod gewinnt. Glaubt mir, mein lieber d'Artagnan, Ihr seid sehr glücklich, daß Ihr verloren habt. Wenn ich Euch raten soll, so verliert immer." - „Sie schien mich so sehr zu lieben." - „Sie schien." - „Oh, sie liebte mich." - „Kind! Es gibt keinen Menschen, der nicht geglaubt hätte, sein Liebchen liebe ihn, und der nicht von seiner Geliebten betrogen worden wäre." - „Euch ausgenommen, Athos, der Ihr nie geliebt habt." - „Das ist wahr", sprach Athos nach kurzem Stillschweigen, „ich habe nie geliebt. Laß uns trinken." - „Aber unterstützt mich, belehrt mich, Ihr, der Ihr ein Philosoph

seid“, sprach d’Artagnan, „ich brauche Eure Weisheit und Euren Trost.“ - „Trost, worüber?“ - „Über mein Unglück.“ - „Euer Unglück macht mich lachen“, sagte Athos die Achseln zuckend, „ich möchte wohl wissen, was Ihr sagt, wenn ich Euch eine Liebesgeschichte erzählen würde.“ - „Die Euch begegnet ist?“ - „Oder einem von meinen Freunden, was ist daran gelegen?“ - „Sprecht, Athos, sprecht.“ - „Wir wollen trinken, das wird besser sein.“ - „Trinkt und erzählt.“ - „Wirklich, das läßt sich machen“, sagte Athos, sein Glas leerend und wieder füllend; „diese zwei Dinge gehen bestens zusammen."

Athos sammelte sich, aber je mehr er sich sammelte, desto bleicher sah ihn d'Artagnan werden. Er hatte die Periode der Trunkenheit erreicht, wo gewöhnliche Trinker umfallen und einschlafen.

„Ihr wollt es durchaus haben?" fragte er.

„Ich bitte Euch darum", sagte d'Artagnan.

„Eurem Wunsch soll entsprochen werden. Einer von meinen Freunden, hört Ihr wohl? Nicht ich", sprach Athos sich mit einem düsteren Lächeln unterbrechend; „einer von den Grafen meiner Provinz, das heißt im Berry, hochgeboren wie ein Dandolo oder ein Montmorency, verliebte sich in seinem fünfundzwanzigsten Lebensjahr in ein sechzehnjähriges Mädchen, das so schön war wie eine Venus. Durch die Naivität ihres Alters leuchtete ein glühender Geist, kein Frauengeist, sondern ein Dichtergeist. Sie gefiel nicht, sie berauschte. Sie lebte in einem kleinen Dorf bei ihrem Bruder, der Pfarrer war. Beide waren in die Gegend gekommen, ohne daß man wußte woher. Aber wenn man sah, wie schön sie und wie fromm ihr Bruder war, so dachte man nicht daran, sie zu fragen, woher sie kämen. Überdies behauptete man, sie seien von guter Herkunft. Mein Freund, der der Herr dieses Bezirks war, hätte sie nach seinem Belieben verführen oder mit Gewalt wegnehmen können, denn er war der Herr. Wer wäre zwei Fremden, zwei Unbekannten, zu Hilfe gekommen? Zu seinem Unglück war er ein ehrlicher Mann und heiratete sie. Der Narr, der Dummkopf, der Tropf!"

„Aber warum dies, da er sie liebte?" fragte d'Artagnan.

„Nur Geduld", erwiderte Athos. „Er brachte sie in sein Schloß und machte sie zur ersten Dame der Provinz. Hierin muß man ihr Gerechtigkeit widerfahren lassen. Sie wußte ihren Rang bestens zu behaupten."

„Nun?“ fragte d’Artagnan.

„Nun, eines Tages als sie mit ihm auf der Jagd war“, fuhr Athos mit gedämpfter Stimme und sehr schnell sprechend fort, „fiel sie vom Pferd und wurde ohnmächtig. Der Graf eilte ihr zu Hilfe, und da sie in ihren Kleidern beinahe erstickte, so schlitzte er diese mit seinem Dolch auf und entblößte ihre Schulter. Ratet, was sie auf ihrer Schulter hatte, d’Artagnan?“

„Kann ich es wissen?“

„Eine Lilie“, sprach Athos. „Sie war gebrandmarkt.“

Und Athos leerte mit einem Zug das Glas aus, das er in der Hand hatte.

„Gräßlich!“ rief d’Artagnan, „was erzählt Ihr mir da?“

„Die Wahrheit, mein Lieber. Der Engel war ein Teufel. Das arme Mädchen hatte gestohlen.“

„Und was tat der Graf?“

„Der Graf war ein hoher Herr. Er hatte auf seinen Gütern die hohe und die niedere Gerichtsbarkeit. Er zerriß die Kleider der Gräfin vollends, band ihr die Hände auf den Rücken und knüpfte sie an einem Baum auf.“

„Himmel! Athos, ein Mord!“ rief d’Artagnan.

„Ja, ein Mord, nicht mehr“, sprach Athos bleich wie der Tod. „Aber es scheint, es fehlt uns an Wein.“

Und er ergriff die letzte Flasche, die noch übrig war, am Hals, setzte sie an den Mund und leerte sie auf einen Zug, als wäre es ein gewöhnliches Glas gewesen.

Dann ließ er den Kopf zwischen seine beiden Hände sinken, d’Artagnan aber blieb stumm vor Schrecken.

„Das heilte mich von allen Frauen, von den schönen, von den poetischen und von den verliebten“, sprach Athos, sich wieder erhebend und ohne daran zu denken, die Fabel von dem Grafen fortzusetzen. „Gott gewähre Euch ebensoviel! Trinken wir!“

„Sie ist also tot?“ stammelte d’Artagnan.

„Beim Teufel!“ erwiderte Athos. „Doch reicht mir Euer Glas. Schinken, Schelm!“ rief er. „Wir können nicht mehr trinken!“

„Aber ihr Bruder?“ fügte d'Artagnan schüchtern hinzu.

„Ihr Bruder?“ versetzte Athos.

„Ja, der Priester.“

„Ich schickte nach ihm, um ihn ebenfalls aufhängen zu lassen, aber er war mir zuvorgekommen und hatte seinen Pfarrhof am Abend zuvor verlassen.“

„Wußte man, wer der Elende war?“

„Er war der erste Liebhaber und der Mitschuldige der Schönen, ein würdiger Mann, der sich den Anschein gab, als wäre er Pfarrer, um sie zu verheiraten und ihr eine Zukunft zu sichern. Er wird hoffentlich gevierteilt worden sein.“

„O mein Gott! Mein Gott!“ rief d'Artagnan ganz betäubt von dieser furchtbaren Begebenheit.

„Eßt doch von diesem Schinken, d'Artagnan, er ist vortrefflich“, sagte Athos und legte eine Schnitte auf den Teller des jungen Mannes. „Wie schade, daß nicht wenigstens vier wie dieser in dem Keller gewesen sind! Ich hätte fünfzig Flaschen mehr getrunken!“

D'Artagnan vermochte dieses Gespräch nicht länger zu ertragen, denn es hätte ihn toll gemacht, er ließ den Kopf auf seine Hände sinken und stellte sich, als schliefe er ein.

„Die jungen Leute können nicht mehr trinken“, sprach Athos und schaute ihn mitleidig an, „und doch ist dieser noch einer von den besten!“

28. Kapitel

Die Rückkehr

D'Artagnan blieb ganz betäubt durch Athos' furchtbare Mitteilung. Es erschienen ihm noch sehr viele Dinge dunkel in dieser halben Enthüllung. Vor allem war sie von einem völlig betrunkenen Menschen, einem halb Betrunkenen gemacht worden. Aber trotz der Schwankung, die durch den Dunst von zwei oder drei Flaschen Burgunder im Gehirn entsteht, war d'Artagnan, als er am anderen Morgen erwachte, jedes Wort noch so gegenwärtig, als ob die Silben, wie sie aus dem Mund des einen fielen, in den Geist des anderen eingezeichnet worden wären. Der Zweifel, der sich in ihm regte, erzeugte ein noch viel lebhafteres Verlangen, Gewißheit zu bekommen, und er begab sich zu seinem Freund in der besten Absicht, das Gespräch vom vorigen Abend wieder anzuknüpfen, aber er fand Athos bereits wieder in den feinsten, undurchdringlichsten Menschen umgewandelt.

Der Musketier, nachdem er einen Händedruck und ein Lächeln mit ihm ausgetauscht hatte, kam ihm indessen zuvor.

„Ich war gestern sehr betrunken, mein lieber d'Artagnan", rief er, „ich fühlte dies heute morgen an meiner immer noch etwas schweren Zunge und an meinem jagenden Puls. Ich wette, daß ich tausenderlei närrische Dinge preisgegeben habe."

Während er diese Worte sprach, schaute er seinen Freund so fest an, daß dieser dadurch in Verlegenheit geriet.

„Nicht doch“, erwiderte d’Artagnan, „und wenn ich mich recht erinnere, so habt Ihr nichts Außerordentliches gesprochen.“

„Ah, Ihr setzt mich in Erstaunen. Ich glaubte, Euch eine höchst klägliche Geschichte erzählt zu haben, “ und dabei sah er den jungen Mann an, als wollte er in der Tiefe seiner Seele lesen.

„Meiner Treu“, sprach d’Artagnan, „es scheint, ich war

noch betrunkener als Ihr, da ich mich gar nicht mehr erinnern kann."

Athos ließ sich nicht mit diesen Worten abspeisen, sondern versetzte:

„Es kann Euch nicht entgangen sein, mein lieber Freund, daß jeder seine eigene Art von Trunkenheit hat. Der eine eine lustige, der andere eine traurige. Ich habe die traurige Trunkenheit, und wenn ich einmal voll bin, so ist es meine alberne Manier, alle trübseligen Geschichten zu erzählen, die mir meine alberne Amme in das Hirn gepflanzt hat. Das ist mein Fehler, ein Hauptfehler, ich gestehe es. Aber abgesehen davon bin ich ein guter Trinker."

Athos sagte dies auf eine so natürliche Weise, daß d'Artagnan in seiner Überzeugung erschüttert wurde.

„Oh, das ist es, in der Tat", sprach der junge Mann, der hinter die Wahrheit zu kommen suchte. „So etwas ist es. Ich erinnere mich, so wie man sich eines Traumes erinnert, daß wir von Gehenkten gesprochen haben." - „Ah, Ihr seht wohl", sagte Athos erbleichend, während er zu lächeln suchte, „ich wußte es, die Gehenkten sind mein Alp." - „Ja, ja", entgegnete d'Artagnan, „das Gedächtnis kehrt mir zurück: Es war die Rede... wartet nur... es war die Rede von einer Frau." - „Seht Ihr", erwiderte Athos beinahe bleifarbig geworden, „das ist meine große Geschichte von der blonden Frau. Wenn ich diese erzähle, bin ich betrunken bis zur Bewußtlosigkeit." - „Ja, das ist es", sagte d'Artagnan, „die Geschichte von der blonden Frau, groß und schön mit blauen Augen." - „Ja, und gehenkt." - „Durch ihren Gatten, der ein hoher Herr von Eurer Bekanntschaft war", fuhr d'Artagnan, seinen Freund fest anschauend, fort. - „Seht Ihr, wie man einen Menschen bloßstellen kann, wenn man nicht mehr weiß, was man sagt", fuhr Athos fort und zuckte die Achseln, als ob er sich selbst bemitleidete. „Gewiß, ich will mich nicht mehr betrinken, d'Artagnan, es ist eine gar zu schlechte Gewohnheit. Bald hätte ich vergessen", fügte er hinzu, „ich danke Euch für das Pferd, das Ihr mir mitgebracht habt." - „Gefällt es Euch?" - „Ja, aber es ist kein Pferd für Strapazen." - „Ihr täuscht Euch. Ich habe zehn Meilen in weniger als anderthalb Stunden mit ihm gemacht, und es schien nicht mehr ermüdet, als wenn es einmal auf der Place Saint-Sulpice im Kreis herumgeritten worden wäre." - „Ei, ei, das ist sehr ärgerlich." - „Ärgerlich?" - „Ja, ich habe mich davon getrennt." - „Wie dies?" - „Hört: Als ich diesen Morgen um sechs Uhr erwachte, schlieft Ihr wie ein Dachs, und ich wußte nicht, was ich machen sollte. Ich war noch ganz dumpf von unserem gestrigen Gelage. Ich ging in den großen Saal hinab und sah einen von unseren Engländern, der mit einem Roßtäuscher um ein Pferd handelte. Dem seinen war ein Blutgefäß gesprungen. Ich näherte mich ihm und sagte, als ich bemerkte, daß er hundert Pistolen für einen Schweißfuchs bot: ‚Bei Gott, mein edler Herr, ich habe auch ein Pferd zu verkaufen.' - ‚Und zwar ein sehr schönes,' sprach er. ‚Ich habe es gestern gesehen. Der Knecht Eures Freundes führte es an der Hand.' - ‚Glaubt Ihr, es sei hundert Pistolen wert?' - ‚Ja. Wollt Ihr es mir um diesen Preis geben?' - ‚Nein, aber ich spiele mit Euch darum.' - ‚Wie?' - ‚Mit Würfeln.' Gesagt, getan, und ich habe das Pferd verloren. Doch merkt wohl", fuhr Athos fort, „die Decke habe ich wiedergewonnen."

D'Artagnan machte eine ziemlich verdrießliche Miene.

„Das ist Euch unangenehm?" sprach Athos.

„Allerdings, ich muß es Euch gestehen", erwiderte d'Artagnan. „Dieses Pferd sollte dazu dienen, uns an einem Schlachttag kenntlich zu machen. Es war ein Pfand, ein Andenken. Athos, Ihr habt unrecht getan."

„Mein lieber Freund, versetzt Euch an meine Stelle", entgegnete der Musketier, „ich langweilte mich zum Sterben, und dann auf Ehre, ich liebe die englischen Pferde nicht. Hört, wenn es sich nur darum handelt, von irgend jemand erkannt zu werden, so wird der Sattel genügen. Er ist auffallend genug. Was das Pferd betrifft, so werden wir irgendeine Entschuldigung finden, um sein Verschwinden zu rechtfertigen. Was, Teufel! Ein Pferd ist sterblich. Gesetzt, das meine hätte den Wurm oder den Rotz bekommen!"

D'Artagnans Antlitz erheiterte sich nicht.

„Es ist mir peinlich", fuhr Athos fort, „daß Ihr so viel auf diese Tiere zu halten scheint, denn ich bin mit meiner Geschichte noch nicht zu Ende." - „Was habt Ihr noch gemacht?" - „Nachdem ich mein Pferd verloren hatte, neun gegen zehn (seht, was für ein Wurf!), kam mir der Gedanke, um das Eurige zu spielen." - „Ja, aber es blieb doch hoffentlich bei dem Gedanken?" - „Nein, ich brachte ihn sogleich zur Ausführung." - „Ah, den Henker!" rief d'Artagnan unruhig. - „Ich spielte und verlor." - „Mein Pferd?" - „Euer Pferd, sieben gegen acht; um ein Auge ... Ihr kennt das Sprichwort?" - „Athos, ich schwöre, Ihr seid nicht bei Vernunft." - „Mein Lieber, das hättet Ihr mir gestern sagen sollen, als ich Euch die tollen Geschichten erzählte, und nicht heute. Ich verlor es also samt Sattel und Zeug." - „Aber das ist abscheulich!" - „Nur Geduld, Ihr habt unrecht. Ich wäre ein vortrefflicher Spieler, wenn ich nicht hartnäckig würde, aber das ist der Fall wie beim Trinken. Ich wurde also hartnäckig." - „Aber um was konntet Ihr denn spielen? Es blieb Euch ja nichts mehr übrig." - „Allerdings, mein Freund, es blieb Euch noch der Diamant übrig, der an Eurem Finger glänzt und den ich gestern bemerkt hatte." - „Dieser Diamant!" rief d'Artagnan, und fuhr mit der Hand an seinen Ring. - „Und da ich Kenner bin, da ich einige selbst besessen hatte, schätzte ich ihn auf tausend Pistolen." - „Ich hoffe", sprach d'Artagnan, halbtot vor Schrecken, „Ihr erwähntet meinen Diamanten nicht?" - „Im Gegenteil, lieber Freund, Ihr begreift doch, daß dieser Diamant unser einziges Rettungsmittel war. Mit ihm konnte ich unser Reitzeug, unsere Pferde und sogar Geld für die Reise wiedergewinnen." - „Athos, Ihr bringt mich zum Zittern!" rief d'Artagnan. - „Ich sprach also von Eurem Diamanten mit meinem Gegenspieler, der ihn ebenfalls wahrgenommen hatte. Was, Teufel, mein Lieber,

Ihr tragt an Eurem Finger einen Stern des Himmels und wollt, man soll nicht darauf aufmerksam werden? Unmöglich." - „Vollendet, mein Lieber, vollendet!" sprach d'Artagnan, „denn auf Ehre, Ihr bringt mich um mit Eurer Kaltblütigkeit." - „Wir teilten also diesen Diamanten in zehn Teile von je hundert Pistolen." - „Ah, Ihr wollt scherzen und mich auf die Probe stellen", sagte d'Artagnan, den der Zorn zu ersticken drohte. - „Nein, ich scherze nicht, Mord und Teufel! Ich hätte Euch wohl sehen mögen! Vierzehn Tage lang hatte ich kein menschliches Antlitz zu Gesicht bekommen und war durch dieses ewige Umarmen der Weinflaschen rauhborstig geworden." - „Das ist kein Grund, um meinen Ring auf das Spiel zu setzen", entgegnete d'Artagnan, die Hand krampfhaft zusammenpressend. - „Hört also das Ende. Zehn Teile zu hundert Pistolen, ohne Revanche. Auf dreizehn Würfe verlor ich alles. Auf dreizehn Würfe! Dreizehn ist immer eine Unglückszahl für mich gewesen; es geschah am 13. Juli, daß ... " - „Tod und Teufel!" rief d'Artagnan aufspringend; die Geschichte dieses Tages ließ ihn die des vorhergehenden vergessen. - „Geduld", sprach Athos, „ich hatte einen Plan. Der Engländer war ein Original. Ich sah ihn am Morgen mit Grimaud plaudern, und dieser meldete mir, er habe ihm den Antrag gemacht, er möge in seine Dienste treten. Ich spiele mit ihm um Grimaud, den schweigsamen Grimaud, in zehn Portionen geteilt." - „Also den auch!" rief d'Artagnan und mußte wider Willen lachen. - „Grimaud selber, hört Ihr wohl, und mit den zehn Teilen von Grimaud, der nicht ganz einen Dukaten wert ist, gewinne ich den Diamanten wieder. Sagt mir also noch einmal, die Beharrlichkeit sei keine Tugend." - „Meiner Treu! Das ist drollig!" rief d'Artagnan getröstet und hielt sich vor Lachen die Seiten. - „Ihr begreift, daß ich, als ich mich wieder bei Kräften fühlte, abermals um den Diamanten zu spielen anfing." - „Ah, Teufel!" sagte d'Artagnan verdüstert. „Ich gewann Euer Reitzeug wieder und dann Euer Pferd, dann mein Reitzeug, dann mein Pferd und verlor abermals. Kurz, ich habe Euer Reitzeug wiederbekommen und das meinige. Und so stehen nun die Sachen. Das war ein vortrefflicher Wurf, und ich blieb dabei."

D'Artagnan atmete, als ob man ihm das ganze Wirtshaus von der Brust genommen hätte.

„Der Diamant bleibt mir also?" sprach er schüchtern. - „Unberührt, mein lieber Freund. Auch das Reitzeug Eures Bukephalos und des meinigen." - „Aber was sollen wir mit dem Reitzeug ohne Pferd machen?" - „Ich habe hierüber einen Gedanken." - „Athos, Ihr bringt mich wieder zum Leben." - „Hört: Ihr habt seit langer Zeit nicht mehr gespielt, d'Artagnan!" - „Und ich habe auch keine Lust zu spielen." - „Beschwören wir nichts. Ihr habt seit langer Zeit nicht mehr gespielt, sagte ich, Ihr müßt folglich eine glückliche Hand haben." - „Gut, und hernach?" - „Gut, der Engländer und sein Gefährte sind noch hier. Ich bemerkte, daß es ihnen sehr leid tut, unser Reitzeug nicht zu besitzen. Ihr scheint viel auf Euer Pferd zu halten. An Eurer Stelle würde ich um Euer Reitzeug gegen Euer Pferd spielen." - „Aber er wird nicht um ein einziges Reitzeug wollen." - „Spielt um beide. Bei Gott, ich bin kein Egoist wie Ihr." - „Ihr würdet dies tun?" sagte d'Artagnan unentschlossen, so sehr wurde er unwillkürlich von der Zuversichtlichkeit seines Freundes angesteckt. - „Bei meinem Ehrenwort, auf einen Wurf." - „Da ich die Pferde verloren habe, so muß mir sehr viel daran liegen, wenigstens das Reitzeug zu behalten." - „So spielt um Euren Diamanten." - „Oh, das ist etwas anderes. Nie! Nie!" - „Teufel!" sprach Athos, „ich würde Euch vorschlagen, um Grimaud zu spielen. Da dies aber bereits geschehen ist, so wird der Engländer ohne Zweifel nicht mehr wollen." - „Entschieden, mein lieber

Athos", sagte d'Artagnan, „ich will lieber gar nichts mehr wagen."

„Das ist schade", sprach Athos kalt. „Der Engländer ist ganz gespickt mit Pistolen. Ei, mein Gott, versucht doch einen Wurf. Ein Wurf ist bald gemacht." - „Und wenn ich verliere?" - „Ihr werdet gewinnen." - „Aber wenn ich verliere?" - „Gut, so gebt ihm unser Reitzeug." - „Es mag sein, einen Wurf", sagte d'Artagnan.

Athos suchte den Engländer auf und fand ihn im Stall, wo er das Reitzeug der Freunde mit lüsternen Blicken betrachtete. Die Gelegenheit war günstig. Er machte seine Bedingungen: beider Reitzeug gegen ein Pferd oder hundert Pistolen nach Belieben. Der Engländer rechnete schnell. Das Reitzeug war wenigstens dreihundert Pistolen wert. Er schlug ein.

D'Artagnan warf die Würfel zitternd und bekam die Zahl drei. Seine Blässe erschreckte Athos, der nur die Worte sprach: „Das ist ein trauriger Wurf, Kamerad; Ihr bekommt die Pferde mit Sattel und Zeug, mein Herr."

Triumphierend nahm sich der Engländer nicht einmal die Mühe, die Würfel zu rollen. Er warf sie auf den Tisch, ohne hinzusehen, so sehr war er von seinem Siege überzeugt. D'Artagnan hatte sich umgedreht, um seinen Verdruß zu verbergen.

„Halt, halt, halt!" sprach Athos in seinem ruhigen Ton. „Das ist ein außerordentlicher Wurf, und ich habe ihn nur viermal in meinem Leben gesehen. Zwei As!"

Der Engländer schaute und war wie niedergedonnert. D'Artagnan schaute ebenfalls und wurde rot vor Freude.

„Ja", fuhr Athos fort, „nur viermal: einmal bei Herrn von Crequi, zum zweitenmal bei mir auf dem Land, in meinem Schloß, als ich noch eines besaß, ein drittes Mal bei Herrn von Treville und ein viertes Mal in einer Schenke, wo es mich traf und ich dabei hundert Louisdor und ein Abendessen verlor." - „Der Herr nimmt also sein Pferd wieder?" sprach der Engländer. - „Allerdings", sagte d'Artagnan. - „Dann findet keine Revanche statt?" - „Unsere Bedingungen lauteten: keine Revanche, wie Ihr Euch erinnern werdet." - „Allerdings! Das Pferd soll Eurem Bediensteten übergeben werden." - „Einen Augenblick", sagte Athos. „Mit Eurer Erlaubnis, mein Herr, ich wünschte ein Wort mit meinem Freund zu sprechen." - „Sprecht!"

Athos nahm d'Artagnan beiseite.

„Nun?" sagte d'Artagnan. „Was willst du noch von mir, Versucher? Du willst, daß ich spiele?" - „Ich will, daß du nachdenkst." - „Worüber?" - „Du hast das Pferd wiedergenommen?" - „Gewiß." - „Du hast unrecht. Ich würde die hundert Pistolen nehmen. Du weißt, daß du um unser Reitzeug gegen das Pferd oder um hundert Pistolen gespielt hast." - „Ja." - „Ich würde die hundert Pistolen nehmen." - „Gut, und ich nehme das Pferd." - „Und Ihr habt unrecht, mein Freund, das wiederhole ich Euch. Was wollen wir mit einem Pferd für uns beide machen? Ich kann doch nicht hinten aufsitzen, wir würden aussehen wie die beiden Haimonskinder, die ihre Brüder verloren haben. Ihr könnt mich doch nicht so sehr demütigen, daß Ihr auf diesem prachtvollen Schlachtroß neben mir herreitet. Ich nähme, ohne einen Augenblick zu schwanken, die hundert Pistolen. Wir brauchen Geld, um nach Paris zurückzukommen." - „Es liegt mir alles an diesem Pferd, Athos." - „Und Ihr habt unrecht, mein Freund. Ein Pferd macht einen Seitensprung, ein Pferd bäumt sich und überschlägt, ein Pferd frißt aus einer Krippe, aus der ein rotziges Tier gefressen hat, dann ist ein Pferd oder vielmehr es sind hundert Pistolen verloren. Ferner muß der Herr sein Pferd ernähren, während im Gegenteil hundert Pistolen ihren Herrn ernähren." - „Aber wie sollen wir zurückkommen?" - „Auf den Pferden unserer Bediensteten. Bei Gott! Man wird uns immer noch am Gesicht ansehen, daß wir Leute von Stande sind." – „Wir werden uns gut ausnehmen auf solchen Mähren, während Aramis und Porthos auf ihren schönen Rossen daherreiten." – „Aramis! Porthos!" rief Athos und brach in ein schallendes Gelächter aus. – „Was gibt es denn?" fragte d'Artagnan, der die Heiterkeit seines Freundes nicht begreifen konnte. – „Nichts, nichts, fahrt nur fort", sagte Athos. – „Also Euer Rat . . . " – „Ist, die hundert Pistolen zu nehmen, d'Artagnan. Mit den hundert Pistolen können wir schwelgen bis zum Ende des Monats. Wir haben Strapazen ausgestanden, seht Ihr wohl, und brauchen ein wenig Ruhe." – „Ich ausruhen? O nein, Athos! Sobald ich in Paris bin, forsche ich wieder nach dieser armen Frau." – „Wohl, glaubt Ihr etwa, Euer Pferd wäre Euch zu diesem Zweck ebenso dienlich als die schönen Louisdor? Nehmt die hundert Pistolen, mein Freund, nehmt die hundert Pistolen."

D'Artagnan bedurfte nur eines Anstoßes, um sich zu fügen, und dieser schien ihm vortrefflich. Überdies befürchtete er, in Athos' Augen egoistisch zu erscheinen, wenn er länger auf seinem Willen beharren würde. Er willigte also ein und wählte die hundert Pistolen, die ihm der Engländer gleich ausbezahlte.

Nun dachte man nur an die Abreise, der Friedensschluß mit dem Wirt kostete außer dem alten Pferd von Athos sechs Pistolen. D'Artagnan und Athos nahmen die Pferde von Planchet und Grimaud. Die zwei Bediensteten begaben sich, die Sättel auf ihren Köpfen tragend, zu Fuß auf den Weg.

So schlecht beritten die Freunde auch waren, so gewannen sie doch bald einen Vorsprung vor ihren Lakaien und kamen in Crèvecœur an. Sie erblickten Aramis, der sich schwermütig auf ein Fenstersims stützte und beobachtete, wie der Horizont in eine Staubwolke gehüllt wurde.

„He, holla, Aramis! was macht Ihr denn da?“ riefen die zwei Freunde.

„Ah, Ihr seid es, d’Artagnan, Ihr seid es, Athos?“ sprach der junge Mann. „Ich dachte darüber nach, mit welcher Schnelligkeit die Güter dieser Welt verschwinden. Mein englisches Roß, das sich von hier entfernte und eben in einem Staubwirbel verschwunden ist, war mir ein lebendiges Bild von der Hinfälligkeit aller irdischen Dinge. Das

Leben läßt sich in drei Worte auflösen: Erat, est, fuit." – „Das heißt?" fragte d'Artagnan, der die Wahrheit zu ahnen anfing. – „Das heißt, daß ich soeben einen albernen Handel abgeschlossen habe. Sechzig Louisdor um ein Pferd, das nach seinem Gang zu schließen wenigstens fünf Meilen in einer Stunde zurücklegen kann."

D'Artagnan und Athos brachen in ein schallendes Gelächter aus.

„Mein lieber d'Artagnan", sagte Aramis, „seid mir nicht zu sehr böse, ich bitte Euch. Not kennt kein Gebot. Überdies bin ich am meisten gestraft, da mich dieser heillose Roßhändler wenigstens um fünfzig Louisdor betrogen hat. Ah! Ihr seid sehr gute Haushalter. Ihr reitet auf den Pferden eurer Lakaien und laßt euch eure Luxuspferde pferde sachte und in kleinen Tagesmärschen an der Hand nachführen."

In dem Augenblick hielt ein Frachtwagen, den man seit einigen Minuten auf der Straße von Amiens erblickt hatte, vor dem Gasthof an, und man sah Grimaud und Planchet, ihre Sättel auf dem Kopf, aussteigen. Der Frachtwagen kehrte nach Paris zurück, und die zwei Lakaien hatten angeboten, den Fuhrmann auf dem ganzen Weg zechfrei zu halten, wenn er sie mitnehmen würde.

„Was ist das? Was soll das bedeuten?" fragte Aramis, als er sah, was vorging. „Nur die Sättel?" – „Begreift Ihr nun?" sprach Athos. – „Meine Freunde, das ist gerade wie bei mir. Ich habe Sattel und Zeug instinktmäßig behalten. Holla, Bazin, trage mein neues Reitzeug zu denen der beiden Herren." – „Und was habt ihr mit euren Doktoren gemacht?" fragte d'Artagnan.

„Mein Lieber, ich habe sie am anderen Tage zum Mittagessen eingeladen", sprach Aramis. „Es gibt hier, beiläufig gesagt, vortrefflichen Wein. Ich machte sie, so gut es mir möglich war, betrunken, dann verbot mir der Pfarrer, die

Uniform abzulegen, und der Jesuit bat mich, ihn unter die Musketiere aufnehmen zu lassen!" - „Ohne These", rief d'Artagnan, „ohne These! Ich verlange die Unterdrückung der These."

„Von da an lebte ich angenehm", fuhr Aramis fort. „Ich fing ein Gedicht in einsilbigen Versen an, das ist schwierig, aber der Vorzug liegt bei jeder Sache in der Schwierigkeit. Der Stoff ist galanter Natur. Ich werde Euch den ersten Gesang vorlesen. Er hat vierhundert Verse und dauert eine Minute."

„Meiner Treu, mein lieber Aramis", sprach d'Artagnan, der die Verse beinahe ebenso haßte wie Latein, „fügt dem Vorzug der Schwierigkeit noch den der Kürze bei, und Ihr könnt wenigstens überzeugt sein, daß es zwei Vorzüge haben wird."

„Ein dritter besteht darin", fuhr Aramis fort, „daß es ehrbare Leidenschaften atmet. Wir kehren nach Paris zurück? Bravo! Ich bin bereit! Wir werden also den guten Porthos wiedersehen? Desto besser! Ihr glaubt nicht, wie sehr er mir fehlte, dieser große Pinsel. Ich sehe ihn so gern in seiner Selbstzufriedenheit, das söhnt mich mit mir aus. Er wird sein Pferd nicht verkauft haben, und wäre es auch gegen ein Königreich! Es ist mir, als ob ich ihn vor mir hätte, auf seinem schönen Tier und seinem glänzenden Sattel. Er sieht gewiß aus wie ein Großmogul."

Man blieb eine Stunde, um die Pferde verschnaufen zu lassen. Aramis bezahlte seine Rechnung, brachte Bazin bei seinen Kameraden im Frachtwagen unter, und man machte sich auf den Weg, um zu Porthos zu kommen.

Die Freunde fanden ihn beinahe gesund aber bleich. Er saß vor einem Tisch, auf dem, obwohl er allein war, ein Mittagsbrot für vier Personen stand. Dieses Mittagsbrot bestand aus zierlich zugerichteten Fleischspeisen, ausgesuchten Weinen und vortrefflichem Obst.

„Ah, bei Gott!“ sprach er aufstehend, „Ihr kommt wie gerufen, meine Herren. Ich war gerade bei der Suppe, und Ihr könnt mit mir zu Mittag speisen.“

„Oh, oh!“ rief d'Artagnan, „hat Mousqueton solche Flaschen mit dem Lasso gefangen, dann finde ich hier ein gespicktes Fricandeau und einen Lendenbraten ....“

„Ich stärke mich“, sagte Porthos, „ich stärke mich. Nichts schwächt so sehr als diese verdammten Quetschungen. Habt Ihr schon Quetschungen gehabt, Athos?“

„Niemals, nur erinnere ich mich, daß ich bei unserem Streit in der Rue Férou einen Degenstich bekam, der nach Verlauf von vierzehn oder acht Tagen genau dieselbe Wirkung hervorbrachte."

„Aber dieses Mittagsmahl war nicht für Euch allein, mein lieber Porthos", sagte Aramis.

„Nein", erwiderte Porthos, „ich erwartete einige Edelleute aus der Nachbarschaft, die mir soeben sagen ließen, sie würden nicht kommen. Ihr nehmt ihre Stelle ein, ich verliere nichts bei dem Tausch. Holla, Mousqueton, Stühle! Verdopple die Flaschen!"

„Wißt ihr, was wir hier essen?" sagte Athos nach zehn Minuten.

„Bei Gott!" antwortete d'Artagnan, „ich esse gespicktes Kalbfleisch mit Artischocken." - „Und ich Hammelkeule", sprach Porthos. - „Und ich Hühnerfrikassee", sagte Aramis. - „Ihr täuscht euch, meine Herren", erwiderte Athos ernst. „Ihr verspeist Pferdefleisch." - „Geht doch", rief d'Artagnan. - „Pferdefleisch!" brummte Aramis mit einer Grimasse des Ekels.

Porthos allein antwortete nicht.

„Ja, Pferdefleisch, nicht wahr, Porthos, wir speisen Pferdefleisch und vielleicht Sattel und Zeug dazu?"

„Nein, meine Herren, ich habe das Reitzeug behalten", sagte Porthos.

„Meiner Treu, von uns ist einer so gut wie der andere", rief Aramis; „es ist, als ob wir uns das Wort gegeben hätten."

„Was wollt Ihr, dieses Pferd beschämte meine Gäste, und ich wollte sie nicht demütigen."

„Und dann ist Eure Herzogin immer noch in den Bädern, nicht wahr?" fragte d'Artagnan.

„Immer noch", erwiderte Porthos. „Auch schien der Gouverneur der Provinz, einer von den Edelleuten, die ich heute zum Mittagsbrot erwartete, ein so großes Verlangen darnach zu haben, daß ich es ihm schenkte." – „Geschenkt", rief d'Artagnan.

„O mein Gott, ja, geschenkt, das ist das rechte Wort", sprach Porthos, „es war wenigstens hundertundfünfzig Louisdor wert, und der Knicker wollte mir nicht mehr dafür geben als achtzig." – „Ohne den Sattel?" sagte Aramis. – „Ja, ohne den Sattel."

„Ihr bemerkt, meine Herren", sprach Athos, „daß Porthos abermals den besten Handel von uns allen gemacht hat."

Dann entstand ein schallendes Gelächter, wodurch der arme Porthos ganz verdutzt wurde, aber man erzählte ihm bald die Ursache dieser Heiterkeit, an der er, seiner Gewohnheit gemäß, geräuschvollen Anteil nahm.

„Auf diese Art sind wir also alle bei Kasse", sagte d'Artagnan. – „Was mich betrifft", entgegnete Athos, „ich fand den spanischen Wein von Aramis so gut, daß ich sechzig Flaschen in den Frachtwagen der Bediensteten packen ließ, was meinen Barbestand gewaltig geschmälert hat." – „Und ich", sprach Aramis, „stellt euch vor, daß ich meinen letzten Sou der Kirche von Montdidier und den Jesuiten von Amiens geschenkt, daß ich überdies Verbindlichkeiten eingegangen war, welche erfüllt werden mußten. Ich habe für mich und euch, meine Herren, Messen bestellt, die man lesen wird." – „Und ich", sagte Porthos, „glaubt ihr, meine Quetschung habe nichts gekostet? Die Wunde Mousquetons nicht zu rechnen, für den ich jeden Tag zweimal den Chirurgen kommen lassen mußte." – „Ja, ja", versetzte Athos, mit d'Artagnan und Aramis ein Lächeln austauschend, „ich sehe, daß Ihr Euch sehr großmütig gegen den armen Burschen benommen habt. So benimmt sich nur ein guter Herr." – „Kurz, wenn ich meine Rechnung bezahlt habe, werden mir höchstens dreißig Taler übrigbleiben." –

„Und mir ungefähr zehn Pistolen“, sprach Aramis. - „Es scheint, wir sind die Krösusse der Gesellschaft“, sagte Athos, „wieviel habt Ihr noch von Euren hundert Pistolen übrig?“ - „Von meinen hundert Pistolen? Ich habe Euch fünfzig davon gegeben.“ - „Ihr glaubt?“ - „Bei Gott!“ - „Ah! Es ist wahr, ich erinnere mich.“ - „Dann habe ich dem Wirt sechs bezahlt.“ - „Welches Vieh, dieser Wirt? Warum habt Ihr ihm sechs Pistolen gegeben?“ - „Weil Ihr es mich angeschafft habt.“ - „Allerdings, ich bin zu gut. Kurz, es bleiben übrig?“ - „Fünfundzwanzig Pistolen“, antwortete d'Artagnan. - „Und ich“, sprach Athos, etwas Kleingeld aus der Tasche ziehend, „ich.“ - „Ihr, nichts.“ - „Meiner Treu, oder so wenig, daß es nicht der Mühe wert ist, es zur Masse zu schlagen.“ - „Nun wollen wir berechnen, wieviel wir besitzen: Porthos?“ - „Dreißig Taler.“ - „Aramis?“ - „Zehn Pistolen.“ - „Und Ihr, d'Artagnan?“ - „Fünfundzwanzig.“ - „Das macht im ganzen?“ fragte Athos. - „Vierhundertundfünfundsiebzig Livres“, antwortete d'Artagnan, ein Archimed im Rechnen. - „Bei unserer Ankunft in Paris werden uns immerhin noch vierhundert übrigbleiben“, rief Porthos. „Vortrefflich! Doch wir wollen jetzt speisen, der zweite Gang wird kalt.“

Nunmehr über ihre Zukunft beruhigt, erwiesen die vier Freunde dem Mittagsmahl alle Ehre, die Überreste aber wurden den Herren Mousqueton, Bazin, Planchet und Grimaud überlassen.

Als d'Artagnan in Paris ankam, fand er einen Brief von Herrn des Essarts, der ihn von dem festen Entschluß Seiner Majestät, am ersten Mai den Feldzug zu eröffnen, benachrichtigte und ihn darauf aufmerksam machte, daß er sich umgehend dementsprechend auszurüsten habe.

Er lief gleich zu seinen Kameraden, die er eine halbe Stunde zuvor verlassen hatte und jetzt sehr traurig oder vielmehr sehr in Unruhe fand. Sie waren bei Athos versammelt, was immer Umstände von ernster Bedeutung ankündigte.

Es hatte wirklich jeder in seiner Wohnung einen ähnlichen Brief von Herrn von Treville erhalten.

Die vier Philosophen schauten sich ganz verdutzt an: Herr von Treville kannte keinen Spaß, was die Disziplin betraf.

„Wie hoch schätzt ihr diese Equipierungen?“ fragte d’Artagnan.

„Oh, das läßt sich so ungefähr sagen“, erwiderte Aramis, „wir haben in diesem Augenblick unsere Rechnung mit spartanischer Knickerei gemacht und gefunden, daß jeder von uns fünfzehnhundert Livres braucht.“

„Viermal fünfzehn macht sechzig, das sind sechstausend Livres“, sprach Athos.

„Mir scheint", entgegnete d'Artagnan, „tausend Livres wären hinreichend für jeden. Ich spreche allerdings nicht als Spartaner, sondern als Prokurator ... "

Das Wort Prokurator rüttelte Porthos auf.

„Halt! Ich habe einen Gedanken", rief er.

„Das ist schon etwas: Ich habe nicht einmal einen Schatten von einem Gedanken", sprach Athos kalt; „aber d'Artagnan ist ein Narr, meine Herren. Tausend Livres! Ich erkläre, daß ich für meine Equipierung allein zweitausend brauche."

„Viermal zwei macht acht", sagte Aramis; „wir brauchen also achttausend Livres, um uns zu equipieren, wobei nicht zu vergessen, daß wir die Sättel bereits haben."

„Und dann", sagte Athos, der, um diesen verheißungsreichen Gedanken auszusprechen, wartete, bis d'Artagnan, der Herrn von Treville danken wollte, die Tür hinter sich geschlossen hatte, „und dazu den schönen Diamanten, der am Finger unseres Freundes funkelt. Was, Teufel, d'Artagnan ist ein zu guter Kamerad, um Brüder in der Verlegenheit steckenzulassen, während er an seinem Mittelfinger das Lösegeld für einen König trägt."

29. Kapitel

Die Equipierungsjagd

Der ängstlichste der vier Freunde war offenbar d'Artagnan, obwohl er in seiner Eigenschaft als Gardist viel leichter zu equipieren war als die Musketiere. Aber unser Junker aus der Gascogne hatte, wie man bereits sehen konnte, einen vorsichtigen, fast geizigen Charakter und war dabei so eitel, daß er Porthos die Spitze bieten konnte. Mit der Unruhe seiner Eitelkeit verband sich bei d'Artagnan in diesem Augenblick eine nicht minder egoistische Unruhe. Alle Erkundigungen, die er über Madame Bonacieux einzog, blieben erfolglos. Herr von Treville hatte mit der Königin gesprochen. Die Königin wußte nicht, wo die junge Krämerin war, und versprach, sie suchen zu lassen. Aber diese Zusage war sehr unbestimmt und diente d'Artagnan nicht zur Beruhigung.

Athos verließ sein Zimmer nicht. Er war entschlossen, keinen Schritt zum Zweck seiner Equipierung zu unternehmen.

„Es bleiben uns vierzehn Tage", sagte er zu seinen Freunden; „wenn ich nach diesen vierzehn Tagen nichts gefunden habe, oder vielmehr, wenn mich nichts aufgesucht hat, so werde ich, da ich ein zu guter Katholik bin, um mir mit einem Pistolenschuß den Schädel zu zerschmettern, einen ehrlichen Streit mit vier Gardisten Seiner Eminenz oder mit acht Engländern suchen und mich schlagen, bis mich einer tötet, was in Anbetracht der Quantität nicht ausbleiben wird. Man wird dann sagen, ich sei im Dienst des Königs gestorben, und ich werde meinen Dienst getan haben, ohne daß ich mich zu equipieren brauche."

Porthos ging fortwährend, die Hände auf dem Rücken und den Kopf schüttelnd, auf und ab und sagte:

„Ich werde meinen Plan verfolgen."

Aramis sah sorgenvoll und verwahrlost aus und sprach nichts.

Aus diesen unglücklichen Einzelheiten kann man ersehen, daß Verzweiflung in der Gemeinde herrschte.

Die Lakaien teilten wie die Renner Hippolyts die trübe Stimmung ihrer Herren. Mousqueton sammelte Brotvorräte. Bazin, der stets ein gottesfürchtiger Mann gewesen war, verließ die Kirche nicht mehr. Planchet beobachtete den Flug der Mücken, und Grimaud, den das allgemeine Unglück nicht dazu bringen konnte, daß er das ihm von seinem Herrn auferlegte Stillschweigen gebrochen hätte, stieß Seufzer aus, daß sich die Steine hätten erbarmen können.

Die drei Freunde, denn Athos hatte, wie gesagt, geschworen, keinen Schritt für seine Equipierung zu tun, die drei Freunde gingen am frühen Morgen aus und kamen sehr spät nach Hause. Sie irrten in den Straßen umher und betrachteten jeden Pflasterstein, um nachzusehen, ob nicht etwa ein Vorübergehender seine Börse habe fallen lassen. Man hätte glauben sollen, sie verfolgten eine Fährte, so aufmerksam waren sie überall, wohin sie gingen. Wenn sie sich begegneten, richteten sie verzweifelte Blicke aufeinander, die zu fragen schienen: Hast du etwas gefunden?

Da jedoch Porthos zuerst seinen Plan gefunden und diesen sodann mit der größten Beharrlichkeit verfolgt hatte, so war er auch der erste, der ans Werk ging. Er war ein Mann der Tat, dieser würdige Porthos. D'Artagnan bemerkte ihn eines Tages, wie er zur Saint-Leu-Kirche

BARBANT

schritt, und folgte ihm instinktmäßig. Er trat in den heiligen Ort ein, nachdem er zuvor seinen Schnurrbart in die Höhe gestrichen und den Knebelbart lang angezogen hatte, was von seiner Seite stets äußerst eroberungssüchtige Pläne andeutete. Da d'Artagnan Vorsichtsmaßregeln traf, so glaubte Porthos nicht gesehen worden zu sein. Porthos lehnte sich an die eine Seite eines Pfeilers, d'Artagnan, stets unbemerkt, an die andere.

Es wurde gerade eine Predigt gehalten, weshalb die Kirche sehr voll war. Porthos benutzte diesen Umstand, um die Frauen zu beäugen. Infolge der Bemühungen Mousquetons kündigte sein Äußeres entfernt nicht die Trübsal des Inneren an. Sein Filzhut war wohl etwas abgetragen, seine Feder wohl etwas verschossen, seine Stickereien wohl etwas matt geworden, seine Spitzen wohl etwas zerfasert. Aber in dem gedämpften Licht verschwanden alle diese Bagatellen, und Porthos blieb immer der schöne Porthos.

D'Artagnan bemerkte auf einer Bank, nächst dem Pfeiler, an dem Porthos und er lehnten, eine reife Schönheit, etwas vergilbt, etwas vertrocknet, aber steif und hochmütig unter ihrer schwarzen Haube. Die Augen unseres Porthos senkten sich verstohlen auf diese Dame und schweiften dann sogleich wieder im Schiff der Kirche umher.

Die Dame, die von Zeit zu Zeit errötete, schleuderte mit Blitzesschnelligkeit einen Blick auf den flatterhaften Porthos, und sogleich fing Porthos wieder an, seine Augen mit aller Wut umherirren zu lassen. Offenbar stachelte dieses Benehmen die Dame mit der Haube ungemein auf; denn sie biß sich in die Lippen, daß sie bluteten, kratzte sich an der Nase und rückte verzweiflungsvoll auf ihrem Stuhl hin und her.

Als dies Porthos bemerkte, strich er seinen Schnurrbart abermals in die Höhe, zog seinen Knebelbart zum zweitenmal lang und fing an, einer schönen Dame in der Nähe des Chors Zeichen zu machen, einer Dame, die nicht nur eine schöne Dame, sondern auch ohne Zweifel eine vornehme Dame war; denn sie hatte einen Negerknaben, der das Kissen brachte, auf dem sie kniete, und eine Kammerfrau hinter sich, welche die mit einem Wappen gestickte Tasche in der Hand hielt, worin ihr Gebetbuch verwahrt wurde.

Die Dame mit der schwarzen Haube verfolgte Porthos' Blick bei all seinen Irrfahrten und erkannte, daß er auf die Dame mit dem Samtkissen, dem Negerknaben und der Kammerfrau geheftet blieb.

Während dieser Zeit gab sich Porthos nicht die geringste Blöße. Er blinzelte mit den Augen, legte die Finger auf die Lippen und schoß wiederholt ein kleines mörderisches Lächeln ab, welches der verschmähten Schönen wirklich durch Mark und Bein ging.

Sie stieß daher in Form eines mea culpa, und sich an die Brust schlagend, ein so kräftiges Hm! aus, daß alle Welt und sogar die Dame mit dem roten Kissen sich umwandte. Porthos blieb fest; er hatte wohl verstanden, aber er spielte den Tauben.

Die Dame mit dem roten Kissen machte, denn sie war sehr schön, einen gewaltigen Eindruck auf die Dame mit der schwarzen Haube, die in ihr eine furchtbare Nebenbuhlerin erblickte, einen großen Eindruck auch auf Porthos, der sie viel jünger und auch viel hübscher fand als die Dame mit der schwarzen Haube, eine große Wirkung auf d'Artagnan, der in ihr die Dame von Meung, von Calais und Dover erkannte, die sein Verfolger, der Mann mit der Narbe, mit dem Titel Mylady begrüßt hatte.

Ohne die Dame mit dem roten Kissen aus dem Auge zu verlieren, fuhr d'Artagnan fort, das Benehmen von Porthos zu verfolgen, das ihn höchst belustigte. Er glaubte zu erraten, daß seine Dame mit der schwarzen Haube die Prokuratorsfrau von der Rue aux Ours war; dies um so mehr, als die Saint-Leu-Kirche unfern von der genannten Straße lag.

Durch Folgerungen erriet er auch, daß Porthos für seine Niederlage in Chantilly, wo sich die Prokuratorsfrau so widerspenstig in puncto Börse gezeigt hatte, seine Rache nehmen wollte.

Bei alledem aber entging es d'Artagnan nicht, daß kein einziges Gesicht die Galanterien von Porthos erwiderte. Es waren nur Hirngespinste und Illusionen. Gibt es aber für eine wahre Liebe, für eine wahre Eifersucht eine andere Wirklichkeit als Illusionen und Hirngespinste?

Die Predigt war zu Ende. Die Prokuratorsfrau ging auf den Weihwasserkessel zu. Porthos kam ihr zuvor und steckte statt eines Fingers die ganze Hand hinein. Die Prokuratorsfrau lächelte im Glauben, Porthos bemühe sich für sie, aber sie wurde schnell und grausam enttäuscht. Als sie nur noch drei Schritt von ihm entfernt war, drehte er den Kopf und heftete seine Augen unverwandt auf die Dame mit dem roten Kissen, die sich erhoben hatte und von ihrem Negerknaben und der Kammerfrau gefolgt, herbeikam. Als die Dame mit dem roten Kissen nahe bei Porthos war, zog dieser seine triefende Hand aus dem Weihwasserkessel. Die schöne Andächtige berührte mit ihrer zarten Hand die plumpe von Porthos, machte lächelnd das Zeichen des Kreuzes und verließ die Kirche.

Das war zuviel für die Prokuratorsfrau. Sie zweifelte nicht mehr daran, daß diese Dame und Porthos in einem Liebesverhältnis standen; wäre sie eine vornehme Dame gewesen, so würde sie in Ohnmacht gefallen sein; da sie aber nur eine Prokuratorsfrau war, so begnügte sie sich, mit gepreßter Wut zu Porthos zu sagen:

„Ei, Herr Porthos, Ihr bietet mir kein Weihwasser an?"

Porthos machte bei dem Klang dieser Stimme eine Bewegung, etwa wie ein Mensch, der nach einem Schlaf von hundert Jahren erwachen würde.

„Ma... Madame!" rief er, „seid Ihr es wirklich? Wie befindet sich Euer Gemahl, der liebe Herr Coquenard? Ist er immer noch ein so großer Filz wie früher? Wo hatte ich denn die Augen, daß ich Euch während der zwei Stunden Predigt nicht einmal bemerkte?"

„Ich war nur zwei Schritte von Euch entfernt, mein

Herr“, antwortete die Prokuratorsfrau, „aber Ihr bemerktet mich nicht, weil Ihr nur Augen für die schöne Dame hattet, der Ihr soeben Weihwasser gabt.“

Porthos stellte sich, als geriete er in Verlegenheit.

„Ah!“ sagte er, „Ihr habt bemerkt...“

„Man müßte blind gewesen sein, um es nicht zu sehen.“

„Ja“, sagte Porthos nachlässig, „es ist eine Herzogin, eine Freundin von mir, mit der ich wegen der Eifersucht ihres Gatten nur unter den größten Schwierigkeiten zusammenkommen kann, und die mich benachrichtigt hatte, sie würde heute, einzig und allein, um mich zu sehen, in dieser baufälligen Kirche, in diesem abgelegenen, öden Quartier erscheinen.“

„Herr Porthos“, erwiderte die Prokuratorsfrau, „würdet Ihr wohl die Güte haben, mir den Arm fünf Minuten anzubieten? Ich möchte gern mit Euch sprechen.“

„Wie, Madame!“ sagte Porthos sich selbst zublinzelnd, wie ein Spieler, der über den Dummen lacht, den er zu fangen im Begriff ist.

In diesem Augenblick ging d’Artagnan, Mylady verfolgend, vorbei. Er warf Porthos einen Seitenblick zu und las den Triumph in seinem Auge.

„Ei, ei“, sagte er zu sich selbst, im Geist der äußerst leichten Moral jener galanten Zeit urteilend, „da ist einer, der wohl in der vorgeschriebenen Frist equipiert sein dürfte.“

Dem Druck des Armes seiner Prokuratorsfrau nachgebend, wie eine Barke dem Steuerruder nachgibt, gelangte Porthos in die Nähe des Klosters Saint-Magloire, in einen wenig besuchten, an beiden Enden durch Drehkreuze eingeschlossenen Gang. Man sah hier untertags nur essende Bettler oder spielende Kinder.

„Ah, mein Herr Porthos“, rief die Prokuratorsfrau, nachdem sie sicher war, daß sie von niemand, der nicht zu der gewöhnlichen Bevölkerung dieser Örtlichkeit gehörte, gesehen oder gehört werden konnte. „Ah, mein Herr Porthos, Ihr seid, wie es scheint, ein großer Sieger."

„Ich, Madame?" fragte Porthos sich spreizend. „Und warum dies?"

„Nun, die Zeichen von vorhin und das Weihwasser soeben! Es ist mindestens eine Prinzessin, diese Dame mit ihrem Negerknaben und ihrer Kammerfrau."

„Ihr täuscht Euch. Mein Gott, nein", antwortete Porthos; „es ist ganz einfach eine Herzogin."

„Und der Läufer, der an der Tür wartete, und die Karosse mit dem Kutscher in großer Livree!"

Porthos hatte weder den Läufer noch die Karosse gesehen; aber mit dem Blick einer eifersüchtigen Frau hatte Madame Coquenard alles wahrgenommen.

Porthos bedauerte, daß er die Dame mit dem roten Kissen nicht auf den ersten Schlag zu einer Prinzessin gemacht hatte.

„Ah, Ihr seid das Schoßkind der Schönen, Herr Porthos", versetzte die Prokuratorsfrau seufzend. – „Ihr begreift wohl", erwiderte Porthos, „daß es mir bei einem Äußeren, wie es mir die Natur vergönnt hat, nicht an Glück fehlen kann." – „Mein Gott, wie schnell die Männer doch vergessen!" rief die Prokuratorsfrau. – „Mir scheint es, weniger schnell als die Frauen", antwortete Porthos, „denn am Ende kann ich wohl sagen, daß ich Euer Opfer war, als ich mich verwundet, sterbend, von den Ärzten verlassen sah. Ich, der Sprößling einer erhabenen Familie, der ich mich Eurer Freundschaft anvertraut hatte, wäre beinahe in einer schlechten Herberge in Chantilly anfangs an meinen Wunden und dann vor Hunger gestorben, und zwar, ohne daß Ihr mich nur einer Antwort auf die dringenden Briefe würdigte, die ich an Euch schrieb." – „Aber, Herr Porthos" murmelte die Prokuratorsfrau, die, nach dem Verhalten der vornehmsten Damen jener Zeit zu urteilen, einsah, daß sie unrecht hatte. - „Ich, der ich für Euch die Gräfin von Penaflor opferte!" - „Ich weiß es ja!" - „Die Baronin von ... " - „Herr Porthos, peinigt mich nicht." - „Die Gräfin von ... " - „Herr Porthos, seid edelmütig!" - „Ihr habt recht, Madame, ich werde nicht fortfahren." - „Die Schuld liegt bei meinem Mann, der nichts von Anleihen hören will." - „Madame Coquenard", sprach Porthos, „erinnert Euch an den ersten Brief, den Ihr mir geschrieben habt und der tief in mein Herz geprägt ist."

Die Prokuratorsfrau stieß einen Seufzer aus.

„Aber die Summe, die Ihr leihen wolltet", sagte sie, „war auch etwas stark."

„Madame Coquenard, ich gab Euch den Vorzug. Ich dürfte nur an die Herzogin von ... schreiben. Ich will ihren Namen nicht nennen, denn ich bin ganz außerstande, eine Frau zu kompromittieren. Ich weiß nur, daß es mich höchstens eine Zeile an sie gekostet hätte, und sie würde mir fünfzehnhundert geschickt haben."

Die Prokuratorsfrau vergoß eine Träne.

„Herr Porthos", sagte sie, „ich schwöre Euch, daß Ihr mich schwer bestraft habt und daß, wenn Ihr Euch in Zukunft in einer ähnlichen Verlegenheit befindet, Ihr Euch nur an mich wenden dürft."

„Pfui, Madame", rief Porthos wie empört, „sprechen wir nicht von Geld, wenn es Euch beliebt; denn das ist demütigend."

„Also liebt Ihr mich nicht mehr?" fragte die Prokuratorsfrau langsam und traurig.

Porthos beobachtete ein majestätisches Stillschweigen.

„Also auf diese Weise antwortet Ihr mir? Ach, ich begreife!" - „Denkt an die Beleidigung, die Ihr mir zugefügt habt, Madame! Sie ist hier sitzengeblieben", sprach Porthos und preßte die Hand an sein Herz. - „Ich werde sie

wiedergutmachen, wir wollen schon zusehen, mein lieber Porthos."

„Überdies, was verlangte ich von Euch?" versetzte Porthos mit gutmütigem Achselzucken, „eine Anleihe, nichts weiter. Im ganzen bin ich kein unbilliger Mensch, ich weiß, daß Ihr nicht reich seid, Madame Coquenard, und daß Euer Mann die armen Prozessierenden schröpfen muß, um ihnen ein paar Taler abzulocken. Oh, wenn Ihr eine Gräfin, eine Marquise oder eine Herzogin wäret, dann wäre es etwas ganz anderes und ich wüßte keine Entschuldigung für Euch zu finden."

Die Prokuratorsfrau war gereizt.

„Wißt, Porthos", sprach sie, „daß meine Geldkasse, obwohl nur die Kasse einer Prokuratorsfrau, vielleicht besser gespickt ist als die aller Eurer zugrunde gerichteten Zieraffen." - „Das ist eine doppelte Beleidigung für mich", sagte Porthos, seinen Arm von dem der Prokuratorsfrau losmachend, „denn wenn Ihr reich seid, Madame Coquenard, so ist Eure Weigerung völlig unentschuldbar." - „Wenn ich Euch sage, reich", erwiderte die Prokuratorsfrau, die einsah, daß sie sich etwas zu weit hatte fortreißen lassen, „so darf man meine Worte nicht buchstäblich nehmen. Ich bin nicht reich, aber wohlhabend." - „Gut, Madame", sagte Porthos. „Sprechen wir nicht mehr hiervon, ich bitte Euch. Ihr habt mich verkannt. Jede Sympathie ist zwischen uns erloschen." - „Undankbarer Mensch!" - „Ihr habt wohl ein Recht, Euch zu beklagen", sagte Porthos. - „Geht nur mit Eurer schönen Herzogin! Ich halte Euch nicht zurück." - „Ah, sie ist doch nicht gar so schlimm, wie ich glaubte." - „Hört, Herr Porthos, ich wiederhole zum letztenmal, liebt Ihr mich noch?" - „Ach, Madame", entgegnete Porthos schwermütig, „wenn wir in einen Krieg ziehen, in einen Krieg, wo, wie mir meine Ahnungen sagen, ich meinen Tod finden werde ... " - „Oh, sprecht nicht solche Dinge", rief die Prokuratorsfrau und brach in Schluchzen aus. - „Ein gewisses Etwas sagt es mir", fuhr Porthos, immer schwermütiger, fort. - „Gesteht vielmehr, daß Ihr eine neue Liebschaft habt." - „Nein, gewiß nicht, ich rede offen mit Euch. Kein neuer Gegenstand bewegt mein Herz, und ich fühle sogar hier etwas, das für Euch spricht. Aber in vierzehn Tagen wird, wie Ihr wißt oder vielmehr nicht wißt, dieser unselige Feldzug eröffnet, und ich werde entsetzlich durch meine Equipierung in Anspruch genommen sein. Dann muß ich eine Reise zu meiner Familie machen, die in dem entferntesten Teil der Bretagne wohnt, um die für meinen Anzug erforderlichen Summen zu erhalten."

Porthos bemerkte einen letzten Kampf zwischen der Liebe und dem Geiz.

„Und da die Güter der Herzogin", fuhr er fort, „die Ihr soeben in der Kirche gesehen habt, in der Nähe von meinen liegen, so machen wir die Reise miteinander. Eine Reise, wie Ihr wißt, erscheint bekanntlich viel kürzer, wenn man sie zu zweit macht." - „Ihr habt also keine Freunde in Paris, Herr Porthos?" sagte die Prokuratorsfrau. - „Ich glaubte, welche zu haben", erwiderte Porthos mit seiner schwermütigen Miene, „aber ich habe eingesehen, daß ich mich täuschte." - „Ihr habt Freunde, Herr Porthos, Ihr habt", versetzte die Prokuratorsfrau mit einer Begeisterung, über die sie selber erstaunte. „Ihr seid der Sohn meiner Tante, folglich mein Vetter. Ihr kommt von Royen in der Picardie. Ihr habt mehrere Prozesse in Paris und keinen Prokurator. Könnt Ihr dies alles behalten?" - „Vollkommen, Madame." - „Kommt zur Zeit des Mittagessens." - „Sehr gut." - „Und haltet Euch tapfer meinem Mann gegenüber, der sehr raffiniert ist, trotz seiner sechsundsiebzig Jahre." - „Sechsundsiebzig Jahre! Teufel! Was für ein schönes Alter!" sprach Porthos. - „Ein hohes Alter, wollt Ihr sagen, Herr Porthos. Der liebe alte Mann kann mich auch jeden Augenblick zur Witwe machen", fuhr sie mit vielsagendem Blick fort. „Glücklicherweise ist nach einem unter uns abgeschlossenen Heiratsvertrag der überlebende Teil Erbe des ganzen Vermögens." - „Des ganzen?" sagte Porthos. - „Des ganzen." - „Ihr seid eine vorsichtige Frau, wie ich sehe, meine liebe Madame Coquenard", sprach Porthos und drückte der Prokuratorin zärtlich die Hand. - „Wir sind also ausgesöhnt, lieber Herr

Porthos“, sagte sie mit süßer Stimme. - „Für das ganze Leben“, erwiderte Porthos mit derselben Miene. - „Auf Wiedersehen also, mein Verräter.“ - „Auf Wiedersehen, meine Vergeßliche.“ - „Morgen, mein Engel!“ - „Morgen, Flamme meines Lebens!“

30. Kapitel

Mylady

D'Artagnan war Mylady gefolgt, ohne daß er von ihr bemerkt wurde. Er sah sie in den Wagen steigen und hörte sie dem Kutscher Befehl geben, nach Saint-Germain zu fahren.

Es wäre fruchtlos gewesen, einem von zwei kräftigen Pferden gezogenen Wagen zu Fuß zu folgen. D'Artagnan kehrte daher in die Rue Férou zurück.

In der Rue de Seine traf er Planchet, der vor einer Pastetenbude stand und über ein Backwerk von äußerst appetitlichem Aussehen entzückt zu sein schien. Er gab ihm Befehl, zwei Pferde in den Ställen des Herrn von Treville, eins für ihn selbst, eins für Planchet, zu satteln und ihn bei Athos damit abzuholen. Herr von Treville hatte d'Artagnan ein für allemal seine Ställe zur Verfügung gestellt.

Planchet schlug den Weg zur Rue du Colombier und d'Artagnan den zur Rue Férou ein. Athos war zu Hause und leerte traurig eine Flasche von dem berühmten spanischen Wein, die er von seiner Reise mitgebracht hatte. Er winkte Grimaud, ein Glas für d'Artagnan herbeizuschaffen, und dieser gehorchte, wie gewöhnlich, stillschweigend.

D'Artagnan erzählte nun seinem Freund Athos alles, was zwischen Porthos und der Prokuratorsfrau vorgefallen war und wie ihr Kamerad zu dieser Stunde bereits auf dem Weg sein dürfte, sich zu equipieren.

„Was mich betrifft", antwortete Athos auf diese ganze Erzählung, „ich bin völlig ruhig darüber. Die Frauen werden sicherlich meine Ausrüstung nicht bezahlen."

„Und dennoch, für einen so großen Herrn, wie Ihr seid, mein lieber Athos, gäbe es weder Prinzessinnen noch Königinnen, die vor Euren Liebespfeilen sicher wären."

„Wie kindlich doch dieser d'Artagnan ist", sagte Athos achselzuckend und machte Grimaud ein Zeichen, eine zweite Flasche Wein zu bringen.

In diesem Augenblick streckte Planchet bescheiden den Kopf durch die halbgeöffnete Tür und meldete, daß die beiden Pferde vor dem Haus stünden.

„Welche Pferde?“ fragte Athos.

„Zwei Pferde, die mir Herr von Treville zum Spazierenreiten leiht und mit denen ich einen Ritt nach Saint-Germain machen will.“

„Und was wollt ihr in Saint-Germain tun?“

Hierauf erzählte ihm d'Artagnan, wie er in der Kirche der Dame begegnet war, die wie auch der Herr im schwarzen Mantel und mit der Narbe an der Schläfe beständig seine Gedanken beschäftigte.

„Das heißt, Ihr seid verliebt in sie, wie Ihr es in Madame Bonacieux wart“, sprach Athos, als fühlte er Mitleid mit der menschlichen Schwäche.

„Ich? Keineswegs“, rief d'Artagnan, „ich bin nur begierig, das Geheimnis aufzuklären, in das sie verwickelt ist. Ich kann keinen Grund angeben, aber ich bilde mir ein, diese Frau müsse, obwohl ich ihr ebenso unbekannt bin als sie mir, einen Einfluß auf mein Leben ausüben.“

„Ihr habt im ganzen recht“, sprach Athos, „ich kenne keine Frau, bei der es sich der Mühe lohnen würde, sie aufzusuchen, wenn sie einmal verloren ist. Madame Bonacieux ist verloren, desto schlimmer für sie.“

„Nein, Athos, nein, Ihr täuscht Euch“, sprach d'Artagnan, „ich liebe meine arme Constance mehr denn je, und wenn ich den Ort wüßte, wo sie sich befindet, so würde ich, und wäre sie am Ende der Welt, hineilen, sie den Händen ihrer Feinde zu entreißen. Aber ich kenne diesen Ort nicht. Alle meine Nachforschungen waren fruchtlos. Ihr seht wohl ein, man muß sich zerstreuen.“

„Zerstreut Euch mit Mylady, mein lieber d'Artagnan, ich wünsche es Euch von ganzem Herzen, wenn es Euch unterhalten kann.“

„Hört, Athos“, erwiderte d'Artagnan, „statt Euch hier eingeschlossen zu halten, als wärt Ihr unter Arrest, steigt zu Pferd und reitet mit mir nach Saint-Germain.“

„Mein Lieber“, sagte Athos, „ich reite meine Pferde, wenn ich welche habe; habe ich keine, so gehe ich zu Fuß.“

„Wohl!“ sprach d'Artagnan, über Athos' Unfreundlichkeit lächelnd, die ihn bei einem anderen sicherlich verletzt haben würde, „ich bin weniger stolz als Ihr, ich reite das, was ich finde. Also auf Wiedersehen, mein lieber Athos!“

„Auf Wiedersehen“, sagte der Musketier und machte Grimaud ein Zeichen, die Flasche zu entkorken, die er gebracht hatte.

D'Artagnan und Planchet schwangen sich in die Sättel und schlugen die Straße nach Saint-Germain ein.

Auf dem ganzen Weg ging d'Artagnan das, was Athos ihm von Madame Bonacieux gesagt hatte, im Kopf herum. Obwohl er nicht sehr sentimental war, so hatte doch die hübsche Krämerin einen echten Eindruck auf sein Herz bewirkt. Er war, wie er sagte, bereit, bis an das Ende der Welt zu gehen, um sie zu suchen. Aber die Welt hat, da sie rund ist, viele Enden, und er wußte nicht, auf welcher Seite er beginnen sollte.

Mittlerweile suchte er zu erfahren, wer Mylady war. Mylady hatte mit dem Schwarzmantel gesprochen und kannte ihn also. Nach d'Artagnans Meinung aber hatte sicher der Schwarzmantel und kein anderer Frau Bonacieux auch jetzt wieder entführt. D'Artagnan log also nur halb und also sehr wenig, wenn er sagte, indem er Mylady aufsuche, suche er gleichzeitig Constance.

Unter solchen Betrachtungen legte d'Artagnan den Weg zurück und erreichte Saint-Germain. Er kam an dem Pavillon vorüber, in dem zehn Jahre später Ludwig XIV. geboren werden sollte, und schaute, durch eine ziemlich öde Straße reitend, rechts und links, ob er nicht irgendeine Spur von seiner schönen Engländerin finden könnte, als er im Erdgeschoß eines hübschen Hauses, das nach dem Gebrauch jener Zeit kein Fenster zur Straße zu hatte, ein bekanntes Gesicht erblickte. Dieses Gesicht ging auf einer Art von Terrasse spazieren, die mit Blumen geschmückt war. Planchet erkannte es zuerst.

„Ei, gnädiger Herr“, sagte er, sich an d’Artagnan wendend, „erinnert Ihr Euch des Gesichts nicht mehr, das dort Maulaffen feilhält?“

„Nein“, antwortete d’Artagnan, „und doch weiß ich sicher, daß ich diesen Menschen nicht zum erstenmal sehe.“

„Bei Gott, ich glaube wohl“, versetzte Planchet, „das ist Lubin, der Lakai des Grafen von Wardes, den Ihr vor einem Monat in Calais so übel zugerichtet habt.“

„Ach ja, so ist’s“, sprach d’Artagnan, „ich erkenne ihn nun wieder. Glaubst du, daß er dich auch erkennt?“

„Meiner Treu, gnädiger Herr, er war so voll Angst, daß ich nicht denken kann, ich werde ihm im Gedächtnis geblieben sein.“

„Nun, so geh und rede mit dem Burschen, erkundige dich, ob sein Herr noch lebt.“

Planchet stieg ab, ging auf Lubin zu, der ihn wirklich nicht erkannte, und die zwei Bediensteten fingen an, in schönster Eintracht miteinander zu plaudern, während d’Artagnan die zwei Pferde in ein Gäßchen trieb, rund um ein Haus ritt und zurückkehrte, um hinter einem Haselstrauch das Gespräch anzuhören.

Kaum hatte er sich einen Augenblick seinen Beobachtungen hingegeben, als er Wagengerassel hörte und die Karosse von Mylady ihm gegenüber anhielt. Er konnte sich nicht täuschen, Mylady saß darin. D’Artagnan legte sich auf den Hals seines Pferdes, um alles zu sehen, ohne gesehen zu werden.

Mylady schaute mit ihrem reizenden Blondschopf aus dem Kutschenschlag heraus und gab ihrer Zofe Befehle.

Ein hübsches, lebhaftes, flinkes Mädchen, die richtige Kammerjungfer einer vornehmen Dame, sprang von dem

Fußtritt herab, auf dem sie nach der Sitte jener Zeit saß, und wandte sich zur Terrasse, wo d'Artagnan Lubin bemerkt hatte.

D'Artagnan folgte der Zofe mit den Augen und sah sie zur Terrasse gehen. Zufälligerweise aber hatte ein Befehl aus dem Innern des Hauses Lubin hereingerufen, und Planchet, der nach allen Seiten schaute, um zu erforschen, in welcher Richtung sein Herr verschwunden sein konnte, war allein geblieben.

Die Kammerfrau näherte sich Planchet, den sie für Lubin hielt, gab ihm ein Billett und sagte:

„Für Euren Herrn."

„Für meinen Herrn?" fragte Planchet sehr erstaunt.

„Ja - und es hat große Eile - nehmt also geschwind." Hierauf ging sie zu dem Wagen zurück, und die Karosse entfernte sich.

Planchet wandte das Billett um und um, lief dann, an den passiven Gehorsam gewöhnt, von der Terrasse herab, eilte in das Gäßchen und traf nach zwanzig Schritt seinen Herrn, der alles gesehen hatte und ihm entgegenkam.

„Für Euch, gnädiger Herr", sprach Planchet.

„Für mich?" entgegnete d'Artagnan, „bist du dessen ganz gewiß?"

„Bei Gott! Ganz gewiß, die Kammerjungfer sagte: ‚Für deinen Herrn.' Ich habe keinen anderen Herrn außer Euch, also... Ein hübscher Bissen von Mädchen, diese Zofe, meiner Treu."

D'Artagnan öffnete den Brief und las folgende Worte:

„Eine Person, die sich mehr für Euch interessiert, als sie sagen kann, wünscht zu wissen, an welchem Tag Ihr im Walde promenieren könnt. Morgen erwartet ein schwarz und rot gekleideter Lakai im Hotel ‚Zum Goldenen Feld' Eure Antwort."

„Oho!“ sagte d’Artagnan zu sich selbst, „das ist ein wenig lebhaft. Es scheint, Mylady und ich leiden am gleichen Übel. Nun, Planchet, laß hören, wie geht es Herrn von Wardes? Er ist also nicht tot?“

„Nein, gnädiger Herr, es geht ihm so gut, als es ihm mit vier Degenstichen im Leib gehen kann; denn Ihr habt diesem Edelmann vier ganz tadellose beigebracht, und er ist noch sehr schwach, da er beinahe all sein Blut verloren hat. Lubin erkannte mich nicht, wie ich dem gnädigen Herrn im voraus sagte, und er erzählte mir das ganze Abenteuer von Anfang bis zu Ende.“

„Sehr gut, Planchet, du bist der König der Lakaien. Jetzt steig aufs Pferd! Wir wollen der Karosse nachreiten.“

Das dauerte nicht lange. Nach fünf Minuten erblickte man die Karosse, die an der Biegung der Straße hielt. Ein reichgekleideter Kavalier befand sich am Kutschenschlag.

Das Zwiegespräch zwischen Mylady und dem Kavalier war so lebhaft, daß d’Artagnan auf der anderen Seite des Wagens stillhielt, ohne daß jemand, außer der hübschen Zofe, seine Gegenwart bemerkte.

Die Unterredung fand in englischer Sprache statt, von der d’Artagnan nichts verstand, aber am Ausdruck glaubte der junge Mann zu erkennen, daß die schöne Engländerin sehr zornig war. Sie schloß mit einer Gebärde, die ihm keinen Zweifel über die Natur der Unterhaltung ließ, das heißt mit einem Fächerschlag, der mit solcher Gewalt geführt wurde, daß das kleine weibliche Gerät in tausend Stücke flog.

Der Kavalier brach in Gelächter aus, das Mylady in Verzweiflung zu bringen schien.

D’Artagnan meinte, dies sei der geeignete Augenblick, um dazwischenzutreten. Er näherte sich dem Kutschenschlag, entblößte ehrfurchtsvoll sein Haupt und sprach:

„Madame, erlaubt mir, Euch meine Dienste anzubieten.

Es scheint mir, dieser Kavalier hat Euch in Zorn gebracht. Sprecht ein Wort, und ich übernehme es, ihn für seinen Mangel an Höflichkeit zu bestrafen."

„Mein Herr", antwortete sie in gutem Französisch, „mit freudigem Herzen würde ich mich unter Euren Schutz stellen, wenn die Person, die mit mir streitet, nicht mein Bruder wäre."

„Oh, dann verzeiht mir", sagte d'Artagnan; „Ihr begreift, daß ich das nicht wußte, Madame."

„Was hat sich denn dieser Narr in unsere Angelegenheit zu mischen", rief, sich zu dem Kutschenschlag herabbeugend, der Kavalier, den Mylady als ihren Verwandten bezeichnet hatte. „Und warum zieht er nicht seines Wegs?"

„Selbst Narr", erwiderte d'Artagnan, sich ebenfalls auf den Hals seines Pferdes hinabbeugend und durch den Kutschenschlag redend, „ich ziehe nicht meines Weges, weil es mir hier zu bleiben beliebt."

Der Kavalier richtete einige englische Worte an seine Schwester.

„Ich spreche französisch mit Euch", rief d'Artagnan; „ich bitte Euch also, macht mir das Vergnügen und antwortet mir in derselben Sprache. Ihr seid der Bruder dieser Dame, gut! Aber Ihr seid glücklicherweise nicht der meinige."

Man hätte glauben sollen, Mylady würde mit weiblicher Ängstlichkeit gleich beim Anfang der Herausforderung zu vermitteln suchen, damit der Streit nicht zu weit ginge, aber sie warf sich im Gegenteil in ihren Wagen zurück und rief dem Kutscher kalt zu:

„Fahr nach Hause!"

Die hübsche Zofe warf einen unruhigen Blick auf d'Artagnan, dessen Aussehen einen günstigen Eindruck auf sie gemacht zu haben schien.

Die Karosse fuhr weiter und ließ die zwei Männer einander gegenüber. Kein Hindernis trennt sie mehr.

Der Reiter machte eine Bewegung, um dem Wagen zu folgen, aber d'Artagnan, dessen bereits gärender Zorn noch dadurch gesteigert wurde, daß er in ihm den Engländer erkannte, der in Amiens ihm sein Pferd und Athos beinahe seinen Diamanten abgenommen hatte, fiel ihm in den Zügel und hielt ihn zurück.

„Mein Herr", sagte er, „Ihr scheint mir noch mehr Narr zu sein als ich, denn es kommt mir vor, als wolltet Ihr vergessen, daß sich ein kleiner Streit zwischen uns entsponnen hat." - „Ah! ah!" entgegnete der Engländer, „Ihr seid es, mein Teurer? Ihr müßt also immer irgendein Spiel spielen?" - „Ja, und das erinnert mich daran, daß ich Revanche zu nehmen habe. Wir werden sehen, mein lieber Herr, ob Ihr den Degen ebensogut handhabt wie den Würfelbecher." - „Ihr müßt sehen, daß ich keinen Degen bei mir habe", sprach der Engländer; „wollt Ihr gegen einen Unbewaffneten den Tapferen spielen?" - „Ich hoffe, Ihr werdet zu Hause einen besitzen. Jedenfalls habe ich zwei, und wenn Ihr wollt, so spiele ich um einen mit Euch." - „Unnötig", sprach der Engländer, „ich bin hinreichend mit solchem Werkzeug versehen." - „Gut, mein würdiger Herr", entgegnete d'Artagnan, „wählt Euren längsten Degen und zeigt ihn mir heute abend." - „Wo, wenn ich bitten darf?" - „Hinter dem Luxembourg, das ist ein allerliebstes Plätzchen für Spaziergänge, wie ich sie Euch vorschlage." - „Schön, man wird sich einfinden." - „Wann?" - „Um sechs Uhr." - „Ihr habt wohl auch ein paar Freunde?" - „Ich habe drei, die sich eine Ehre daraus machen werden, dasselbe Spiel zu spielen wie ich." - „Drei? Vortrefflich, wie sich das trifft!" rief d'Artagnan, „das ist gerade meine Zahl." - „Und nun, wer seid Ihr?" fragte der Engländer. - „Ich bin Herr d'Artagnan, gascognischer Edelmann, diene bei der Leibwache, Kompanie des Herrn des Essarts. Und Ihr?" - „Ich bin Lord Winter, Baron Sheffield." - „Gut! Ich bin Euer Diener, Baron", sprach d'Artagnan, „obwohl Eure Namen sehr schwer zu behalten sind."

Und er spornte sein Roß und galoppierte Paris zu.

Wie gewöhnlich bei solchen Gelegenheiten stieg er unmittelbar bei Athos ab. Er fand ihn auf einem großen Kanapee liegend, wo er, wie er sagte, wartete, bis seine Equipierung ihn aufsuchen würde.

D'Artagnan erzählte Athos, außer dem Brief an Wardes, alles, was vorgefallen war.

Athos war entzückt, als er erfuhr, daß er sich mit einem Engländer schlagen sollte. Wir haben erzählt, daß dies sein Lieblingsgedanke war.

Man ließ sogleich Porthos und Aramis durch die Lakaien aufsuchen und von der Lage der Dinge in Kenntnis setzen.

Porthos zog seinen Degen aus der Scheide, focht gegen die Wand, ging von Zeit zu Zeit rückwärts und machte Verbeugungen wie ein Tänzer. Aramis, der immer noch an seinem Gedicht arbeitete, schloß sich im Kabinett von Athos ein und bat, ihn nicht eher zu stören, als bis es Zeit wäre, vom Leder zu ziehen.

Athos forderte von Grimaud durch ein Zeichen eine neue Flasche Wein.

D'Artagnan entwarf in aller Stille einen kleinen Plan, dessen Ausführung wir später sehen werden und der ihm ein anmutiges Abenteuer verhieß, wie man an dem Lächeln sehen konnte, das von Zeit zu Zeit über sein Gesicht flog.

31. Kapitel

Von Engländern und Franzosen

Zur bestimmten Stunde gingen unsere Freunde mit den vier Lakaien hinter dem Luxembourg in ein Gehege, das den Ziegen überlassen war. Athos gab dem Hirten ein Geldstück, damit er sich entferne. Die Lakaien hielten Wache.

Bald näherte sich ein stillschweigender Trupp dem Gehege, trat ein und stieß zu den Musketieren. Dann fanden nach den englischen Gebräuchen die Vorstellungen statt.

Die Engländer waren insgesamt Leute von hohem Stand. Die bizarren Namen der drei Freunde wurden deshalb für sie ein Gegenstand nicht nur des Erstaunens, sondern auch der Unruhe.

„Bei alledem", sprach Lord Winter, als die Freunde genannt waren, „bei alledem wissen wir nicht, wer ihr seid, und wir schlagen uns mit solchen Namen nicht. Das sind ja wahre Schäfernamen." - „Es sind auch, wie Ihr voraussetzt, Mylord, nur falsche Namen." - „Um so mehr müssen wir darauf bestehen, die wahren Namen zu erfahren", antwortete der Engländer. - „Ihr habt doch auch gegen uns gespielt, ohne uns zu kennen", sagte Athos, „und uns dabei unsere zwei Pferde abgewonnen." - „Das ist wahr, aber wir wagten nur unsere Pistolen. Diesmal setzen wir unser Blut ein. Man spielt mit der ganzen Welt, aber man schlägt sich nur mit seinesgleichen." - „Das ist richtig", sprach Athos.

Und er nahm denjenigen von den vier Engländern, mit welchem er sich schlagen sollte, beiseite und nannte ihm ganz leise seinen Namen. Porthos und Aramis taten ihrerseits dasselbe.

„Genügt das", sprach Athos zu seinem Gegner, „und findet Ihr meine Abkunft vornehm genug, um den Degen mit mir zu kreuzen?" - „Ja, mein Herr", antwortete der Engländer, sich verbeugend. - „Gut! Soll ich Euch nun etwas sagen?" versetzte Athos kalt. - „Was?" fragte der Engländer. - „Ihr hättet viel besser daran getan, nicht von mir zu fordern, daß ich meinen Namen nenne." - „Warum dies?" - „Weil man mich für tot hält und ich aus Gründen wün-

schen muß, daß man von meinem Dasein nichts erfahre, weshalb ich genötigt sein werde, Euch zu töten, damit mein Geheimnis nicht in der Welt herumgetragen wird."

Der Engländer schaute Athos an und glaubte, dieser scherze. Athos scherzte durchaus nicht.

„Meine Herren", sagte Athos, sich an seine Gefährten und an seine Gegner wendend, „sind wir fertig?" - „Ja", antworteten einstimmig Engländer und Franzosen. - „Dann legt aus!" sprach Athos.

Und bald glänzten acht Degen in den Strahlen der untergehenden Sonne, und rasch begann der Kampf mit einer Erbitterung, die bei dem gegenseitigen Nationalhaß ganz natürlich war.

Athos focht mit ebensoviel Ruhe und Methode, als wenn er in einem Fechtsaal stünde.

Porthos, dem sein Abenteuer in Chantilly ohne Zweifel etwas von seinem allzu großen Selbstvertrauen genommen hatte, spielte den Feinen und Klugen.

Aramis, der den dritten Vers seines Gedichts vollenden wollte, arbeitete wie ein Mann, der große Eile hat.

Athos tötete zuerst seinen Gegner. Er hatte ihm nur einen Stoß beigebracht, aber dieser war, wie vorhergesehen, tödlich gewesen. Der Degen drang durch das Herz.

Porthos streckte hierauf den seinen zu Boden. Er hatte ihm den Schenkel durchstochen. Da ihm der Engländer seinen Degen übergab, so nahm er ihn in seine Arme und trug ihn in seinen Wagen.

Aramis bedrängte seinen Gegner so kräftig, daß er ihn, nachdem er ihn beinahe fünfzig Schritt weiter über den Platz getrieben hatte, kampfunfähig machte.

D'Artagnan trieb ganz einfach ein Verteidigungsspiel. Als er seinen Gegner sehr ermüdet sah, schlug er ihm mit einem sehr heftigen Quartstoß den Degen aus der Faust. Sobald der Baron sich entwaffnet sah, machte er ein paar Schritte rückwärts, aber bei dieser Bewegung glitt sein Fuß aus, und er fiel auf die Erde.

D'Artagnan war mit einem Sprung auf ihm und setzte ihm den Degen an die Kehle.

„Ich könnte Euch töten, mein Herr“, sagte er zu dem Engländer, „und Ihr seid in meinen Händen, aber ich schenke Euch Eurer Schwester zuliebe das Leben.“

D'Artagnan war erfreut: Jetzt war der Plan verwirklicht, den er im voraus gefaßt und dessen Entwicklung das von uns besprochene Lächeln auf sein Gesicht gerufen hatte.

Entzückt darüber, daß er es mit einem so billig denkenden Edelmann zu tun hatte, schloß der Engländer d'Artagnan in seine Arme, sagte den drei Musketieren tausend Schmeicheleien, und da der Gegner von Porthos bereits in seinen Wagen gebracht war und der von Aramis sich aus dem Staub gemacht hatte, so dachte man nur noch an den Toten.

Als Porthos und Aramis in der Hoffnung, seine Wunde würde nicht tödlich sein, ihn entkleideten, fiel eine schwere Börse aus seinem Gürtel. D'Artagnan hob sie auf und reichte sie Lord Winter.

„Ei, der Teufel! Was soll ich denn damit machen?" sagte der Engländer. - „Gebt diese Börse seiner Familie zurück", erwiderte d'Artagnan. - „Seine Familie kümmert sich nicht viel um eine solche Lappalie! Sie erbt eine Rente von fünfzehntausend Louisdor. Behaltet die Börse für Eure Lakaien!"

D'Artagnan steckte die Börse in seine Tasche.

„Und jetzt, mein junger Freund, denn Ihr erlaubt mir hoffentlich, Euch diesen Namen zu geben", sagte Lord Winter, „werde ich Euch noch heute abend, wenn es Euch recht ist, meiner Schwester, Lady Clarik, vorstellen, denn ich wünsche, daß sie auch ihrerseits Euch ihr Wohlwollen schenken möge, und da sie bei Hof nicht ganz schlecht steht, dürfte später ein Wort von ihr für Euch nicht ohne Nutzen sein."

D'Artagnan errötete vor Vergnügen und verbeugte sich zum Zeichen der Zustimmung.

Während dieser Zeit hatte sich Athos seinem Freund d'Artagnan genähert.

„Was denkt Ihr mit dieser Börse zu tun?" sagte er ihm ganz leise ins Ohr.

„Aber ich dachte, sie Euch zuzustellen, mein lieber Athos."

„Mir? Weshalb das?"

„Zum Henker, Ihr habt ihn getötet. Es ist die dem Sieger gebührende Rüstung des Gegners."

„Ich sollte einen Feind beerben!" sagte Athos, „für wen haltet Ihr mich?"

„Es ist Kriegsbrauch", sagte d'Artagnan, „weshalb sollte es nicht Duellbrauch sein?"

„Selbst auf dem Schlachtfeld habe ich das niemals getan", sagte Athos.

Porthos zuckte die Achsel, Aramis stimmte mit einer Bewegung der Lippen Athos bei.

„So geben wir das Geld den Lakaien", sagte d'Artagnan, „wie Lord Winter gemeint hat."

„Ja", sagte Athos, „geben wir diese Börse nicht unseren Lakaien, sondern den englischen."

Athos nahm die Börse, warf sie dem Kutscher in die Hand und rief: „Für Euch und Eure Kameraden."

Diese Großartigkeit der Manieren bei einem gänzlich entblößten Menschen setzte sogar Porthos in Erstaunen, und diese französische Freigebigkeit machte, von Lord Winter und seinem Freunde wiedererzählt, überall, nur nicht bei den Herren Grimaud, Mousqueton, Planchet und Bazin, den günstigsten Eindruck.

Lord Winter gab d'Artagnan, ehe er ihn verließ, die Adresse seiner Schwester. Sie wohnte an der Place Royale, was damals das vornehmste Quartier war, Nr. 6. Zusätzlich schlug er vor, ihn abzuholen. D'Artagnan gab ihm um acht Uhr bei seinem Freund Athos Rendezvous.

Diese Vorstellung bei Mylady nahm den Kopf unseres Gascogners gewaltig in Anspruch. Er erinnerte sich, auf welch seltsame Weise diese Frau bis jetzt in sein Geschick verwickelt gewesen war. Nach seiner Überzeugung war sie ein Geschöpf des Kardinals, und dennoch sah er sich unwiderstehlich durch eines jener Gefühle, über das man sich keine Rechenschaft gibt, zu ihr hingezogen. Er fürchtete nur, Mylady möchte in ihm den Mann von Meung und Dover wiedererkennen. Dann würde sie wissen, daß er zu den Freunden des Herrn von Treville und folglich mit Leib und Seele dem König gehörte, wodurch er sogleich einen Teil seiner Vorteile verlieren mußte, da er, von Mylady gekannt, wie er sie kannte, mit ihr gleichzog. Was den Anfang jener Intrige zwischen ihr und dem Grafen von Wardes betraf, so kümmerte sich unser junger Mann nur sehr wenig darum, obwohl der Marquis jung, hübsch, reich war und bei dem Kardinal sehr in Gunst stand. Man ist nicht umsonst zwanzig Jahre alt, besonders wenn man in Tarbes geboren ist.

D'Artagnan fing damit an, daß er in seinem Zimmer glänzend Toilette machte. Dann kehrte er zu Athos zurück und erzählte diesem seiner Gewohnheit gemäß alles. Athos hörte ruhig seine Pläne an, schüttelte dann den Kopf und empfahl ihm mit einer gewissen Bitterkeit große Vorsicht.

„Wie?“ sprach er, „Ihr habt vor kurzem erst eine Frau verloren, die Ihr gut, schön, vollkommen nanntet, und Ihr lauft bereits einer anderen nach?“

D'Artagnan fühlte die Wahrheit dieses Vorwurfs.

„Ich liebe Madame Bonacieux mit dem Herzen, während ich Mylady mit dem Kopf liebe“, sagte er, „und indem ich mich bei ihr einführen lasse, suche ich mir Licht über die Rolle zu verschaffen, die sie am Hof spielt.“ – „Welche Rolle sie spielt, bei Gott, das ist nach allem, was Ihr mir erzählt habt, nicht schwer zu erraten. Sie ist eine Vertraute des Kardinals, eine Frau, die Euch in eine Falle locken wird, in der Ihr ganz einfach Euren Kopf lassen müßt.“ – „Teufel! Athos, es scheint mir, Ihr seht die Dinge sehr schwarz.“ – „Mein Lieber, ich mißtraue den Frauen. Was wollt Ihr? Ich habe meinen Lohn schon bekommen. Ganz besonders mag ich nichts von Blonden wissen. Mylady ist blond, sagtet Ihr?" - „Sie hat Haare vom schönsten Blond, das man sehen kann." - „Ah, mein armer d'Artagnan!" rief Athos. - „Ich will mir Licht verschaffen, und wenn ich weiß, was ich wissen will, werde ich mich zurückziehen." - „Verschafft Euch Licht", sagte Athos phlegmatisch.

Lord Winter erschien zur bestimmten Stunde, aber rechtzeitig benachrichtigt, ging Athos in das zweite Zimmer. Er fand also d'Artagnan allein, und da es beinahe acht Uhr war, so nahm er den jungen Mann gleich mit sich fort.

Eine elegante Karosse wartete vor der Haustür. Sie war mit zwei Pferden bespannt, und man hatte in Kürze die Place Royale erreicht.

Mylady Winter empfing d'Artagnan zuvorkommend.

Ihr Hotel war mit verschwenderischer Pracht ausgestattet, und sie hatte, obwohl die meisten Engländer, durch den Krieg vertrieben, Frankreich verließen oder es zu verlassen im Begriff waren, neue Ausgaben dafür gemacht, woraus hervorging, daß der allgemeine Erlaß, wodurch die Engländer ausgewiesen wurden, sie nicht traf.

„Ihr seht hier", sprach Lord Winter, „Ihr seht hier einen jungen Edelmann, der mein Leben in Händen hatte und der seinen Vorteil nicht mißbrauchen wollte, obwohl wir doppelt Feinde waren, einmal weil ich ihn beleidigt hatte, und dann weil ich ein Engländer bin. Dankt ihm also, wenn Ihr einige Freundschaft für mich fühlt."

Mylady zog die Augenbrauen etwas zusammen, eine kaum bemerkbare Wolke zog über ihre Stirn, und ein so seltsames Lächeln erschien auf ihren Lippen, daß der junge Mann, der diese dreifache Abstufung bemerkte, von einem leichten Schauder erfaßt wurde.

Der Bruder sah nichts, er hatte sich umgedreht, um mit dem Lieblingsaffen von Mylady zu spielen, der ihn am Wams zupfte.

„Willkommen, mein Herr“, sprach Mylady mit einer Stimme, deren Weichheit in seltsamem Widerspruch mit den Symptomen schlechter Laune stand, die d’Artagnan bemerkt hatte, „denn Ihr habt Euch heute ein ewiges Recht auf meine Dankbarkeit erworben.“

Der Engländer drehte sich jetzt wieder um und erzählte den Kampf, ohne auch nur das Geringste zu übergehen. Mylady hörte ihm mit gespannter Aufmerksamkeit zu. Aber wie sehr sie sich auch anstrengte, um ihre Eindrücke zu verbergen, so sah man doch leicht, daß ihr das Gespräch durchaus nicht angenehm war. Das Blut stieg ihr in den Kopf, und ihr kleiner Fuß bewegte sich unruhig unter dem Kleid.

Lord Winter bemerkte nichts; als er geendet hatte, ging er zu einem Tisch, auf den man ein silbernes Brett mit einer Flasche spanischen Wein gestellt hatte. Er füllte zwei Gläser und lud d’Artagnan ein, zu trinken.

D’Artagnan wußte, daß es eine große Unhöflichkeit gegenüber einem Engländer gewesen wäre, einen Toast nicht zu erwidern. Er trat an den Tisch und ergriff das zweite Glas, verlor jedoch Mylady nicht aus dem Gesicht und sah im Spiegel die Veränderung, die in ihren Zügen vorging. Jetzt, da sie sich nicht mehr beobachtet fühlte, belebte ein Gefühl, das der Wildheit glich, ihr Gesicht. Sie biß mit ihren schönen Zähnen in das Taschentuch.

Die hübsche Zofe, welche d’Artagnan bereits gesehen hatte, trat ein. Sie sagte einige Worte auf englisch zu Lord Winter, der augenblicklich, unter Vorschützung dringender Geschäfte, d’Artagnan um Erlaubnis bat, sich entfernen zu dürfen und seine Schwester ersuchte, Verzeihung für ihn zu erlangen.

D’Artagnan tauschte einen Händedruck mit Lord Winter und kam zu Mylady zurück. Das Gesicht dieser Frau hatte mit überraschender Beweglichkeit wieder seinen

anmutigen Ausdruck angenommen. Nur deuteten einige rote Fleckchen auf ihrem Taschentuch an, daß sie sich die Lippen blutig gebissen hatte.

Ihre Lippen waren herrlich, wie aus Korallen geformt.

Das Gespräch nahm eine heitere Wendung. Mylady schien ganz ihre Stimmung zurückgewonnen zu haben. Sie erzählte, daß Lord Winter nur ihr Schwager und nicht ihr Bruder sei. Sie selbst habe einen jüngeren Sohn geheiratet, der sie als Witwe mit einem Kind hinterlassen habe. Dieses

Kind sei der einzige Erbe von Lord Winter, wenn er nicht heirate. Alles dies zeigte d'Artagnan einen Schleier, der etwas verhüllte. Er vermochte aber noch nichts unter dem Schleier zu unterscheiden.

Nach einer Unterredung von einer halben Stunde hatte d'Artagnan mittlerweile die Überzeugung gewonnen, daß Mylady seine Landsmännin war. Sie sprach französisch mit einer solchen Reinheit und Eleganz, daß kein Zweifel übrigblieb.

D'Artagnan verschwendete galante Redensarten und Ergebenheitsbeteuerungen. Mylady lächelte wohlwollend zu allen Albernheiten, die unserem Gascogner entschlüpften. Endlich war die Stunde zum Aufbruch gekommen. D'Artagnan verabschiedete sich von Mylady und verließ den Saal als der Glücklichste der Sterblichen.

Auf der Treppe begegnete er der hübschen Zofe, die ihn sanft streifte, bis unter die Augen errötete und ihn mit so weicher Stimme wegen dieser Berührung um Verzeihung bat, daß diese auch augenblicklich bewilligt wurde.

D'Artagnan kam am anderen Tag wieder und wurde noch freundlicher als am Abend zuvor empfangen. Lord Winter war nicht anwesend, und Mylady machte heute allein die Wirtin. Sie schien großes Interesse an ihm zu finden, fragte ihn, wo er wohne, wer seine Freunde seien und ob er nicht zuweilen daran gedacht habe, in den Dienst des Herrn Kardinals zu treten.

D'Artagnan war, wie man weiß, sehr klug für einen jungen Mann von zwanzig Jahren und erinnerte sich alsbald seines Verdachts in bezug auf Mylady. Er sprach mit großen Lobeserhebungen von Seiner Eminenz und sagte, er würde nicht verfehlt haben, bei der Leibwache des Kardinals statt bei der des Königs einzutreten, wenn er zum Beispiel Herrn von Cavois statt Herrn von Treville gekannt hätte.

Mylady gab dem Gespräch eine andere Wendung, ohne daß es nur entfernt den Anschein einer Absicht hatte, und fragte d'Artagnan auf die gleichgültigste Weise der Welt, ob er je in England gewesen sei.

D'Artagnan antwortete, er sei von Treville dahin geschickt worden, um wegen einer Remonte von Pferden zu unterhandeln, und habe auch vier Stück als Muster mitgebracht.

Mylady biß sich im Verlauf des Gesprächs wiederholt auf die Lippen; sie hatte es mit einem jungen Mann zu tun, der sich keine Blößen gab.

Am zweiten Tag kam d'Artagnan abermals und am dritten ebenso, und jedesmal wurde ihm ein freundlicherer Empfang von Mylady zuteil.

Jeden Abend begegnete er auch der hübschen Zofe auf der Treppe oder im Hausflur.

Aber d'Artagnan ließ, wie gesagt, die seltsame Beharrlichkeit der armen Ketty unbeachtet.

32. Kapitel

Das Prokuratormahl

Das Duell, bei dem Porthos eine so glänzende Rolle gespielt hatte, ließ ihn aber das Mahl nicht vergessen, wozu er von der Frau Prokuratorin eingeladen worden war. Am anderen Tag gegen ein Uhr ließ er sich von Mousqueton den letzten Bürstenstrich geben und wanderte der Rue aux Ours zu. Sein Herz klopfte, aber nicht wie das von d'Artagnan, von einer jungen und ungeduldigen Liebe. Nein, rein materielles Interesse leitete seine Schritte. Er sollte endlich die geheimnisvolle Schwelle überschreiten, die unbekannte Treppe ersteigen, die die alten Taler des Herrn Coquenard einer nach dem anderen erstiegen hatten. Er sollte wirklich eine gewisse Truhe sehen, deren Bild ihm zwanzigmal in seinen Träumen erschienen war: eine Truhe von langer und tiefer Form, mit Schlössern und Riegeln versehen und mit eisernen Bändern an den Boden befestigt - eine Truhe, von der er so oft sprechen gehört und welche die Hände des Prokurators nun vor seinen bewundernden Blicken öffnen sollten.

Und er, der in der Welt umherirrende Mensch, der Mann ohne Vermögen, ohne Familie, der an Herbergen, Gasthöfe, Schenken und Wirtschaften aller Art gewöhnte Soldat, der Feinschmecker, der meistens nur auf gute Bissen angewiesen war, die ihm durch Zufall in den Weg kamen, sollte sich an den Tisch eines bürgerlichen Haushalts setzen, die Annehmlichkeiten eines so wohlhabenden Heimwesens kennenlernen.

Täglich in der Eigenschaft eines Vetters bei einer guten

Tafel erscheinen, die gelbe gefaltete Stirn des alten Prokurators entrunzeln, die jungen Schreiber durch den Unterricht im Bassettespiel, im Landsknecht und im Würfeln in deren größten Finessen rupfen und ihnen in Form eines Honorars für die Lektion, die er ihnen in einer Stunde geben würde, die Ersparnisse eines Monats abnehmen, das alles erschien unserem Porthos sehr verlockend.

Der Musketier erinnerte sich schon an die Gerüchte, die über die Prokuratoren, ihre Knickerei, ihre Fasttage im Umlaufe waren. Da er aber im ganzen die Prokuratorsfrau, abgesehen von einigen ökonomischen Anfällen, die er stets sehr unangemessen fand, ziemlich freigebig gesehen hatte, wohlverstanden für eine Prokuratorsfrau, so hoffte er ein angenehm eingerichtetes Haus zu finden.

An der Tür regten sich jedoch einige Zweifel in dem Musketier. Der Zugang hatte durchaus nichts Einladendes. Er fand einen übelriechenden dunklen Flur, eine nur schlecht beleuchtete Treppe mit einem Fenster, durch dessen eiserne Stangen das graue Licht eines benachbarten Hofes mühsam eindrang. Im ersten Stock kam er vor eine niedere und, wie die Haupttür des großen Chatelet, mit ungeheuren eisernen Nägeln beschlagene Pforte. Porthos klopfte an. Ein großer, bleicher und unter einem Wald von struppigen Haaren verborgener Schreiber öffnete und grüßte mit der Miene eines Mannes, der sich genötigt sieht, an einem anderen den kräftigen hohen Wuchs, eine militärische Uniform und das frische rote Gesicht zu respektieren, das die Gewohnheit, gut zu leben, andeutet.

Ein zweiter, kleinerer Schreiber hinter dem ersten, ein anderer größerer Schreiber hinter dem zweiten, ein Laufbursche von zwölf Jahren hinter dem dritten.

Im ganzen dreieinhalb Schreiber, was für jene Zeit eine Schreibstube von sehr großer Kundschaft ankündigte.

Obwohl der Musketier erst um ein Uhr erscheinen soll-

te, war doch die Prokuratorin seit der Mittagsstunde auf der Lauer und hoffte stark, daß er vor der bestimmten Zeit erscheinen werde.

Madame Coquenard trat also beinahe in demselben Augenblick aus der Zimmertür, wo ihr Gast durch die Treppentür eintrat, und die Erscheinung der würdigen Dame entzog Porthos einer großen Verlegenheit. Die Schreiber sahen äußerst neugierig aus, und er blieb völlig stumm, da er nicht wußte, was er zu dieser aufsteigenden Tonleiter sagen sollte.

„Das ist mein Vetter!“ rief die Prokuratorin. „Tretet doch ein, tretet ein, Herr Porthos!“

Der Name Porthos brachte die gehörige Wirkung auf die Schreiber hervor, die zu lachen anfingen. Porthos aber wandte sich um, und auf alle Gesichter kehrte der Ernst zurück.

Man gelangte in das Kabinett des Prokurators, nachdem man ein Vorzimmer, wo die Schreiber waren, und die Schreibstube, in der sie hätten sein sollen, durchschritten hatte. Die letztere war eine Art von schwarzem Saal mit beschriebenem Papier tapeziert. Aus der Schreibstube heraustretend, ließ man die Küche zur Rechten und gelangte in das Empfangszimmer.

All diese Zimmer, die miteinander in Verbindung standen, erweckten in Porthos durchaus keine guten Vorstellungen. Man mußte die Worte von ferne durch alle diese offenen Türen hören. Er hatte im Vorübergehen einen raschen, forschenden Blick in die Küche geworfen und sich zur Schande der Prokuratorsfrau und zu seinem eigenen Bedauern gestanden, daß er nichts von dem Feuer, von der Belebtheit, von der Bewegung wahrzunehmen vermochte, wie das gewöhnlich dicht vor dem Beginn eines guten Mahls im Heiligtum der Völlerei zu herrschen pflegt.

Der Prokurator war ohne Zweifel im voraus von seinem Besuch in Kenntnis gesetzt worden, denn er gab nicht das geringste Erstaunen bei Porthos' Anblick kund, der sich ihm mit vollkommen ungezwungener Miene näherte und ihn höflich begrüßte.

„Wir sind Vettern, wie es scheint, Herr Porthos?“ sagte der Prokurator und stand, sich mit den Armen stützend, von seinem Rohrstuhl auf.

Der Greis war in ein großes schwarzes Wams gehüllt, in dem sich sein schmächtiger Körper verlor, und sah gelb und vertrocknet aus. Seine kleinen grauen Augen glänzten

wie Karfunkel und schienen außer seinem Mund, der sich in ständigen Grimassen bewegte, der einzige Teil seines Gesichts zu sein, wo noch Leben wohnte. Leider fingen die Beine an, dieser ganzen Knochenmaschine den Dienst zu verweigern. Seit fünf oder sechs Monaten, wo sich diese Schwäche fühlbar gemacht hatte, war der würdige Prokurator beinahe der Sklave seiner Gattin geworden.

Der Vetter wurde mit Resignation aufgenommen und nichts weiter. Wäre der alte Coquenard noch gut auf den

Beinen gewesen, so würde er alle Verwandtschaft mit Porthos abgelehnt haben.

„Ja, wir sind Vettern", sprach Porthos, der nie auf eine begeisterte Aufnahme von seiten des Gatten gerechnet hatte, ohne sich aus der Fassung bringen zu lassen.

„Durch die Frauen, glaube ich", sagte der Prokurator boshaft.

Porthos fühlte diesen Spott nicht und hielt ihn für Naivität, worüber er in seinen dicken Schnurrbart lachte: Madame Coquenard, die wußte, daß ein naiver Prokurator ein äußerst seltenes Exemplar der Gattung ist, lächelte ein wenig und errötete stark.

Herr Coquenard hatte seit Porthos' Ankunft seine Augen unruhig auf einen großen, seinem eigenen Schreibtisch gegenüberstehenden Schrank geworfen. Porthos begriff, daß dieser Schrank, obwohl er seiner Form nach durchaus nicht demjenigen entsprach, welchen er in seinen Träumen gesehen hatte, die gesegnete Truhe sein mußte, und er beglückwünschte sich darüber, daß die Wirklichkeit sechs Fuß mehr Höhe hatte als der Traum.

Coquenard trieb seine genealogischen Forschungen nicht weiter; aber seinen unruhigen Blick vom Schrank wieder Porthos zuwendend, begnügte er sich zu sagen:

„Unser Herr Vetter wird wohl, ehe er ins Feld zieht, uns die Ehre erweisen, mit uns zu Mittag zu essen, nicht wahr, Madame Coquenard?"

Diesmal empfing Porthos den Stich mitten in den Leib und fühlte ihn. Madame Coquenard schien ihrerseits nicht unempfindlicher zu sein, denn sie fügte bei:

„Mein Vetter wird nicht wiederkommen, wenn er findet, daß wir ihn schlecht behandeln. Aber im entgegengesetzten Fall hat er noch wenig Zeit in Paris zuzubringen und folglich sollten wir ihn um jeden Augenblick bitten, über den er noch zu verfügen vermag."

„Oh, meine Beine, meine armen Beine!" murmelte Herr Coquenard und versuchte zu lächeln.

Diese Hilfe, die Porthos in dem Augenblick zugekommen war, wo man ihn in seinen gastronomischen Hoffnungen schwer getroffen hatte, flößte dem Musketier große Dankbarkeit für seine Prokuratorin ein.

Bald schlug die Mittagsstunde. Man ging in das Speisezimmer, eine große dunkle Stube, der Küche gegenüber.

Die Schreiber, denen, wie es schien, die ungewöhnlichen Gerüche im Haus nicht entgangen waren, beobachteten eine militärische Pünktlichkeit und hielten, zum Niedersetzen bereit, ihre Teller in der Hand. Man sah sie im voraus mit furchtbarem Tätigkeitsdrang die Kinnbacken bewegen. „Bei Gott!" dachte Porthos, indem er einen Blick auf die drei Ausgehungerten warf, denn der Laufbursche wurde, wie man sich denken kann, nicht zu der Ehre des Herrentisches zugelassen, „bei Gott! An der Stelle meines Vetters würde ich solche Fresser nicht behalten. Sie sehen aus wie Schiffbrüchige, die seit sechs Wochen nicht gegessen haben."

Herr Coquenard wurde auf seinem Rollstuhl von Madame Coquenard hereingeschoben, die Porthos, bis er den Tisch erreichte, zuvorkommend im Rollen unterstützte. Kaum war er im Zimmer, als er Nase und Kinnbacken nach dem Beispiel seiner Schreiber in Bewegung setzte.

„Oho!" sagte er, „das ist eine einladende Suppe."

„Was, Teufel, riechen sie denn Außerordentliches in dieser Suppe?" sagte Porthos zu sich selbst beim Anblick einer blassen weißlichen, aber ganz blinden Fleischbrühe, auf der einige einsame Krusten, wie die Inseln eines Archipels, schwammen.

Madame Coquenard lächelte, und auf ein Zeichen von ihr beeilte sich jedermann, Platz zu nehmen.

Herr Coquenard wurde zuerst bedient, dann Porthos,

hierauf füllte Madame Coquenard ihren Teller und teilte die Krusten ohne Fleischbrühe unter die Ungeduldigen aus.

In diesem Augenblick öffnete sich die Tür des Speisezimmers knarrend von selbst, und Porthos erblickte durch die halbgeöffneten Flügel den kleinen Schreiber, der, da er nicht an dem Mahl teilnehmen durfte, sein Brot bei dem doppelten Geruch von der Küche und dem Speisezimmer verzehrte.

Nach der Suppe brachte die Magd eine gesottene Henne, ein Prachtstück, bei dessen Anblick sich die Augen der Gäste so sehr weiteten, daß man glaubte, sie müßten platzen.

„Man sieht, Ihr liebt Eure Familie, Madame Coquenard", sprach der Prokurator mit einem beinahe tragischen Lächeln, „das ist offenbar eine Galanterie, die Ihr Eurem Vetter erweist."

Die arme Henne war alt und mit einer von den dicken, rauhen Häuten bekleidet, die die Zähne mit aller Anstrengung nicht zu durchdringen vermögen. Man mußte sie lange gesucht haben, um ihre Stange zu finden, auf die sie sich zurückgezogen hatte, um an Altersschwäche zu sterben.

„Teufel!" dachte Porthos, „das ist doch sehr traurig. Ich ehre das Alter, aber ich mache mir wenig daraus, wenn es gesotten oder gebraten ist."

Und er schaute in der Runde umher, um zu beobachten, ob seine Meinung geteilt würde. Er sah aber im Gegenteil nur flammende Augen, die im voraus diese großartige Henne, den Gegenstand seiner Verachtung, verschlangen.

Madame Coquenard zog die Platte an sich, löste geschickt die zwei großen schwarzen Füße, die sie ihrem Gatten auf den Teller legte, schnitt den Hals ab, den sie mit dem Kopf für sich nahm, trennte einen Flügel für Porthos ab und gab der Magd, die es gebracht hatte, das Tier zurück, so daß es beinahe unversehrt zurückkehrte und verschwunden war, ehe der Musketier Zeit hatte, die Veränderungen zu beobachten, die diese Enttäuschung auf den Gesichtern der Umsitzenden hervorrief.

Nach der Henne machte eine Platte mit Bohnen ihre Aufwartung, in der sich einige Schöpsknochen zu zeigen schienen, von denen man anfangs glauben konnte, sie seien mit Fleisch bekleidet. Aber die Schreiber ließen sich durch diesen Trug nicht betören, und ihre düsteren Mienen wurden ergebungsvolle Gesichter.

Madame Coquenard teilte dieses Gericht mit der Mäßigung einer guten Hauswirtin unter die jungen Leute aus.

Nun kam die Reihe an den Wein. Herr Coquenard schenkte aus einem sehr schmächtigen Weinkrug jedem von den jungen Leuten ein Drittel Glas voll, nahm für sich ungefähr in gleichem Verhältnis, und die Flasche ging gleich zu Porthos und Madame Coquenard über.

Die jungen Leute füllten das Drittel Wein mit Wasser; wenn sie die Hälfte des Glases getrunken hatten, füllten sie es abermals, und so setzten sie dies fort, wodurch sie am Ende des Mahls ein Getränk verschluckten, das von der Farbe des Rubins zu der des Rauchtopases übergegangen war.

Porthos verspeiste schüchtern seinen Flügel. Er trank auch ein halbes Glas von diesem so spärlich zugemessenen Wein und erkannte in ihm einen Montreuil. Coquenard sah ihn den Wein trinken und stieß einen Seufzer aus.

„Eßt Ihr vielleicht von diesen Bohnen, Vetter Porthos?“ sprach Madame Coquenard in jenem Ton, der sagen will: „Glaubt mir, eßt nichts davon.“

„Der Teufel soll mich holen, wenn ich davon esse“, sagte Porthos ganz leise, dann laut: „Ich danke, liebe Base, ich habe keinen Hunger mehr.“

Es trat Stillschweigen ein. Porthos wußte nicht, wie er sich benehmen sollte. Der Prokurator wiederholte mehrmals:

„Ah, Madame Coquenard, ich mache Euch mein Kompliment, Euer Mittagstisch ist ein wahres Festmahl. Gott, hab' ich gegessen!"

Coquenard hatte seine Suppe gegessen, dann die schwarzen Beine der Henne und den einzigen Hammelknochen, an dem etwas Fleisch gewesen war.

Porthos glaubte, man wolle ihn zum besten halten, und fing an, seinen Schnurrbart in die Höhe zu streichen und die Stirn zu falten. Aber Madame Coquenards Knie ermahnte ihn ganz leise zur Geduld.

Dieses Stillschweigen und diese Pause in der Bedienung, die für Porthos unverständlich geblieben waren, hatten im Gegenteil für die Schreiber eine schreckliche Bedeutung: Auf einen Blick des Prokurators, der von einem Lächeln Madame Coquenards begleitet war, standen sie langsam vom Tisch auf, legten ihre Servietten noch langsamer zusammen, verbeugten sich und verschwanden zur Arbeit.

„Geht, ihr jungen Leute, geht und verdaut durch Arbeiten", sagte der Prokurator ernsthaft.

Als die Schreiber sich entfernt hatten, erhob sich Madame Coquenard und holte aus einem Speiseschrank ein Stück Käse, ein Glas mit eingemachten Quitten und einen Kuchen, den sie mit Mandeln und Honig selbst gebacken hatte.

Herr Coquenard runzelte die Stirn, weil er zuviel Gerichte erblickte. Porthos biß sich auf die Lippen, weil er sah, daß es nichts Rechtes mehr zum Essen gab.

Er sah sich nach der Bohnenschüssel um, aber die Bohnenschüssel war verschwunden.

„Ganz entschieden ein Festmahl!" rief der Prokurator, ungeduldig sich auf seinem Stuhl hin und her bewegend.

„Ein wahres Festmahl! Epulae epularum: Lukullus speist bei Lukullus zu Mittag!"

Porthos schaute die Flasche an, die in seiner Nähe stand, und hoffte, sich an Wein, Brot und Käse gütlich zu tun. Aber der Wein ging bald aus, die Flasche war leer. Herr und Madame Coquenard taten, als ob sie es nicht bemerkten.

„Das ist gut", sprach Porthos zu sich selbst, „ich weiß nun, woran ich bin."

Er leckte ein wenig an einem Löffel voll eingemachter Quitten und verbiß sich die Zähne in dem zähen Teig von Madame Coquenard.

„Nun ist das Opfer gebracht", sprach er. „Oh, wenn ich nicht die Hoffnung hätte, mich mit Madame Coquenard im Schrank ihres Gatten umzusehen!"

Herr Coquenard fühlte nach den Leckereien eines solchen Mahles, das er einen Exzeß nannte, das Bedürfnis, Mittagsruhe zu halten.

Porthos hoffte, dies würde an Ort und Stelle und in demselben Raum vorgehen, aber der Prokurator wollte nichts davon hören. Man mußte ihn in sein Zimmer zurückbringen, und er schrie, solange er nicht vor seinem Schrank war, auf dessen Kante er dann aus Vorsicht seine Füße stellte.

Die Prokuratorin führte Porthos in ein anstoßendes Zimmer, und man begann das Fundament der Versöhnung zu errichten.

„Ihr könnt dreimal in der Woche zu Tisch kommen", sagte Madame Coquenard. - „Ich danke", erwiderte Porthos, „ich mache nicht gern Mißbrauch von solchen Einladungen. Überdies muß ich an meine Equipierung denken." - „Das ist wahr", sprach die Prokuratorin seufzend, „diese unglückliche Equipierung nimmt Euch sehr in Anspruch, nicht wahr?" - „Ach ja", sagte Porthos. - „Aber worin besteht denn die Equipierung Eures Korps, Herr Porthos?" - „Oh, in mancherlei", sprach Porthos, „die Musketiere sind, wie Ihr wißt, Elitesoldaten, und sie brauchen viele Dinge, die die Garden und die Schweizer entbehren können." - „Nennt sie mir einzeln." - „Es beläuft sich etwa auf...", erwiderte Porthos, der sich lieber über den Gesamtbetrag als über die einzelnen Punkte aussprechen wollte.

Die Prokuratorin wartete zitternd.

„Auf wieviel?" fragte sie; „ich hoffe, es wird nicht mehr als..." Hier blieb sie stecken, es fehlte ihr das Wort.

„O nein, es beträgt nicht mehr als zweitausendfünfhundert Livres. Ich glaube sogar, daß ich bei einiger Sparsamkeit mit zweitausend auskommen könnte."

„Guter Gott! Zweitausend Livres!" rief sie, „das ist ja ein ganzes Vermögen, und mein Mann wird sich nie herbeilassen, eine solche Summe zu borgen!"

Porthos machte eine sehr deutliche Geste. Madame Coquenard verstand ihren Sinn.

„Ich fragte nach den einzelnen Punkten", sprach sie, „weil ich viele Verwandte und Kunden im Handel habe und deshalb überzeugt sein kann, daß ich die Sache um hundert Prozent unter dem Preis bekomme, den Ihr dafür bezahlen müßt." - „Ah, ah!" rief Porthos, „wenn Ihr damit andeuten wollt..." - „Ja, mein lieber Porthos. Ihr braucht also vor allem..." - „Ein Pferd." - „Ja, ein Pferd. Gut! Gerade das kann ich Euch besorgen." - „Ah!" sprach Porthos strahlend, „in bezug auf mein Pferd stehen also die Angelegenheiten gut. Dann brauche ich das vollständige Sattelzeug, das aus Dingen besteht, die nur ein Musketier selbst kaufen kann und die übrigens nicht höher als dreihundert Livres kommen werden."

„Dreihundert Livres! Gut, sagen wir also dreihundert Livres", sprach die Prokuratorin seufzend.

Porthos lächelte. Man erinnert sich, daß er den von

Buckingham erhaltenen Sattel besaß, er gedachte diese dreihundert Livres unter der Hand in seine Tasche zu stecken. „Dann“, fuhr er fort, „brauche ich noch ein Pferd für meinen Bediensteten und ein Felleisen. Was die Waffen betrifft, so braucht Ihr Euch nicht darum kümmern, diese habe ich bereits.“ - „Ein Pferd für Euren Bediensteten?“ versetzte die Prokuratorin zögernd. „Aber das klingt sehr vornehm.“ - „Madame!“ sprach Porthos stolz, „bin ich etwa ein armer Schlucker?“ - „Nein. Ich wollte Euch nur sagen, ein hübsches Maultier sieht eigentlich so gut aus wie ein Pferd, und es scheint mir, wenn ich Euch ein gutes

Maultier für Euren Mousqueton verschaffen würde..." - „Gut, also, ein hübsches Maultier. Ihr habt recht, ich habe sehr vornehme spanische Herren gesehen, deren ganzes Gefolge auf Maultieren ritt. Aber Ihr werdet dann begreifen, Madame Coquenard, daß ich ein Maultier mit Federbusch und Schellen haben muß." - „Seid unbesorgt", erwiderte die Prokuratorin. - „Nun bleibt noch das Felleisen übrig", sagte Porthos. - „Oh, das braucht Euch nicht zu beunruhigen", rief Madame Coquenard, „mein Mann besitzt fünf oder sechs Felleisen, und Ihr sucht Euch das beste aus. Es ist besonders eins darunter, das er sehr gern mit auf Reisen nahm, man könnte eine ganze Welt hineinpacken." - „Euer Felleisen ist also leer?" fragte Porthos. - „Gewiß, es ist leer", antwortete die Prokuratorin. - „Aber das ich brauche", rief Porthos, „ist ein wohlausgerüstetes, meine Teure."

Madame Coquenard stieß neue Seufzer aus. Molière hatte damals seinen „Geizhals" noch nicht geschrieben. Madame Coquenard gebührt der Vorrang vor Harpagon.

Der Rest der Equipierung wurde nach und nach auf dieselbe Weise abgehandelt, und das Resultat der Sitzung war, daß die Prokuratorin achthundert Livres an Barem geben und das Pferd sowie das Maultier liefern sollte, die Porthos und Mousqueton zum Ruhm tragen sollten.

Als diese Bedingungen ausgemacht waren, nahm Porthos von Madame Coquenard Abschied. Die wollte ihn wohl noch mit zärtlichen Blicken zurückhalten. Porthos aber schützte die Forderungen des Dienstes vor, und so mußte die Prokuratorin dem König also den Vortritt lassen. Mit abscheulichem Hunger kehrte der Musketier in seine Wohnung zurück.

ALEXANDRE DUMAS d.Ä.

Die drei Musketiere

ALEXANDRE DUMAS d.Ä.

Die drei Musketiere

Mit Illustrationen der französischen Ausgabe
zwei Bände in einem Band

BAND II

MAGNUS VERLAG

INHALTSVERZEICHNIS

33. Kapitel

Zofe und Herrin

Trotz der Stimme seines Gewissens, trotz Athos' weiser Ratschläge und der zarten Erinnerung an Madame Bonacieux verliebte sich d'Artagnan von Stunde zu Stunde mehr in Mylady. Er vergaß nicht, ihr täglich auf eine Weise den Hof zu machen, von der der eitle Gascogner überzeugt war, sie müsse früher oder später zum Erfolg führen.

Als er eines Tages, die Nase hoch, leichten Sinnes wie ein Mensch, der einem Goldregen entgegensieht, in Myladys Hotel kam, traf er die Zofe unter der Einfahrt. Diesmal aber begnügte sich die hübsche Ketty nicht mit einem flüchtigen Lächeln, sie nahm ihn sachte bei der Hand.

„Gut!" sprach d'Artagnan zu sich selbst, „sie ist mit einer Botschaft ihrer Herrin an mich beauftragt. Sie wird mir ein Rendezvous ankündigen, das man mir mündlich zu geben nicht gewagt hat." Dabei schaute er das schöne Kind an.

„Ich möchte ein paar Worte mit Euch sprechen, Chevalier", stammelte die Kammerjungfer. - „Sprich, mein Kind, sprich", sagte d'Artagnan, „ich höre." - „Hier unmöglich; was ich Euch zu sagen habe, ist zu lang und besonders zu geheim." - „Nun! Was ist aber dann zu machen?" - „Wenn Ihr mir folgen wollt", sagte Ketty schüchtern. - „Wohin du willst, mein schönes Kind." - „So kommt."

Und Ketty, die seine Hand nicht losgelassen hatte, zog ihn auf eine düstere Wendeltreppe und öffnete eine Tür, nachdem sie etwa fünfzehn Stufen hinaufgestiegen waren.

„Tretet ein, Chevalier, hier sind wir allein und können ruhig miteinander sprechen."

„Was ist das für ein Zimmer, mein schönes Kind?" fragte d'Artagnan.

„Das meine, gnädiger Herr. Es steht mit dem meiner Herrin durch diese Tür in Verbindung. Aber seid ohne Sorge, sie kann nicht hören, was wir sprechen, da sie sich nie vor Mitternacht schlafen legt."

D'Artagnan ließ seine Blicke schweifen. Das kleine Zimmer war reizend, sowohl was den Geschmack als was die Sauberkeit betraf, aber unwillkürlich richteten sich seine Augen auf die Tür, von der ihm Ketty gesagt hatte, sie führe in das Zimmer von Mylady.

Ketty erriet, was in der Seele des jungen Mannes vorging, und seufzte.

„Ihr liebt also meine Herrin sehr, Chevalier?" fragte sie.

„Ich weiß nicht, ob ich sie wirklich liebe, ich weiß nur, daß ich wahnsinnig in sie verliebt bin."

Ketty stieß einen zweiten Seufzer aus.

„Ach, mein Herr, das ist schade!"

„Was, Teufel, siehst du denn darin so Unangenehmes?"

„Ich meine, weil meine Herrin Euch gar nicht liebt."

„Wie?" rief d'Artagnan, „sollte sie dich beauftragt haben, mir dies zu sagen?"

„O nein, gnädiger Herr, aber ich habe aus Teilnahme für Euch den Entschluß gefaßt, es Euch zu sagen."

„Ich danke, meine gute Ketty, aber nur für die Absicht, denn du wirst wohl zugeben, daß eine solche Eröffnung nicht gerade angenehm ist."

„Das heißt, Ihr glaubt nicht an das, was ich Euch gesagt habe, nicht wahr?"

„Ich gestehe, daß ich, bis du mir irgendeinen Beweis für deine Behauptung geben kannst ... "

„Was sagt Ihr dazu?"

Ketty zog aus ihrem Busen ein kleines Billett ohne Aufschrift hervor.

„Für mich?" rief d'Artagnan und griff sich rasch das Briefchen.

„Nein, für einen anderen."

„Für einen anderen?"

„Ja."

„Seinen Namen, seinen Namen!" rief d'Artagnan.

„Lest die Adresse."

„Dem Grafen von Wardes."

Sofort fiel dem eingebildeten Gascogner die Szene von St.-Germain ein. Hastig zerriß er den Umschlag, trotz des Geschreis, das Ketty erhob, als sie sah, was er tun wollte oder vielmehr, was er tat.

„Ach, mein Gott! Herr Chevalier, was macht Ihr da?“ sprach sie.

„Ich - nichts!“ erwiderte d'Artagnan, und er las:

„Ihr habt auf mein erstes Billett nicht geantwortet. Seid Ihr leidend, oder habt Ihr vergessen, mit welchen Augen Ihr mich auf dem Ball der Frau von Guise angesehen habt? Die Gelegenheit ist da, Graf, laßt sie nicht entschlüpfen.“

D'Artagnan erbleichte, er war in seiner Eigenliebe verletzt.

„Armer, lieber Herr d'Artagnan“, sprach Ketty voller Mitleid und drückte dem jungen Mann die Hand. - „Du beklagst mich, gute Kleine“, sagte d'Artagnan. - „O ja, von ganzem Herzen, denn ich weiß, was Liebe heißt.“ - „Du weißt, was Liebe heißt?“ fragte d'Artagnan und schaute sie zum erstenmal mit einer gewissen Aufmerksamkeit an. - „Ach ja!“ - „Nun, dann würdest du, statt mich zu beklagen, viel besser daran tun, mir zu meiner Rache an deiner Herrin zu verhelfen.“ - „Und was für eine Rache wollt Ihr nehmen?“ - „Meinen Nebenbuhler aus seiner Stelle verdrängen.“ - „Dazu werde ich Euch nie behilflich sein, Chevalier“, erwiderte Ketty lebhaft. - „Und warum nicht?“ - „Aus zwei Gründen.“ - „Aus welchen?“ - „Erstens, weil meine Herrin Euch nie lieben wird.“ - „Weißt du dies genau?“ - „Ihr habt sie in ihrem Innersten verletzt.“ - „In welcher Beziehung kann ich sie verletzt haben, da ich doch, seit ich sie kenne, wie ein Sklave zu ihren Füßen liege? Sprich, ich bitte dich.“ - „Ich werde dies nur dem Mann gestehen ... der in der Tiefe meines Herzens lesen kann.“

D'Artagnan schaute Ketty zum zweitenmal an. Das junge Mädchen war von einer Frische und Schönheit, wofür manche Herzogin ihre Krone gegeben hätte.

„Ketty, ich werde in der Tiefe deines Herzens lesen, darüber beruhige dich, mein liebes Kind, aber sprich."

„O nein", rief Ketty, „Ihr liebt mich nicht, Ihr liebt meine Herrin. Das habt Ihr mir eben gesagt."

„Und das hält dich ab, mir den zweiten Grund zu nennen?"

„Der zweite Grund, mein Chevalier", sprach Ketty, durch sein Verhalten ermutigt, „der zweite Grund heißt: In der Liebe sorgt jeder für sich."

Jetzt erinnerte sich d'Artagnan der schmachtenden Blicke Kettys, ihres Lächelns und ihrer unterdrückten Seufzer, sooft er ihr begegnete. Aber ganz und gar von dem Verlangen beseelt, der vornehmen Dame zu gefallen, hatte er die Zofe verachtet: Wer den Adler jagt, kümmert sich nicht um den Sperling.

Aber diesmal begriff unser Gascogner blitzschnell, welchen Nutzen man aus dieser Liebe ziehen konnte, die ihm Ketty auf eine so naive Weise eingestanden hatte. - Auffangen der an den Grafen von Wardes gerichteten Briefe, Verbindungen am Platz, Eintritt zu jeder Stunde durch Kettys Zimmer, das an das ihrer Herrin stieß. Der Treulose opferte, wie man sieht, bereits in Gedanken das arme Kind, um Mylady gutwillig oder mit Gewalt zu gewinnen.

„Nun," sagte er zu dem jungen Mädchen, „soll ich dir, meine liebe Ketty, einen Beweis dieser Liebe geben, an der du zweifelst?"

„Welcher Liebe?" fragte das junge Mädchen.

„Von der, die ich bereit bin, für dich zu empfinden."

„Und worin besteht diese Probe?"

„Willst du, daß ich heute abend die Zeit, die ich gewöhnlich bei deiner Herrin zubringe, bei dir zubringe?"

„Ach ja!“ sagte Ketty und schlug die Hände zusammen, „sehr gern!“

„Nun, mein liebes Kind“, sagte d'Artagnan und setzte sich in einen Sessel, „dann komm her, damit ich dir sagen kann, daß du das niedlichste Kammerkätzchen bist, das ich jemals gesehen habe.“

Und er sagte es ihr so oft und so gut, daß das arme Kind, das nichts lieber gesehen hätte, als daran glauben zu können, es tatsächlich glaubte. Dennoch wehrte sich die nied-

liche Ketty, zu d'Artagnans großem Erstaunen, mit einer gewissen Entschlossenheit.

Wenn man die Zeit mit Angriff und Verteidigung hinbringt, so vergeht sie schnell.

Es schlug Mitternacht, und man hörte beinahe gleichzeitig das Glöckchen in Myladys Zimmer ertönen.

„Großer Gott!" rief Ketty, „meine Herrin ruft, geht, geht geschwind."

D'Artagnan stand auf, nahm seinen Hut, als ob er gehorchen wollte, öffnete aber rasch statt der Treppentür die Tür eines großen Schrankes und kauerte sich mitten zwischen die Kleider und Mäntel von Mylady.

„Was macht Ihr denn?" rief Ketty.

D'Artagnan, der den Schlüssel genommen hatte, schloß sich in seinen Schrank ein, ohne zu antworten.

„Nun!" rief Mylady mit scharfer Stimme, „schläfst du, daß du nicht kommst, wenn ich läute?"

D'Artagnan hörte, daß die Verbindungstür geöffnet wurde.

„Hier bin ich, Mylady, hier bin ich!" rief Ketty, ihrer Herrin entgegenlaufend.

Alle beide traten in das Schlafzimmer, und da die Tür offen blieb, konnte d'Artagnan noch einige Zeit hören, wie Mylady ihre Kammerjungfer auszankte. Endlich beruhigte sie sich, und es kam auf ihn die Rede, während Ketty ihre Herrin bediente.

„Ach", sagte Mylady, „ich habe unseren Gascogner heute abend nicht gesehen." - „Wie, Madame", sprach Ketty, „er ist nicht gekommen! Sollte er flatterhaft sein, ehe er glücklich gewesen ist?" - „O nein, Herr von Treville oder Herr des Essarts werden ihn abgehalten haben. Ich verstehe mich darauf, Ketty, diesen halte ich fest." - „Was wird die gnädige Frau mit ihm machen?" - „Was ich mit ihm machen werde? - Sei unbesorgt, Ketty; zwischen diesem Menschen und mir liegt etwas, wovon er nichts weiß. Er hat mich beinahe um meine Geltung bei Seiner Eminenz gebracht. Oh, ich werde mich rächen." - „Ich glaubte, die gnädige Frau liebe ihn?" - „Ich - ihn lieben! Ich verabscheue ihn. Ein Einfaltspinsel, der das Leben von Lord Winter in Händen hält, ihn nicht tötet und mir dadurch einen Verlust von dreihunderttausend Livres Rente verschafft." - „Das ist richtig", sagte Ketty. „Euer Sohn wäre der einzige Erbe seines Oheims, und bis zu seiner Volljährigkeit hättet Ihr die Nutznießung seines Vermögens gehabt."

D'Artagnan erschauerte bis in das Mark seiner Knochen, als er hörte, wie ihm dieses reizende Geschöpf mit der scharfen Stimme, die sie nur mit größter Mühe im Gespräch dämpfen konnte, vorwarf, daß er einen Mann nicht getötet habe, den sie, wie er selbst gesehen hatte, mit Freundschaftsbeweisen überhäufte.

„Auch hätte ich mich bereits an ihm gerächt", fuhr Mylady fort, „wenn mir nicht der Kardinal, ich weiß nicht aus welchem Grunde, befohlen hätte, ihn zu schonen."

„O ja, aber Madame hat die kleine Frau nicht geschont, die er liebte."

„Ah, die Krämerin aus der Rue des Fossoyeurs! Hat er nicht bereits vergessen, daß sie lebte? Eine schöne Rache, meiner Treu!"

Der kalte Schweiß lief d'Artagnan von der Stirn. Dieses Weib war ein Ungeheuer.

Er horchte wieder, aber leider war die Toilette beendet.

„Gut", sprach Mylady, „geh in dein Zimmer und suche morgen eine Antwort auf den Brief zu bekommen, den ich dir gegeben habe."

„Für Herrn von Wardes?" fragte Ketty.

„Allerdings."

„Das ist ein Mann", sprach Ketty, „der mir vorkommt,

als wäre er gerade das Gegenteil von dem armen Herrn d'Artagnan."

„Geht, Mademoiselle", sagte Mylady, „ich liebe keine Kommentare."

D'Artagnan hörte die Tür, dann das Geräusch von zwei Riegeln, die Mylady vorschob, um sich in ihrem Zimmer einzuschließen. Ketty drehte auf ihrer Seite, aber so sacht als möglich, den Schlüssel einmal um. Dann stieß d'Artagnan die Tür des Schranks auf.

„Oh, mein Gott!" sprach Ketty mit gedämpfter Stimme, „was habt Ihr denn und wie bleich seht Ihr aus!"

„Das abscheuliche Geschöpf!" murmelte d'Artagnan.

„Still! still! Kommt heraus; es ist nur eine dünne Scheidewand zwischen meinem Zimmer und dem von Mylady. Man hört in dem einen ganz genau, was in dem anderen gesprochen wird."

„Gerade deshalb werde ich nicht fortgehen", sagte d'Artagnan.

„Wie!" rief Ketty errötend.

„Oder wenigstens werde ich... später fortgehen."

Damit zog er Ketty an sich. Es war nicht mehr möglich zu widerstreben, der Widerstand macht ja auch so viel Geräusch! So ergab sich Ketty in die Situation.

Es war ein Racheakt gegen Mylady. D'Artagnan fand, daß man recht hätte zu sagen, daß in der Rache das Vergnügen der Götter besteht. Hätte d'Artagnan etwas mehr Herz besessen, so würde er sich auch mit dieser neuen Eroberung begnügt haben. D'Artagnan aber besaß nur Ehrgeiz und Stolz.

Doch müssen wir zu seinem Lob sagen, daß der erste Gebrauch, den er von seinem Einfluß auf Ketty machte, darin bestand, daß er von ihr zu erfahren suchte, was aus Madame Bonacieux geworden war. Das arme Mädchen aber schwor d'Artagnan auf das Kruzifix, daß sie es nicht wisse, da ihre Herrin ihre Geheimnisse immer nur zur Hälfte preisgäbe. Nur glaube sie dafür garantieren zu können, daß sie nicht tot sei.

Was die Ursache betraf, derentwegen Mylady beinahe ihre Geltung beim Kardinal verloren hatte, so wußte Ketty auch hiervon nicht mehr. Aber diesmal war d'Artagnan besser eingeweiht als sie. Da er Mylady in dem Augenblick, wo er selbst England verließ, auf einem gesperrten

Schiff gesehen hatte, so vermutete er, daß von den diamantenen Nestelstiften die Rede war.

Am klarsten trat bei allem hervor, daß der eigentliche, tiefe und eingefleischte Haß Myladys gegen ihn davon kam, daß er ihren Schwager nicht getötet hatte.

D'Artagnan kehrte am anderen Tag zu Mylady zurück. Sie war sehr schlechter Laune. D'Artagnan begriff, daß das Ausbleiben des Briefs ihre gereizte Stimmung veranlaßt hatte. Ketty trat ein, wurde aber äußerst hart von Mylady behandelt. Ein Blick, den sie d'Artagnan zuwarf, sagte: „Ihr seht, wie ich um Euretwillen leide."

Doch im Lauf des Abends besänftigte sich die schöne Löwin. Sie hörte lächelnd die zärtlichen Worte d'Artagnans und ließ sich sogar die Hand von ihm küssen.

Als d'Artagnan sich entfernte, wußte er nicht mehr, was er denken sollte. Da er aber ein Gascogner war, so ersann er ein Plänchen.

Er fand Ketty an der Tür und ging wie am vorhergehenden Tag mit ihr hinauf, um Neuigkeiten von ihr zu erfahren. Man hatte sie der Nachlässigkeit beschuldigt. Mylady konnte das Stillschweigen des Grafen von Wardes gar nicht begreifen, und sie hatte ihr befohlen, am Morgen um neun Uhr in ihrem Schlafzimmer zu erscheinen, um dort einen dritten Brief in Empfang zu nehmen.

D'Artagnan ließ sich von Ketty das Versprechen geben, am anderen Tag in seine Wohnung zu kommen, um ihm diesen Brief zu bringen. Die Arme versprach alles, was d'Artagnan haben wollte. Sie liebte ihn wahnsinnig.

Alles ging wie am Tag vorher. D'Artagnan schloß sich in seinen Schrank ein, Mylady rief, machte ihre Toilette, entließ Ketty und schloß ihre Tür. Wie gestern kehrte d'Artagnan nicht vor fünf Uhr nach Hause zurück.

Um elf Uhr sah er Ketty kommen. Sie hielt ein neues Billett von Mylady in der Hand. Diesmal versuchte das arme Kind es d'Artagnan nicht einmal streitig zu machen und ließ ihn gewähren. Sie gehörte mit Leib und Seele ihrem schönen Musketier.

D'Artagnan öffnete das Billett und las wie folgt:

„Ich schreibe Euch zum drittenmal, um Euch zu sagen, daß ich Euch liebe. Hütet Euch, daß ich Euch nicht zum viertenmal schreibe, um Euch zu sagen, daß ich Euch hasse."

D'Artagnan wurde wiederholt blaß und rot, während er dieses Billett las.

„Oh, Ihr liebt sie immer noch!“ sprach Ketty, die nicht einen Moment die Augen von dem Gesicht des jungen Mannes abgewandt hatte.“ „Nein, Ketty, du täuschst dich. Ich liebe sie nicht mehr, aber ich will mich für ihre Verachtung rächen.“

Ketty seufzte.

D'Artagnan nahm eine Feder und schrieb:

„Madame, bis jetzt habe ich gezweifelt, ob Eure beiden ersten Billetts auch gewiß an mich gerichtet wären, so sehr wähnte ich mich einer solchen Ehre unwürdig.

Heute aber muß ich an das Übermaß Eurer Güte glauben, weil nicht nur Euer Brief, sondern auch Eure Kammerfrau mir die Versicherung geben, daß ich das Glück habe, von Euch geliebt zu werden.

Ich werde heute abend um elf Uhr meine Verzeihung erflehen. Einen Tag länger zögern wäre jetzt in meinen Augen eine neue Beleidigung.

Derjenige, welchen Ihr zum glücklichsten
Sterblichen gemacht habt.
Graf von Wardes“

Dieses Billett war erstens eine Fälschung, es war ferner eine Unzartheit, es war sogar, aus dem Gesichtspunkt unserer heutigen Sitten betrachtet, eine Schändlichkeit. Man machte sich aber in jener Zeit weniger Bedenken als gegenwärtig. Überdies wußte d'Artagnan durch das eigene Geständnis von Mylady, daß sie des Verrats an wichtigeren Häuptern schuldig war, und er hegte nur sehr geringe Achtung vor ihr. Und dennoch fühlte er trotz dieser geringen Achtung, daß eine unsinnige Leidenschaft für diese Frau ihn verzehrte: eine von Verachtung trunkene Leidenschaft, Leidenschaft oder Begierde, was man will.

D'Artagnans Plan war ganz einfach. Durch Kettys Zimmer gelangte er in das ihrer Herrin. Er beschämte die Treulose, er drohte, sie durch öffentlichen Skandal zu kompromittieren, und erhielt von ihr durch den Schreck jede Auskunft, die er über Constances Schicksal zu haben wünschte. Vielleicht konnte sogar die Freiheit der hübschen Krämerin das Resultat dieser Zusammenkunft sein.

„Hier", sprach der junge Mann und stellte Ketty das Billett versiegelt zu, „gib diesen Brief Mylady. Es ist die Antwort des Herrn von Wardes."

Die arme Ketty wurde bleich wie der Tod. Sie ahnte, was das Billett enthielt.

„Höre, mein liebes Kind", sagte d'Artagnan zu ihr, „du begreifst, daß alles dies auf die eine oder auf die andere Weise enden muß. Mylady kann entdecken, daß du das erste Billett meinem Bediensteten übergeben hast, statt es dem Bediensteten des Grafen auszuhändigen, und daß ich die anderen geöffnet habe, die Herr von Wardes öffnen sollte. Dann wird dich Mylady fortjagen, und du kennst sie, sie ist nicht die Frau, ihre Rache hierauf zu beschränken."

„Ach", rief Ketty, „wofür habe ich mich all dem ausgesetzt!"

„Für mich, meine Schönste", sagte der junge Mann, „auch ich bin dir in hohem Maße dankbar, das schwöre ich."

„Aber was enthält denn Euer Billett?"

„Mylady wird es dir sagen."

„Ach, Ihr liebt mich nicht!" rief Ketty, „und ich bin sehr unglücklich!"

Auf diesen Vorwurf gibt es eine Antwort, bei der sich die Frauen jedesmal täuschen. D'Artagnan antwortete auf diese Weise, daß Ketty im größten Irrtum befangen blieb.

Dennoch weinte sie sehr, bevor sie sich entschloß, diesen Brief Mylady zu übergeben. Endlich entschloß sie sich, und das war alles, was d'Artagnan wollte.

Außerdem versprach er ihr, er würde abends früh genug ihre Herrin verlassen, und dann würde er zu ihr hinaufkommen.

Dieses Versprechen vollendete die Tröstung der armen Ketty.

34. Kapitel

Die Equipierung von Aramis und Porthos

Seitdem jeder der vier Freunde seiner Equipierung nachjagte, fand keine feste Zusammenkunft mehr unter ihnen statt. Die einen speisten ohne die anderen, wo man sich traf, oder vielmehr wo man konnte. Der Dienst nahm auch einen Teil der so schnell verrinnenden Zeit fort. Nur hatte man sich verabredet, einmal wöchentlich gegen ein Uhr bei Athos zusammenzukommen, weil dieser seinem Schwur getreu nicht mehr über seine Türschwelle ging.

Gerade der Tag, an dem Ketty d'Artagnan aufgesucht hatte, war auch der Tag der Zusammenkunft. Kaum hatte Ketty das Haus verlassen, als d'Artagnan in die Rue Férou ging.

Er fand Athos und Aramis, die philosophierten. Aramis war bald willens, zu der Soutane zurückzukehren. Athos riet ihm, seiner Gewohnheit gemäß, weder ab, noch ermutigte er ihn dazu. Athos war dafür, jedem seinen freien Willen zu lassen. Er gab nur Ratschläge, die man von ihm forderte, und man mußte sie zweimal fordern.

„Im allgemeinen fordert man Ratschläge nur", sagte er, „um sie nicht zu befolgen, oder wenn man sie befolgt, um jemand zu haben, dem man einen Vorwurf daraus machen kann, daß er sie gegeben hat."

Porthos kam einen Augenblick nach d'Artagnan. Die Versammlung der vier Freunde war also vollzählig.

Die vier Gesichter drückten vier verschiedene Gefühle aus: das von Porthos Ruhe, das von d'Artagnan Hoffnung, das von Aramis Unruhe, das von Athos Sorglosigkeit.

Nach einem kurzen Gespräch, bei dem Porthos durchblicken ließ, eine sehr hochgestellte Person habe es gütigst übernommen, ihn aus der Verlegenheit zu ziehen, trat Mousqueton ein. Er bat Porthos, in seine Wohnung zu kommen, wo, wie er mit sehr kläglicher Miene sagte, seine Gegenwart dringend notwendig sei.

„Betrifft es meine Equipierung?" fragte Porthos. - „Ja und nein", antwortete Mousqueton. - „Aber was willst du denn?..." - „Kommt, gnädiger Herr, es scheint von Wichtigkeit zu sein!"

Porthos stand auf, grüßte seine Freunde und folgte Mousqueton.

Einen Augenblick später erschien Bazin auf der Türschwelle.

„Was willst du von mir, mein Freund?" sagte Aramis mit jener Weichheit der Sprache, die man jedesmal bei ihm bemerkte, sooft ihn seine Gedanken zur Kirche zurückführten. - „Ein Mann erwartet den gnädigen Herrn zu Hause", antwortete Bazin. - „Ein Mann! Was für ein Mann?" - „Ein Bettler." - „Gib ihm ein Almosen, Bazin, und sage ihm, er möge für einen armen Sünder beten." - „Dieser Bettler will Euch mit aller Gewalt sprechen und behauptet, Ihr würdet sehr erfreut sein, ihn zu sehen." - „Hat er nichts Besonderes für mich?" - „Allerdings. ‚Wenn Herr Aramis', sagte er, ‚zögert, mich aufzusuchen, so meldet ihm, ich käme von Tours.'" - „Von Tours? Ich gehe!" rief Aramis. „Meine Herren, ich bitte tausendmal um Vergebung, aber ohne Zweifel bringt mir dieser Mensch heißersehnte Nachrichten!" Er stand auf und entfernte sich rasch.

Es blieben noch Athos und d'Artagnan.

„Ich glaube, daß diese Spitzbuben gefunden haben, was sie brauchen. Was denkt Ihr darüber, d'Artagnan?" sagte Athos.

„Ich weiß, daß Porthos im schönsten Zug ist“, erwiderte d’Artagnan, „und in bezug auf Aramis bin ich nie ernstlich in Unruhe gewesen. Aber Ihr, mein lieber Athos, der Ihr so edelmütig die Pistolen des Engländers ausgeteilt habt, die Euch von Rechts wegen zukamen, was gedenkt Ihr zu tun?“

„Ich bin sehr froh, daß ich diesen Schurken getötet habe, da er die alberne Neugier hatte, meinen wahren Namen erfahren zu wollen. Wenn ich aber seine Pistolen eingesteckt hätte, so würden sie mich drücken wie ein Gewissensbiß.“

„Ei, ei, mein lieber Athos, Ihr habt ein wahrhaft unbegreifliches Zartgefühl.“

„Lassen wir das! Apropos, Herr von Treville, der mich gestern mit seinem Besuch beehrte, sagte mir, daß Ihr sehr häufig die verdächtigen Engländer besucht, die der Kardinal beschützt.“

„Das heißt, daß ich einer Engländerin meinen Besuch mache, von der ich mit Euch gesprochen habe.“

„Ah, ja, die blonde Frau, wegen der ich Euch Ratschläge gab, die Ihr natürlich nicht befolgt habt.“

„Ich habe Euch meine Gründe genannt. Ich bin jetzt fest überzeugt, daß diese Dame bei der Entführung der Frau Bonacieux mitgewirkt hat.“

„Ja, und ich begreife, daß Ihr, um eine Frau aufzufinden, einer anderen den Hof macht. Das ist der längste Weg, aber der unterhaltendste.“

Wir wollen die beiden Freunde, die sich nichts Wichtiges zu sagen hatten, verlassen, um Aramis zu folgen.

Wir haben gesehen, mit welcher Geschwindigkeit der junge Mann, bei der Nachricht, daß ein Unbekannter von Tours komme, Bazin folgte, oder vielmehr ihm vorauslief.

In seiner Wohnung traf er einen Mann von kleinem Wuchs und mit gescheiten Augen, aber in Lumpen gehüllt.

„Ihr wollt mich sprechen?“ sagte der Musketier. - „Das heißt, ich will Herrn Aramis sprechen. Heißt Ihr so?“ - „Allerdings. Habt Ihr mir etwas zu übergeben?“ - „Ja, wenn Ihr mir ein gewisses gesticktes Taschentuch zeigt.“ - „Hier ist es“, sprach Aramis, indem er einen Schlüssel aus dem Brustausschnitt zog und ein kleines, mit Perlmutt eingelegtes Kistchen aus Ebenholz öffnete, „seht, hier ist es.“ - „Gut“, sprach der Bettler, „schickt Euren Bediensteten weg.“

Bazin hatte wirklich, um zu erfahren, was der Bettler von seinem Herrn wollte, gleichen Schritt mit ihm gehalten und war beinahe gleichzeitig mit ihm angekommen. Aber diese Geschwindigkeit nützte ihm nicht viel. Auf die Aufforderung des Bettlers gab ihm sein Herr ein Zeichen, sich zu entfernen, und er mußte gehorchen.

Sobald Bazin sich entfernt hatte, warf der Bettler einen raschen Blick umher, um sicherzugehen, daß ihn niemand hören oder sehen konnte, öffnete seine mit einem ledernen Gürtel nur schlecht verschlossene, zerlumpte Überweste und fing an, sein Wams oben aufzutrennen, aus dem er einen Brief hervorzog.

Aramis stieß ein Freudengeschrei bei dem Anblick des Siegels aus und öffnete mit beinahe religiöser Ehrfurcht den Brief, der folgendes enthielt:

„Lieber Freund! Das Schicksal will, daß wir noch einige Zeit getrennt sein sollen. Aber die schönen Tage der Jugend sind nicht unwiederbringlich verloren. Tut Eure Pflicht im Feld, ich tue die meine anderswo. Nehmt, was der Überbringer Euch zustellen wird. Macht den Feldzug als schöner und braver Edelmann mit und denkt an mich. Adieu, oder vielmehr auf Wiedersehen!"

Der Bettler trennte weiter auf. Er zog aus seinen schmutzigen Kleidern hundertundfünfzig Doppelpistolen hervor, die er auf dem Tisch aneinanderreihte. Dann öffnete er die Tür, grüßte und ging ab, ohne daß der erstaunte junge Mann ihm ein Wort hatte sagen können.

Aramis las den Brief noch einmal und bemerkte, daß er eine Nachschrift hatte.

„N.S. Ihr könnt dem Überbringer einen guten Empfang zuteil werden lassen. Er ist Graf und Grande von Spanien."

„Goldene Träume!" rief Aramis. „Oh, das schöne Leben! Ja, wir sind jung! Ja, wir werden noch schöne Tage haben!

Dir, meine Liebe, mein Blut, mein Dasein! Alles, alles, alles, meine schöne Geliebte!“

Und er küßte den Brief leidenschaftlich, ohne nur das Gold anzuschauen, das auf dem Tisch funkelte.

Bazin kratzte an der Tür, Aramis hatte keine Ursache mehr, ihn weiter auszuschließen und erlaubte ihm einzutreten.

Bazin blieb beim Anblick des Goldes ganz erstaunt stehen und vergaß, d'Artagnan zu melden, der aus Neugier wegen des Bettlers zu Aramis kam, nachdem er Athos verlassen hatte.

Da sich aber d'Artagnan bei Aramis keinen Zwang antat, so meldete er sich selbst, als er sah, daß ihn Bazin vergaß.

„Ah, Teufel, mein lieber Aramis", sprach d'Artagnan, „wenn das die Pflaumen sind, die man Euch von Tours schickt, so macht dem Gärtner, der sie pflanzt, mein Kompliment."

„Ihr täuscht Euch, mein Lieber", erwiderte der stets verschwiegene Aramis. „Mein Buchhändler hat mir soeben das Honorar für das Gedicht in einsilbigen Versen geschickt, das ich da unten angefangen habe."

„Ah, wirklich?" rief d'Artagnan. „Nun wohl! Euer Buchhändler ist großzügig, mein lieber Aramis. Das ist alles, was ich sagen kann."

„Wie, gnädiger Herr", rief Bazin, „ein Gedicht wird so hoch bezahlt? Das ist unglaublich! Oh, gnädiger Herr! Ihr macht alles, was Ihr wollt, Ihr könnt es noch so weit bringen wie Herr von Voiture und Herr von Benserade. Ja, das lass' ich mir gefallen. Ein Dichter ist beinahe ein Abbé. Ach, Herr Aramis, werden Sie doch Dichter, bitte!"

„Bazin, mein Freund", sagte Aramis, „ich glaube, du mischst dich in das Gespräch."

Bazin senkte den Kopf und verschwand.

„Wie?" sprach d'Artagnan lächelnd. „Ihr laßt Euch Eure Erzeugnisse mit Gold aufwiegen? Ihr seid sehr glücklich, mein Freund! Aber nehmt Euch in acht, Ihr verliert den Brief, der aus Eurer Kasacke hervorsieht und der ohne Zweifel auch von Eurem Buchhändler kommt."

Aramis errötete bis über die Ohren, schob seinen Brief tiefer und knöpfte sein Wams wieder zu.

„Mein lieber d'Artagnan", sagte er, „wir wollen, wenn es Euch recht ist, unsere Freunde aufsuchen, und da ich jetzt reich bin, heute wieder anfangen, miteinander zu dinieren, bis Ihr ebenfalls reich seid."

„Meiner Treu!" erwiderte d'Artagnan, „mit großem Vergnügen. Wir haben seit geraumer Zeit kein anständiges Mittagsmahl mehr eingenommen, und da ich meinerseits heute abend ein etwas gewagtes Unternehmen auszuführen habe, so wäre es mir, ehrlich gestanden, nicht unangenehm, mir den Kopf mit einigen Flaschen altem Burgunder warm zu machen."

„Mir recht, alter Burgunder, ich hasse ihn auch nicht." sprach Aramis, dem der Anblick des Goldes die Gedanken an Zurückgezogenheit vertrieben hatte.

Er steckte drei oder vier Doppelpistolen in seine Tasche, um den Bedürfnissen des Augenblicks zu genügen, und schloß die übrigen in das Kästchen aus Ebenholz, worin das bereits bekannte Taschentuch lag.

Die beiden Freunde begaben sich zuerst zu Athos, der es, getreu seinem Schwur, nicht auszugehen, übernahm, das Mittagessen in seine Wohnung bringen zu lassen. Da er sich sehr gut auf die Gastronomie verstand, so machten d'Artagnan und Aramis keine Schwierigkeit, ihm diese wichtige Sorge zu überlassen.

Sie waren auf dem Weg zu Porthos, als sie an der Ecke der Rue du Bac Mousqueton begegneten, der mit kläglicher Miene ein Maultier und ein Pferd vor sich her trieb.

D'Artagnan stieß einen Schrei des Erstaunens aus, dem es nicht an einer Beimischung von Freude fehlte.

„Ah, mein gelbes Pferd!" rief er. „Aramis, seht dieses Pferd an!"

„Oh, die abscheuliche Mähre!" sagte Aramis.

„Was wollt Ihr, mein Lieber", versetzte d'Artagnan, „das ist das Pferd, auf dem ich nach Paris gekommen bin."

„Wie, der gnädige Herr kennt dieses Pferd", sprach Mousqueton.

„Es hat eine ganz originelle Farbe“, rief Aramis, „es ist das einzige, das ich mit einem solchen Fell gesehen habe.“

„Ich glaube wohl!“ sagte d'Artagnan, „ich habe es auch um drei Taler verkauft, und das muß des Fells wegen gewesen sein, denn das Gerippe ist sicherlich keine achtzehn Livres wert. Aber wie kommt dieses Pferd in deine Hände, Mousqueton?“

„Oh, redet nicht davon, gnädiger Herr“, erwiderte der Bedienstete, „das ist ein abscheulicher Streich vom Gemahl unserer Herzogin.“

„Wieso, Mousqueton?“

„Ja, wir sind sehr wohl gelitten bei einer Frau von hohem Stand, bei der Herzogin von ... Doch entschuldigt, mein Herr hat mir Verschwiegenheit empfohlen. Sie hatte uns genötigt, ein kleines Andenken, ein spanisches Roß und ein andalusisches Maultier, anzunehmen, und beide waren herrlich. Der Gemahl aber erfuhr die Sache, beschlagnahmte unterwegs die prächtigen Tiere, die man uns schickte, und vertauschte sie mit diesen abscheulichen Bestien.“

„Die du ihm zurückbringst?“

„Natürlich“, antwortete Mousqueton. „Ihr begreift, daß wir solche Tiere nicht annehmen können.“

„Nein, bei Gott! Obwohl ich Porthos gern auf meinem gelben Pferd gesehen hätte. Das hätte mir einen Begriff davon gegeben, wie ich aussah, als ich nach Paris kam. Aber wir wollen dich nicht aufhalten, Mousqueton, geh und besorge den Auftrag deines Herrn. Ist er zu Hause?“

„Ja, gnädiger Herr, aber in sehr verdrießlicher Stimmung“, sprach Mousqueton.

Und er setzte seinen Weg zum Quai des Grands-Augustins fort, während die beiden Freunde an der Tür des unglücklichen Porthos läuteten. Dieser hatte sie durch den Hof kommen sehen und war nicht willens zu öffnen.

Mousqueton aber trieb seine zwei Mähren vor sich her über den Pont Neuf und erreichte die Rue aux Ours. Hier angelangt, band er, auf Befehl seines Herrn, Pferd und Maultier an den Türklopfer des Prokurators und kehrte sodann, ohne sich um ihr weiteres Schicksal zu kümmern, zu seinem Herrn zurück, um diesem zu melden, daß sein Auftrag ausgeführt sei.

Nach einiger Zeit machten die unglücklichen Tiere, die seit dem Morgen nichts gefressen hatten, dadurch, daß sie den Klopfer aufhoben und wieder fallen ließen, einen solchen Lärm, daß der Prokurator seinem Laufburschen befahl, sich in der Nachbarschaft zu erkundigen, wem das Pferd und das Maultier gehörten.

Madame Coquenard erkannte ihr Geschenk und konnte anfangs diese Zurücksendung gar nicht begreifen. Bald aber bekam sie Licht durch den Besuch des Musketiers. Der Zorn, der in seinen Augen funkelte, obwohl er versuchte, sich zurückzuhalten, erschreckte die empfindsame Liebende. Mousqueton hatte seinem Herrn wirklich nicht verborgen, daß er d'Artagnan und Aramis begegnet war und daß d'Artagnan in dem gelben Pferd die Bearner Mähre erkannt, auf der er nach Paris gekommen war und die er dann für drei Taler verkauft hatte.

Porthos entfernte sich, nachdem er der Prokuratorin im Kloster Saint-Magloire Rendezvous gegeben hatte. Als der Prokurator Porthos gehen sah, lud er ihn zum Mittagessen ein, der Musketier aber schlug diese Einladung mit einer majestätischen Miene aus.

Madame Coquenard begab sich zitternd ins Kloster von Saint-Magloire, denn sie ahnte die Vorwürfe, die auf sie warteten, aber sie wurde durch Porthos' großartiges Auftreten vollständig gebannt.

Alles, was ein in seiner Eitelkeit verletzter Mensch von Verwünschungen und Vorwürfen auf das Haupt einer Frau herabströmen lassen kann, ließ Porthos auf das gebeugte Haupt der Prokuratorin strömen.

„Ach, ich glaubte äußerst klug zu Werk zu gehen", sagte sie. „Einer von unseren Kunden ist Pferdehändler. Er war dem Geschäft Geld schuldig und zeigte sich hartnäckig. Ich nahm das Maultier und das Pferd für das, was wir von ihm zu fordern hatten. Er versprach mir zwei königliche Tiere."

„Nun, Madame", erwiderte Porthos, „wenn er Euch mehr als fünf Taler schuldig war, so ist Euer Pferdehändler ein Dieb."

„Es ist nicht verboten, den Vorteil zu suchen, Herr Porthos", entgegnete die Prokuratorsfrau, sich entschuldigend.

„Nein, Madame, aber diejenigen, die das Vorteilhafte suchen, müssen anderen erlauben, sich nach edelmütigen Freunden umzusehen."

Hierauf drehte er sich um und machte einen Schritt, um sich zu entfernen.

„Herr Porthos! Herr Porthos!" rief die Prokuratorin, „ich habe unrecht, ich erkenne es. Ich hätte nicht feilschen sollen, da es sich darum handelte, einen Kavalier, wie Ihr seid, zu equipieren."

Porthos machte einen zweiten Schritt zum Rückzug.

Die Prokuratorin glaubte ihn in einer glänzenden Wolke zu erblicken, umgeben von lauter Herzoginnen und Marquisen, die ihm Säcke voll Gold vor die Füße warfen.

„Bleibt doch, um Himmels willen, Herr Porthos!" rief sie, „bleibt und laßt mit Euch sprechen." - „Mit Euch sprechen bringt mir Unglück", entgegnete Porthos. - „Sagt mir doch, was wünscht Ihr?" - „Nichts, denn das kommt gerade auf dasselbe heraus, als wenn ich etwas wünschen würde."

Die Prokuratorin hing sich Porthos an den Arm und rief in überströmendem Schmerz:

„Herr Porthos, ich bin unwissend in allen diesen Dingen. Weiß ich, was ein Pferd ist! Weiß ich, was Equipierung heißt?“ - „Dann müßt Ihr Euch an mich halten, der ich mich darauf verstehe. Ihr aber wollt sparen und folglich auf Wucher leihen.“ - „Das war unrecht von mir, Herr Porthos, und ich werde es auf mein Ehrenwort wiedergutmachen.“ - „Und wie dies?“ fragte der Musketier. - „Hört. Heute abend geht Coquenard zum Herzog von Chaulnes, der ihn hat rufen lassen. Es findet eine Beratung statt, die wenigstens zwei Stunden dauert. Kommt zu mir, wir werden allein sein und unsere Angelegenheit ordnen.“ - „Gut. Das nenne ich vernünftig sprechen, meine Liebe.“ - „Ihr verzeiht mir?“ - „Wir werden sehen“, erwiderte Porthos majestätisch.

Und sie trennten sich nach wiederholtem: „Heute abend also.“

„Teufel!“ dachte Porthos auf dem Rückweg, „es scheint, ich komme dem Geldkasten des Herrn Coquenard immer näher.“

35. Kapitel

In der Nacht sind alle Katzen grau

Der so ungeduldig von Porthos und von d'Artagnan erwartete Abend kam.

D'Artagnan fand sich wie üblich gegen neun Uhr bei Mylady ein. Er traf sie in der angenehmsten Laune, nie hatte sie ihn so gut empfangen. Unser Gascogner sah auf den ersten Blick, daß Ketty ihrer Herrin das vermeintliche Billett des Grafen von Wardes zugestellt hatte und daß dieses Billett seine Wirkung hervorbrachte.

Ketty trat ein, um gekühlte Getränke zu reichen. Ihre Herrin machte die freundlichste Miene, lächelte ihr auf das anmutigste zu; aber die Arme war so traurig über die Anwesenheit d'Artagnans bei Mylady, daß sie das Wohlwollen der letzteren gar nicht wahrnahm.

D'Artagnan schaute die beiden Frauen an und mußte gestehen, daß sich die Natur bei ihrer Bildung geirrt hatte. Der vornehmen Dame hatte sie eine feige, treulose Seele, der Zofe ein liebendes, treues Herz gegeben.

Um zehn Uhr schien Mylady unruhig zu werden. D'Artagnan erriet ihre Gedanken gut. Sie schaute auf die Uhr, erhob sich, setzte sich wieder und lächelte d'Artagnan mit einer Miene zu, als wollte sie sagen: „Ihr seid allerdings liebenswürdig, aber Ihr wärt reizend, wenn Ihr gehen würdet."

D'Artagnan stand auf und nahm seinen Hut. Mylady gab ihm die Hand zum Kuß. Der junge Mann fühlte, daß sie ihm die Hand drückte, und begriff, daß er diese Gunst einem Gefühl, nicht der Koketterie, sondern der Dankbarkeit für seinen Aufbruch verdankte.

„Sie liebt ihn wahnsinnig!" murmelte er.

Diesmal erwartete ihn Ketty weder im Vorzimmer noch auf dem Flur, noch im Torweg. D'Artagnan mußte ganz allein die Treppe und das kleine Zimmer finden.

Ketty hatte an einem Tisch sitzend das Gesicht in den Händen verborgen und weinte.

Sie hörte d'Artagnan eintreten, aber sie hob den Kopf nicht. Der junge Mann näherte sich ihr und nahm sie bei der Hand. Da brach sie in Schluchzen aus.

Mylady hatte, wie d'Artagnan voraussetzte, als sie den Brief erhielt, den sie für eine Antwort des Grafen von Wardes hielt, im Übermaß der Freude der Zofe alles gesagt und ihr als Belohnung für die Art und Weise, wie sie ihren Auftrag erfüllte, eine Börse voller Goldstücke geschenkt.

In ihr Zimmer zurückkehrend, hatte Ketty die Börse in die Ecke geworfen, wo sie neben drei oder vier Goldstükken, die herausgefallen waren, offen liegenblieb.

Bei d'Artagnans Liebkosungen schaute das arme Mädchen endlich empor. D'Artagnan erschrak über die Veränderung ihrer Gesichtszüge. Sie faltete die Hände mit flehender Miene, ohne daß sie ein Wort sprechen konnte.

So wenig empfindsam das Herz d'Artagnans war, so fühlte er sich doch gerührt durch diesen stummen Schmerz. Er hing aber zu fest an seinen Plänen und besonders an diesem, als daß er es hätte über sich bringen können, etwas an dem Programm zu ändern, das er gemacht hatte. Er ließ Ketty keine Hoffnung, das von ihm beschlossene kecke Unternehmen zu verhindern. Nur stellte er es ihr als das dar, was es in Wirklichkeit war, das heißt: als eine einfache Rache für die Koketterie Myladys und als das einzige Mittel, von ihr die gewünschte Auskunft über Madame Bonacieux dadurch zu erlangen, daß er sie durch Furcht vor einem Skandal beherrschen würde.

Dieser Plan war um so leichter ausführbar, als Mylady, ohne Zweifel, um ihrem Liebhaber ihr Erröten zu verbergen, Ketty den Befehl gegeben hatte, alle Lichter in ihrem Zimmer und die im Zimmer der Zofe auszulöschen. Vor Tagesanbruch sollte Wardes fortgehen, stets im Dunkeln.

Bald hörte man Mylady, die in ihr Gemach zurückkehrte. D'Artagnan stürzte gleich in den Schrank. Kaum war er hineingeschlüpft, als die Glocke ertönte.

Ketty ging zu ihrer Herrin und ließ die Tür diesmal nicht offen, aber die Scheidewand war so dünn, daß man beinahe alles hörte, was zwischen den beiden Frauen gesprochen wurde.

Mylady schien trunken vor Freude. Sie ließ sich von Ketty die geringsten Einzelheiten der angeblichen Zusammenkunft der Kammerjungfer mit dem Grafen von Wardes wiederholen - wie er ihren Brief empfangen, wie er geantwortet, welchen Ausdruck sein Gesicht gezeigt habe, ob er sehr verliebt schien. Auf all diese Fragen antwortete die arme Ketty, die sich keine Blöße geben durfte, mit erstickter Stimme, deren schmerzlichen Ton ihre Herrin nicht einmal bemerkte - so selbstsüchtig ist das Glück.

Als endlich die Stunde nahte, wo der Graf von Wardes erscheinen sollte, ließ Mylady in der Tat alle Lichter auslöschen und hieß Ketty, in ihr Zimmer zurückzukehren und den Grafen von Wardes bei ihr einzuführen, sobald er sich zeigen würde.

Ketty hatte nicht lange zu warten. Kaum hatte d'Artagnan durch das Schlüsselloch seines Schranks gesehen, daß das ganze Zimmer in Finsternis gehüllt war, so sprang er in dem Augenblick, wo Ketty die Verbindungstür wieder schloß, aus seinem Versteck hervor.

„Was soll dieses Geräusch bedeuten?" fragte Mylady.

„Ich bin es", sagte d'Artagnan mit gedämpfter Stimme, „ich, Graf von Wardes."

„Oh, mein Gott!" murmelte Ketty, „er konnte nicht einmal die Stunde abwarten, die er selbst festgesetzt hatte."

„Nun", sprach Mylady mit zitternder Stimme, „warum tritt er nicht ein? Graf, Graf, Ihr wißt, daß ich Euch erwarte."

Auf diesen Ruf schob d'Artagnan Ketty sacht beiseite und eilte in Myladys Zimmer.

Müssen Wut und Schmerz eine Seele foltern, so ist dies im höchsten Grad bei einem Liebenden der Fall, der unter einem Namen, der nicht ihm gehört, Liebesbeteuerungen empfängt, die seinem glücklichen Nebenbuhler gelten.

D'Artagnan befand sich in einer peinvollen Lage, die er nicht vorhergesehen hatte. Die Eifersucht marterte sein Herz. Er litt beinahe so sehr wie die arme Ketty, die jetzt im anstoßenden Zimmer weinte.

„Ja, Graf", sagte Mylady mit ihrer zartesten Stimme und drückte dabei eine seiner Hände, „ja, ich bin glücklich durch die Liebe, die mir Eure Blicke und Eure Worte ausdrückten. Aber ich liebe Euch auch. Morgen, morgen will ich irgendein Pfand von Euch, das beweisen soll, daß Ihr an mich denkt, und da Ihr mich vergessen könntet, so nehmt."

Jetzt zog sie einen Ring vom Finger und steckte ihn d'Artagnan an.

Es war ein prächtiger Saphir, von Brillanten umgeben.

Die erste Regung d'Artagnans war, ihr diesen zurückzugeben, Mylady aber fügte bei:

„Nein, nein, behaltet diesen Ring, mir zuliebe. Überdies leistet Ihr mir, indem Ihr ihn annehmt", setzte sie mit bewegter Stimme hinzu, „einen größeren Dienst, als Ihr Euch vorstellen könnt."

„Diese Frau ist doch voller Geheimnisse", dachte d'Artagnan.

In diesem Augenblick fühlte er sich geneigt, alles zu enthüllen. Er öffnete den Mund, um Mylady zu sagen, wer er sei und welcher Racheplan ihn herbeiführt. Sie aber fügte hinzu:

„Armer Engel, den dieses Ungeheuer von einem Gascogner beinahe getötet hätte!"

Das Ungeheuer war er.

„Oh", fuhr Mylady fort, „habt Ihr noch an Euren Wunden zu leiden?" - „Ja, viel", erwiderte d'Artagnan, der nicht wußte, was er sagen sollte. - „Seid ruhig", antwortete Mylady in einem für ihren Zuhörer wenig beruhigenden Ton, „ich werde Euch rächen, grausam rächen!" - „Teufel!" sprach d'Artagnan zu sich selbst, „der Augenblick der Enthüllung ist noch nicht gekommen."

D'Artagnan brauchte etwas Zeit, um sich von diesem kleinen Zwiegespräch zu erholen. Alle rachsüchtigen Gedanken, die er mitgebracht hatte, waren völlig verschwunden. Diese Frau übte eine unglaubliche Macht über ihn aus. Er haßte sie und betete sie gleichzeitig an. Er hatte nie geglaubt, daß zwei so entgegengesetzte Gefühle in einem Herzen wohnen und in ihrer Vereinigung eine seltsame, fast teuflische Liebe bilden könnten.

Es hatte aber indessen ein Uhr geschlagen. Man mußte sich trennen. In dem Augenblick, wo d'Artagnan Mylady verließ, fühlte er nur ein lebhaftes Bedauern, sich von ihr entfernen zu müssen, und bei dem leidenschaftlichen Lebewohl wurde eine neue Zusammenkunft für die nächste Woche verabredet.

Die arme Ketty hoffte einige Worte mit d'Artagnan sprechen zu können, wenn er durch ihr Zimmer gehen würde. Mylady aber geleitete ihn selbst in der Dunkelheit hinunter und verließ ihn erst auf der Treppe.

Am nächsten Morgen ging d'Artagnan zu Athos. Er war in ein so seltsames Abenteuer verwickelt, daß er ihn um seinen Rat bitten wollte, und erzählte ihm deshalb alles, was vorgefallen war. Athos runzelte wiederholt die Stirn.

„Eure Mylady", sprach er, „scheint mir ein heilloses Geschöpf zu sein. Aber es war darum von Euch nicht minder unrecht, sie zu täuschen, und Ihr habt nun auf die eine oder auf die andere Weise eine Feindin auf dem Hals."

Während Athos sprach, schaute er die ganze Zeit den mit Diamanten umgebenen Saphir an, der an d'Artagnans

Finger die Stelle des Rings der Königin eingenommen hatte, der sorgfältig in einem Kästchen verschlossen worden war.

„Ihr schaut diesen Ring an", sagte der Gascogner, stolz darauf, vor den Blicken des Freundes ein so reiches Geschenk glänzen lassen zu können.

„Ja", sagte Athos, „er erinnert mich an ein Familienjuwel." „Der Ring ist schön, nicht wahr?" sprach d'Artagnan.

„Herrlich!" antwortete Athos, „ich glaubte nicht, daß zwei so klassische Saphire gleicher Art vorhanden wären. Habt Ihr ihn gegen Euren Diamanten eingetauscht?"

„Nein", sagte d'Artagnan, „es ist ein Geschenk von meiner schönen Engländerin oder vielmehr von meiner schönen Französin, denn obwohl ich sie nicht darüber befragt habe, bin ich doch überzeugt, daß sie in Frankreich geboren ist."

„Dieser Ring ist Euch von Mylady zugekommen?" rief Athos mit einer Stimme, in der sich leicht eine große Gemütsbewegung erkennen ließ.

„Von ihr selbst, sie hat ihn mir heute nacht gegeben."

„Zeigt mir den Ring", sprach Athos.

„Hier ist er", antwortete d'Artagnan und zog ihn vom Finger ab.

Athos betrachtete ihn und wurde sehr bleich. Dann probierte er ihn an dem Ringfinger seiner linken Hand. Er paßte so gut an diesen Finger, als ob er dafür gemacht worden wäre.

Eine Wolke des Zorns und der Rache zog über die gewöhnlich so ruhige Stirn des Edelmanns.

„Es kann unmöglich derselbe sein", sprach er. „Wie sollte dieser Ring in die Hände von Mylady Clarik gekommen sein! Und doch läßt sich kaum zwischen zwei Juwelen eine solche Ähnlichkeit denken!"

„Kennt Ihr diesen Ring?" fragte d'Artagnan.

„Ich glaubte ihn zu kennen", erwiderte Athos, „aber ich täusche mich anscheinend."

Er gab d'Artagnan den Ring zurück, schaute ihn aber die ganze Zeit an.

„Ich bitte Euch!" sprach er nach einem Augenblick, „ich bitte Euch, d'Artagnan, nehmt diesen Ring von Eurem Finger oder dreht den Saphir nach innen. Er ruft so schreckliche Erinnerungen in mir wach, daß ich nicht die nötige Besinnung hätte, um mit Euch zu plaudern. Wollt Ihr nicht

Rat von mir haben? Sagt Ihr mir nicht, Ihr seid in Verlegenheit, was Ihr tun sollt? Aber halt, gebt mir diesen Ring zurück. Der, von dem ich sprechen wollte, muß an einer Seite des Steins infolge eines Unfalls geritzt sein."

D'Artagnan zog den Ring vom Finger und gab ihn Athos.

Athos bebte: „Seht", sprach er, „seht! Ist das nicht seltsam!"

Und er zeigte d'Artagnan die Schramme, an die er sich erinnerte.

„Aber von wem hattet Ihr diesen Saphir, Athos?"

„Von meiner Mutter, die ihn von meiner Großmutter erbte. Wie ich Euch sage, es ist ein altes Juwel, das nie aus Familienhänden kommen sollte."

„Und Ihr habt es verkauft?" fragte d'Artagnan zögernd.

„Nein", antwortete Athos mit seltsamem Lächeln. „Ich habe es während einer Liebesstunde verschenkt, wie es an Euch verschenkt worden ist."

D'Artagnan wurde ebenfalls nachdenklich. Es kam ihm vor, als erblicke er in Myladys Leben Abgründe.

Er steckte den Ring nicht an seinen Finger, sondern in die Tasche.

„Hört", sprach Athos und faßte ihn bei der Hand, „Ihr wißt, daß ich Euch liebe, d'Artagnan. Hätte ich einen Sohn, ich könnte ihn nicht mehr lieben als Euch. Nun, glaubt mir, verzichtet auf diese Frau. Ich kenne sie nicht, aber etwas wie eine innere Stimme sagt mir, daß sie ein verdorbenes Geschöpf ist und daß etwas Unseliges an ihr sein muß."

„Und Ihr habt recht", sprach d'Artagnan, „glaubt mir, ich trenne mich von ihr. Ich gestehe Euch, auch mich erfüllt diese Frau mit Schrecken."

„Werdet Ihr den Mut haben?" sagte Athos.

„Ich werde ihn haben", antwortete d'Artagnan, „und zwar in diesem Augenblick."

„Wohlan, mein junger Freund, Ihr habt recht“, sprach der Edelmann und drückte dem Gascogner mit väterlicher Zuneigung die Hand. „Gott gebe, daß diese Frau, die kaum in Euer Leben eingetreten ist, keine traurige Spur darin zurücklassen möge.“

Und Athos nickte d'Artagnan zu wie ein Mensch, der zu verstehen geben will, daß es ihm nicht unangenehm wäre, mit seinen Gedanken allein bleiben zu können.

Als d'Artagnan in seine Wohnung zurückkehrte, fand er Ketty, die auf ihn wartete. Ein Monat Fieber hätte das arme Kind nicht mehr verändert, als dies durch eine Stunde der Eifersucht und des Schmerzes geschehen war.

Sie wurde von ihrer Herrin zum Grafen von Wardes geschickt. Ihre Herrin war toll vor Liebe, trunken vor Freude. Sie wollte wissen, wann der Graf ihr eine zweite Nacht schenken würde.

Bleich und zitternd sah die arme Ketty der Antwort d'Artagnans entgegen.

Athos übte einen großen Einfluß auf diesen jungen Mann aus. Der Rat seines Freundes hatte ihn, in Verbindung mit den Gefühlen seines eigenen Herzens und der Erinnerung an Madame Bonacieux, die ihn nur selten verließ, in dem Entschluß gefestigt, jetzt, da sein Stolz gerettet und seine Rache befriedigt war, Mylady nicht wiederzusehen. Statt einer Antwort nahm er eine Feder und schrieb folgenden Brief:

„Rechnet nicht auf mich, Madame. Seit meiner Wiederherstellung habe ich so viel Beschäftigungen dieser Art, daß ich eine gewisse Ordnung in die Sache bringen mußte. Kommt die Reihe an Euch, so werde ich die Ehre haben, Euch davon in Kenntnis zu setzen. Ich küsse Euch die Hände.

Graf von Wardes“

Von dem Saphir kein Wort. Wollte ihn der Gascogner als Waffe gegen Mylady behalten? Oder vielmehr, aufrichtiger gesagt: Bewahrte er diesen Saphir nicht als letzte Hilfsquelle für die Equipierung?

Man hätte übrigens unrecht, die Handlungen einer Epoche aus dem Gesichtspunkt einer anderen zu betrachten. Was man heute als eine Schmach für einen Mann von Welt halten würde, war in jener Zeit etwas ganz Einfaches und Natürliches, und die jüngeren Söhne der besten Familien ließen sich allgemein von ihren Mätressen aushalten.

D'Artagnan gab den Brief Ketty unverschlossen. Sie las ihn anfangs, ohne ihn zu verstehen, und wäre beinahe wahnsinnig geworden, als sie ihn zum zweitenmal las.

Ketty konnte nicht an dieses Glück glauben. D'Artagnan war gezwungen, ihr mündlich die Versicherung zu wiederholen, die ihr der Brief schriftlich gab. Wie groß auch die Gefahr war, die die Arme bei Myladys heftigem Wesen lief, wenn sie dieses Billett ihrer Herrin aushändigte, so ging sie doch so rasch, als sie konnte, nach der Place Royale zurück.

Das Herz der besten Frau ist gefühllos gegen die Schmerzen einer Nebenbuhlerin.

Mylady öffnete den Brief mit derselben Eile, mit der ihn Ketty gebracht hatte. Aber bei den ersten Worten, die sie las, wurde sie leichenblaß, dann zerknitterte sie das Papier und wandte sich mit einem Blitz in den Augen an Ketty.

„Was soll dieser Brief?" sprach sie.

„Es ist die Antwort auf den der gnädigen Frau", erwiderte Ketty zitternd.

„Unmöglich!" versetzte Mylady, „unmöglich kann ein Edelmann an eine Frau solches geschrieben haben."

Dann rief sie plötzlich:

„Mein Gott! Sollte er wissen ... "

Sie knirschte mit den Zähnen, ihr Gesicht war leichenblaß. Sie wollte einen Schritt zum Fenster machen, um Luft zu schöpfen. Aber sie konnte nur den Arm ausstrecken, die Kraft versagte ihr, und sie sank auf einen Stuhl zurück.

Ketty glaubte, sie fühlte sich unwohl, und eilte zu ihr, um das Korsett zu öffnen. Mylady aber sprang auf und rief:

„Was willst du? Warum legst du Hand an mich?“

„Ich glaubte, Mylady befände sich unwohl und wollte ihr Hilfe leisten“, antwortete die Zofe, ganz erschrocken über den furchtbaren Ausdruck, den das Gesicht ihrer Herrin angenommen hatte.

„Ich mich unwohl befinden! Hältst du mich für ein schwaches Weib? Soll ich krank werden, wenn man mich beleidigt? Nein, ich räche mich, verstehst du?“

Und sie gab Ketty ein Zeichen, sich zu entfernen.

36. Kapitel

Ein Rachetraum

Am Abend gab Mylady Befehl, Herrn d'Artagnan einzuführen, sobald er kommen würde. Aber er kam nicht.

Am anderen Tag besuchte Ketty den jungen Mann wieder und erzählte ihm alles, was am Abend vorgefallen war. D'Artagnan lächelte. Dieser eifersüchtige Zorn Myladys war seine Rache.

Am zweiten Abend war Mylady noch ungeduldiger als tags zuvor. Sie erneuerte den Befehl in bezug auf den Gascogner, aber sie wartete vergeblich, wie am Tag vorher. Am nächsten Morgen erschien Ketty wieder bei d'Artagnan, nicht heiterer als an den zwei vorhergehenden Tagen, sondern im Gegenteil zum Sterben traurig.

D'Artagnan fragte das arme Mädchen, was ihr fehle. Sie aber zog statt jeder Antwort einen Brief aus der Tasche und händigte ihm diesen aus.

Dieser Brief war von der Hand Myladys, nur mit dem Unterschied, daß er diesmal wirklich für d'Artagnan und nicht für Herrn von Wardes bestimmt war.

Er öffnete und las folgendes:

„Lieber Herr d'Artagnan, es ist nicht schön, seine Freunde zu vernachlässigen, besonders in dem Augenblick, wo man sie für lange Zeit zu verlassen im Begriff ist. Mein Schwager und ich haben Euch gestern und vorgestern vergebens erwartet. Wird dies heute abend ebenso sein? Eure dankbare Lady Winter"

„Das ist ganz einfach", sprach d'Artagnan. „Ich erwartete diesen Brief. Mein Kredit steigt durch das Sinken des Grafen von Wardes."

„Werdet Ihr gehen?" fragte Ketty.

„Höre, mein liebes Kind", sagte der Gascogner, der sich in seinen eigenen Augen darüber zu entschuldigen suchte, daß er von dem Versprechen, das er Athos geleistet hatte, abgehen wollte, „du begreifst, daß es unpolitisch wäre, einer so bestimmten Einladung nicht Folge zu leisten. Würde Mylady mich nicht zurückkommen sehen, so dürfte sie das Abbrechen meiner Besuche nicht begreifen. Sie könnte dann irgend etwas vermuten, und wer weiß, wie weit die Rache einer Frau von diesem Schlag gehen könnte?"

„Oh, mein Gott!" sprach Ketty, „Ihr stellt die Dinge so dar, daß Ihr immer recht habt. Aber Ihr werdet ihr den Hof machen, und wenn Ihr Mylady diesmal unter Eurem richtigen Namen und mit Eurem wahren Gesicht gefallen würdet, so wäre es noch schlimmer als das erste Mal."

Der Instinkt ließ das arme Mädchen einen Teil von dem, was da kommen sollte, ahnen.

D'Artagnan suchte sie so gut als möglich zu beruhigen und versprach ihr, unempfindlich gegen Myladys Verführungen zu bleiben.

Er ließ darauf Mylady antworten, er sei äußerst dankbar für ihre Güte und werde ihrem Befehl gehorchen. Er wagte es aber nicht, ihr zu schreiben, weil er für so geübte Augen, wie die von Mylady, seine Handschrift nicht gehörig verstellen zu können fürchtete.

Schlag neun Uhr war d'Artagnan auf der Place Royale. Die Bediensteten, die im Vorzimmer warteten, waren offenbar von seinem Erscheinen in Kenntnis gesetzt, denn sobald er kam, sogar ehe er gefragt hatte, ob Mylady zu sprechen sei, lief einer von ihnen fort, um ihn zu melden.

„Laßt ihn eintreten", sprach Mylady mit schneller, aber so durchdringender Stimme, daß d'Artagnan es im Vorzimmer hörte.

Man führte ihn ein.

„Ich bin für niemand zu Hause", sprach Mylady, „verstehst du, für niemand."

Der Lakai entfernte sich.

D'Artagnan warf einen neugierigen Blick auf Mylady. Sie war bleich und hatte matte Augen; ob dies nun von Tränen oder von Schlaflosigkeit herrührte? Man hatte absichtlich die gewöhnliche Anzahl der Lichter vermindert, und dennoch gelang es der jungen Frau nicht, die Spuren des Fiebers zu verbergen, von dem sie seit zwei Tagen verzehrt wurde.

D'Artagnan näherte sich ihr mit seiner gewöhnlichen Höflichkeit. Sie machte eine gewaltige Anstrengung, um ihn zu empfangen, aber nie hat ein verstörteres Gesicht ein liebenswürdigeres Lächeln Lügen gestraft.

Auf die Frage über ihre Gesundheit antwortete Mylady: „Schlecht, sehr schlecht."

„Dann begehe ich eine Unbescheidenheit", sagte d'Artagnan, „Ihr braucht ohne Zweifel Ruhe, und ich entferne mich."

„Nein, im Gegenteil, bleibt, Herr d'Artagnan. Eure liebenswürdige Gesellschaft wird mich zerstreuen."

„Sie ist nie so reizend gewesen", dachte d'Artagnan. „Wir wollen ihr Trotz bieten."

Mylady nahm die liebevollste Miene an und verlieh ihrer Unterhaltung allen möglichen Reiz. Gleichzeitig aber gab das Fieber, das sie einen Augenblick verlassen hatte, ihren Augen den Glanz, ihren Wangen das Kolorit, ihren Lippen das Karminrot wieder. D'Artagnan sah wieder die Circe, die ihn bereits in ihren Zauber verstrickt hatte. Mylady lächelte, und es war d'Artagnan zumute, als könnte er für dieses Lächeln die Qualen der Hölle erleiden.

Es gab einen Augenblick, wo er etwas wie Gewissensbisse fühlte.

Nach und nach wurde Mylady mitteilsam. Sie fragte d'Artagnan, ob er eine Geliebte habe.

„Ach!" rief d'Artagnan empfindsam, „könnt Ihr so grausam sein, eine solche Frage an mich zu richten, an mich, der ich, nachdem ich Euch gesehen habe, nur für Euch, für Euch allein atme und seufze?"

Mylady lächelte sonderbar.

„Also liebt Ihr mich?" sprach sie. – „Habe ich nötig, Euch dies zu sagen? Habt Ihr es nicht selbst wahrgenommen?" – „Allerdings, aber Ihr wißt, je stolzer die Herzen sind, desto schwieriger sind sie zu erobern." – „Oh, die

Schwierigkeiten schrecken mich nicht", sprach d'Artagnan; „nur die Unmöglichkeiten können mich erschrecken." - „Nichts ist einer wahren Liebe unmöglich", sagte Mylady. - „Nichts, Madame?" - „Nichts", wiederholte Mylady. - „Teufel", dachte d'Artagnan, „die Tonart hat gewechselt. Sollte sie vielleicht verliebt in mich werden? Sollte sie geneigt sein, mir einen zweiten Saphir zu geben, dem ähnlich, den sie mir für Herrn von Wardes gegeben hat?" - „Laßt hören", sagte Mylady, „was würdet Ihr tun, um mir die Liebe zu beweisen, von der Ihr sprecht?" - „Alles, was man von mir verlangt. Befehlt, ich bin bereit." - „Zu allem?" - „Zu allem!" rief d'Artagnan, der im voraus wußte, daß er nicht viel wagte, wenn er eine solche Verpflichtung einging. - „Schön! Plaudern wir ein wenig", sprach Mylady und rückte ihren Stuhl d'Artagnan näher. - „Ich höre, gnädige Frau", sprach dieser.

Mylady blieb einen Augenblick nachdenklich und unentschieden, dann schien sie einen Entschluß zu fassen und sagte:

„Ich habe einen Feind." - „Ihr, Madame?" rief d'Artagnan, den Erstaunten spielend. „Mein Gott, ist es möglich... bei Eurer Schönheit und Güte?" - „Einen Todfeind." - „Wirklich?" - „Einen Feind, der mich so grausam beleidigt hat, daß zwischen ihm und mir ein Krieg auf Leben und Tod stattfindet. Könnte ich auf Euch als auf einen Bundesgenossen rechnen?"

D'Artagnan begriff sogleich, was das rachsüchtige Geschöpf beabsichtigte.

„Ihr könnt es", sprach er im Brustton der Überzeugung. „Mein Arm und mein Leben gehören Euch wie meine Liebe." - „Dann", sprach Mylady, „da Ihr in demselben Grad edelmütig seid, in dem Ihr liebt... " - „Nun?" fragte d'Artagnan. - „Nun!" versetzte Mylady nach kurzem Stillschweigen, „sprecht fortan nicht mehr von Unmöglichkeiten." - „Tötet mich nicht durch so viel Glück!" rief d'Artagnan, stürzte auf die Knie und bedeckte die Hände, die man ihm überließ, mit Küssen. - „Räche mich an diesem verfluchten Wardes", dachte Mylady, „und ich werde mich deiner alsbald zu entledigen wissen, doppelter Dummkopf, lebendige Degenklinge!" - „Ja, falle mir nur in die Arme, nachdem du mich so frech gehöhnt hast, heuchlerisches, gefährliches Weib", dachte d'Artagnan, „und ich verlache dich dann mit demjenigen, den du durch meine Hand töten willst."

D'Artagnan schaute empor und sagte:

„Ich bin bereit." - „Ihr habt also begriffen, lieber d'Artagnan", sprach Mylady. - „Ich würde Eure Blicke erraten." - „Ihr werdet also für mich Euren Arm gebrauchen, der sich bereits einen so hohen Ruf erworben hat?" - „Sogleich." - „Und wie werde ich Euch je für einen solchen Dienst danken können?" sprach Mylady. - „Ihr kennt die einzige Belohnung, die ich verlange", erwiderte d'Artagnan, „die einzige, die Euer und meiner würdig ist." Und damit zog er sie sanft an sich. Sie wehrte sich kaum. - „Eigennütziger!" sagte sie lächelnd. - „Ah!" rief d'Artagnan, einen Augenblick durch die Leidenschaft fortgerissen, die diese Frau in seinem Herzen entzündet hatte. „Weil mein Glück mir unwahrscheinlich vorkommt und weil ich es wie einen Traum verschwinden zu sehen fürchte, drängt es mich, es zur Wahrheit werden zu lassen." - „Wohlan, so verdient Euch dieses Glück, das Ihr verlangt." - „Ich stehe Euch zur Verfügung", sagte d'Artagnan. - „Gewiß?" rief Mylady mit einem leichten Zweifel. - „Nennt mir den Elenden, der diese schönen Augen zum Weinen gebracht hat." - „Wer sagt Euch, daß ich geweint habe?" fragte Mylady lebhaft. - „Es schien mir so ..." - „Frauen wie ich weinen nicht", versetzte Mylady. - „Desto besser! Sagt mir dann, wie er heißt." - „Bedenkt, daß sein Name mein ganzes Geheimnis ist." - „Ich muß ihn jedoch wissen." - „Ja, Ihr sollt ihn erfahren. Seht, welches Vertrauen ich in Euch setze!" - „Ihr erfüllt mich mit Freude! Wie heißt er?" - „Ihr kennt ihn." - „Wirklich?" - „Ja!" - „Es ist keiner von meinen Freunden?" sprach d'Artagnan zögernd, um seine Unwissenheit glaubhaft erscheinen zu lassen.

„Wenn es einer von Euren Freunden wäre, würdet Ihr vielleicht zögern?" rief Mylady, und ein drohender Blitz zuckte aus ihren Augen. - „Nein, und wäre es mein Bruder", sprach d'Artagnan.

Unser Gascogner beteuerte, ohne zu wagen, denn er wußte, wohin dies alles führen sollte.

„Ich liebe Eure Ergebenheit", sagte Mylady. - „Ach! liebt Ihr nur das an mir?" fragte d'Artagnan. - „Ich werde Euch das ein andermal sagen", antwortete sie und nahm ihn bei der Hand.

Dieser Händedruck machte d'Artagnan schaudern, als ob ihn das Fieber, das Mylady verzehrte, durch die Berührung ebenfalls ergriffen hätte.

„Ihr liebt mich also!" rief er. „Oh, wenn dies der Fall wäre, ich könnte den Verstand verlieren!"

Er umschlang sie mit beiden Armen, sie versuchte nicht, ihre Lippen seinem Kuß zu entziehen.

Ihre Lippen waren kalt. Es schien d'Artagnan, als hätte er eine Statue geküßt. Nichtsdestoweniger war er trunken vor Freude, und in seinem Liebesrausch glaubte er beinahe an die Zärtlichkeit Myladys, er glaubte beinahe an Wardes' Verbrechen. Wenn Wardes in diesem Augenblick dagewesen wäre, er hätte ihn getötet.

Mylady ergriff die Gelegenheit.

„Er heißt...", sprach sie. - „Wardes, ich weiß es", unterbrach d'Artagnan. - „Und woher wißt Ihr dies?" fragte Mylady, indem sie seine beiden Hände nahm und in seinen Augen bis auf den Grund seiner Seele zu lesen suchte.

D'Artagnan fühlte, daß er sich hatte hinreißen lassen und daß er einen Fehler gemacht hatte.

„Sprecht, sprecht, sprecht doch!" wiederholte Mylady. „Woher wißt Ihr es?" - „Woher ich es weiß?" sprach d'Artagnan. - „Ja." - „Ich weiß es, weil gestern Wardes in einem Salon, wo ich mich befand, einen Ring vorzeigte, von dem er behauptete, er habe ihn von Euch bekommen." - „Der Elende!" rief Mylady.

„Nun denn?...", fuhr sie fort. - „Gut, ich werde Euch also an diesem Elenden rächen", versetzte d'Artagnan und warf sich dabei in die Brust.

„Ich danke Euch, mein mutiger Freund!" rief Mylady, „und wann werde ich gerächt sein?"

„Morgen, sogleich, wann Ihr wollt."

Mylady wollte ausrufen: Sogleich! Aber sie bedachte, daß solche Eile nicht sehr freundlich d'Artagnan gegenüber wäre.

Überdies hatte sie tausenderlei Vorsichtsmaßregeln zu treffen, ihrem Verteidiger tausenderlei Ratschläge zu geben.

„Morgen", sprach d'Artagnan, „seid Ihr gerächt, oder ich bin tot." - „Nein", sagte sie, „Ihr werdet mich rächen, aber Ihr werdet nicht sterben. Er ist ein Feigling." - „Den Frauen gegenüber vielleicht, aber nicht den Männern. Ich weiß davon zu erzählen." - „Es scheint mir aber, Ihr hattet Euch bei Eurem Streit mit ihm nicht über das Glück zu beklagen." - „Das Glück ist eine Buhlerin: Heute günstig, kann es mich morgen verraten." - „Das heißt: Ihr zögert jetzt." - „Nein, ich zögere nicht, Gott soll mich bewahren. Es wäre aber billig, mich möglicherweise in den Tod zu schicken, ohne mir wenigstens etwas mehr als die bloße Hoffnung gewährt zu haben."

Mylady antwortete durch einen Blick, der auszusagen schien: Ist es nur das, so sagt doch?

Dann fügte sie dem Blick erklärende Worte hinzu und sagte: „Das ist nicht mehr als billig." - „Oh, Ihr seid ein Engel!" sagte der junge Mann. - „So ist alles abgemacht?" entgegnete sie. - „Bis auf das, was ich Euch bitte, mein Herz!" - „Aber wenn ich Euch sage, daß Ihr Euch auf meine Liebe verlassen könnt?" - „Ich habe kein Morgen, auf das ich warten könnte!" - „Still! Ich höre meinen Schwager. Er braucht Euch nicht hier zu finden."

Sie schellte. Ketty erschien.

„Geht durch diese Tür", sagte sie zu d'Artagnan und stieß dabei eine kleine verborgene Tür auf. „Kommt um elf Uhr wieder, und wir werden unsere Unterredung zu Ende führen. Ketty führt Euch dann zu mir."

Das arme Kind glaubte umzusinken, als sie diese Worte hörte.

„Nun, was macht Ihr denn, Mademoiselle, Ihr bleibt hier unbeweglich wie eine Statue? Hört, führt diesen Herrn zurück, und um elf Uhr, vergeßt es nicht."

„Es scheint, alle ihre Rendezvous finden um elf Uhr statt", dachte d'Artagnan. „Das ist eine feste Gewohnheit."

Mylady reichte ihm eine Hand, die er zärtlich küßte.

„Sachte", dachte er, sich entfernend und kaum auf die Vorwürfe Kettys antwortend, „sachte, wir wollen kein Narr sein. Offenbar ist diese Frau eine große Intrigantin. Sei auf deiner Hut, d'Artagnan!"

37. Kapitel

Myladys Geheimnis

D'Artagnan hatte das Hotel verlassen, anstatt gleich zu Ketty hinaufzugehen, um hier die Stunde seiner Verabredung mit Mylady abzuwarten, und dies aus zwei Gründen. Einmal vermied er auf diese Art die Vorwürfe, den Tadel und die Bitten des jungen Mädchens, und dann war es ihm nicht unangenehm, Zeit zu kalter Überlegung zu haben, um womöglich in die Gedanken dieser Frau einzudringen.

Am klarsten war ihm dabei, daß er sich der Gefahr aussetzte, wahnsinnig in Mylady verliebt zu werden, und daß sie ihn im Gegenteil ganz und gar nicht liebte und nie lieben würde. Einen Augenblick sah er ein, daß es das gescheiteste wäre, wenn er nach Hause zurückkehrte, einen langen Brief schriebe und gestände, er und der Graf von Wardes seien für sie bis jetzt ein und dieselbe Person. Er könne daher, wenn er sich nicht eines Selbstmords schuldig machen wolle, die Verbindlichkeit nicht übernehmen, den Grafen von Wardes zu töten, über den sie sich ihrer Behauptung nach zu beklagen habe. Aber mit der Überzeugung, daß sie ihn haßte und nur als ein willfähriges Werkzeug ihrer Rache betrachtete, das sie nach Gebrauch zerbrechen würde, kehrte auch das Verlangen, Rache zu üben, in sein Herz zurück. Er wollte diese Frau beherrschen, die mit ihm spielte und ihn als Mitschuldige an der Entführung von Madame Bonacieux in seiner reinen, aufrichtigen Liebe verletzt hatte.

Er ging, durch entgegengesetzte Gefühle in Bewegung gehalten, fünf- bis sechsmal auf der Place Royale umher

und wandte sich nach jeweils zehn Schritten zurück, um das Licht in Myladys Zimmer zu betrachten, das man durch die Jalousien erblickte. Offenbar hatte die junge Frau diesmal weniger Eile, in ihr Zimmer zurückzukehren, als das erste Mal.

Endlich erlosch das Licht.

Bei diesem Schein wich alle Unentschlossenheit aus dem Herzen d'Artagnans. Er erinnerte sich der Einzelheiten der Unterredung, die soeben zwischen Mylady und ihm stattgefunden hatte, und in einer unter solchen Umständen häufig vorkommenden raschen Wendung des Entschlusses trat er mit klopfendem Herzen und glühendem Kopf in das Hotel und stürzte in Kettys Zimmer.

Das junge Mädchen wollte, bleich wie der Tod, an allen Gliedern zitternd, d'Artagnan zurückhalten, aber Mylady mit ihren lauernden Ohren hatte das durch seinen Eintritt verursachte Geräusch vernommen, öffnete die Tür und forderte ihn auf hereinzukommen.

Das alles geschah mit einer so unglaublichen Unverschämtheit und so ungeheuerlichen Frechheit, daß d'Artagnan kaum glauben konnte, was er sah und hörte. Er glaubte von einer jener phantastischen Intrigen fortgezogen zu werden, wie sie uns im Traum erscheinen. Der Anziehungskraft weichend, die ein Magnet auf Eisen ausübt, ging er auf Mylady zu.

Die Tür schloß sich hinter ihm.

Ketty stürzte ebenfalls zur Tür.

Eifersucht, Wut, beleidigter Stolz, alle Leidenschaften, die im Herzen eines verliebten weiblichen Wesens miteinander streiten, trieben sie zu einer Enthüllung. Sie war aber verloren, wenn sie gestand, daß sie die Hände im Spiel gehabt hatte, und was mehr als alles in Betracht kam - d'Artagnan war dann für sie verloren. Dieser letzte Liebesgedanke riet ihr, noch ein Opfer zu bringen.

D'Artagnan überließ sich seinerseits ganz den Eingebungen seiner Eitelkeit. Es war nicht mehr ein Nebenbuhler, den man in ihm liebte, sondern es hatte den Anschein, als liebte man ihn selbst. Eine geheime Stimme sagte ihm wohl im Grund seines Herzens, er sei nur die Waffe, die man liebkose, bis sie den Tod gegeben habe. Der Stolz aber, die Eigenliebe, die Tollheit brachten diese Stimme zum Schweigen. Dann verglich sich der Gascogner wegen seiner bekannten Dosis an Selbstvertrauen mit dem Grafen von Wardes und fragte sich, warum man nicht am Ende ihn selbst um seiner selbst willen lieben könnte.

Durch das Blendwerk dieser Gedanken war Mylady für ihn nicht mehr das Weib mit den unseligen Absichten, die ihn einen Augenblick vorher erschreckt hatten. Sie war eine glühende und leidenschaftliche Mätresse, die sich ganz einer Liebe hingab, die sie selbst zu fühlen schien. So vergingen ungefähr zwei Stunden.

Inzwischen milderte sich das Feuer der beiden Liebenden. Mylady, die nicht dieselben Gründe zum Vergessen hatte wie d'Artagnan, kehrte zuerst wieder in die Wirklichkeit zurück und fragte den jungen Mann, ob die Maßnahmen, die am anderen Tag einen Streit zwischen ihm und dem Grafen von Wardes herbeiführen sollten, bereits in seinem Kopf geplant seien.

D'Artagnan jedoch, dessen Gedanken einen ganz anderen Gang genommen hatten, vergaß sich wie ein Narr und antwortete schmeichelnd: In ihrer Nähe, wo er sich nur dem Glück hingebe, sie zu hören und zu sehen, könne er sich unmöglich mit Duellen und Degenstößen beschäftigen.

Diese Kälte für das einzige Interesse, von dem sie in Anspruch genommen war, erschreckte Mylady, deren Fragen dringender wurden.

D'Artagnan hatte nie ernstlich an dieses Duell gedacht. Er wollte dem Gespräch eine andere Wendung geben, aber es gelang ihm nicht.

Mylady hielt die Unterredung innerhalb der Grenzen, die sie im voraus mit ihrem unwiderstehlichen Geist und mit ihrem eisernen Willen festgesetzt hatte.

D'Artagnan hielt sich nun für sehr geistreich, indem er Mylady riet, Wardes zu vergeben und auf ihre wütenden Pläne Verzicht zu leisten.

Aber bei den ersten Worten, die er sprach, nahm das Gesicht der jungen Frau einen finsteren Ausdruck an.

„Habt Ihr vielleicht Furcht, lieber d'Artagnan?" rief sie in spöttischem Ton, der in der Dunkelheit seltsam widerhallte. - „Das kann nicht Euer Ernst sein, mein teures Herz", erwiderte d'Artagnan; „aber wenn dieser arme Graf von Wardes am Ende minder schuldig wäre, als Ihr glaubt?" - „In jedem Fall", versetzte Mylady ernst, „in jedem Fall hat er mich getäuscht, und von dem Augenblick an, wo er mich getäuscht hat, verdient er den Tod." - „Er wird also sterben, da Ihr ihn verurteilt", sprach d'Artagnan so überzeugend, daß es Mylady als Ausdruck reiner Ergebenheit erschien.

Sofort näherte sie sich ihm wieder.

Wir könnten nicht sagen, wie lange für Mylady die Nacht gedauert hatte. D'Artagnan glaubte kaum zwei Stunden bei ihr zu sein, als durch die Ritzen der Jalousien der Tag eindrang und bald mit seinem matten Licht das Zimmer erfüllte.

Als Mylady nun sah, daß d'Artagnan sie verlassen wollte, erinnerte sie ihn an das Versprechen, das er ihr gegeben hatte, sie an Wardes zu rächen.

„Ja, ich bin ganz bereit", rief nun d'Artagnan in unwillkürlicher Begeisterung, „aber zuvor wünschte ich einer Sache sicher zu sein." - „Und welcher?" fragte Mylady. - „Daß Ihr mich liebt." - „Mir scheint, ich habe Euch den Beweis gegeben." - „Ja, ich bin auch Euer mit Leib und Seele." - „Ich danke, mein tapferer Geliebter. Aber ebenso, wie ich Euch meine Liebe bewiesen habe, ebenso werdet Ihr mir die Eure beweisen, nicht wahr?" - „Ganz gewiß. Aber wenn Ihr mich liebt, wie Ihr mir sagt, habt Ihr nicht ein wenig Sorge um mich?" - „Was sollte ich fürchten?" - „Daß ich gefährlich verwundet, sogar getötet würde?" - „Unmöglich!" sprach Mylady, „Ihr seid ein so tapferer

Mann, ein so geschickter Fechter!" - „Ihr würdet also ein Mittel nicht vorziehen, das Euch rächte, während der Kampf dabei überflüssig wäre?"

Mylady schaute den jungen Mann stillschweigend an. Der matte Schein des ersten Tageslichts hatte ihren klaren Augen einen seltsam düsteren Ausdruck verliehen.

„In der Tat", sprach sie, „ich glaube, Ihr zaudert schon wieder." - „Nein, ich zaudere nicht, aber es tut mir in der Seele leid um den armen Grafen von Wardes, seitdem Ihr ihn nicht mehr liebt, und es scheint mir, ein Mann muß schon durch den Verlust Eurer Liebe so grausam bestraft sein, daß er keiner anderen Züchtigung mehr bedarf." - „Wer sagt Euch, daß ich ihn geliebt habe?" fragte Mylady. - „Wenigstens darf ich jetzt ohne zu große Dünkelhaftigkeit glauben, daß Ihr einen anderen liebt", sprach der junge Mann schmeichelnd, „und ich wiederhole Euch, ich interessiere mich für den Grafen." - „Ihr?" fragte Mylady. - „Ja, ich." - „Und warum Ihr?" - „Weil ich allein weiß..." - „Was?" - „Daß er bei weitem nicht so schuldig gegen Euch ist oder war, als es scheint." - „Wirklich?" sagte Mylady mit unruhiger Miene, „erklärt mir das, denn ich weiß nicht, was Ihr damit sagen wollt."

Und sie schaute d'Artagnan, der sie in seinen Armen hielt, mit Augen an, in denen sich allmählich ein düsteres Feuer entzündete.

„Ja, ich bin ein ehrenhafter Mann", sprach d'Artagnan, entschlossen, ein Ende zu machen, „und seitdem Ihr mir Eure Liebe gestanden habt, seitdem ich ihres Besitzes sicher bin, denn nicht wahr, ich besitze sie?" - „Ganz und gar. Fahrt fort." - „Seitdem fühle ich mich verwandelt. Ein Geständnis bedrückt mich." - „Ein Geständnis?" - „Hätte ich an Eurer Liebe gezweifelt, so würde ich es nicht abgelegt haben, aber Ihr liebt mich, meine schöne Geliebte, nicht wahr, Ihr liebt mich?" - „Gewiß." - „Wenn ich mich also aus maßloser Liebe zu Euch vergangen hätte, würdet Ihr mir vergeben?" - „Vielleicht!" (D'Artagnan suchte mit seinem süßesten Lächeln seine Lippen denen Myladys zu nähern, aber diese wich ihm aus.) „Dies Geständnis", sprach sie erbleichend, „was habt Ihr mir zu gestehen?" - „Ihr hattet am vorigen Donnerstag dem Grafen von Wardes in diesem Zimmer Rendezvous gegeben, nicht wahr?" - „Ich! Nein! Das ist nicht der Fall!" sprach Mylady mit so fester Stimme und mit solcher Ruhe im Gesicht, daß d'Artagnan, wenn er nicht vollkommene Gewißheit gehabt hätte, gezweifelt haben würde. - „Lügt nicht, mein schöner Engel, es wäre unnütz", sprach d'Artagnan und zwang sich dabei zu einem Lächeln. - „Wieso? Sprecht doch! Ihr quält mich zu Tode!"

„Oh, beruhigt Euch, Ihr seid in meinen Augen nicht strafbar und ich habe Euch schon vergeben."

„Und weiter, weiter!"

„Wardes kann sich mit nichts rühmen."

„Wie das? Ihr selbst sagtet mir, daß dieser Ring... "

„Dieser Ring, mein Schatz - ist in meinen Händen. Der Graf von Wardes vom Donnerstag und d'Artagnan von heute sind ein und dieselbe Person."

Der Unkluge erwartete eine Überraschung, vermischt mit Scham, einem kleinen Sturm, der sich in Tränen auflösen würde. Er täuschte sich aber gewaltig, und sein Irrtum dauerte nicht lange.

Bleich und furchtbar erhob sich Mylady, gab d'Artagnan einen heftigen Stoß vor die Brust und sprang aus dem Bett. D'Artagnan hielt sie an ihrem dünnen Nachtgewand zurück, um ihre Vergebung zu erflehen, aber mit einer kräftigen, entschlossenen Bewegung versuchte sie zu entkommen. Da zerriß der Batist, die Schultern wurden entblößt, und auf einer dieser schönen runden weißen Schultern erblickte d'Artagnan zu seinem unaussprechlichen Schrekken die Lilie, das nie zu tilgende Mal, das die Hand des Henkers aufdrückt.

„Großer Gott!“ rief er, ließ das Nachthemd fahren und blieb stumm, unbeweglich, zu Eis geworden im Bett.

Aber Mylady fühlte sich gerade durch den Schrecken d'Artagnans verraten. Zweifellos hatte er alles gesehen. Der junge Mann kannte nun ihr Geheimnis, ein furchtbares Geheimnis, das außer ihm der ganzen Welt unbekannt war.

Sie wandte sich um, nicht mehr wie ein wütendes Weib, sondern wie eine verwundete Tigerin.

„Ha, Elender!“ sprach sie, „du hast mich schnöde verraten, und mehr noch, du bist im Besitz meines Geheimnisses! Du sollst sterben!“

Und sie lief zu einem kleinen Kästchen, das auf ihrem Toilettentisch stand, öffnete es mit fieberhaft zitternder Hand, zog einen kleinen Dolch mit goldenem Griff und dünner spitzer Klinge heraus und stand mit einem Sprung wieder vor dem halbnackten d'Artagnan.

Obwohl der junge Mann viel Mut besaß, wie wir wissen, erschrak er doch vor diesem verstörten Gesicht, diesen entsetzlich hervortretenden Augen, diesen bleichen Wangen, diesen blutigen Lippen. Er sprang hinter das Bett und wich zurück, als wäre eine Schlange auf ihn zugeschossen, fuhr instinktmäßig mit seiner in Schweiß gebadeten Hand an seinen Degen und zog ihn rasch.

Aber ohne sich durch den Anblick der blanken Klinge beirren zu lassen, sprang Mylady auf das Bett, um ihm einen Stoß zu versetzen, und ließ nicht eher nach, als bis sie die Spitze der Klinge auf ihrer Brust fühlte.

Nun versuchte sie den Degen zu fassen, aber d'Artagnan entzog ihn fortwährend ihren Griffen, streckte ihr ihn, ohne zu stoßen, bald gegen die Brust, bald gegen die Augen und versuchte, immer mehr zurückweichend, die

Tür zu erreichen, die zu Ketty führte, um durch diese seinen Rückzug zu nehmen.

Mylady drang während dieser Zeit mit furchtbarer Wut und einem wahren Löwengebrüll auf ihn ein.

Da dies jedoch am Ende wie ein Duell aussah, so beruhigte sich d'Artagnan nach und nach.

„Gut, schöne Dame, gut", sprach er; „aber ich bitte Euch um Gottes willen, besänftigt Euch, oder ich zeichne eine zweite Lilie auf diese schönen Wangen."

„Schuft, Schuft!" heulte Mylady.

Während er die Tür suchte, war d'Artagnan nur auf seine Verteidigung bedacht.

Bei dem Geräusch, das sie durch das Umwerfen der Möbel verursachten, sie, um zu ihm zu gelangen, er, um sich hinter den Möbeln vor ihr zu schützen, öffnete Ketty die Tür. D'Artagnan, der ständig manövriert hatte, um die Tür zu erreichen, war nur noch drei Schritt davon entfernt. Mit einem einzigen Sprung stürzte er sich aus dem Zimmer Myladys in das der Zofe und schloß schnell wie der Blitz die Tür wieder, gegen die er sich mit seiner ganzen Macht warf, während Ketty die Riegel vorschob.

Da versuchte Mylady den Gewölbpfeiler umzustürzen, der sie in ihr Zimmer einschloß, und zwar mit Kräften, die weit über das gewöhnliche Maß einer Frau gingen. Da sie fühlte, daß dies unmöglich war, versetzte sie der Tür Dolchstöße, von denen einige das Holz durchdrangen.

Jeder Stoß war von einer furchtbaren Verwünschung begleitet.

„Geschwind, geschwind, Ketty", sprach d'Artagnan mit leiser Stimme, „mach, daß ich aus diesem Hotel komme; denn wenn wir ihr Zeit gönnen, sich umzudrehen, läßt sie mich durch ihre Bediensteten töten."

„Aber so könnt Ihr doch nicht hinaus", sagte Ketty, „Ihr seid ja ganz nackt."

„Das ist richtig", sagte d'Artagnan, der jetzt erst bemerkte, in welchem Zustand er sich befand, „das ist richtig, gib mir Kleider, aber eilen wir, verstehst du, es handelt sich hier um Leben und Tod."

Ketty verstand nur zu gut. Rasch steckte sie ihn in ein geblümtes Kleid, gab ihm eine große Haube und ein Mäntelchen. Sie reichte ihm Pantoffeln, in die er mit seinen nackten Füßen hineinschlüpfte, und so geleitete sie ihn die Treppe hinab. Es war höchste Zeit. Mylady hatte bereits geschellt und das ganze Haus aufgeweckt. Der Portier zog in dem Augenblick die Schnur, wo Mylady, gleichfalls halbnackt, zum Fenster hinausschrie: „Öffnet nicht!"

Der junge Mann floh, während sie ihn mit einer ohnmächtigen Gebärde bedrohte. In der Sekunde, in der sie ihn aus dem Gesicht verlor, stürzte sie ohnmächtig in ihrem Zimmer zu Boden.

38. Kapitel

Wie Athos ohne die geringste Anstrengung seine Equipierung fand

D'Artagnan war so aufgeregt, daß er, ohne sich im geringsten darum zu kümmern, was aus Ketty wurde, in größter Eile die Hälfte von Paris durchlief und nicht eher anhielt, als bis er die Tür von Athos' Wohnung erreichte. Die Verwirrung seines Geistes, der Schrecken, der ihn anspornte, das Geschrei einiger Patrouillen, die ihn verfolgten, bewirkten nur, daß er seinen Lauf noch mehr beschleunigte.

Er flog durch den Hof, stieg die zwei Treppen hinauf und donnerte an die Tür, als wollte er sie sprengen.

Grimaud öffnete mit schlaftrunkenen Augen. D'Artagnan stürzte mit solcher Gewalt in das Vorzimmer, daß er ihn beinahe umgeworfen hätte.

Trotz der gewöhnlichen Stummheit Grimauds kam ihm diesmal doch die Sprache. Beim Anblick des blanken Degens, den d'Artagnan in der Hand hielt, bildete sich der arme Bursche ein, er habe es mit einem Mörder zu tun, und rief:

„Zu Hilfe! Zu Hilfe! Zu Hilfe!"

„Schweig, Unglücklicher!" sprach der junge Mann, „ich

bin d'Artagnan. Erkennst du mich nicht mehr? Wo ist dein Herr?"

„Ihr, Herr d'Artagnan?" rief Grimaud erschrocken. „Unmöglich!"

„Grimaud", sagte Athos, im Schlafrock aus seinem Zimmer tretend, „ich glaube, du erlaubst dir zu sprechen!"

„Ach, gnädiger Herr, weil ... "

„Still!"

Grimaud begnügte sich, mit dem Finger auf d'Artagnan zu deuten.

Athos brach bei all seinem Phlegma in Gelächter aus, das durch den sonderbaren Aufzug, in dem er d'Artagnan vor sich sah, wohlbegründet war: die quergesetzte Haube, der auf die Schuhe herabfallende Weiberrock, die aufgekrempelten Ärmel und der vor Aufregung starre Schnurrbart.

„Lacht nicht, mein Freund!" rief d'Artagnan, „um des Himmels willen, lacht nicht, denn bei meiner Seele sage ich Euch, es ist kein Grund zum Lachen vorhanden."

Und er sprach diese Worte mit so feierlicher Betonung und mit einem so unzweideutigen Ausdruck des Schrekkens, daß Athos ihn bei der Hand nahm und ausrief:

„Seid Ihr verwundet, mein Freund? Ihr seht sehr bleich aus." - „Nein, aber es ist mir soeben etwas Furchtbares begegnet. Seid Ihr allein, Athos?" - „Bei Gott, wer soll denn jetzt bei mir sein?" - „Gut, gut!"

D'Artagnan stürzte in Athos' Zimmer.

„Nun, so sprecht doch", sagte dieser, während er die Tür verschloß und die Riegel vorschob, um nicht gestört zu werden. „Ist der König tot? Habt Ihr den Herrn Kardinal umgebracht? Ihr seid ganz verwirrt. Sprecht! Laßt hören!" - „Athos", antwortete d'Artagnan, indem er seine Weiberkleidung auszog, so daß er im Hemd dastand, „seid bereit, eine unglaubliche, unerhörte Geschichte zu hören!"

„Nehmt zuerst diesen Schlafrock“, sagte der Musketier.

D’Artagnan griff nach dem Schlafrock und zog ihn verkehrt an, so aufgeregt war er noch.

„Nun“, sagte Athos. - „Nun“, fuhr d’Artagnan, sich zu dem Ohr von Athos beugend und die Stimme dämpfend, fort, „Mylady ist mit einer Lilie auf der Schulter gezeichnet.“ - „Ha!“ rief der Musketier, als ob ihn eine Kugel ins Herz getroffen hätte. - „Sagt“, sprach d’Artagnan, „seid Ihr sicher, daß die andere tot ist?“ - „Die andere?“ versetzte Athos mit so dumpfer Stimme, daß es d’Artagnan kaum hörte. - „Ja, die, von der Ihr mir eines Tages in Amiens erzählt habt.“

Athos stieß einen Seufzer aus.

„Es ist“, fuhr d’Artagnan fort, „eine Frau von sechsundzwanzig bis achtundzwanzig Jahren.“ - „Blond?“ fragte Athos. - „Ja.“ - „Blaue, helle Augen, von seltener Klarheit, mit schwarzen Wimpern und Brauen?“ - „Ja.“ - „Groß, gut gewachsen? Es fehlt ihr ein Zahn neben dem Eckzahn auf der linken Seite?“ - „Ja.“ - „Die Lilie ist klein und rot, etwas verwischt durch Pflaster, die man aufgelegt hat?“ - „Ja.“ - „Ihr sagt doch, diese Frau sei eine Engländerin?“ - „Ja. Man nennt sie Mylady, aber sie kann trotzdem Französin sein. Lord Winter ist nur ihr Schwager.“ - „Ich will sie sehen, d’Artagnan!“ - „Nehmt Euch in acht, Athos, nehmt Euch in acht. Ihr wollt sie töten? Sie ist die Frau, um gleiches mit gleichem zu vergelten und Euch nicht zu verfehlen.“ - „Sie wird es nicht wagen, etwas zu sagen, denn sie würde sich dadurch selbst verraten.“ - „Sie ist zu allem fähig! Habt Ihr sie je wütend gesehen?“ - „Nein“, sprach Athos. - „Eine Tigerin, eine Pantherin! Ach, mein lieber Athos, ich fürchte sehr, eine gräßliche Rache auf uns herabbeschworen zu haben!“

D’Artagnan erzählte nun alles, den wahnsinnigen Zorn Myladys und ihre Todesdrohungen.

„Ihr habt recht, und ich würde mein Leben für ein Haar geben", sprach Athos. „Zum Glück verlassen wir Paris übermorgen, wir ziehen höchstwahrscheinlich nach La Rochelle, und wenn wir einmal fort sind ... " – „Wird sie Euch verfolgen bis ans Ende der Welt, Athos, wenn sie Euch wiedererkennt. Laßt also ihren Haß sich gegen mich allein wenden." – „Ach, mein Lieber, was ist daran gelegen, daß sie mich tötet!" sagte Athos. „Glaubt Ihr etwa, ich hänge am Leben?" – „Unter alledem ist ein furchtbares Geheimnis verborgen. Die Frau ist die Spionin des Kardinals. Davon bin ich fest überzeugt." – „In diesem Fall seid auf Eurer Hut. Wenn der Kardinal nicht wegen der Londoner Angelegenheit eine hohe Bewunderung für Euch hegt, so hegt er einen gewaltigen Haß. Aber da er Euch am Ende nichts offen vorwerfen kann und der Haß befriedigt werden muß, besonders wenn es ein Kardinalshaß ist, so hütet Euch wohl! Wenn Ihr ausgeht, geht nicht allein aus, wenn Ihr eßt, beachtet Eure Vorsichtsmaßregeln. Mißtraut allem, selbst eurem Schatten."

„Zum Glück handelt es sich nur darum", sprach d'Artagnan, „bis übermorgen in Bangigkeit umherzugehen. Denn sind wir einmal bei der Armee, so haben wir es hoffentlich nur noch mit Männern zu tun." – „Inzwischen", sagte Athos, „verzichte ich auf meine Einsperrungspläne und begleite Euch überallhin. Ihr müßt in die Rue des Fossoyeurs zurückkehren. Ich werde mit Euch gehen." – „Es sei, mein lieber Athos; aber laßt mich Euch zuerst den Ring zustellen, den ich von dieser Frau empfangen habe. Der Saphir gehört Euch. Habt Ihr mir nicht gesagt, es sei ein Familienjuwel?" – „Ja, mein Vater kaufte ihn für zweitausend Taler, wie er mir selbst sagte. Er bildete einen Teil der Hochzeitsgeschenke, die er meiner Mutter machte. Es ist ein prächtiger Stein. Meine Mutter gab ihn mir, und ich in meiner damaligen Narrheit schenkte ihn, statt ihn wie eine heilige Reliquie zu bewahren, meinerseits dieser Elenden." - „Gut, nehmt den Ring zurück, an dem Ihr begreiflicherweise hängen müßt." - „Ich den Ring zurücknehmen, nachdem er durch die Hände dieser schändlichen Person gegangen ist? Nie, dieser Ring ist beschmutzt, d'Artagnan." - „Dann verkauft ihn." - „Einen Edelstein verkaufen, der von meiner Mutter stammt! Ich gestehe Euch, daß ich das für eine Entweihung halten würde." - „So verpfändet ihn, man wird Euch wohl tausend Taler darauf leihen. Mit dieser Summe bringt Ihr Eure Angelegenheiten bequem in Ordnung. Mit dem ersten Geld, das Ihr einnehmt, löst Ihr ihn sodann wieder ein und nehmt ihn von seinen alten Flecken gereinigt zurück, denn er ist durch die Hände von Wucherern gegangen."

Athos lächelte.

„Ihr seid ein entzückender Junge, mein lieber d'Artagnan", sprach er. „Ihr richtet durch Eure ewige Heiterkeit die armen Gemüter in ihrem Kummer auf. Nun ja, verpfänden wir diesen Ring, der mir gehört, aber unter einer Bedingung." - „Unter welcher?" - „Daß fünfhundert Taler für Euch und fünfhundert für mich sind." - „Wo denkt Ihr hin, Athos? Ich brauche nicht den vierten Teil dieser Summe, da ich bei den Garden diene, und wenn ich meinen Sattel verkaufe, so verschaffe ich mir den Betrag. Was brauche ich? Ein Pferd für Planchet, das ist alles. Dann vergeßt Ihr, daß ich auch einen Ring besitze." - „An dem Ihr noch mehr zu hängen scheint als ich an dem meinen. Wenigstens glaubte ich dies zu bemerken." - „Ja, denn im äußersten Fall kann er uns nicht nur aus einer großen Verlegenheit, sondern auch aus einer großen Gefahr befreien. Das ist nicht bloß ein kostbarer Diamant, es ist zugleich ein Talisman."

„Ich verstehe Euch nicht, aber ich glaube, was Ihr sagt. Um wieder auf meinen Ring oder vielmehr auf den Euren zurückzukommen, so müßt ihr die Hälfte der Summe, die man uns darauf leihen wird, annehmen, oder ich werfe ihn in die Seine, und ich zweifle, ob, wie bei Polykrates, ein Fisch so gefällig ist, ihn uns wiederzubringen." – „Gut, ich nehme an", sagte d'Artagnan.

In diesem Augenblick trat Grimaud in Begleitung von Planchet ein. Dieser war unruhig wegen seines Herrn und neugierig zu erfahren, was ihm zugestoßen war.

Athos kleidete sich an, und als er auszugehen bereit war, machte er Grimaud ein Zeichen. Der Diener nahm seine Muskete von der Wand und schickte sich an, seinen Herrn zu begleiten.

D'Artagnan und Athos gelangten ohne irgendeinen Unfall in die Rue des Fossoyeurs. Herr Bonacieux stand an seiner Tür und schaute d'Artagnan auf eine plump spöttische Weise an.

„Eh! mein lieber Mieter", sagte er, „beeilt Euch, es wartet ein hübsches Mädchen in Eurem Zimmer, und Ihr wißt, die Frauen lieben es nicht, daß man sie warten läßt."

„Es ist Ketty", rief d'Artagnan und eilte in das Haus.

Auf dem zu seinem Zimmer führenden Treppenabsatz fand er das arme Kind, das sich zitternd an die Tür lehnte. Sobald sie ihn erblickte, sagte sie:

„Ihr habt mir Euren Schutz versprochen. Ihr habt mir versprochen, mich vor ihrem Zorn zu retten. Denkt daran, daß Ihr es seid, der mich zugrunde gerichtet hat."

„Ja, allerdings", erwiderte d'Artagnan, „sei ruhig, Ketty! Aber was ist denn nach meinem Fortgehen vorgefallen?"

„Weiß ich es?" sagte Ketty. „Auf ihr Geschrei liefen alle Lakaien herbei. Sie war furchtbar aufgebracht und spie alle Verwünschungen der Welt gegen Euch aus. Dann dachte ich, sie würde sich erinnern, daß Ihr durch mein Zimmer in das ihre eingedrungen wart, und sie müßte in mir Eure Mitschuldige sehen. Ich nahm das wenige Geld, das ich besitze, sowie meine kostbarsten Kleidungsstücke und flüchtete."

„Armes Kind, aber was soll ich mit dir machen? Ich reise übermorgen ab."

„Alles, was Ihr wollt, Chevalier. Macht, daß ich Paris, daß ich Frankreich verlasse."

„Ich kann dich doch nicht mit zur Belagerung von La Rochelle nehmen", sprach d'Artagnan.

„Nein, aber Ihr könnt mich in der Provinz unterbringen, bei irgendeiner Dame Eurer Bekanntschaft, in Eurer Heimat zum Beispiel."

„Oh, meine liebe Freundin, in meiner Heimat haben die Damen keine Kammerfrauen. Doch halt! Ich weiß, was zu tun ist. Planchet, hole mir Aramis. Er soll sofort kommen. Wir haben etwas sehr Wichtiges mit ihm zu reden."

„Ich begreife", sagte Athos, „aber warum nicht Porthos? Es scheint mir, seine Marquise... "

„Porthos' Marquise ließe sich eher von den Schreibern ihres Mannes ankleiden, als daß sie sich eine Kammerfrau hielte", sprach d'Artagnan lachend. „Überdies dürfte Ketty nicht gern in der Rue aux Ours wohnen, nicht wahr, Ketty?"

„Ich werde wohnen, wo man will", sagte Ketty, „vorausgesetzt, daß ich gut verborgen bin und man nicht weiß, wo ich mich aufhalte."

„Jetzt, Ketty, da wir uns zu trennen im Begriff sind und du folglich nicht mehr auf mich eifersüchtig bist... "

„Chevalier", sprach Ketty, „nah oder fern, ich werde Euch beständig lieben."

„Wo, Teufel, will sich die Beständigkeit ihr Nest bauen!" murmelte Athos.

„Auch ich", sagte d'Artagnan, „auch ich werde dich stets lieben, glaube mir. Aber höre, antworte mir. Ich lege ein großes Gewicht auf die Frage, die ich an dich richte. Solltest du nie von einer jungen Frau gehört haben, die man eines Nachts entführte?" - „Halt... Oh, mein Gott, Chevalier, liebt Ihr diese Frau noch?" - „Nein, einer meiner Freunde liebt sie - Athos, den du hier siehst." - „Ich!" rief Athos mit dem Ausdruck, als sei er auf eine Natter getreten. - „Allerdings Ihr", erwiderte d'Artagnan, Athos die Hand drückend. - „Ihr wißt, welchen Anteil wir an dem Schicksal der armen kleinen Frau Bonacieux nehmen.

Überdies wird Ketty nicht plaudern. Nicht wahr, Ketty? Du begreifst, mein Kind", fuhr d'Artagnan fort, „es ist die Frau des abscheulichen Affen, den du bei deinem Eintritt unten an der Tür gesehen hast." - „Oh, mein Gott!" rief Ketty, „Ihr erinnert mich an meine Angst. Wenn er mich nur nicht erkannt hat!... " - „Wie, erkannt? Du hast also diesen Menschen schon gesehen!" - „Er ist zweimal zu Mylady gekommen." - „Um welche Zeit?" - „Vor etwa vierzehn oder achtzehn Tagen." - „Ganz richtig." - „Und gestern abend ist er wieder erschienen." - „Gestern abend?" - „Ja, einen Augenblick, ehe Ihr selbst kamt." - „Mein lieber Athos, wir sind von einem Netz von Spionen umgeben! Und du glaubst, er habe dich erkannt, Ketty?" - „Ich senkte den Kopf, als ich ihn erblickte, aber vielleicht war es zu spät." - „Geht hinab, Athos, man mißtraut Euch weniger als mir, und seht, ob er immer noch vor der Tür steht."

Athos ging hinab und kam sogleich wieder zurück.

„Der Krämer ist fort", sprach er, „und die Tür ist abgesperrt." - „Er wird sich ohne Zweifel entfernt haben, um zu melden, daß alle Tauben im Schlag sind." - „Gut, aber wir wollen ausfliegen", sagte Athos, „und nur Planchet hierlassen, um uns Nachricht zu bringen." - „Noch eine Minute! Aramis, nach dem wir geschickt haben?" - „Das ist richtig, erwarten wir Aramis."

In diesem Augenblick trat Aramis ein.

Man setzte ihm die ganze Angelegenheit auseinander und sagte ihm, daß er notwendigerweise unter allen seinen hohen Bekannten einen Platz für Ketty suchen müsse.

Aramis dachte einen Augenblick nach und erwiderte dann errötend:

„Wird Euch ein großer Dienst dadurch erwiesen?"

„Ich werde Euch mein ganzes Leben dafür dankbar sein."

„Nun wohl. Frau von Bois-Tracy hat mich für eine ihrer Freundinnen, die, so glaube ich, in der Provinz wohnt, um eine zuverlässige Kammerfrau gebeten, und wenn Ihr mir für dieses Mädchen garantieren könnt, d'Artagnan ... "

„Oh, gnädiger Herr", rief Ketty, „ich werde gewiß der Person, die es mir ermöglicht, Paris zu verlassen, mit Leib und Seele ergeben sein."

„Dann geht die Sache vortrefflich, " sprach Aramis.

Er setzte sich an einen Tisch, schrieb ein paar Worte, versiegelte sie mit seinem Ring und händigte das Billett Ketty aus.

„Du weißt nun, mein Kind“, sagte d’Artagnan, „daß es hier um uns nicht besser steht als um dich. Wir müssen uns jetzt trennen, werden uns aber in schöneren Tagen wiederfinden.“

„Und an welchem Ort und zu welcher Zeit wir uns wiedersehen werden“, sprach Ketty, „so werde ich Euch so innig lieben, wie ich Euch heute liebe.“

„Spielerschwur“, sagte Athos, während d’Artagnan Ketty die Treppe hinabführte.

Einen Augenblick später trennten sich die drei jungen Männer, indem sie sich für vier Uhr bei Athos verabredeten, und ließen nur Planchet zurück, um das Haus zu bewachen.

Aramis kehrte in seine Wohnung zurück, während Athos und d’Artagnan für die Unterbringung des Saphirs sorgten.

Man bekam, wie unser Gascogner vorhergesehen hatte, mit Leichtigkeit dreihundert Pistolen auf den Ring. Überdies bemerkte der Jude, wenn man ihm den Ring verkaufen wollte, so würde er sogar fünfhundert Pistolen dafür geben, da er ein prachtvolles Pendant zu Ohrgehängen abgeben würde.

Mit der Tätigkeit zweier Soldaten und der Wissenschaft zweier Kenner brauchten Athos und d’Artagnan kaum drei Stunden, um die ganze Equipierung des Musketiers einzukaufen. Athos war vornehmer Herr bis an die Nagelspitzen. Sobald ihm etwas gefiel, bezahlte er den verlangten Preis, ohne daß er nur den geringsten Versuch machte zu feilschen. D’Artagnan wollte hierüber Bemerkungen machen, aber Athos legte ihm lächelnd die Hand auf die Schulter, und d’Artagnan begriff, daß für ihn, den kleinen

gascognischen Edelmann, das Handeln wohl gut war, aber nicht für einen Mann von hoher Abkunft.

Der Musketier fand ein herrliches andalusisches Roß, schwarz wie Gagat, mit feuerschnaubenden Nüstern, eleganten, zarten Beinen und sechs Jahre alt. Man forderte dafür tausend Franken. Vielleicht hätte er es für weniger bekommen, aber während sich d'Artagnan mit dem Pferdehändler über den Preis unterhielt, zählte Athos die hundert Pistolen auf den Tisch.

Grimaud erhielt ein picardisches Pferd, untersetzt und stark, das dreihundert Livres kostete.

Nachdem der Sattel für dieses Pferd und die Waffen für Grimaud gekauft waren, blieb kein Sou mehr von den hundertundfünfzig Pistolen für Athos übrig. D'Artagnan bot seinem Freund etwas von dem ihm zukommenden Teil an, er könne ihm ja später das Geborgte zurückerstatten. Aber Athos beschränkte sich statt jeder Antwort darauf, die Achseln zu zucken.

„Wieviel würde der Jude für den Ring geben, wenn man ihm den als volles Eigentum überließe?" fragte er. –

„Fünfhundert Pistolen." - „Das heißt zweihundert Pistolen mehr. Hundert für Euch, hundert Pistolen für mich. Das ist ein wahres Glück, mein lieber Freund, kehrt zu dem Juden zurück." - „Wie? Ihr wollt ... " - „Dieser Ring würde offenbar zu traurige Erinnerungen in mir zurückrufen. Auch brauchen wir ihm dann die dreihundert Pistolen nicht zurückzuzahlen, so daß wir bei diesem Handel zweitausend Livres gewinnen. Sagt ihm, der Ring wäre sein, d'Artagnan, und kommt mit zweihundert Pistolen zurück." - „Überlegt, Athos." - „Das bare Geld ist in diesen Zeiten teuer, und man muß Opfer bringen. Geht, d'Artagnan, geht. Grimaud wird Euch mit seiner Muskete begleiten."

Nach einer halben Stunde kam d'Artagnan mit den zweihundert Pistolen, und ohne daß ihm etwas zugestoßen war, zurück.

So fand Athos Mittel, mit denen er nie und nimmer gerechnet hatte.

39. Kapitel

Eine Erscheinung

Zur verabredeten Zeit waren die vier Freunde bei Athos versammelt. Ihre Unruhe, ihre Bangigkeit wegen der Equipierung war völlig verschwunden, und jedes Gesicht behielt nur noch den Ausdruck seiner eigenen und geheimen Unruhe, denn hinter jedem gegenwärtigen Glück ist eine Furcht vor der Zukunft verborgen.

Plötzlich trat Planchet ein und brachte zwei Briefe mit der Adresse d'Artagnans.

Der eine war ein zierlich zusammengefaltetes Billett von länglicher Form, mit einem hübschen Siegel aus grünem Wachs, auf dem eine Taube mit einem grünen Zweig im Schnabel eingedrückt war.

Der andere war ein großer viereckiger Brief, auf dem das furchtbare Wappen Seiner Eminenz, des Kardinal-Herzogs, glänzte.

Bei dem Anblick des kleinen Briefes hüpfte d'Artagnans Herz vor Freude, denn er glaubte die Handschrift zu erkennen, und obwohl er sie nur einmal gesehen, so hatte sich doch die Erinnerung tief in seinem Inneren eingegraben.

Er nahm also den kleinen Brief und öffnete ihn eilig.

„Reitet nächsten Mittwoch", schrieb man ihm, „von sechs bis sieben Uhr auf der Straße von Chaillot spazieren, und schaut sorgfältig in jeden Wagen, der an Euch vorüberkommt. Aber wenn Euch an Eurem eigenen Leben und am Leben der Euch liebenden Personen etwas liegt, so sprecht kein Wort. Macht keine Bewegung, woraus man ersehen könnte, daß Ihr diejenige erkannt habt, die alles wagt, um Euch einen Augenblick zu sehen."

Keine Unterschrift.

„Das ist eine Falle", sprach Athos, „geht nicht hin, d'Artagnan." - „Ich glaube aber die Handschrift zu erkennen", sagte d'Artagnan. - „Sie kann nachgemacht sein", entgegnete Athos. „Von sechs bis sieben Uhr ist um diese Zeit die Straße von Chaillot ganz verlassen. Ihr könnt ebensogut im Wald von Bondy spazierengehen." - „Doch wenn wir alle gingen?" sagte d'Artagnan. „Was, Teufel, man wird nicht alle vier, mit vier Lakaien, vier Pferden und den Waffen verschlingen." - „Zudem wäre es auch eine schöne Gelegenheit, unsere Ausrüstung zu zeigen", sprach Porthos. - „Aber wenn es eine Frau ist, die Euch schreibt", sagte Aramis, „und wenn diese Frau nicht gesehen werden will, so bedenkt, daß Ihr sie kompromittiert, d'Artagnan, was einem Edelmann schlecht steht." - „Wir bleiben etwas zurück", rief Porthos, „und er allein reitet voraus." - „Ja, aber eine Pistole ist schnell aus einem Wagen abgefeuert, der im Galopp fährt." - „Pah!" erwiderte d'Artagnan, „man wird mich nicht treffen." - „Wir holen dann den Wagen ein, und bringen alle um, die darin sitzen. Dadurch haben wir immerhin ebensoviel Feinde weniger." - „Er hat recht", sagte Porthos, „eine Schlacht kann nichts schaden, wir müssen ohnehin unsere Waffen erproben." - „Meiner Treu! Wir wollen uns dieses Vergnügen gönnen", versetzte Aramis mit seiner sanften, gleichgültigen Miene. - „Wie ihr wollt", sprach Athos. - „Meine Herren", sagte d'Artagnan, „es ist halb fünf Uhr, und wir haben kaum Zeit, uns auf den Weg nach Chaillot zu machen." - „Wenn wir zu spät ritten", sagte Porthos, „so würde man uns nicht mehr sehen, und das wäre sehr schade. Vorwärts also, meine Herren." - „Aber Ihr vergeßt den zweiten Brief", rief Athos. „Das Siegel scheint mir anzudeuten, daß er geöffnet werden muß. Ich meinesteils muß Euch erklären, daß ich viel mehr Sorge um diesen habe, als um das kleine Ding, das Ihr ganz sacht in Euer Hemd gesteckt habt."

D'Artagnan errötete.

„Nun gut", sprach der junge Mann, „sehen wir, meine Herren, was Seine Eminenz von mir will."

D'Artagnan öffnete und las:

„Herr d'Artagnan, Gardist des Königs, Kompanie des Essarts, wird heute abend um acht Uhr im Palais des Kardinals erwartet.

La Houdinière, Kapitän der Leibwache"

„Teufel!" rief Athos, „das ist ein Rendezvous, das viel mehr beunruhigen muß als das andere."

„Ich gehe zu dem zweiten, wenn ich vom ersten zurückkomme", sprach d'Artagnan. „Das eine soll um sieben, das andere um acht Uhr stattfinden. Ich habe Zeit für beide."

„Hm! Ich ginge nicht", entgegnete Aramis. „Ein galanter Ritter darf bei einem Rendezvous nicht fehlen, das ihm eine Dame gibt. Aber ein kluger Edelmann kann sich entschuldigen und nicht zu Seiner Eminenz gehen, besonders wenn er einige Gründe hat zu glauben, daß man ihn nicht rufe, um ihm Komplimente zu machen."

„Ich bin der Meinung von Aramis", sagte Porthos.

„Meine Herren", antwortete d'Artagnan, „ich habe bereits durch Herrn von Cavois eine ähnliche Einladung zu Seiner Eminenz erhalten. Ich vernachlässigte sie, und am anderen Tage begegnete mir ein großes Unglück. Constance verschwand. Was auch daraus werden mag, ich gehe auf jeden Fall hin."

„Wenn dies Euer fester Entschluß ist, so führt ihn aus", sprach Athos.

„Aber die Bastille?" sagte Aramis.

„Pah! Ihr werdet mich schon herausholen!"

„Allerdings", versetzten Aramis und Porthos mit bewundernswürdiger Bestimmtheit und als ob dies eine ganz einfache Sache wäre. „Allerdings werden wir dich herausholen, aber mittlerweile würdet Ihr, da wir übermorgen abziehen, besser daran tun, Euch der Gefahr der Bastille nicht auszusetzen."

„Tun wir, was in unseren Kräften steht", sprach Athos, „verlassen wir ihn diesen Abend nicht. Erwarten wir ihn jeder an einer Tür des Palastes, mit je drei Musketieren hinter uns. Bemerken wir, daß ein Wagen mit geschlossenem Schlag und von verdächtigem Aussehen herauskommt, so fallen wir darüber her. Es ist schon sehr lange her, daß wir keinen Strauß mehr mit der Leibwache des Herrn Kardinals ausgefochten haben. Herr von Treville muß uns für tot halten."

„Ihr seid offenbar zum Heerführer geboren, Athos", sprach Aramis. „Was sagt ihr zu diesem Plan, meine Herren?"

„Vortrefflich!" wiederholten die jungen Leute.

„Gut!" sprach Porthos, „ich laufe zum Hotel und benachrichtige meine Kameraden, damit sie sich auf dem Platz des Palais des Kardinals bereithalten. Ihr laßt mittlerweile die Pferde durch die Bediensteten satteln."

„Was mich betrifft, so habe ich kein Pferd", entgegnete d'Artagnan, „aber ich will eins von Herrn von Treville nehmen." - „Das ist unnötig", versetzte Aramis. „Ihr nehmt eins von den meinen." - „Wieviel habt Ihr denn?" fragte d'Artagnan. - „Drei", antwortete Aramis lächelnd. - „Mein Lieber", sagte Athos, „Ihr seid sicherlich der bestbezahlteste Dichter von Frankreich und Navarra."

„Hört, mein lieber Aramis, Ihr werdet nicht wissen, was Ihr mit drei Pferden tun sollt? Nicht wahr? Ich begreife gar nicht, warum Ihr drei Pferde gekauft habt."

„Ich habe auch nur zwei gekauft", erwiderte Aramis.

„Das dritte ist Euch also vom Himmel zugefallen?"

„Nein, das dritte ist mir heute morgen von einem Bediensteten ohne Livree zugeführt worden, der mir nicht

sagen wollte, zu wem er gehörte, und mir die Versicherung gab, er habe den Befehl von seinem Gebieter erhalten ... "

„Oder von seiner Gebieterin", unterbrach ihn d'Artagnan.

„Das tut nichts zur Sache", fuhr Aramis errötend fort, „und der mir die Versicherung gab, sage ich, er habe Befehl von seinem Gebieter oder seiner Gebieterin erhalten, dieses Pferd in meinen Stall zu bringen, ohne zu sagen, woher es käme.“

„So etwas passiert nur einem Dichter“, sprach Athos.

„Nun, wir wollen dies nutzen“, sagte d’Artagnan. „Welches von den zwei Pferden werdet Ihr reiten? Das Ihr gekauft habt oder das man Euch geschenkt hat?“

„Offenbar das man mir geschenkt hat. Ihr begreift, daß ich eine solche Beleidigung ... “

„Dem unbekannten Geber nicht antun kann“, versetzte d’Artagnan.

„Oder der geheimnisvollen Geberin“, sprach Athos.

„Das gekaufte ist Euch also unnütz.“

„Beinahe.“

„Ihr habt es selbst ausgewählt?“

„Ja, und zwar mit größter Sorgfalt. Die Sicherheit des Reiters hängt, wie Ihr wißt, beinahe immer von seinem Pferd ab.“

„Nun, überlaßt es mir um den Preis, den es Euch kostet.“

„Ich wollte es Euch anbieten, mein lieber d’Artagnan, und dabei Euch jede Zeit gönnen, die Ihr nötig habt, um mir diese Kleinigkeit zurückzuzahlen.“

„Und wieviel kostet Euch das Pferd?“

„Achthundert Livres.“

„Hier sind vierzig Doppelpistolen, mein Freund“, sprach d’Artagnan und zog diese Summe aus seiner Tasche. „Ich weiß, daß dies die Münze ist, in der man Euch Eure Gedichte bezahlt.“

„Ihr seid also bei Kasse?“

„Reich, sehr reich, mein Lieber!“

Und d’Artagnan ließ in seiner Tasche den Rest seiner Pistolen klingen.

„Schickt Euren Sattel in das Hotel der Musketiere, und man wird Euch Euer Pferd mit den unseren hierherführen.“

„Sehr gut, aber es ist bald fünf Uhr, eilen wir!"

Eine Viertelstunde darauf erschien Porthos am Ende der Rue Férou auf einem prächtigen Pferd. Mousqueton folgte ihm auf einem Auvergner Pferd, das kleiner, aber stark war. Porthos glänzte vor Stolz und Freude.

Zu gleicher Zeit sah man Aramis vom anderen Ende der Straße her auf einem herrlichen englischen Renner kommen. Bazin folgte ihm auf einem Rotschimmel und führte ein kräftiges Mecklenburger Roß am Zügel, das für d'Artagnan bestimmt war.

Die zwei Musketiere begegneten sich vor der Tür. Athos und d'Artagnan betrachteten sie durch das Fenster.

„Teufel!" sagte Aramis, „Ihr habt da ein herrliches Pferd, mein Lieber."

„Ja", antwortete Porthos, „es ist das, welches man mir gleich am Anfang schicken sollte. Ein schlechter Spaß des Gemahls hatte es durch ein anderes ersetzt. Er ist schön dafür bestraft worden, und ich habe vollständige Genugtuung erhalten."

Grimaud zeigte sich ebenfalls, das Pferd seines Herrn an der Hand. D'Artagnan und Athos kamen herab, schwangen sich neben ihren Gefährten in den Sattel, und nun ritten alle vier zum Quai, Athos auf dem Pferd, das er seiner Gattin, Porthos auf dem Pferd, das er der Prokuratorin, Aramis auf dem Pferd, das er seiner Geliebten, und d'Artagnan auf dem Pferd, das er seinem guten Glück, der besten Geliebten der Welt, zu verdanken hatte. Die Bediensteten folgten ihnen. Die Kavalkade machte, wie dies Porthos vorher gedacht hatte, einen großen Eindruck, und wenn sich Madame Coquenard auf ihrem Weg befunden und gesehen hätte, wie vornehm Porthos auf seinem spanischen Roß aussah, so würde sie den Aderlaß nicht bedauert haben, den sie an der Kasse ihres Mannes vorgenommen hatte.

In der Nähe des Louvre begegneten die vier Freunde Herrn von Treville, der von Saint-Germain zurückkam. Er ließ sie halten, um ihnen sein Kompliment über ihre Equipierung zu machen, was im Augenblick einige hundert Müßiggänger um sie versammelte.

D'Artagnan benutzte diesen Umstand, um mit Herrn von Treville von dem Brief mit dem großen roten Siegel und dem herzoglichen Wappen zu sprechen. Es versteht sich, daß er von dem anderen keine Silbe verlauten ließ.

Herr von Treville billigte seinen Entschluß und versicherte ihm, daß, wenn er am anderen Morgen nicht wieder erschienen wäre, er ihn finden würde, wo er auch sein sollte.

In diesem Augenblick schlug die Glocke der Samaritaine sechs Uhr. Die vier Freunde entschuldigten sich wegen einer Zusammenkunft und nahmen von Herrn von Treville Abschied.

Ein kurzer Galopp brachte sie auf die Straße von Chaillot. Der Tag fing an sich zu neigen. Wagen fuhren hin und her. In einiger Entfernung, von seinen Freunden bewacht, spähte d'Artagnan in die Tiefe jedes Wagens. Er bemerkte jedoch kein ihm bekanntes Gesicht.

Endlich, nachdem er eine Viertelstunde gewartet hatte und die Abenddämmerung völlig eingebrochen war, fuhr ein Wagen in starkem Galopp auf der Straße von Sèvres herbei. Eine Ahnung sagte d'Artagnan im voraus, dieser Wagen müsse die Person enthalten, die ihn hierher beschieden hatte. Der junge Mann war selbst ganz erstaunt, als er fühlte, wie heftig sein Herz pochte. Beinahe in derselben Sekunde schlüpfte ein Frauenkopf aus dem Kutschenschlag hervor, zwei Finger auf dem Mund, als wollte man Stillschweigen empfehlen oder einen Kuß zusenden. D'Artagnan stieß einen leichten Schrei der Freude aus. Diese Frau oder vielmehr diese Erscheinung - denn der Wagen war mit der Geschwindigkeit einer Vision vorübergezogen - war Madame Bonacieux.

In unwillkürlichem Drang und trotz der Empfehlung, die an ihn ergangen war, setzte d'Artagnan sein Pferd in Galopp und holte den Wagen mit einigen Sprüngen wieder ein, aber die Scheibe des Kutschenschlages war hermetisch verschlossen und die Erscheinung verschwunden.

D'Artagnan erinnerte sich nun an die Worte, die man ihm in dem Billett eingeschärft hatte: „Wenn Euch an

Eurem eigenen Leben und am Leben der Euch liebenden Personen etwas liegt, so bleibt unbeweglich, als ob Ihr nichts gesehen hättet."

Er hielt also still und zitterte, nicht für sich, sondern für die arme Frau, die sich offenbar einer großen Gefahr ausgesetzt hatte, indem sie ihn herbestellt hatte.

Die Kutsche setzte ihren Weg in größter Eile fort, fuhr nach Paris hinein und verschwand.

D'Artagnan war ganz verblüfft auf dem Platz geblieben und wußte nicht, was er denken sollte. War es Madame Bonacieux und kehrte sie nach Paris zurück, warum dieses flüchtige Rendezvous? Warum dieser einfache Austausch eines Blicks? Warum dieser zugeworfene Kuß? War sie es dagegen nicht, was immer noch sein konnte, denn das geringe Tageslicht machte einen Irrtum ganz leicht möglich, war sie es nicht, sollte dies dann nicht der Anfang eines Überfalls sein, den man gegen ihn mit dem Köder dieser Frau beabsichtigte, da man seine Liebe für sie sehr gut kannte?

Die drei Freunde näherten sich ihm. Alle drei hatten vollkommen einen Frauenkcpf aus dem Kutschenschlag erscheinen sehen, aber keiner von ihnen, mit Ausnahme von Athos, kannte Madame Bonacieux. Athos war allerdings der Meinung, sie sei es gewesen, aber weniger in seinen Gedanken mit diesem hübschen Gesicht beschäftigt, als d'Artagnan, hatte er einen zweiten Kopf, einen Männerkopf, im Hintergrund des Wagens zu sehen geglaubt.

„Wenn dem so ist", sprach d'Artagnan, „so bringt man sie ohne Zweifel von einem Gefängnis in das andere. Aber was wollen sie mit diesem armen Geschöpf machen? Und wie soll ich sie je wiederfinden?"

„Freund", sprach Athos ernst, „erinnert Euch, daß man nur bei den Toten nicht Gefahr läuft, ihnen auf Erden wie-

Milady De Winter

der zu begegnen. Ihr wißt etwas davon so gut wie ich, nicht wahr? Wenn nur Eure Geliebte nicht tot ist - falls sie es ist, der wir soeben begegnet sind -, so werdet Ihr sie eines Tages wiederfinden und, mein Gott, vielleicht", fügte er mit dem ihm eigentümlichen menschenfeindlichen Ton hinzu, „vielleicht früher als Euch lieb sein wird!"

Es schlug halb acht Uhr. Der Wagen war zwanzig Minuten nach der für das Rendezvous bestimmten Zeit gekommen. Die Freunde erinnerten d'Artagnan daran, daß er einen Besuch zu machen hatte, bemerkten jedoch, daß es immer noch Zeit sei, davon abzusehen. Aber d'Artagnan war zugleich halsstarrig und neugierig. Er hatte sich in den Kopf gesetzt, in das Palais des Kardinals zu gehen, um zu erfahren, was ihm Seine Eminenz sagen wollte. Nichts konnte ihn von seinem Entschluß abbringen.

Man gelangte zur Rue St. Honoré und vor das Palais des Kardinals und traf die zwölf zusammengerufenen Musketiere, die, ihre Kameraden erwartend, auf und ab gingen. Man erklärte ihnen erst hier, um was es sich handelte.

D'Artagnan war sehr bekannt bei dem ehrenwerten Corps der Musketiere. Man wußte, daß er einst eine Stelle bei ihnen bekommen sollte, und betrachtete ihn im voraus als Kameraden. Demzufolge nahm jeder gern den Auftrag an, für welchen er beschieden war. Überdies handelte es sich aller Wahrscheinlichkeit nach darum, dem Herrn Kardinal und seinen Leuten einen schlimmen Streich zu spielen, und zu solchen Unternehmungen waren die würdigen Herren stets bereit.

Athos teilte sie in drei Gruppen, übernahm das Kommando der einen, übergab die zweite Aramis, die dritte Porthos, und jede Gruppe legte sich einem Eingang gegenüber in den Hinterhalt.

D'Artagnan trat mutig durch die Hauptpforte ein. Obwohl sich der junge Mann kräftig unterstützt fühlte, war er doch nicht ganz ruhig, als er die große Treppe Stufe um Stufe hinaufstieg. Sein Benehmen Mylady gegenüber glich einigermaßen einem Verrat, und er vermutete die politischen Beziehungen, die zwischen dem Kardinal und dieser Frau bestanden. Überdies war Herr von Wardes, den er so übel zugerichtet hatte, einer von den Getreuen Seiner Eminenz, und d'Artagnan wußte, daß Seine Eminenz, wenn sie einerseits furchtbar für ihre Feinde war, andererseits eine große Anhänglichkeit an ihre Freunde bewies.

„Hat Herr von Wardes unsere ganze Angelegenheit dem Kardinal erzählt, woran nicht zu zweifeln ist, hat er mich erkannt, was mir sehr wahrscheinlich vorkommt, so darf ich mich beinahe als einen Verurteilten betrachten", sagte d'Artagnan kopfschüttelnd. „Aber warum hat er bis heute gewartet? Das ist ganz einfach: Mylady wird Klage gegen mich geführt haben, mit jenem heuchlerischen Schmerz, der sie so interessant macht. Und das letzte Verbrechen hat das Überlaufen des Gefäßes bewirkt."

„Zum Glück", fuhr er fort, „sind meine Freunde unten und werden mich nicht abführen lassen, ohne mich zu verteidigen. Indessen kann die Musketierkompanie des Herrn von Treville nicht für sich allein den Krieg gegen den Kardinal führen, der über die Streitkräfte von ganz Frankreich zu verfügen hat, und demgegenüber der König ohne Willen und die Königin ohne Macht ist. D'Artagnan, mein Freund, du bist klug, du hast vortreffliche Eigenschaften, aber die Weiber werden dich zugrunde richten!"

Er war bis zu diesem traurigen Schluß gelangt, als er in das Vorzimmer eintrat. Hier übergab er seinen Brief dem Huissier vom Dienst, der ihn in den Wartesaal führte.

In diesem Wartesaal befanden sich fünf bis sechs Leibgardisten des Herrn Kardinals, die ihn, da sie d'Artagnan erkannten und wußten, daß er es war, der Jussac verwundet hatte, mit sonderbarem Lächeln anschauten.

Dieses Lächeln erschien d'Artagnan als ein schlimmes Vorzeichen. Aber da unser Gascogner nicht leicht einzuschüchtern war, oder vielmehr, da er infolge eines den Söhnen seiner Heimat natürlichen Stolzes nicht leicht sehen ließ, was in seiner Seele vorging, wenn das, was vorging, der Furcht glich, so pflanzte er sich unerschrokken vor den Herren Gardisten auf und wartete, die Hand auf die Hüfte gestützt, in einer Stellung, der es nicht an Würde fehlte.

Der Huissier kehrte zurück und machte d'Artagnan ein Zeichen, ihm zu folgen. Es kam dem jungen Mann vor, als ob die Gardisten unter sich flüsterten, als sie ihn weggehen sahen.

D'Artagnan kam zuerst durch einen Gang, sodann durch einen Salon, trat in eine Bibliothek ein und stand vor einem Mann, der an einem Schreibtisch saß und schrieb.

Der Huissier, der ihn hergebracht hatte, zog sich zurück, ohne ein Wort zu sprechen.

D'Artagnan glaubte anfangs, er habe es mit einem Richter zu tun, der in seinen Akten arbeitete, aber er bemerkte, daß der Mann am Schreibtisch, Worte an den Fingern skandierend, Zeilen von ungleicher Länge schrieb oder vielmehr korrigierte. Er sah, daß er einem Dichter gegenüberstand. Einen Augenblick später schloß der Dichter sein Manuskript, auf dessen Einbanddecke „Mirame, Tragödie in fünf Akten" geschrieben stand, und schaute empor.

D'Artagnan erkannte den Kardinal.

40. Kapitel

Eine furchtbare Erscheinung

Richelieu stützte seinen Ellbogen auf sein Manuskript, seine Wange auf seine Hand und schaute d'Artagnan einen Augenblick an. Niemand besaß ein tiefer forschendes Auge als der Kardinal, und dem jungen Mann rann es bei diesem Blick wie Fieber durch die Adern.

Er blieb aber fest, hielt seinen Hut in der Hand und erwartete die Weisungen Seiner Eminenz, ohne zu viel Stolz, aber auch ohne zuviel Demut.

„Mein Herr", sprach der Kardinal, „seid Ihr d'Artagnan aus Bearn?"

„Ja, Monseigneur."

„Es gibt mehrere Linien d'Artagnan in Tarbes und in der Gegend. Zu welcher gehört Ihr?"

„Ich bin der Sohn desjenigen, der die Religionskriege unter dem großen König Heinrich, dem Vater Seiner Allergnädigsten Majestät, mitgemacht hat."

„Gut, Ihr seid es, der etwa vor sieben oder acht Monaten von seiner Heimat abgereist ist, um in der Hauptstadt sein Glück zu machen?"

„Ja, Monseigneur."

„Ihr seid durch Meung gekommen, wo Euch etwas begegnete. Ich weiß nicht genau was, aber irgend etwas."

„Monseigneur", sprach d'Artagnan, „es begegnete mir..."

„Unnötig, unnötig", versetzte der Kardinal mit einem Lächeln, welches andeutete, daß er die Geschichte so gut kannte wie derjenige, der sie erzählen wollte. „Ihr wart an Herrn von Treville empfohlen?"

„Ja, Monseigneur, aber gerade bei dieser unglücklichen Angelegenheit in Meung..."

„Ging der Empfehlungsbrief verloren“, unterbrach ihn Seine Eminenz, „ja, ich weiß es. Aber Herr von Treville erkennt Menschen auf den ersten Blick, und er hat Euch in der Kompanie seines Schwagers, des Herrn des Essarts, untergebracht, wobei er Euch Hoffnung machte, mit der Zeit bei den Musketieren eintreten zu können?“

„Monseigneur ist vollkommen unterrichtet.“

„Seit dieser Zeit ist Euch vielerlei begegnet. Ihr seid eines Tages hinter dem Karmeliterkloster spazierengegangen, wo es besser gewesen wäre, Ihr hättet Euch anderswo befunden. Dann habt Ihr mit Euren Freunden eine Reise nach den Bädern von Forges gemacht. Sie sind auf dem Weg zurückgeblieben, Ihr aber habt Eure Reise fortgesetzt. Das ist ganz einfach, Ihr hattet Geschäfte in England."

„Monseigneur", sagte d'Artagnan ganz verblüfft, „ich begab mich ... "

„Auf die Jagd nach Windsor oder anderswohin, das geht niemand etwas an. Ich weiß das, weil es mein Beruf ist, alles zu wissen. Bei Eurer Rückkehr seid Ihr von einer hohen Person empfangen worden, und ich sehe mit Vergnügen, daß Ihr das Andenken bewahrt habt, das Ihr von ihr bekommen habt."

D'Artagnan trug den Diamanten am Finger, den er von der Königin hatte, und er drehte rasch den Stein nach innen; aber es war zu spät.

„Am Tag nach diesem Empfang besuchte Euch Herr von Cavois", fuhr der Kardinal fort. „Er bat Euch, in den Palast zu kommen, Ihr habt ihm diesen Besuch nicht erwidert und Ihr habt damit unrecht getan."

„Monseigneur, ich fürchtete, die Ungnade Eurer Eminenz auf mich gezogen zu haben."

„Und warum dies, mein Herr? Weil Ihr die Befehle Eurer Vorgesetzten mit mehr Mut und Verstand befolgt habt, als irgend ein anderer es getan haben dürfte? Ihr solltet meine Ungnade auf Euch gezogen haben, während Ihr Lob verdient? Ich bestrafe nur die Leute, die nicht gehorchen und nicht diejenigen, welche, wie Ihr... zu gut... gehorchen. Und zum Beweis erinnert Euch an das Datum des Tages, an dem ich Euch zu mir befahl, und sucht in Eurem Gedächtnis, was an diesem Tag vorgefallen ist."

An diesem Tag hatte die Entführung der Frau Bonacieux stattgefunden.

D'Artagnan erschauerte und erinnerte sich, daß eine halbe Stunde vorher die arme Frau an ihm vorübergekommen war, ohne Zweifel abermals durch die Macht weggeführt, der man ihr Verschwinden zuschreiben mußte.

„Da ich seit einiger Zeit nicht mehr von Euch sprechen hörte", fuhr der Kardinal fort, „so wollte ich wissen, was Ihr machtet. Übrigens seid Ihr mir immerhin einigen Dank schuldig, denn es konnte Euch nicht entgehen, wie sehr man Euch unter allen Umständen schonte."

D'Artagnan verbeugte sich.

„Dies rührte nicht allein von einem Gefühl natürlicher Billigkeit her", fuhr der Kardinal fort, „sondern auch von einem Plan, den ich mir in bezug auf Euch gemacht hatte."

D'Artagnan staunte immer mehr.

„Ich wollte Euch", sprach der Kardinal, „ich wollte Euch diesen Plan an dem Tag auseinandersetzen, wo Ihr meine erste Einladung empfangen habt, aber Ihr kamt nicht. Zum Glück ist durch die Zögerung noch nichts verloren, und Ihr sollt ihn heute hören. Setzt Euch zu mir, d'Artagnan, Ihr seid ein zu guter Edelmann, um stehend hören zu müssen."

Der Kardinal deutete hierbei mit dem Finger auf einen Stuhl, aber der junge Mann war über das, was vorging, so verwundert, daß er, ehe er gehorchte, auf ein zweites Zeichen wartete.

„Ihr seid mutig, Herr d'Artagnan", fuhr Seine Eminenz fort, „Ihr seid klug, was noch mehr ist. Ich liebe Menschen von Kopf und Herz. Erschreckt nicht", sprach er lächelnd, „unter den Menschen von Herz verstehe ich die Menschen von Mut; aber so jung Ihr seid und obwohl Ihr erst in die Welt eintretet, habt Ihr mächtige Feinde. Wenn Ihr Euch nicht hütet, so werden sie Euch ins Verderben stürzen."

„Ach, Monseigneur", antwortete der junge Mann, „sie werden dies leicht zustande bringen, denn sie sind stark und gut unterstützt, während ich allein stehe."

„Ja, das ist wahr, aber obwohl allein, habt Ihr bereits viel getan, und werdet, wie ich nicht zweifle, noch viel tun. Ihr braucht jedoch meiner Ansicht nach einige Anleitung auf der abenteuerlichen Laufbahn, die Ihr eingeschlagen habt, denn wenn ich mich nicht täusche, seid Ihr mit dem ehrgeizigen Gedanken, Euer Glück zu machen, nach Paris gekommen."

„Ich bin in dem Alter der tollen Hoffnungen, Monseigneur", erwiderte d'Artagnan.

„Tolle Hoffnungen sind nur für Toren vorhanden, mein Herr, und Ihr seid ein Mann von Geist. Laßt hören, was würdet Ihr zu einer Fähnrichsstelle bei meiner Leibwache und zu einer Kompanie nach dem Feldzug sagen?"

„Ah! Monseigneur ... "

„Ihr nehmt an, nicht wahr?"

„Monseigneur", erwiderte d'Artagnan mit verlegener Miene.

„Wie, Ihr weigert Euch?" rief der Kardinal erstaunt.

„Ich bin bei der Leibwache Seiner Majestät und habe keinen Grund, damit unzufrieden zu sein."

„Aber es scheint mir, daß meine Leibwachen auch die Seiner Majestät sind, und daß man, wenn man in einem französischen Corps dient, dem König dient."

„Monseigneur, Eure Eminenz hat meine Worte unrichtig verstanden."

„Ihr wollt einen Vorwand, nicht wahr? Ich begreife. Nun, Ihr habt den Vorwand. Das Avancement, der Feldzug, der sich eröffnet, die Gelegenheit, die ich Euch biete – das genügt für die Welt; für Euch kommt noch das Bedürfnis sicherer Protektion dazu. Denn Ihr müßt wissen, Herr d'Artagnan, daß schwere Klagen gegen Euch bei mir erhoben worden sind. Ihr widmet Eure Tage und Eure Nächte nicht ausschließlich dem Dienst des Königs."

D'Artagnan errötete.

„Überdies", fuhr der Kardinal fort und legte seine Hand auf einen Haufen Papiere, „überdies habe ich hier ein ganzes Aktenstück über Euch. Aber ich wollte zuvor mit Euch sprechen, ehe ich es las. Ich weiß, daß Ihr ein entschlossener Mann seid, und Eure Dienste könnten Euch unter guter Leitung viel eintragen, statt Euch zum Unheil zu führen. Auf! Überlegt und entscheidet Euch!"

„Eure Güte macht mich ganz verwirrt, Monseigneur", antwortete d'Artagnan, „und ich erkenne in Eurer Eminenz eine Seelengröße, die mich klein macht, wie einen Wurm, aber da mir Monseigneur freimütig zu sprechen erlaubt..."

D'Artagnan hielt im Sprechen an.

„Ja, sprecht."

„So werde ich Eurer Eminenz sagen, daß alle meine Freunde bei den Musketieren und der Leibwache des Königs und alle meine Feinde infolge eines mir ganz unbegreiflichen Unsterns bei Eurer Eminenz dienen. Ich wäre also hier sehr unwillkommen und müßte da unten in einem schlimmen Lichte erscheinen, wenn ich das, was mir Monseigneur bietet, annehmen würde."

„Solltet Ihr bereits den stolzen Gedanken haben, ich biete Euch weniger als Ihr verdient, mein Herr?" sagte der Kardinal mit verächtlichem Lächeln.

„Monseigneur, Eure Eminenz ist hundertmal zu gut zu mir, und ich glaube im Gegenteil nicht genug getan zu haben, um eine solche Güte zu verdienen. Die Belagerung von La Rochelle wird eröffnet, Monseigneur. Ich werde unter den Augen Eurer Eminenz dienen, und wenn ich das Glück gehabt habe, mich bei dieser Belagerung so zu benehmen, daß ich Eure Blicke auf mich ziehe, nur dann habe ich eine glänzende Handlung hinter mir, die die Protektion rechtfertigt, deren Ihr mich zu würdigen die Güte haben werdet. Alles zu seiner Zeit. Später werde ich vielleicht das Recht haben, mich zu geben. Heute würde es aussehen, als ob ich mich verkaufte."

„Das heißt, Ihr verweigert mir Euren Dienst, mein Herr?" sprach der Kardinal mit einem ärgerlichen Ton, unter dem jedoch eine gewisse Achtung durchdrang. „Bleibt also frei und bewahrt Euren Haß und Eure Sympathien."

„Monseigneur ... "

„Gut, gut", sagte der Kardinal, „ich grolle Euch darum nicht; aber versteht wohl: man hat genug damit zu tun, seine Freunde zu verteidigen und zu belohnen; seinen Feinden ist man nichts schuldig. Dennoch will ich Euch einen Rat geben. Haltet Euch gut, nehmt Euch wohl in acht, denn von dem Augenblick an, wo ich meine Hand von Euch abziehe, gebe ich keinen Heller mehr für Euer Leben."

„Ich werde mich bemühen", antwortete der Gascogner demütig und zugleich mit einer gewissen Sicherheit.

„Erinnert Euch später, und in einem gewissen Augenblick, wenn Euch Unheil widerfährt", sagte Richelieu mit vorleuchtender Absicht, „daß ich Euch aufgesucht und daß ich alles, was in meinen Kräften lag, getan habe, um dieses Unheil von Euch abzuwenden."

„Was auch geschehen mag", erwiderte d'Artagnan, die Hand auf seine Brust legend und sich verbeugend, „ich werde eine ewige Dankbarkeit gegen Eure Eminenz für das bewahren, was Ihr mir in diesem Augenblick tut."

„Gut also, d'Artagnan, wir werden uns, wie Ihr sagtet, nach dem Feldzug wiedersehen. Ich folge Euch mit den Augen, denn ich werde dort sein", fuhr der Kardinal fort, und zeigte d'Artagnan eine prachtvolle Rüstung, die er anlegen sollte. „Und wenn wir zurückkommen, rechnen wir ab."

„Oh, Monseigneur!" rief d'Artagnan, „erspart mir die

Last Eurer Ungnade. Bleibt neutral, Monseigneur, wenn Ihr findet, daß ich als ritterlicher Mann handle."

„Junger Mann", sagte Richelieu, „wenn ich Euch noch einmal sagen kann, was ich Euch heute gesagt habe, so gelobe ich, es Euch zu sagen."

Die letzten Worte Richelieus drückten einen furchtbaren Zweifel aus. D'Artagnan war darüber mehr bestürzt als über eine Drohung, denn dies war eine Verkündigung.

Der Kardinal suchte ihn also vor einem Unglück zu bewahren, das ihn bedrohte. Er öffnete den Mund, um zu antworten, aber der Kardinal entließ ihn mit einer stolzen Gebärde.

D'Artagnan entfernte sich, aber an der Tür drückte es ihm beinahe das Herz ab, und es fehlte wenig, so wäre er umgekehrt. Doch das strenge, ernste Antlitz von Athos trat ihm vor die Seele. Machte er mit dem Kardinal den Vertrag, den dieser ihm vorschlug, so würde ihm Athos keine Hand mehr geben, Athos würde ihn verleugnen.

Diese Befürchtung hielt ihn ab. So mächtig ist der Einfluß eines wahrhaft großen Charakters auf seine ganze Umgebung.

D'Artagnan stieg dieselbe Treppe hinab, auf der er heraufgekommen war. Er fand vor der Tür Athos und die vier Musketiere, die auf seine Rückkehr warteten und unruhig zu werden anfingen. D'Artagnan beruhigte sie mit einem Wort, und Planchet lief umher, um die anderen zu benachrichtigen, daß es unnötig sei, länger Wache zu halten, da sein Herr wohlbehalten das Palais des Kardinals verlassen habe.

Sobald sie zu Athos zurückgelangt waren, erkundigten sich Aramis und Porthos nach der Ursache dieser seltsamen Zusammenkunft. D'Artagnan sagte ihnen aber nur, Richelieu habe ihn kommen lassen, um ihm den Eintritt in seine Leibwache als Fähnrich anzutragen; er habe aber dieses Anerbieten ausgeschlagen.

„Und Ihr habt recht gehabt", riefen einstimmig Aramis und Porthos.

Athos versank in tiefes Sinnen und erwiderte nichts.

Aber als er mit d'Artagnan allein war, sagte er:

„Ihr habt getan, was Ihr tun mußtet, aber Ihr habt vielleicht unrecht gehabt."

D'Artagnan stieß einen Seufzer aus, denn diese Stimme

antwortete auf eine geheime Stimme seiner Seele, die ihm sagte, daß großes Unglück auf ihn wartete.

Der nächste Tag verging mit Reisevorbereitungen.

D'Artagnan verabschiedete sich von Herrn von Treville. Noch zu dieser Stunde glaubte man, die Trennung der Garden und der Musketiere würde nur ganz kurz sein. Der König würde sein Parlament noch an diesem Tag abhalten und am anderen Morgen abreisen. Herr von Treville beschränkte sich also darauf, d'Artagnan zu fragen, ob er etwas für ihn tun könne. D'Artagnan antwortete stolz, er habe alles, was er brauche.

Die Nacht versammelte alle Kameraden der Gardekompanie des Essarts und der Musketierkompanie des Herrn von Treville, die Freundschaft miteinander geschlossen hatten. Man verließ sich, um sich wiederzusehen, wann und wenn es Gott gefiele. Die Nacht war also, wie man sich denken kann, höchst geräuschvoll, denn unter solchen Umständen läßt sich die äußere Unruhe nur mit der äußersten Sorglosigkeit bekämpfen.

Am Morgen trennten sich die Freunde beim ersten Trompetenschall, die Musketiere liefen zum Hotel des Herrn von Treville, die Garden zu dem des Herrn des Essarts. Jeder der Kapitäne führte seine Kompanie sogleich zum Louvre, wo sie der König Revue passieren ließ.

Der König war traurig und schien krank zu sein, was ihm etwas von seinem stattlichen Aussehen benahm. Es hatte ihn tatsächlich am Tag vorher mitten im Parlament, während er zu Gericht saß, das Fieber ergriffen. Er war darum nicht weniger entschlossen, am gleichen Tag abzugehen, und wollte, trotz aller Bemerkungen, die man machte, die Parade abhalten, in der Hoffnung, durch dieses erste kräftige Ankämpfen die Krankheit zu besiegen.

Als die Parade vorüber war, marschierten die Garden allein aus, da die Musketiere erst mit dem König abgehen

sollten, wodurch es Porthos vergönnt war, in seiner herrlichen Equipierung einen Ritt durch die Rue aux Ours zu machen.

Die Prokuratorin sah ihn in seiner neuen Uniform und auf seinem schönen Pferd vorüberreiten. Sie liebte ihn zu sehr, um ihn abziehen zu lassen. Sie machte ihm ein Zeichen abzusteigen und zu ihr zu kommen. Porthos war prächtig. Seine Sporen klirrten, sein Harnisch glänzte, sein Degen schlug stolz an seine Beine. Diesmal fühlten die

Schreiber keine Lust zum Lachen, so sehr hatte Porthos das Aussehen eines Ohrenabschneiders.

Der Musketier wurde zu Herrn Coquenard hereingeführt, dessen kleine graue Augen vor Zorn blitzten, als er seinen angeblichen Vetter ganz funkelnagelneu erblickte. Eins jedoch tröstete ihn einigermaßen. Man sagte allgemein, es würde ein sehr harter Feldzug werden, und er hoffte ganz still aus tiefstem Herzensgrund, Porthos werde dabei das Leben verlieren.

Porthos machte Herrn Coquenard seine Aufwartung und verabschiedete sich von ihm. Coquenard wünschte ihm alles mögliche Glück. Madame Coquenard konnte ihre Tränen nicht zurückhalten, aber ihr Schmerz gab zu keinem bösen Gedanken Anlaß. Man wußte, daß sie sehr an ihrem Verwandten hing, dessentwillen sie manchen furchtbaren Streit mit ihrem Gatten durchzufechten hatte.

Aber der eigentliche Abschied fand im Zimmer der Frau Coquenard statt. Er war herzzerreißend. Solange die Prokuratorin ihrem schönen Vetter mit den Augen folgen konnte, lehnte sie sich zum Fenster hinaus, daß man hätte glauben können, sie wolle sich herausstürzen, und winkte mit dem Taschentuch. Porthos nahm alle diese Zeichen der Zärtlichkeit als ein Mann auf, der an dergleichen Herzensäußerungen gewöhnt ist. Als er jedoch um die Straßenecke ritt, nahm er seinen Hut vom Kopf und schwenkte ihn zum Lebewohl.

Was Aramis betrifft, so schrieb er einen langen Brief. An wen? Niemand wußte es. Ketty, die an diesem Abend nach Tours abreisen sollte, wartete im Nebenzimmer.

Athos trank in kleinen Zügen die letzte Flasche von seinem spanischen Wein.

Während dieser Zeit marschierte d'Artagnan mit seiner Kompanie. Als er zum Faubourg Saint-Germain kam, drehte er sich um und schaute heiter die Bastille an, der er bis dahin glücklich entgangen war. Da er nur die Bastille anschaute, sah er Mylady nicht, die ihn, auf einem isabellenfarbigen Pferd reitend, mit dem Finger zwei Menschen von ziemlich schlimmem Aussehen bezeichnete, die sich umgehend den Reihen näherten, um ihn zu betrachten. Auf eine Frage, die sie mit den Blicken machten, antwortete Mylady, er sei es. Sobald sie sich überzeugt hatte, daß kein Versehen bei der Ausführung ihres Auftrags stattfinden konnte, spornte sie ihr Pferd und verschwand.

Die beiden Männer folgten dann der Kompanie und bestiegen beim Ausgang aus dem Faubourg Saint-Antoine Pferde, die ein Bediensteter ohne Livree für sie bereithielt.

41. Kapitel

Die Belagerung von La Rochelle

Die Belagerung von La Rochelle war eines der bedeutendsten Ereignisse unter der Regierung Ludwigs XIII.

Die politischen Absichten des Kardinals, als er diese Belagerung unternahm, waren von hoher Bedeutung. Von den wichtigen Städten, die Heinrich IV. den Hugenotten als Staatspfand gab, war nur noch La Rochelle übrig. Es handelte sich also darum, dieses letzte Bollwerk des Calvinismus, diesen gefährlichen Gärungsstoff, zu zerstören, mit dem sich unaufhörlich Keime des Aufstands im Innern und des Kriegs nach außen vermischten.

Unzufriedene Spanier, Engländer, Italiener, Abenteurer aller Nationen, Glücksritter jeder Art strömten beim ersten Aufruf unter den Fahnen der Protestanten zusammen und gestalteten sich zu einer umfassenden Verbindung, deren Zweige bis zu jedem Punkt Europas drangen.

La Rochelle, das durch den Untergang der anderen calvinistischen Städte ein neues Gewicht bekommen hatte, war also der Herd der Zwistigkeiten und der ehrgeizigen Bestrebungen. Überdies war es der letzte Hafen, der den Engländern in Frankreich offenstand. Wenn er diesen für England, den ewigen Feind Frankreichs, verschloß, vollendete der Kardinal das Werk der Jungfrau von Orleans und des Herzogs von Guise.

Bassompierre, der gleichzeitig Protestant und Katholik war, Protestant aus Überzeugung, Katholik als Kommandeur vom Heiligen Geist, Bassompierre, Deutscher von Geburt, Franzose seinem Herzen nach, der ein besonderes Kommando bei der Belagerung von La Rochelle führte, sagte daher auch, als er an der Spitze mehrerer anderer protestantischer Edelleute angriff:

„Ihr werdet sehen, meine Herren, wir sind so dumm und nehmen La Rochelle."

Und Bassompierre hatte recht. Die Kanonade der Insel Ré weissagte ihm die Verfolgungen der Hugenotten. Die Einnahme von La Rochelle war die Vorrede zum Widerruf des Edikts von Nantes.

Aber neben diesen allgemeinen Absichten des nivellierenden und vereinfachenden Ministers, die der Geschichte angehören, muß der Chronikschreiber die kleinen Gesichtspunkte des verliebten Mannes und eifersüchtigen Nebenbuhlers ins Auge fassen.

Richelieu war, wie jedermann weiß, in die Königin verliebt gewesen. Hatte diese Liebe bei ihm einen einfachen politischen Zweck, oder war es eine jener tiefen Leidenschaften, wie sie Anna von Österreich den Männern, von denen sie umgeben war, einflößte? Wir können dies nicht sagen. Aber jedenfalls konnte man aus der früheren Entwicklung dieser Geschichte ersehen, daß Buckingham den Sieg über ihn davongetragen hatte, und das bei mehreren Gelegenheiten. Besonders bei der Geschichte mit den Nestelstiften hatte er ihn, dank der Hingebung der drei Musketiere und dem Mut d'Artagnans, auf eine grausame Weise genarrt.

Es handelte sich also für Richelieu nicht nur darum, Frankreich von einem Feind zu befreien, sondern auch, sich an einem Nebenbuhler zu rächen. Die Rache sollte groß, glänzend und besonders eines Mannes würdig werden, der die Kräfte eines ganzen Königreichs als Waffe in der Hand hält.

Richelieu wußte, daß er, indem er England bekämpfte, über Buckingham triumphierte, daß er, indem er England in den Augen Europas demütigte, Buckingham in den Augen der Königin demütigte.

Während Buckingham seinerseits wiederum nur die

Ehre Englands vorschob, wurde er von Interessen geleitet, die denen des Kardinals vollkommen glichen. Buckingham verfolgte ebenfalls seine Privatrache. Buckingham hatte unter keinem Vorwand wieder als Botschafter Eingang in Frankreich finden können.

Daraus geht hervor, daß der wahre Einsatz bei der Partie, den die beiden mächtigsten Reiche nach dem Belieben zweier verliebter Männer spielten, weiter nichts als ein Blick Annas von Österreich war.

Den ersten Vorteil hatte der Herzog von Buckingham errungen. Er erschien unerwartet vor der Insel Ré mit neunzig Schiffen und ungefähr zwanzigtausend Mann, überfiel den Grafen von Toiras, der auf der Insel für den König kommandierte, und schaffte nach einem blutigen Kampf eine Landung.

Wir bemerken nebenbei nur noch, daß in diesem Kampf der Baron von Chantal fiel. Der Baron von Chantal hinterließ ein kleines Mädchen von achtzehn Monaten als Waise. Dieses kleine Mädchen wurde später Frau von Sevigné.

Graf von Toiras zog sich in die Zitadelle Saint-Martin mit der Garnison zurück, und warf etwa hundert Mann in das Fort de la Prée.

Dieses Ereignis hatte die Entscheidungen des Kardinals beschleunigt, er schickte, bis der König und er, wie dies beabsichtigt war, den Oberbefehl bei der Belagerung von La Rochelle übernehmen könnten, Monsieur ab, um die ersten Operationen zu leiten, und alle Truppen, über die er verfügen konnte, gingen nach dem Kriegsschauplatz ab.

Zu dieser als Vorhut abgeschickten Abteilung gehörte auch unser Freund d'Artagnan.

Der König sollte, wie gesagt, folgen, sobald er seinen großen Gerichtstag im Parlament gehalten hätte. Als er sich am 25. Juni von diesem erhob, hatte er schweres Fieber. Er wollte trotzdem abreisen, aber sein Zustand verschlimmerte sich, und er war genötigt, in Villeroy zu bleiben.

Wo der König anhielt, mußten auch die Musketiere bleiben. Dadurch geschah es, daß d'Artagnan, der ganz einfach bei den Garden war, sich wenigstens für einen Augenblick von seinen Freunden Athos, Porthos und Aramis getrennt sah. Diese Trennung, die für ihn nur eine Unannehmlichkeit war, würde ihm gewiß ernstliche Un-

ruhe verursacht haben, wenn er die unbekannten Gefahren hätte ahnen können, von denen er umgeben war. Dessenungeachtet kam er in dem vor La Rochelle aufgeschlagenen Lager an.

Es befand sich noch alles im alten Zustand. Der Herzog von Buckingham und seine Engländer fuhren als Herren der Insel Ré fort, obwohl ohne Erfolg, die Zitadelle von Saint-Martin und das Fort de la Prée zu belagern. Die

Feindseligkeiten mit La Rochelle hatten seit zwei oder drei Tagen gegen ein Fort begonnen, das der Herzog von Angoulème in der Nähe hatte erbauen lassen.

Die Garden unter dem Kommando von Herrn des Essarts hatten ihre Quartiere im Kloster der Minimen.

Aber d'Artagnan, der ganz und gar vom Ehrgeiz, zu den Musketieren überzutreten, eingenommen war, hatte wenig Freundschaft mit seinen Kameraden geschlossen, und fand sich somit vereinzelt und seinen eigenen Betrachtungen überlassen.

Diese Betrachtungen waren eben nicht sehr heiter. Seit einem Jahr, nachdem er in Paris angekommen war, hatte er sich in die öffentlichen Angelegenheiten gemischt, und seine eigenen Angelegenheiten waren, was Liebe und Glück betrifft, nicht weit vorgerückt.

Was die Liebe betrifft, war Madame Bonacieux die einzige Frau, die er wirklich geliebt hatte, und Madame Bonacieux war verschwunden, ohne daß er nur im geringsten etwas von ihrem Leben oder Aufenthalt entdecken konnte.

Was das Glück betrifft, hatte er, der Schwache, sich den Kardinal, das heißt den Mann, vor dem die Größten des Reiches, vom König abwärts, zitterten, zum Feind gemacht.

Dieser Mann konnte ihn niederschmettern, zertreten, und er hatte es nicht getan. Für einen so scharfsinnigen Geist wie d'Artagnan war diese Nachsicht ein Licht, durch das er eine bessere Zukunft erblickte.

Dann hatte er sich noch einen anderen Feind gemacht, der seiner Ansicht nach weniger zu fürchten, aber, wie er instinktmäßig fühlte, darum doch nicht zu verachten war. Dieser Feind war Mylady.

Allen diesen gegenüber durfte er sich des Schutzes und Wohlwollens der Königin sicher sein. Aber das Wohlwollen der Königin war zu jener Zeit eine weitere Ursache zur Verfolgung, und ihre Protektion schützte bekanntlich sehr schlecht, was bei Chalais und Madame Bonacieux sichtbar wurde.

Der augenscheinlichste Gewinn, den er unter all diesen Verhältnissen errungen hatte, war der Diamant von fünf- bis sechstausend Livres, den er an seinem Finger trug, und auch dieser Diamant hatte, da d'Artagnan in seinen ehrgeizigen Plänen ihn behalten wollte, um ihn eines Tages als Zeichen der Wiedererkennung bei der Königin zu benutzen, und ihn also nicht veräußern konnte, vorläufig nicht mehr Wert als die Kieselsteine, auf die er mit seinen Füßen trat.

Wir sagen, als die Kieselsteine, auf die er mit seinen Füßen trat, denn d'Artagnan stellte diese Betrachtungen an, während er einsam auf einem hübschen Weg spazierenging, der von dem Lager in eine benachbarte Stadt führte. Unter diesen Betrachtungen aber war er weiter gegangen als er glaubte, und der Tag fing an sich zu neigen, als er bei dem letzten Strahl der untergehenden Sonne hinter einer Ecke hervor einen Flintenlauf glänzen sah.

D'Artagnan hatte ein gutes Auge und einen raschen Geist. Er begriff, daß die Flinte nicht allein gekommen war und daß ihr Träger sich nicht in freundschaftlichen Absichten hinter der Hecke verborgen hatte. Er beschloß also, das Weite zu suchen, als er auf der anderen Seite der Straße hinter einem Felsen das Ende einer zweiten Flinte erblickte.

Das war offenbar ein Hinterhalt.

Der junge Mann warf einen Blick auf die erste Flinte und sah mit einer gewissen Unruhe, daß sie sich in seine Richtung drehte. Aber sobald er sah, daß die Mündung des Laufs unbeweglich blieb, warf er sich mit dem Bauch auf die Erde. Zu gleicher Zeit ging der Schuß los und er hörte das Zischen einer Kugel, die über seinem Kopf hinflog.

Es war keine Zeit zu verlieren. D'Artagnan sprang auf und in dem Augenblick sprengte die andere Flinte die Kieselsteine von der Stelle auf, wo er sich vorher mit dem Gesicht auf die Erde geworfen hatte.

D'Artagnan gehörte nicht zu den Prahlern, die einen lächerlichen Tod suchen, damit man nicht von ihnen sage, sie seien nicht einen Schritt zurückgewichen. Überdies handelte es sich hier nicht mehr um den Mut, denn d'Artagnan war in einen Hinterhalt geraten.

„Kommt noch ein dritter Schuß", sagte er sich, „so bin ich ein Kind des Todes."

Und sogleich floh er in Richtung Lager mit der Geschwindigkeit der Bewohner seiner Heimat, die durch ihr flinkes Wesen berühmt geworden sind. Aber so rasch er auch lief, so hatte doch derjenige, welcher zuerst geschossen hatte, Zeit gefunden, sein Gewehr wieder zu laden, und er feuerte ihm einen zweiten Schuß nach, der diesmal so gut gezielt war, daß die Kugel durch seinen Hut drang und diesen zehn Schritt weit wegschleuderte.

Da d'Artagnan keinen anderen Hut besaß, so hob er diesen im Lauf vom Boden auf und kam ganz bleich und atemlos in seinem Quartier an. Er setzte sich, ohne jemand ein Wort zu sagen, und dachte über das Vorgefallene nach.

Dieses Ereignis konnte drei Ursachen haben.

Die erste und natürlichste ließ sich in einem Hinterhalt der Besatzung von Rochelle suchen, denen es nicht leid gewesen wäre, einen von den Gardisten des Königs zu töten, denn sie würden sich dadurch einen Feind mehr vom Hals geschafft haben, und dieser Feind hätte eine wohlgespickte Börse in seiner Tasche tragen können.

D'Artagnan nahm seinen Hut, untersuchte das von der Kugel gerissene Loch und schüttelte den Kopf. Die Kugel kam nicht von einer Muskete, sondern aus einer Büchse. Die Genauigkeit des Schusses hatte ihn schon auf den Ge-

danken gebracht, er sei aus einem Privatgewehr abgefeuert worden. Es war also kein militärischer Hinterhalt, wie dies aus dem Kaliber der Kugel hervorging.

Es konnte auch ein gutes Andenken vom Kardinal sein. Man erinnert sich, daß er in dem Augenblick, wo er durch den glücklichen Sonnenstrahl begünstigt den Flintenlauf erblickte, selbst über den Langmut Seiner Eminenz staunte.

Aber d'Artagnan schüttelte zweifelnd den Kopf. Bei

Leuten, nach denen er nur die Hand auszustrecken hatte, nahm der Kardinal nur selten zu solchen Mitteln seine Zuflucht.

Es konnte eine Rache von Mylady sein.

Diese Vermutung war vernünftiger.

Vergebens suchte er sich an die Gesichter oder die Kleidung der Mörder zu erinnern. Er war genötigt gewesen, sich so rasch zu entfernen, daß er nicht Muße gehabt hatte, etwas zu erkennen.

„Ah, meine lieben Freunde", murmelte d'Artagnan, „wo seid ihr? Und wie fehlt ihr mir!"

D'Artagnan verbrachte eine schlimme Nacht. Drei- oder viermal erwachte er plötzlich, weil er sich einbildete, man nähere sich seinem Bett, um ihn zu erdolchen. Aber der Tag kam auf, ohne daß etwas während der Nacht geschehen war.

D'Artagnan verhehlte sich jedoch nicht, daß aufgeschoben nicht aufgehoben war. Er blieb den ganzen Tag im Quartier, wobei er sich vor sich selbst mit dem schlechten Wetter entschuldigte.

Am zweiten Tag um neun Uhr wurde Generalmarsch geschlagen. Der Herzog von Orleans visitierte die Posten. Die Leibwache eilte zu den Waffen. D'Artagnan nahm seinen Platz unter seinen Kameraden ein.

Monsieur ritt die Front der Truppen entlang. Dann näherten sich ihm alle hohen Offiziere, um seinen Hof zu bilden, darunter auch Herr des Essarts.

Kurz darauf kam es d'Artagnan vor, als ob ihn Herr des Essarts durch ein Zeichen zu sich winkte. Er wartete auf ein neues Zeichen seines Vorgesetzten, aus Furcht, er könnte sich täuschen, und als dieser Wink wiederholt wurde, verließ er die Reihen und trat vor, um den Befehl einzuholen.

„Monsieur verlangt Freiwillige zu einer gefährlichen

Mission, die jedoch denjenigen, die sie erfüllen, Ehre bringt, und ich habe Euch ein Zeichen gemacht, damit Ihr Euch bereithalten könnt."

„Ich danke, Kapitän", antwortete d'Artagnan, dem nichts erwünschter war, als sich unter den Augen des Generalleutnants auszuzeichnen.

Die Besatzung von La Rochelle hatte wirklich in der Nacht einen Ausfall gemacht und eine Bastion wiedergenommen, die zwei Tage vorher die Royalisten gestürmt hatten. Es handelte sich darum, eine Erkundung vorzunehmen, um zu sehen, wie die Bastion bewacht werde.

Nach einigen Augenblicken hob Monsieur die Stimme und sprach:

„Ich brauche zu diesem Auftrag drei oder vier Freiwillige, geführt von einem sicheren Mann."

„Was den sicheren Mann betrifft, so habe ich diesen bei der Hand", erwiderte Herr des Essarts und deutete auf d'Artagnan, „und in bezug auf die Freiwilligen darf Monseigneur nur seinen Willen äußern, und es wird nicht an Leuten fehlen."

„Vier Freiwillige, um sich mit mir töten zu lassen", rief d'Artagnan mit erhobenem Degen.

Zwei von seinen Kameraden bei den Garden stürzten gleich vor, zwei Soldaten traten dazu, und die gewünschte Zahl war voll. D'Artagnan wies daher alle anderen zurück, da er denen, die zuerst gekommen waren, ihr Recht auf Beförderung nicht schmälern wollte.

Man wußte nicht, ob die Besatzung von La Rochelle nach der Einnahme diese Bastion geräumt oder ob sie eine Garnison zurückgelassen hatte. Man mußte also den bezeichneten Ort ziemlich nahe untersuchen, um sich hierüber Gewißheit zu verschaffen.

D'Artagnan ging mit seinen vier Gefährten ab und folgte dem Laufgraben. Die zwei Gardisten marschierten mit ihm und die Soldaten dahinter.

So gelangten sie, durch die Grabenwände gedeckt, bis auf hundert Schritt zur Bastion; als sich d'Artagnan hier umwandte, sah er, daß die Soldaten verschwunden waren. Er glaubte, sie seien aus Furcht zurückgeblieben und rückte weiter vor.

An der Biegung der Außenböschung waren sie nur noch ungefähr sechzig Schritt von der Bastion entfernt.

Man sah nichts, und die Bastion schien ganz verlassen.

Die drei dem Tod Geweihten beratschlagten, ob sie weitergehen sollten, als plötzlich eine Rauchwolke sichtbar wurde und ein Dutzend Kugeln um d'Artagnan und seine Gefährten zischten.

Sie wußten, was sie wissen wollten, die Bastion war besetzt, ein längerer Aufenthalt an diesem gefährlichen Ort wäre eine nutzlose Unklugheit gewesen.

D'Artagnan und die zwei Gardisten kehrten um und begannen einen Rückzug, der mehr einer Flucht glich.

Als sie die Ecke des Laufgrabens erreichten, der ihnen als Wall dienen sollte, stürzte einer von den Gardisten. Eine Kugel hatte ihm die Brust durchbohrt; der andere war unverletzt und setzte seinen Lauf zum Lager fort.

D'Artagnan wollte seinen Gefährten nicht so verlassen und beugte sich über ihn, um ihn aufzuheben. In diesem Augenblick wurden zwei Schüsse abgefeuert. Eine Kugel zerschmetterte dem bereits verwundeten Gardisten den Kopf, die andere prallte an dem Felsen ab, nachdem sie zwei Zoll nah an d'Artagnan vorübergeflogen war.

Der junge Mann wandte sich schnell um, denn dieser Angriff konnte nicht von der Bastion kommen, die durch die Ecke des Laufgrabens gedeckt war. Sogleich fielen ihm die zwei Soldaten ein, die ihn verlassen hatten, und er erinnerte sich dabei an die Mörder, die ihm zwei Tage vorher nach dem Leben trachteten. Er beschloß daher, diesmal zu untersuchen, woran er sich zu halten hätte, und fiel auf den Körper seines Kameraden nieder, als ob er tot wäre.

Bald sah er, wie sich zwei Köpfe über einem verlassenen Werk, dreißig Schritt von ihm entfernt, erhoben. Es waren die unserer zwei Soldaten. D'Artagnan hatte sich nicht getäuscht. Diese Leute waren ihm nur gefolgt, um ihn zu töten, in der Hoffnung, der Tod des jungen Mannes würde dem Feind in Rechnung gestellt werden.

Da er jedoch, nur verwundet, sein und ihr Verbrechen anzeigen konnte, so näherten sie sich ihm, um ihm den Garaus zu machen. Durch die List d'Artagnans getäuscht, versäumten sie es glücklicherweise, ihre Gewehre wieder zu laden. Als sie auf zehn Schritt herangekommen waren, stand d'Artagnan, der bei seinem Fall seinen Degen fest in der Hand behalten hatte, rasch auf und war mit einem Sprung bei ihnen.

Die Mörder begriffen, daß, wenn sie ins Lager entflohen, ohne ihren Mann getötet zu haben, sie von diesem angeklagt wurden. Es war daher ihr erster Gedanke, zum Feind überzugehen. Der eine von ihnen nahm seine Flinte beim Lauf und benutzte sie als Keule. Er führte einen furchtbaren Schlag nach d'Artagnan, der ihm dadurch auswich, daß er sich auf die Seite warf, aber durch diese Bewegung ließ er dem Banditen freien Raum, und dieser lief sogleich auf die Bastion zu.

Da die Feinde, die sie besetzt hielten, nicht wissen konnten, in welcher Absicht dieser Mann zu ihnen kam, so gaben sie Feuer, und er stürzte mit zerschmetterter Schulter nieder.

Während dieser Zeit warf sich d'Artagnan auf den zweiten Soldaten und griff ihn mit dem Degen an. Der Kampf dauerte nicht lange, der Elende hatte zu seiner Verteidigung nichts als die abgefeuerte Flinte. Der Degen des Gardisten glitt an dem Lauf des unnütz gewordenen Gewehrs ab und durchdrang den Schenkel des Mörders.

D'Artagnan setzte ihm sogleich seine Degenspitze an die Gurgel, nachdem der Attentäter am Boden lag.

„Oh, tötet mich nicht!" rief der Bandit, „Gnade! Gnade! Ich werde Euch alles sagen." - „Ist dein Geheimnis so viel wert, daß ich dir das Leben schenke?" fragte der junge Mann. - „Ja, sofern Ihr das Leben für wertvoll haltet, wenn man erst zwanzig Jahre alt ist, wenn man wie Ihr alles erreichen kann." - „Elender", sagte d'Artagnan, „sprich schnell. Wer hat dir den Auftrag gegeben, mich zu ermorden?" - „Eine Frau, die ich nicht kenne, die man aber Mylady nannte." - „Doch wenn du diese Frau nicht kennst, woher weißt du ihren Namen?" - „Mein Kamerad kannte sie und nannte sie so. Sie verhandelte mit ihm und nicht mit mir. Er hat sogar in seiner Tasche einen Brief von dieser Person, der von großer Wichtigkeit für Euch sein muß, wie ich ihn sagen hörte." - „Aber wie kommst du dazu, dich an diesem Hinterhalt zu beteiligen?" - „Er machte mir den Vorschlag, diesen Streich zu zweit auszuführen, und ich willigte ein." - „Und wieviel hat sie euch für dieses Unternehmen gegeben?" - „Hundert Louisdor." - „Schön", sprach der junge Mann lachend, „sie denkt doch, ich sei etwas wert. Hundert Louisdor, das ist eine Summe für Schurken eurer Art. Ich begreife, daß du eingewilligt hast, und ich begnadige dich, jedoch unter einer Bedingung." - „Unter welcher?" fragte der Soldat unruhig, als er sah, daß noch nicht alles zu Ende war. - „Daß du mir den Brief holst, den dein Kamerad in seiner Tasche hat." - „Aber das ist nur eine andere Art, mich zu töten", rief der Bandit. „Wie soll ich diesen Brief unter dem Feuer der Bastion holen?" - „Du mußt dich entschließen, ihn herbeizuschaffen, oder ich schwöre dir, daß du von meiner Hand stirbst." - „Gnade! Herr, Barmherzigkeit! Im Namen der jungen Dame, die ihr liebt, die Ihr vielleicht tot glaubt und die es nicht ist!" rief der Bandit, sich auf die Knie erhebend und mit der Hand stützend, denn er fing an mit seinem Blut auch die Kräfte zu verlieren. - „Woher weißt du, daß es eine junge Frau gibt, die ich liebe, und daß ich diese junge Frau tot geglaubt habe?" fragte d'Artagnan. - „Aus dem Brief, den mein Kamerad in seiner Tasche hat." - „Du siehst also, daß ich diesen Brief bekommen muß", sprach d'Artagnan. „Nicht mehr gezögert, oder wie sehr es mir

auch widerstrebt, meinen Degen zum zweitenmal in das Blut eines Elenden zu tauchen, wie du bist, ich schwöre dir, so wahr ich ein ehrlicher Mann bin ... "

Bei diesen Worten machte d'Artagnan eine so drohende Gebärde, daß sich der Verwundete erhob.

„Halt, halt!" rief er, seinen Mut wieder durch den Schrecken gewinnend, „ich gehe ... ich gehe."

D'Artagnan nahm die Büchse des Soldaten, ließ ihn vor sich her gehen und trieb ihn zu seinem Gefährten, indem er ihn von Zeit zu Zeit mit der Spitze seines Degens in die Hüfte stach. Es war furchtbar mit anzusehen, wie dieser Unglückliche, auf seinem Weg eine lange Blutspur zurücklassend, bleich vor dem bevorstehenden Tod, sich ungesehen zu dem Leichnam seines Kameraden hinzuschleppen versuchte, der zwanzig Schritt von ihm entfernt lag.

Der Schrecken stand so stark auf seinem mit kaltem Schweiß bedeckten Gesicht, daß d'Artagnan Mitleid bekam und ihn verächtlich anschaute.

„Nun!" sprach er, „ich will dir zeigen, welch ein Unterschied zwischen einem Mann von Herz und einem Feigling deiner Art besteht. Bleibe, ich werde selbst gehen!"

Und schnell, mit lauerndem Auge jede Bewegung des Feindes beobachtend, alle Vorteile des Terrains nutzend, gelangte d'Artagnan bis zu dem zweiten Soldaten.

Es gab zwei Mittel, seinen Zweck zu erreichen. Entweder mußte er ihn auf der Stelle durchsuchen oder er mußte ihn, seinen Leib als Schild gebrauchend, in den Laufgraben tragen und dort erst durchsuchen.

D'Artagnan zog das zweite Mittel vor und lud den Mörder in dem Augenblick, wo der Feind Feuer gab, auf seine Schulter.

Ein leichter Stoß, ein letzter Schrei, ein Beben des Todeskampfes bewiesen d'Artagnan, daß ihm derjenige, welcher ihn ermorden wollte, das Leben gerettet hatte.

D'Artagnan erreichte wieder den Laufgraben und warf den Erschossenen neben den Verwundeten.

Gleich begann er die Untersuchung: eine lederne Brieftasche, eine Börse, worin sich offenbar ein Teil von der Summe fand, die der Bandit erhalten hatte, ein Becher und Würfel bildeten die ganze Hinterlassenschaft des Toten.

Er ließ den Becher und die Würfel, wo sie hingefallen waren, schleuderte die Börse dem Verwundeten zu und öffnete gierig die Brieftasche.

Mitten unter unwichtigen Papieren fand sich folgender Brief, den er unter Lebensgefahr geholt hatte:

„Da Ihr die Spur dieser Frau verloren habt, und sie nun in Sicherheit in dem Kloster ist, wohin Ihr sie nie gelangen lassen durftet, so sucht wenigstens den Mann nicht zu verfehlen. Verfehlt Ihr ihn, so wißt Ihr, daß ich eine lange Hand habe, und daß Ihr die hundert Louisdor, die Ihr von mir erhalten habt, teuer bezahlen müßt."

Keine Unterschrift. Aber zweifellos kam der Brief unleugbar von Mylady. Er behielt ihn also als Beweisstück, und da er sich hinter der Ecke des Laufgrabens in Sicherheit befand, so fing er an, den Verwundeten auszufragen. Dieser gestand, daß er es mit seinem soeben getöteten Kameraden übernommen hatte, eine junge Frau, die von Paris durch die Barrière de la Villette abreisen sollte, zu entführen, daß sie sich aber in einer Schenke aufgehalten und den Wagen um zehn Minuten versäumt hatten.

„Aber was hättet Ihr mit dieser Frau gemacht?" fragte d'Artagnan bange.

„Wir sollten sie in ein Hotel an der Place Royale bringen", erwiderte der Verwundete

„Ja, ja", murmelte d'Artagnan, „das paßt zu Mylady."

Nun begriff der junge Mann schaudernd, welch furchtbarer Rachedurst diese Frau antrieb, ihn, sowie diejenigen, die ihn liebten, zugrunde zu richten, und wie sehr sie mit den Angelegenheiten des Hofs vertraut war, da sie alles entdeckt hatte. Ohne Zweifel hatte sie ihre Nachrichten dem Kardinal zu verdanken. Aber dagegen sah er auch mit einem Gefühl wahrer Freude, daß die Königin endlich den Kerker erkundet, in dem die arme Madame Bonacieux ihre Ergebenheit büßen mußte, und daß sie Constance diesem Kerker entzogen hatte.

Von dieser Zeit wurde es möglich, Madame Bonacieux wiederzufinden, und ein Kloster war nicht uneinnehmbar.

Dieser Gedanke stimmte ihn vollends mild. Er wandte sich zu dem Verwundeten um, der ängstlich all die verschiedenen Eindrücke in seinem Gesicht verfolgte, und reichte ihm den Arm.

„Auf!“ sprach er, „ich will dich nicht so verlassen. Stütze dich auf mich, und kehren wir in das Lager zurück.“

„Ja“, sagte der Verwundete, der kaum an so viel Großmut glauben konnte, „aber geschieht dies nicht, um mich hängen zu lassen?“

„Du hast mein Wort, und zum zweitenmal schenke ich dir das Leben.“

Der Verwundete sank auf die Knie und küßte seinem Retter die Füße. Aber d'Artagnan, der durchaus keinen Grund hatte, so nahe am Feind zu bleiben, kürzte selbst die Dankbarkeitsbezeigungen ab.

Der Gardist, der bei dem ersten Feuer des Feindes zurückgeeilt war, hatte den Tod seiner vier Gefährten gemeldet. Man war also sehr erstaunt und äußerst vergnügt im Regiment, als man den jungen Mann ankommen sah.

D'Artagnan erklärte den Degenstich seines Gefährten durch einen Ausfall, den er erfand. Er erzählte den Tod des anderen Soldaten und die Gefahren, denen sie preisgegeben gewesen. Seine Erzählung hatte einen wahren Triumph für ihn zur Folge. Die ganze Armee sprach einen Tag lang von diesem Unternehmen, und Monsieur ließ ihm darüber seine Komplimente machen.

Wie übrigens jede schöne Handlung ihre Belohnung mit sich bringt, so war das Resultat der schönen Handlung d'Artagnans, daß sie ihm die verlorene Ruhe wiedergab. Der junge Mann glaubte wirklich ruhig sein zu können, da von seinen beiden Feinden der eine tot, der andere seinen Interessen ergeben war.

Diese Ruhe bewies bloß, daß d'Artagnan Mylady noch nicht kannte.

42. Kapitel

Wein aus dem Anjou

Nachdem man beinahe verzweifelte Nachrichten vom König erhalten hatte, fing das Gerücht von seiner Wiedergenesung an sich zu verbreiten, und da er große Eile hatte, persönlich zur Belagerung zu kommen, so sagte man, er würde abreisen, sobald er aufs Pferd steigen könnte.

Monsieur, der wußte, daß er jeden Tag durch den Herzog von Angoulême, durch Bassompierre oder durch Schomberg, die sich um das Kommando stritten, im Oberbefehl ersetzt werden konnte, tat mittlerweile nur wenig, verlor seine Zeit mit Umhertappen und wagte kein großes Unternehmen, um die Engländer von der Insel Ré zu vertreiben, wo sie die Zitadelle Saint-Martin und das Fort de la Prée belagerten, während die Franzosen ihrerseits La Rochelle belagerten.

D'Artagnan war, wie gesagt, ruhiger geworden, wie dies stets nach einer überstandenen Gefahr, oder wenn man die Gefahr für überwunden hält, der Fall ist. Sein Kummer war, daß er keine Nachricht von seinen Freunden erhielt.

Aber eines Morgens wurde ihm durch folgenden aus Villeroy kommenden Brief alles klar:

„Herr d'Artagnan!

Die Herren Athos, Porthos und Aramis machten, nachdem sie bei mir ein gutes Mahl eingenommen hatten, einen so gewaltigen Lärm, daß ihnen der Profos, ein sehr strenger Mann, einige Tage Zimmerarrest gab. Ich führe ihre Befehle aus, indem ich Euch zwölf Flaschen Wein aus dem Anjou schicke, dem sie großes Lob spenden. Sie wünschen, daß Ihr ihren Lieblingswein auf ihre Gesundheit trinkt.

Ich bin, mein Herr, mit der größten Achtung
Euer
ergebenster und gehorsamster Diener
G o d e a u
Wirt der Musketiere"

„Vortrefflich!" rief d'Artagnan, „Sie denken an mich bei ihren Vergnügungen, wie ich an sie in meinem Kummer denke. Ich werde gewiß auf ihre Gesundheit trinken, und zwar von ganzem Herzen und nicht allein."

Und d'Artagnan lief zu zwei Gardisten, mit denen er engere Freundschaft geschlossen hatte als mit den anderen, und lud sie ein, den Wein mit ihm zu trinken, der von Villeroy gekommen war. Der eine war für diesen Abend, der andere für den folgenden eingeladen. So wurde also die Zusammenkunft auf den zweiten Tag festgesetzt.

D'Artagnan schickte seine zwölf Flaschen Wein in die Trinkstube der Garden, mit dem Befehl, sie sorgfältig aufzubewahren. Als der Tag des Festes erschien, mußte Planchet schon um neun Uhr sich an Ort und Stelle begeben, um die notwendigen Vorbereitungen zu treffen, während die Stunde zum Mittagsmahl auf ein Uhr festgesetzt war.

Stolz, zur Würde eines Haushofmeisters erhoben worden zu sein, war Planchet darauf bedacht, seine Aufgabe bestens zu erfüllen. Er nahm zu diesem Zweck noch einen Bediensteten von einem der Gäste seines Herrn, namens Fourreau, zu sich, wie auch Baisemont, den falschen Soldaten, der unseren Helden hatte töten wollen und, da er zu keinem Corps gehörte, in den Dienst d'Artagnans oder vielmehr Planchets getreten war, seitdem ihm d'Artagnan das Leben geschenkt hatte.

Zur angesetzten Stunde erschienen die beiden Gäste, nahmen Platz, und die Gerichte wurden aufgetragen; Planchet wartete mit der Serviette unter dem Arm auf,

Fourreau entkorkte die Flaschen und Baisemont goß den Wein, der durch das Schütteln einen Satz bekommen zu haben schien, in gläserne Karaffen um. Die erste Flasche von diesem Wein war etwas trüb. Baisemont goß den Satz in ein Glas, und d'Artagnan erlaubte ihm zu trinken, denn der arme Teufel hatte noch nicht viel Kraft.

Die Gäste hatten die Suppe gegessen und waren gerade im Begriff, das erste Glas an die Lippen zu setzen, als plötzlich die Kanonen im Fort Louis und im Fort Neuf ertönten. Die Gardisten glaubten, es handle sich um einen unvorhergesehenen Angriff der Engländer oder seitens der Belagerten und liefen nach ihren Degen. D'Artagnan machte es ebenso, und alle drei eilten an ihre Posten.

Aber kaum waren sie außerhalb der Trinkstube, als sie über den großen Lärm aufgeklärt wurden. Von allen Seiten ertönte der Ruf: „Es lebe der König! Es lebe der Kardinal!" und die Trommeln ertönten in allen Richtungen.

Der König hatte wirklich in seiner Ungeduld eine Etappe überschlagen und traf in diesem Augenblick mit all seinen Haustruppen und einer Verstärkung von zehntausend Mann ein. Vor und hinter ihm zogen die Musketiere. D'Artagnan hatte mit seiner Kompanie Spalier zu bilden und begrüßte begeistert seine Freunde und Herrn von Treville.

Sobald die Empfangszeremonie vorüber war, lagen sich die vier Freunde schon in den Armen.

„Bei Gott!" rief d'Artagnan, „Ihr hättet nicht gelegener ankommen können; das Fleisch hat gewiß noch nicht Zeit gehabt, kalt zu werden. Nicht wahr, meine Herren", fügte der junge Mann den beiden Gardisten zugewandt bei, die er seinen Freunden vorstellte. - „Ah! Ah! Es scheint, wir bankettieren", sprach Porthos. - „Hoffentlich ist doch keine Frauensperson beim Mahl?" sagte Aramis. - „Gibt es trinkbaren Wein in Eurer Schenke?" fragte Athos. -

„Bei Gott, den Euren, lieber Freund“, antwortete d’Artagnan. - „Unseren Wein?“ rief Athos. - „Ja, den Wein, den Ihr mir geschickt habt.“ - „Wir haben Euch Wein geschickt?“ - „Aber Ihr wißt doch, köstlichen Wein von den Rebhügeln des Anjou? ... “ - „Ja, ich weiß ganz gut von welcher Sorte Wein Ihr sprecht.“ - „Von dem Wein, dem Ihr den Vorzug gebt.“ - „Allerdings, wenn ich weder Champagner noch Champertin habe.“ - „Nun, in Ermangelung des Champagners und des Chambertin werdet Ihr Euch mit diesem begnügen.“ - „Wir haben also Anjou-Wein kommen lassen, wir Leckermäuler?“ sprach Porthos. - „Nein, es ist der Wein, den man mir in Eurem Auftrag geschickt hat.“ - „In unserem Auftrag?“ riefen die Musketiere. - „Aramis, habt Ihr den Wein geschickt?“ fragte Athos. - „Nein, und Ihr, Porthos?“ - „Nein.“ - „Ganz wohl, aber Euer Wirt, Godeau, der Wirt der Musketiere.“ - „Meiner Treu, er mag kommen woher er will, daran soll es nicht scheitern“, sagte Porthos,

„wir wollen ihn versuchen und wenn er gut ist, trinken." - „Nein", entgegnete Athos, „wir wollen den Wein nicht trinken, der aus einer unbekannten Quelle kommt." - „Ihr habt recht, Athos", sprach d'Artagnan. „Niemand von euch hat den Gastwirt Godeau beauftragt, mir den Wein zu schicken?" - „Nein, und trotzdem ist er Euch in unserem Auftrag zugeschickt worden?" - „Hier ist der Brief", erwiderte d'Artagnan und übergab seinen Kameraden das Billett. - „Das ist nicht seine Handschrift", rief Athos; „ich kenne sie, denn ich habe vor dem Abmarsch die Rechnungen der Kompanie geordnet." - „Ein falscher Brief", sagte Porthos, „wir hatten keinen Zimmerarrest." - „D'Artagnan", sprach Aramis im Ton des Vorwurfs, „wie konntet Ihr glauben, wir hätten Lärm gemacht?..."

D'Artagnan erbleichte, und ein krampfhaftes Zittern schüttelte seine Glieder.

„Du jagst mir Schrecken ein", sagte Athos, der ihn nur bei bedeutenden Gelegenheiten duzte; „was ist denn vorgefallen?"

„Rasch, laßt uns laufen, meine Freunde!" rief d'Artagnan, den ein furchtbarer Verdacht durchzuckte; „sollte es abermals eine Rache dieser Frau sein?"

Athos erbleichte ebenfalls.

D'Artagnan stürzte zur Trinkstube. Die drei Musketiere und die beiden Gardisten folgten ihm.

Das erste, was d'Artagnan beim Eintritt in den Speisesaal ins Auge fiel, war Baisemont, der sich in furchtbaren Krämpfen auf dem Boden wälzte.

Bleich wie der Tod suchten ihm Planchet und Fourreau Hilfe zu leisten, aber jeder Beistand war offenbar fruchtlos. Alle Züge des Sterbenden waren im Todeskampf zusammengezogen.

„Ah!" rief er, als er d'Artagnan erblickte; „das ist ab-

scheulich: Ihr gebt Euch den Anschein mich zu begnadigen, und Ihr vergiftet mich."

„Ich", rief d'Artagnan. „Ich? Unglücklicher! Was sagst du da?"

„Ich sage, daß Ihr mir diesen Wein gegeben habt. Ihr habt mich trinken lassen. Ich sage, daß Ihr Euch an mir rächen wolltet, ich sage, daß dies abscheulich ist."

„Glaubt es nicht, Baisemont", rief d'Artagnan, „glaubt es nicht, ich schwöre Euch ..."

„Aber es lebt ein Gott! Gott wird Euch bestrafen! Mein Gott, laß ihn einen Tag leiden, was ich leide.“

„Beim heiligen Evangelium“, sprach d’Artagnan, sich auf den Sterbenden stürzend, „ich schwöre Euch, ich wußte nicht, daß dieser Wein vergiftet war, und wollte soeben selbst davon trinken.“

„Ich glaube Euch nicht“, sagte der Soldat und verschied unter Qualen.

„Schändlich! Schändlich!“ murmelte Athos, während Porthos die Flaschen zerbrach und Aramis etwas spät den Befehl gab, einen Beichtvater zu holen.

„Oh, meine Freunde“, sprach d’Artagnan, „Ihr habt mir abermals das Leben gerettet, und zwar nicht allein mir, sondern auch diesen Herren. Meine Herren“, fuhr er, sich an die Gardisten wendend, fort, „ich bitte, dieses ganze Abenteuer zu verschweigen. Hohe Personen könnten bei dem, was Ihr gesehen habt, beteiligt sein, und das Schlimme von alledem würde auf uns zurückfallen.“

„Ach! Gnädiger Herr“, stammelte Planchet, mehr tot als lebendig, „ach, gnädiger Herr, da bin ich schön durchgeschlüpft.“

„Wie, Schurke!“ rief d’Artagnan, „du wolltest also meinen Wein trinken?“

„Auf die Gesundheit des Königs, gnädiger Herr. Ich wollte eben ein armseliges Gläschen leeren, als Fourreau mir sagte, man rufe mich.“

„Ach!“ sprach Fourreau, dem die Zähne vor Schrecken klapperten, „ich wollte ihn entfernen, um allein trinken zu können.“

„Meine Herren“, sagte d’Artagnan, „Ihr begreift, daß ein solches Mahl nach dem, was vorgefallen ist, nur sehr traurig sein könnte. Entschuldigt also gütigst, und bitte, beehrt mich an einem anderen Tag mit Eurer Gesellschaft!“

Die zwei Gardisten nahmen die Entschuldigungen d’Artagnans höflich auf und entfernten sich, da sie begriffen hatten, daß die vier Freunde allein zu sein wünschten.

Als der junge Gardist und die drei Musketiere ohne Zeugen waren, schauten sie sich mit einer Miene an, aus der hervorging, daß sie den Ernst der Lage begriffen.

„Vor allen Dingen", sprach Athos, „wollen wir dieses Zimmer verlassen. Ein Toter ist eine schlechte Gesellschaft."

„Planchet", sagte d'Artagnan, „ich empfehle dir, über den Leichnam des armen Teufels zu wachen. Er soll in geweihter Erde begraben werden. Allerdings hat er ein Verbrechen begangen, aber er bereute es."

Die vier Freunde überließen Planchet und Fourreau die Sorge, Baisemont die letzte Ehre zu erweisen.

Der Wirt gab ihnen eine andere Stube, in die man ihnen weich gesottene Eier und Wasser brachte, das Athos selbst aus dem Brunnen schöpfte. Mit ein paar Worten wurden Porthos und Aramis über die Lage der Dinge aufgeklärt.

„Nun", sagte d'Artagnan zu Athos, „Ihr seht, es ist ein Krieg auf Leben und Tod."

Athos schüttelte den Kopf und erwiderte:

„Ja, ja, ich sehe es ja ein, aber glaubt Ihr, sie sei es?"

„Ich bin fest überzeugt."

„Doch, ich muß Euch gestehen, daß ich noch daran zweifle."

„Aber die Lilie auf der Schulter ..."

„Es ist eine Engländerin, die irgendein Verbrechen in Frankreich begangen haben wird, wofür man sie gebrandmarkt hat."

„Athos, es ist Eure Frau, sage ich Euch", antwortete d'Artagnan; „erinnert Ihr Euch nicht, wie sehr sich die zwei Personenbeschreibungen gleichen?"

„Ich glaubte, die andere müßte tot sein, ich hatte sie so gut gehängt."

Nun war die Reihe an d'Artagnan, den Kopf zu schütteln.

„Aber was läßt sich schließlich tun?“ sprach der junge Mann.

„Offenbar kann man nicht immer mit einem Schwert über dem Haupt leben“, sagte Athos, „und man muß aus dieser Lage herauskommen.“

„Aber wie?“

„Hört: Versucht irgendwo mit ihr zusammenzukommen und zu einer Vereinbarung mit ihr zu gelangen. Sagt ihr: ‚Krieg oder Frieden! Ich gebe Euch mein Ehrenwort als Edelmann, nie etwas von Euch zu sagen, nie etwas gegen Euch zu tun. Von Eurer Seite fordere ich einen feierlichen Eid, neutral in bezug auf meine Person zu sein. Wollt ihr dies nicht, so suche ich den Kanzler, den König, den Henker auf. Ich bringe den ganzen Hof gegen Euch in Aufruhr, ich gebe Euch als Gebrandmarkte an. Ich stelle Euch vor Gericht und wenn man Euch freispricht, nun wohl! Dann töte ich Euch, so wahr ich ein Edelmann bin, an dem nächsten besten Eckstein, wie ich einen wütenden Hund umbringen würde.‘“

„Dieses Mittel gefällt mir“, erwiderte d'Artagnan, „aber wie mit ihr zusammenkommen?“

„Die Zeit, mein teurer Freund, die Zeit führt die Gelegenheit herbei. Die Gelegenheit ist dasselbe für den Menschen wie das Doublieren beim Spiel. Je höher man spielt, desto mehr gewinnt man, wenn man zu warten weiß.“

„Ja, aber umgeben von Mördern und Giftmischern zu warten ... “

„Pah!“ rief Athos, „Gott hat uns bis heute bewahrt, Gott wird uns auch weiterhin bewahren.“

„Allerdings, uns. Doch wir sind im ganzen genommen Männer, und es ist unser Gewerbe, unser Leben zu wagen; aber sie ...“, fügte er mit halber Stimme hinzu.

„Wer, sie?“ fragte Athos.

„Constance.“

„Madame Bonacieux? Ah, das ist richtig“, sprach Athos. „Armer Freund! Ich vergaß, daß Ihr verliebt seid.“

„Ganz recht!“ sagte Aramis, „aber habt Ihr nicht aus dem Brief, der sich bei dem Schurken fand, der Euch ermorden wollte, ersehen, daß sie in einem Kloster ist? Man ist ganz gut aufgehoben in einem Kloster, und sobald die Belagerung vorüber ist, erkläre ich Euch meinesteils ... “

„Gut, gut“, rief Athos. „Ja, mein lieber Aramis, wir wissen, daß Eure Wünsche auf die Religion abzielen.“

„Ich bin nur einstweilen Musketier“, sagte Aramis demütig.

„Er scheint lange Zeit keine Briefe mehr von seiner Geliebten empfangen zu haben“, sagte Athos leise; „aber achte nicht darauf, wir kennen das.“

„Mir scheint, es gibt ein ganz einfaches Mittel“, rief Porthos.

„Welches?“ fragte d'Artagnan.

„Sie ist in einem Kloster, sagt Ihr?“

„Ja.“

„Nun, sobald die Belagerung vorüber ist, entführen wir sie aus diesem Kloster.“

„Aber man muß auch wissen, in welchem Kloster sie ist.“

„Das ist richtig“, versetzte Porthos.

„Doch wenn ich bedenke“, sprach Athos, „behauptet Ihr nicht, mein lieber d'Artagnan, die Königin habe das Kloster für sie ausgewählt?“

„Ja, ich glaube es wenigstens.“

„Gut! Da kann uns Porthos helfen.“

„Wie das, wenn ich bitten darf?“

„Durch Eure Marquise, durch Eure Herzogin, Eure Prinzessin. Sie muß einen langen Arm haben.“

„Still!“ erwiderte Porthos und legte einen Finger auf seine Lippen, „ich halte sie für eine Kardinalistin und sie darf nichts wissen.“

„Dann übernehme ich es, Nachricht von ihr zu erhalten“, sagte Aramis.

„Ihr! Aramis?“ riefen die drei Freunde, „Ihr und wie dies?“

„Durch den Almosenier der Königin, mit dem ich befreundet bin“, antwortete Aramis errötend.

Die vier Freunde hatten ihr bescheidenes Mahl zu sich genommen und trennten sich auf diese Versicherung mit dem Versprechen, sich am Abend wiederzusehen. D'Artagnan kehrte zu seinem Quartier bei den Franziskanern zurück, und die Musketiere begaben sich zum Quartier des Königs, wo sie sich Unterkunft besorgen mußten.

43. Kapitel

„Zum Roten Taubenschlag"

Kaum im Lager angekommen, wollte der König, der große Eile hatte, dem Feind gegenüberzustehen, und der mit besserem Recht als der Kardinal dessen Haß gegen Buckingham teilte, alle Vorkehrungen treffen, einmal um die Engländer von der Insel Ré zu verjagen, und dann, um die Belagerung von La Rochelle kräftiger voranzutreiben. Aber er wurde gegen seinen Willen durch die feindselige Art aufgehalten, womit die Herren Bassompierre und Schomberg dem Herzog von Angoulème entgegentraten.

Herr von Bassompierre und Schomberg waren Marschälle von Frankreich und forderten ihr Recht, das Heer unter dem Befehl des Königs zu kommandieren. Der Kardinal aber, der befürchtete, Bassompierre, der im Innern seines Herzens Hugenotte war, wollte die Engländer und die Leute von La Rochelle, seine Religionsbrüder, nur wenig bedrängen, suchte im Gegenteil den Herzog von Angoulème zu begünstigen, den der König auf seinen Antrieb zum Generalleutnant ernannt hatte. Wenn also die Herren Bassompierre und Schomberg nicht die Armee verlassen sollten, so mußte man jedem von ihnen ein besonderes Kommando übergeben. Bassompierre nahm seine Stellung im Norden der Stadt von La Leu bis Dompierre, der Herzog von Angoulème nahm seine im Osten von Dompierre bis Perigny, und Schomberg im Süden von Perigny bis Angoulin.

Die Wohnung Monsieurs war in Dompierre, die des Königs einmal in Etré, das andere Mal in La Jarrie.

Die Wohnung des Kardinals lag auf den Dünen beim Pont de la Pierre in einem einfachen Haus ohne jede Verschanzung.

Monsieur überwachte auf diese Weise Bassompierre, der König den Herzog von Angoulème und der Kardinal Schomberg.

Sobald die Anordnung getroffen war, beschäftigte man sich damit, die Engländer von der Insel zu vertreiben.

Die Umstände waren günstig. Die Engländer, die vor allem gute Lebensmittel brauchen, um gute Soldaten zu sein, hatten viele Kranke in ihrem Lager, da sie nur Pökelfleisch und schlechten Schiffszwieback zu essen bekamen. Das Meer war um diese Jahreszeit an allen östlichen Küsten sehr gefährlich, und das Gestade war von der Spitze des Aiguillon bis zu den Laufgräben buchstäblich bei jeder Flut mit zertrümmerten Pinassen, Robergen und Felucken bedeckt. Daher kam es, daß, wenn sich die Leute des Königs nur in ihrem Lager aufhielten, Buckingham, der nur aus Halsstarrigkeit noch auf der Insel Ré blieb, eines Tages gezwungen war, die Belagerung aufzugeben.

Aber da Graf von Toiras melden ließ, im feindlichen Lager bereite sich alles zu einem neuen Sturm vor, so meinte der König, man müsse der Sache ein Ende machen und gab Befehl zu einem entscheidenden Kampf.

Es war nicht unsere Absicht, ein Tagebuch der Belagerung zu schreiben, sondern wir wollten im Gegenteil nur die Ereignisse berichten, die mit der Geschichte, die wir erzählen, in besonderem Zusammenhang stehen, und wir begnügen uns also, mit zwei Worten zu bemerken, daß das Unternehmen zur großen Zufriedenheit des Königs und zum großen Ruhm des Kardinals glückte. Fuß um Fuß zurückgetrieben, bei jedem Treffen geschlagen, mußten sich die Engländer unter Zurücklassung von zweitausend Toten wieder einschiffen. Unter diesen Toten waren fünf Obersten, drei Oberstleutnants, zweihundertfünfzig Kapitäne und zwanzig Edelleute von hohem Rang. Ferner verloren die Engländer viele Feldstücke und sechzig Fahnen. Diese wurden von Claude de Saint-Simon nach Paris gebracht und mit großem Gepränge in den Gewölben von Notre-Dame aufgehängt.

Im Lager ertönten Tedeums, die sich von dort durch ganz Frankreich verbreiteten.

Dem Kardinal blieb es also überlassen, die Belagerung fortzusetzen, ohne daß er, wenigstens für den Augenblick, von den Engländern etwas zu befürchten hatte.

Aber die Ruhe war, wie gesagt, nur augenblicklich. Es war ein Abgesandter von Buckingham, namens Montaigu, aufgefangen worden, und man hatte den Beweis eines Bündnisses zwischen dem Reich, Spanien, England und Lothringen in Händen.

Dieses Bündnis war gegen Frankreich gerichtet.

Außerdem hatte man in der Wohnung von Buckingham, die er in großer Eile hatte verlassen müssen, Papiere gefunden, die dieses Bündnis bestätigten, und die, wie der Kardinal in seinen Memoiren versichert, Frau von Chevreuse, und folglich auch die Königin bedeutend kompromittierten.

Auf dem Kardinal lastete die ganze Verantwortung, denn man ist nicht unumschränkter Minister, ohne verantwortlich zu sein. Auch waren alle Quellen und Mittel seines umfassenden Genius Tag und Nacht in Anspruch genommen, um das geringste Geräusch zu vernehmen, das sich in einem der großen Reiche Europas erhob.

Der Kardinal kannte die Tätigkeit und besonders den Haß Buckinghams. Triumphierte das Bündnis, von dem Frankreich bedroht wurde, so war sein ganzer Einfluß verloren. Die spanische und die österreichische Politik hatten ihre Repräsentanten im Louvre. Er, Richelieu, der französische, der vorzugsweise nationale Minister, war verloren. Der König, der ihm wie ein Kind gehorchte, haßte ihn, wie ein Kind seinen Lehrmeister haßt, und überließ ihn der vereinigten Rache Monsieurs und der Königin. Er war verloren und Frankreich vielleicht auch. Dem allem mußte man zuvorkommen.

Jeden Augenblick wurden die Eilboten zahlreicher, und man sah sie einander Tag und Nacht in dem kleinen Haus am Pont de la Pierre ablösen, wo der Kardinal seine Residenz aufgeschlagen hatte.

Es waren Mönche, die die Kutte so schlecht trugen, daß

man leicht erkennen konnte, sie gehören hauptsächlich der streitenden Kirche an; Frauen, die in ihren Pagenkleidern etwas beengt waren, und die die gerundeten Formen nicht völlig verbergen konnten; Bauern endlich mit rußigen Händen, aber zierlichen Beinen, in denen man den Mann von Stand auf eine Meile in der Runde erkannte.

Dann kamen noch andere weniger angenehme Besuche, denn wiederholt verbreitete sich das Gerücht, der Kardinal wäre beinahe ermordet worden.

Allerdings behaupteten die Feinde Seiner Eminenz, sie selbst habe die ungeschickten Mörder aufgeboten, um das Recht zu Repressalien zu haben, aber man muß weder das, was die Minister noch das, was ihre Feinde sagen, glauben.

Dies hielt jedoch den Kardinal, dem seine erbittertsten Verleumder den Mut nicht abgesprochen haben, nicht ab, viele nächtliche Ritte zu machen, bald um dem Herzog von Angoulème wichtige Befehle zu übermitteln, bald um sich mit dem König, bald um sich mit irgendeinem Boten zu besprechen, den man nicht in seinem Haus sehen sollte.

Die Musketiere, die bei der Belagerung nicht viel zu tun hatten, wurden nicht streng gehalten und führten ein lustiges Leben. Dies war hauptsächlich unseren drei Genossen um so leichter, als sie, mit Herrn von Treville befreundet, von diesem ohne Schwierigkeit die Erlaubnis erhielten, länger auszubleiben und auch nach Schließung des Lagers außerhalb die Nacht zu verbringen.

Eines Abends, als d'Artagnan, der Dienst in den Laufgräben hatte, sie nicht begleiten konnte, kamen Athos, Porthos und Aramis auf ihren Schlachtrossen, in ihre Kriegsmäntel gehüllt, eine Hand auf dem Kolben ihrer Pistole, aus einer Schenke, „Zum Roten Taubenschlag" genannt, zurück, die zwei Tage vorher von Athos auf der Straße nach La Jarrie entdeckt worden war. Sie verfolgten den Weg, der zum Lager führte, und waren dabei aus

Furcht vor einem Hinterhalt auf ihrer Hut, als sie ungefähr eine Viertelstunde vor dem Dorf Boisneau das Geräusch von Pferden zu hören glaubten, die auf sie zukamen. Sogleich hielten alle drei still und schlossen, die Mitte der Straße behauptend, eng auf. Nach einem Augenblick, als der Mond eben unter einer Wolke hervortrat, sahen sie wirklich an der Biegung der Straße zwei Reiter, die, sobald sie unsere Freunde erblickten, ebenfalls stillhielten und anscheinend berieten, ob sie ihren Weg fortsetzen oder umkehren sollten. Dieses Zögern erregte Verdacht bei den Musketieren. Athos trabte einige Schritte vor und rief mit fester Stimme:

„Wer da?"

„Wer da, ihr selbst?" erwiderte einer der Reiter.

„Das ist keine Antwort!" sprach Athos. „Wer da? Antwortet, oder wir feuern."

„Überlegt das gut, ehe ihr dies tut, meine Herren", entgegnete eine vibrierende Stimme, die zu befehlen gewohnt schien.

„Das ist ein Oberoffizier, der diese Nacht seine Runde macht", sprach Athos, sich an seine Freunde wendend. „Was wollen wir tun, meine Herren?"

„Wer seid Ihr?" rief dieselbe Stimme mit demselben befehlenden Ton: „Antwortet, oder Euer Ungehorsam dürfte euch schlecht bekommen."

„Musketiere des Königs!" erwiderte Athos, immer mehr überzeugt, daß der, der sie fragte, auch das Recht hierzu hatte.

„Welche Kompanie?"

„Kompanie von Treville."

„Kommt näher und gebt mir Rechenschaft, was ihr zu dieser Stunde hier zu suchen habt."

Die drei Musketiere rückten etwas verblüfft vor, denn alle drei waren überzeugt, daß sie es mit einem Mächtigeren zu tun hatten. Man überließ aber Athos die Sorge, das Wort zu führen.

Einer von den beiden Reitern war ungefähr zehn Schritt von seinem Gefährten entfernt. Athos gab Porthos und Aramis ein Zeichen, ebenfalls zurückzubleiben und ritt allein vorwärts.

„Verzeiht, mein Offizier", sprach Athos, „aber wir wußten nicht, mit wem wir es zu tun hatten, und Ihr könnt sehen, wir halten gute Wache."

„Euer Name?" fragte der Offizier, der einen Teil seines Gesichts mit dem Mantel verhüllte.

„Gebt Ihr mir, bitte, selbst den Beweis, mein Herr", sagte Athos, den dieses Verhör zu empören anfing, „daß Ihr das Recht habt, mich so zu fragen?"

„Euer Name?" wiederholte der Reiter, und ließ den Mantel so fallen, daß sein Gesicht frei wurde.

„Der Kardinal!" rief der Musketier erstaunt.

„Euer Name?" fragte Seine Eminenz zum drittenmal.

„Athos", antwortete der Musketier.

Der Kardinal gab seinem Stallmeister ein Zeichen, und dieser näherte sich.

„Die drei Musketiere werden uns folgen", sprach er mit leiser Stimme; „man soll nicht erfahren, daß ich das Lager verlassen habe, und wenn sie uns folgen, sind wir sicher, daß sie niemand etwas davon sagen."

„Wir sind Edelleute, Monseigneur", sprach Athos, „verlangt unser Ehrenwort und seid unbesorgt. Wir wissen ein Geheimnis zu bewahren."

Der Kardinal richtete seine durchdringenden Augen auf den kühnen Redner.

„Ihr habt ein feines Ohr, Athos!" sprach der Kardinal. „Aber nun hört: Ich bitte Euch, nicht aus Mißtrauen, sondern meiner Sicherheit wegen, mir zu folgen. Ohne Zweifel sind Eure zwei Gefährten die Herren Porthos und Aramis."

„Ja, Eure Eminenz", antwortete Athos, während die zwei zurückgebliebenen Musketiere, den Hut in der Hand, sich näherten.

„Ich kenne Euch, meine Herren", sagte der Kardinal, „ich kenne euch. Ich weiß, daß ich euch nicht ganz zu meinen Freunden zu zählen habe, und das tut mir leid. Ich weiß aber auch, daß ihr brave, wackere Edelleute seid, und daß man sich euch anvertrauen kann. Herr Athos, erweist mir die Ehre, mich mit Euren zwei Freunden zu begleiten, und ich werde dann eine Eskorte haben, um welche mich Seine Majestät beneiden müßte, wenn wir ihr begegnen würden."

Die drei Musketiere verbeugten sich bis auf den Hals ihrer Pferde.

„Bei meiner Ehre!" rief Athos, „Eure Eminenz hat recht, uns mitzunehmen. Wir stießen unterwegs auf abscheuliche Gesichter, und hatten sogar mit vier von diesen Gesichtern einen Zank im ‚Roten Taubenschlag'."

„Einen Zank! Warum, meine Herren", fragte der Kardinal. „Ich liebe die Zänkereien nicht, wie ihr wißt."

„Gerade deshalb habe ich die Ehre, Eure Eminenz von diesem Vorfall in Kenntnis zu setzen. Denn sie könnte es von anderen erfahren und uns auf einen falschen Bericht hin schuldig glauben."

„Und was war das Resultat dieses Streits?" fragte der Kardinal stirnrunzelnd.

„Mein Freund Aramis, den Ihr hier seht, hat einen kleinen Degenstich in den Arm bekommen, was ihn jedoch nicht abhalten wird morgen den Sturm mitzumachen, wenn Euer Eminenz dazu Befehl geben sollte."

„Aber Ihr seid nicht die Leute, die sich auf diese Art Degenstiche geben lassen", sagte der Kardinal. „Sprecht offen, meine Herren, ihr habt sicherlich einige zurückgegeben! Beichtet, ihr wißt, ich habe das Recht, Absolution zu erteilen."

„Ich, gnädiger Herr", sagte Athos, „ich habe nicht einmal den Degen gezogen, aber ich nahm denjenigen, mit dem ich zu schaffen hatte, und warf ihn zum Fenster hinaus. Es scheint", fuhr Athos mit einigem Zögern fort, „daß er beim Fallen den Schenkel gebrochen hat."

„Aha!“ rief der Kardinal, „und Ihr, Porthos?“

„Ich, Monseigneur, ergriff, da ich wußte, daß das Duell verboten ist, eine Bank und versetzte einem von diesen Schurken einen Streich, der ihm, glaube ich, die Schulter zerschmettert hat.“

„Gut“, sagte der Kardinal, „und Ihr, Aramis?“

„Ich, Monseigneur, da ich ein sehr sanftes Gemüt habe

und überdies, was Monseigneur vielleicht nicht weiß, wieder in den geistlichen Stand eintreten will, wollte meine Kameraden trennen, als einer von diesen Elenden mir verräterischerweise einen Degenstich durch den linken Arm beibrachte. Da ging mir die Geduld aus, und ich zog meinen Degen ebenfalls, und als er wieder angriff, glaubte ich bemerkt zu haben, daß er sich, indem er sich auf mich warf, meine Klinge durch den Leib rannte. Ich weiß nur, daß er fiel, und es schien mir, als ob man ihm mit seinen zwei Genossen fortgetragen hätte."

„Teufel, meine Herren!" sprach der Kardinal, „drei Menschen bei einer Wirtshauszänkerei zu Krüppeln schlagen! Ihr scheint mir keine trägen Hände zu haben! Und worüber entspann sich der Streit?"

„Die Elenden waren berauscht und wollten, da sie wußten, daß diesen Abend eine Frau in der Schenke angekommen war, die Tür sprengen."

„Diese Frau war wohl jung und hübsch?" fragte der Kardinal mit einiger Unruhe.

„Wir haben sie nicht gesehen, Monseigneur", sagte Athos.

„Ihr habt sie nicht gesehen? Ah! Sehr gut!" versetzte der Kardinal lebhaft. „Ihr habt recht getan, die Ehre einer Frau zu verteidigen, und da ich gerade selbst zur Herberge ‚Zum Roten Taubenschlag' gehe, so werde ich erfahren, ob Ihr die Wahrheit gesprochen habt."

„Monseigneur", sagte Athos stolz, „wir sind Edelleute und würden uns keine Lüge erlauben, und wenn wir damit unser Leben retten könnten."

„Auch zweifle ich nicht einen Augenblick an dem, was Ihr mir sagt, Athos, ich zweifle nicht im mindesten daran. Doch", fügte er hinzu, um dem Gespräch eine andere Wendung zu geben, „doch diese Dame war wohl allein?"

„Sie hatte einen Kavalier bei sich eingeschlossen", sagte

Athos. „Da sich dieser Kavalier jedoch, trotz des Lärmens, nicht zeigte, so läßt sich annehmen, daß er ein Feigling ist.“

„Richtet nicht vorlaut, sagt das Evangelium“, entgegnete der Kardinal.

Aramis verbeugte sich.

„Und nun, meine Herren, ist es gut“, fuhr Seine Eminenz fort; „ich weiß, was ich wissen wollte, folgt mir.“

Die drei Musketiere ritten hinter dem Kardinal, der wieder das Gesicht in seinen Mantel hüllte, sein Pferd in Gang setzte und sich acht bis zehn Schritt vor seinen vier Gefährten hielt.

Man gelangte bald zu der einsamen Herberge. Ohne Zweifel wußte der Wirt, welch hoher Besuch erscheinen würde, und hatte deshalb die Störer weggeschickt.

Zehn Schritt vor der Tür gab der Kardinal seinem Stallmeister und den Musketieren ein Zeichen, haltzumachen. Ein völlig gesatteltes Pferd war am Fensterladen angebunden. Der Kardinal klopfte dreimal auf eine besondere Weise. Ein in einen Mantel gehüllter Mann trat heraus und wechselte rasch einige Worte mit dem Kardinal, worauf er aufs Pferd stieg und sich in Richtung Surgères, was auch zugleich die Richtung von Paris war, entfernte.

„Vorwärts, meine Herren“, sprach der Kardinal.

„Ihr habt mir die Wahrheit gesagt, meine Herren“, fuhr er, sich an die Musketiere wendend, fort, „und es soll nicht meine Schuld sein, wenn unser Zusammentreffen an diesem Abend nicht vorteilhaft für euch ausfällt. Mittlerweile folgt mir.“

Der Kardinal stieg ab, die Musketiere taten dasselbe. Der Kardinal warf die Zügel seines Pferds seinem Stallmeister zu, die drei Musketiere banden die ihren an die Läden.

Der Wirt blieb auf der Schwelle seiner Tür. Für ihn war der Kardinal nur ein Offizier, der eine Dame besuchte.

„Habt Ihr ein Zimmer im Erdgeschoß, wo diese Herren mich bei einem guten Feuer erwarten können?“ sagte der Kardinal.

Der Wirt öffnete die Tür einer großen Stube, in der man soeben einen schlechten Ofen durch einen großen offenen Kamin ersetzt hatte.

„Ich habe dieses hier“, sagte er.

„Das ist gut“, versetzte der Kardinal. „Tretet ein, meine Herren, und erwartet mich gefälligst. Ich werde höchstens eine halbe Stunde wegbleiben.“

Und während die drei Musketiere in die Stube im Erdgeschoß eintraten, stieg der Kardinal, ohne weitere Auskunft zu verlangen, die Treppe hinauf, wie ein Mensch, der den Weg blind kennt.

44. Kapitel

Vom Nutzen der Ofenröhren

Offenbar hatten unsere drei Freunde, ohne es zu vermuten und einzig und allein durch ihren ritterlichen, abenteuerlichen Charakter bewogen, jemand, den der Kardinal mit seinem besonderen Schutz beehrte, einen Dienst erwiesen.

Wer war nun dieser Jemand? Das war eine Frage, die die drei Musketiere auch an sich richteten. Da sie aber sahen, daß keine von den Antworten, die ihr Verstand geben konnte, ausreichend war, so rief Porthos den Wirt und forderte Würfel.

Porthos und Aramis setzten sich an einen Tisch und fingen an zu spielen. Athos ging nachdenklich auf und ab.

Bei dieser Gelegenheit kam er wiederholt an einer Ofenröhre vorüber, deren eine Hälfte abgebrochen war, während das andere Ende in ein oberes Zimmer führte, und so oft er vorüberkam, hörte er ein Gemurmel, das schließlich seine Aufmerksamkeit fesselte. Athos näherte sich und unterschied einige Worte, die ohne Zweifel eine so große Aufmerksamkeit verdienten, daß er seinen beiden Gefährten ein Zeichen gab, zu schweigen, während er sein Ohr an die Mündung der Röhre legte.

„Hört, Mylady", sprach der Kardinal, „die Sache ist äußerst wichtig, setzt Euch, wir wollen uns besprechen."

„Mylady?" murmelte Athos.

„Ich höre Eurer Eminenz mit größter Aufmerksamkeit zu", antwortete eine Frauenstimme, die den Musketier zum Erbeben brachte.

„Ein kleines Schiff mit englischer Besatzung, dessen Kapitän mir ergeben ist, erwartet Euch an der Mündung der Charente, beim Fort de la Pointe. Es wird morgen unter Segel gehen."

„Ich muß also noch in dieser Nacht dorthin?"

„In diesem Augenblick, das heißt, sobald Ihr meine Instruktionen erhalten habt. Zwei Männer, die Ihr bei Eurer Abfahrt vor der Tür findet, werden Euch Geleit geben. Ihr laßt mich aber zuerst gehen, und entfernt Euch eine halbe Stunde nach mir."

„Gut, Monseigneur. Nun aber wollen wir auf die Sendung zurückkommen, mit der Ihr mich beauftragen werdet, und da mir alles daran gelegen ist, fortwährend das Vertrauen Eurer Eminenz zu verdienen, so setzt mir gnädigst in klaren und bestimmten Worten die Sache auseinander, damit ich keinen Irrtum begehe."

Es herrschte einen Augenblick tiefes Stillschweigen unter den Sprechenden, offenbar wog der Kardinal vorher die Ausdrücke ab, deren er sich bedienen wollte, und Mylady faßte alle ihre geistigen Fähigkeiten zusammen, um die Dinge, die er ihr sagen würde, vollständig zu begreifen und, wenn sie gesagt wären, ihrem Gedächtnis einzuprägen.

Athos benutzte diesen Augenblick, um seine Freunde aufzufordern, die Tür von innen zu schließen und dann heranzutreten, um mit ihm zuzuhören.

Die beiden Musketiere, die die Bequemlichkeit liebten, brachten einen Stuhl für jeden von ihnen und einen weiteren für Athos herbei. Alle drei setzten sich, hielten die Köpfe nebeneinander und horchten mit gespannten Ohren.

„Ihr begebt Euch nach London", fuhr der Kardinal nun fort. „Dort sucht Ihr sogleich Buckingham auf."

„Ich erlaube mir, Eure Eminenz darauf hinzuweisen, " sagte Mylady, „daß seit der Geschichte mit den diamantenen Nestelstiften, wegen denen mich der Herzog stets im Verdacht gehabt hat, Seine Herrlichkeit mir mißtraut."

„Es handelt sich auch diesmal", entgegnete der Kardinal, „nicht darum, sein Vertrauen zu gewinnen, sondern sich ihm auf eine offene und loyale Weise als Unterhändlerin zu nähern."

„Auf eine offene und loyale Weise?" wiederholte Mylady mit einer unbeschreiblich doppelsinnigen Betonung.

„Ja, offen und loyal", versetzte der Kardinal im gleichen Ton, „diese ganze Angelegenheit muß offen behandelt werden."

„Ich werde die Instruktionen Seiner Eminenz buchstäblich befolgen und sehe ihnen entgegen."

„Ihr sucht Buckingham in meinem Namen auf und sagt ihm, ich wisse von allen Vorbereitungen, die er treffe, aber ich kümmere mich nicht im geringsten darum, indem ich bei der ersten Bewegung, die er wagen würde, die Königin ins Verderben stürze."

„Wird er glauben, daß Eure Eminenz imstande ist, diese Drohung zu erfüllen?"

„Ja, denn ich habe Beweise."

„Ich muß diese Beweise seiner Prüfung unterbreiten können."

„Allerdings, und Ihr sagt ihm: erstens, daß ich den Bericht von Bois-Robert und vom Marquis de Beautru über die Zusammenkunft bekanntmache, die der Herzog mit der Königin bei Madame le Connetable an dem Abend gehabt hat, wo diese ein Maskenfest gab. Ihr sagt ihm, damit ihm kein Zweifel übrig bleibt, daß er selbst dort im Kostüm des Großmoguls erschienen ist, das der Chevalier de Guise tragen sollte, dem er es um dreitausend Pistolen abgekauft hat."

„Gut, Monseigneur."

„Alle Einzelheiten über sein Kommen und Gehen in der Nacht, wo er sich im Kostüm eines italienischen Wahrsagers eingeschlichen hat, sind mir bekannt; Ihr sagt ihm, damit er nicht an der Echtheit meiner Nachrichten zweifelt, er habe unter seinem Mantel ein weites, mit schwarzen Tränen, Totenköpfen und Knochen in Form von Andreaskreuzen besticktes Gewand getragen; denn im Fall der Überraschung sollte er für das Gespenst der Weißen Dame gehalten werden, die, wie jedermann weiß, im Louvre erscheint, sooft ein großes Ereignis ansteht."

„Ist das alles, Monseigneur?"

„Sagt ihm auch, ich wisse alle Einzelheiten von seinem

Abenteuer in Amiens. Ich werde daraus einen geistvoll gearbeiteten kleinen Roman mit dem Plan des Gartens und den Porträts der Hauptdarsteller dieser nächtlichen Szene machen lassen."

„Ich werde ihm all das sagen."

„Sagt ihm ferner: ich halte Montaigu fest, Montaigu sei in der Bastille. Man habe allerdings keinen Brief bei ihm gefunden, aber die Folter könne ihn dazu bringen, alles zu gestehen, was er weiß und selbst... das, was er nicht weiß."

„Vortrefflich!"

„Fügt endlich bei: Seine Herrlichkeit habe bei der Eile, mit der er die Insel Ré verließ, einen gewissen Brief von Frau von Chevreuse liegenlassen, der die Königin äußerst kompromittiert, indem daraus hervorgeht, daß Ihre Majestät nicht nur die Feinde des Königs liebt, sondern auch mit denen Frankreichs konspiriert. Ihr habt alles, was ich Euch gesagt, gut behalten, nicht wahr?"

„Eure Eminenz mag selbst urteilen: der Ball von Madame le Connetable, die Nacht im Louvre, die Abendunterhaltung von Amiens, die Verhaftung von Montaigu, der Brief der Frau von Chevreuse."

„So ist es", sprach der Kardinal, „so ist es. Ihr habt ein hervorragendes Gedächtnis, Mylady."

„Aber", versetzte diese, „wenn sich der Herzog trotzdem nicht ergibt und Frankreich zu bedrohen fortfährt?"

„Der Herzog ist verliebt wie ein Narr oder vielmehr wie ein Dummkopf", erwiderte Richelieu mit tiefer Bitterkeit. „Wie die Ritter vergangener Zeiten hat er diesen Krieg nur unternommen, um einen Blick von seiner Schönen zu erlangen. Weiß er, daß dieser Krieg der Dame seiner Gedanken, wie er sagt, die Ehre und vielleicht die Freiheit kosten kann, so wird er sich doppelt in acht nehmen, dafür stehe ich Euch ein."

„Aber“, sagte Mylady mit einer Beharrlichkeit, die bewies, daß sie über die Tragweite des Auftrags, den man ihr gab, vollständig klarsehen wollte, „aber wenn er trotzdem fest bleibt?“

„Wenn er fest bleibt“ - sagte der Kardinal... „das ist nicht wahrscheinlich.“

„Es ist möglich“, entgegnete Mylady.

„Wenn er fest bleibt... “ Seine Eminenz machte eine Pause und sprach dann: „Wenn er fest bleibt, gut! So hoffe ich auf eines jener Ereignisse, die die Gestalt der Staaten verändern.“

„Wenn Seine Eminenz die Güte haben wollte, mir aus der Geschichte einige solche Ereignisse anzuführen“, sagte Mylady, „so würde ich vielleicht dieses Vertrauen auf die Zukunft teilen.“

„Nun gut, zum Beispiel“, antwortete Richelieu, „als im Jahre 1610 wegen einer Ursache, die derjenigen ungefähr ähnlich ist, die den Herzog in seinen Handlungen bestimmt, König Heinrich IV., glorreichen Angedenkens, zu gleicher Zeit einen Einfall in Flandern und Italien machte, um Österreich von zwei Seiten anzugreifen - nun, geschah es da nicht, daß ein Ereignis Österreich rettete? Warum sollte der König von Frankreich nicht dasselbe Glück haben wie der Kaiser?“

„Eure Eminenz beliebt von dem Messerstich in der Rue de la Feronnerie zu sprechen.“

„Allerdings“, sagte der Kardinal.

„Fürchtet Eure Eminenz nicht, die Hinrichtung Ravaillacs werde diejenigen zurückschrecken, die einen Augenblick den Gedanken haben dürften, sein Beispiel nachzuahmen?“

„Es gibt zu allen Zeiten und in allen Ländern, besonders wenn die Länder durch die Religion gespalten sind, Fanatiker, deren höchster Wunsch es ist, Märtyrer zu werden.

Halt! In diesem Augenblick fällt mir ein, daß die Puritaner gegen den Duke of Buckingham wütend sind, und daß ihre Prediger ihn als Antichrist bezeichnen."

„Nun?" fragte Mylady.

„Nun!" fuhr der Kardinal gleichgültig fort, „es würde sich für den Augenblick z. B. nur darum handeln, eine hübsche, junge, geschickte Frau zu finden, die sich selbst an dem Herzog zu rächen hätte. Eine solche Frau läßt sich finden. Der Herzog ist ein Mann, der bei Frauen Glück hat, und säte er auch viel Liebe durch seine Versprechungen ewiger Treue aus, so mußte er dagegen ebenfalls viel Haß durch seine ewige Untreue ausstreuen."

„Gewiß", sagte Mylady kühl, „eine solche Frau läßt sich finden."

„Gut, eine Frau, die den Dolch Jacques Clements oder Ravaillacs einem Fanatiker in die Hände zu drücken wüßte, würde Frankreich retten."

„Ja, aber sie wäre die Mitschuldige einer Mordtat."

„Hat man je die Mitschuldigen Ravaillacs oder Jacques Clements kennengelernt?"

„Nein, denn sie waren vielleicht zu hochgestellt, als daß man es hätte wagen sollen, sie da zu suchen, wo sie sich befanden. Man würde den Justizpalast nicht für jedermann verbrennen, Monseigneur."

„Ihr glaubt also, daß der Brand des Justizpalastes einer anderen Ursache als dem Zufall zuzuschreiben ist?" fragte Richelieu in einem Ton, worin er eine ganz bedeutungslose Frage gestellt haben würde.

„Ich, Monseigneur", antwortete Mylady, „ich glaube nichts. Ich führe eine Tatsache an, weiter nichts. Ich sage nur, wenn ich Mademoiselle von Montpensier oder Königin Marie von Medici hieße, würde ich weniger Vorsichtsmaßregeln wahren, als jetzt, da ich ganz einfach Lady Clarik heiße."

„Das ist richtig", sprach Richelieu. „Was würdet Ihr also verlangen?"

„Ich würde einen Befehl verlangen, der all das im voraus genehmigt, was ich zur Wohlfahrt Frankreichs tun zu müssen glaube."

„Aber vor allem müßte man die Frau finden, wie ich sie bezeichnet habe, und die sich an dem Herzog zu rächen hätte."

„Sie ist gefunden", sprach Mylady.

„Dann müßte man den elenden Fanatiker finden, der der Gerechtigkeit Gottes als Werkzeug dienen würde."

„Man wird ihn finden."

„Nun gut", sagte der Herzog, „dann ist es Zeit, den Befehl zu fordern, den Ihr soeben von mir verlangt habt."

„Eure Eminenz hat recht", erwiderte Mylady, „und ich habe unrecht gehabt, in der Mission, womit sie mich beehrt, etwas anderes zu sehen, als was sie wirklich ist, das heißt Seiner Herrlichkeit von Seiner Eminenz zu melden, daß Ihr die verschiedenen Verkleidungen kennt, mit deren Hilfe es Seiner Herrlichkeit gelungen ist, sich der Königin auf dem Ball von Mme. le Connetable zu nähern; daß Ihr Beweise von der Zusammenkunft besitzt, die die Königin einem gewissen Astrologen, der niemand anderes war als Buckingham, im Louvre gegeben; daß Ihr einen äußerst geistreichen Roman über das Abenteuer in Amiens samt dem Plan des Gartens, wo diese Geschichte geschah, und den Porträts der handelnden Personen bestellt habt, daß Montaigu sich in der Bastille befindet, und daß ihn die Folter bewegen kann, Dinge zu sagen, an die er sich erinnert, und sogar Dinge, die er vergessen hat; endlich, daß Ihr einen gewissen Brief von Frau von Chevreuse besitzt, der sich in den Räumen Seiner Herrlichkeit gefunden hat und nicht nur die Schreiberin, sondern auch diejenigen, in deren Namen er geschrieben worden ist, bedeutend kompromittiert. Bleibt er ungeachtet dieser Anführungen fest, so habe ich, da sich, wie gesagt, mein Auftrag hierauf beschränkt, nur Gott zu bitten, er möge ein Wunder zur Rettung Frankreichs tun. So ist es, nicht wahr, Monseigneur, und ich habe nichts anderes zu vollbringen?"

„So ist es", erwiderte der Kardinal trocken.

„Und nun", sprach Mylady, ohne daß sie die Veränderung im Ton des Kardinals zu bemerken schien, „nun, da ich die Instruktionen Eurer Eminenz bezüglich Eurer Feinde erhalten habe, so wird mir Monseigneur erlauben, ihm ein paar Worte über die meinen zu sagen." - „Ihr habt also Feinde?" fragte Richelieu. - „Ja, Monseigneur, gegen die Ihr mir Eure Unterstützung schuldig seid, denn ich habe sie mir im Dienst Eurer Eminenz zugezogen." - „Und wer sind sie?" fragte der Kardinal. - „Vor allem eine kleine Intrigantin, namens Bonacieux." - „Sie ist im Gefängnis von Nantes." - „Das heißt, sie war dort", entgegnete Mylady; „aber die Königin hat sich vom König einen Befehl verschafft, mit dessen Hilfe sie Mme. Bonacieux in ein Kloster bringen ließ." - „In ein Kloster?" sagte der Herzog. - „Ja, in ein Kloster." - „Und in welches?" - „Ich weiß es nicht. Das Geheimnis ist wohlbewahrt." - „Ich werde es erfahren." - „Und Eure Eminenz wird mir sagen, in welchem Kloster sich diese Frau befindet?" - „Ich sehe keinen Grund, es Euch zu verweigern", sprach der Kardinal. - „Gut. Nun habe ich noch einen anderen Feind, der mir viel furchtbarer erscheint als die kleine Madame Bonacieux." - „Und wen?" - „Ihren Liebhaber." - „Wie heißt er?" - „Oh, Eure Eminenz kennt ihn gut", rief Mylady voll Zorn; „er ist der böse Genius von uns beiden. Es ist derselbe, der bei einem Zusammentreffen mit den Leibwachen Eurer Eminenz den Sieg zugunsten der Musketiere des Königs entschieden hat; derselbe, der dem Grafen von Wardes, Eurem Vertrauten, vier Degenstiche versetzte und dadurch die Angelegenheit mit den Nestelstiften zum Scheitern brachte; derselbe, der mir, weil er weiß, daß ich ihm Madame Bonacieux entführte, den Tod geschworen hat." - „Ah! ah!" sagte der Kardinal. „Ich weiß, von wem Ihr sprechen wollt." - „Ich will von dem elenden d'Artagnan sprechen." - „Das ist ein kämpferischer Geist", rief der Kardinal. - „Gerade deswegen hat man ihn um so mehr zu fürchten." - „Man müßte einen Beweis von seinem Einverständnis mit Buckingham haben", sprach der Herzog. - „Einen Beweis!" rief Mylady, „es werden mir zehn zu Gebot stehen." - „Gut, dann ist es die einfachste Sache der Welt. Liefert mir diesen Beweis, und ich schicke ihn in die Bastille." - „Nun gut, Monseigneur, aber hernach?" - „Wenn man in der Bastille ist, gibt es kein Hernach", entgegnete der Kardinal mit dumpfer Stimme. „Ach, bei Gott!" fuhr er fort, „wenn es mir so leicht wäre, mich meines Feindes zu entledigen, als es mir leicht ist, Euch den Euren vom Hals zu schaffen, und wenn Ihr gegen solche Leute Straflosigkeit von mir verlangtet... " - „Monseigneur", versetzte Mylady, „Zug um Zug, Leben um Leben, Menschen um Menschen. Gebt mir diesen, und ich gebe Euch den anderen." - „Ich weiß nicht, was Ihr damit sagen wollt", erwiderte der Kardinal, „und will es sogar nicht einmal wissen; aber ich habe den Wunsch, Euch gefällig zu sein, und ich sehe nichts Ungebührliches darin, Euch Euern Wunsch in betreff eines so untergeordneten Geschöpfs zu gewähren, um so mehr, als dieser kleine d'Artagnan, wie Ihr mir sagt, ein lockerer Geselle, ein Raufbruder, ein Verräter ist." - „Ein Schandbube! Monseigneur! ein Schandbube!" - „Gebt mir Tinte, Feder und Papier", sagte der Kardinal.

Es trat ein kurzes Stillschweigen ein, woraus hervorging, daß der Kardinal damit beschäftigt war, die Ausdrücke zu suchen, in denen das Billett geschrieben werden sollte oder es wirklich zu schreiben. Athos, der kein Wort der Unterredung verloren hatte, nahm seine zwei Gefährten bei der Hand und führte sie ans andere Ende der Stube.

„Nun", sagte Porthos, „was willst du? Warum läßt du uns nicht den Schluß des Gesprächs hören?"

„Still!" entgegnete Athos, leise redend, „wir haben alles gehört, was wir zu hören brauchten, übrigens halte ich euch nicht ab, den Rest zu hören, aber ich muß gehen."

„Du mußt gehen?“ fragte Porthos. „Aber wenn der Kardinal nach dir verlangt, was sollen wir antworten?“

„Ihr wartet nicht, bis er nach mir verlangt, ihr sagt ihm, ich sei als Kundschafter vorausgeritten, weil mich einige Worte unseres Wirts auf den Gedanken gebracht hätten, daß der Weg nicht sicher sei. Überdies werde ich dem Stallmeister des Kardinals ein paar Worte zuflüstern. Das Weitere geht nur mich etwas an, kümmere dich nicht darum.“

„Sei klug, Athos“, sagte Aramis.

„Seid ruhig“, antwortete Athos, „ihr wißt, daß ich kaltes Blut habe.“

Porthos und Aramis nahmen ihren Platz bei der Ofenröhre wieder ein.

Athos ging hinaus, ohne ein Geheimnis daraus zu machen, nahm sein Pferd, das mit denen seiner beiden Freunde an den Läden angebunden war, überzeugte mit vier Worten den Stallmeister von der Notwendigkeit einer Vorhut bei der Rückkehr, untersuchte auffällig das Zündkraut seiner Pistole, nahm den Degen zwischen die Zähne und schlug als Vorhut den Weg ein, der zum Lager führte.

45. Kapitel

Eine Eheszene

Der Kardinal kam, wie es Athos vorhergesehen hatte, bald herab. Er öffnete die Tür der Stube der Musketiere und fand Porthos bei einem sehr hitzigen Würfelspiel mit Aramis. Mit einem Blick durchforschte er alle Winkel der Stube und sah, daß einer seiner Leute fehlte.

„Was ist aus Athos geworden?“ fragte er.

„Monseigneur“, antwortete Porthos, „er ist als Kundschafter vorausgeritten wegen einiger Worte unseres Wirts, aus denen er entnehmen mußte, daß der Weg nicht sicher sein dürfte.“

„Und Ihr, was habt Ihr gemacht, Herr Porthos?“

„Ich habe Aramis fünf Pistolen abgenommen!“

„Und nun könnt Ihr mit mir zurückkehren?“

„Wir stehen Eurer Eminenz zu Befehl.“

„Zu Pferd also, meine Herren, denn es ist spät.“

Der Stallmeister war vor der Tür und hielt das Pferd des Kardinals am Zügel. Eine Gruppe von zwei Männern und drei Pferden tauchte im Schatten auf. Diese beiden Männer waren diejenigen, die Mylady zum Fort de la Pointe geleiten und ihre Einschiffung überwachen sollten.

Der Stallmeister bestätigte dem Kardinal das, was die zwei Musketiere ihm bereits in Beziehung auf Athos gesagt hatten. Der Kardinal machte eine zustimmende Geste und schlug den Rückweg ein, wobei er dieselben Vorsichtsmaßregeln beachtete, die er bei seinem Auszug genommen hatte.

Lassen wir ihn, beschützt von seinem Stallmeister und den zwei Musketieren, seinen Weg zum Lager verfolgen, und kehren wir zu Athos zurück.

Eine Zeitlang hatte er seinen Ritt in gleichem Tempo

fortgesetzt, aber als er außer Sicht war, warf er sein Pferd auf die rechte Seite, machte einen Umweg und kehrte auf etwa zwanzig Schritt in das Gehölz zurück, um das Vorüberziehen der kleinen Truppe zu beobachten. Als er die eingefaßten Hüte seiner Gefährten und die goldene Franse am Mantel des Kardinals erkannte, wartete er, bis sich die Reiter um die Ecke der Straße wandten, und sobald er sie aus dem Gesicht verloren hatte, sprengte er im

Galopp zum Wirtshaus zurück, das man ihm ohne Schwierigkeit öffnete.

Der Wirt erkannte ihn.

„Der Offizier“, sprach Athos, „hat vergessen, der Dame im ersten Stock eine Sache von großer Wichtigkeit zu empfehlen, und ich bin von ihm abgeschickt, um seinen Fehler gutzumachen.“

„Geht hinauf“, sagte der Wirt, „sie ist noch in ihrem Zimmer.“

Athos benutzte diese Erlaubnis, stieg, so leise er nur konnte, die Treppe hinauf, gelangte auf den Flur und sah durch die halbgeöffnete Tür Mylady, die ihren Hut aufsetzte.

Er trat ins Zimmer und verschloß die Tür hinter sich.

Athos stand an der Tür in seinen Mantel gehüllt, seinen Hut tief in die Augen gedrückt.

Als Mylady diese stumme, unbewegliche, einer Statue ähnlichen Gestalt erblickte, wurde ihr bange.

„Wer seid Ihr und was wollt Ihr?“ rief sie.

„Wahrlich, sie ist es“, murmelte Athos.

Und er ließ den Mantel fallen, hob den Hut in die Höhe und trat vor Mylady.

„Erkennt Ihr mich, Madame?“ sprach er.

Mylady wich zurück, als hätte sie eine Schlange erblickt.

„Nun gut“, sagte Athos, „ich sehe, Ihr erkennt mich.“

„Der Graf de la Fère!“ murmelte Mylady erbleichend, und wich immer mehr zurück, bis die Wand sie daran hinderte weiterzugehen.

„Ja, Mylady“, antwortete Athos, „der Graf de la Fère in Person, der eigens aus der anderen Welt zurückkommt, um das Vergnügen zu haben, Euch zu sehen. Setzt Euch, und wir wollen uns besprechen, wie der Kardinal sagt.“

Von einem namenlosen Schrecken beherrscht, setzte sich Mylady, ohne eine Silbe zu stammeln.

„Ihr seid ein auf die Erde geschickter Teufel", sagte Athos, „Eure Macht ist groß, ich weiß es, aber Ihr wißt auch, daß die Menschen oft mit Gottes Hilfe die furchtbarsten Teufel besiegt haben. Ihr habt Euch schon einmal auf meinem Weg gezeigt, ich glaubte Euch niedergeschmettert zu haben, aber wenn mich nicht alles trügt, hat Euch die Hölle wieder ausgespuckt."

Bei diesen Worten, die gräßliche Erinnerungen in ihr zurückriefen, ließ Mylady mit einem dumpfen Seufzer den Kopf sinken.

„Ja, die Hölle hat Euch wiedererweckt", fuhr Athos fort, „die Hölle hat Euch einen anderen Namen gegeben, die Hölle hat Euch reich gemacht, die Hölle hat Euch beinahe ein neues Gesicht verliehen, aber sie hat weder die Flecken Eurer Seele noch das Brandmal Eures Körpers getilgt."

Mylady stand auf, wie von einer Feder gehoben, und ihre Augen schleuderten Blitze. Athos blieb sitzen.

„Ihr hieltet mich für tot, nicht wahr, wie ich Euch für tot hielt, und der Name Athos hatte den Grafen de la Fère verborgen, wie der Name Mylady Winter Anna von Breuil verbarg? Nanntet Ihr Euch nicht so, als Euer ehrenwerter Bruder unsere Ehe schloß? Unsere Stellung ist in der Tat seltsam", fuhr Athos lachend fort, „wir lebten bis jetzt beide nur, weil wir uns für tot hielten, und weil eine Erinnerung weniger behindert als ein lebendes Wesen, obwohl eine Erinnerung oft etwas Verzehrendes ist."

„Sprecht", sagte Mylady mit dumpfer Stimme, „wer führt Euch zu mir, und was wollt Ihr von mir?"

„Ich will Euch sagen, daß ich Euch, obwohl unsichtbar für Eure Augen, nicht aus dem Gesicht verloren habe!"

„Ihr wißt, was ich die ganze Zeit gemacht habe?"

„Ich kann Euch Eure Handlungen Tag für Tag erzählen, seit Eurem Eintritt in den Dienst des Kardinals bis zu diesem Abend."

Ein ungläubiges Lächeln zog über die bleichen Lippen Myladys.

„Hört! Ihr habt die zwei diamantenen Nestelstifte von der Schulter des Herzogs von Buckingham geschnitten – Ihr habt Madame Bonacieux entführen lassen; Ihr habt, in den Grafen von Wardes verliebt, und im Glauben, diesen zu empfangen, d'Artagnan Eure Tür geöffnet; Ihr wolltet Wardes, weil Ihr glaubtet, er habe Euch betrogen, durch seinen Nebenbuhler töten lassen; Ihr wolltet, als dieser Nebenbuhler Euer schmachvolles Geheimnis entdeckt hatte, ihn ebenfalls durch Meuchler, die Ihr ihm nachschicktet, ermorden lassen; Ihr habt, als Ihr saht, daß die Kugeln den Mann verfehlten, vergifteten Wein mit einem falschen Brief geschickt, um Euer Opfer glauben zu machen, er komme von seinen Freunden; Ihr habt endlich in diesem Zimmer, auf dem Stuhl, wo ich jetzt sitze, vorhin dem Kardinal gegenüber die Verbindlichkeit übernommen, den Duke of Buckingham ermorden zu lassen, und zwar nachdem Ihr ihm das Gegenversprechen abgenommen, d'Artagnan zum Tod zu befördern."

Mylady wurde leichenblaß.

„Ihr seid also Satan in eigener Person?" sagte sie.

„Vielleicht", erwiderte Athos, „doch hört: Ermordet Buckingham oder laßt ihn ermorden, daran ist mir wenig gelegen, ich kenne ihn nicht, und überdies ist er ein Feind Frankreichs. Aber krümmt d'Artagnan kein Haar, denn er ist ein treuer Freund, den ich liebe und verteidige, oder ich schwöre Euch bei dem Haupt meines Vaters, das Verbrechen, welches Ihr zu begehen versucht oder begangen habt, ist Euer letztes."

„D'Artagnan hat mich grausam verletzt", sagte Mylady mit dumpfer Stimme, „D'Artagnan muß sterben."

„Ist es möglich, Euch zu verletzen, Madame?" sprach Athos lachend, „er hat Euch verletzt und muß sterben!"

„Er muß sterben!" versetzte Mylady. „Er zuerst und Ihr hernach."

Athos war wie von einem Schwindel befallen. Der Anblick dieses Geschöpfs, das nichts mehr mit einer Frau gemein hatte, erweckte gräßliche Erinnerungen in ihm, er erinnerte sich, daß er sie schon einmal in einer viel weniger gefährlichen Lage seiner Ehre hatte opfern wollen. Seine Mordlust kehrte glühend zurück und bemächtigte sich sei-

ner mit fieberischer Gewalt. Er erhob sich, fuhr mit der Hand zum Gürtel, zog eine Pistole hervor und spannte sie.

Bleich wie eine Leiche, wollte Mylady schreien, aber über ihre Zunge kam nur ein rauher Ton, dem Röcheln eines wilden Tieres ähnlich. An die düstere Wand gedrückt, erschien sie mit ihren aufgelösten Haaren als schauderhaftes Bild des Schreckens.

Athos hob langsam die Pistole in die Höhe, streckte den Arm so aus, daß die Waffe beinahe Myladys Stirn berührte, und sprach dann mit einer Stimme, die um so furchtbarer klang, als die erhabene Ruhe eines unbeugsamen Entschlusses daraus hervortrat:

„Madame, Ihr werdet auf der Stelle das Papier herausgeben, das der Kardinal unterzeichnet hat, oder bei meiner Seele, ich schieße Euch über den Haufen.“

Bei einem anderen Mann würde Mylady vielleicht ein Zweifel übriggeblieben sein, aber sie kannte Athos. Trotzdem blieb sie unbeweglich.

„Ihr habt eine Sekunde, um Euch zu entscheiden“, rief er.

Mylady sah an dem Zusammenziehen seines Gesichts, daß der Schuß losgehen sollte. Sie fuhr rasch mit der Hand in ihren Ausschnitt, zog ein Papier hervor und reichte es Athos mit den Worten:

„Nehmt und seid verflucht!“

Athos nahm das Papier, steckte die Pistole wieder in seinen Gürtel, näherte sich der Lampe, um sich zu überzeugen, daß es auch das geforderte Papier war, entfaltete es und las:

„Auf meinen Befehl und zum Wohl des Staates
hat der Inhaber dieses getan, was er getan hat.
Gegeben am 3. August 1628.
Richelieu“

„Und nun“, sprach Athos, indem er seinen Mantel wieder nahm und den Hut aufsetzte, „und nun, da ich dir die Zähne ausgerissen habe, beiß, wenn du kannst!“

Hierauf verließ er das Zimmer, ohne sich auch nur umzuschauen. Vor der Tür fand er die beiden Männer und das Pferd, das sie am Zügel hielten.

„Meine Herren“, sagte er, „Monseigneur befiehlt, wie ihr wißt, diese Frau ohne Zeitverlust zum Fort de la Pointe zu führen und sie nicht zu verlassen, als bis sie an Bord ist.“

Da diese Worte wirklich mit dem Befehl, den sie erhalten hatten, übereinstimmten, so verbeugten sie sich leicht zum Zeichen der Bestätigung.

Athos schwang sich in den Sattel und sprengte im Galopp davon. Doch statt der Straße zu folgen, ritt er querfeldein, trieb sein Pferd kräftig mit den Sporen an und hielt von Zeit zu Zeit still, um zu horchen.

Bei einer seiner Ruhepausen hörte er auf der Straße die Tritte mehrerer Pferde. Er zweifelte nicht daran, daß es der Kardinal mit seiner Eskorte sei. Sogleich sprengte er noch eine Strecke voraus, stieg dann rasch ab, rieb sein Pferd mit Heidekraut und Baumblättern ab, sprang wieder in den Sattel und stellte sich auf der Straße ungefähr zweihundert Schritte vor dem Lager auf.

„Wer da!“ rief er schon von weitem, als er der Reiter ansichtig wurde.

„Das ist unser braver Musketier“, sagte der Kardinal.

„Ja, Monseigneur“, erwiderte Athos, „er ist es.“

„Athos“, sprach Richelieu, „empfangt meinen Dank, daß Ihr uns so gut Wache gehalten habt. Meine Herren, wir sind an Ort und Stelle, reitet durch das Tor links. Das Losungswort ist: Der König und Ré.“

Nach diesen Worten nickte der Kardinal den drei Freunden mit dem Kopf zu und ritt, gefolgt von seinem Stallmeister, nach rechts, denn diese Nacht schlief er selbst im Lager.

„Nun, wie steht es?“ fragten Porthos und Aramis, als der Kardinal außer Bereich ihrer Stimmen war, „hat er das von ihr geforderte Papier unterzeichnet?“

„Allerdings“, antwortete Athos ruhig, „ich habe es hier.“

Und die drei Freunde wechselten keine Silbe mehr bis in ihr Quartier und sagten nur den Wachen das Losungswort.

Man ließ nun Planchet durch Mousqueton sagen, sein Herr werde gebeten, wenn er von den Laufgräben komme, sich sogleich zur Unterkunft der Musketiere zu begeben.

Mylady machte, wie es Athos vorhergesehen hatte, keine Schwierigkeit, den Männern zu folgen, als sie diese vor der Tür erblickte. Wohl hatte sie einen Augenblick Lust, sich zum Kardinal zurückführen zu lassen und ihm alles zu erzählen, aber eine Enthüllung von ihrer Seite führte eine Enthüllung von Athos herbei. Sie konnte wohl sagen, Athos habe sie gehängt, aber Athos konnte sagen, daß sie gebrandmarkt war. Sie hielt es also für das klügste, zu schweigen, in der Stille abzureisen, mit ihrer gewöhnlichen Gewandtheit die Mission zu erfüllen, die sie übernommen hatte, und wenn alles zur Zufriedenheit des Kardinals vollzogen wäre, Rache von ihm zu fordern.

Nachdem sie die ganze Nacht gereist war, kam sie um sieben Uhr morgens im Fort de la Pointe an. Um acht Uhr war sie an Bord und um neun Uhr lichtete das Schiff die Anker und segelte nach England.

46. Kapitel

Die Bastion Saint-Gervais

Als d'Artagnan bei den drei Freunden eintraf, fand er sie in demselben Zimmer versammelt. Athos dachte nach, Porthos kräuselte seinen Schnurrbart, Aramis betete aus einem reizenden, in blauen Samt gebundenem Büchlein.

„Bei Gott!" sagte er. „Meine Herren, ich hoffe, daß sich

das, was ihr mir sagen wollt, hoffentlich der Mühe lohnen wird, sonst könnte ich euch nicht verzeihen, daß ihr mich veranlaßt habt, allein die Mauern einer Bastion niederzureißen! Ach, daß ihr nicht dabei wart, es ging hübsch warm zu."

„Wir befanden uns woanders, wo es auch nicht kalt war, antwortete Porthos während er seinem Schnurrbart eine ihm eigentümliche Biegung verlieh.

„Still!" sagte Athos.

„Oho!" rief d'Artagnan, der das leichte Stirnrunzeln des Musketiers gut verstand. „Es scheint Neuigkeiten zu geben."

„Aramis", sprach Athos, „ich glaube, du hast vorgestern in der Herberge ‚Zum Parpaillot' gefrühstückt. Wie ißt man dort?"

„Ich war für meine Person sehr schlecht versorgt. Vorgestern war Fasttag und sie hatten nur Fleischspeisen."

„Wie!" rief Athos, „in einem Seehafen haben sie keine Fische?"

„Sie sagen", antwortete Aramis, und wandte sich wieder seiner frommen Lektüre zu, „sie sagen, der Damm, den der Herr Kardinal bauen lasse, vertreibe sie in das offene Meer."

„Aber das wollte ich eigentlich nicht von Euch wissen, Aramis", fuhr Athos fort, „ich wollte Euch fragen, ob Ihr ohne Zwang gewesen, ob Euch niemand gestört habe."

„Es scheint mir, wir hatten nicht zuviel lästige Gäste. Ja, in bezug auf das, was Ihr meint, Athos, sind wir ziemlich gut beim Parpaillot bedient."

„Also, auf zum Parpaillot", sprach Athos, „denn hier sind die Wände aus Papier."

D'Artagnan, der an die Handlungsweise seines Freundes gewöhnt war, und an einem Wort, an einem Zeichen, an einer Geste von ihm erkannte, wann es sich um eine An-

gelegenheit von Bedeutung handelte, nahm Athos beim Arm und entfernte sich mit ihm, ohne ein Wort zu sagen. Porthos folgte, mit Aramis plaudernd.

Auf dem Weg begegnete man Grimaud. Athos forderte ihn auf, mitzugehen. Grimaud gehorchte seiner Gewohnheit gemäß schweigend. Der arme Bursche hatte schließlich beinahe das Sprechen verlernt.

Man gelangte in die Trinkstube ‚Zum Parpaillot'. Es war sieben Uhr morgens und es wurde eben Tag. Die vier

Freunde bestellten ein Frühstück und traten in eine Stube, wo sie nach der Aussage des Wirts nicht gestört werden sollten.

Zum Unglück war die Stunde für eine Beratung schlecht gewählt. Man hatte gerade Reveille geschlagen. Jeder schüttelte den Schlaf aus den Gliedern und nahm, um die feuchte Luft zu vertreiben, in der Trinkstube einen Schluck zu sich. Dragoner, Schweizer, Garden, Musketiere, Cheveaulegers folgten so rasch, daß sich der Wirt gut dabei stehen mußte, aber den Absichten der vier Freunde entsprach dies keineswegs. Sie erwiderten auch die Grüße, Toaste und Späße ihrer Genossen sehr verdrießlich.

„Wir werden uns hierdurch einen Streit zuziehen", sprach Athos, „und das tut uns augenblicklich nicht not. D'Artagnan, erzählt uns von Eurer Nacht, wir erzählen Euch die unsere nachher."

„In der Tat", sprach ein Chevauleger, der sich hin und her wiegte und langsam etwas Branntwein aus einem Glas, das er in der Hand hielt, kostete, „in der Tat, Ihr wart auf Laufgrabenwache, mein Herr Gardist, und es scheint mir, Ihr hattet einen Strauß mit den Rochellern."

D'Artagnan schaute Athos an, als wollte er ihn fragen, ob er dem Eindringling antworten solle, der sich in das Gespräch mischte.

„Nun", sagte Athos, „hörst du nicht, daß Herr von Busigny dir die Ehre erweist, das Wort an dich zu richten? Erzähle was vorgefallen ist, da es diese Herren zu wissen wünschen."

„Habt Ihr nicht eine Bastion genommen?" fragte ein Schweizer, der Rum aus einem Bierglas trank.

„Ja, mein Herr", antwortete d'Artagnan sich verbeugend, „wir haben diese Ehre gehabt. Wir haben sogar, wie Ihr hören konntet, unter einer der Ecken ein Pulverfäßchen angebracht, das beim Zünden eine hübsche Bresche machte, abgesehen davon, daß der übrige Teil des Baus, da die Bastion nicht von gestern war, gewaltig erschüttert wurde."

„Welche Bastion ist es?" fragte ein Dragoner, der an seinem Säbel eine Gans gespießt hielt, die er herbeibrachte, um sie braten zu lassen.

„Die Bastion Saint-Gervais", antwortete d'Artagnan, „aus der die Rocheller unsere Arbeiter belästigen."

„Und die Affäre war hitzig?"

„Gewiß. Wir haben fünf Mann, die Rocheller acht bis zehn verloren."

„Balzempleu!" rief der Schweizer, der trotz der bewundernswürdigen Sammlung von Flüchen, die die deutsche Sprache besitzt, die Gewohnheit, französisch zu fluchen, angenommen hatte.

„Doch ist es wahrscheinlich", sagte der Chevauleger, „daß sie diesen Morgen Pioniere schicken werden, um die Bastion wieder instand zu setzen."

„Ja, das ist wahrscheinlich", bemerkte d'Artagnan.

„Meine Herren", sagte Athos, „eine Wette!..."

„Ah, ja, eine Wette?" rief der Schweizer.

„Welche?" fragte der Chevauleger.

„Wartet", sprach der Dragoner und legte seinen Säbel wie einen Spieß über die zwei großen Feuerböcke im Kamin. „Unglückswirt! Eine Bratpfanne, schnell, daß ich keinen Tropfen von dem Fett dieses achtenswerten Vogels verliere."

„Er hat recht", sagte der Schweizer, „Gänsefett ist sehr gut mit Eingemachtem."

„So", rief der Dragoner, „nun, Eure Wette. Laßt hören, Athos."

„Ja, die Wette", wiederholte der Chevauleger.

„Wohl, Busigny, ich wette mit Euch", antwortete Athos, „daß meine drei Gefährten, die Herren Porthos, Aramis, d'Artagnan und ich in der Bastion Saint-Gervais frühstükken und uns dort eine Stunde lang, die Uhr in der Hand, aufhalten, was der Feind auch tun mag, um uns zu vertreiben."

Porthos und Aramis schauten sich an, sie fingen an zu begreifen.

„Aber, Freund", sagte d'Artagnan leise zu Athos, „du willst uns ohne Barmherzigkeit töten lassen."

„Wir werden viel eher getötet", antwortete Athos, „wenn wir nicht dorthin gehen."

„Ja, meiner Treu, meine Herren", sprach Porthos, sich auf dem Stuhl umdrehend und seinen Schnurrbart zwirbelnd, „das ist hoffentlich eine schöne Wette!"

„Ich nehme sie auch an", erwiderte Herr von Busigny. „Nun handelt es sich nur noch darum, den Einsatz zu bestimmen."

„Ihr seid zu viert, meine Herren", sagte Athos, „wir sind auch zu viert. Ein Mittagsmahl nach Wunsch für acht Personen, ist das euch angenehm?"

„Ausgezeichnet", versetzte Herr von Busigny.

„Vollkommen!" sprach der Dragoner.

„Einverstanden!" sagte der Schweizer.

Der vierte Zuhörer, der bei dem ganzen Gespräch eine stumme Rolle gespielt hatte, machte ein Zeichen mit dem Kopf zum Beweis, daß er dem Vorschlag zustimmte.

„Das Frühstück dieser Herren ist bereit", rief der Wirt.

„Gut, so bringt es", sagte Athos.

Der Wirt gehorchte. Athos winkte Grimaud herbei, zeigte ihm einen großen Korb, der in einer Ecke stand, und befahl ihm durch eine stille Geste, das aufgetragene Fleisch in Servietten zu hüllen.

Grimaud begriff gleich, daß es sich um ein Frühstück im Freien handelte, nahm den Korb, packte das Fleisch ein, legte die Flaschen dazu und hob den Korb auf seinen Arm.

„Aber wo wollt ihr mein Frühstück verzehren?“ sagte der Wirt.

„Was geht das Euch an“, erwiderte Athos, „wenn man Euch nur bezahlt!“

Und er warf majestätisch zwei Pistolen auf den Tisch.

„Muß ich herausgeben, mein Herr Offizier?“ fragte der Wirt.

„Nein, fügt nur zwei Flaschen Champagner bei und das übrige ist für die Servietten.“

Der Wirt machte kein so gutes Geschäft, als er anfangs geglaubt hatte. Aber er entschädigte sich dadurch, daß er den vier Gästen zwei Flaschen Anjouwein statt der zwei Flaschen Champagner gab.

„Busigny“, sagte Athos, „wollt Ihr die Güte haben, Eure Uhr nach der meinen zu richten oder mir erlauben, die meine nach der Euren zu stellen?“

„Nun gut“, sprach der Chevauleger und zog eine sehr schöne, mit Diamanten besetzte Uhr aus seiner Tasche, „ich habe halb acht Uhr.“

„Sieben Uhr fünfunddreißig Minuten“, entgegnete Athos. „Wir wissen also, daß meine Uhr fünf Minuten vorgeht.“

Die jungen Leute grüßten die Umstehenden, die im höchsten Grade erstaunt waren, und schlugen den Weg zur Bastion Saint-Gervais ein, gefolgt von Grimaud, der den Korb trug, ohne zu wissen, wohin er ging, aber auch bei dem leidenden Gehorsam, an den er sich gewöhnt hatte, nicht einmal daran dachte, danach zu fragen.

Solange sie noch innerhalb des Lagers waren, wechselten die vier Freunde kein Wort; es folgten ihnen viele Neugierige, die von der eingegangenen Wette wußten und sehen wollten, wie sie sich herausziehen würden. Aber sobald sie die Umschanzungslinie hinter sich hatten und sich in freier Luft befanden, glaubte d’Artagnan, der durchaus nicht wußte, um was es sich handelte, es sei Zeit, sich Aufklärung zu erbitten.

„Und nun, mein lieber Athos“, sprach er, „erzeige mir die Freundschaft, mir zu erklären, wohin wir gehen?“

„Ihr seht es ja“, antwortete Athos, „wir gehen in die Bastion.“

„Aber was machen wir dort?“

„Ihr wißt es ja, wir frühstücken dort.“

„Aber warum frühstücken wir nicht beim Parpaillot?“

„Weil wir uns sehr wichtige Dinge zu sagen haben und weil es unmöglich wäre, in diesem Wirtshaus zu sprechen, bei all den Überlästigen, die dort kommen, grüßen und plaudern. Hier“, fuhr Athos, auf die Bastion deutend, fort, „hier wird man uns wenigstens nicht stören.“

„Es scheint mir“, sprach d'Artagnan mit der Klugheit, die sich so gut und natürlich mit seinem außerordentlichen Mut verband, „es scheint mir, wir hätten einen verborgenen Ort auf den Dünen am Meeresufer finden können.“

„Wo man die Besprechung zwischen uns vier gesehen hätte, so daß nach einer Viertelstunde der Kardinal durch seine Spione von unserer Beratung benachrichtigt wäre.“

„Ja“, sagte Aramis, „Athos hat recht. Animadvertuntur in desertis.“

„Eine Wüste wäre nicht übel gewesen“, sprach Porthos, „aber wie hätte man sie finden können?“

„Es gibt keine Wüste, wo nicht ein Vogel über das Haupt hinfliegen, ein Fisch über das Wasser springen oder ein Hase aus seinem Lager laufen kann, und ich glaube, Vogel, Fisch, Hase, alles hat sich zum Spion des Kardinals gemacht. Es ist also besser, wir bleiben bei unserem Unternehmen, von dem wir übrigens ohne Schmach nicht mehr zurückweichen können. Wir sind eine Wette eingegangen, eine Wette, die nicht vorhergesehen werden konnte und deren wahre Ursache, das weiß ich gewiß, niemand zu erraten vermag. Um zu gewinnen, halten wir eine Stunde in der Bastion aus. Entweder werden wir angegriffen, oder wir werden nicht angegriffen. Wenn nicht, so gewinnen wir ausreichend Zeit, uns zu besprechen, und niemand wird uns hören, denn ich stehe dafür ein, daß die Mauern dieser Bastion keine Ohren haben. Greift man uns an, so besprechen wir unsere Angelegenheiten dennoch und bedecken uns durch unsere Verteidigung mit Ruhm. Ihr seht, daß alles für unseren Vorschlag spricht."

„Ei!" rief d'Artagnan, „wir werden sicherlich eine Kugel erwischen."

„Ei, mein Lieber", erwiderte Athos, „Ihr wißt, daß die am meisten zu fürchtenden Kugeln nicht vom Feind kommen."

„Aber", meinte Porthos, „mir scheint, für ein solches Unternehmen hätten wir wenigstens unsere Musketen mitnehmen sollen."

„Ihr seid ein Narr, Freund Porthos, warum sich mit einer unnützen Bürde belasten?"

„Ich finde eine gute Muskete mit zwölf Patronen und dem Pulverhorn nicht unnütz."

„Wie", sprach Athos, „habt Ihr nicht gehört, was d'Artagnan gesagt hat?"

„Was hat er gesagt?" fragte Porthos.

„D'Artagnan hat erzählt, bei dem Angriff in dieser Nacht seien acht bis zehn Franzosen und ebenso viele Rocheller getötet worden."

„Weiter?"

„Man hat nicht Zeit gehabt, sie zu plündern, nicht wahr, da man für den Augenblick etwas Eiligeres zu tun hatte?"

„Nun?"

„Nun, wir werden ihre Musketen, ihre Pulverhörner und ihre Patronen finden, und statt vier Musketen und zwölf Kugeln haben wir fünfzehn Gewehre und können hundert Schüsse abfeuern."

„Oh, Athos“, rief Aramis, „du bist in der Tat ein kluger Mann!“

Porthos verbeugte sich zum Zeichen der Beipflichtung. D'Artagnan allein schien nicht völlig überzeugt.

Wahrscheinlich teilte Grimaud die Zweifel des jungen Mannes, denn als er sah, daß man der Bastion zumarschierte, was er bis jetzt noch nicht geglaubt hatte, zog er seinen Herrn am Rockschoß.

„Wohin gehen wir?“ fragte er mit einer Gebärde.

Athos deutete auf die Bastion.

„Aber“, sprach der schweigsame Grimaud, noch auf die gleiche Weise, „aber wir werden unsere Haut dort lassen.“

Athos hob die Augen und den Finger zum Himmel empor.

Grimaud stellte seinen Korb auf die Erde und setzte sich kopfschüttelnd nieder.

Athos nahm eine Pistole aus seinem Gürtel, schaute, ob sie mit Zündkraut versehen war, spannte und hielt den Lauf Grimaud an das Ohr.

Grimaud war auf den Beinen, als ob ihn eine Feder emporgeschnellt hätte.

Athos hieß ihn durch ein Zeichen den Korb nehmen und vorausgehen. Grimaud gehorchte.

Der arme Bursche hatte bei dieser Pantomime eines Augenblicks weiter nichts gewonnen, als daß er von der Nachhut zur Vorhut gekommen war.

Als die vier Freunde die Bastion erreichten, wandten sie sich um. Mehr als vierhundert Soldaten aller Waffengattungen waren an einem Tor des Lagers versammelt, und man konnte in einer getrennten Gruppe Herrn von Busigny, den Dragoner, den Schweizer und den vierten Teilnehmer an der Wette unterscheiden.

Athos nahm seinen Hut ab, steckte ihn auf die Spitze seines Degens und schwenkte ihn in der Luft.

Alle Zuschauer gaben ihm den Gruß zurück und begleiteten diese Höflichkeit mit einem Hurra, das bis zu ihnen drang.

Hierauf verschwanden alle vier in der Bastion, wohin ihnen Grimaud vorausgegangen war.

47. Kapitel

Die Beratung der Musketiere

Die Bastion war, wie dies Athos vorhergesehen hatte, nur von einem Dutzend Toter, sowohl Franzosen als Rocheller, besetzt.

„Meine Herren“, sprach Athos, der das Kommando bei diesem Zug übernommen hatte, „während Grimaud die Tafel herrichtet, wollen wir zuerst die Gewehre und Patronen einsammeln. Wir können übrigens sprechen, solange wir dieses Geschäft besorgen, denn diese Herren“, fügte er, auf die Toten deutend, bei, „hören uns nicht.“

„Wir könnten sie immerhin in die Gräben werfen“, sagte Porthos, „nachdem wir uns zuvor versichert haben, daß sie nichts in den Taschen haben.“

„Allerdings“, versetzte Athos, „aber das ist ein Geschäft für Grimaud.“

„Gut“, sprach d'Artagnan, „soll Grimaud sie nachher durchsuchen und in die Gräben werfen.“

„Das sei uns fern“, rief Athos, „sie können uns nützlich sein.“

„Diese Toten könnten uns nützlich sein?“ fragte Porthos, „du bist verrückt, mein lieber Freund.“

„Urteilt nicht vorlaut, sagen das Evangelium und der Herr Kardinal“, antwortete Athos. „Wie viele Flinten, meine Herren?“

„Zwölf“, antwortete Aramis.

„Wieviel Schuß?“

„Etwa hundert.“

„Das ist soviel als wir brauchen, laden wir die Gewehre!“

Die vier Musketiere machten sich an die Arbeit. Als sie das letzte Gewehr geladen hatten, deutete Grimaud mit einem Zeichen an, das Frühstück sei bereit.

Athos antwortete mit einer Gebärde, es sei gut und zeigte Grimaud eine Art von Nische. Dieser begriff, daß er darin Wache halten sollte. Um ihm jedoch die Unannehmlichkeit seines Postens etwas zu versüßen, erlaubte ihm Athos, ein Brot, zwei Koteletts und eine Flasche Wein mitzunehmen.

„Und nun zu Tisch", sprach Athos.

Die vier Freunde setzten sich auf die Erde, die Beine gekreuzt wie Türken oder wie Schneider.

„Doch jetzt“, sagte d’Artagnan, „jetzt, da du nicht mehr gehört zu werden fürchten mußt, wirst du uns hoffentlich dein Geheimnis mitteilen?“

„Ich hoffe euch zugleich Vergnügen und Ruhm zu verschaffen, meine Herren“, antwortete Athos. „Ich habe euch einen reizenden Spaziergang machen lassen. Hier ist ein äußerst schmackhaftes Frühstück und dort unten stehen, wie ihr durch die Schießscharten sehen könnt, fünfhundert Personen, die uns für Narren oder für Helden halten, zwei Arten von Schwachköpfen, die sich ziemlich gleichen.“

„Aber das Geheimnis“, sagte d’Artagnan.

„Das Geheimnis“, erwiderte Athos, „besteht darin, daß ich gestern abend Mylady gesehen habe.“

D’Artagnan setzte eben sein Glas an die Lippen, aber bei dem Namen Mylady zitterte seine Hand so stark, daß er es auf den Boden stellte, um den Inhalt nicht zu verschütten.

„Du hast deine Fr...“ - „Still“, unterbrach ihn Athos. „Ihr vergeßt, mein Lieber, daß diese Herren nicht wie Ihr in das Geheimnis meiner häuslichen Angelegenheiten eingeweiht sind. Ich habe Mylady gesehen.“ - „Und wo dies?“ fragte d’Artagnan. - „Ungefähr zwei Meilen von hier, in der Herberge ‚Zum Roten Taubenschlag‘.“ - „Dann bin ich verloren“, rief d’Artagnan. - „Nein, noch nicht ganz“, versetzte Athos, „denn zu dieser Stunde muß sie die Küste von Frankreich verlassen haben.“

D’Artagnan atmete.

„Aber wer ist denn diese Mylady?“ fragte Porthos. - „Eine reizende Frau“, erwiderte Athos, ein Glas Schaumwein kostend. „Kanaille von einem Wirt!“ rief er, „der uns Anjouwein anstatt Champagner gibt und glaubt, wir lassen uns hintergehen! Ja“, fuhr er fort, „eine reizende Frau, der unser Freund d’Artagnan irgendeinen schlimmen Streich gespielt hat, für den sie sich dadurch rächen wollte, daß sie

ihn vor einem Monat mit Musketenschüssen töten lassen wollte, daß sie ihn vor acht Tagen zu vergiften trachtete, und daß sie sich gestern vom Kardinal seinen Kopf erbat." — „Wie? Vom Kardinal meinen Kopf erbat?" rief d'Artagnan, bleich vor Schrecken. - „Gewiß!" sprach Porthos, „das ist so wahr wie das Evangelium. Ich habe es mit meinen eigenen beiden Ohren gehört." - „Ich ebenfalls", fügte Aramis bei. - „Dann", versetzte d'Artagnan und ließ entmutigt die Arme sinken, „dann ist es unnütz, länger zu kämpfen. Es ist besser, ich schieße mir eine Kugel in den Kopf, und alles ist vorbei." - „Das ist die letzte Dummheit, die man zu machen hat", sprach Athos, „da es die einzige ist, für die es kein Gegenmittel gibt." - „Aber bei solchen Feinden werde ich nie entkommen", erwiderte d'Artagnan. „Zuerst mein Unbekannter von Meung. Dann Herr von Wardes, dem ich vier Degenstiche beigebracht habe. Ferner Mylady, deren Geheimnis ich entdeckte und endlich der Kardinal, dessen Rache ich vereitelt habe." -

„Gut", sprach Athos, „alles das macht zusammen nur vier, einer gegen einen, bei Gott! Wenn wir den Zeichen glauben dürfen, die uns Grimaud macht, so werden wir es mit einer viel größeren Anzahl von Menschen zu tun haben. Was gibt es, Grimaud? In Anbetracht des Ernstes der Umstände erlaube ich Euch zu sprechen, doch faßt Euch kurz. Was seht Ihr?" - „Eine Schar!" - „Wieviel Personen?" - „Zwanzig Mann." - „Was für Menschen?" - „Sechzehn

Pioniere, vier Soldaten." - „Wieviel Schritt sind sie von uns entfernt?" - „Fünfhundert Schritt." - „Gut, wir haben noch Zeit, dieses Huhn zu verzehren und ein Glas Wein zu trinken. Auf deine Gesundheit, d'Artagnan!" - „Auf deine Gesundheit!" wiederholten Porthos und Aramis. - „Wohl denn, auf meine Gesundheit, obwohl ich nicht glaube, daß mir Eure Wünsche viel nützen werden." - „Pah!" rief Athos, „Gott ist groß, wie die Anhänger Mohammeds sagen, und die Zukunft liegt in seinen Händen."

Nachdem Athos sein Glas geleert hatte, stand er gleichgültig auf, nahm das nächstbeste Gewehr und näherte sich einer Schießscharte.

Porthos, Aramis und d'Artagnan taten dasselbe, Grimaud erhielt Befehl, sich hinter die vier Freunde zu stellen, um die Gewehre wieder zu laden.

Bald sah man die Truppe erscheinen. Sie kam durch einen schlauchartigen Laufgraben, der eine Verbindung zwischen der Bastion und der Stadt bildete.

„Bei Gott!" sprach Athos, „es war wohl der Mühe wert, unser Mahl wegen zwanzig solcher mit Karsten, Hauen und Schaufeln bewaffneter Schufte zu unterbrechen. Grimaud hätte ihnen nur durch ein Zeichen bedeuten dürfen, sie sollen gehen, und ich bin überzeugt, sie würden uns in Ruhe gelassen haben."

„Ich bezweifle es", sprach d'Artagnan, „denn sie rücken sehr entschlossen an. Übrigens sind bei den Arbeitern vier mit Musketen bewaffnete Soldaten und ein Brigadier."

„Weil sie uns nicht gesehen haben", entgegnete Athos.

„Meiner Treu", sagte Aramis, „es widerstrebt mir, auf diese armen Teufel von Bürgersleuten zu schießen."

„Ein schlechter Priester", rief Porthos, „der mit Ketzern Mitleid hat."

„In der Tat", sagte Athos, „Aramis hat recht, und ich will sie warnen."

„Was, Teufel, macht Ihr denn?" entgegnete d'Artagnan, „Ihr wollt Euch, scheint es, niederschießen lassen, mein Lieber."

Aber Athos hörte nicht auf diesen Rat, sondern stieg in die Bresche, wandte sich, sein Gewehr in der einen, den Hut in der anderen Hand, höflich grüßend an die Soldaten und Arbeiter, die erstaunt über diese Erscheinung ungefähr fünfzig Schritt vor der Bastion stehenblieben und rief:

„Meine Herren, einige Freunde und ich sitzen hier in dieser Bastion beim Frühstück. Ihr wißt aber, wie unangenehm es ist, gestört zu werden, wenn man frühstückt. Wir bitten Euch also, wenn Ihr unerläßliche Geschäfte hier habt, entweder zu warten, bis wir unser Frühstück beendet haben oder später wiederzukommen, wenn Ihr nicht, was das heilsamste wäre, Lust habt, die Partei der Rebellen zu verlassen und mit uns auf die Gesundheit des Königs von Frankreich zu trinken."

„Nimm dich in acht, Athos", sagte d'Artagnan, „siehst du nicht, daß sie auf dich anlegen?"

„Allerdings", erwiderte Athos, „aber es sind Bürger, die sehr schlecht schießen und gewiß nicht treffen werden."

Es wurden wirklich in demselben Augenblick vier Flintenschüsse abgefeuert, und die Kugeln schlugen um Athos her an die Mauern, aber keine traf ihn.

Vier Schüsse antworteten ihnen beinahe in der gleichen Sekunde, aber unsere Freunde hatten besser gezielt als die Angreifenden: drei Soldaten stürzten auf der Stelle tot nieder, und ein Arbeiter war verwundet.

„Grimaud, eine andere Muskete", sagte Athos, immer noch auf der Bresche.

Grimaud gehorchte sofort. Die drei Freunde hatten ihre Gewehre selbst wieder geladen, der Brigadier und zwei Pioniere wurden tot zu Boden gestreckt, der Rest der Truppe ergriff die Flucht.

„Auf! Meine Herren, einen Ausfall!“ rief Athos.

Und die vier Freunde stürzten aus dem Fort heraus, gelangten bis zum Schlachtfeld, rafften die vier Musketen der Soldaten und die Halbpike des Brigadiers auf, und zogen sich, überzeugt, daß die Fliehenden erst in der Stadt anhalten würden, mit ihren Siegestrophäen in die Bastion zurück.

„Lade unsere Gewehre wieder, Grimaud“, sprach Athos, „und wir, meine Herren, wollen zu unserem Frühstück zurückkehren und unser Gespräch fortsetzen. Wo waren wir?“

„Ich erinnere mich“, antwortete d’Artagnan, „du sagtest, Mylady hat Frankreich verlassen, nachdem sie meinen Kopf von dem Kardinal verlangt hat.“

„Und wohin geht sie?“ fügte d’Artagnan bei, den Myladys Reiseplan sehr in Anspruch zu nehmen schien.

„Sie geht nach England“, erwiderte Athos.

„In welcher Absicht?“

„In der Absicht, Buckingham zu ermorden oder ermorden zu lassen.“

„Ei, das ist ja ganz heillos“, rief d’Artagnan voll Staunen und Entrüstung.

„Oh, was das betrifft“, entgegnete Athos, „darum kümmere ich mich nicht viel. Nun, da du fertig bist, Grimaud“, fuhr Athos fort, „nimm die Halbpike unseres Brigadiers, binde eine Serviette daran und pflanze sie dann auf unsere Bastion, damit diese rebellischen Rocheller sehen, daß sie es mit braven und loyalen Soldaten des Königs zu tun haben.“

Grimaud gehorchte ohne zu antworten, und einen Augenblick später wehte eine weiße Fahne über dem Haupt der vier Freunde. Freudengeschrei und donnernder Beifall begrüßten ihre Erscheinung. Die Häfte des Lagers war an den Barrieren.

„Wie“, versetzte d'Artagnan, „du kümmerst dich wenig darum, ob sie Buckingham ermordet oder ermorden läßt? Der Herzog ist unser Freund.“

„Der Herzog ist ein Engländer, der Herzog kämpft gegen uns, sie mag also mit ihm machen, was sie will, ich kümmere mich so wenig darum als um eine leere Flasche.“

Und bei diesen Worten schleuderte Athos eine Flasche, deren Inhalt er bis auf den letzten Tropfen in sein Glas gegossen hatte, zwanzig Schritt von sich.

„Einen Augenblick -“ sagte d'Artagnan, „ich gebe den Herzog nicht so rasch auf, er schenkte uns sehr schöne Pferde.“

„Und besonders sehr schöne Sättel“, sprach Porthos, der die Borte des seinigen an seinem Mantel trug.

„Auch will Gott die Bekehrung und nicht den Tod des Sünders“, sagte Aramis.

„Amen!“ sprach Athos, „und wir werden später hierauf zurückkommen, wenn es Euch beliebt. Doch ich war am meisten darauf bedacht - und du wirst das wohl begreifen, d'Artagnan - dieser Frau eine Art von Vollmacht abzunehmen, die sie dem Kardinal abgepreßt hatte, und mit deren Hilfe sie sich ungestraft deiner und vielleicht unserer Personen entledigen könnte.“

„Aber das ist doch ein wahrer Teufel, dieses Geschöpf!“ sprach Porthos und reichte Aramis, der Geflügel zerlegte, seine Serviette.

„Und diese Vollmacht“, fragte d'Artagnan, „diese Vollmacht blieb in ihren Händen?“

„Nein, sie ging in die meinen über. Wenn ich sagen würde, dies sei ohne Mühe geschehen, so müßte ich lügen.“

„Mein lieber Athos“, sprach d'Artagnan, „ich zähle nicht mehr, wie oft Ihr mir das Leben gerettet habt.“

„Also um zu ihr zurückzukehren, hast du uns verlassen?“ fragte Aramis.

„Allerdings."

„Und du besitzt den Brief des Kardinals?" fragte d'Artagnan.

„Hier ist er", antwortete Athos.

Und er zog das kostbare Papier aus der Tasche.

D'Artagnan entfaltete es mit einer Hand, deren Zittern er nicht einmal zu verbergen suchte und las:

„Auf meinen Befehl und zum Wohl des Staates
hat der Inhaber getan, was er getan hat.
Den 3. August 1628.
Richelieu"

„In der Tat", sprach Aramis, „das ist eine Absolution nach allen Regeln der Kunst."

„Man muß dieses Papier vernichten", sprach d'Artagnan, der glaubte sein Todesurteil zu lesen.

„Ganz im Gegenteil", erwiderte Athos, man muß es sorgfältig aufbewahren, und ich würde dieses Papier nicht hergeben, auch wenn man es mit Goldstücken bedecken wollte."

„Und was wird sie nun tun?" fragte der junge Mann.

„Wahrscheinlich", antwortete Athos, „wahrscheinlich wird sie dem Kardinal schreiben, ein verdammter Musketier namens Athos habe ihr mit Gewalt ihren Geleitbrief entrissen. Sie wird ihm in diesem Schreiben den Rat geben, sich zu gleicher Zeit seiner, sowie seiner zwei Freunde, Porthos und Aramis zu entledigen. Der Kardinal wird sich erinnern, daß es dieselben Menschen sind, denen er immer auf seinen Wegen begegnet. Dann wird er an einem schönen Morgen d'Artagnan verhaften lassen und, damit er sich ganz allein nicht zu sehr langweilt, auch uns in die Bastille schicken, um ihm Gesellschaft zu leisten."

„Ei, der Teufel!" rief Porthos, „es scheint mir, du machst da sehr schlechte Späße, mein Lieber."

„Ich spaße nicht", sagte Athos.

„Weißt du", versetzte Porthos „daß es eine geringere Sünde wäre, dieser verdammten Mylady den Hals umzudrehen, als diesen armen Teufeln von Hugenotten, die nie ein anderes Verbrechen begangen haben, als daß sie Psalmen französisch singen, die wir lateinisch singen."

„Was sagt der Abbé dazu?" fragte Athos ruhig.

„Ich sage, daß ich der Meinung von Porthos bin", antwortete Aramis.

„Und ich ebenfalls", sprach d'Artagnan.

„Zum Glück ist sie fern von hier", versetzte Porthos, „denn ich gestehe, sie würde mich hier sehr genieren."

„Sie geniert mich in England ebensosehr als in Frankreich", sagte Athos.

„Sie geniert mich überall", sprach d'Artagnan.

„Aber da du sie in deinen Händen hattest", rief Porthos, „warum hast du sie nicht ertränkt, erdrosselt, aufgehängt? Nur die Toten kommen nicht wieder."

„Ihr glaubt das?" erwiderte der Musketier mit einem düsteren Lächeln, das d'Artagnan allein verstand.

„Ich habe einen Gedanken", sprach d'Artagnan.

„Laß hören", sagten die Musketiere.

„Zu den Waffen!" schrie Grimaud.

Die jungen Leute sprangen rasch auf.

Ein kleiner Trupp von zwanzig bis fünfundzwanzig Mann rückte heran. Aber diesmal waren es nicht mehr Arbeiter, sondern Soldaten der Garnison.

„Wenn wir in das Lager zurückkehrten", sprach Porthos. „Es scheint mir, die Partie ist ungleich."

„Unmöglich aus drei Gründen", antwortete Athos. „Erstens haben wir unser Frühstück noch nicht beendet, zweitens haben wir uns noch wichtige Dinge zu sagen, drittens fehlen noch zehn Minuten, bis die Stunde abgelaufen ist."

„Wohl", sagte Aramis, „wir müssen jedoch einen Schlachtplan entwerfen."

„Das ist ganz einfach", sagte Athos, „sobald der Feind in Schußweite kommt, geben wir Feuer. Rückt er weiter vor, so geben wir wieder Feuer. Wir feuern, solange wir geladene Gewehre haben. Wenn hernach der Rest des Trupps Sturm laufen will, so lassen wir die Belagerer bis in den Graben steigen und werfen ihnen dann einen Flügel von dieser Mauer, die nur noch durch ein Wunder ihr Gleichgewicht hält, auf die Köpfe."

„Bravo", sagte Porthos, „du bist zum General geboren, Athos, und der Kardinal, der sich für einen großen Kriegsmann hält, hat im Vergleich zu dir wenig zu bedeuten."

„Meine Herren", sprach Athos, „keine doppelte Rechnung, ich bitte. Nehmt jeder euren Mann aufs Korn!"

„Ich habe den meinen", sagte d'Artagnan.

„Und ich den meinen", sagte Porthos.

„Und ich ebenfalls", sagte Aramis.

„Gebt Feuer!" sagte Athos.

Die vier Flintenschüsse gaben nur einen Knall und vier Soldaten stürzten zu Boden.

Sofort schlug der Tambour zum Angriff und der kleine Trupp rückte im Sturmschritt vor.

Danach folgten die Schüsse unregelmäßig, aber mit der größten Genauigkeit gezielt. Doch die Rocheller rückten, als hätten sie die zahlenmäßige Schwäche der Feinde erkannt, fortwährend im Geschwindschritt vor.

Bei drei Schüssen fielen immer zwei Mann. Dessenungeachtet wurde der Marsch der Übrigbleibenden nicht langsamer.

Am Fuß der Bastion angelangt, waren die Feinde noch zwölf bis fünfzehn Mann stark. Eine letzte Ladung empfing sie, hielt sie aber nicht auf. Sie sprangen in den Graben und schickten sich an, die Bresche zu ersteigen.

„Auf, meine Freunde“, rief Athos, „machen wir mit einem Schlag ein Ende. Zur Mauer! Zur Mauer!“

Und von Grimaud unterstützt, stemmten sich die vier Freunde mit dem Lauf ihrer Flinten an einen enormen Mauerflügel, der, wie vom Sturmwind erfaßt, sich neigte, sich von seiner Grundlage ablöste und mit furchtbarem Getöse in den Graben stürzte. Dann vernahm man ein gewaltiges Geschrei, eine Staubwolke stieg zum Himmel auf und alles war vorbei.

„Sollten wir sie vom ersten bis zum letzten zerschmettert haben?“ sagte Athos.

„Meiner Treu, es sieht so aus“, erwiderte d'Artagnan.

„Nein“, sagte Porthos, „seht dort zwei oder drei, die sich hinkend fortschleppen.“

Drei oder vier der Unglücklichen flohen wirklich, mit Schmutz und Blut bedeckt, in den Hohlweg und erreichten die Stadt. Das war alles, was vom dem Trupp übrigblieb.

Athos schaute auf seine Uhr.

„Meine Herren, wir sind nun eine Stunde hier, und die Wette ist gewonnen. Aber wir müssen uns als noble Spieler zeigen, und d'Artagnan hat uns außerdem seinen Gedanken noch nicht gesagt.“

Nach diesen Worten setzte sich der Musketier mit seiner gewöhnlichen Kaltblütigkeit zu den Resten des Frühstücks.

„Ihr wollt meinen Plan kennenlernen?“ sprach d'Artagnan zu seinen drei Gefährten, als sie nach dem Angriff, der für den kleinen Trupp der Rocheller so traurig geendet hatte, wieder beim Frühstück saßen. - „Ja“, antwortete Athos, „Ihr sagtet, Ihr hättet einen Gedanken.“ - „Richtig, jetzt komm ich wieder darauf“, rief d'Artagnan. „Ich reise zum zweitenmal nach England, suche Buckingham auf und benachrichtige ihn von dem Komplott, das gegen ihn gesponnen wird.“ - „Ihr werdet das nicht tun, d'Artagnan“, sprach Athos kalt. - „Und warum nicht? Habe ich es nicht bereits getan?“ - „Ja, aber damals waren wir nicht im Krieg und Buckingham war zu jener Zeit unser Verbündeter und kein Feind. Was Ihr tun wollt, würde man als Verrat behandeln.“

D'Artagnan begriff das Gewicht dieses Urteils und schwieg.

„Aber ich glaube ebenfalls einen Gedanken zu haben“, sprach Porthos.

„Hört den Gedanken von Porthos“, sagte Aramis.

„Ich verlange einen Urlaub von Herrn von Treville unter irgendeinem Vorwand, den Ihr finden werdet, denn ich bin nicht so stark in Vorwänden. Mylady kennt mich nicht. Ich nähere mich ihr, ohne daß sie mich fürchtet, und wenn ich meine Schöne treffe, erdrossele ich sie.“

„Ei“, sagte Athos, „ich bin nicht abgeneigt, dem Gedanken von Porthos beizupflichten.“

„Pfui“, sprach Aramis, „eine Frau umbringen! Halt! Ich habe den richtigen Gedanken.“

„Laßt ihn hören, Aramis“, erwiderte Athos, der große Achtung vor dem jungen Musketier hegte.

„Man müßte die Königin in Kenntnis setzen.“

„Ah, meiner Treu, ja“, sprachen Porthos und d'Artagnan zugleich, „ich glaube, wir haben ein Mittel gefunden.“

„Die Königin in Kenntnis setzen?“ fragte Athos, „und wie dies? Haben wir Verbindungen beim Hof? Können wir jemand nach Paris schicken, ohne daß man es im Lager erfährt? Von hier nach Paris sind es hundertundvierzig Meilen. Unser Brief hat noch nicht Angers erreicht, und wir sitzen bereits im Gefängnis.“

„Was die Aufgabe betrifft, Ihrer Majestät einen Brief sicher zuzustellen“, sagte Aramis errötend, „so übernehme ich dies. Ich kenne in Tours eine geschickte Person ...“

Aramis hielt inne, als er Athos lächeln sah.

„Nun, Athos? Ihr nehmt dieses Mittel nicht an?“ fragte d'Artagnan.

„Ich weise es nicht ganz zurück“, antwortete Athos; „aber ich wollte Aramis nur sagen, daß er das Lager nicht verlassen kann, daß jeder andere sicherer ist als einer von uns; daß zwei Stunden, nachdem der Bote abgegangen, alle Kapuziner, alle Häscher, alle Schwarzmützen des Kardinals Euren Brief auswendig kennen, und daß man Euch samt Eurer geschickten Person verhaften wird.“

„Abgesehen davon", sprach Porthos, „daß die Königin Buckingham, aber keineswegs uns retten wird."

„Meine Herren", sagte d'Artagnan, „was Porthos einwendet, ist sehr vernünftig."

„He, hört! Was geht in der Stadt vor?" rief Athos.

„Man schlägt Generalmarsch."

Die vier Freunde horchten und der Lärm der Trommeln drang wirklich bis zu ihnen.

„Ihr werdet sehen, daß man ein ganzes Regiment schickt", sagte Athos.

„Ihr hofft doch nicht, gegen ein ganzes Regiment standzuhalten", sprach Porthos.

„Warum nicht?" erwiderte der Musketier. „Ich fühle mich jetzt im Zug und würde einer ganzen Armee standhalten, wenn wir nur so vorsichtig gewesen wären, ein Dutzend Flaschen mehr mitzunehmen."

„Bei meinem Wort, der Trommler nähert sich", sagte d'Artagnan.

„Laßt ihn herankommen!" rief Athos. „Es ist eine Viertelstunde Wegs von hier zur Stadt, und folglich auch von der Stadt hierher. Das ist mehr Zeit als wir brauchen, um unseren Plan zu machen. Wenn wir von hier weggehen, finden wir nie mehr einen so passenden Ort. Und halt, gerade jetzt kommt mir der wahre Gedanke."

„Sprecht also!"

„Erlaubt mir, daß ich Grimaud einige unerläßliche Befehle gebe."

Athos machte seinem Bedienten ein Zeichen, sich zu nähern.

„Grimaud", sprach Athos, auf die Toten deutend, die in der Bastion lagen, „du nimmst diese Herren, stellst sie an die Mauer, setzt ihnen ihre Hüte auf den Kopf und gibst ihnen ihre Flinten in die Hand."

„Gute Idee", rief d'Artagnan, „ich verstehe dich!"

„Ihr versteht?“ fragte Porthos. - „Und du, verstehst du, Grimaud?“ sagte Athos.

Grimaud machte ein bejahendes Zeichen.

„Mehr braucht es nicht“, sprach Athos. „Kommen wir auf meinen Gedanken zurück.“ - „Ich wünschte jedoch zu begreifen“, sprach Porthos. - „Das ist unnötig!“ - „Ja, ja, den Gedanken von Athos!“ riefen d'Artagnan und Aramis. - „Diese Mylady, diese Frau, dieses Geschöpf, dieser Teufel hat, wie Ihr mir, glaube ich, sagtet, einen Schwager, d'Artagnan?“ - „Ja, ich kenne ihn genau, und ich bin überzeugt, daß er keine große Sympathie für seine Schwägerin hegt.“ - „Das ist nicht schlimm“, antwortete Athos, „und es wäre sogar das beste, wenn er sie haßte und verabscheute.“ - „In diesem Fall sind wir nach Wunsch bedient.“ - „Aber möchte ich doch verstehen“, sprach Porthos, „was Grimaud macht.“ - „Still, Porthos“, sagte Aramis. - „Wie heißt dieser Schwager?“ - „Lord Winter.“ - „Wo hält er sich gegenwärtig auf?“ - „Er ist bei dem ersten Kriegslärm nach London zurückgekehrt.“ - „Nun, das ist gerade der Mann, den wir brauchen“, sagte Athos. „Er ist es, den wir von dem, was vorgeht, in Kenntnis setzen müssen. Wir lassen ihn wissen, daß seine Schwägerin im Begriff ist, jemand zu ermorden und bitten ihn, sie nicht aus den Augen zu verlieren. Es gibt in London hoffentlich Anstalten nach Art der Madelonetten oder der Reugien Schwestern. Er läßt seine Schwägerin dorthin bringen, und wir sind ruhig.“ - „Ja“, sagte d'Artagnan, „bis sie wieder draußen ist.“ - „Ah, meiner Treu, Ihr verlangt zuviel d'Artagnan“, sagte Athos, „ich habe Euch alles gegeben, was ich besaß, und leugne nicht, daß ich jetzt auf dem Grund meiner Tasche bin.“ - „Ich meinerseits“, sagte Aramis, „halte es für das beste, wir setzen die Königin und Lord Winter zugleich in Kenntnis.“ - „Ja, aber durch wen lassen wir den Brief nach Tours und den nach London tragen?“ -

„Ich stehe für Bazin", sagte Aramis. - „Und ich für Planchet", fügte d'Artagnan bei. - „In der Tat", sprach Porthos, „wenn wir das Lager nicht verlassen können, so können es doch wenigstens unsere Lakaien verlassen." - „Allerdings", bemerkte Aramis, „noch heute schreiben wir die Briefe, geben ihnen Geld und sie gehen ab." - „Wir geben Ihnen Geld?" fragte Athos. „Ihr habt also Geld?"

Die vier Freunde schauten sich an, und eine Wolke zog über ihre Stirn, die sich einen Augenblick erhellt hatte.

„Geschwind!" rief d'Artagnan. „Ich sehe schwarze und rote Punkte, die sich da unten bewegen. Was spracht Ihr von einem ganzen Regiment, Athos? Es ist ein wahres Heer."

„Wirklich, da kommen sie. Seht, die Duckmäuser! Sie rücken ohne Trommel und Trompete heran. Bist du fertig, Grimaud?"

Grimaud machte ein bejahendes Zeichen und deutete auf ein Dutzend Tote, die er in malerischen Stellungen aufgepflanzt hatte. Die einen hatten ihre Gewehre geschultert, die anderen sahen aus, als schlügen sie an, wieder andere hielten den Degen in der Faust.

„Bravo!" rief Athos, „das macht deiner Einbildungskraft Ehre!"

„Das ist ganz egal", sagte Porthos, „ich möchte jedoch eigentlich wissen ..."

„Machen wir uns erst aus dem Staub", erwiderte d'Artagnan.

„Einen Augenblick, meine Herren, einen Augenblick, gönnen wir Grimaud Zeit, abzutragen."

„Ah!" sagte Aramis, „seht, die schwarzen Punkte, und die roten Punkte werden sichtbar größer, und ich bin der Meinung d'Artagnans. Ich glaube, daß wir keine Zeit zu verlieren haben, um das Lager wieder zu erreichen."

„Meiner Treu", sprach Athos, „ich habe nichts gegen den

Rückzug einzuwenden. Wir haben auf eine Stunde gewettet, und sind anderthalb Stunden geblieben. Das ist mehr als genug. Vorwärts, meine Herren!"

Grimaud war schon mit dem Korb vorausgegangen.

Die vier Freunde gingen hinter ihm hinaus und hatten etwa zehn Schritt zurückgelegt, als ihnen Athos zurief:

„Meine Herren, was machen wir?"

„Hast du etwas vergessen?" fragte Aramis.

„Die Fahne! Mord und Teufel! Man darf keine Fahne in den Händen des Feindes lassen, selbst wenn es eine Serviette ist."

Und Athos stürzte in die Bastion, erstieg die Plattform und nahm die Fahne ab. Als aber die Rocheller in Schußweite waren, eröffneten sie ein furchtbares Feuer auf diesen Mann, der sich wie zum Vergnügen den Schüssen auszusetzen schien.

Doch man hätte glauben sollen, Athos würde durch einen Zauber geschützt. Die Kugeln flogen um ihn her, aber keine einzige berührte seine Person.

Athos schwang seine Fahne, wobei er den Leuten von der Stadt den Rücken zukehrte und die im Lager begrüßte.

Von zwei Seiten erscholl mächtiges Geschrei, von der einen Seite ein Geschrei der Wut, von der anderen ein Geschrei der Begeisterung.

Eine zweite Ladung folgte der ersten, und drei Kugeln durchlöcherten die Serviette und machten wirklich eine Fahne aus ihr.

Das ganze Lager rief: „Steigt herab, steigt herab!"

Athos stieg herab. Seine Kameraden, die voller Sorge auf ihn warteten, sahen ihn zu ihrer großen Freude wieder erscheinen.

„Vorwärts, Athos, vorwärts!" rief d'Artagnan, „schreiten wir aus. Jetzt, da wir alles gefunden haben, wäre es töricht, wenn wir uns töten ließen."

Aber Athos marschierte ruhig weiter, und da seine Gefährten sahen, daß jede Bemerkung fruchtlos war, so regelten sie ihren Gang nach dem seinen.

Grimaud und sein Korb waren vorausmarschiert und beide befanden sich außerhalb des Bereichs eines Angriffes.

Nach einem Augenblick hörte man das Krachen eines furchtbaren Gewehrfeuers.

„Was ist das?“ fragte Porthos, „und wonach schießen sie? Ich höre die Kugeln nicht pfeifen und sehe niemand.“

„Sie schießen nach unseren Toten“, antwortete Athos.

„Aber unsere Toten werden nicht antworten.“

„Ganz richtig, dann glauben sie an einen Hinterhalt, beratschlagen, schicken einen Parlamentär ab, und wenn sie den Spaß bemerken, sind wir außer dem Bereich der Kugeln. Es ist daher unnötig, uns durch große Eile ein Seitenstechen zuzuziehen.“

„Oh, ich verstehe!“ sprach Porthos erstaunt.

„Das ist ein Glück“, sagte Athos, die Achseln zuckend.

Als die Franzosen ihre vier Freunde im Schritt zurückkommen sahen, erhoben sie ein Freudengeschrei.

Endlich vernahm man neues Musketenfeuer, die Kugeln schlugen sich diesmal an den Kieselsteinen um die vier Freunde her glatt und pfiffen traurig um die Ohren. Die Rocheller hatten die Bastion eingenommen.

„Das sind sehr ungeschickte Leute“, sagte Athos. „Wieviele haben wir getötet?“ - „Zwölf bis fünfzehn.“ - „Wieviele haben wir niedergeschmettert?“ - „Acht bis zehn.“ - „Für all dies nicht einmal eine Schramme! Doch was habt Ihr an der Hand, d'Artagnan? Blut, wie mir scheint!“ - „Es ist nichts“, erwiderte d'Artagnan. - „Eine abgeirrte Kugel!“ - „Nicht einmal.“ - „Was ist es denn?“

Athos liebte d'Artagnan wie sein eigenes Kind und dieser düstere und unbeugsame Charakter hegte, wie wir schon früher bemerkten, eine fast väterliche Sorge für den jungen Mann.

„Eine geringfügige Verletzung", antwortete d'Artagnan, „meine Finger sind zwischen zwei Steine gekommen, zwischen den der Mauer und den meines Rings."

„Das kommt davon, daß man Diamanten trägt", sprach Athos verächtlich.

„Ah, wirklich", rief Porthos, „er besitzt einen Diamanten? Und weshalb, zum Teufel, klagen wir, daß wir kein Geld haben, da er einen Diamanten besitzt?"

„Ganz richtig", sagte Aramis.

„Das ist gut, Porthos, diesmal habt Ihr einen Gedanken."

„Ganz gewiß", sprach Porthos, sich bei dem Kompliment von Athos brüstend, „da er einen Diamanten hat, so wollen wir ihn verkaufen."

„Aber es ist der Diamant der Königin", entgegnete d'Artagnan.

„Ein Grund mehr", versetzte Athos. „Die Königin rettet Buckingham, ihren Liebhaber, nichts ist billiger; die Königin rettet uns, ihre Freunde, nichts ist moralischer. Verkaufen wir den Diamanten. Was denkt der Herr Abbé hierüber? Ich frage Porthos nicht nach seiner Meinung. Er hat sie bereits ausgesprochen."

„Ich denke", antwortete Aramis errötend, „daß d'Artagnan, da sein Ring nicht von einer Geliebten kommt und folglich kein Liebespfand ist, ihn verkaufen kann."

„Mein Lieber, Ihr sprecht wie die leibhaftige Theologie. Es ist also Euer Rat?..."

„Den Diamanten zu verkaufen", erwiderte Aramis.

„Gut! rief d'Artagnan heiter. „Verkaufen wir den Diamanten und sprechen wir nicht mehr davon."

Das Gewehrfeuer dauerte an, aber die Freunde befanden sich außer Schußweite, und die Rocheller schossen nur, um ihr Gewissen zu entlasten.

„Meiner Treu, es war Zeit, daß Porthos auf diese Idee kam. Wir sind im Lager. Also, meine Herren, kein Wort mehr von der ganzen Geschichte. Man bemerkt uns, man kommt uns entgegen. Man wird uns im Triumph hineintragen!“

Tatsächlich war, wie wir bemerkt haben, das ganze Lager in Bewegung. Mehr als zweitausend Personen hatten dem glücklich gelungenen Paradestückchen der vier

Freunde, dessen wahre Ursache man nicht von fern erriet, wie einem Schauspiel zugesehen. Man hörte nichts als den Ruf: „Es leben die Garden! Es leben die Musketiere!" Herr von Busigny war der erste, der herbeikam, um Athos die Hand zu drücken und die Wette für verloren zu erklären. Der Schweizer und der Dragoner folgten, und alle Kameraden folgten dem Schweizer und dem Dragoner. Das Händedrücken, Glückwünschen, Umarmen wollte kein Ende nehmen, es entstand ein unauslöschliches Gelächter über die Rocheller, und der Tumult nahm dermaßen zu, daß der Herr Kardinal, in der Meinung, es sei ein Aufruhr ausgebrochen, La Houdinière, den Kapitän seiner Leibwache, abschickte, um sich zu erkundigen, was vorging.

Man erzählte ihm die Sache mit dem ganzen Feuer der Begeisterung.

„Nun?" fragte der Kardinal, als er La Houdinière zurückkommen sah.

„Monseigneur", erwiderte dieser, „drei Musketiere und ein Gardist haben mit Herrn von Busigny gewettet, in der Bastion Saint-Gervais zu frühstücken. Sie hielten zwei Stunden gegen den Feind aus und töteten, ich weiß nicht wie viele Rocheller."

„Habt Ihr nach den Namen der drei Musketiere gefragt?"

„Ja, Monseigneur."

„Wie heißen sie?"

„Es sind die Herren Athos, Porthos und Aramis."

„Immer meine drei Braven", murmelte der Kardinal. „Und der Gardist?"

„Herr d'Artagnan."

„Immer mein junger Tollkopf! Diese vier Leute müssen um jeden Preis mein werden."

Am Abend dieses Tages sprach der Kardinal mit Herrn von Treville über die Tat vom Morgen, die das Gespräch des ganzen Lagers bildete. Herr von Treville, der die Begebenheit aus dem Mund der Helden selbst erfahren hatte, erzählte sie Seiner Eminenz in all ihren Einzelheiten, ohne die Episode mit der Serviette zu vergessen.

„Das ist schön, Herr von Treville", sagte der Kardinal, „ich bitte Euch, verschafft mir diese Serviette, ich lasse drei goldene Lilien darauf sticken und gebe sie Eurer Kompanie als Standarte."

„Monseigneur", erwiderte Herr von Treville, „das wäre eine Ungerechtigkeit den Garden gegenüber, Herr d'Artagnan gehört nicht mir an, sondern Herrn des Essarts."

„Gut, so nehmt ihn", sprach der Kardinal, „es ist nicht mehr als billig, daß die vier braven Militärs, die sich so sehr lieben, in einer Kompanie dienen."

Am Abend teilte Herr von Treville diese gute Botschaft den drei Musketieren und d'Artagnan mit, und lud alle vier auf den nächsten Tag zum Frühstück ein.

D'Artagnan geriet außer sich vor Freude. Musketier zu sein, war, wie man weiß, der Traum seines Lebens.

Auch die drei Freunde waren sehr erfreut.

„Meiner Treu", sprach d'Artagnan zu Athos, „du hast einen glorreichen Gedanken gehabt, und wir erlangten dabei Ruhm, wie du sagtest und konnten eine höchst wichtige Unterredung halten."

„Die wir jetzt wieder aufnehmen können, wann es uns beliebt, denn mit Gottes Hilfe werden wir von nun an für Kardinalisten gelten."

An demselben Abend machte d'Artagnan Herrn des Essarts seine Aufwartung, um ihm seine Versetzung und seine Beförderung mitzuteilen.

Herr des Essarts, der d'Artagnan sehr gewogen war, bot diesem seine Dienste an, denn die Versetzung hatte bedeutende Equipierungskosten zur Folge.

D'Artagnan schlug das Anerbieten aus, aber er wollte

die gute Gelegenheit nutzen und bat ihn, den Diamanten schätzen zu lassen, den er ihm zustellte und den er zu Geld machen wollte.

Am anderen Morgen um acht Uhr trat der Bediente des Herrn des Essarts bei d'Artagnan ein und übergab ihm einen Beutel mit siebentausend Franken. Dies war der Preis für den Diamanten der Königin.

48. Kapitel

Familienangelegenheiten

Athos hatte das rechte Wort gefunden. Man mußte aus der Angelegenheit Buckinghams eine Familienangelegenheit machen. Eine Familienangelegenheit war nicht der Nachforschung des Kardinals unterworfen. Eine Familienangelegenheit ging niemand etwas an. Man konnte sich vor der ganzen Welt mit Familienangelegenheiten beschäftigen.

Aramis hatte den Gedanken gefunden: die Lakaien.

Porthos hatte das Mittel gefunden: den Diamanten.

D'Artagnan allein hatte nichts gefunden, obwohl er sonst der erfindungsreichste unter den vier Freunden war, aber man muß auch berücksichtigen, daß schon der Name „Mylady" allein ihn lähmte.

Doch wir täuschen uns, er hatte einen Käufer für seinen Diamanten gefunden.

Bei dem Frühstück des Herrn von Treville herrschte die ungezwungenste Heiterkeit. D'Artagnan hatte bereits seine Uniform. Da er beinahe von gleichem Wuchs war wie Aramis, und da Aramis infolge des reichlichen Honorars von dem Buchhändler, der ihm sein Gedicht abgekauft hatte, wie man sich erinnern wird, alles doppelt besaß, so trat er d'Artagnan eine vollständige Ausrüstung ab.

D'Artagnan hätte auf dem Höhepunkt seiner Wünsche gestanden, wenn er nicht Mylady wie eine düstere Wolke am Horizont hätte hervortreten sehen.

Nach dem Frühstück kam man überein, sich am Abend in der Unterkunft von Athos zu versammeln und dort die Angelegenheit zu Ende zu führen.

D'Artagnan brachte den Tag damit zu, seine Musketieruniform in allen Straßen des Lagers zu zeigen.

Am Abend versammelten sich die Freunde zur festge-

setzten Stunde. Es blieben nur noch drei Dinge zu entscheiden:

Was man dem Schwager von Mylady schreiben sollte.

Was man der geschickten Person in Tours schreiben sollte.

Und welche Bediensteten die Briefe zustellen sollten.

Jeder bot den seinen an. Athos rühmte die Verschwiegenheit Grimauds, der nur sprach, wenn ihm sein Herr den

Mund auftrennte. Porthos pries die Kraft Mousquetons, der vier Männer durchprügeln konnte. Aramis vertraute auf die Gewandtheit Bazins und sprach mit pomphaften Lobeserhebungen von seinem Kandidaten. D'Artagnan endlich hatte vollkommenes Vertrauen zu dem Mut Planchets und erinnerte daran, wie er sich in der so kitzligen Angelegenheit von Boulogne benommen hatte, diese vier Tugenden stritten lange um den Preis und gaben zu glänzenden Reden Anlaß, die wir in Betracht ihrer Ausdehnung nicht anführen.

„Leider", sprach Athos, „müßte der, den man abschickt, die vier Tugenden vereinigt besitzen."

„Aber wo ließe sich ein solcher Bediensteter finden?"

„Nicht zu finden! Ich weiß es genau", antwortete Athos; „nehmt also Grimaud."

„Nehmt Mousqueton."

„Nehmt Bazin."

„Nehmt Planchet. Planchet ist ehrlich und gewandt, das sind schon zwei von den vier Eigenschaften."

„Meine Herren", sprach Aramis, „die Hauptsache ist nicht zu ermessen, welcher von unseren vier Bediensteten der verschwiegenste, der stärkste, der gewandteste und der mutigste ist. Die Hauptsache ist, daß wir ermessen, welcher das Geld am meisten liebt."

„Was Aramis sagt, ist sehr vernünftig", versetzte Athos, „man muß auf die Fehler der Menschen spekulieren und nicht auf ihre Tugenden. Mein Herr Abbé, Ihr seid ein großer Moralist."

„Allerdings", erwiderte Aramis, „denn wir brauchen gute Bedienung, nicht nur damit unser Plan gelingt, sondern daß wir nicht scheitern, weil es sonst um unsere Köpfe geht, nicht um die der Lakaien..."

„Leiser, Aramis", sagte Athos.

„Das ist wahr", sprach Aramis, „nicht um die der Lakaien, sondern um die der Herren. Sind uns unsere Bediensteten so sehr ergeben, daß sie das Leben für uns wagen? Nein."

„Meiner Treu", entgegnete d'Artagnan, „ich wollte beinahe für Planchet stehen."

„Gut! Mein lieber Freund, so fügt seiner natürlichen Ergebenheit eine schöne Summe bei, wodurch er zu einiger Wohlhabenheit gelangt, und steht dann zweimal für ihn."

„Eh, guter Gott, Ihr werdet darum doch betrogen werden", sagte Athos, der Optimist war, wenn es sich um Dinge, und Pessimist, wenn es sich um Menschen handelte: „Sie werden alles versprechen, um Geld zu bekommen, und unterwegs wird sie die Furcht abhalten zu handeln. Sind sie einmal gefangen, so bindet man sie; sind sie gebunden, so gestehen sie. Was, Teufel, wir sind keine Kinder! Um nach England zu kommen (Athos dämpfte seine Stimme), muß man ganz Frankreich durchreisen, während das Land von Spionen und Kreaturen des Kardinals wimmelt. Man muß einen Paß haben, um sich einzuschiffen. Man muß Englisch verstehen, um den Weg nach London zu erfragen. Mir kommt die Sache sehr schwierig vor."

„Keineswegs", entgegnete d'Artagnan, dem alles daran lag, die Sache durchzusetzen; „mir kommt sie im Gegenteil ganz leicht vor. Es versteht sich, - bei Gott - von selbst, daß, wenn man an Lord Winter übertriebene Dinge, von Abscheulichkeiten des Kardinals..."

„Leiser", ermahnte Athos.

„Von Intrigen und Staatsgeheimnissen schriebe", fuhr d'Artagnan, leiser fort, „es versteht sich, sage ich, dann von selbst, daß wir bei lebendigem Leib gerädert würden, aber vergeßt doch um Gottes willen nicht, daß wir ihm, wie Ihr selbst gesagt habt, Athos, in Familienangelegenheiten schreiben, daß wir uns einzig und allein an ihn wenden, damit er Mylady bei ihrer Ankunft in London außerstande setzt, uns zu schaden. Ich werde ihm einen Brief ungefähr in folgenden Ausdrücken schreiben."

„Laßt hören", sagte Aramis und nahm im voraus das Gesicht eines Kritikers an.

„Mein Herr und teurer Freund..."

„Ah, ja, teurer Freund, an einen Engländer!" unterbrach ihn Athos. „Gut angefangen, d'Artagnan, schon wegen dieses einzigen Wortes würdet Ihr gevierteilt statt gerädert."

„Wohl, es sei, ich werde also kurz ‚mein Herr' sagen."

„Ihr könnt sogar Mylord sagen", erwiderte Athos, der große Stücke auf die Etikette hielt.

„Mylord, erinnert Ihr Euch an das kleine Ziegengehege beim Luxembourg."

„Gut! Jetzt kommt der Luxembourg, man wird glauben, es sei eine Anspielung auf die Königin Mutter. Das ist geistreich!" sprach Athos.

„Nun gut, setzen wir ganz einfach: Mylord, erinnert Ihr Euch an ein gewisses kleines Gehege, wo man Euch das Leben gerettet hat?"

„Mein lieber d'Artagnan", sprach Athos, „Ihr werdet stets ein sehr schlechter Briefschreiber sein. Wo man Euch das Leben rettete! Pfui, das ist nicht würdig! Einen anständigen Mann erinnert man nicht an solche Dienste. Eine Wohltat vorhalten, heißt beleidigen."

„Ah, mein Lieber", erwiderte d'Artagnan, „Ihr seid unerträglich, und wenn ich unter Eurer Zensur schreiben muß, so verzichte ich darauf."

„Und daran tut Ihr recht. Handhabt die Muskete und den Degen, mein Freund, bei solchen Übungen benehmt Ihr Euch hervorragend, aber überlaßt die Feder dem Herrn Abbé, das ist seine Sache."

„Ja, gewiß", sprach Porthos, „überlaßt die Feder Aramis, der Thesen in lateinischer Sprache schreibt."

„Nun gut, es sei", sagte d'Artagnan, „entwerft Ihr diesen Brief, Aramis. Aber im Namen des Heiligen Vaters, nehmt Euch recht in acht, ich hechle Euch ebenfalls durch, das sage ich Euch im voraus."

„Das ist mir äußerst angenehm", antwortete Aramis mit dem naiven Selbstvertrauen, das jeder Dichter besitzt; „aber man teile mir die betreffenden Umstände mit. Ich habe wohl beiläufig gehört, diese Schwägerin sei eine schurkische Person, ich habe sogar selbst den Beweis davon erhalten, als ich ihre Unterredung mit dem Kardinal hörte ..."

„Leiser, Donner und Teufel!" sprach Athos.

„Aber", fuhr Aramis fort, „die Einzelheiten sind mir nicht bekannt."

„Mir auch nicht", sagte Porthos.

D'Artagnan und Athos schauten sich einige Zeit schweigend an. Endlich, als sich Athos etwas gesammelt hatte, machte er, noch bleicher als gewöhnlich, ein Zeichen der Einwilligung. D'Artagnan begriff, daß er sprechen konnte.

„Gut, so hört, was zu schreiben ist", versetzte d'Artagnan, „Mylord, Eure Schwägerin ist eine Schändliche, die Euch töten lassen will, um Euch zu beerben. Sie konnte aber Euren Bruder nicht heiraten, da sie schon in Frankreich verheiratet war und ..." d'Artagnan unterbrach, als, ob er nach dem Wort suchte und schaute Athos an. - „Von ihrem Gatten fortgejagt wurde", sagte Athos. - „Weil sie gebrandmarkt war", fuhr d'Artagnan fort. - „Pah", rief Porthos, „unmöglich! Sie wollte ihren Schwager töten lassen?" - „Ja." - „Sie war verheiratet?" fragte Aramis. - „Ja." - „Und ihr Gatte bemerkte, daß sie eine Lilie auf der Schulter hatte?" rief Porthos. - „Ja."

Diese drei Ja wurden von Athos, jedes mit düsterer Betonung ausgesprochen.

„Und wer hat die Lilie gesehen?" fragte Aramis. -

„D'Artagnan und ich, oder vielmehr, um die chronologische Ordnung einzuhalten, ich und d'Artagnan", antwortete Athos. - „Und der Gatte dieses abscheulichen Geschöpfes lebt noch?" sprach Aramis. - „Er lebt noch." - „Ihr wißt das sicher?" - „Ich weiß es ganz sicher."

Es herrschte kurzes Stillschweigen, währenddessen jeder die Eindrücke seiner besonderen Natur nach in sich verarbeitete.

„Diesmal", sagte Athos, das Stillschweigen zuerst unterbrechend, „diesmal hat uns d'Artagnan ein ausgezeichnetes Programm gegeben, und das muß man vor allem schreiben."

„Teufel, Ihr habt recht, Athos", versetzte Aramis, „und der Entwurf ist kitzlig. Der Herr Kanzler käme selbst in Verlegenheit, wenn er einen Brief dieser Wichtigkeit abfassen müßte, und der Herr Kanzler faßt doch ein Protokoll sehr gut ab. Doch egal, schweigt, ich schreibe."

Aramis nahm eine Feder, dachte einen Augenblick nach, schrieb acht bis zehn Zeilen mit einer zierlichen Frauenhandschrift, und las dann mit weicher Stimme, als ob jedes Wort ängstlich von ihm erwogen worden wäre, wie folgt:

„Mylord!

Die Person, die Euch diese Zeilen schreibt, hat die Ehre gehabt, den Degen in einem kleinen Gehege der Rue d'Enfer mit Euch zu kreuzen. Da Ihr seitdem wiederholt die Güte hattet, Euch den Freund dieser Person zu nennen, so glaubt sie Euch für diese Freundschaft durch einen guten Rat danken zu müssen. Zweimal wärt Ihr beinahe das Opfer einer nahen Verwandten geworden, die Ihr für Eure Erbin haltet, weil Ihr nicht wißt, daß sie, bevor sie in England eine Ehe einging, bereits in Frankreich verheiratet war. Das dritte Mal aber, das Euch jetzt bevorsteht, könntet Ihr unterliegen. Eure Verwandte ist von La Rochelle nach England abgereist. Überwacht Ihre Ankunft, denn sie hat große, furchtbare Pläne. Wenn Ihr durchaus wissen wollt, zu was sie fähig ist, so lest ihre Vergangenheit auf ihrer linken Schulter."

„Das ist vortrefflich", rief Athos. „Ihr führt die Feder eines Staatssekretärs, mein lieber Aramis. Lord Winter wird bestimmt auf seiner Hut sein, wenn der Rat überhaupt zu ihm gelangt, und fiele er in die Hände Seiner Eminenz, so dürften wir dadurch nicht gefährdet werden. Da jedoch der Bedienstete, dem die Besorgung übertragen wird, uns glauben machen könnte, er sei in London gewesen, während er nicht weiter als bis Chatellerault gekommen ist, so wollen wir ihm nur die Hälfte der Summe geben und die andere Hälfte für die Antwort versprechen. Habt Ihr den Diamanten?" fuhr Athos fort.

„Ich habe etwas Besseres, ich habe bares Geld", antwortete d'Artagnan.

Und er warf den Beutel auf den Tisch. Beim Klang des Goldes schlug Aramis die Augen auf, Porthos bebte, Athos blieb unempfindlich.

„Wieviel ist in diesem Beutelchen?" sagte er.

„Siebentausend Livres in Louisdor zu zwölf Franken."

„Siebentausend Livres!" rief Porthos, „dieser schlechte, kleine Diamant war siebentausend Livres wert!"

„Es scheint so, Porthos. Ich glaube nicht, daß unser Freund d'Artagnan von dem Seinen dazugelegt hat."

„Aber, meine Herren, bei alledem denken wir gar nicht an die Königin. Sorgen wir doch auch ein wenig für die Gesundheit ihres lieben Buckingham, das sind wir ihm mindestens schuldig."

„Ganz richtig", sprach Athos, „doch das geht Aramis an."

„Wohl", sagte dieser errötend, „was soll ich tun?"

„Das ist ganz einfach", antwortete Athos, „einen zweiten Brief an die gewandte Person schreiben, die in Tours wohnt."

Aramis nahm die Feder wieder auf, dachte nochmals einen Augenblick nach und schrieb folgende Zeilen, die er umgehend der Billigung seiner Freunde unterwarf:

„Meine liebe Base ..."

„Aha!" sagte Athos, „diese gewandte Person ist mit Euch verwandt?"

„Geschwisterkind", sprach Aramis.

„Also Base."
„Meine liebe Base!

Seine Eminenz der Kardinal, den Gott zum Wohle Frankreichs und zur Schmach der Feinde des Königreichs erhalten möge, steht im Begriff, den ketzerischen Rebellen von La Rochelle den Garaus zu machen. Es ist wahrscheinlich, daß die Hilfe der englischen Flotte nicht einmal vor der Stadt ankommen wird. Ich möchte beinahe sagen, ich weiß gewiß, daß Buckingham durch ein großes Ereignis verhindert sein wird, abzureisen. Seine Eminenz ist der erhabenste Politiker der Vergangenheit, der Gegenwart und wahrscheinlich auch der Zukunft. Er würde die Sonne auslöschen, wenn sie ihn genierte. Teilt diese guten Nachrichten Eurer Schwester mit, meine liebe Base. Ich träumte, der verdammte Engländer wäre tot. Ich weiß nicht mehr, ob durch Eisen oder durch Gift. Nur dessen bin ich sicher, daß er tot war und Ihr wißt, meine Träume täuschen mich nie. Deshalb seid ganz sicher, auch mich bald gesund zurückkommen zu sehen."

„Ausgezeichnet", rief Athos; „Ihr seid der König der Dichter, Ihr sprecht wie die Apokalypse und seid wahr wie das Evangelium. Es braucht jetzt nur noch die Adresse auf den Brief gesetzt zu werden."

„Das ist sehr leicht", sagte Aramis.

Er legte den Brief niedlich zusammen und schrieb:

„An Mademoiselle Michon, Weißnäherin in Tours."

Die drei Freunde schauten sich lachend an. Sie waren überlistet worden.

„Nun begreift Ihr bestimmt, meine Herren", sagte Aramis, „daß Bazin allein diesen Brief nach Tours bringen kann. Meine Base kennt nur Bazin und hat nur zu ihm Vertrauen. Bei jedem anderen würde die Sache scheitern. Überdies ist Bazin ehrgeizig und gelehrt. Bazin hat die Geschichte gelesen, meine Herren, er weiß, daß Sixtus V. Papst geworden ist, nachdem er Schweine gehütet, und da er zugleich mit mir zur Kirche übertreten will, so zweifelt er nicht daran, selbst einmal Papst oder wenigstens Kardinal zu werden. Ihr begreift, daß ein Mensch, der solche Absichten hegt, sich nicht fangen läßt oder eher das Märtyrertum erduldet, als daß er spräche."

„Sehr gut", sagte d'Artagnan, „ich lasse Euch gern Bazin gelten, laßt mir dagegen Planchet gelten. Mylady hat ihn einst mit Stockschlägen aus dem Haus gejagt. Planchet aber hat ein gutes Gedächtnis, und wenn er irgendwo eine Rache wittern kann, so würde er sich eher bei lebendigem Leib rädern lassen, als darauf Verzicht leisten. Sind die Angelegenheiten von Tours die Euren, Aramis, so sind die von London die meinen. Ich bitte also, Planchet zu wählen, der überdies schon einmal mit mir in London gewesen ist und ganz deutlich auszusprechen versteht: ‚London, Sir, if you please' und ‚my master, Lord d'Artagnan.' Damit wird er seinen Weg hin und zurück machen, Ihr könnt ganz unbesorgt sein."

„In diesem Fall", sprach Athos, „muß Planchet siebenhundert Livres für die Hinreise und siebenhundert für die Rückreise bekommen, und Bazin dreihundert für die Hinreise und dreihundert für die Rückreise. Dadurch schmilzt die Summe auf fünftausend Livres zusammen. Wir nehmen jeder tausend Livres, um sie nach Gutdünken zu verbrauchen, und behalten einen Fonds von tausend Livres übrig, den der Abbé für außerordentliche Fälle oder gemeinschaftliche Bedürfnisse aufbewahrt. Ist Euch dies genehm?"

„Mein lieber Athos", sagte Aramis, „Ihr sprecht wie Nestor, der Weisester der Griechen war."

„Gut, das ist abgemacht", versetzte Athos „Planchet und Bazin werden reisen. Im ganzen ist es mir nicht unangenehm, daß Grimaud bei mir bleibt. Er ist an meine Art und Weise gewöhnt, und darauf halte ich große Stücke. Der gestrige Tag mußte ihn bereits erschüttern, diese Reise würde ihn zugrunde richten."

Man ließ Planchet kommen und gab ihm seine Instruktionen. Er wurde von d'Artagnan unterrichtet, der ihm zuerst den Ruhm, dann das Geld und endlich die Gefahr ankündigte.

„Ich werde den Brief im Aufschlag meines Rockes tragen",sagte Planchet, „und ihn verschlingen, wenn man ihn mir nehmen will."

„Aber dann kannst du deinen Auftrag nicht besorgen", entgegnete d'Artagnan.

„Ihr gebt mir diesen Abend eine Abschrift, die ich auswendig lerne."

D'Artagnan schaute seine Freunde an, als wollte er sagen:

„Nun, was hatte ich euch versprochen?"

„Du hast acht Tage Zeit", fuhr er, sich an Planchet wendend, fort, „um zu Lord Winter zu gelangen, du hast nochmals acht Tage, um hierher zurückzukommen, im ganzen sechzehn Tage. Wenn du am sechzehnten Tag nach deiner Abreise abends nicht zurückgekommen bist, kein Geld, und wenn es acht Uhr fünf Minuten wäre."

„Dann kauft mir eine Uhr, gnädiger Herr", sprach Planchet.

„Nimm diese", sagte Athos und gab ihm in seiner sorglosen Großmut die seine, „sei ein braver Bursche und merke dir, daß du, wenn du plauderst, schuld bist, daß deinem Herrn, der so großes Vertrauen auf deine Treue setzt und für dich haftete, der Hals abgeschnitten wird. Aber bedenke auch, daß ich dich, wenn durch deine Schuld d'Artagnan ein Unglück zustößt, überall finden werde, um dir den Bauch aufzuschlitzen."

„Oh, gnädiger Herr!" sagte Planchet, gedemütigt durch diesen Verdacht und besonders erschrocken über die ruhige Miene des Musketiers.

„Und ich", rief Porthos, seine großen Augen in ihren Höhlen rollend, „bedenke, daß ich dich lebendig erdrossele."

„Oh, gnädiger Herr!"

Und Planchet fing an zu weinen.

D'Artagnan faßte ihn bei der Hand und sprach:

„Siehst du, Planchet, diese Herren sagen dir dies alles aus Liebe für mich, aber im Grunde genommen sind sie dir sehr geneigt."

„Ah, gnädiger Herr," erwiderte Planchet, „entweder schlage ich mich durch, oder man schneidet mich in Stücke, und wenn man mich in Stücke schneidet, so dürft Ihr überzeugt sein, daß keins davon sprechen wird."

Es wurde beschlossen, daß Planchet am anderen Morgen um acht Uhr reisen sollte, damit er, wie er gesagt hatte, während der Nacht den Brief auswendig lernen könnte. Bei dieser Anordnung gewann er zwölf Stunden. Er mußte am sechzehnten Tag abends acht Uhr zurück sein.

Als er am anderen Morgen aufs Pferd steigen wollte, nahm d'Artagnan, der eine gewisse Vorliebe für den Duke of Buckingham in seinem Innern fühlte, Planchet beiseite und sprach:

„Höre, wenn du den Brief Lord Winter zugestellt und er ihn gelesen hat, so sagst du ihm noch weiter: ‚Wacht über Seine Herrlichkeit, Lord Buckingham, denn man will ihn ermorden!' Siehst du, Planchet, das ist aber so ernst und wichtig, daß ich dir dieses Geheimnis anvertraue. Ich vertraue nur dir dieses Geheimnis an, und ich möchte es nicht für eine Kapitänsstelle auf Papier schreiben."

„Seid unbesorgt, gnädiger Herr", sprach Planchet, „Ihr werdet sehen, ob man auf mich zählen kann."

Und auf einem guten Pferd, von dem er sich zwanzig Meilen von dort trennen sollte, um die Post zu nehmen, ritt Planchet im Galopp davon, das Herz ein wenig gepreßt durch das dreifache Versprechen, das ihm die Musketiere gegeben hatten, aber im ganzen bester Stimmung.

Bazin ging am anderen Tage nach Tours ab und bekam acht Tage, um seinen Auftrag auszuführen.

Die vier Freunde hielten, wie man sich leicht denken kann, während der ganzen Dauer der Abwesenheit dieser beiden, mehr als je ihre Augen auf der Lauer, die Nase im Wind und das Ohr gespitzt.

Sie verbrachten ihre Tage damit, daß sie zu erfahren suchten, was man sprach, daß sie die Gänge des Kardinals beobachteten und die ankommenden Kuriere ausspähten. Mehr als einmal wurden sie von einer unüberwindlichen Angst befallen, wenn man sie zu irgendeinem unerwarteten Dienst rief. Sie hatten sich übrigens zu ihrer eigenen Sicherheit zu hüten. Mylady war ein Gespenst, das, wenn

es einmal den Menschen erschienen war, sie nicht mehr ruhig schlafen ließ.

Am Morgen des achten Tages trat Banzin frisch, wie immer, und lächelnd, wie gewöhnlich, in die Schenke „Zum Parpaillot“ ein, wo die vier Freunde gerade beim Frühstück saßen und sagte, wie dies verabredet war:

„Herr Aramis, hier ist die Antwort Eurer Base.“

Die vier Freunde tauschten einen freudigen Blick aus, die Hälfte des Geschäfts war abgemacht. Allerdings war es die kürzere und leichtere.

Aramis nahm unwillkürlich errötend den Brief, der von einer plumpen Handschrift und unorthographisch war.

„Guter Gott!" rief er lachend, „ich muß wirklich daran verzweifeln, nie wird die arme Michon wie Herr von Voiture schreiben."

„Was soll das heißen: die arme Michon?" fragte der Schweizer, der, als der Brief ankam, gerade in einem Gespräch mit den vier Freunden begriffen war.

„Oh, mein Gott, weniger als nichts", antwortete Aramis, „eine kleine reizende Näherin, die ich sehr liebhabe, und von der ich mir einige Zeilen ihrer Hand als Andenken erbat."

„Gottes Blut!" rief der Schweizer, „wenn ihre Seele so groß ist wie ihre Handschrift, so sitzt Ihr sehr im Glück, mein Kamerad."

Aramis las den Brief und reichte ihn Athos.

„Seht doch, was sie schreibt, Athos", sagte er.

Athos warf einen Blick auf den Brief und las, um jeden Verdacht zu entfernen, der hätte entstehen können, laut:

> „Lieber Vetter, meine Schwester und ich, wir erraten die Träume sehr gut, und wir haben sogar furchtbare Angst davor. Von Eurem aber wird man hoffentlich sagen können: ‚Träume sind Schäume'. Adieu! Bleibt gesund und laßt von Zeit zu Zeit etwas von Euch hören.
>
> Aglaë Michon"

„Von welchem Traum spricht sie?" fragte der Dragoner, der während des Vorlesens näher getreten war.

„Ei, bei Gott!" rief Aramis, „das ist ganz einfach, von einem Traum, den ich gehabt und erzählt habe."

„Ah ja, bei Gott! Das ist ganz einfach, wenn man seine

Träume erzählt", bemerkte der Schweizer. „Aber ich, was mich betrifft, träume nie."

„Ihr seid sehr glücklich", sagte Athos aufstehend, „und ich wollte, ich könnte dasselbe von mir sagen."

„Niemals!" versetzte der Schweizer, entzückt, daß ein Mann wie Athos ihn um etwas beneidete, „nie, nie!"

Als d'Artagnan sah, daß Athos aufstand, machte er es ebenso, nahm ihn beim Arm und ging mit ihm hinaus.

Porthos und Aramis blieben zurück, um den Späßen des Dragoners und des Schweizers die Spitze zu bieten.

Bazin legte sich auf ein Bund Stroh nieder, und da er mehr Einbildungskraft als der Schweizer hatte, so träumte er, Aramis sei Papst geworden und schmücke ihn mit einem Kardinalshut.

Aber Bazin hatte, wie gesagt, durch seine glückliche Rückkehr den vier Freunden nur einen Teil der Unruhe genommen, die auf ihnen lastete. Die Tage des Wartens sind lang, und d'Artagnan hätte gewettet, jeder Tag habe achtundvierzig Stunden.

Er vergaß die notwendige Langsamkeit der Schiffahrt, er stellte sich die Macht Myladys allzu groß vor, er verlieh dieser Frau, die ihm einem Dämon ähnlich zu sein schien, übernatürliche Mittel. Er bildete sich bei dem geringsten Geräusch ein, man komme, um ihn zu verhaften, und bringe Planchet herbei, um ihn ihm und seinen Freunden gegenüberzustellen. Diese Unruhe war so groß, daß sie auch Porthos und Aramis ergriff. Nur Athos blieb unempfindlich. Er war, als ob es gar keine Gefahr um ihn her gäbe und als ob er sein gewöhnliches Leben führte.

Am sechzehnten Tag besonders wurden diese Zeichen der Aufregung bei d'Artagnan und seinen beiden Freunden so sichtbar, daß sie nicht am Platz bleiben konnten und wie Schatten auf dem Wege umherirrten, auf dem Planchet zurückkehren sollte.

„Wahrlich", sagte Athos zu ihnen, „ihr seid Kinder, daß euch eine Frau so bange macht. Ei, was kann denn am Ende geschehen? Daß man uns einsperrt? Man wird uns auch wieder aus dem Gefängnis holen, wie man Madame Bonacieux herausgebracht hat. Daß man uns enthauptet? Jeden Tag setzen wir uns im Laufgraben noch viel Schlimmerem aus, denn eine Kugel kann uns das Bein zerschmettern, und ich bin überzeugt, daß uns ein Wundarzt bei weitem größere Schmerzen verursacht, wenn er uns den Schenkel abschneidet, als ein Henker, wenn er uns den Kopf abschlägt. Seid also ruhig. In zwei Stunden, in vier, in sechs Stunden spätestens wird Planchet hier sein; denn er hat einzutreffen versprochen, und ich setze großes Vertrauen auf die Versprechungen Planchets."

„Aber wenn er nicht kommt?" fragte d'Artagnan.

„Wenn er nicht kommt, nun, so wird er aufgehalten worden sein. Das Pferd kann ihn abgeworfen haben, es kann einen Sprung über die Brücke gemacht haben, es kann so rasch gelaufen sein, daß er eine Lungenentzündung bekommen hat. Ei, meine Herren, wir müssen auch die Ereignisse in Rechnung stellen. Das Leben ist ein großer Rosenkranz von kleinen Unglücksfällen, die der Philosoph lachend abkörnt. Seid Philosophen wie ich, meine Herren, setzt euch zu Tisch und trinkt. Nichts läßt die Zukunft so rosig erscheinen, als wenn man sie durch ein Glas Chambertin anschaut."

„Das ist sehr gut", antwortete d'Artagnan, „aber ich bin es müde, bei jedem Schluck fürchten zu müssen, der Wein könnte aus Myladys Keller kommen."

„Ihr seid sehr heikel", sagte Athos, „eine so schöne Frau!"

„Eine Gebrandmarkte!" rief Porthos mit seinem plumpen Lachen.

Athos bebte, strich mit der Hand über die Stirn, um den

Schweiß abzutrocknen, und stand ebenfalls mit einem Zittern auf, das er nicht zu bewältigen vermochte.

Der Tag ging indessen hin, und der Abend kam noch langsamer heran, aber er kam doch endlich. Die Trinkstube füllte sich mit Gästen. Athos, der seinen Anteil an dem Diamanten in die Tasche gesteckt hatte, verließ den Parpaillot nicht mehr. Er fand in Herrn von Busigny, der ihnen übrigens ein ausgezeichnetes Mittagsmahl gegeben hatte, einen würdigen Partner. Sie spielten wie gewöhnlich miteinander, als es sieben Uhr schlug. Man hörte die Patrouillen vorüberziehen, die die Posten verdoppelten. Um halb acht Uhr wurde Retraite geschlagen.

„Wir sind verloren", sagte d'Artagnan Athos in das Ohr.

„Ihr wollt sagen: wir haben verloren", erwiderte Athos ruhig und warf zehn Louisdor auf den Tisch, die er aus seiner Tasche gezogen hatte. „Auf, meine Herren", fuhr er fort: „Man schlägt Retraite, gehen wir schlafen."

Athos verließ den Parpaillot, gefolgt von d'Artagnan. Aramis gab Porthos den Arm und schritt hinterher. Aramis murmelte Verse, und Porthos riß sich von Zeit zu Zeit ein Haar aus dem Schnurrbart als Zeichen der Verzweiflung.

Aber plötzlich zeigte sich in der Dunkelheit ein Schatten, dessen Form d'Artagnan bekannt war, und eine Stimme sagte:

„Gnädiger Herr, ich bringe Euch Euren Mantel, denn es ist frisch heute abend."

„Planchet!" rief d'Artagnan vor Freude.

„Planchet!" riefen Porthos und Aramis.

„Jawohl, Planchet!" sagte Athos. „Was ist darüber zu staunen? Er hatte versprochen, um acht Uhr zurückzukommen, und eben schlägt es acht Uhr. Bravo, Planchet, Ihr seid ein Mann von Wort, und wenn Ihr je Euren Herrn verlaßt, so nehme ich Euch in meine Dienste."

„O nein, nie", sagte Planchet, „nie verlasse ich Herrn d'Artagnan."

Und in dem Augenblick fühlte d'Artagnan, daß ihm Planchet ein kleines Billett in die Hand schob.

D'Artagnan hatte große Lust, seinen Planchet zu umarmen, aber er fürchtete, dieses Freundschaftszeichen gegen seinen Lakaien auf offener Straße könnte einem Vorübergehenden auffallend erscheinen, und er hielt sich zurück.

„Ich habe das Billett", sagte er zu Athos und zu seinen Freunden.

„Das ist gut", sprach Athos, „gehen wir nach Hause und lesen wir es."

Das Billett brannte d'Artagnan in der Hand. Er wollte seinen Marsch beschleunigen, aber Athos nahm ihn beim Arm, faßte ihn fest, und der junge Mann war genötigt, gleichen Schritt mit seinem Freund zu halten.

Endlich trat man in das Zelt ein und zündete eine Lampe

an. Während Planchet bei der Tür blieb, damit die vier Freunde nicht überrascht würden, erbrach d'Artagnan mit zitternder Hand das Siegel und öffnete den so sehnsüchtig erwarteten Brief.

Er enthielt eine halbe Zeile von echt britischer Handschrift und lakonischer Gedrängtheit:

„Thank you! Be easy." Was sagen sollte: Ich danke, seid ruhig."

Athos nahm d'Artagnan den Brief aus den Händen, näherte ihn der Lampe, brannte ihn an und ließ ihn nicht aus den Augen, bis er in Asche verwandelt war.

Dann rief er Planchet und sagte:

„Nun, mein Junge, kannst du die siebenhundert Livres fordern: aber du wagtest nicht viel mit einem Billett wie diesem hier." - „Das hielt mich nicht ab, alle möglichen Mittel zu ersinnen, um es zu bewahren", sprach Planchet. - „Nun erzähle uns", sagte d'Artagnan. - „Das wäre in der Tat sehr weitschweifig, gnädiger Herr." - „Du hast recht, Planchet; überdies hat man Retraite geschlagen, und es könnte auffallen, wenn wir länger Licht behielten als die andern." - „Es sei", sagte d'Artagnan, „legen wir uns nieder. Schlaf gut, Planchet."

„Meiner Treu, gnädiger Herr, das wäre das erste Mal seit vierzehn Tagen." - „Bei mir auch!" sagte d'Artagnan. - „Bei mir auch!" sagte Porthos. - „Bei mir auch!" sagte Aramis. - „Nun, soll ich euch die Wahrheit gestehen? Bei mir auch", sagte Athos.

49. Kapitel

Ein Mißgeschick

Außer sich vor Zorn, auf dem Verdeck wie eine Löwin schnaubend, die man einschifft, war Mylady mittlerweile versucht gewesen, sich in das Meer zu stürzen, um die Küste wieder zu erreichen; denn sie konnte den Gedanken nicht fassen, daß sie von d'Artagnan beleidigt, von Athos bedroht worden war, und Frankreich verlassen sollte, ohne sich an ihnen zu rächen. Bald wurde dieser Gedanke ihr so unerträglich, daß sie auf die Gefahr hin, was auch Furchtbares daraus entstehen möchte, den Kapitän bat, sie an das Ufer zu setzen. Aber zwischen den französischen und englischen Kreuzern, wie die Fledermaus zwischen Ratten und Vögeln, lag dem Kapitän alles daran, so schnell wie möglich nach England zu gelangen. Er weigerte sich also hartnäckig, einem Ansinnen zu gehorchen, das er für eine Frauenlaune hielt, wobei er jedoch seiner Reisenden, die ihm von dem Kardinal besonders empfohlen war, versprach, daß er sie, wenn es das Meer und die Franzosen erlaubten, in einem der Häfen der Bretagne, entweder in Lorient oder in Brest, an das Ufer setzen wolle. Aber das Meer war schlimm und der Wind widrig. Man mußte lavieren und an der Küste entlang fahren. Erst neun Tage, nachdem man aus der Charente ausgelaufen war, sah Mylady, ganz bleich vor Ärger und Zorn, das bläuliche Gestade von Finisterre.

Sie berechnete, daß wenigstens drei Tage nötig sein würden, um diese Ecke von Frankreich zu umschiffen und wieder in die Nähe des Kardinals zu gelangen. Hierzu einen Tag für das Ausschiffen gerechnet, machte vier Tage. Fügte sie zu diesen vier Tagen die neun anderen, so kamen dreizehn verlorene Tage heraus, dreizehn Tage, während denen so viele wichtige Ereignisse in London vorfallen konnten. Sie bedachte, daß der Kardinal ohne Zweifel über ihre Rückkehr wütend sein und folglich viel mehr geneigt sein würde, den Klagen Gehör zu schenken, die man gegen sie führen, als den Anschuldigungen, die sie gegen andere vorbringen würde. Sie ließ also Lorient und Brest vorübergehen, ohne daß sie bei dem Kapitän auf ihrem Willen beharrte, und dieser hütete sich seinerseits wohl, sie darin zu bestärken. Mylady setzte also ihre Reise fort, und am selben Tag, wo sich Planchet in Portsmouth nach Frankreich einschiffte, lief die Botin Seiner Eminenz triumphierend in dem Hafen ein.

Die ganze Stadt war in einer außerordentlichen Bewegung. Vier große, in den letzten Tagen erst fertig gewordene Schiffe hatte man vom Stapel laufen lassen. Buckingham stand goldstrotzend, seiner Gewohnheit gemäß von Diamanten und Edelsteinen funkelnd, den Hut mit Federn geschmückt, die auf seine Schulter herabfielen, von seinem glänzenden Generalstab umgeben, auf dem Hafendamm.

Es war einer von den schönen, seltenen Sommertagen, wo England sich erinnert, daß es eine Sonne gibt. Das bleiche, aber immer noch glänzende Gestirn ging am Horizont unter, übergoß den Himmel und die See mit Feuerstreifen und warf auf die Türme und alten Gebäude der Stadt einen letzten goldenen Strahl, der die Scheiben wie vom Widerschein eines Brandes funkeln ließ. Als Mylady diese, in der Nähe des Landes lebhaftere balsamischere Seeluft einatmete, und die ganze Macht dieser Vorbereitungen, die sie zu zerstören beauftragt war, die ganze Stärke dieses Heeres betrachtete, das sie allein bekämpfen sollte, sie allein mit einigen Säcken Gold, da verglich sie sich im Geist mit Judith, die in das Lager der Assyrer drang und die ungeheuere Masse von Wagen, Pferden,

Menschen und Waffen erblickte, die eine Bewegung ihrer Hand wie eine Rauchwolke zerstreuen sollte.

Man lief in die Reede ein; aber als man sich anschickte, dort Anker zu werfen, näherte sich ein kleiner, schwerbewaffneter Kutter dem Handelsschiff und ließ ein Boot in das Meer setzen, das bald am Fallreep anlegte. Der Offizier allein stieg an Bord, wo er mit der Achtung aufgenommen wurde, die die Uniform einflößt.

Der Offizier unterhielt sich einige Augenblicke mit dem Schiffsherrn, ließ ihn einige Papiere lesen, die er bei sich trug, und alle auf dem Schiff befindlichen Personen, Matrosen und Passagiere, wurden auf das Verdeck gerufen. Als dieser Aufruf geschehen war, fragte der Offizier ganz laut nach dem Auslaufsort der Brigg, nach ihrer Route, nach ihrer Ladung, und alle diese Fragen wurden von dem Kapitän ohne Zögern und ohne Schwierigkeit beantwortet. Dann ließ der Offizier alle Personen, eine nach der anderen, Revue passieren, und als die Reihe an Mylady kam, betrachtete er sie äußerst aufmerksam, aber ohne ein einziges Wort an sie zu richten.

Darauf kehrte er zurück, sagte noch einige Worte und befahl, als ob das Schiff ihm jetzt zu gehorchen hätte, ein Manöver, das die Mannschaft sofort ausführte.

Während der Offizier Mylady prüfend anschaute, hatte ihn Mylady ihrerseits, wie sich leicht denken läßt, mit Blikken verschlungen. Aber wie sehr auch diese Frau mit den Flammenaugen daran gewöhnt war, in dem Herzen derjenigen zu lesen, deren Geheimnisse zu erraten sie für notwendig erachtete, so fand sie doch diesmal ein Gesicht von solcher Unbeweglichkeit, daß ihre Forschung keine Entdeckung zur Folge hatte. Der Offizier, der vor ihr stehengeblieben war und stillschweigend ihr Äußeres so sorgfältig studierte, mochte etwa fünfundzwanzig bis sechsundzwanzig Jahre alt sein. Er hatte ein weißes Ge-

sicht und blaue, etwas tiefliegende Augen. Sein feiner, wohlgeformter Mund blieb unbeweglich in seinen untadelhaften Linien, sein kräftiges Kinn deutete jene Willenskraft an, die bei dem gewöhnlichen britischen Typus nichts anderes als Halsstarrigkeit ist. Eine etwas zurückliegende Stirn, wie sie den Dichtern, den Enthusiasten und den Soldaten zukommt, war kaum von einem kurzen Haar beschattet, das sich wie der Bart, der den unteren Teil des Gesichts bedeckte, durch eine schöne dunkelbraune Farbe auszeichnete.

Als man in den Hafen einlief, war es bereits Nacht. Der Nebel vermehrte noch die Dunkelheit und bildete um die Leuchten und Laternen des Hafendamms einen Kreis, demjenigen ähnlich, der den Mond umgibt, wenn das Wetter regnerisch zu werden droht. Die Luft, die man einatmete, war trüb, feucht und kalt.

Mylady, diese so starke Frau, erschauerte unwillkürlich.

Der Offizier ließ sich Myladys einzelne Gepäckstücke bezeichnen, ihr Gepäck sodann in das Boot bringen, und ersuchte sie, nachdem dies erledigt war, selbst hinabzusteigen, wobei er ihr seine Hand bot. Mylady schaute diesen Mann an und zögerte.

„Wer seid Ihr, mein Herr", fragte sie, „der Ihr die Güte habt, Euch so ganz besonders mit mir zu beschäftigen?"

„Ihr müßt es wohl an meiner Uniform sehen, Madame. Ich bin englischer Marineoffizier", antwortete der junge Mann.

„Aber sagt mir, ist es Gewohnheit, daß sich die englischen Marineoffiziere ihren Landsleuten zur Verfügung stellen, wenn sie in einem Hafen Großbritanniens ankommen, und ihre Höflichkeit sogar so weit treiben, sie bis an Land zu begleiten?"

„Ja, Mylady, aber nicht aus Galanterie, sondern aus Klugheit werden die Fremden in Kriegszeiten in ein bestimmtes Gasthaus geführt, damit die Regierung sie überwachen kann, bis man vollständige Auskunft über sie erhalten hat."

Diese Worte wurden mit der größten Artigkeit und der vollkommensten Ruhe ausgesprochen, aber sie waren nicht imstande, Mylady zu überzeugen.

„Ich bin keine Fremde, mein Herr", sagte sie mit dem reinsten Akzent, der je zwischen Portsmouth und Manchester erklang. „Ich heiße Lady Clarik, und diese Maßregel..."

„Diese Maßregel ist allgemein, Mylady, und Ihr würdet es vergeblich versuchen, Euch zu entziehen."

„Ich folge Euch also, mein Herr."

Und die Hand des Offiziers ergreifend, fing sie an die Treppe hinabzusteigen, unter der das Boot wartete. Der Offizier folgte ihr. Ein großer Mantel war auf dem Hinterteil ausgebreitet. Der Offizier ließ sie auf den Mantel sitzen und setzte sich neben sie.

„Fahrt zu", sprach er zu den Matrosen.

Die acht Ruder fielen geräuschvoll in das Meer, ließen nur einen gleichzeitigen Schlag hören, und das Boot schien auf der Oberfläche des Wassers hinzufliegen.

Nach fünf Minuten hatte man das Land erreicht. Der Offizier sprang auf den Kai und bot Mylady seine Hand.

Ein Wagen wartete.

„Ist dieser Wagen für uns?" fragte Mylady.

„Ja, Madame", antwortete der Offizier.

„Das Gasthaus ist also sehr entfernt?"

„Am anderen Ende der Stadt."

„Vorwärts!" rief Mylady und stieg entschlossen in den Wagen.

Der Offizier wachte darüber, daß das Gepäck gut hinter dem Wagenkasten befestigt wurde, nahm, als dies geschehen war, seinen Platz neben Mylady und schloß den Kutschenschlag.

Sogleich, ohne daß ein Befehl gegeben war und ohne daß man ihm die Bestimmung anzugeben hatte, setzte der Kutscher seine Pferde in Galopp und fuhr in die Stadt.

Eine so seltsame Aufnahme mußte Mylady reichlichen Stoff zum Nachdenken bieten. Als sie sah, daß der junge Offizier keineswegs geneigt schien, ein Gespräch anzuknüpfen, lehnte sie sich in eine Ecke des Wagens und ließ alle Vermutungen, die in ihrem Geist auftauchten, eine nach der anderen Revue passieren.

Erstaunt über die Länge des Weges, bog sie sich jedoch nach einer Viertelstunde aus dem Kutschenschlag, um zu sehen, wohin man fuhr. Man erblickte keine Häuser mehr. Bäume erschienen in der Finsternis wie große, schwarze einander nachlaufende Gespenster.

Mylady bebte.

„Aber wir sind nicht mehr in der Stadt, mein Herr", sagte sie.

Der Offizier schwieg.

„Ich gehe nicht weiter, wenn Ihr mir nicht sagt, wohin Ihr mich führt, das erkläre ich Euch, mein Herr."

Diese Drohung erhielt keine Antwort.

„Ah, das ist zu stark!" rief Mylady. „Zu Hilfe! Zu Hilfe!"

Keine Stimme antwortete. Der Wagen rollte mit derselben Geschwindigkeit fort. Der Offizier schien eine Bildsäule zu sein.

Mylady fixierte den Offizier mit dem ihr eigentümlichen furchtbaren Ausdruck, der nur selten seine Wirkung verfehlte. Der Zorn brachte ihre Augen zum Funkeln.

Der junge Mann blieb unbeweglich.

Mylady wollte den Kutschenschlag öffnen und hinausspringen.

„Nehmt Euch in acht, Madame", sagte der junge Mann kalt. „Ihr tötet Euch, wenn Ihr springt."

Mylady setzte sich wutschäumend wieder zurück. Der Offizier neigte sich vor, schaute sie ebenfalls an und schien erstaunt, als er dieses kurz zuvor noch so schöne Gesicht, durch die Wut ganz verstört und beinahe häßlich geworden, sah. Die schlaue Person begriff, daß sie sich ins Verderben stürzte, wenn sie so in ihre Seele blicken ließ. Sie suchte ihre Züge wieder aufzuheitern und sprach seufzend:

„Um Gottes willen, mein Herr, sagt mir, ob ich Euch, Eurer Regierung oder einem Feind die Gewalt zuzuschreiben habe, die man mir antut?"

„Man tut Euch keine Gewalt an, Madame, und was geschieht, ist die Folge einer ganz einfachen Maßregel, die wir bei allen einhalten müssen, die in England landen."

„Also kennt Ihr mich nicht?"

„Es ist das erste Mal, daß ich die Ehre habe, Euch zu sehen."

„Und auf Euer Wort, Ihr habt keinen Grund mich zu hassen?"

„Keinen, das schwöre ich Euch."

Es lag so viel Offenheit, Kaltblütigkeit und sogar Sanftmut in der Stimme des jungen Mannes, daß Mylady beruhigt war.

Nachdem man ungefähr eine Stunde gefahren war, hielt der Wagen vor einem eisernen Gitter, das einen Hohlweg verschloß, der zu einem massiven, vereinzelten Schloß von ernstem Aussehen führte. Als nun die Räder auf feinem Sand liefen, hörte Mylady ein dumpfes Geräusch, das sie als Brausen der See erkannte, die sich an einem abschüssigen Gestade brach.

Der Wagen fuhr unter zwei Gewölben durch und hielt endlich in einem düsteren viereckigen Hof. Beinahe in demselben Augenblick öffnete sich der Kutschenschlag, der junge Mann sprang heraus und bot Mylady die Hand. Sie stützte sich darauf und stieg mit ziemlich viel Ruhe aus.

„Es wird mir immer klarer", sprach Mylady, indem sie um sich schaute und ihre Augen dann mit dem anmutigsten Lächeln der Welt auf den jungen Offizier richtete, „es wird mir immer klarer, daß ich eine Gefangene bin. Aber ich werde es nicht lange bleiben, das weiß ich gewiß", fügte sie hinzu. „Mein Gewissen und Eure Artigkeit, mein Herr, bürgen mir dafür."

So schmeichelhaft auch dieses Kompliment war, so antwortete doch der Offizier nicht, sondern zog aus seinem Gürtel eine kleine silberne Pfeife hervor, denen ähnlich, die die Hochbootsleute auf Kriegsschiffen benutzen, und pfiff dreimal in drei verschiedenen Modulationen. Sofort erschienen mehrere Männer, spannten die Pferde aus und brachten den Wagen unter eine Remise.

Der Offizier forderte, stets mit ruhiger Höflichkeit, seine Gefangene auf, in das Haus zu treten. Diese nahm lächelnd seinen Arm und trat mit ihm in eine niedrige Tür, die durch ein nur im Hintergrund beleuchtetes Gewölbe zu einer steinernen Treppe führte, dann blieb man vor einer zweiten starken Tür stehen, die sich, nachdem der junge Mann sie mit einem Schlüssel aufgeschlossen hatte, den er bei sich trug, schwerfällig in ihren Angeln drehte und das für Mylady bestimmte Zimmer öffnete.

Mit einem einzigen Blick hatte die Gefangene das Zimmer in seinen kleinsten Einzelheiten überschaut.

Es war eine Stube, deren Gerät ein für ein Gefängnis reinliches, anständiges, für die Wohnung eines freien Menschen aber strenges Aussehen hatte. Die eisernen Stangen an den Fenstern und die Riegel an der Tür entschieden jedoch den Prozeß zugunsten des Gefängnisses. Einen Augenblick wurde dieses Geschöpf, trotz seiner so außerordentlich gestählten Kraft, von aller Seelenstärke verlassen. Sie fiel auf einen Stuhl zurück, kreuzte die Arme, ließ den Kopf sinken und erwartete jeden Augenblick, es werde ein Richter erscheinen, um sie zu verhören.

Aber es kam niemand außer zwei oder drei Marinesoldaten, die Koffer und Kisten brachten, diese in eine Ecke stellten, und sich dann entfernten, ohne ein Wort zu sprechen.

Der Offizier wohnte allen diesen Verrichtungen mit derselben Ruhe bei, die Mylady die ganze Zeit über an ihm wahrgenommen hatte, sprach selbst kein Wort, und verschaffte sich durch eine Handbewegung oder einen Ton seiner Pfeife Gehorsam.

Man hätte glauben können, zwischen diesem Mann und seinen Untergebenen bestehe die Sprache nicht, oder sie sei überflüssig geworden. Endlich konnte sich Mylady nicht mehr länger zurückhalten. Sie unterbrach das Schweigen und rief:

„Um Gottes willen, mein Herr, was soll das alles bedeuten? Macht meiner Unruhe ein Ende. Ich habe Mut, jeder Gefahr, die ich vorhersehe, jedem Unglück, das ich begreife, zu trotzen. Wo bin ich und was bin ich? Bin ich frei?

Warum diese eisernen Stangen und diese Türen? Bin ich eine Gefangene? Welches Verbrechen habe ich begangen?"

„Ihr seid hier in der für Euch bestimmten Wohnung, Madame. Ich habe Befehl erhalten, Euch auf See abzuholen und in dieses Schloß zu bringen. Diesen Befehl habe ich, wie ich glaube, mit aller Strenge eines Soldaten, aber zugleich mit aller Höflichkeit eines Edelmanns vollzogen. Hiermit endet, wenigstens für jetzt, der Auftrag, den ich zu erfüllen habe. Das übrige geht eine andere Person an."

„Und die andere Person, wer ist sie?" fragte Mylady. „Könnt Ihr mir nicht ihren Namen sagen?"

In diesem Augenblick hörte man von der Treppe her Sporengeklirr, einige Stimmen ließen sich im Vorübergehen hören und verhallten dann wieder. Das Geräusch eines einzelnen Trittes näherte sich der Tür.

„Hier ist sie, Madame", sagte der Offizier, die Tür öffnend und nahm dabei eine ehrfurchtsvolle Stellung ein.

Zu gleicher Zeit erschien ein Mann auf der Schwelle. Er war ohne Hut, trug einen Degen an seiner Seite und zerknitterte ein Taschentuch zwischen den Fingern.

Mylady glaubte diesen Schatten im Schatten zu erkennen. Sie stützte sich mit einer Hand auf den Arm eines Lehnsessels und reckte den Kopf, wie um einer Gewißheit entgegenzugehen.

Der Fremde näherte sich langsam. Sobald er in den von der Lampe geworfenen Lichtkreis eintrat und näher kam, wich Mylady unwillkürlich zurück. Als ihr kein Zweifel mehr übrigblieb, rief sie in höchstem Erstaunen:

„Wie, Schwager, Ihr seid es?" – „Ja, schöne Dame", antwortete Lord Winter mit einer halb höflichen, halb ironischen Verbeugung, „ich bin es." – „Aber dieses Schloß?" – „Gehört mir." – „Dieses Zimmer?" – „Ist das Eure." – „Und ich bin also eine Gefangene?" – „Ungefähr." –

„Aber das ist ein ganz abscheulicher Mißbrauch der Gewalt.“ – „Keine großen Worte! Setzen wir uns, und plaudern wir ruhig miteinander, wie es sich zwischen Schwager und Schwägerin geziemt.“

Dann wandte er sich zur Tür und sagte, als er sah, daß der junge Offizier auf seine letzten Befehle wartete:

„Es ist gut, ich danke Euch, laßt uns nun allein, Felton.“

50. Kapitel

Eine Plauderei zwischen Schwägerin und Schwager

Während Lord Winter die Tür schloß, einen Laden aufstieß und einen Stuhl näher zu dem seiner Schwägerin rückte, senkte Mylady träumerisch ihren Blick in die Tiefen der Möglichkeit und entdeckte den ganzen Faden, den sie nicht von ferne geahnt hatte, solange sie nicht wußte, in welche Hände sie gefallen war. Sie kannte ihren Schwager als guten Edelmann, als Nimrod, als unermüdlichen Spieler, unternehmend bei Frauen, aber von weniger als mittelmäßigem Intrigiertalent. Wie war es ihm gelungen, ihre Ankunft festzustellen, sie ergreifen zu lassen? Und warum hielt er sie fest?

Athos hatte ihr wohl einige Worte gesagt, woraus hervorging, daß ihr Gespräch mit dem Kardinal in fremde Ohren geraten war, aber sie konnte nicht glauben, daß er so geschickt und so rasch eine Gegenmine legen konnte. Sie fürchtete vielmehr, ihre früheren Unternehmungen in England könnten entdeckt worden sein. Buckingham konnte erraten haben, daß sie die zwei Nestelstifte abgeschnitten hatte, und wollte sich für diesen kleinen Verrat rächen. Aber Buckingham war unfähig, sich zu irgendeiner Maßregel einer Frau gegenüber verleiten zu lassen, besonders, wenn man glauben konnte, diese Frau werde zu ihren Handlungen durch ein Gefühl von Eifersucht getrieben.

Diese Vermutung kam ihr als die wahrscheinlichste vor. Sie glaubte, man wolle sich für die Vergangenheit rächen und nicht der Zukunft entgegentreten. Auf alle Fälle beglückwünschte sie sich, daß sie in die Hände ihres Schwagers gefallen war, bei dem sie jedenfalls leichteren Kaufs durchzukommen glaubte, als wenn sie in die Hände eines unmittelbaren und gescheiteren Feindes geraten wäre.

„Ja, plaudern wir, Schwager“, sagte sie munter, entschlossen, sich trotz aller Verstellung, mit der Lord Winter dabei zu Werk gehen könnte, aus dem Gespräch die nötige Aufklärung zu ziehen, um ihr Benehmen danach einzurichten.

„Ihr habt Euch also entschlossen, nach England zurückzukehren“, sagte Lord Winter, „obwohl Ihr mir in Paris so oft erklärt habt, daß Ihr das Gebiet Großbritanniens nie wieder betreten würdet?“

Mylady beantwortete die Frage ihrerseits mit einer Gegenfrage.

„Erklärt mir vor allem“, sagte sie, „wie Ihr mich habt so scharf beobachten lassen können, daß Ihr nicht allein von meiner Ankunft, sondern auch von dem Tag, der Stunde und dem Hafen, wo ich eintraf, benachrichtigt wart?“

Lord Winter nahm dieselbe Taktik an wie Mylady. Er glaubte, da sie diese angewendet hatte, müßte sie die richtige sein.

„Sagt Ihr mir doch, meine liebe Schwägerin“, versetzte er, „was Ihr in England tun wollt?“

„Ich komme nur, um Euch zu besuchen“, erwiderte Mylady, ohne zu wissen, wie sehr sie durch diese Antwort den Verdacht bekräftigte, den der Brief d'Artagnans bei ihrem Schwager erregt hatte, und nur in der Absicht, das Wohlwollen ihres Zuhörers durch eine Lüge zu gewinnen.

„Um mich zu besuchen?“ fragte Lord Winter.

„Allerdings, um Euch zu besuchen. Was ist daran zu verwundern?“

„Und Ihr hattet keinen anderen Zweck Eurer Reise nach England als den, mich zu sehen?“

„Nein.“

„Also habt Ihr Euch nur allein mir zuliebe die Mühe gegeben, über den Kanal zu fahren?“

„Allerdings.“

„Teufel, welche Zärtlichkeit, Schwägerin!“

„Bin ich denn nicht Eure nächste Verwandte?“ fragte Mylady im Ton der rührendsten Naivität.

„Und sogar meine einzige Erbin, nicht wahr?“ sagte Lord Winter, seine Augen auf die von Mylady heftend.

Welche Macht auch Mylady über sich selbst besaß, so konnte sie doch ein Beben nicht unterdrücken, und da Lord Winter bei den letzten Worten seine Hand auf den Arm seiner Schwägerin gelegt hatte, so entging ihm dieses Beben nicht.

Der Schlag kam in der Tat direkt und ging tief. Der erste Gedanke, der sich bei Mylady regte, war, daß Ketty sie verraten und dem Baron den habsüchtigen Haß mitgeteilt habe, den sie unklugerweise vor ihrer Kammerjungfer hatte laut werden lassen. Und sie erinnerte sich auch an den wütenden Ausfall, den sie gegen d'Artagnan gemacht hatte, als er ihrem Schwager das Leben rettete.

„Ich begreife nicht, Mylord“, sagte sie, um Zeit zu gewinnen und ihren Gegner zum Sprechen zu bringen. „Was sollen Eure Worte bedeuten? Ist vielleicht ein unbekannter Sinn darunter verborgen?“

„Oh, mein Gott, nein“, erwiderte Lord Winter mit scheinbarer Gutmütigkeit. „Ihr habt das Verlangen mich zu sehen und kommt nach England. Ich erfahre von diesem Verlangen, oder ich vermute vielmehr, daß Ihr es fühlt, und um Euch alle Unannehmlichkeiten einer nächtlichen Ankunft in einem Hafen, alle Anstrengungen des Ausschiffens zu ersparen, stelle ich Euch einen Wagen zur Verfügung. Er führt Euch hierher in dieses Schloß, dessen Gouverneur ich bin, und ich habe, da ich jeden Tag hierherkomme, zur Befriedigung unseres beiderseitigen Verlangens, einander zu sehen, ein Zimmer für Euch einrichten lassen. Wie könnte man sich darüber mehr verwundern als über das, was Ihr mir gesagt habt?“

„Nein, ich staune nur darüber, daß Ihr von meiner Ankunft zuvor benachrichtigt gewesen seid."

„Das ist jedoch die allereinfachste Sache, meine liebe Schwägerin. Ihr konntet wohl sehen, daß der Kapitän Eures kleinen Fahrzeugs, ehe er in die Reede einlief, um die Erlaubnis zur Hafeneinfahrt zu erlangen, ein Boot vorausschickte, das sein Logbuch und sein Mannschaftsregister überbrachte. Ich bin Hafenkommandant, und man übergab mir dieses Buch, in dem ich Euren Namen erkannte. Mein Herz sagte mir, was mir Euer Mund soeben bestätigt hat. Es sagte mir, in welcher Absicht Ihr Euch den Beschwerden einer so gefährlichen oder wenigstens augenblicklich so ermüdenden Seereise ausetztet, und ich schickte Euch meinen Kutter entgegen. Das übrige wißt Ihr."

Mylady sah genau, daß Lord Winter die Unwahrheit sprach und geriet darum nur noch mehr in Schrecken.

„Schwager", fuhr sie fort, „war es nicht Seine Herrlichkeit, Duke of Buckingham, den ich diesen Abend auf dem Hafendamm sah?"

„Er selbst. Oh, ich begreife, daß Ihr bei seinem Anblick betreten wart", versetzte Lord Winter. „Ihr kommt aus einem Land, wo man sich viel mit ihm beschäftigen muß, und ich weiß, daß seine Rüstungen gegen Frankreich Euren Freund, den Kardinal, sehr beunruhigen."

„Meinen Freund, den Kardinal!" rief Mylady, als sie einsah, daß Mylord Winter über diesen Punkt wie über den anderen vollständig unterrichtet schien.

„Ist er nicht Euer Freund?" erwiderte der Baron mit gleichgültigem Ton. „Ah, um Vergebung, ich glaubte es. Doch wir werden später auf den Herzog zurückkommen. Wir wollen uns nicht von der sentimentalen Wendung entfernen, die das Gespräch genommen hatte. Ihr sagt, Ihr kämt, um mich zu sehen?"

„Ja."

„Nun gut, ich antworte Euch, Ihr sollt nach Wunsch bedient werden, und wir werden uns jeden Tag sehen."

„Soll ich also ewig hier bleiben?" fragte Mylady bestürzt.

„Wenn Euch diese Wohnung schlecht vorkommt, Schwägerin, so verlangt, was Euch fehlt, und ich werde mich beeilen, es Euch geben zu lassen."

„Ich habe meine Frauen, meine Leute nicht bei mir."

„Ihr sollt all das haben, Madame. Sagt mir, wie Euer erster Gatte Euer Haus eingerichtet hatte, und ich werde es, obwohl ich nur Euer Schwager bin, genauso einrichten."

„Mein erster Gatte!" rief Mylady und schaute Lord Winter mit verstörten Augen an.

„Ja, Euer französischer Gatte! Ich spreche nicht von meinem Bruder. Übrigens, wenn Ihr es vergessen habt, könnte ich ihm, da er noch lebt, schreiben, und er wird mir wohl Auskunft über diesen Gegenstand geben."

Ein kalter Schweiß perlte auf der Stirn Myladys.

„Ihr spottet", sagte sie mit dumpfer Stimme.

„Sehe ich so aus?" fragte der Baron, indem er aufstand und einen Schritt zurückging.

„Oder vielmehr, Ihr beleidigt mich", fuhr sie fort, indem sie ihre geballten Hände in die Arme des Lehnstuhls drückte und sich dabei aufrichtete.

„Euch beleidigen! Ich?" sagte Lord Winter verächtlich. „In der Tat, Madame, glaubt Ihr, dies sei möglich?"

„Mein Herr", sprach Mylady, „Ihr seid entweder betrunken oder wahnsinnig. Geht und schickt mir meine Frauen."

„Diese Frauen sind sehr indiskret, Schwägerin. Könnte ich Euch nicht als Zofe dienen? Auf diese Art blieben alle unsere Geheimnisse in der Familie."

„Unverschämter!" rief Mylady, und als ob sie von einer

Feder emporgeschnellt würde, sprang sie gegen den Baron, der sie ganz ruhig erwartete, obwohl er mit einer Hand an seinen Degen griff.

„Ei, ei", sagte er, „ich weiß, daß Ihr die Gewohnheit habt, die Leute zu ermorden, aber ich werde mich verteidigen, das sage ich Euch, und wäre es auch gegen Euch."

„Oh, Ihr habt recht", sprach Mylady, „Ihr kommt mir feig genug vor, um Hand an eine Frau zu legen."

„Vielleicht ja. Übrigens wäre ich entschuldigt. Meine

Hand wäre übrigens nicht die erste Männerhand, die sich an Euch gelegt hätte, denke ich."

Und der Baron deutete mit einer langsamen, anklagenden Geste auf die linke Schulter Myladys, die er beinahe mit dem Finger berührte.

Mylady stieß ein dumpfes Röcheln aus und wich bis in die Ecke des Zimmers zurück, wie ein Panther, der sich ducken will, um seinen Sprung zu machen.

„Oh, brüllt, so lange Ihr wollt", rief Lord Winter, „aber versucht nicht zu beißen, denn ich sage Euch, die Sache würde zu Eurem Nachteil ausfallen: Es gibt hier keine Prokuratoren, die die Erbfolge im voraus ordnen. Es gibt hier keinen fahrenden Ritter, der der schönen Dame zuliebe, die ich gefangen halte, Streit mit mir anfangen würde. Aber ich habe ganz in der Nähe Richter, die über eine Frau verfügen werden, die schamlos genug war, sich als Bigamistin in das Ehebett Lord Winters, meines älteren Bruders, einzuschleichen, und diese Richter werden Euch einem Henker überliefern, der Eure beiden Schultern gleichmacht."

Myladys Augen schleuderten so mächtige Blitze, daß Lord Winter, obwohl er ein Mann war und bewaffnet vor einer wehrlosen Frau stand, die Kälte der Furcht bis in die Tiefe seiner Seele fühlte. Nichtsdestoweniger fuhr er mit wachsendem Grimm fort:

„Ja, ich begreife, nachdem Ihr meinen Bruder beerbt habt, wäre es Euch angenehm gewesen, auch mich zu beerben. Aber wißt im voraus, Ihr könnt mich töten oder töten lassen, meine Vorsichtsmaßregeln sind getroffen. Nicht ein Penny von dem, was ich besitze, soll in Eure Hände übergehen. Seid Ihr nicht reich, besitzt Ihr nicht beinahe eine halbe Million, und könntet Ihr nicht auf Eurem unseligen Pfad halten, wenn Ihr nicht das Böse aus grenzenloser Lust daran verübtet? Oh, ich sage Euch, wenn mir das Andenken an meinen Bruder nicht heilig wäre, müßtet Ihr in einem Staatsgefängnis vermodern oder in Tyburn die Neugier der Matrosen befriedigen! Ich werde schweigen, aber Ihr müßt Eure Gefangenschaft ruhig ertragen. In vierzehn Tagen bis drei Wochen gehe ich mit dem Heer nach La Rochelle ab, doch am Vorabend meiner Abreise holt Euch ein Schiff, dessen Abfahrt ich noch mit ansehen werde, und das Euch zu unseren Kolonien im Süden bringt. Seid unbesorgt, ich gebe Euch einen Gesellschafter, der Euch bei dem ersten Versuch, den Ihr wagt, um nach England oder auf den Kontinent zurückzugelangen, über den Haufen schießen wird."

Mylady hörte mit voller Aufmerksamkeit, wobei sich ihre glühenden Augen immer mehr erweiterten.

„Ja, aber vorläufig", fuhr Lord Winter fort, „bleibt Ihr in diesem Schloß. Die Mauern sind dick, die Türen stark, die Gitter fest, und überdies liegt Euer Fenster gerade über der See. Die Leute meiner Schiffsmannschaft, die mir auf Leben und Tod ergeben sind, werden um diese Zimmer her aufgestellt und bewachen alle Zugänge, die zu dem Hof führen. Wärt Ihr auch im Hof, so müßtet Ihr noch durch drei Gitter gelangen. Der Befehl ist genau. Ein Schritt, eine Geste, ein Wort, woraus sich auf einen Fluchtversuch schließen ließe, und man gibt Feuer. Tötet man Euch, so hat die englische Justiz mir Dank zu sagen, daß ich ihr ein Geschäft erspart habe. Ah, Eure Züge nehmen ihre Ruhe wieder an. Euer Gesicht gewinnt wieder seine Sicherheit. Zehn Tage, vierzehn Tage, sagt Ihr? Pah! Bis dahin wird mir ein Gedanke kommen. Ich habe einen erfindungsreichen, einen höllischen Geist und werde schon irgendein Opfer finden. In vierzehn Tagen von heute an, sagt Ihr Euch, werde ich fern von hier sein. Versucht es einmal!"

Als sich Mylady verraten sah, preßte sie sich die Nägel in

das Fleisch, um jede Bewegung zu bewältigen, die ihrem Gesicht irgendeinen anderen Ausdruck als den des Schreckens hätte geben können.

Lord Winter fuhr fort.

„Den Offizier, der alles hier in meinem Namen kommandiert, habt Ihr gesehen und kennt ihn also bereits. Ihr konntet wahrnehmen, daß er einem Befehl zu gehorchen weiß. Denn Ihr seid nicht von Portsmouth hierhergekommen, ohne den Versuch zu machen, ihn zum Sprechen zu bringen. Was sagt Ihr von ihm? Hätte eine Marmorstatue unempfindlicher, stummer sein können? Ihr habt die Macht Eurer Verführungsmittel schon an vielen Männern versucht, und leider ist es Euch stets gelungen. Versucht sie auch bei diesem, und wenn Ihr zu Eurem Ziel kommt, so erkläre ich Euch für den Teufel selbst."

Er ging zur Tür und öffnete sie heftig.

„Man rufe mir Felton!" sagte er. „Wartet noch ein wenig, und ich werde Euch ihm empfehlen."

Es herrschte einen Augenblick ein seltsames Stillschweigen zwischen diesen beiden Personen, und inzwischen hörte man den Ton eines langsamen regelmäßigen Schritts, der sich dem Zimmer näherte.

Bald sah man im Schatten des Flurs eine menschliche Gestalt, und der junge Leutnant, mit dem wir bereits Bekanntschaft gemacht haben, erschien, die Befehle des Barons erwartend, auf der Schwelle.

„Tretet ein, mein lieber John", sprach Lord Winter, „tretet ein, und schließt die Tür."

Der junge Offizier trat ein.

„Schaut nun diese Frau an", sagte der Baron, „sie ist jung, sie ist schön, alle Verführungsmittel der Welt stehen ihr zu Gebot. Hört aber gut zu! Sie ist ein Ungeheuer, das sich mit fünfundzwanzig Jahren so vieler Verbrechen schuldig gemacht hat, als Ihr deren in einem Jahr in den

Archiven unserer Tribunale lesen könnt. Ihre Stimme nimmt zu ihren Gunsten ein, ihre Schönheit dient als Köder für ihre Opfer. Sie wird Euch zu verführen, vielleicht sogar zu töten versuchen. Ich habe Euch aus dem Elend gezogen, Felton, ich habe Euch zum Leutnant ernennen lassen, ich habe Euch einmal das Leben gerettet, Ihr wißt, bei welcher Gelegenheit. Ich bin Euch nicht nur ein Beschützer, sondern ein Freund, nicht nur ein Wohltäter, sondern ein Vater. Diese Frau ist nach England gekommen, um gegen mein Leben zu konspirieren. Ich halte diese Schlange in meinen Händen. Ich habe Euch rufen lassen und sage Euch: Freund Felton, John, mein Junge, hüte dich und mich vor dieser Frau. Schwöre mir bei deinem Seelenheil, sie für die verdiente Strafe aufzubewahren. Felton, ich baue auf dein Wort, John Felton, ich glaube an deine Rechtschaffenheit."

„Mylord", erwiderte der junge Offizier, sein reines Auge mit allem Haß füllend, den er in seinem Herzen finden konnte: „Mylord, ich schwöre Euch, daß ich tun werde was Ihr wünscht."

Mylady nahm diesen Blick wie ein in ihr Schicksal ergebenes Opfer auf. Man könnte unmöglich einen unterwürfigeren und sanfteren Ausdruck sehen als den, der jetzt auf ihrem schönen Gesicht herrschte.

Kaum erkannte Lord Winter in ihr die Tigerin, die er einen Augenblick vorher bekämpfte.

„Sie wird dieses Zimmer nie verlassen, hört Ihr, John", fuhr der Baron fort, „sie wird mit niemand Briefe wechseln, sie wird nur mit Euch sprechen, wenn Ihr überhaupt Euch herablassen wollt, ein Wort an sie zu richten."

„Es ist genug, Mylord, ich habe geschworen."

„Und nun, Madame", sprach der Baron, „und nun versucht es, Euren Frieden mit Gott zu machen, denn von den Menschen seid Ihr gerichtet."

Mylady ließ das Haupt sinken, als ob sie durch dieses Urteil zu Boden getreten wäre. Lord Winter entfernte sich mit einem Wink an Felton, der ihm folgte und die Tür schloß.

Einen Augenblick später hörte man im Flur den schweren Tritt eines Marinesoldaten, der mit seiner Axt in der Hand Wache stand.

Mylady verharrte einige Minuten in derselben Stellung, denn sie meinte, man könne sie durch das Schlüsselloch beobachten. Dann hob sie langsam das Haupt, das einen furchtbar drohenden, trotzigen Ausdruck angenommen hatte. Sie lief an die Tür, um zu horchen, schaute durch das Fenster und vergrub sich wieder in einen weiten Lehnstuhl.

Sie überlegte.

51. Kapitel

Offizier

Der Kardinal erwartete mittlerweise Nachricht aus England.

Aber es kam keine Nachricht, außer unangenehmen, bedrohlichen. So gut La Rochelle eingeschlossen war, so sicher der Erfolg durch die Maßregeln, die man ergriffen hatte, und besonders durch den Damm erscheinen durfte, der kein Boot mehr in die belagerte Stadt eindringen ließ, so konnte die Blockade doch noch lange Zeit dauern, und das war eine große Schmach für die Waffen des Königs und eine große Last für den Kardinal, der allerdings nicht mehr Ludwig XIII. mit Anna von Österreich zu veruneinigen hatte, was bereits abgemacht war, wohl aber Herrn von Bassompierre versöhnen sollte, der sich mit dem Herzog von Angoulème entzweit hatte.

Die Stadt hatte trotz der unglaublichen Beharrlichkeit ihres Bürgermeisters eine Meuterei versucht, um sich zu ergeben. Der Bürgermeister ließ die Meuterer hängen. Die Strafe brachte die schlimmsten Köpfe zur Ruhe, und sie ergaben sich jetzt in die Aussicht auf den Hungertod, der immerhin langsamer und auch nicht so schrecklich gewiß war als die Erdrosselung.

Von Zeit zu Zeit erwischten die Belagerer Boten, die die Rocheller an Buckingham schickten, oder Spione, die Buckingham an die Rocheller absandte.

Im einen wie im anderen Fall war der Prozeß schnell abgemacht. Der Kardinal sprach das einzige Wort: Gehängt! Man lud den König ein, das Hängen mit anzusehen. Der König kam kraftlos herbei und wählte sich einen guten Platz, um den Vorgang in allen seinen Einzelheiten anschauen zu können. Dies gewährte ihm stets einige Zer-

Beauce
ALPHONSE-VIEN

streuung, aber er langweilte sich trotzdem und sprach alle Augenblicke von einer Rückkehr nach Paris, so daß Seine Eminenz, wenn die Boten und Spione nicht gewesen wären, trotz ihrer Einbildungskraft in große Verlegenheit geraten wäre.

Nichtsdestoweniger verging die Zeit, und die Rocheller ergaben sich nicht. Der letzte Spion, den man fing, war der Überbringer eines Briefs. Dieser Brief sagte allerdings Buckingham, daß die Stadt jetzt in äußerster Not sei, aber statt des Zusatzes: „Wenn Eure Hilfe nicht innerhalb von vierzehn Tagen eintrifft, werden wir uns ergeben", war ganz einfach beigefügt: „Wenn Eure Hilfe nicht innerhalb von vierzehn Tagen eintrifft, werden wir bei Eurem Erscheinen samt und sonders verhungert sein." Die Rocheller setzten ihre Hoffnung also auf Buckingham. Buckingham war ihr Messias. Hätten sie eines Tages auf eine sichere Weise erfahren, daß sie nicht mehr auf Buckingham rechnen dürften, so wäre mit der Hoffnung ihr Mut gesunken.

Der Kardinal erwartete also mit großer Ungeduld Nachrichten aus England, die ihm melden würden, daß Buckingham nicht komme.

Die Frage, ob man die Stadt nicht stürmen solle, wurde oft im Rat des Königs verhandelt. Einmal schien La Rochelle uneinnehmbar, und dann wußte der Kardinal, was er auch gesagt haben mochte, ganz genau, daß das bei einem solchen Zusammenstoß, wo Franzosen gegen Franzosen kämpfen sollten, vergossene Blut einen Schrecken einjagen mußte, der für die Politik einen Rückschlag von sechzig Jahren bedeutete, und der Kardinal war zu jener Zeit, was man heutzutage einen Mann des Fortschritts nennt. In der Tat hatten im Jahre 1628 die Plünderung von La Rochelle und die Ermordung von drei- bis viertausend Hugenotten, die sich töten ließen, viel Ähnlichkeit mit dem Gemetzel der Bartholomäusnacht im Jahre 1572. Dieses Mittel, das dem König, einem guten Katholiken, keineswegs widerstrebte, scheiterte stets an der Behauptung der belagernden Generale: „La Rochelle ist auf keine andere Weise als durch den Hunger zu nehmen."

Der Kardinal konnte nicht über die Angst hinwegkommen, in die ihn seine furchtbare Emissärin versetzte. Denn auch er hatte das Außergewöhnliche dieser Frau begriffen, die bald eine Schlange, bald eine Löwin war. Hatte sie ihn verraten? War sie tot? Er kannte sie gut genug, um zu wissen, daß sie, für oder gegen ihn handeln, Freundin oder Feindin, ohne große Hindernisse nicht unbeweglich blieb. Aber von welcher Seite kamen diese Hindernisse? Das war es, was er nicht wissen konnte.

Übrigens zählte er auf Mylady, und zwar mit Recht. Er hatte in der Vergangenheit dieser Frau gewisse Dinge erraten, die nur sein roter Mantel bedecken konnte. Er fühlte, daß diese Frau ihm aus dem einen oder dem anderen Grund zugetan war, da nur er allein sie in der Gefahr, von der sie bedroht war, mächtig beschützen konnte.

Er beschloß also, den Krieg ganz allein zu führen und einen von außen kommenden Erfolg nur so zu erwarten, wie man einen günstigen Zufall erwartet. Er ließ an dem furchtbaren Damm, der La Rochelle aushungern sollte, weiterbauen, und warf mittlerweile seine Augen auf die unglückliche Stadt, die so viel tiefes Elend, so viel heldenmütige Tugenden in sich schloß. Er erinnerte sich dabei des Wortes von Ludwig XI., seinem politischen Vorgänger, wie er selbst der Vorgänger von Robespierre war. Er erinnerte sich der Maxime: „Divide et impera."

Als Heinrich IV. Paris belagerte, ließ er Brot und Lebensmittel über die Mauern werfen. Der Kardinal ließ kleine Zettel hinüberwerfen, in denen er den Rochellern vorhielt, wie ungerecht, selbstsüchtig und barbarisch das Verfahren ihrer Oberhäupter sei. Diese Häupter hätten

Getreide im Überfluß und verteilten es nicht. Sie nähmen als Grundsatz an, denn sie hatten Grundsätze, daß wenig daran liege, ob die Weiber, Kinder und Greise umkämen, wenn nur die Männer, die die Mauern verteidigen sollten, stark und gesund blieben. Bis jetzt war dieser Grundsatz, sei es aus Ergebenheit, sei es, weil jede Auflehnung vergeblich gewesen wäre, ohne allgemein anerkannt zu werden, von der Theorie in die Praxis übergegangen. Durch die erwähnten Zettel aber geschah ein Angriff. Diese Zettel erinnerten die Männer daran, daß die Kinder, Weiber und Greise, die man sterben ließ, ihre Söhne, Frauen und Väter waren - daß es billiger wäre, wenn jeder dem allgemeinen Elend unterworfen wurde, damit die Gleichmäßigkeit der allgemeinen Lage auch Einhelligkeit in den Beschlüssen herbeiführte.

Diese Zettel übten vollkommen die Wirkung aus, die ihr Verfasser von ihnen erwartet hatte, indem sie eine große Anzahl von Einwohnern bestimmten, Sonderverhandlungen mit dem königlichen Heer zu eröffnen.

Aber in dem Augenblick, wo der Kardinal bereits sein Mittel Früchte tragen sah und sich zu seiner Anwendung Glück wünschte, gelangte ein Einwohner von La Rochelle, der durch die königlichen Linien gedrungen war - Gott weiß, auf welche Weise, denn Bassompierre, Schomberg und der Herzog von Angoulème hielten, selbst wieder von dem Kardinal überwacht, große Wachsamkeit - ein Einwohner von La Rochelle, sagen wir, gelangte, von Portsmouth her, in die Stadt und sagte aus, er habe eine herrliche Flotte gesehen, die noch vor acht Tagen auslaufen werde. Überdies kündigte Buckingham dem Bürgermeister an, daß endlich das große Bündnis gegen Frankreich sich erklärt habe, und daß zu gleicher Zeit die englischen, kaiserlichen und spanischen Heere das Königreich überfallen würden. Dieser Brief wurde öffentlich auf allen Plätzen vorgelesen. Man klebte eine Abschrift an die Straßenecken, und diejenigen, die Unterhandlungen angeknüpft hatten, brachen sie wieder ab, um die in so naher Zeit angekündigte Hilfe abzuwarten.

Dieser unvorhergesehene Umstand versetzte Richelieu wieder in seine frühere Unruhe und nötigte ihn, seine Augen wieder dem Meer zuzuwenden.

Während dies geschah, führte die königliche Armee, frei von der Unruhe ihres einzigen und wahren Oberhauptes,

ein lustiges Leben. Es fehlte im Lager nicht an Speis und Trank und nicht an Geld. Alle Corps wetteiferten an Kühnheit und Heiterkeit. Spione auffangen und aufhängen, tollkühne Expeditionen auf dem Damm oder auf der See ausführen, Tollheiten ersinnen und kaltblütig ins Werk setzen, das waren die Zeitvertreibe, womit sich die Armee die Tage verkürzte, die den von Angst und Hunger aufgeriebenen Rochellern so lang und dem Kardinal, der sie belagerte, noch weit länger erschienen.

Wenn der Kardinal, der stets wie ein einfacher Soldat

umherritt, seinen nachdenklichen Blick zuweilen über die Werke hinschweifen ließ, die unter seinem Befehl von Ingenieuren errichtet wurden, die er aus allen Winkeln Frankreichs herbeirief, und er dann einem Musketier von Trevilles Kompanie begegnete, so schaute er ihn auf eine seltsame Weise an, und richtete seinen Blick gleich wieder anderswohin, wenn er in ihm nicht einen von den vier Gefährten erkannte.

Eines Tages ritt der Kardinal, von großem Ärger gequält, ohne Hoffnung auf die Unterhandlungen mit der Stadt, ohne Nachrichten aus England, in keiner anderen Absicht, als gerade um auszureiten, nur von Cahusac und La Houdinière begleitet, am Ufer entlang. So kam er auf einen Hügel, von dessen Höhe herab er, hinter einer Hecke und unter einer Baumgruppe vor der großen Sonnenhitze geschützt, sieben von leeren Flaschen umgebene Männer liegen sah. Vier davon waren unsre Musketiere, die sich anschickten, einen Brief vorlesen zu hören, den einer von ihnen bekommen hatte. Dieser Brief war so wichtig, daß man ihm zuliebe auf einer Trommel Karten und Würfel im Stich ließ.

Die drei anderen beschäftigten sich damit, eine ungeheure mit Stroh umflochtene Flasche Colliourewein zu öffnen. Es waren die Lakaien dieser Herren.

Der Kardinal war, wie gesagt, in düsterer Laune, und in dieser Gemütsstimmung ärgerte ihn nichts mehr als die Heiterkeit anderer. Überdies hegte er einen seltsamen Argwohn und glaubte, gerade die Ursache seiner Traurigkeit errege die Heiterkeit der übrigen. Er gab La Houdinière und Cahusac ein Zeichen, stillzuhalten, stieg vom Pferd und näherte sich diesen verdächtigen Lachern, in der Hoffnung, mit Hilfe des Sandes, der seinen Schritt unhörbar machte, und der Hecke, die sein Nahen verdeckte, einige Worte von dem Gespräch zu erlauschen, das ihm

so interessant erschien. Erst zehn Schritt vor der Hecke erkannte er das gascognische Geplauder d'Artagnans, und da er bereits wußte, daß diese Leute zu den Musketieren gehörten, so zweifelte er nicht daran, daß die drei anderen Athos, Porthos und Aramis seien.

Man kann sich leicht denken, daß sein Verlangen, etwas von dem Gespräch zu hören, sich durch diese Entdeckung nur noch vermehrte. Seine Augen nahmen einen seltsamen Ausdruck an, und er näherte sich der Hecke mit dem Tritt einer Tigerkatze. Er hatte aber noch nicht mehr als einige unbestimmte Silben ohne einen richtigen Sinn auffassen können, als ein kurzer, kräftiger Ruf ihn erbeben ließ und die Aufmerksamkeit der Musketiere erregte.

„Offizier!" rief Grimaud.

„Ihr sprecht, glaube ich, Bursche", sagte Athos, sich auf einem Ellbogen erhebend und Grimaud mit seinem flammenden Blick anblitzend.

Grimaud fügte auch kein Wort mehr hinzu, er begnügte

sich, den Zeigefinger in der Richtung der Hecke auszustrecken, und deutete durch Gebärde den Kardinal und seine Eskorte an.

Mit einem Sprung waren die vier Musketiere auf den Beinen und grüßten ehrfurchtsvoll.

Der Kardinal schien wütend.

„Es scheint, daß man sich bei den Herren Musketieren bewachen läßt", sagte er. „Kommt der Engländer zu Land oder sollten sich die Musketiere für hohe Offiziere halten?"

„Monseigneur", antwortete Athos, denn er allein hatte mitten unter dem allgemeinen Schrecken die Ruhe und Kaltblütigkeit des vornehmen Mannes behalten, die ihn nie verließ. „Monseigneur, wenn die Musketiere nicht im Dienst sind oder wenn ihr Dienst zu Ende ist, so trinken und würfeln sie und sind für ihre Lakaien sehr hohe Offiziere."

„Lakaien!" brummte der Kardinal, „Lakaien, die Befehl haben, ihre Herren zu benachrichtigen, wenn jemand vorbeikommt, sind keine Lakaien, sondern Wachen."

„Seine Eminenz sieht jedoch, daß wir, wenn wir diese Vorsichtsmaßregeln nicht getroffen hätten, wir uns der Unannehmlichkeit ausgesetzt haben würden, sie vorübergehen zu lassen, ohne ihr unsere Ehrfurcht zu bezeigen und unseren Dank für die Gnade ihres Besuches abzustatten. „D'Artagnan", fuhr Athos fort, „Ihr, der Ihr Euch soeben nach einer Gelegenheit sehntet, Monseigneur Eure Dankbarkeit auszudrücken, habt sie nun gefunden."

Diese Worte wurden mit dem unerschütterlichen Phlegma, das Athos in den Stunden der Gefahr auszeichnete, und mit der außerordentlichen Höflichkeit gesprochen, die ihm in gewissen Augenblicken etwas Königliches gab, so daß er einen majestätischeren Eindruck machte als geborene Könige.

D'Artagnan näherte sich und sprach einige Worte des Dankes, welche bald unter dem düsteren Blick des Kardinals erstarben.

„Gleichviel, meine Herren", fuhr der Kardinal fort, der sich, wie es schien, durch den von Athos benutzten Zwischenfall nicht im geringsten von seiner ersten Ansicht abbringen ließ, „gleichviel, ich liebe es nicht, daß einfache Soldaten, weil sie den Vorzug haben, in einem privilegierten Corps zu dienen, auf diese Art die großen Herren spielen, und die Disziplin ist für sie dieselbe wie für jedermann."

Athos ließ den Kardinal ganz ausreden, verbeugte sich sodann zum Zeichen der Zustimmung und versetzte:

„Die Disziplin, Monseigneur, ist, wie ich hoffe, von uns in keiner Beziehung vergessen worden, wir sind nicht im Dienst und glaubten, da wir nicht im Dienst sind, über unsere Zeit nach unserem Gutdünken verfügen zu können. Sollte uns Eure Eminenz durch einige besondere Befehle beglücken wollen, so sind wir bereit zu gehorchen. Monseigneur sieht", fuhr Athos stirnrunzelnd fort, denn dieses Verhör fing an, ihn ungeduldig zu machen, „daß wir, um auf den ersten Trommelschlag bereit zu sein, mit unseren Waffen ausgezogen sind."

Und er deutete mit dem Finger auf die vier Musketen, die in der Nähe der Trommel, auf der die Würfel und Karten lagen, aufgepflanzt waren.

„Eure Eminenz kann überzeugt sein", fügte d'Artagnan bei, „daß wir ihr entgegengekommen wären, wenn wir hätten vermuten können, daß sie es wäre, die sich uns in so kleiner Gesellschaft näherte."

Der Kardinal biß sich in den Schnurrbart und auch etwas in die Lippen.

„Wißt ihr, wie ihr ausseht, wie in diesem Augenblick, stets beisammen, stets bewaffnet und von euren Bediensteten bewacht seid?" sprach der Kardinal. „Ihr seht aus wie Verschwörer."

„Oh, was das betrifft, Monseigneur, das ist wahr", sprach Athos. „Wir konspirieren allerdings, wie Eure Eminenz an jenem Morgen sehen konnte, aber nur gegen die Rocheller."

„Ei, meine Herren Politiker", entgegnete der Kardinal, ebenfalls die Stirn faltend, „man würde vielleicht in eurem Gehirn das Geheimnis von allerlei Dingen finden, wenn man darin lesen könnte, wie ihr in dem Brief gelesen habt, den ihr bei meiner Ankunft verbargt."

Athos stieg das Blut ins Gesicht, er machte einen Schritt auf Seine Eminenz zu.

„Man sollte glauben, Ihr hegt wirklich Argwohn gegen uns, Monseigneur, und wir hätten ein wahres Verhör zu bestehen."

„Und wenn es nun wirklich ein Verhör wäre?" fragte der Kardinal.

„Monseigneur, ich habe Eurer Eminenz gesagt, daß sie nur zu fragen habe und daß wir zu antworten bereit seien."

„Was für ein Brief war das, den Ihr vorher gelesen habt, Herr Aramis, und was verbargt Ihr?"

„Einen Brief von einer Frau, Monseigneur."

„Oh, ich begreife", sprach der Kardinal, „man muß bei solchen Briefen diskret sein, aber man kann sie doch einem Beichtvater zeigen, und Ihr wißt, ich gehöre dem geistlichen Stand an."

„Monseigneur", sagte Athos mit einer um so furchtbareren Ruhe, als er bei dieser Antwort um seinen Kopf spielte, „Monseigneur, der Brief ist von einer Frau, aber weder mit Marion Delorme noch Madame d'Aiguillon unterzeichnet."

Der Kardinal wurde bleich wie der Tod. Ein wilder Blitz zuckte aus seinen Augen. Er wandte sich um, als wollte er

Cahusac und La Houdinière einen Befehl geben. Athos sah diese Bewegung und machte einen Schritt auf die Musketen zu, auf die die drei Freunde ihre Augen wie Männer gerichtet hielten, die sehr wenig Lust hatten, sich verhaften zu lassen. Der Kardinal war zu dritt da, die Musketiere, ihre Bediensteten mit einbegriffen, zu siebt. Er dachte, die Partie wäre um so weniger gleich, wenn Athos und seine Gefährten wirklich konspirierten und dank einer der raschen Wendungen, über die er stets zu verfügen imstande war, verwandte sich sein ganzer Zorn in ein Lächeln.

„Gut, gut", sprach er, „ihr seid wackere junge Leute, stolz in der Sonne, getreu in der Dunkelheit, und es ist kein Fehler, über sich selbst zu wachen, wenn man so gut über andere wacht. Meine Herren, ich habe die Nacht durchaus nicht vergessen, wo ihr mir als Eskorte bei meinem Ritt zum ‚Roten Taubenschlag' dientet. Wenn irgendeine Gefahr auf dem Weg, den ich zu machen habe, zu befürchten wäre, so würde ich euch bitten, mich zu begleiten. Da aber dies nicht der Fall ist, so bleibt, wo ihr seid, bringt eure Flaschen, eure Partie und euern Brief zu Ende. Gott befohlen, meine Herren!"

Hierauf bestieg er wieder sein Pferd, das ihm Cahusac brachte, grüßte sie mit der Hand und entfernte sich.

Die vier jungen Leute standen unbeweglich und folgten ihm mit den Blicken, ohne ein einziges Wort zu sprechen, bis er verschwunden war.

Dann schauten sie sich an, alle sahen bestürzt aus, denn trotz des freundschaftlichen Abschieds des Kardinals begriffen sie, daß Seine Eminenz mit Wut im Herzen wegging.

Athos allein lächelte verächtlich.

Als der Kardinal aus Hör- und Sichtweite war, rief Porthos, der große Lust hatte, seiner üblen Laune an einem anderen Luft zu machen:

„Dieser Grimaud hat sehr spät geschrien!"

Grimaud war im Begriff zu antworten, um sich zu entschuldigen. Athos hob den Finger, und Grimaud schwieg.

„Würdet Ihr den Brief abgegeben haben, Aramis?" sagte d'Artagnan.

„Ich", erwiderte Aramis, „ich war entschieden. Wenn er die Auslieferung verlangt hätte, so würde ich ihm mit einer Hand den Brief übergeben und mit der anderen den Degen durch den Leib gerannt haben."

„Das erwartete ich", sagte Athos, „und darum habe ich mich zwischen Euch und ihn geworfen. Dieser Mann ist in der Tat sehr unklug, daß er auf solche Art mit anderen Männern spricht. Man sollte glauben, er habe es sein Leben lang nur mit Weibern und Kindern zu tun gehabt."

„Mein lieber Athos!" rief d'Artagnan, „ich bewundere Euch, aber wir hatten im ganzen doch unrecht."

„Wie, unrecht?" entgegnete Athos, „wem gehört denn diese Luft, die wir atmen, wem dieses Meer, an dem wir lagern, wem dieser Brief von Eurer Geliebten? Etwa dem Kardinal? Dieser Mensch bildet sich am Ende ein, die ganze Welt gehöre ihm. Ihr standet stammelnd, erstaunt, vernichtet da, als ob die Bastille vor Euch emporstarrte, und die eisige Medusa Euch in Stein verwandelte. Ist Verliebtheit eine Konspiration? Ihr seid in eine Frau verliebt, die der Kardinal einsperren ließ. Ihr wollt sie den Händen des Kardinals entziehen, das ist die Partie, die Ihr mit Seiner Eminenz spielt. Dieser Brief ist Euer Spiel. Warum solltet Ihr Euer Spiel Eurem Gegner zeigen? Er soll es erraten! Wir erraten das seine recht gut!"

„Was Ihr da sagt, Athos, ist allerdings sehr vernünftig", sprach d'Artagnan.

„Dann sei von dem ganzen Vorfall nicht mehr die Rede und Aramis soll den Brief seiner Base da aufnehmen, wo ihn der Herr Kardinal unterbrochen hat."

Aramis zog den Brief aus seiner Tasche. Die drei Freunde näherten sich ihm, und die drei Lakaien lagerten sich wieder um die Strohflasche.

„Ihr habt nur ein oder zwei Zeilen gelesen", sagte d'Artagnan. „Lest also den Brief von Anfang an."

„Gern", erwiderte Aramis.

„Mein lieber Vetter!

Ich glaube, daß ich mich entschließen werde, nach Stenay abzureisen, wo meine Schwester unsere kleine Magd in ein Karmeliterinnen-Kloster gebracht hat. Dieses arme Kind hat sich gefügt. Es weiß, daß es nicht anderswo leben kann, ohne daß das Heil seiner Seele gefährdet wäre. Wenn jedoch unsere Familienangelegenheiten sich ordnen, wie wir es wünschen, so glaube ich, daß die Arme auf die Gefahr ihres Seelenheils hin zu denjenigen zurückkehren wird, nach denen sie sich um so mehr sehnt, als sie weiß, daß man stets an sie denkt. Einstweilen ist sie nicht zu unglücklich. Ihr einziger Wunsch ist ein Brief von ihrem Bräutigam. Ich weiß sehr gut, daß solche Waren schwer durch die Gitter gehen, aber im ganzen, mein lieber Vetter, bin ich - und ich habe Euch hiervon Beweise gegeben - nicht gar zu ungeschickt, und ich übernehme diesen Auftrag. Meine Schwester dankt Euch für Euer beständiges Gedenken. Sie schwebte einen Augenblick in großer Unruhe, aber jetzt ist sie beruhigt, weil sie ihren Gehilfen geschickt hat, damit nichts Unvorhergesehenes vorfallen kann.

Adieu, mein lieber Vetter, gebt so oft als möglich Nachricht von Euch, das heißt, so oft, als Ihr es sicher tun zu können glaubt. Ich küsse Euch.

Marie Michon"

„Oh, wieviel Dank bin ich Euch schuldig, Aramis", rief d'Artagnan. „Die teure Constance! Endlich habe ich also

Nachricht von ihr! Sie lebt, sie ist in Sicherheit in einem Kloster. Sie ist in Stenay! Wo liegt Stenay, Athos?"

„Auf der Grenze vom Artois und Flandern. Ist die Belagerung einmal aufgehoben, so können wir eine Reise dorthin machen."

„Und das wird hoffentlich nicht mehr lange dauern", sprach Porthos, „denn man hat diesen Morgen wieder einen Spion gehängt, der behauptete, die Rocheller seien am Leder ihrer Schuhe angekommen. Nehme ich nun an, daß sie die Sohlen essen, wenn sie das Oberleder verzehrt haben, so sehe ich nicht ein, was ihnen nachher noch übrigbleiben soll, wenn sie nicht sich gegenseitig verspeisen wollen."

„Arme Tröpfe!" sprach Athos und leerte ein Glas besten Bordeaux, der, ohne damals schon seinen heutigen Ruf zu besitzen, ihn doch wenigstens verdiente. „Arme Tröpfe, als ob die katholische Religion nicht die vorteilhafteste und angenehmste der Religionen wäre. Doch egal", fuhr er fort, nachdem er mit der Zunge geschnalzt hatte, „es sind brave Leute. Aber was, Teufel, macht Ihr denn, Aramis, Ihr steckt diesen Brief in Eure Tasche?"

„Ja", sagte d'Artagnan, „Athos hat recht, man muß ihn verbrennen. Wer weiß schon, ob der Kardinal nicht ein Geheimnis besitzt, um die Asche zu befragen."

„Er muß wohl eins besitzen", erwiderte Athos.

„Aber was wollt Ihr denn mit dem Brief machen?" fragte Porthos.

„Kommt hierher, Grimaud", sagte Athos.

Grimaud stand auf und gehorchte.

„Zur Strafe dafür, daß Ihr ohne Erlaubnis gesprochen habt, mein Freund, werdet Ihr das Stück Papier essen, und für den Dienst, den Ihr uns damit leistet, trinkt Ihr sodann dieses Glas Wein. Hier, nehmt zuerst den Brief, kaut kräftig."

Grimaud lächelte, und die Augen auf das Glas gerichtet, das Athos bis an den Rand gefüllt hatte, zerkaute er das Papier und verschlang es.

„Bravo, Meister Grimaud!" rief Athos, „und nun dieses. Gut, ich entbinde Euch von der Verpflichtung, Dank zu sagen."

Grimaud trank stillschweigend das Glas Bordeaux, aber seine zum Himmel aufgeschlagenen Augen sprachen, so lange diese süße Beschäftigung dauerte, eine Sprache, die, obgleich stumm, darum doch nicht weniger ausdrucksvoll war.

„Und nun", sagte Athos, „wenn nicht der Kardinal den geistreichen Gedanken hat, Grimaud den Bauch öffnen zu lassen, können wir, glaube ich, beinahe ruhig sein."

Während dieser Zeit setzte Seine Eminenz ihren schwermütigen Spazierritt fort und brummte wiederholt in seinen Schnurrbart:

„Diese vier müssen um jeden Preis mein werden."

52. Kapitel

Der erste Tag der Gefangenschaft

Kehren wir zu Mylady zurück, die uns ein Blick auf die Küste Frankreichs eine Weile aus dem Gesicht verlieren ließ.

Wir werden sie in der verzweifelten Lage wiederfinden, in der wir sie zurückgelassen haben, sich in einen Abgrund düsterer Betrachtungen, in eine finstere Hölle versenkend, an deren Pforte sie beinahe jede Hoffnung zurückgelassen hat, denn zum erstenmal zweifelt, zum erstenmal fürchtet sie.

Bei zwei Gelegenheiten hat ihr Glück sie verlassen, bei zwei Gelegenheiten hat sie sich entdeckt und verraten gesehen, bei zwei Gelegenheiten scheiterte sie an dem bösen Geist, den ohne Zweifel der Herr sandte, um sie zu bekämpfen. D'Artagnan hat sie besiegt, sie, die unbesiegbare Macht des Bösen.

Er hat sie in ihrer Liebe verletzt, in ihrem Stolz gedemütigt, und nun richtet er sie in ihrem Vermögen zugrunde, schlägt sie in ihrer Freiheit, bedroht sogar ihr Leben. Mehr noch, er hat eine Ecke ihrer Maske aufgehoben, dieser Agide, mit der sie sich bedeckt, die sie so stark macht.

D'Artagnan hat von Buckingham, den sie haßt, wie sie alles haßt, was sie geliebt hat, den Sturm abgewendet, mit dem ihn Richelieu in der Person der Königin bedrohte. D'Artagnan hat sich für Wardes ausgegeben, für den sie eine glühende Tigerliebe, unbezähmbar wie bei allen Frauen dieses Charakters, hegte. D'Artagnan kennt das furchtbare Geheimnis, das nach ihrem Schwur niemand kennen sollte, ohne zu sterben. In dem Augenblick, wo sie von Richelieu eine Blankovollmacht erhalten hat, mit deren Hilfe sie sich an ihrem Feind zu rächen gedenkt,

wird ihr diese aus den Händen gerissen, und d'Artagnan ist es, der sie gefangenhält und sie nach irgendeinem schmachvollen Botany Bay, nach irgendeinem abscheulichen Tyburn des Indischen Ozeans schicken will.

Denn all dies kommt ohne Zweifel von d'Artagnan. Von wem sollte so viel auf ihr Haupt gehäufte Schmach kommen, außer von ihm? Er allein konnte Lord Winter all die furchtbaren Geheimnisse mitteilen, die er nacheinander durch eine unselige Verkettung von Umständen erfahren hatte.

Wie viel Haß braut sie! Hier, unbeweglich und die glühenden Augen starr auf ihr einsames Stübchen geheftet, während das Geräusch des dumpfen Schnaubens, das zuweilen aus der Tiefe ihrer Brust hervorkommt, das Tosen der Wellen begleitet, die steigen, brausen und brüllen und sich wie eine ewige ohnmächtige Verzweiflung an den Felsen brechen, auf denen das stolze, düstere Schloß erbaut ist, während ihr stürmischer Zorn mit seinen Blitzen ihren Geist erleuchtet. Hier entwirft sie gegen Madame Bonacieux, gegen Buckingham und besonders gegen d'Artagnan großartige, in der fernen Zukunft sich verlierende Rachepläne.

Ja, aber um sich zu rächen, muß man frei sein, und um frei zu sein, wenn man gefangen ist, muß man eine Mauer durchbrechen, Gitterstangen losmachen, einen Fußboden durchlöchern; lauter Unternehmungen, die ein geduldiger und starker Mann ausführen kann, an denen jedoch die fieberhaften Aufregungen einer Frau scheitern müssen.

Um all dies zu tun, muß man überdies Zeit, Monate, Jahre haben, und sie hat, wie ihr Mylord Winter, ihr brüderlicher und furchtbarer Kerkermeister sagte, nur zehn bis zwölf Tage.

Und dennoch, wenn sie ein Mann wäre, würde sie dies alles versuchen, und es würde ihr vielleicht gelingen. Warum hat sich der Himmel so getäuscht, indem er diese männliche Seele in einen so schwachen und zarten Leib legte?

Die ersten Augenblicke der Gefangenschaft waren also furchtbar. Mit krampfhaften Zuckungen der Wut, die sie nicht verbergen konnte, wurde die Schuld weiblicher Schwäche an die Natur abgetragen. Nach und nach aber hat sie die Ausbrüche ihres tollen Zornes bewältigt, das

Zittern, das ihren Körper bewegte, ist verschwunden, und sie hat sich nun auf sich selbst zurückgewunden, wie eine müde Schlange, wenn sie ausruht.

„Auf, auf! Ich war eine Närrin, daß ich mich hinreißen ließ“, spricht sie, in den Spiegel schauend, der ihren Augen den glühenden Blick zurückwirft, durch den sie sich selbst zu befragen scheint, „keine Gewalttätigkeit! Gewalttätigkeit ist ein Zeichen der Schwäche, und ich habe nie durch dieses Mittel gesiegt. Wenn ich vielleicht von meiner Kraft gegen Frauen Gebrauch machen müßte, hätte ich Hoffnung, sie noch schwächer zu finden, als ich selbst bin, und sie folglich zu überwältigen. Ich aber kämpfe gegen Männer und bin für sie nur ein Weib. Wir wollen als Weib kämpfen. Meine Kraft liegt in meiner Schwäche."

Als wollte sich sich selbst von den Veränderungen Rechenschaft geben, die sie in ihrem so ausdrucksvollen und edlen Gesicht zu bewerkstelligen imstande war, ließ sie diese dann nach und nach jeden Ausdruck annehmen, vom Zorn an, der ihr Gesicht krampfhaft zusammenzog, bis zum sanftesten, zärtlichsten, verführerischsten Lächeln. Ihre Haare erhielten unter ihren geschickten Händen alle Wellenformen, von denen sie glaubte, sie dürften die Reize ihrer Züge erhöhen. Endlich murmelte sie selbstzufrieden:

„Noch ist nichts verloren, ich bin immer noch schön."

Es war ungefähr acht Uhr abends. Mylady bemerkte ein Bett und dachte, ein paar Stunden Ruhe würden nicht nur ihren Kopf und ihre Gedanken, sondern auch ihren Teint erfrischen. Doch ehe sie sich hinlegte, kam ihr noch eine bessere Idee. Sie hatte von Abendessen sprechen hören. Schon war sie einige Zeit in diesem Zimmer und man konnte nicht länger zögern, ihr das Essen zu bringen. Die Gefangene wollte keine Zeit verlieren, und sie beschloß, schon an diesem Abend einen Versuch zu machen, um das Terrain zu sondieren und die Charaktere der Leute zu erforschen, denen ihre Bewachung anvertraut war.

Ein Licht erschien unter der Tür, es kündigte die Rückkehr ihrer Kerkermeister an. Mylady, die sich erhoben hatte, warf sich rasch wieder in ihren Lehnstuhl, den Kopf zurückgebogen, die Haare aufgelöst und zerstreut, den Hals halb entblößt unter zerknitterten Spitzen, eine Hand auf ihrem Herzen, die andere herabhängend.

Man öffnete die Riegel, die Tür ächzte in ihren Angeln, Tritte erschollen im Inneren und näherten sich.

„Stellt den Tisch hierher“, sagte eine Stimme, an der Mylady Felton erkannte.

Der Befehl wurde ausgeführt.

„Bringt Lichter und laßt die Wache ablösen,“ fuhr Felton fort, und dieser doppelte Befehl, den der junge Leutnant den Leuten erteilte, gab Mylady die Überzeugung, daß ihre Diener und ihre Wächter Soldaten waren.

Endlich wandte sich Felton, der Mylady noch nicht angeschaut hatte, zu ihr um.

„Aha!“ sagte er, „sie schläft gut, bei ihrem Erwachen wird sie schon essen.“

Er machte einige Schritte, um sich zu entfernen.

„Aber, mein Leutnant, “ sagte der Soldat, der etwas weniger stoisch war als sein Vorgesetzter, und sich Mylady genähert hatte, „diese Frau schläft nicht.“

„Wie, sie schläft nicht?“ sprach Felton, „was macht sie denn?“

„Sie ist ohnmächtig. Ihr Gesicht ist sehr bleich, und ich höre, wie sehr ich auch lausche, keinen Atemzug.“

„Ihr habt recht“, erwiderte Felton, nachdem er Mylady von dem Platz, wo er stand, angeschaut hatte ohne einen Schritt näher zu treten. „Benachrichtigt Lord Winter, seine Gefangene sei in Ohnmacht gefallen. Ich weiß nicht, was ich tun soll, da dieser Fall nicht vorgesehen ist.“

Der Soldat ging, um den Befehlen des Offiziers zu gehorchen. Felton setzte sich auf einen Stuhl, der zufällig in der Nähe der Tür stand, und wartete ohne ein Wort zu sprechen, ohne die geringste Bewegung zu machen. Mylady besaß die große, von den Frauen so sehr studierte Kunst, alles mit Hilfe eines Reflexes, eines Spiegels oder eines Schattens zu sehen. Sie bemerkte Felton, der ihr den Rücken zukehrte. Sie schaute ihn beinahe zehn Minuten beständig an, und während dieser zehn Minuten wandte sich der kalte Wächter nicht ein einziges Mal um.

Sie überlegte nun, daß Lord Winter kommen und durch seine Gegenwart ihrem Kerkermeister neue Kraft verleihen würde. Ihr erster Versuch war gescheitert. Sie faßte ihren Entschluß als Frau, die auf ihre Mittel zählt. Diesem Entschluß zufolge hob sie den Kopf, öffnete die Augen und stieß einen schwachen Seufzer aus.

Bei diesem Seufzer wandte sich Felton um.

„Ah! Ihr seid erwacht Madame", sprach er, „ich habe also nichts mehr hier zu tun. Wenn ihr etwas braucht, so ruft."

„Oh, mein Gott, mein Gott! Was habe ich gelitten!" murmelte Mylady mit der wohlklingenden Stimme, die alle bezauberte, die sie ins Verderben stürzen wollte.

Und sich auf ihrem Stuhl aufrichtend, nahm sie eine noch anmutigere und zugleich nachlässigere Stellung an.

Felton stand auf.

„Ihr werdet auf diese Art dreimal am Tage bedient werden. Madame", sprach er, „morgens um neun Uhr, mittags um ein Uhr und abends um acht Uhr. Wenn Euch das nicht recht ist, so könnt Ihr andere Stunden statt derer, die ich Euch vorschlage, nennen, und man wird sich in dieser Beziehung Euren Wünschen fügen."

„Aber soll ich denn immer in dieser großen, traurigen Stube allein bleiben?" fragte Mylady

„Eine Frau aus der Gegend ist bestellt, sie wird morgen im Schloß sein und zu Euch kommen, sooft Ihr ihre Gegenwart wünscht."

„Ich danke Euch, mein Herr", antwortete die Gefangene demütig.

Felton grüßte leicht und wandte sich zur Tür. In dem Augenblick, wo er über die Schwelle treten wollte, erschien Lord Winter, gefolgt von dem Soldaten, der ihn von Myladys Ohnmacht in Kenntnis gesetzt hatte, im Korridor. Er hielt einen Flacon mit Riechsalz in der Hand.

„Wie! Was geht denn hier vor?“ sprach er spöttisch, als er sah, daß seine Gefangene aufrecht stand und Felton im Begriff war zu gehen. „Die Tote ist also wieder erweckt? Mein Gott, Felton, mein Junge, hast du denn nicht wahrgenommen, daß man dich für einen Neuling hielt und den ersten Akt einer Komödie mit dir spielte, dessen ganze Entwicklung zu verfolgen wir ohne Zweifel das Vergnügen haben werden?“

„Ich habe es schon gedacht, Mylord“, erwiderte Felton, „aber da die Gefangene im ganzen doch eine Frau ist, so wollte ich die Rücksicht nehmen, die ein Mann von guter Geburt einem weiblichen Wesen schuldig ist.“

Mylady bebte am ganzen Leib. Diese Worte liefen wie Eis durch alle ihre Adern.

„Diese schönen Haare“, versetzte Lord Winter lächelnd, „diese schönen, so geschickt ausgebreiteten Haare, diese weiße Haut, dieser schmachtende Blick haben dich also nicht verführt, Marmorherz?“

„Nein, Mylord“, erwiderte der unempfindliche junge Mann, „glaubt mir, es bedarf mehr als Frauenkunstgriffe und Koketterien, um mich zu bestechen.“

„Wenn dem so ist, mein braver Leutnant, so soll Mylady etwas anderes ausdenken, und wir wollen zu Abend essen. Oh, sei ruhig, sie hat eine fruchtbare Einbildungskraft, und der zweite Akt der Komödie wird bald dem ersten folgen.“

Nach diesen Worten nahm Lord Winter Felton beim Arm und ging lachend mit ihm weg.

„Oh, ich werde schon finden, was du brauchst“, murmelte Mylady zwischen den Zähnen, „armer verunglückter Mönch, umgekehrter Soldat, der du dir deine Uniform aus einer Kutte geschnitten hast.“

„Doch, was ich noch sagen wollte“, versetzte Lord Winter, auf der Schwelle, „dieses Scheitern braucht Euch nicht den Appetit zu nehmen. Kostet das Huhn und die Fische, die ich bei meinem Ehrenwort nicht habe vergiften lassen. Ich bin ziemlich mit meinem Koch zufrieden, und da er nichts von mir zu erben hat, so setze ich volles Vertrauen in ihn. Macht es wie ich. Gott befohlen, liebe Schwägerin. Bei Eurer nächsten Ohnmacht sehen wir uns wieder."

Das war mehr als Mylady ertragen konnte. Ihre Hände zogen sich krampfhaft auf dem Lehnstuhl zusammen. Ihre Zähne knirschten, ihre Augen folgten der Bewegung der Tür, die sich hinter Lord Winter und Felton schloß, und als sie sich allein sah, fühlte sie sich von einer neuen Verzweiflung befallen. Sie schaute zum Tisch, erkannte ein Messer, stürzte darauf los und ergriff es. Aber es trat eine grausame Enttäuschung ein, die Klinge war rund und von biegsamen Silber.

Ein schallendes Gelächter wurde an der Tür hörbar, und diese öffnete sich wieder.

„Ah, ah!" rief Lord Winter, „ah, ah! Siehst du, mein braver Felton, was ich dir gesagt habe? Dieses Messer war für dich bestimmt, mein Kind, sie hätte dich umgebracht. Siehst du, das ist eine ihrer Wunderlichkeiten, daß sie die Leute, die sie genieren, auf die eine oder die andere Weise erledigt. Wenn ich auf dich gehört hätte, so wäre das Messer spitz und von Stahl gewesen, dann gäbe es keinen Felton mehr. Sie hätte dich erstochen und nach dir alle Welt, siehst du, John, wie sie das Messer gut zu halten weiß!"

Mylady hielt in der Tat noch die unschädliche Waffe in ihrer Hand. Von der letzten Beleidigung erschlafften ihre Hände, ihre Kräfte und sogar ihr Wille. Das Messer fiel zu Boden.

„Ihr habt recht Mylord", sprach Felton mit einem Ausdruck des tiefsten Ekels, der in dem Herzen Myladys widerhallte, „Ihr habt recht, und ich habe unrecht."

Hierauf entfernten sich beide.

Aber diesmal horchte Mylady aufmerksamer als das

erste Mal, und sie hörte, wie ihre Tritte nach und nach im Hintergrund des Flurs erstarben.

„Ich bin verloren“, murmelte sie, „ich befinde mich in der Gewalt von Leuten, auf die ich nicht mehr Einfluß ausüben werde als auf Bildsäulen von Erz oder Granit. Sie kennen mich zu gut und sind gegen alle meine Waffen gepanzert. Doch das kann unmöglich so enden“, sprach sie einen Augenblick später, „wie sie es beschlossen haben.“

Die Furcht und das Gefühl der Schwäche schwammen, wie dies die letztere Betrachtung, die instinktmäßige Rückkehr zur Hoffnung, andeutete, nicht lange oben in dieser tiefen Seele.

Mylady setzte sich zu Tisch, aß von mehreren Gerichten, trank ein wenig Wein und fühlte ihre ganze Entschlossenheit wieder erwachen. Ehe sie sich schlafen legte, hatte sie bereits die Worte, die Schritte, die Gesten, die Zeichen und sogar das Stillschweigen ihrer Kerkermeister erklärt, analysiert, von allen Seiten betrachtet, in allen Punkten geprüft, und aus diesem geschickten verständnisvollen Studium hatte sie entnommen, daß Felton jedenfalls der weniger unverwundbare von beiden war.

Ein Wort besonders tauchte immer wieder im Bewußtsein der Gefangenen auf.

„Wenn ich auf dich gehört hätte“, hatte Lord Winter zu Felton gesagt.

Felton hatte also zu ihren Gunsten gesprochen, da ihn Lord Winter nicht hören wollte.

„Dieser Mensch“, wiederholte Mylady, „hat also jedenfalls einen mehr oder minder starken Anflug von Mitleid in seinem Herzen. Diesen Schimmer werde ich zu einem Brand anfachen, der ihn verzehren soll. Der andere kennt mich, er fürchtet mich und weiß, was er von mir zu erwarten hat, wenn ich seinen Händen entkomme. Es ist also vergeblich, etwas bei ihm zu versuchen. Aber bei Felton ist es etwas anderes. Er ist ein unschuldiger, reiner junger Mann, ein tugendhafter Mensch, wie es scheint. Bei ihm gibt es bestimmt ein Mittel, ihn zu verderben."

Und Mylady legte sich hin und entschlummerte mit einem Lächeln auf den Lippen. Wer sie schlafen sah, hätte glauben können, ein junges Mädchen liege vor ihm und träumte von dem Blumenkranz, den es beim nächsten Fest tragen solle.

53. Kapitel

Der zweite Tag der Gefangenschaft

Mylady träumte, sie hätte d'Artagnan endlich erwischt und wohne seiner Hinrichtung bei. Der Anblick seines unter dem Henkerbeil entströmenden verhaßten Blutes brachte dieses reizende Lächeln auf ihre Lippen. Sie schlief, wie ein Gefangener schläft, der durch seine erste Hoffnung eingewiegt wird.

Als man am anderen Morgen in ihr Zimmer trat, lag sie noch im Bett. Felton blieb im Flur. Er brachte die Frau, von der er am Abend zuvor gesprochen hatte. Diese Frau trat ein, näherte sich dem Bett Myladys und bot ihr ihre Dienste an.

Mylady war gewöhnlich bleich, ihre Gesichtsfarbe konnte also jemand täuschen, der sie zum erstenmal sah.

„Ich habe Fieber", sprach sie, „und konnte die ganze Nacht kein Auge zutun. Ich leide furchtbar. Werdet ihr zu mir menschlicher sein, als man gestern gewesen ist? Ich verlange nichts anderes als liegenbleiben zu dürfen."

„Wünscht Ihr, daß man einen Arzt ruft?" sprach die Frau.

Felton hörte dieses Gespräch an, ohne ein Wort zu sagen. Mylady überlegte, daß, je mehr man sie mit Menschen umgebe, sie desto mehr Leute hätte, die sie zum Mitleid bewegen könnte, und daß sich dann die Wachsamkeit Lord Winters verdoppeln müßte. Überdies könnte der Arzt erklären, die Krankheit sei nur geheuchelt, und Mylady wollte, nachdem sie die erste Partie verloren hatte, die zweite nicht ebenfalls verlieren.

„Einen Arzt holen", sagte sie, „wozu soll dies nützen? Diese Herren haben gestern erklärt, mein Übel sei eine Komödie, heute würde wohl dasselbe der Fall sein. Denn

seit gestern abend hat man Zeit genug gehabt, den Arzt zu benachrichtigen."

„Nun, so sagt selbst", sprach Felton ungeduldig, „welche Behandlung Ihr wünscht."

„Ei, mein Gott, weiß ich es denn? Ich fühle, daß ich leide, das ist alles. Man gebe mir, was man will, es ist mir ganz gleichgültig!"

„Holt Lord Winter", sagte Felton, der ewigen Klagen müde.

„O nein, nein!" rief Mylady, „nein, nein, mein Herr, ruft ihn nicht. Ich beschwöre Euch, ich befinde mich wohl! Ich brauche nichts. Ruft ihn nicht!"

Sie sprach diese Worte mit einer so natürlichen Heftigkeit, daß Felton davon hingerissen, einige Schritte in das Zimmer machte.

„Er ist bewegt", dachte Mylady.

„Wenn Ihr jedoch wirklich leidet, Madame", sagte Felton, „so wird man einen Arzt holen, und täuscht Ihr uns, nun, um so schlimmer für Euch. Wir haben uns wenigstens nichts vorzuwerfen."

Mylady antwortete nicht, sondern warf ihren schönen Kopf auf das Kissen zurück und fing an zu weinen und zu schluchzen.

Felton betrachtete sie mit seiner gewöhnlichen Unempfindlichkeit. Als er aber sah, daß die Krise sich zu verlängern drohte, ging er fort. Die Frau folgte ihm. Lord Winter erschien nicht.

„Ich glaube, ich fange an klarzusehen", murmelte Mylady mit wilder Freude und begrub sich unter ihren Betttüchern, um allen denjenigen, welche sie beobachten könnten, diesen Ausbruch innerer Befriedigung zu verbergen.

Es schlug zehn Uhr.

„Nun ist es Zeit, die Krankheit aufhören zu lassen", sagte sie. „Wir wollen aufstehen und schon heute etwas Erfolg gewinnen. Ich habe nur zehn Tage, und heute abend sind bereits zwei davon abgelaufen." Die Bedienung hatte, als sie am Morgen in Myladys Zimmer getreten war, ihr das Frühstück gebracht. Nun dachte die Gefangene, man werde es ihr bald wegnehmen, und sie werde bei dieser Gelegenheit Felton wiedersehen.

Mylady täuschte sich nicht. Felton erschien wieder und

gab, ohne nachzusehen, ob Mylady das Frühstück berührt hatte oder nicht, Befehl, den Tisch wegzutragen, den man gewöhnlich vollständig gedeckt brachte.

Felton blieb zurück. Er hielt ein Buch in seiner Hand. In einem Sessel in der Nähe des Kamins liegend, glich Mylady, schön, bleich und ergebungsvoll, einer heiligen Jungfrau, die dem Märtyrertum entgegensieht.

Felton näherte sich ihr und sprach:

„Lord Winter, der Katholik ist wie Ihr, Madame, glaubte,

die Entbehrungen der Bräuche und Zeremonien Eurer Religion dürfte schmerzlich für Euch sein. Er erlaubt also, daß Ihr jeden Tag die gewöhnlichen Gebete Eurer Messe lest, und hier ist ein Buch, das das Ritual enthält."

Bei der Miene, mit der Felton dieses Buch auf das Tischchen legte, an dem Mylady saß, bei dem Ton, mit dem er die zwei Worte „Eurer Messe" aussprach, bei dem verächtlichen Lächeln, womit er sie begleitete, hob Mylady den Kopf und schaute den Offizier aufmerksamer an.

An dem strengen Haarschnitt, an der übertrieben einfachen Tracht, an der Stirn, die so glatt war wie Marmor, aber hart und undurchdringlich wie dieser, erkannte sie den finsteren Puritaner, von denen sie sowohl am Hof König James als am Hof des Königs von Frankreich, wo sie zuweilen trotz der Erinnerung an die Bartholomäusnacht Zuflucht suchten, so häufig getroffen hatte.

Sie hatte daher eine jener raschen Eingebungen, wie sie nur Leute von Genie in großen Krisen in den äußersten Momenten, die über Glück und Leben entscheiden sollen, zu bekommen pflegen.

Die zwei Worte „Eurer Messe" und ein einziger Blick auf Felton hatten ihr in der Tat das ganze Gewicht der Antwort enthüllt, die sie geben wollte.

Aber bei der ihr eigenen schnellen Fassungskraft trat diese Antwort gleich ganz fertig auf ihre Lippen, und mit einer verächtlichen Betonung, die sie mit dem Ausdruck in Einklang brachte, den sie in der Stimme des jungen Mannes wahrgenommen hatte, erwiderte sie:

„Ich, mein Herr? Meine Messe? Lord Winter, der verdorbene Katholik, weiß ganz genau, daß ich nicht seiner Religion angehöre, und es ist nur eine Falle, die er mir stellen will."

„Welcher Religion gehört Ihr denn an, Madame?" fragte Felton.

„Ich werde es sagen", rief Mylady mit einer erheuchelten Begeisterung, „ich werde es sagen, wenn ich genug für meine Religion gelitten habe."

Der Blick Feltons enthüllte vor Mylady die ganze Weite des Raumes, den sie sich durch dieses einzige Wort geöffnet hatte.

Der junge Mann blieb aber stumm und unbeweglich. Sein Blick hatte allein gesprochen.

„Ich bin in den Händen meiner Feinde", fuhr sie in jenem Ton der Begeisterung fort, von dem sie wußte, daß er den Puritanern vertraut war. „Gott wird mich retten, oder ich werde für meinen Gott sterben. Das ist die Antwort, die ich Euch Lord Winter zu überbringen bitte", fügte sie bei und deutete mit der Fingerspitze auf das Gebetbuch, jedoch ohne es zu berühren, als hätte sie sich durch eine solche Berührung verunreinigt. „Ihr könnt dies zurückbringen und gebraucht es für Euch selbst, denn Ihr seid ohne Zweifel ein doppelter Mitschuldiger Lord Winters, mitschuldig bei seiner Verfolgung, mitschuldig bei seiner Ketzerei."

Felton antwortete nicht. Er nahm das Buch mit demselben Gefühl des Widerwillens, das er bereits gezeigt hatte, und zog sich nachdenklich zurück.

Lord Winter erschien gegen fünf Uhr abends. Mylady hatte den ganzen Tag Zeit gehabt, den Plan für ihr Vorgehen zu entwerfen. Sie empfing ihn als eine Frau, die bereits wieder in alle ihre Vorteile eingetreten ist.

„Es scheint", sagte der Baron, indem er sich Mylady gegenüber in einen Lehnstuhl setzte und seine Füße nachlässig vor dem Kamin ausstreckte, „es scheint, wir haben eine kleine Apostasie gemacht."

„Was wollt Ihr damit sagen, mein Herr?"

„Ich will damit sagen, daß Ihr, seit wir uns zum letztenmal gesehen haben, die Religion gewechselt habt. Habt Ihr zufällig einen dritten, protestantischen Gatten genommen?“

„Erklärt Euch, Mylord“, entgegnete die Gefangene würdevoll, „denn ich sage Euch, daß ich Eure Worte zwar höre, aber nicht verstehe.“

„Dann habt Ihr gar keine Religion, und das gefällt mir noch besser“, versetzte Lord Winter höhnisch.

„Jedenfalls paßt es besser zu Euren Grundsätzen“, sprach Mylady kalt.

„Ich muß Euch gestehen, daß mir dies vollkommen gleichgültig ist.“

„Gesteht immerhin diese religiöse Gleichgültigkeit, Eure Ausschweifungen und Verbrechen sind hinreichende Beweise hierfür.“

„Wie, Ihr sprecht von Ausschweifungen, Messalina, Ihr sprecht von Verbrechen, Lady Macbeth? Entweder habe ich nicht recht verstanden, oder Ihr seid, bei Gott, sehr unverschämt.“

„Ihr sprecht so, weil man uns hört, mein Herr“, erwiderte Mylady kalt, „und weil Ihr Eure Kerkermeister und Henker gegen mich einnehmen wollt.“

„Meine Kerkermeister, meine Henker! Potztausend, Madame! Ihr stimmt einen kuriosen Ton an, und die Komödie von gestern verwandelt sich heute abend in eine Tragödie. Übrigens werdet Ihr in acht Tagen da sein, wo Ihr sein sollt, und mein Werk ist dann beendet.“

„Schändliches Werk!“ rief Mylady mit der Begeisterung des Opfers, das seine Richter herausfordert.

„Bei meinem Ehrenwort, ich glaube, die drollige Person wird verrückt“, sagte Lord Winter. „Seid ruhig, Frau Puritanerin, oder ich lasse Euch in den Kerker werfen. Bei Gott! Mein Wein steigt Euch in den Kopf, nicht wahr? Aber seid unbesorgt, diese Trunkenheit ist nicht gefährlich und wird keine Folgen haben.“

Und Lord Winter zog sich fluchend zurück, was in jener Zeit eine ganz ritterliche Gewohnheit war.

Felton stand allerdings vor der Tür und hatte kein Wort von dieser ganzen Szene verloren.

Mylady hatte ihn richtig erraten.

„Ja, geht, geht!" sagte sie zu ihrem Schwager, „im Gegenteil, die Folgen kommen, aber du sollst sie erst erfahren, wenn es nicht mehr Zeit ist, sie zu vermeiden."

Es trat wieder völlige Stille ein. Zwei Stunden verliefen, und man brachte das Abendessen. Man fand Mylady mit ihrem Gebet beschäftigt, mit einem Gebet, das sie von einem Diener ihres zweiten Gatten, einem äußerst strengen Puritaner, gelernt hatte. Sie schien in eine solche Begeisterung versetzt, daß man glauben konnte, sie achte ganz und gar nicht auf das, was um sie her vorging. Felton befahl durch ein Zeichen, sie nicht zu stören, und als alles in Ordnung war, entfernte er sich geräuschlos mit den Soldaten.

Mylady wußte, daß sie beobachtet werden konnte, sie setzte deshalb ihr Gebet bis zum Schluß fort, und es kam ihr vor, als ob der Soldat, der an ihrer Tür Wache hielt, nicht mehr in demselben Schritt marschierte, sondern horchte.

Für den Augenblick verlangte sie nicht mehr. Sie stand auf, setzte sich zu Tisch, aß wenig und trank nur Wasser.

Eine Stunde nachher kam man, um den Tisch wegzunehmen. Aber Mylady bemerkte, daß Felton die Soldaten diesmal nicht begleitete.

Er fürchtete also, sie zu oft zu sehen.

Sie wandte sich ab, um zu lächeln, denn in diesem Lächeln lag ein so triumphierender Ausdruck, daß sie sich schon dadurch hätte verraten können.

Abermals ließ sie eine halbe Stunde vergehen, und da in diesem Augenblick alles in dem alten Schloß still war und man nur das ewige Gemurmel des Meeres vernahm, so stimmte sie mit ihrer reinen, klangreichen, vibrierenden Stimme den ersten Vers des folgenden, damals bei den Puritanern sehr beliebten Psalmes an:

„Herr, du verläßt uns nur,
Zu prüfen unsre Stärke,
Doch deine Himmelshand
Gibt dann den Preis für unsere Werke."

Diese Verse waren nicht ausgezeichnet, dazu fehlte im Gegenteil noch viel, aber die Protestanten kümmerten sich nicht um Poesie.

Während Mylady sang, horchte sie zugleich. Der Soldat, der vor ihrer Tür Wache hielt, stand still, als ob er in Stein verwandelt worden wäre. Mylady konnte so die Wirkung beurteilen, die sie hervorgebracht hatte.

Sie setzte nun ihren Gesang mit unaussprechlicher Glut und Inbrunst fort. Es kam ihr vor, als verbreiteten sich die Töne in der Ferne unter den Gewölben und müßten wie ein magischer Zauber das Herz ihrer Kerkermeister erweichen. Es scheint jedoch der Soldat, der Schildwache stand, ohne Zweifel ein eifriger Katholik zu sein. Er schüttelte den Zauber ab, denn er öffnete das in der Tür angebrachte Gitter und sprach:

„Schweigt, Madame, Euer Gesang ist traurig wie ein De profundis, und wenn man, außer dem Vergnügen, hier in Garnison zu sein, auch noch solche Dinge hören müßte, so wäre es nicht auszuhalten."

„Still!" sagte eine tiefe Stimme, an der Mylady Felton erkannte. „In was mischt Ihr Euch ein? Hat man Euch befohlen, diese Frau am Singen zu hindern? Nein, man hat Euch gesagt, Ihr sollt sie bewachen und auf sie schießen, wenn sie entweicht. Bewacht sie, schießt auf sie, wenn sie entweichen will, aber ändert nichts an dem Befehl."

Ein Ausdruck unnennbarer Freude erleuchtete das Gesicht Myladys, aber dieser Ausdruck war flüchtig wie der Widerstrahl eines Blitzes, und als ob sie das Zwiegespräch nicht gehört hätte, von dem sie kein Wort verlor, fuhr sie zu singen fort, indem sie ihrer Stimme den ganzen Zauber, den ganzen Umfang, die ganze Verführungskraft verlieh, womit sie von einem Dämon ausgerüstet war.

„Für so viele Tränen, Elend, Bann und Ketten
Bleibt mir mein Gebet noch, Kraft und Jugend,
Gott zählt sie selbst, die Zahl der Schrecken,
Und lohnt sie mit dem Lohn der Tugend."

Diese Stimme von unerhörtem Umfang und voll erhabener Leidenschaft gab der rohen, ungeschliffenen Poesie dieser Psalmen eine Zauberkraft, die selbst die begeisterten Puritaner nur selten in den Gesängen ihrer Brüder fanden. Felton glaubte den Engel singen zu hören, der die drei Hebräer im Feuerofen tröstete.

Mylady fuhr fort:

„Er kommt gewiß, gerechter, großer Gott,
Der Leiden Jüngster Tag,
Und immer bleibt uns Martyrium und Tod,
Ob jener auch die Hoffnung täuschen mag."

Dieser Vers, in den die furchtbare Zauberin ihre ganze Seele legte, vollendete die Verwirrung im Herzen des jungen Offiziers. Er öffnete hastig die Tür, und Mylady sah ihn bleich wie immer, aber mit glühenden, beinahe irren Augen eintreten.

„Warum singt Ihr so", sprach er, „und mit einer solchen Stimme?"

„Ich bitte um Vergebung, mein Herr", erwiderte Mylady sanft. „Ich vergaß, daß meine Lieder in diesem Hause nicht gebräuchlich sind. Ich habe Euch ohne Zweifel in Eurem Glauben verletzt, aber ich schwöre Euch, es geschah ohne Absicht. Verzeiht mir also einen Fehler, der vielleicht groß, aber gewiß nicht böse gemeint ist."

Mylady war in diesem Augenblick so schön, die religiöse Begeisterung, in die sie sich versetzt hatte, gab ihrem Gesicht einen solchen Ausdruck, daß es Felton in seiner Verblendung vorkam, als sähe er den Engel, den er kurz zuvor zu hören geglaubt hatte.

„Ja, ja“, antwortete er, „ja, Ihr stört die Leute, die dieses Schloß bewohnen, Ihr bringt sie in Aufregung.“

Der arme Tor bemerkte nicht einmal die Zusammenhanglosigkeit seiner Rede, während Mylady ihr Luchsauge in die tiefste Tiefe seiner Seele tauchte.

„Ich werde schweigen“, sprach Mylady, indem sie mit der ganzen Weichheit, die sie ihrer Stimme, mit der ganzen Resignation, die sie ihrer Haltung zu geben vermochte, die Augen niederschlug.

„Nein, nein, Madame“, erwiderte Felton, „singt nur etwas weniger laut, besonders bei Nacht.“

Nach diesen Worten verließ Felton eilig das Zimmer, da er fühlte, daß er der Gefangenen gegenüber seine Strenge nicht länger bewahren konnte.

„Ja, das ist richtig, Leutnant“, sagte der Soldat. „Solche Gesänge drehen das Herz um. Doch man gewöhnt sich am Ende daran. Die Stimme ist so schön!“

54. Kapitel

Der dritte Tag der Gefangenschaft

Felton war gekommen, aber es blieb noch ein Schritt zu tun. Man mußte ihn zurückhalten, oder er mußte vielmehr von selbst bleiben, und Mylady sah nur dunkel das Mittel, das sie zu diesem Resultat führen sollte.

Man brauchte noch mehr, man mußte ihn zum Sprechen bringen, um ebenfalls mit ihm zu sprechen; denn Mylady wußte genau, daß ihre größte Verführungskunst in ihrer Stimme lag, die so geschickt die ganze Tonleiter von dem menschlichen Wort bis zur himmlischen Sprache durchlief.

Aber trotz dieser Verführungskunst konnte Mylady am geringsten Zufall scheitern, denn Felton war unterrichtet. Von nun an beobachtete sie alle seine Handlungen, alle seine Worte, den einfachsten Blick seiner Augen, jede Bewegung, jedes Atemholen, das man für einen Seufzer halten konnte, kurz, sie studierte alles, wie ein geschickter Schauspieler, dem man eine Rolle in einem Fach gegeben hat, worin er für gewöhnlich nicht auftritt.

Lord Winter gegenüber war ihr Benehmen leichter. In bezug auf ihn hatte sie schon am Tag vorher ihren ganzen Operationsplan festgestellt. Stumm und würdig in seiner Anwesenheit bleiben, ihn zuweilen durch eine geheuchelte Verachtung, durch ein geringschätziges Wort reizen, ihn zu Drohungen und Gewalttätigkeiten antreiben, die einen Kontrast zu ihrer Resignation bilden würden, dies war ihr Plan. Felton würde sehen, er würde vielleicht nichts sagen, aber er würde sehen.

Am Morgen kam Felton wie gewöhnlich. Mylady ließ ihn allen Vorbereitungen zu ihrem Frühstück zusehen, ohne ein Wort an ihn zu richten.

In dem Augenblick, wo er sich entfernen wollte, belebte

sie auch ein Hoffnungsschimmer, denn sie glaubte, er wolle sprechen; aber seine Lippen bewegten sich, ohne daß ein Ton aus seinem Mund kam, mit einer gewaltigen Anstrengung verschloß er die Worte, die seinen Lippen entschlüpfen wollten, und verließ das Zimmer.

Gegen Mittag trat Lord Winter ein.

Es war ein schöner Sommertag, und ein Strahl der bleichen Sonne Englands, die erleuchtet und nicht erwärmt, drang durch die Gitter des Gefängnisses.

Mylady schaute durch das Fenster und stellte sich, als ob sie das Öffnen der Tür nicht höre.

„Ah, ah“, sagte Lord Winter, „nachdem man abwechselnd Komödie und Tragödie gespielt hat, spielt man jetzt Melancholie.“

Die Gefangene antwortete nicht.

„Ja, ja, ich verstehe“, fuhr Lord Winter fort. „Ihr wollt wohl auf diesem Gestade in Freiheit sein. Ihr möchtet gerne auf einem guten Schiff die Wellen dieser smaragdgrünen See durchfurchen. Ihr wollt , sei es zu Wasser oder zu Land, mir einen jener guten kleinen Hinterhalte legen, die Ihr so schön einzurichten wißt. Geduld, Geduld! In vier Tagen ist England von Euch befreit.“

Mylady faltete die Hände und schlug ihre schönen Augen zum Himmel auf.

„Herr, Herr“, sprach sie mit engelhafter Weichheit der Gebärde und Betonung, „vergib diesem Mann, wie ich ihm selber vergebe!“

„Ja, bete, Verdammte!“ rief der Baron, „dein Gebet ist um so edelmütiger, als du dich, ich schwöre es dir, in der Gewalt eines Menschen befindest, der dir nicht vergeben wird.“

Und er entfernte sich.

Im Moment wo er hinausging, glitt ein scharfer Blick durch die halbgeöffnete Tür, und sie bemerkte Felton, der sich rasch auf die Seite drückte, um nicht gesehen zu werden.

Dann warf sie sich auf die Knie und fing an zu beten.

„Mein Gott! Mein Gott!“ sprach sie, „du weißt, für was für eine heilige Sache ich leide. Gib mir die Kraft, das Leiden zu ertragen.“

Die Tür wurde leise geöffnet, die schöne Beterin gab sich den Anschein, als hätte sie es nicht einmal gehört, und fuhr mit tränenreicher Stimme fort:

„Rächender Gott! Gott der Güte! Wirst du die schändlichen Pläne dieses Mannes in Erfüllung gehen lassen?"

Jetzt erst stellte sie sich, als hörte sie das Geräusch der Tritte Feltons. Sie sprang rasch auf und errötete, als schämte sie sich, auf den Knien angetroffen worden zu sein.

„Ich störe Betende nicht gern, Madame", sprach Felton ernst. „Laßt Euch also nicht durch mich unterbrechen, ich beschwöre Euch."

„Woher wißt Ihr, daß ich betete?“ sagte Mylady mit einer von Schluchzen erstickten Stimme. „Ihr täuscht Euch, mein Herr, ich betete nicht.“

„Glaubt Ihr denn, Madame“, antwortete Felton mit demselben Ernst, doch mit etwas weicherem Ausdruck, „glaubt Ihr, ich halte mich für berechtigt, ein Geschöpf, das sich vor seinem Schöpfer niederwerfen will, daran zu hindern? Das wolle Gott verhüten! Überdies steht den Schuldigen die Reue wohl an, welches Verbrechen sie auch begangen haben mögen, ein Schuldiger zu den Füßen Gottes ist mir heilig.“

„Schuldig, ich?“ entgegnete Mylady mit einem Lächeln, das einen Engel des jüngsten Gerichts entwaffnet haben würde. „Schuldig, o mein Gott! Du weißt, ob ich es bin! Sagt, ich sei verurteilt, mein Herr! Aber Ihr wißt, Gott, der die Märtyrer liebt, läßt es oft zu, daß die Unschuldigen auf dieser Erde verurteilt werden.“

„Mögt Ihr verurteilt, mögt Ihr unschuldig, mögt Ihr eine Märtyrerin sein“, antwortete Felton, „Ihr habt um so mehr Grund zu beten, und ich werde Euch mit meinem Gebet unterstützen.“

„Oh, Ihr seid ein Gerechter“, rief Mylady und fiel ihm zu Füßen, „hört, ich kann es nicht länger in mir verschließen, denn ich fürchte, es könnte mir in dem Augenblick, wo ich den Kampf bestehen und meinen Glauben bekennen soll, an Kraft mangeln. Hört das Flehen einer Frau, die von Verzweiflung erfaßt ist. Man täuscht Euch, mein Herr, aber hiervon soll nicht die Rede sein. Ich bitte Euch nur um eine Gnade, und wenn Ihr sie mir gewährt, werde ich Euch dafür in dieser und in der anderen Welt segnen.“

„Sprecht mit dem Herrn, Madame“, sagte Felton, „ich habe zum Glück nicht den Auftrag , zu vergeben oder zu strafen. Gott hat diese Verantwortlichkeit einem Höheren übertragen.“

„Mit Euch, nein, mit Euch allein. Hört mich und tragt nicht zu meinem Untergang, zu meiner Schmach bei.“

„Wenn Ihr diese Schmach verdient habt, Madame, wenn Ihr die Schande Euch selbst zuzuschreiben habt, so müßt Ihr Euch geduldig unterwerfen und in Gottes Willen fügen.“

„Was sagt Ihr? Oh, Ihr versteht mich nicht. Wenn ich von Schande spreche, so meint Ihr, ich spreche von einer Bestrafung, von Gefängnis oder vom Tod? Soll es dem Himmel so gefallen! Was liegt mir an Tod oder Gefängnis?“

„Nun begreife ich Euch nicht, Madame“, sagte Felton.

„Oder Ihr stellt Euch, als ob Ihr mich nicht begreift, mein Herr“, erwiderte die Gefangene mit einem Lächeln.

„Nein, Madame, bei der Ehre eines Soldaten, bei dem Glauben eines Christen.“

„Wie! Ihr kennt die Absichten Lord Winters in bezug auf meine Person nicht?“

„Ich kenne sie nicht.“

„Unmöglich! Ihr, sein Vertrauter!“

„Ich lüge nie, Madame.“

„Doch verstellt er sich zu wenig, als daß man sie nicht erraten sollte.“

„Ich suche nichts zu erraten, ich warte, bis man mir etwas anvertraut, und außer dem, was er mir in Eurer Gegenwart gesagt hat, ist mir von Lord Winter nichts anvertraut worden.“

„Wie!“ rief Mylady mit einem unglaublichen Ausdruck von Wahrheit, „Ihr seid also nicht sein Mitschuldiger! Ihr wißt nicht, daß er mir eine Schmach anzutun gedenkt, der alle Strafen der Erde an Abscheulichkeit nicht gleichkommen?“

„Ihr täuscht Euch, Madame“, entgegnete Felton errötend, „Lord Winter ist keines solchen Verbrechens fähig.“

„Gut!“ sagte Mylady zu sich selbst, „er nennt das ein Verbrechen, ohne zu wissen, was es ist.“

Dann sprach sie laut:

„Der Freund des Schändlichen ist zu allem fähig.“

„Wen nennt Ihr den Schändlichen?“ fragte Felton.

„Gibt es in England zwei Menschen, denen ein solcher Name gebührt?“

„Ihr sprecht von George Villiers“, sagte Felton, dessen Blicke flammten.

„Den die Heiden, die Ungläubigen und die Gottlosen Duke of Buckingham nennen“, versetzte Mylady; „ich hätte nicht geglaubt, daß in ganz England ein Mensch leben könnte, der einer so langen Erläuterung bedürfte, um denjenigen zu erkennen, von dem ich sprechen wollte.“

„Die Hand des Herrn ist über ihm ausgestreckt, er wird der verdienten Strafe nicht entgehen.“

Felton sprach in bezug auf den Herzog nur das Gefühl der Verwünschung aus, das alle Engländer gegen den Mann hegten, den auch die Katholiken schlechtweg Satan nannten.

„Oh, mein Gott! Mein Gott!“ rief Mylady, „wenn ich dich bitte, über diesen Menschen die ihm gebührende Strafe zu verhängen, so weißt du, daß ich nicht meiner eigenen Rache Genüge tun will, sondern die Befreiung eines Volks vom Himmel erflehe.“

„Ihr kennt ihn also?“ fragte Felton.

„Endlich fragt er mich!“ sagte Mylady zu sich selbst, voll Freude, so schnell zu einem so großen Erfolg gelangt zu sein.

„Ob ich ihn kenne! O ja, zu meinem Unglück, zu meinem ewigen Unglück!“ Und Mylady rang die Hände, als ob sie von einem Paroxismus des Schmerzes befallen wäre.

Felton fühlte ohne Zweifel in seinem Innern, daß ihn die

Kraft verließ. Er machte einige Schritte zur Tür; aber die Gefangene, die ihn nicht aus den Augen ließ, lief ihm nach und hielt ihn zurück.

„Mein Herr!“ rief sie, „seid barmherzig, hört meine Bitte. Das Messer, das mir die unselige Klugheit des Barons genommen hat, weil er weiß, welchen Gebrauch ich davon machen will ... Oh, hört mich bis zu Ende. Dieses Messer, oh, gebt es mir nur eine Minute zurück, gebt es mir aus

Gnade, aus Mitleid. Ich umfasse Eure Knie! Ihr schließt die Tür, ich will nicht Euch an das Leben gehen. Gott! Euch an das Leben gehen, Euch, dem einzigen gerechten, guten und teilnahmsvollen Wesen, das ich getroffen habe! Euch, meinen Retter vielleicht. Eine Minute, nur eine Minute dieses Messer, und ich gebe es Euch durch das Gitter der Tür zurück! Nur eine Minute, Herr Felton, und Ihr habt meine Ehre gerettet!"

„Euch töten!" rief Felton voll Schrecken und vergaß, seine Hände denen seiner Gefangenen zu entziehen, „Euch töten!"

„Ich habe es ausgesprochen, mein Herr", murmelte Mylady, indem sie die Stimme sinken ließ und kraftlos auf den Boden fiel, „ich habe mein Geheimnis ausgesprochen! Er weiß alles, mein Gott! Ich bin verloren!"

Felton blieb unbeweglich auf der Stelle.

„Er zweifelt noch", dachte Mylady, „ich bin nicht wahr genug gewesen."

Man hörte im Flur gehen, Mylady erkannte den Tritt von Lord Winter. Felton erkannte ihn ebenfalls und machte einen Schritt zur Tür.

Mylady sprang auf und sagte mit gepreßter Stimme:

„Oh, nicht ein Wort, nicht ein Wort zu diesem Menschen von allem, was ich Euch gesagt habe, oder ich bin verloren; und Ihr ... Ihr ... "

Als die Tritte nun näher kamen, schwieg sie aus Furcht, ihre Stimme könnte gehört werden, und legte dabei mit einer Geste unsäglichen Schreckens ihre schöne Hand Felton auf den Mund.

Felton stieß Mylady sanft zurück und diese sank auf eine Ruhebank.

Lord Winter ging an der Tür vorüber, ohne stehenzubleiben, und man vernahm das Geräusch der Tritte, wie sie sich entfernten.

Bleich wie der Tod, horchte Felton einen Augenblick mit gespanntem Ohr; als aber das Geräusch erstorben war, atmete er wie ein Mensch, der aus einem Traum erwacht, und stürzte aus dem Zimmer.

„Ah!“ sagte Mylady, als sie die Tritte Feltons in entgegengesetzter Richtung sich ebenfalls verlieren hörte, „endlich bist du mein.“

Dann verdüsterte sich ihre Stirn wieder.

„Wenn er bei dem Baron plaudert, bin ich verloren“,

sagte sie, „denn der Baron, der wohl weiß, daß ich mir nicht das Leben nehme, wird mir in seiner Gegenwart ein Messer in die Hände geben, und Felton wird sehen, daß diese große Verzweiflung nur Spiegelfechterei war."

Sie stellte sich vor den Spiegel und betrachtete sich. Nie war sie so schön gewesen.

„O ja", sprach sie lächelnd, „aber er wird nicht plaudern."

Am Abend erschien Lord Winter, als man Mylady das Essen brachte.

„Mein Herr", sprach Mylady, „ist Eure Gegenwart eine notwendige Beigabe meiner Gefangenschaft, und könntet Ihr mir nicht den Zuwachs an Qualen ersparen, den mir Eure Besuche verursachen?"

„Wie, meine liebe Schwägerin, habt Ihr mir nicht auf eine recht empfindsame Weise mit diesem schönen, heute aber gegen mich so grausamen Mund angekündigt, Ihr seid einzig und allein, um mich sehen zu können, nach England gekommen. Nur um diesen Genuß zu haben, dessen Entbehrung Ihr so sehr fürchtetet, wie Ihr mir sagtet, daß Ihr alles dafür gewagt habt. Seekrankheit, Sturm, Gefangenschaft? Übrigens hat mein Besuch diesmal einen Grund."

Mylady bebte. Sie glaubte, Felton habe gesprochen. Nie vielleicht fühlte diese Frau, die so mächtige und entgegengesetzte Gemütsbewegungen erfahren hatte, ihr Herz so heftig schlagen.

Sie saß. Lord Winter nahm einen Lehnstuhl, stellte ihn neben sie, setzte sich und zog ein Papier aus seiner Tasche, das er langsam entfaltete.

„Hört", sprach er, „ich wollte Euch diesen Paß zeigen, den ich selbst abgefaßt habe, und der Euch als Verhaltungsvorschrift in dem Leben dienen soll, das ich Euch lassen will."

Dann las er, seine Augen von Mylady ab und auf das Papier wendend:

„Befehl, die Charlotte Backson, die durch die Gerichte des Königreichs Frankreich gebrandmarkt, aber nach der Strafvollziehung wieder freigelassen worden ist, nach... der Name ist noch nicht eingetragen", unterbrach Winter, „wenn Ihr einem Ort den Vorzug gebt, so sagt es mir. Beträgt die Entfernung wenigstens zweitausend Meilen von London, so soll Euch entsprochen werden. Ich fahre also fort: Befehl, die Charlotte Backson, die durch die Gerichte des Königreichs Frankreich gebrandmarkt, aber nach der Strafvollziehung wieder freigelassen worden ist, nach... zu bringen. Sie wird an diesem Ort bleiben, ohne sich je mehr als drei Meilen davon zu entfernen. Im Fall eines Fluchtversuches soll die Todesstrafe vollzogen werden. Sie erhält täglich fünf Schilling für Kost und Wohnung."

„Dieser Befehl betrifft mich nicht", sprach Mylady „da ein anderer Name als der meine eingetragen ist."

„Ein Name! Habt Ihr einen Namen?"

„Ich habe den Eures Bruders."

„Ihr täuscht Euch. Mein Bruder war nur Euer zweiter Gatte, und der erste lebt noch. Sagt mir seinen Namen, und ich werde ihn an die Stelle von Charlotte Backson setzen. Nicht? Ihr wollt nicht?... Ihr schweigt. Gut: Ihr werdet unter dem Namen Charlotte Backson in das Gefangenenregister eingetragen."

Mylady blieb stumm; diesmal aber geschah es nicht aus Verstellung, sondern vor Schrecken. Sie glaubte, der Befehl werde bald vollstreckt werden. Sie fürchtete, Lord Winter habe ihre Abreise beschleunigt. Sie glaubte sich verurteilt, schon diesen Abend weggebracht zu werden. Für einen Augenblick war in ihrem Innern alles verloren, als sie plötzlich bemerkte, daß der Befehl noch nicht mit einer Unterschrift versehen war.

Die Freude, die ihr diese Entdeckung gewährte, war so groß, daß sie nicht die Kraft besaß, sie zu verbergen.

„Ja, ja", sprach Lord Winter, als er wahrnahm, was in ihr vorging, „ja, Ihr sucht die Unterschrift und sagt Euch: ‚noch nicht alles verloren, da dieser Erlaß nicht unterzeichnet ist. Man zeigt ihn mir, um mir Schrecken einzuflößen, das ist das Ganze.' Ihr täuscht Euch! Morgen wird dieser Befehl Buckingham zugeschickt, übermorgen kommt er von seiner Hand unterzeichnet zurück und vierundzwanzig Stunden später, dafür stehe ich Euch ein, beginnt die Vollstreckung. Gott befohlen, Madame, ich habe Euch sonst nichts zu sagen."

„Und ich, mein Herr, erkläre Euch, daß dieser Mißbrauch der Gewalt, daß diese Verbannung unter fremdem Namen eine Niederträchtigkeit ist."

„Wollt Ihr vielleicht lieber unter Eurem eigenen Namen gehängt werden? Ihr wißt, die englischen Gesetze sind unerbittlich in puncto Doppelehe. Erklärt Euch ganz offen. Obwohl mein Name oder vielmehr der meines Bruders in diese Geschichte verflochten ist, scheue ich doch den Skandal eines öffentlichen Prozesses nicht, wenn ich überzeugt sein kann, daß ich mit einem Schlag von Euch befreit werde."

Mylady antwortete nicht, wurde aber leichenblaß.

„Oh, ich sehe, daß Ihr die Auswanderung vorzieht. Vortrefflich, Madame, ein altes Sprichwort behauptet: ‚Reisen bildet die Jugend.' Meiner Treu, Ihr habt nicht ganz unrecht, das Leben ist so schön! Darum habe ich auch ganz und gar keine Lust, mich von Euch umbringen zu lassen. Es bleibt also noch der Punkt der fünf Schillinge zu ordnen. Ich zeige mich hier etwas sparsam, nicht wahr? Das kommt davon, daß ich Euch die Möglichkeit rauben will, Eure Wächter zu bestechen. Übrigens besitzt Ihr immer noch Eure Reize, um sie zu verführen. Benutzt sie, wenn der Umstand, daß Ihr bei Felton gescheitert seid, Euch nicht einen Widerwillen gegen dergleichen Versuche beigebracht hat."

„Felton hat nicht gesprochen", sagte Mylady zu sich selbst, „noch ist nichts verloren."

„Und nun, Madame, auf Wiedersehen! Morgen werde ich Euch den Abgang meines Boten melden."

Lord Winter stand auf, verbeugte sich ironisch vor Mylady und verließ das Zimmer.

Mylady atmete. Sie hatte noch vier Tage vor sich, vier Tage genügten ihr, um Felton vollends zu verführen.

Ein furchtbarer Gedanke tauchte in ihr auf, der Gedanke, Lord Winter könnte Felton selbst abschicken, um den Befehl von Buckingham unterzeichnen zu lassen. Auf diese Art entging ihr Felton, denn es bedurfte des Zaubers einer fortwährenden Verführung, wenn die Gefangene ihren Plan zum Ziel führen sollte.

Doch, wie gesagt, ein Umstand beruhigte sie: Felton hatte nicht gesprochen.

Sie wollte sich nicht den Anschein geben, als ob Winters Drohungen ihr zu Herzen gingen. Deshalb setzte sie sich zu Tisch und speiste.

Dann warf sie sich, wie am Tag vorher, auf die Knie und betete laut. Der Soldat hörte, wie am Tag vorher, auf, im Gang umherzumarschieren, blieb vor der Tür stehen und lauschte.

Bald vernahm sie leichtere Tritte als die der Wache, die aus dem Hintergrund des Flurs kamen und vor ihrer Tür hielten.

„Er ist es", sagte sie.

Und sie stimmte denselben religiösen Gesang an, der am Abend vorher Felton so sehr aufgeregt hatte.

Aber ihre Tür blieb geschlossen, obwohl ihre sanfte, volle, sonore Stimme harmonischer, ergreifender vibriert hatte als je. Wohl glaubte Mylady bei einem flüchtigen Blick, den sie zum Gitter warf, die glühenden Augen des jungen Mannes gesehen zu haben, aber ob es nun Wirklichkeit oder eine Vision war, diesmal hatte er die Macht über sich selbst, nicht einzutreten.

Nur meinte Mylady einige Augenblicke, nachdem sie ihren religiösen Gesang vollendet hatte, einen tiefen Seufzer zu vernehmen. Dann entfernten sich die Tritte, die sie kommen gehört hatte, langsam und widerstrebend.

55. Kapitel

Der vierte Tag der Gefangenschaft

Als Felton am anderen Tag bei Mylady eintrat, stand sie auf einem Stuhl und hielt einen aus Streifen zerrissener Batisttaschentücher geflochtenen Strick in der Hand. Bei dem Geräusch, das Felton durch das Öffnen der Tür verursachte, sprang Mylady leise vom Stuhl herab und suchte den improvisierten Strick hinter sich zu verbergen.

Der junge Mann war noch bleicher als gewöhnlich, und seine von der Schlaflosigkeit geröteten Augen verrieten, daß er eine unruhige Nacht verbracht hatte.

Aber seine Stirn war mehr denn je mit einem strengen Ernst bewaffnet.

Er ging langsam auf Mylady, die sich gesetzt hatte, zu, nahm das mörderische Geflecht, das sie aus Unachtsamkeit oder absichtlich hatte hervorblicken lassen, an einem Ende und fragte kalt:

„Was soll das bedeuten, Madame?"

„Dies? Nichts", erwiderte Mylady, indem sie mit jenem schmerzhaften Ausdruck, den sie ihren Zügen so gut zu geben wußte, lächelte. „Die Langeweile ist, wie Ihr wißt, der Todfeind der Gefangenen. Ich langweilte mich und suchte mich durch das Flechten dieses Strickes zu zerstreuen."

Felton schaute zu dem Punkt an der Wand, vor dem er Mylady auf dem Stuhl stehend angetroffen hatte, auf dem sie jetzt saß, und er bemerkte über ihrem Kopf eine vergoldete Krampe in der Mauer, die zum Aufhängen von Waffen oder Kleidern bestimmt war.

„Und warum standet Ihr auf diesem Stuhl?" fragte er.

„Was kümmert das Euch?" entgegnete Mylady.

„Aber ich wünsche es zu wissen."

„Fragt mich nicht“, sagte die Gefangene. „Ihr wißt wohl genau, daß es uns wahren Christen verboten ist, zu lügen.“

„Nun, ich will Euch sagen“, sprach Felton, „was Ihr tatet oder was Ihr vielmehr tun wolltet. Ihr wolltet den unseligen Gedanken zur Ausführung bringen, den Ihr in Eurem Innern nährt. Wenn unser Gott die Lüge verbietet, Madame, so verbietet er noch viel strenger den Selbstmord.“

„Wenn Gott eins von seinen Geschöpfen ungerechterweise verfolgt, zwischen Selbstmord und Schande gestellt sieht“, antwortete Mylady im Ton tiefer Überzeugung, „glaubt mir, mein Herr, dann vergibt Gott den Selbstmord, denn der Selbstmord wird zum Märtyrertum.“

„Ihr sagt zuviel oder zuwenig. Sprecht, Madame, um des Himmels willen, erklärt Euch!“

„Soll ich Euch die Unglücksfälle meines Lebens erzählen, damit Ihr sie für Märchen erklärt? Soll ich Euch meine Pläne nennen, damit Ihr sie meinem Verfolger angebt? Nein, mein Herr. Überdies, was liegt Euch am Leben oder Tod einer unglücklichen Verurteilten! Ihr seid nur für meinen Leib verantwortlich, insofern, als wenn Ihr einen Leichnam zeigt, der als der meine erkannt wird, man nicht mehr von Euch verlangen wird. Ja, vielleicht erhaltet Ihr sogar doppelten Lohn dafür.“

„Ich, Madame, ich!“ rief Felton, „Ihr könnt glauben, ich würde den Preis Eures Lebens annehmen? Oh, Ihr glaubt nicht, was Ihr da sprecht.“

„Laßt es gut sein, Felton, laßt es gut sein“, sprach Mylady voll Heftigkeit. „Jeder Soldat ist ehrgeizig, nicht wahr? Ihr seid Leutnant; nun, Ihr werdet meinem Leichenzug als Kapitän folgen.“

„Aber was habe ich Euch denn getan“, rief Felton erschüttert, „daß Ihr mir eine solche Verantwortung vor Gott und den Menschen aufbürdet? In einigen Tagen seid Ihr fern von hier, Madame; Euer Leben steht nicht mehr unter meiner Bewachung, und dann" fügte er mit einem Seufzer bei, „dann werdet Ihr tun, was Euch gefällt."

„Also Ihr", sprach Mylady, als ob sie einer heiligen Entrüstung nicht länger widerstehen könnte. „Ihr, ein heiliger Mann, Ihr, den man einen Gerechten nennt, Ihr verlangt nichts anderes, als daß man Euch wegen meines Todes nicht eines Versehens beschuldigen könne?"

„Ich muß über Euer Leben wachen, Madame, und werde darüber wachen."

„Aber begreift Ihr auch den Auftrag, den Ihr erfüllt? Ist er schon grausam, selbst wenn ich schuldig wäre, welchen Namen werdet Ihr ihm geben, welchen Namen wird ihm der Herr geben, wenn ich unschuldig bin?"

„Ich bin Soldat, Madame, und vollziehe die Befehle, die ich erhalten habe."

„Glaubt Ihr, daß Gott beim Jüngsten Gericht die blinden Henker von den ungerechten Richtern trennen wird? Ihr wollt nicht, daß ich meinen Leib töte, und macht Euch zum Werkzeug des Menschen, der meine Seele töten will."

„Ich wiederhole", versetzte Felton erschüttert, „es droht Euch keine Gefahr, und ich stehe für Lord Winter wie für mich selbst."

„Wahnsinniger!" rief Mylady, „armer Wahnsinniger, der für einen anderen Menschen stehen will, während die Weisesten, die Gottgefälligsten nicht wagen können, für sich selbst zu stehen, und der sich zu der stärkeren, glücklicheren Partei schlägt, um ein schwaches, unglückliches Geschöpf niederzutreten."

„Unmöglich, Madame, unmöglich", murmelte Felton, der in der Tiefe seiner Seele die Richtigkeit dieser Worte fühlte. „Als Gefangene werdet Ihr durch mich nicht die Freiheit erhalten, als Lebende erhaltet Ihr durch mich nicht den Tod."

„Ja", rief Mylady, „ich werde verlieren, was mir teurer ist

als das Leben. Ich werde die Ehre verlieren, Felton, und Euch, Euch mache ich vor Gott und den Menschen für meine Schmach verantwortlich.“

Diesmal konnte Felton trotz seiner wirklichen oder scheinbaren Unempfindlichkeit dem Einfluß nicht widerstehen, der sich seiner bereits bemächtigt hatte. Diese schöne Frau, so weiß wie die reinste Himmelserscheinung, bald in Tränen zerfließend, bald drohend zu sehen, der Macht des Schmerzes und der Schönheit bloßgestellt zu sein, das war zuviel für ein durch glühende Träume eines übertriebenen Glaubens bereits angegriffenes Gehirn, für ein zugleich von der brennenden Liebe zum Himmel und von dem verzehrenden Menschenhaß zernagtes Herz.

Mylady sah seine Unruhe. Sie fühlte die Flamme entgegengesetzter Leidenschaften, die in den Adern des jungen Fanatikers brannten, und einem geschickten General gleich, der, wenn er sieht, daß der Feind zurückweichen will, mit einem Siegesgeschrei auf ihn losmarschiert, stand sie auf, ging begeistert wie eine christliche Jungfrau, den Arm ausgestreckt, mit fliegenden Haaren, mit einer Hand schamhaft das über der Brust zusammengezogene Kleid haltend, den Blick erleuchtet von dem Feuer, das bereits eine Verwirrung in den Sinnen des jungen Puritaners hervorgebracht hatte, auf ihn zu und rief mit ihrer sanften Stimme, der sie bei dieser Gelegenheit eine furchtbare Gewalt verlieh:

„So wirf dein Opfer vor den Baal,
Und wirf den Märtyrer dem Löwen vor.
Gott weckt in dir der Reue Qual,
Vom Abgrund dringt mein Ruf zu ihm empor.“

Felton blieb wie versteinert auf der Stelle.

„Wer seid Ihr? Wer seid Ihr!“ rief er. „Seid Ihr Engel oder Teufel! Heißt Ihr Eloah oder Astarte?“

„Hast du mich nicht erkannt, Felton? Ich bin weder ein Engel noch ein Teufel. Ich bin eine Tochter der Erde, ich bin eine Schwester deines Glaubens und nichts weiter."

„Ja, ja", sprach Felton, „ich zweifelte noch, aber jetzt glaube ich."

„Du glaubst und bist dennoch der Schuldgenosse dieses Baalsohnes, den man Lord Winter nennt? Du glaubst und läßt mich in den Händen meiner Feinde, des Feindes von England, des Feindes Gottes. Du glaubst, und dennoch überantwortest du mich demjenigen, der die Welt mit seinen Ketzereien und Ausschweifungen erfüllt und befleckt, diesem schändlichen Sardananpal, den die Blinden Duke of Buckingham und die Gläubigen den Antichrist nennen!"

„Ich Euch Buckingham überantworten! Was sagt Ihr da?"

„Sie haben Augen", rief Mylady, „und werden nicht sehen. Sie haben Ohren und werden nicht hören!"

„Ja, ja", sprach Felton, indem er mit den Händen über seine schweißbedeckte Stirn strich, als wollte er den letzten Zweifel entfernen. „Ja, ich erkenne die Stimme, die in meinen Träumen mit mir spricht, ja, ich erkenne die Züge des Engels, der mir allnächtlich erscheint und meiner schlaflosen Seele zuruft: ‚Stoß zu! Rette England, rette dich, denn du wirst sterben, ohne Gott entwaffnet zu haben!' Sprecht, sprecht!" rief Felton, „denn ich kann Euch jetzt verstehen."

Ein Blitz furchtbarer Freude, aber rasch wie der Gedanke, sprang aus den Augen Myladys.

So flüchtig auch dieses mörderische Zucken gewesen war, so entging es doch Felton nicht, und er bebte, als ob dieser Blitz die Abgründe des Herzens dieser Frau erleuchtet hätte.

Felton erinnerte sich plötzlich an die Bemerkungen Lord Winters, an die Verführungskünste Myladys, an ihre ersten Versuche bei ihrer Ankunft. Er wich einen Schritt zurück, ließ den Kopf sinken, hörte aber nicht auf, sie anzuschauen, als ob er von diesem seltsamen Geschöpf verzaubert wäre und seine Augen sich nicht von ihr trennen könnten.

Mylady war nicht die Frau, um sich in dem Sinn dieses Zögerns zu täuschen. Unter den scheinbaren Aufregungen verließ ihre eisige Kaltblütigkeit sie nicht. Ehe ihr Felton geantwortet hatte und sie sich genötigt sah, das Gespräch wieder aufzunehmen, das so schwer in demselben Ton der Begeisterung fortzusetzen war, ließ sie ihre Arme zurücksinken, als ob weibliche Schwäche über den Enthusiasmus der Begeisterten siegte.

„Aber nein“, sprach sie, „mir kommt es nicht zu, die Judith zu sein, die Bethulian von diesem Holofernes befreien wird. Das Schwert des Ewigen ist zu schwer für meinen Arm. Laßt mich also der Schande durch den Tod entfliehen, laßt mich meine Zuflucht zum Märtyrertum nehmen. Ich verlange von Euch nicht die Freiheit, wie dies eine Schuldige tun würde, nicht die Rache, wie es eine Heidin täte. Ich bitte Euch, ich flehe Euch auf den Knien an: Laßt mich sterben, und mein letzter Seufzer soll eine Segnung für meinen Retter sein.“

Bei dieser sanften, flehenden Stimme, bei diesem schüchternen, niedergeschlagenen Blick näherte sich Felton.

Allmählich hatte die Zauberin das magische Gewand angelegt, das sie nach Belieben an- und ablegte, das heißt die Schönheit, die Sanftmut, die Tränen und vor allem den unwiderstehlichen Reiz mystischer Wollust, einer Wollust, die verzehrender wirkt als jede andere.

„Ach“, sprach Felton, „ich kann weiter nichts als Euch beklagen, wenn Ihr mir beweist, daß Ihr ein Opfer seid. Aber Lord Winter erhebt schreckliche Anschuldigungen gegen Euch. Ihr seid Christin, Ihr seid meine Religionsschwester. Ich fühle mich zu Euch hingezogen, ich, der ich nie einen anderen Menschen geliebt habe als meinen Wohltäter, ich, der ich im Leben nur Verräter und Gottlose gefunden habe! Aber Ihr, Madame, die Ihr in Wahrheit so schön, und dem Anschein nach so rein seid, Ihr habt also, da Euch Lord Winter auf diese Weise verfolgt, große Frevel verübt?“

„Sie haben Augen“, wiederholte Mylady mit einem Ausdruck unsäglichen Schmerzes, „und werden nicht sehen. Sie haben Ohren und werden nicht hören.“

„Aber so sprecht doch“, rief der junge Offizier, „sprecht, sprecht!“

„Euch meine Schmach und meine Schande anvertrauen!“ rief Mylady, mit Schamröte im Gesicht, „denn oft ist das Verbrechen des einen die Schande des anderen. Euch meine Schande anvertrauen, einem Mann, ich, die Frau! „Oh“, fuhr sie fort und legte dabei verschämt die Hand auf die schönen Augen. „Oh, nie, nie werde ich dies über mich bringen!“

„Vertraut mir als einem Bruder!“ rief Felton.

Mylady schaute ihn lange mit einem Ausdruck an, den der Offizier für Zweifel hielt, während er nichts anders als Beobachtung und hauptsächlich Absicht zu bezaubern war. Nun faltete Felton flehend die Hände.

„Gut!“ sprach Mylady, „ich will mich meinem Bruder anvertrauen, ich will es wagen.“

In diesem Augenblick hörte man die Tritte Lord Winters, aber diesmal begnügte sich der furchtbare Schwager Myladys nicht damit, wie am Tag vorher, an der Tür vorüberzugehen und sich wieder zu entfernen, sondern er blieb stehen und wechselte zwei Worte mit der Wache. Die Tür öffnete sich, und er trat ein.

Während die zwei Worte gewechselt wurden, war Fel-

ton rasch zurückgewichen, und als Lord Winter erschien, stand er einige Schritte von der Gefangenen entfernt.

Der Baron trat langsam ein und ließ seinen forschenden Blick von der Gefangenen auf den jungen Offizier überschweifen.

„Ihr seid schon sehr lange hier, John", sagte er. „Hat Euch diese Frau ihre Verbrechen erzählt? Dann begreife ich die Dauer der Unterhaltung."

Felton bebte, und Mylady fühlte, daß sie verloren war,

wenn sie dem aus der Fassung gebrachten Puritaner nicht zu Hilfe kam.

„Ah, Ihr fürchtet, Eure Gefangene dürfte Euch entkommen“, sprach sie, „Ei, so fragt doch Euren würdigen Kerkermeister, welche Gnade ich mir soeben von ihm erbeten habe. “

„Ihr habt Euch eine Gnade erbeten?“ sagte der Baron.

„Ja, Mylord“, erwiderte der junge Mann verwirrt.

„Und welche Gnade? Laßt hören!“ fragte Lord Winter.

„Ein Messer, das sie mir eine Minute, nachdem sie es empfangen, durch das Gitter der Tür zurückgeben will“, anwortete Felton.

„Es ist also irgend jemand hier verborgen, den diese anmutige Person erstechen will?“ versetzte Lord Winter mit spöttischem, verächtlichem Ton.

„Ich bin hier,“ antwortete Mylady.

„Ich habe Euch die Wahl zwischen Amerika und Tyburn gelassen“, entgegnete Lord Winter. „Wählt Tyburn, Mylady; glaubt mir, der Strick ist sicherer als das Messer.“

Felton fühlte einen Schauer bis in das Mark seiner Knochen.

Wahrscheinlich bemerkte Lord Winter diese Bewegung.

„Ihr habt recht“, sprach Mylady, „und ich habe bereits daran gedacht“, dann fügte sie mit dumpfer Stimme bei: „Ich werde noch einmal daran denken.“

Felton erbleichte und machte einen Schritt vorwärts, denn er erinnerte sich, daß Mylady, als er eintrat, einen Strick in der Hand gehalten hatte.

„Traue ihr nicht, John“, sagte der Baron. „John, mein Freund, ich habe mich auf dich verlassen. Nimm dich in acht, du bist von mir unterrichtet. Sei übrigens guten Muts, mein Sohn, in drei Tagen werden wir von diesem Geschöpf befreit sein, und an dem Ort, wohin ich sie schicke, wird sie niemand mehr schaden.“

„Du hörst ihn!" rief Mylady, die Stimme erhebend, so daß der Baron glaubte, sie wende sich an den Himmel, während Felton begriff, daß es ihm galt.

Felton ließ das Haupt sinken und träumte.

Der Baron nahm den Offizier beim Arm und wandte sogleich den Kopf über seine Schulter zurück, um Mylady nicht aus dem Gesicht zu verlieren, bis er das Zimmer verlassen hätte.

„Ach, ich bin noch nicht so weit vorgerückt, als ich

glaubte", sagte die Gefangene, als die Tür wieder geschlossen war. „Der Baron hatte seine gewöhnliche Albernheit in eine an ihm sonst unbekannte Umsicht verwandelt. Das ist die Rachgier, die den Menschen bildet. Felton zögert noch. Ach, das ist kein Mann wie dieser verdammte d'Artagnan."

Mylady wartete jedoch mit Ungeduld, denn sie vermutete mit Recht, der Tag würde nicht vorübergehen, ohne daß Felton wiederkäme. Eine Stunde nach der soeben erzählten Szene hörte sie leise an der Tür sprechen. Bald öffnete sich die Tür, und sie erkannte Felton.

Der junge Mann trat rasch in das Zimmer, ließ die Tür hinter sich offen und bedeutete Mylady durch ein Zeichen, sie möge schweigen. Sein Gesicht war ganz verstört.

„Was wollt Ihr von mir?" sagte sie.

„Hört", antwortete Felton mit leiser Stimme, „ich habe die Wache entfernt, um hierbleiben zu können, ohne daß man weiß, daß ich gekommen bin und um mit Euch sprechen zu können, ohne daß man hört, was ich Euch sage. Der Baron hat mir eine furchtbare Geschichte erzählt."

Mylady nahm wieder das Lächeln des in sein Schicksal ergebenen Opfers an.

„Entweder seid Ihr ein Teufel, oder der Baron, mein Wohltäter, mein Vater, ist ein Ungeheuer. Ich kenne Euch seit vier Tagen, ich liebe ihn seit zehn Jahren. Ich darf also in der Wahl zwischen euch beiden wohl bedenklich sein. Erschreckt nicht über das, was ich Euch sage. Ich muß mich überzeugen. Ich komme nach Mitternacht zu Euch, und Ihr werdet mich überzeugen."

„Nein, Felton, nein, mein Bruder", entgegnete sie, „das Opfer ist zu groß, und ich fühle, was es Euch kostet. Nein, ich bin verloren. Mein Tod wird viel beredter sein als mein Leben, und das Stillschweigen des Leichnams wird Euch eher überzeugen als das Wort der Gefangenen."

„Schweigt, Madame!“ rief Felton, „und laßt mich nicht solche Worte hören. Ich bin gekommen, damit Ihr mir bei Eurer Ehre gelobt, damit Ihr mir schwört bei allem, was Euch heilig ist, nicht Hand an Euer Leben zu legen.“

„Ich will nicht geloben.“ antwortete Mylady, „denn niemand achtet den Eid so sehr wie ich, und wenn ich geloben würde, dann müßte ich es auch halten.“

„Gut“, sagte Felton, „so versprecht es wenigstens nur bis zu dem Augenblick, wo wir uns wiedergesehen haben werden. Besteht Ihr auf Eurer Absicht, wenn wir uns wiedergesehen haben, so seid Ihr frei, und ich selbst gebe Euch die Waffe, die Ihr von mir verlangt.“

„Es sei!“ sagte Mylady. „Euch zuliebe werde ich warten.“

„Schwört mir!“

„Ich schwöre bei unserem Gott! Seid Ihr zufrieden?“

„Gut“, erwiderte Felton, „heute nacht also!“

Und er stürzte aus dem Zimmer, verschloß die Tür, und blieb außen, die Halbpike des Soldaten in der Hand haltend, als ob er Wache bezogen hätte.

Der Soldat kam zurück, Felton gab ihm seine Waffe wieder.

Mylady sah nun durch das Gitter der Tür, dem sie sich genähert hatte, wie sich der junge Mann mit allen Zeichen einer irrsinnigen Inbrunst gebärdete und in einer Art von Entzücken durch den Korridor davoneilte. Sie aber kehrte, ein Lächeln wilder Verachtung auf den Lippen, an ihren Platz zurück und wiederholte lächelnd den furchtbaren Namen Gottes, bei dem sie geschworen, ohne ihn je kennengelernt zu haben.

„Mein Gott,“ sagte sie, „wahnsinniger Fanatiker, mein Gott, das bin ich selbst und derjenige, der mir zu meiner Rache verhelfen wird.“

56. Kapitel

Der fünfte Tag der Gefangenschaft

Mylady war bereits zu einem halben Triumph gelangt, und der Erfolg verdoppelte ihre Kräfte.

Bisher hatte sie keine große Mühe gehabt, um Menschen zu besiegen, die sich leicht verführen ließen und von der galanten Erziehung des Hofs rasch in die Falle gelockt wurden. Mylady war schön genug, um die Sinne zu reizen und geschickt genug, um alle Hindernisse des Geistes zu überwinden.

Aber diesmal hatte sie gegen eine rohe und in ihrer Strenge unempfindliche Natur zu kämpfen. Die Religion und die Buße hatten Felton für gewöhnliche Versuchungsmittel unempfänglich gemacht. In diesem exaltierten Kopf bewegten sich so unruhige Pläne, so stürmische Entwürfe, daß darin kein Platz mehr für die Liebe war, für dieses Gefühl, das sich durch die Muße nährt und durch die Verderbtheit groß wird.

Mylady hatte mit ihrer erheuchelten Tugend in der Meinung eines gegen sie eingenommenen Mannes, und durch ihre Schönheit in dem Herzen und in den Sinnen eines unschuldigen Menschen eine Bresche geschlagen.

Nichtsdestoweniger verzweifelte sie manchmal während dieses Abends an dem Geschick und an sich selbst. Sie rief Gott nicht an, wie wir wissen, sie hegte Vertrauen zu dem Geist des Bösen, dieser unendlichen Herrschergewalt, die in allen Einzelheiten des menschlichen Lebens herrscht, und für die wie in der arabischen Fabel ein Granatkern ausreicht, um eine ganze verlorene Welt wieder aufzubauen.

Gut auf den Empfang Feltons vorbereitet, konnte Mylady ihre Batterien für den anderen Tag aufpflanzen. Sie wußte, daß ihr nur noch zwei Tage übrigblieben, daß, wenn der Befehl einmal von Buckingham unterzeichnet war, und Buckingham mußte ihn um so leichter unterzeichnen, als in dem Befehl ein falscher Name eingetragen war und er die Frau, um die es sich handelte, nicht erkennen konnte, daß, wenn dieser Befehl einmal unterzeichnet war, sagen wir, der Baron sie umgehend einschiffen würde. Sie wußte auch, daß die zur Deportation verurteilten Frauen sich weniger mächtiger Waffen bei ihren Verführungsplänen bedienen als die angeblich tugendhaften Frauen, deren Schönheit die Sonne der Welt bescheint, deren Geist die Stimme der Mode rühmt, die ein Widerschein der Aristokratie mit seinem zauberhaften Glanz vergoldet. Eine zu einer entehrenden Strafe verurteilte Frau kann immer noch schön sein, aber nicht so leicht wieder zur Macht gelangen. Wie alle Menschen von wahrem Genie kannte Mylady das ihrer Natur und ihren Mitteln zusagende Terrain. Die Armut widerstrebte ihr, der Zustand der Verachtung minderte ihre Größe um zwei Drittel. Mylady war nur Königin unter den Königinnen. Ihre Herrschaft benötigte die Lust befriedigten Stolzes. Untergeordnete Menschen zu beherrschen, war für sie eher eine Demütigung als ein Vergnügen.

Gewiß wäre sie aus ihrer Verbannung zurückgekehrt, daran zweifelte sie keinen Augenblick; aber wie lange konnte diese Verbannung dauern? Für eine tätige, ehrgeizige Natur wie Mylady sind die Tage, wo man nicht emporsteigt, verlorene Unglückstage. Wie soll man also die Tage nennen, wo man nur hinabsteigt? Ein Jahr, zwei Jahre, drei Jahre verlieren, das ist eine Ewigkeit. Vielleicht nach dem Tod oder der Ungnade des Kardinals zurückkommen, zurückkommen, wenn d'Artagnan und seine Freunde glücklich und triumphierend die wohlverdiente Belohnung für ihre Dienste erhalten hatten. Das waren verzehrende Gedanken, die eine Frau wie Mylady nicht ertragen konnte. Der Sturm, der in ihr tobte, verdoppelte aber ihre Kraft, und sie würde die Wände ihres Kerkers gesprengt haben, wenn ihr Körper einen Augenblick die Verhältnisse ihres Geistes hätte annehmen können.

Unter all diesen Gemütsbewegungen wurde sie ganz besonders noch durch die Erinnerung an den Kardinal gepeinigt. Was mußte der unruhige, mißtrauische, argwöhnische Kardinal von ihrem Stillschweigen denken und sagen? Der Kardinal, nicht nur ihre einzige Stütze, ihr einziger Beschützer in der Gegenwart, sondern auch das Hauptwerkzeug ihres künftigen Glücks, ihrer zukünftigen Rache? Sie kannte ihn. Sie wußte, daß sie bei ihrer Rückkehr nach einer vergeblichen Reise immerhin ihre Gefangenschaft vorschützen, daß sie immerhin die ausgestandenen Leiden mit den schwärzesten Farben ausmalen konnte, der Kardinal würde ihr mit jener spöttischen Ruhe des zugleich durch die Kraft und das Genie mächtigen Skeptikers antworten: „Ihr hättet Euch nicht fangen lassen sollen!“

Mylady raffte ihre ganze Energie zusammen, murmelte in der Tiefe ihrer Gedanken den Namen Felton, den einzigen Strahl, der bis in die Hölle drang, in die sie gestürzt war, und der Schlange ähnlich, die ihre Ringe rollt und entrollt, um sich ihrer Kraft recht bewußt zu werden, hüllte sie Felton zum voraus in die tausend Falten ihrer erfindungsreichen Einbildungskraft.

Indes verlief die Zeit. Die Stunden schienen eine nach der anderen im Vorübergehen die Glocke zu erwecken, und jeder Ton des ehernen Schwengels hallte in dem Herzen der Gefangenen wieder.

Um neun Uhr machte Lord Winter den gewöhnlichen Besuch, beschaute die Fenster und die Gitterstangen davor, untersuchte den Fußboden und die Wände, betrach-

tete den Kamin und die Türen, ohne daß während dieser langen und sorgfältigen Untersuchung Mylady oder er ein einziges Wort sprachen. Ohne Zweifel begriffen beide, daß die Lage der Dinge zu ernst geworden war, um die Zeit mit unnötigen Worten und in erfolglosem Zorn zu verlieren.

„Gut", sagte der Baron, als er sie verließ, „Ihr werdet diese Nacht noch nicht entweichen."

Um zehn Uhr stellte Felton eine Wache auf. Mylady erkannte seinen Tritt. Sie erriet ihn jetzt, wie eine Liebende den Geliebten ihres Herzens errät, und dennoch verachtete, verabscheute Mylady diesen schwachen Fanatiker.

Es war nicht die verabredete Stunde, und Felton trat nicht ein.

Zwei Stunden später, als es Mitternacht schlug, wurde die Wache abgelöst.

Diesmal war es die Stunde, und Mylady wartete von diesem Augenblick an mit großer Ungeduld.

Die neue Wache fing an im Flur auf und ab zu gehen.

Nach zehn Minuten kam Felton.

Mylady horchte.

„Höre", sprach der junge Mann zu der Wache, „entferne dich unter keinem Vorwand von dieser Tür, denn du weißt, daß in der letzten Nacht ein Soldat von Mylord bestraft worden ist, weil er einen Augenblick seinen Posten verlassen hatte, und ich hielt doch während seiner kurzen Abwesenheit Wache."

„Ja, ich weiß es", sagte der Soldat.

„Ich empfehle dir also die pünktlichste Wachsamkeit, aber", fügte er bei, „ich will hineingehen und zum zweitenmal das Zimmer dieser Frau untersuchen, die, wie ich fürchte, Unseliges gegen sich selbst beabsichtigt, weshalb ich Befehl erhalten habe, sie zu überwachen."

„Gut", murmelte Mylady, „der strenge Puritaner lügt!"

Der Soldat begnügte sich zu lächeln.

„Teufel! Mein Leutnant", sprach er, „Ihr seid nicht der Unglückseligste, daß man Euch einen solchen Auftrag gegeben hat."

Felton errötete. Unter anderen Umständen würde er dem Soldaten, der sich einen solchen Scherz erlaubte, einen Verweis erteilt haben.

„Wenn ich rufe", sagte er, „so komm. Wenn man kommt, so rufe mich."

„Jawohl, mein Leutnant“, antwortete der Soldat.

Felton trat bei Mylady ein. Mylady stand auf.

„Seid Ihr da?“ sagte sie.

„Ich hatte Euch zu kommen versprochen“, erwiderte Felton, „und ich bin gekommen.“

„Ihr habt mir noch etwas anderes versprochen.“

„Was denn, mein Gott!“ rief der junge Mann, der trotz seiner Selbstbeherrschung fühlte, wie seine Knie zitterten und der Schweiß seine Stirn befeuchtete.

„Ihr habt versprochen, mir ein Messer zu bringen und es mir nach unserer Unterredung zu lassen."

„Verschont mich mit Euren Worten, Madame", sagte Felton, „es gibt keine Lage, die so schrecklich wäre, daß sie ein Geschöpf Gottes berechtigte, sich den Tod zu geben. Ich habe überlegt, daß ich mich nie einer solchen Sünde schuldig machen darf."

„Ah! Ihr habt überlegt", sprach die Gefangene, indem sie sich mit verächtlichem Lächeln in ihren Lehnstuhl zurückwarf. „Und ich habe mir auch etwas überlegt!"

„Was?"

„Daß ich einem Menschen, der sein Wort nicht hält, nichts zu sagen habe."

„Oh, mein Gott!" murmelte Felton.

„Ihr könnt Euch entfernen, ich werde nicht reden."

„Hier das Messer", sagte Felton und zog die Waffe, die er mitzubringen versprochen, aber der Gefangenen nicht hatte geben wollen, aus seiner Tasche.

„Laßt sehen", sagte Mylady.

„Was wollt Ihr damit machen?"

„Bei meiner Ehre, ich gebe Euch das Messer gleich zurück. Ihr legt es auf diesen Tisch und bleibt zwischen ihm und mir."

Felton überreichte Mylady die Waffe, sie prüfte aufmerksam die Härtung und versuchte die Spitze an ihren Fingern.

„Gut", sagte sie und gab das Messer dem jungen Offizier zurück... das ist ein schöner, guter Stahl... Ihr seid ein treuer Freund, Felton."

Felton nahm die Waffe und legte sie auf den Tisch, wie dies mit seiner Gefangenen verabredet war.

Mylady folgte ihm mit den Augen und machte eine Gebärde der Zufriedenheit.

„Nun hört mich", sprach sie.

Die Aufforderung war unnötig, der junge Mann stand vor ihr und lauschte auf ihre Worte, um sie zu verschlingen.

„Felton", sagte Mylady mit einer schwermutsvollen Feierlichkeit, „Felton, wenn Eure Tochter oder die Tochter Eures Vaters zu Euch spräche: ‚Noch jung, zum Unglück ziemlich schön, hat man mich in eine Falle gelockt, ich widerstand; man verdoppelte die Schlingen, die Hinterhalte, die Gewaltstreiche um mich her, ich widerstand. Man lästerte die Religion, der ich diene, den Gott, den ich anbete, ich widerstand. Dann überhäufte man mich mit Beleidigungen, und da man meine Seele nicht verderben konnte, so wollte man meinen Leib für immer brandmarken.'"

Mylady hielt inne, ein bitteres Lächeln zog über ihre Lippen hin.

„Endlich", sprach Felton, „was tat man endlich?"

„Endlich eines Abends beschloß man, diesen Widerstand, den man nicht besiegen konnte, zu lähmen, man mischte ein narkotisches Mittel in mein Wasser. Kaum hatte ich mein kleines Mahl beendet, als ich von einer seltsamen Schläfrigkeit befallen wurde. Obwohl ich kein Mißtrauen hegte, ergriff mich doch eine schwankende Furcht, und ich suchte gegen den Schlaf anzukämpfen. Ich stand auf, ich wollte zum Fenster laufen, um Hilfe rufen, aber meine Füße versagten mir den Dienst, es war mir, als sänke die Decke auf mich herab und drückte mich mit ihrem Gewicht nieder. Ich streckte den Arm aus, ich versuchte zu sprechen; aber ich konnte nur unartikulierte Töne ausstoßen, eine unüberwindliche Erstarrung bemächtigte sich meiner, ich hielt mich an einem Stuhl fest, denn ich fühlte, daß ich dem Fallen nahe war, bald aber genügte diese Stütze für meine schwachen Arme nicht mehr, ich sank auf ein Knie, dann auf beide, ich wollte beten, meine Zunge war in Eis verwandelt. Gott hörte und sah mich ohne

Zweifel nicht, und ich glitt, die Beute eines todähnlichen Schlafs, auf den Boden.

Von allem, was während dieses Schlafes vorging, habe ich keine Erinnerung mehr, ich weiß nur noch, daß ich in einem runden, reich ausgestatteten Zimmer erwachte, in dem das Tageslicht durch eine Öffnung in der Decke drang. Keine Tür schien Eingang zu gewähren, und man hätte glauben können, es wäre ein prächtiges Gefängnis.

Lange bemühte ich mich, mir Rechenschaft von dem

Ort, wo ich mich befand, und von den einzelnen Umständen zu geben, die mich dahin gebracht hatten. Mein Geist schien vergebens zu kämpfen, um die drückende Finsternis des Schlafs abzuschütteln, dem ich mich nicht entreißen konnte. Ich hatte unbestimmte Vorstellungen von einem durchlaufenen Raum, vom Rollen eines Wagens, aber alles dies war so düster und schwankend in meinem Bewußtsein, daß die Ereignisse einem anderen Leben als dem meinen anzugehören und doch mit dem meinen durch eine phantastische Verdoppelung vermengt zu sein schienen.

Einige Zeit kam mir der Zustand, in dem ich mich befand, so sonderbar vor, daß ich zu träumen glaubte. Allmählich aber trat die Wirklichkeit schreckensvoll vor mich. Ich war nicht mehr in dem Haus, das ich sonst bewohnte. Soweit ich es nach dem Sonnenlicht beurteilen konnte, war der Tag schon fast abgelaufen, am Abend zuvor war ich eingeschlummert, und mein Schlaf hatte also beinahe vierundzwanzig Stunden gedauert. Was war während dieser Zeit vorgefallen?

Ich erhob mich wankend. Die Langsamkeit aller meiner Bewegungen bewies, daß der Einfluß des narkotischen Mittels noch nicht ganz aufgehört hatte. Das Zimmer war übrigens zur Aufnahme eines weiblichen Wesens eingerichtet und der vollendetsten Kokette wäre kein Wunsch übriggeblieben, den sie nicht erfüllt gesehen hätte, wenn sie ihren Blick in diesem Gemach umherschweifen ließ.

Offenbar war ich nicht die erste Gefangene, die in diesem glänzenden Kerker eingeschlossen wurde, aber Ihr begreift, Felton, je schöner der Kerker war, desto mehr mußte er mich in Schrecken setzen.

Ja, es war ein Gefängnis! Vergebens versuchte ich hinauszukommen, ich untersuchte alle Wände, um eine Tür zu entdecken, überall gaben sie einen vollen und zugleich matten Ton von sich.

Zwanzigmal machte ich vielleicht die Runde im Zimmer, um irgendeinen Ausweg zu suchen, es war keiner vorhanden. Der Müdigkeit und dem Schrecken unterliegend, sank ich in einen Lehnstuhl.

Mittlerweile rückte die Nacht heran, und mit der zunehmenden Finsternis vermehrte sich meine Angst. Ich wußte nicht, ob ich da, wo ich saß, sitzen bleiben sollte, es kam mir vor, als wäre ich von unbekannten Gefahren umgeben, in die ich bei jedem Schritt stürzen müßte. Obwohl ich seit dem vorhergehenden Tage nicht gegessen hatte, ließ mich meine Furcht keinen Hunger empfinden.

Kein Geräusch von außen, nach dem ich die Zeit hätte schätzen können, drang zu mir. Ich vermutete nur, es könnte etwa sieben oder acht Uhr sein. Denn wir waren im Monat Oktober und es war bereits finstere Nacht.

Plötzlich machte mich das Knarren einer in ihren Angeln sich drehenden Tür heftig erbeben, eine Feuerkugel erschien über der gläsernen Öffnung der Decke, und ich sah zu meinem größten Schrecken, daß einige Schritte vor mir ein Mann stand.

Ein Tisch mit zwei Gedecken, auf dem ein vollständiges Abendessen stand, hatte sich, wie durch einen Zauber, mitten im Zimmer erhoben.

Dieser Mann war derjenige, der mich seit einem Jahr verfolgte, der meine Entehrung geschworen hatte, und der mit den ersten Worten, die aus seinem Mund kamen, begreiflich machte, daß ich durch seinen Entschluß jeder Hoffnung beraubt sei, wieder meine Freiheit zu gewinnen."

„Der Schändliche!" murmelte Felton.

„O ja, der Schändliche!" rief Mylady, „o ja, der Schändliche, er glaubte, damit, daß er mich im Schlaf entführen ließ, sei alles abgemacht. Er kam in der Hoffnung, ich würde meine Schande hinnehmen, weil die Tat vollbracht war, er bot mir ein Vermögen gegen mein Herz.

Alles, was ein Frauenherz an Verachtung, an Worten des Abscheues äußern kann, ergoß ich über diesen Menschen. Ohne Zweifel war er an solche Vorwürfe gewöhnt, denn er hörte mich ruhig, lächelnd, mit gekreuzten Armen an. Als er glaubte, ich habe alles gesagt, näherte er sich mir, um meine Hand zu ergreifen, aber ich lief zum Tisch, ergriff ein Messer, hielt es an meine Brust und rief:

‚Noch einen Schritt und Ihr habt Euch außer meiner Schande auch meinen Tod vorzuwerfen.'

Ohne Zweifel lag in meinem Blick, in meiner Stimme, in meiner ganzen Person jene Wahrheit, der Stellung und des Tones, die auch die verderbtesten Seelen überzeugt, denn er blieb stehen.

‚Euren Tod?' sagte er zu mir, ‚o nein! Ihr seid eine zu reizende Gefangene, als daß ich mich entschließen könnte, Euch so zu verlieren. Adieu, meine Schönste, um Euch wieder zu besuchen, werde ich warten, bis ihr eine bessere Stimmung habt.'

Nach diesen Worten pfiff er, die Flammenkugel stieg in die Höhe und verschwand. Ich befand mich wieder in der Finsternis. Einen Augenblick nachher hörte ich das Geräusch einer sich öffnenden und wieder schließenden Tür. Die Feuerkugel wurde herabgelassen, und ich war wieder allein.

Dieser Augenblick war furchtbar. Hätte ich noch einige Zweifel über mein Unglück gehabt, sie wären unter einer jammervollen Wirklichkeit verschwunden. Ich befand mich in der Gewalt eines Menschen, den ich nicht nur verabscheute, sondern auch verachtete, eines Menschen, der mir bereits einen unseligen Beweis von dem gegeben hatte, was er zu tun imstande war.

„Aber wer war denn dieser Mensch?" fragte Felton.

Mylady beantwortete diese Frage nicht und fuhr in ihrer Erzählung fort:

„Ich brachte die Nacht, bei dem geringsten Geräusch zitternd, auf einem Stuhl zu. Um Mitternacht etwa erlosch die Lampe, und ich befand mich wieder in völliger Dunkelheit, aber die Stunden gingen vorüber, ohne daß mein Verfolger zum zweitenmal erschien. Der Tag brach an, der Tisch war verschwunden, nur hielt ich das Messer noch immer in der Hand.

Auf diesem Messer beruhte meine ganze Hoffnung.

Ich war von Müdigkeit ganz entkräftet, die Schlaflosigkeit brannte in meinen Augen. Denn ich hatte es nicht gewagt, auch nur einen Augenblick zu schlummern. Der Tag beruhigte mich, ich warf mich auf mein Bett, ohne mich von meinem Befreiungsmesser zu trennen, das ich unter dem Kopfkissen verbarg.

Als ich erwachte, stand wieder ein gedeckter Tisch im Zimmer.

Diesmal machte sich trotz meiner Befürchtungen, trotz meiner Angst ein peinlicher Hunger fühlbar, ich hatte seit achtundvierzig Stunden keine Nahrung zu mir genommen. Ich aß Brot und etwas Obst. Da ich mich aber des narkotischen Mittels erinnerte, mit dem das Wasser vermischt gewesen war, das ich getrunken hatte, so berührte ich das auf dem Tisch stand, nicht, sondern füllte mein Glas an einem marmornen, über meiner Toilette an der Wand angebrachten Wasserbehälter.

Trotz dieser Vorsichtsmaßnahme schwebte ich nichtsdestoweniger in großer Angst, aber meine Furcht war diesmal nicht begründet, ich brachte den Tag hin, ohne daß ich etwas von dem verspürte, was ich gefürchtet hatte.

Damit man mein Mißtrauen nicht wahrnähme, war ich darauf bedacht, die Flasche halb zu leeren.

Der Abend kam, doch so finster es auch wurde, so begannen meine Augen sich daran zu gewöhnen. Mitten in der Dunkelheit sah ich wie der Tisch versank. Nach einer

Viertelstunde erschien er wieder, mit meinem Abendbrot besetzt, und einen Augenblick später wurde mein Zimmer mit derselben Lampe beleuchtet.

Ich war entschlossen, nur Speisen zu mir zu nehmen, in die man unmöglich Schlafmittel mischen konnte. Zwei Eier und etwas Obst bildeten mein Mahl, dann schöpfte ich ein Glas Wasser aus meiner Schutzquelle und trank es.

Bei dem ersten Schluck kam es mir vor, als hätte es nicht mehr denselben Geschmack wie am Morgen. Ein jäher Verdacht regte sich in mir, aber ich hatte bereits ein halbes Glas getrunken. Den Rest goß ich mit Abscheu aus, und mit Angstschweiß auf der Stirn wartete ich ab.

Ohne Zweifel hatte mich ein unsichtbarer Zeuge Wasser aus dem Wasserbehälter nehmen sehen und benutzte gerade mein Vertrauen, um meinen so kalt beschlossenen, so grausam verfolgten Untergang sicher zu bewerkstelligen.

Es verging keine halbe Stunde, als dieselben Symptome wieder eintraten. Nur kämpfte ich länger, da ich kaum ein halbes Glas Wasser getrunken hatte, und statt völlig zu entschlummern, verfiel ich in eine Art von Schlaf, der mir das Gefühl von allem, was um mich her vorging, ließ, ohne daß ich fliehen konnte.

Ich schleppte mich zu meinem Bett, um dort das einzige Verteidigungsmittel zu suchen, das mir übrigblieb, mein Rettungsmesser, aber ich war nicht imstande, das Kopfkissen zu erreichen, sank in die Knie und klammerte mich mit den Händen an eine der Bettsäulen an.“

Felton wurde furchtbar bleich, und ein krampfhafter Schauer durchlief seinen ganzen Körper.

„Das Gräßlichste dabei war“, fuhr Mylady mit bebender Stimme fort, als ob sie noch von derselben Angst erfüllt wäre, wie in jenem furchtbaren Augenblick, „das Gräßlichste dabei war, daß ich diesmal das Bewußtsein der Gefahr hatte, die mich bedrohte, daß meine Seele sozusagen in meinem entschlummerten Körper wachte, daß ich sah und hörte. Alles dies freilich nur wie in einem Traum, aber darum war es nicht weniger peinlich.

Ich sah die Lampe, die hinaufgezogen wurde und mich allmählich in der Finsternis ließ.

Dann hörte ich das Geräusch der Tür, das mir so bekannt war.

Ich wollte meine Kräfte zusammenraffen, ich versuchte zu schreien. Durch eine unglaubliche Willensanstrengung hob ich mich sogar in die Höhe, doch nur, um gleich wieder zurückzufallen."

„Aber sagt mir endlich, wer war denn Euer Verfolger?" rief der junge Offizier.

Mylady überschaute mit einem Blick, welche Pein sie Felton dadurch verursachte, daß sie bei allen Einzelheiten ihrer Geschichte so lange verweilte. Aber sie wollte ihm keine Folter ersparen. Je mehr sie ihm das Herz brechen konnte, desto gewisser mußte er sie rächen. Sie fuhr also diesmal ebenfalls fort, als ob sie seinen Ausruf nicht gehört hätte, oder als ob sie glaubte, der Augenblick, ihm zu antworten, sei noch nicht gekommen.

„Als er mich anblickte, hörte ich ihn schreien: ‚Diese elenden Puritaner! Ich wußte, daß sie ihren Henker ermüdeten, hielt sie aber für weniger stark gegen ihre Verführer.'"

Felton hörte zu, ohne daß er etwas anderes vernehmen ließ als eine Art von Schnauben. Der kalte Schweiß rieselte von seiner Marmorstirn.

„Meine erste Bewegung", fuhr Mylady fort, „als ich zu mir kam, war, daß ich unter dem Kopfkissen das Messer suchte, das ich nicht hatte erreichen können. Hatte es nicht zur Verteidigung gedient, so konnte es wenigstens zur Sühnung dienen.

Als ich aber dieses Messer ergriff, kam mir ein furchtbarer Gedanke. Ich habe geschworen. Euch alles zu sagen und werde Euch alles sagen; ich habe Euch Wahrheit versprochen und werde mein Wort halten, und sollte ich dabei zugrunde gehen."

„Es kam Euch der Gedanke, an diesem Menschen Rache zu nehmen, nicht wahr?" rief Felton.

„Nun ja", erwiderte Mylady, „ich weiß genau, das gehört sich nicht für eine Christin. Ohne Zweifel blies ihn der ewige Feind unserer Seele meinem Geist ein. Nun, was soll ich Euch noch weiter sagen, Felton", fuhr Mylady mit dem Ton eines Weibes fort, das sich eines Verbrechens anklagt, „dieser Gedanke kam mir, und verließ mich nicht mehr. Für diese mörderische Absicht habe ich jetzt vielleicht die Strafe zu tragen."

„Fahrt fort, fahrt fort", rief Felton, „es drängt mich, Euch zur Rache gelangen zu sehen."

„Oh, ich beschloß, sie sobald als möglich ins Werk zu setzen, ich zweifelte nicht daran, daß er in der nächsten Nacht wiederkommen würde. Tagsüber hatte ich nichts zu befürchten.

Als die Frühstücksstunde kam, zögerte ich nicht zu essen und zu trinken. Ich war entschlossen, mich zu stellen, als speise ich auch zu Nacht, aber nichts zu mir zu nehmen, und mußte also durch die Nahrung am Morgen das Fasten am Abend ausgleichen.

Von meinem Frühstück nahm ich ein Glas Wasser und verbarg es, weil mich der Durst am meisten gepeinigt hatte, als ich achtundvierzig Stunden ohne Speise und Trank geblieben war.

Der Tag verging, ohne einen anderen Einfluß auf mich, als daß er mich in meinem Entschluß bestärkte; nur war ich darauf bedacht, daß mein Gesicht durch nichts den Gedanken meiner Seele verriet, denn ich zweifelte nicht daran, daß man mich beobachtete. Wiederholt fühlte ich sogar ein Lächeln auf meinen Lippen. Felton, ich wage es nicht, Euch zu gestehen, bei welchem Gedanken ich lächelte, Ihr könntet von Abscheu gegen mich ergriffen werden."

„Fahrt fort, fahrt fort", sprach Felton, „Ihr seht wohl, daß ich höre, und daß es mich drängt, zum Ende zu gelangen."

„Der Abend kam", fuhr Mylady fort, „die gewöhnlichen Ereignisse traten ein. Mein Abendessen wurde wie in den vorhergehenden Tagen in der Dunkelheit serviert, und ich setzte mich zu Tisch.

Ich aß nur etwas Obst, stellte mich, als ob ich ein wenig Wasser aus der Flasche einschenkte, trank dann dasjenige, das ich mir in meinem Glas aufbewahrt hatte, suchte dabei jedoch geschickt zu manövrieren, daß meine Spione keinen Verdacht schöpfen konnten.

Nach dem Abendessen gab ich dieselben Zeichen der Erstarrung kund, wie am Tage vorher, aber diesmal tat ich, als ob ich entschlummerte, wie wenn ich der Müdigkeit unterläge, oder wie wenn ich mich an die Gefahr gewöhnt hätte.

Nun fand ich mein Messer, und während ich mich schlafend stellte, preßte ich krampfhaft das Heft in der Hand.

Es vergingen zwei Stunden, ohne daß etwas Neues vorfiel. Jetzt fürchtete ich, er könnte nicht kommen.

Mein Zimmer erfüllte sich mit Finsternis, aber ich strengte mich an, die Dunkelheit mit meinem Blick zu durchdringen.

Es gingen etwa zehn Minuten vorüber, ich hörte kein anderes Geräusch als die Schläge meines Herzens.

Ich flehte den Himmel an, er möge ihn kommen lassen.

Endlich hörte ich das bekannte Knarren der Tür, die sich öffnete und wieder schloß. Trotz eines dicken Teppichs erdröhnte der Boden unter einem Tritt, und ich sah trotz der Finsternis einen Schatten, der sich mir näherte."

„Eilt, eilt!“ unterbrach Felton die Erzählerin. „seht Ihr nicht, daß mich jedes Eurer Worte brennt wie geschmolzenes Blei?“

„Da raffte ich alle meine Kräfte zusammen“, fuhr Mylady fort; „ich erinnerte mich, daß die Stunde der Rache oder vielmehr der Gerechtigkeit geschlagen hatte, ich betrachtete mich als eine zweite Judith, ich hielt mein Messer in der Hand, und als ich bemerkte, daß er mir nahe genug war, stieß ich es ihm mit einem letzten Schrei des Schmerzes und der Verzweiflung mitten gegen die Brust.

Der Elende! Er hat alles vorhergesehen, seine Brust war durch ein Panzerhemd geschützt, die Messerspitze sprang ab.

‚Ah! ah!' rief er, indem er mich beim Arm ergriff und mir die Waffe entriß, ‚Ihr trachtet mir nach dem Leben, schöne Puritanerin; aber das ist mehr als Haß, das ist Undankbarkeit. Beruhigt Euch, mein schönes Kind. Ich glaubte, Ihr wärt zahm geworden. Ich bin keiner von den Tyrannen, die die Frauen mit Gewalt zurückhalten. Ihr liebt mich nicht? Ich bezweifelte es in meiner Eitelkeit, nun bin ich überzeugt. Morgen seid Ihr frei.'

Ich hatte nur ein einziges Verlangen, nämlich von ihm getötet zu werden.

‚Nehmt Euch in acht,' sprach ich, ‚denn meine Freiheit ist Eure Schande.'

‚Erklärt Euch deutlicher, schöne Sibylle.'

‚Ja, denn sobald ich diesen Ort verlassen habe, sage ich alles. Ich sage, welche Gewalttat Ihr an mir verübt habt. Laut erzähle ich der Welt von meiner Gefangenschaft. Ihr seid sehr hochgestellt, aber zittert! Über Euch ist der König! Über dem König lebt ein Gott.'

So sehr mein Verfolger auch Herr über sich zu sein schien, konnte er doch eine Bewegung des Zornes nicht unterdrücken. Ich konnte den Ausdruck seines Gesichts nicht sehen, aber ich fühlte, wie sein Arm zitterte, auf dem meine Hand lag.

‚Dann werdet Ihr nicht gehen,' sprach er.

‚Gut! Gut!' rief ich, ‚die Stelle meiner Pein wird auch die Stelle meines Grabes sein. Ich werde hier sterben, und Ihr werdet sehen, ob ein Gespenst, das anklagt, nicht furchtbarer ist als ein Lebender mit all seinen Drohungen.'

‚Man wird Euch keine Waffen lassen.'

‚Es gibt eine, die die Verzweiflung jedem Menschen zugänglich gemacht hat, wenn er nur den Mut besitzt. Ich werde mich zu Tode hungern.‘

‚Hört‘, sprach der Elende, ‚ist der Friede nicht mehr wert als ein solcher Krieg? Ich schenke Euch die Freiheit, ich erkläre Euch für eine Tugend, ich nenne Euch die Lucretia Englands.‘

‚Und ich sage, daß Ihr der Sextus seid, ich klage Euch

vor den Menschen an, wie ich Euch vor Gott angeklagt habe, und wenn es sein muß, unterzeichne ich, wie Lucretia, meine Anklage mit Blut.'

‚Ah', erwiderte mein Feind spöttisch, ‚das ist etwas anderes. Meiner Treu, Ihr seid im ganzen hier sehr gut aufgehoben, es soll Euch an nichts fehlen, und wenn Ihr Hungers sterbt, so ist es Eure eigene Schuld.'

Nach diesen Worten entfernte er sich, ich hörte die Tür öffnen und schließen. Ich war wie niedergeschmettert, und zwar, das gestehe ich, weniger durch meinen Schmerz als durch die Schmach, nicht gerächt zu sein.

Er hielt Wort. Der ganze Tag, die ganze Nacht verging, ohne daß ich ihn wieder sah, aber auch ich hielt Wort und berührte weder Speise noch Trank, denn ich war entschlossen, mich durch Hunger zu töten.

Ich verbrachte den Tag und die Nacht in Gebeten, denn ich hoffte, Gott würde mir meinen Selbstmord vergeben.

In der zweiten Nacht öffnete sich die Tür. Ich lag auf dem Boden, die Kräfte verließen mich allmählich.

Bei dem Geräusch richtete ich mich auf eine Hand auf.

‚Nun!' sprach ein Stimme, die zu furchtbar in meinen Ohren klang, als daß ich sie nicht hätte erkennen sollen. ‚Nun, sind wir ein wenig besänftigt, werden wir unsere Freiheit mit dem einfachen Versprechen des Schweigens bezahlen? Hört, ich bin ein guter Mensch', fuhr er fort, ‚und obwohl ich die Puritaner nicht liebe, lasse ich ihnen wie den Puritanerinnen, wenn sie hübsch sind, Gerechtigkeit widerfahren. Auf, leistet mir einen kleinen Eid auf das Kreuz, mehr verlange ich nicht.'

‚Auf das Kreuz!' rief ich, ‚auf das Kreuz schwöre ich, daß kein Versprechen, keine Drohung, keine Marter mir den Mund verschließen soll. Auf das Kreuz schwöre ich, Euch als Mörder, als Ehrenräuber, anzuklagen. Auf das Kreuz schwöre ich, daß ich, wenn es mir je gelingt, diesen Ort zu verlassen, im Namen des ganzen Menschengeschlechts Rache fordern werde.'

,Nehmt Euch in acht', erwiderte er drohend, ,es steht mir ein Mittel zu Gebot, das ich nur im äußersten Fall anwenden werde, um Euch den Mund zu verschließen, oder wenigstens zu verhindern, daß man auch nur ein Wort von dem glaubt, was Ihr aussagt.'

Ich raffte alle meine Kräfte zusammen, um ihm mit einem schallenden Gelächter zu antworten...

Er sah, daß unter uns nun ein Krieg auf Leben und Tod ausgebrochen war.

,Hört,' sagte er, ,ich gebe Euch noch den Rest der Nacht und den morgigen Tag. Überlegt es genau. Versprecht zu schweigen, und Reichtum, Achtung, Ehre sollen Euch umgeben. Droht Ihr zu sprechen, so überantworte ich Euch der Schande.'

,Ihr', rief ich, ,Ihr?'

,Der ewigen untilgbaren Schande.'

,Ihr?' wiederholte ich. Ah! Ich sage Euch, Felton, ich hielt ihn für wahnsinnig!

,Oh, laßt mich,' rief ich, ,geht, wenn Ihr nicht wollt, daß ich mir in Eurer Gegenwart das Haupt an der Wand zerschmettere.'

,Gut, Ihr wollt es so haben, morgen abend also.'

,Morgen abend,' erwiderte ich, sank auf den Boden und biß vor Wut in den Teppich."

Felton stützte sich auf einen Sessel, und Mylady sah mit teuflischer Freude, daß der junge Offizier vielleicht nicht die Kraft haben würde, die Erzählung bis zu Ende zu hören.

57. Kapitel

Ein Vorwurf zu einer klassischen Tragödie

Nach einem kurzen Stillschweigen, währenddessen Mylady den jungen Offizier, der ihr zuhörte, beobachtete, fuhr sie in ihrer Erzählung fort:

„Ich hatte beinahe drei Tage nichts gegessen und nichts getrunken und war furchtbaren Qualen preisgegeben! Zuweilen zog es wie Wolken über meine Stirn hin, meine Augen verschleierten sich, meine Gedanken gerieten in Verwirrung.

Der Abend kam. Ich war so schwach, daß ich jeden Augenblick in Ohnmacht sank, und sooft ich ohnmächtig wurde, dankte ich Gott, denn ich glaubte, mein Tod nahe.

Mitten in einer solchen Ohnmacht hörte ich, daß sich die Tür öffnete. Der Schreck brachte mich zu Bewußtsein.

Mein Verfolger trat mit einem maskierten Mann ein. Er war selbst maskiert. Ich erkannte seinen Tritt, ich erkannte seine Stimme, ich erkannte das imposante Wesen, das die Hölle seiner Person zum Unglück der Menschheit verliehen hat.

‚Nun!' sprach er, ‚seid Ihr entschlossen, mir den Eid zu leisten, den ich von Euch verlange?'

‚Ihr habt es gesagt, die Puritaner haben nur ein Wort. Das meine habt Ihr vernommen, ich habe es geschworen, Euch auf Erden vor dem Gericht der Menschen, im Himmel vor dem Gericht Gottes zu verfolgen!'

‚Ihr beharrt also auf Eurer Absicht?'

‚Ich schwöre es vor Gott, der mich hört. Ich nehme die ganze Welt zum Zeugen Eures Verbrechens, und zwar bis ich einen Rächer gefunden habe.'

‚Ihr seid eine Dirne,' rief er mit einer Donnerstimme, ‚und sollt die Strafe der Dirnen erdulden!... Gebrandmarkt in den Augen der Welt, die ihr anrufen wollt, versucht es dieser Welt zu beweisen, daß Ihr weder wahnsinnig noch schuldig seid.'

Dann wandte er sich an seinen Begleiter mit den Worten:

‚Henker, tue deine Schuldigkeit.'"

„Oh, seinen Namen, seinen Namen!" rief Felton „nennt mir seinen Namen."

„Trotz meines Geschreis, trotz meines Widerstandes, denn ich fing nun an, zu begreifen, daß es sich für mich um etwas Schlimmeres als den Tod handelte, packte mich der Henker, warf mich zu Boden, schnürte mir die Arme fest zusammen, und vom Schluchzen halb erstickt, beinahe ohne Bewußtsein, Gott anrufend, der mich nicht hörte, stieß ich plötzlich einen furchtbaren Schrei des Schmerzes und der Schande aus. Ein glühendes Eisen, ein rotes Eisen, das Eisen des Henkers hatte man auf meine Schulter gedrückt."

Felton schnaubte und brüllte.

„Seht", sprach Mylady, sich mit der Majestät einer Königin erhebend, „seht, wie man für das reine Mädchen, das ein Opfer der Roheit eines heillosen Missetäters war, ein neues Märtyrertum ersonnen hat. Lernt das Herz der Menschen kennen, und dient von nun an weniger leicht als Werkzeug ihrer ungerechten Rache."

Mit einer raschen Bewegung öffnete Mylady ihr Kleid, zerriß den Batist, der ihre Schulter bedeckte, und zeigte, rot vor geheucheltem Zorn und gespielter Scham, dem jungen Mann das untilgbare Mal, das ihre so schöne Schulter entehrte.

„Aber ich sehe hier eine Lilie", rief Felton.

„Darin liegt gerade die Niederträchtigkeit", antwortete Mylady, „die Brandmarkung von Frankreich!... Er hätte beweisen müssen, von welchem Tribunal mir diese aufge-

drückt worden sei, und ich hätte einen öffentlichen Aufruf an alle Gerichte des Königreichs ergehen lassen. Aber durch die Brandmarkung Frankreichs war ich wirklich gebrandmarkt."

Das war zuviel für Felton. Bleich, unbeweglich, niedergeschmettert durch diese furchtbare Enthüllung, geblendet durch die übermenschliche Schönheit dieser Frau, die sich mit einer Schamlosigkeit vor ihm enthüllte, die er erhaben fand, stürzte er endlich vor ihr auf die Knie, wie dies die ersten Christen vor jenen heiligen Märtyrerinnen taten, die die Verfolgung der Kaiser im Zirkus der blutgierigen Lüsternheit des Pöbels bloßstellte. Das Brandmal verschwand, die Schönheit allein blieb übrig!

„Vergebung, Vergebung!" rief Felton, „oh, Vergebung!"

Mylady las in seinen Augen: Liebe, Liebe!

„Vergebung, wofür?" fragte sie.

„Vergebung dafür, daß ich mit Euren Verfolgern in Verbindung stand."

Mylady reichte ihm die Hand.

„So schön, so jung!" rief Felton und bedeckte ihre Hand mit Küssen.

Mylady ließ einen jener Blicke, die einen Sklaven zum König machen, auf ihn fallen.

Felton war Puritaner. Er ließ die Hand dieser Frau los, um ihr die Füße zu küssen.

Er liebte sie bereits nicht mehr, er betete sie an.

Als diese Krise vorüber war, als Mylady ihre Kaltblütigkeit, die sie nie verlassen hatte, wiedergewonnen hatte, sprach er:

„Und nun habe ich Euch nur eines noch zu sagen: Nennt mir den Namen Eures Henkers, denn für mich gibt es nur einen. Der andere war das Werkzeug und nicht mehr."

„Wie, Bruder!" rief Mylady, „ich soll ihn dir nennen, und du hast ihn noch nicht erraten?"

„Wie!“ versetzte Felton. „Er!... immer er!... Er, der wahre Schuldige?“

„Der wahre Schuldige ist der Verwüster Englands, der Verfolger der echten Gläubigen, der feige Räuber der Ehre so vieler Frauen! Er, der in einer Laune seines verderbten Herzens so viel Blutvergießen über England bringt, der heute die Protestanten beschützt und sie morgen verraten wird.“

„Buckingham! Also Buckingham!“ rief Felton außer sich.

Mylady verbarg ihr Gesicht in den Händen, als könnte sie die Schmach nicht ertragen, an die dieser Name sie erinnerte.

„Buckingham! Der Henker dieses engelreinen Geschöpfes!" rief Felton. „Und du hast ihn nicht mit deinem Donner niedergeschmettert, mein Gott! und du läßt ihn erhaben, geehrt, mächtig, zu unser aller Verderben."

„Gott verläßt den, der sich selbst verläßt", sprach Mylady.

„Er will also auf sein Haupt die Strafe der Verdammten herabrufen", fuhr Felton mit wachsender Begeisterung fort. „Die menschliche Rache soll also der göttlichen Rache zuvorkommen!"

„Die Menschen fürchten und schonen ihn."

„Oh, ich fürchte ihn nicht und werde ihn nicht schonen!" rief Felton.

Myladys Seele schwamm in höllischer Freude.

„Aber in welchem Zusammenhang", fragte Felton, „steht Lord Winter, mein Beschützer, mein Vater, mit alldem?"

„Hört, Felton", erwiderte Mylady, „neben feigen und verächtlichen Menschen finden sich erhabene, edelmütige Naturen. Ich hatte einen Bräutigam, einen Mann, der mich liebte und den ich liebte, ein Herz wie das Eure, Felton, einen Mann wie Ihr. Ich ging zu ihm und erzählte ihm alles. Er kannte mich und zweifelte nicht einen Augenblick. Er war ein hochgestellter Herr, in allen Beziehungen Buckingham gleich. Er sprach nichts, nahm seinen Degen, hüllte sich in seinen Mantel und begab sich in den Buckingham Palace."

„Ich begreife", sagte Felton, „obwohl man gegen solchen Menschen nicht das Schwert, sondern den Dolch brauchen muß."

„Buckingham war am Tag vorher abgereist, als Botschafter nach Spanien geschickt, wo er um die Hand der Infantin für König Karl I., der damals noch Prinz von Wales war, werben sollte. Mein Bräutigam kam zurück."

„Hört" sprach er zu mir, „dieser Mensch ist abgereist und für den Augenblick meiner Rache entgangen. Aber mittlerweile schließen wir unsere Verbindung, wie wir dies beabsichtigten, und dann baut auf Lord Winter, daß er seiner Ehre und die seiner Gemahlin aufrecht zu erhalten wissen wird."

„Lord Winter!" rief Felton.

„Ja", antwortete Mylady, „Lord Winter, und nun begreift Ihr wohl alles, nicht wahr? Buckingham blieb beinahe ein Jahr abwesend. Acht Tage vor seiner Ankunft starb Lord Winter plötzlich und hinterließ mich als seine einzige Erbin. Woher kam der Schlag! Gott, der alles weiß, weiß auch dies ohne Zweifel. Ich klage niemand an."

„Oh, welch ein Abgrund! Welch ein furchtbarer Abgrund!" rief Felton.

„Lord Winter war gestorben, ohne seinem Bruder vorher etwas sagen zu können. Das furchtbare Geheimnis sollte jedermann verborgen bleiben, bis es wie ein Gewitter über dem Haupt des Schuldigen ausbrechen würde. Euer Beschützer hatte nur mit Widerwillen die Heirat seines Bruders mit einem jungen Mädchen ohne Vermögen angesehen. Ich fühlte, daß ich keine Stütze bei einem Mann zu erwarten hatte, der in seinen Erbschaftshoffnungen betrogen worden war und zog nach Frankreich, entschlossen, mein ganzes Leben dort zuzubringen. Aber da sich mein Vermögen in England befand, und jede Verbindung durch den Krieg abgebrochen war, so fehlte es mir an allem, und ich sah mich genötigt, zurückzukehren. Vor sechs Tagen landete ich in Portsmouth."

„Was geschah weiter?" fragte Felton.

„Buckingham erfuhr ohne Zweifel meine Rückkehr, er

sprach darüber mit Lord Winter und sagte ihm, seine Schwägerin sei eine Geschändete, eine Gebrandmarkte. Die edle, reine Stimme meines Gatten konnte mich nicht mehr verteidigen. Lord Winter glaubte alles, was man ihm sagte, um so leichter, als er ein Interesse dabei hatte, es zu glauben. Er ließ mich verhaften und hierherbringen, und stellte mich unter Eure Obhut. Das übrige wißt Ihr. Übermorgen deportiert er mich. Übermorgen schickt er mich in die Verbannung unter ehrlose Verbrecher. Oh, der Faden ist gut gesponnen, das Komplott ist geschickt angelegt, aber meine Ehre wird es nicht überleben. Ihr seht, daß ich sterben muß, Felton. Felton, gebt mir das Messer!"

Und nach diesen Worten sank Mylady, als ob alle ihre Kräfte erschöpft wären, schwach und schmachtend in die Arme des jungen Offiziers.

„Nein, nein!" rief er, „nein, du sollst leben, rein und geehrt. Du sollst über deine Feinde triumphieren!"

Mylady stieß ihn sanft mit der Hand zurück.

„Oh, den Tod!" sprach sie, die Stimme und die Augen verschleiernd. „Oh, lieber den Tod als die Schande!... Felton, mein Bruder, mein Freund, ich beschwöre dich!"

„Nein", rief Felton, „nein, du sollst leben und gerächt werden."

„Felton, ich bringe Unglück über alles, was mich umgibt. Felton, verlaß mich! Felton, laß mich sterben!"

„Wohl, so sterben wir miteinander!" rief er.

Es tönten mehrere Schläge an der Tür.

„Horch!" sprach sie, „man hat uns belauscht. Man kommt! Es ist vorbei! Wir sind verloren!"

„Nein", sprach Felton, „es ist die Wache, die mir meldet, daß eine Runde kommt."

„Dann eilt an die Tür und öffnet selbst."

Felton gehorchte. Dieses Weib war bereits sein ganzer Gedanke, seine ganze Seele.

Er stand dem Sergeanten gegenüber, der eine Wachpatrouille kommandierte.

„Was gibt es?“ fragte der Offizier.

„Ihr habt mir gesagt, ich solle die Tür öffnen, wenn ich um Hilfe rufen höre, aber Ihr vergaßt, mir den Schlüssel zu lassen. Ich hörte Euch rufen, ohne daß ich verstand, was Ihr verlangtet, und wollte die Tür öffnen, aber sie war von innen verschlossen, und ich rief deshalb den Sergeanten.“

„Und hier bin ich“, sagte der Sergeant.

Verwirrt, beinahe verrückt, blieb Felton lautlos.

Mylady begriff, daß sie sich der Situation bemächtigen

mußte. Sie lief zum Tisch und ergriff das Messer, welches Felton darauf gelegt hatte.

„Und mit welchem Recht wollt Ihr mich hindern zu sterben?“ fragte sie.

„Großer Gott!“ rief Felton, als er das Messer in ihrer Hand blinken sah.

In diesem Augenblick erscholl ein ironisches Gelächter im Korridor.

Von dem Geräusch herbeigezogen, stand der Baron im Schlafrock, den Degen unter dem Arm, auf der Türschwelle.

„Ah!“ sagte er, „wir sind beim letzten Akt der Tragödie angelangt. Ihr seht, Felton, das Drama hat alle von mir bezeichneten Phasen durchgemacht. Aber seid unbesorgt, das Blut wird nicht fließen.“

Mylady begriff, daß sie verloren war, wenn sie nicht Felton einen unmittelbaren und furchtbaren Beweis von ihrem Mut gab.

„Ihr täuscht Euch, Mylord, das Blut wird fließen. Soll es auf diejenigen zurückfallen, die es fließen lassen.“

Felton stieß einen Schrei aus und stürzte auf sie zu. Es war zu spät, Mylady hatte zugestoßen.

Aber das Messer hatte glücklicherweise - wir sollten sagen geschickterweise - das stählerne Korsett getroffen, das in jener Zeit wie ein Panzer die Brust der Frauen beschützte. Es hatte das Kleid zerrissen, war aber dann abgeglitten und schräg zwischen dem Fleisch und den Rippen eingedrungen.

Myladys Kleid war darum in weniger als einer Sekunde mit Blut befleckt.

Mylady sank zurück und schien ohnmächtig. Felton entriß ihr das Messer.

„Seht, Mylord“, sprach er mit düsterer Miene. „Diese Frau war unter meine Obhut gestellt und hat sich getötet.“

„Seid unbesorgt, Felton“, sprach Lord Winter, „sie ist nicht tot. Die Teufel sterben nicht so leicht. Seid unbesorgt, und erwartet mich in meinem Zimmer.“

„Aber, Mylord ... “

„Geht, ich befehle es Euch!“

Felton gehorchte dem Befehl seines Vorgesetzten, aber er steckte das Messer in sein Hemd, als er sich entfernte.

Lord Winter begnügte sich, die Frau zu rufen, die Mylady bediente, und als diese gekommen war, empfahl er ihr die noch immer ohnmächtige Gefangene und ließ sie mit ihr allein.

Da jedoch die Wunde trotz seines Argwohns von Bedeutung sein konnte, so schickte er gleich einen Berittenen ab, um den Arzt zu holen.

58. Kapitel

Die Flucht

Myladys Wunde war, wie Lord Winter gedacht hatte, durchaus nicht gefährlich. Sobald sie mit der für ihre Bedienung bestimmten Frau allein war, schlug sie die Augen wieder auf.

Aber man mußte Schwäche und Schmerz heucheln. Das war nicht schwierig für eine Schauspielerin wie Mylady. Die arme Frau, die sich beeilte sie zu entkleiden, wurde auch so von ihrer Gefangenen betört, daß sie, trotz der Einwendungen Myladys, auf ihrem Willen, die ganze Nacht bei ihr zu wachen, beharrte.

Aber die Gegenwart dieser Frau hinderte Mylady nicht am Nachdenken. Es blieb kein Zweifel mehr, Felton war überzeugt, Felton gehörte ihr. Wäre ein Engel dem jungen Mann erschienen, um Mylady anzuklagen, er würde ihn in seiner Gemütsstimmung sicherlich für einen Abgesandten des Teufels gehalten haben.

Mylady lächelte bei diesem Gedanken; denn Felton war von nun an ihr einziges Rettungsmittel.

Aber in Lord Winter konnte ein Verdacht gegen ihn entstanden sein. Felton konnte jetzt selbst überwacht werden.

Gegen vier Uhr morgens erschien der Arzt. Doch seit der Zeit, wo Mylady sich den Stich beibrachte, hatte sich die Wunde bereits wieder geschlossen. Der Arzt konnte also weder ihre Richtung noch ihre Tiefe ermessen. Er erkannte nur an dem Puls der Kranken, daß die Sache von keiner schwerwiegenden Bedeutung war.

Am Morgen schickte Mylady, unter dem Vorwand, die ganze Nacht nicht geschlafen zu haben und Ruhe zu benötigen, die Frau fort, die bei ihr wachte.

Sie hegte einigermaßen die Hoffnung, Felton werde zur Frühstücksstunde erscheinen, aber er kam nicht.

Hatten sich ihre Befürchtungen verwirklicht? Sollte ihr Felton, von dem Baron beargwöhnt, in dem entscheidengen Augenblick sein Wort nicht halten können? Sie hatte nur noch einen Tag. Lord Winter hatte ihr die Einschiffung für den 23. angekündigt und man hatte bereits den Morgen des 22. erreicht. Trotzdem wartete sie noch geduldig bis zur Stunde des Mittagsmahls. Obwohl sie am Morgen nichts gegessen hatte, wurde doch das Mittagessen zur gewöhnlichen Stunde gebracht. Mylady bemerkte mit Schrecken, daß die Uniform der Soldaten, die sie bewachten, sich verändert hatte. Sie wagte jetzt zu fragen, was aus Felton geworden sei.

Man antwortete ihr: Felton sei vor einer Stunde weggeritten.

Sie erkundigte sich, ob sich der Baron immer noch im Schloß befinde. Der Soldat bejahte diese Frage mit der Bemerkung, er habe Befehl erhalten, ihn zu benachrichtigen, wenn ihn die Gefangene zu sprechen wünsche.

Mylady antwortete, sie sei für den Augenblick zu schwach und wünsche nur allein zu bleiben.

Der Soldat trat, das Mittagsessen zurücklassend, ab.

Felton war entfernt. Die Marinesoldaten hatten sich verändert. Man mißtraute also Felton.

Dies war der letzte Schlag für die Gefangene.

Sobald sie sich allein sah, stand sie auf. Sie warf einen Blick zur Tür. Der Baron hatte ein Brett vor das Gitter nageln lassen. Ohne Zweifel fürchtete er, es dürfte ihr mit Hilfe dieser Öffnung durch irgendein teuflisches Mittel gelingen, die Wachen zu verführen.

Mylady lächelte vor Freude. Sie konnte sich allen ihren Gemütsbewegungen, ohne beobachtet zu werden, hingeben. Sie durchlief das Zimmer wie eine Wahnsinnige oder eine in einem eisernen Käfig eingeschlossene Tigerin. Wäre ihr das Messer geblieben, sie hätte sicherlich daran gedacht, nicht mehr sich selbst, sondern diesmal den Baron zu ermorden.

Um sechs Uhr trat Lord Winter, bis an die Zähne bewaffnet, ein. Dieser Mann, in dem Mylady bis dahin nur einen ziemlich einfältigen Edelmann gesehen hatte, war ein bewunderungswürdiger Kerkermeister geworden. Er schien alles vorherzusehen, alles zu erraten, allem zuvorzukommen.

Ein einziger Blick auf Mylady unterrichtete ihn von allem, was in ihrer Seele vorging.

„Gut“ sagte er, „aber Ihr werdet mich heute noch nicht umbringen. Ihr habt keine Waffe mehr, und überdies bin ich auch auf meiner Hut. Ihr hattet schon angefangen, meinem armen Felton den Kopf zu verdrehen. Er stand bereits unter Eurem höllischen Einfluß, aber ich will ihn retten. Er wird Euch nicht mehr sehen. Alles ist vorbei. Packt Eure Kleidungsstücke zusammen. Morgen reist Ihr ab. Ich hatte die Einschiffung auf den 23. festgesetzt. Aber je näher die Sache gerückt wird, desto sicherer ist sie. Morgen mittag habe ich Euern Verbannungsbefehl, von Buckingham unterzeichnet, in Händen. Sprecht Ihr ein einziges Wort zu irgend jemand, ehe Ihr Euch auf dem Schiff befindet, so schießt Euch mein Sergeant über den Haufen, dazu hat er Befehl. Sprecht Ihr auf dem Schiff ein Wort zu irgend jemand, ehe es der Kapitän gestattet, so läßt Euch dieser ins Meer werfen, das ist so abgemacht. Auf Wiedersehen, dies hatte ich Euch zu eröffnen. Morgen sehe ich Euch noch einmal, um Abschied zu nehmen.“

Nach diesen Worten entfernte sich der Baron.

Mylady hatte diese ganze drohende Tirade mit einem Lächeln auf den Lippen, aber mit Wut im Herzen, angehört.

TRICHON.

Man trug das Abendessen auf. Mylady fühlte, daß sie Kraft brauchte. Sie wußte nicht, was in dieser Nacht vorgehen konnte, die drohend herannahte, denn schwere Wolken wälzten sich am Himmel, und ferne Blitze kündigten einen Sturm an.

Der Sturm brach wirklich gegen zehn Uhr abends aus. Mylady fand Trost darin, daß die Natur die Verwirrung ihres Herzens teilte. Der Donner rollte in der Luft wie der Zorn in ihrem Herzen. Es war ihr, als brauste der Wind über ihre Stirn wie über die Bäume hin, deren Zweige er krümmte, deren Blätter er fortriß.

Von Zeit zu Zeit betrachtete sie einen Ring, den sie am Finger trug. Die Kapsel dieses Rings enthielt ein feines, schnellwirkendes Gift. Dies war ihre letzte Zuflucht.

Plötzlich hörte sie an ein Fenster klopfen, und bei dem Strahl eines Blitzes erblickte sie ein männliches Gesicht hinter den Gitterstangen. Sie lief zum Fenster und öffnete es.

„Felton!" rief sie, „ich bin gerettet!"

„Ja", sagte Felton, „aber still, still! Ich brauche Zeit, um Eure Gitterstangen zu durchsägen. Nehmt Euch in acht, daß sie Euch nicht durch das Gitter in der Tür sehen."

„Oh, das dient zum Beweis, daß der Herr mit uns ist, Felton", versetzte Mylady, „sie haben das Gitter mit einem Brett verschlossen."

„So ist es gut! Gott hat sie wahnsinnig gemacht", sprach Felton.

„Aber was habe ich zu tun?" fragte Mylady.

„Nichts, nichts, verschließt nur dieses Fenster wieder. Legt Euch schlafen, oder legt Euch wenigstens ganz angekleidet in Euer Bett. Sobald ich fertig bin, klopfe ich an die Scheibe. Aber könnt Ihr mir auch folgen?"

„Oh, gewiß!"

„Eure Wunde?"

„Macht mir Schmerzen, hindert mich aber nicht am Gehen."

„Haltet Euch also auf das erste Zeichen bereit."

Mylady schloß das Fenster, löschte ihre Lampe und kauerte sich, wie ihr Felton empfohlen hatte, in ihr Bett. Inmitten der Klagen des Sturms hörte sie das Knirschen der Feile an den Stangen, und bei dem Schimmer jedes Blitzes sah sie den Schatten Feltons hinter den Scheiben.

Sie verbrachte eine Stunde, ohne zu atmen, keuchend, mit Schweiß auf der Stirn, unter furchtbarer Angst bei jeder Bewegung, die sie im Korridor hörte.

Es gibt Stunden, die ein Jahr dauern.

Nach einer Stunde klopfte Felton wieder.

Mylady sprang aus ihrem Bett und öffnete. Zwei ausgebrochene Stangen bildeten eine Öffnung, durch die ein Mensch schlüpfen konnte.

„Seid Ihr bereit?" fragte Felton. - „Ja. Soll ich etwas mitnehmen?" - „Geld, wenn Ihr es habt!" - „Glücklicherweise hat man mir das, was ich besaß, gelassen." -

„Desto besser, denn ich habe das meine aufgebraucht, um ein Boot zu mieten." - „Nehmt", sagte Mylady und legte Felton einen Beutel Gold in die Hände.

Felton nahm den Beutel und warf ihn an den Fuß der Mauer.

„Wollt Ihr nun kommen?" sprach er.

„Hier bin ich!"

Mylady stieg auf einen Stuhl und schlüpfte mit dem ganzen oberen Teil ihres Körpers durch das Fenster. Sie sah, daß der junge Offizier auf einer Strickleiter über dem Abgrund hing.

Zum erstenmal erinnerte sie eine Regung von Angst daran, daß sie eine Frau war.

Die gähnende Leere machte ihr Angst.

„Ich dachte es mir", sagte Felton.

„Es ist nichts“, sprach Mylady, „ich werde mit geschlossenen Augen hinabsteigen.“

„Habt Ihr Vertrauen zu mir?“ sagte Felton.

„Könnt Ihr noch fragen?“

„Reicht mir Eure beiden Hände, kreuzt sie. So ist es gut.“ Felton band ihr die beiden Faustgelenke mit seinem Taschentuch zusammen und umwickelte das Taschentuch mit einem Strick.

„Was macht Ihr?“ fragte Mylady erstaunt.

„Legt Eure Arme um meinen Hals, und fürchtet Euch nicht."

„Aber Ihr werdet durch mich das Gleichgewicht verlieren, und wir stürzen beide hinab."

„Seid unbesorgt. Ich bin Seemann!"

Man hatte keine Sekunde Zeit, um sich zu besinnen. Mylady legte ihre beiden Arme um Feltons Hals und ließ sich aus dem Fenster gleiten.

Felton fing an, die Sprossen langsam eine nach der anderen hinabzusteigen. Trotz der Schwere der beiden Körper wiegte sie der Orkan in der Luft.

Plötzlich hielt Felton inne.

„Was gibt es?" fragte Mylady. - „Still!" sagte Felton, „ich höre Tritte!" - „Wir sind entdeckt!"

Es wurde wieder einen Augenblick still.

„Nein", sprach Felton, „es ist nichts." - „Aber was ist denn das für ein Geräusch?" - „Es kommt von der Patrouille, die auf dem Rundengang geht." - „Wo ist der Rundengang?" - „Gerade unter uns." - Sie wird uns entdecken." - „Wenn keine Blitze kommen, nicht." - „Sie wird unten an die Leiter stoßen." - Glücklicherweise ist diese um sechs Fuß zu kurz." - „Mein Gott! Hier kommen sie!" - „Schweigt!"

Alle beide schaukelten zwanzig Fuß über der Erde. Während dieser Zeit gingen die Soldaten lachend und plaudernd unter ihnen vorbei.

Es war für die Flüchtlinge ein furchtbarer Augenblick.

Die Patrouille zog weiter. Man hörte, wie sich das Geräusch ihrer Tritte immer mehr entfernte und das Gemurmel ihrer Stimmen immer schwächer wurde.

„Nun sind wir gerettet", sprach Felton.

Mylady stieß einen Seufzer aus und wurde ohnmächtig.

Felton fuhr fort hinabzusteigen. Als er unten an der Leiter angelangt war, und keine Stütze mehr für seine

Füße fühlte, klammerte er sich mit den Händen an, und als er die letzte Sprosse erreicht hatte, ließ er sich an den Faustgelenken herabhängen und berührte die Erde. Er bückte sich, hob den Geldbeutel auf und nahm ihn zwischen die Zähne.

Dann nahm er Mylady in seine Arme und entfernte sich rasch, in entgegengesetzter Richtung der Patrouille. Bald verließ er den Rundengang, stieg durch die Felsen hinab und ließ, am Meeresufer angelangt, einen scharfen Ton seiner Pfeife hören.

Ein ähnliches Signal antwortete, und fünf Minuten später sah er ein Boot mit vier Mann erscheinen.

Das Boot kam so nahe als möglich ans Ufer, aber es hatte hier nicht genug Tiefe. Felton ging bis an den Gürtel in das Wasser, da er seine kostbare Beute niemand anvertrauen wollte.

Zum Glück fing der Sturm an sich ein wenig zu legen.

Das Meer war jedoch immer noch aufgeregt. Das kleine Boot hüpfte wie eine Nußschale über die Wellen hin.

„Zur Schaluppe!" sagte Felton, „und rasch vorwärts."

Die vier Männer fingen an zu arbeiten, aber die See ging zu hoch, als daß die Ruder hätten viel ausrichten können.

Doch man entfernte sich wenigstens vom Schloß. Das war die Hauptsache. Die Nacht hatte Wasser und Land in tiefe Finsternis gehüllt, und es war bereits unmöglich, das Ufer vom Boot aus zu unterscheiden, man hätte also noch viel weniger das Boot vom Ufer aus unterscheiden können.

Ein schwarzer Punkt schwankte auf dem Meer.

Das war die Schaluppe.

Während das Boot mit aller Kraft ihrer vier Ruderer vorwärtskam, band Felton den Strick und das Taschentuch los, womit die Hände Myladys zusammengeknüpft waren.

Nachdem er ihre Hände gelöst hatte, nahm er Seewasser und sprengte es ihr ins Gesicht.

Mylady stieß einen Seufzer aus.

„Wo bin ich?“ fragte sie.

„Gerettet!“ antwortete der junge Offizier.

„Oh, gerettet! Gerettet!“ rief sie. „Ja, hier ist der Himmel, hier ist das Meer! Die Luft, die ich atme, ist die Freiheit. Ach! Dank, Felton, tausend Dank!“

Der junge Mann drückte sie an sein Herz.

„Aber was habe ich denn an den Händen?“ fragte Mylady, „es scheint, man hat sie mir in einen Schraubstock gepreßt.“

Mylady hob die Arme auf, die Faustgelenke waren in der Tat gequetscht.

„Ach!“ seufzte Felton, die schönen Hände anschauend und schüttelte schmerzlich den Kopf.

„Oh, es ist nichts, es ist nichts!“ rief Mylady, „ich erinnere mich nun wieder.“

Mylady suchte mit den Augen um sich her.

„Er ist da“, sprach Felton und stieß mit dem Fuß an den Beutel mit den Goldstücken.

Man näherte sich der Schaluppe. Der wachhabende Matrose rief das Boot an. Die Bootsbesatzung antwortete.

„Was für ein Schiff ist das?“ fragte Mylady. - „Das ich für Euch gemietet habe.“ - „Wohin wird es mich bringen?“ - „Wohin Ihr wollt, nur müßt Ihr mich in Portsmouth an Land setzen.“ - „Was wollt Ihr in Portsmouth machen?“ fragte Mylady. - „Die Befehle von Lord Winter vollziehen“, antwortete Felton mit düsterem Lächeln. - „Welche Befehle? - „Ihr begreift nicht?“ - „Nein, erklärt Euch, ich bitte.“ - „Da er mir mißtraute, wollte er Euch selbst bewachen, und schickte mich ab, um für ihn Euren Deportationsbefehl von Buckingham unterzeichnen zu lassen.“ - „Aber wenn er Euch mißtraute, wie konnte er Euch diesen Auftrag anvertrauen?“ - „Konnte er glauben, daß ich wußte, was ich trug, da er mir nichts gesagt hatte, und ich das

Geheimnis von Euch erfuhr?" - „Das ist richtig. Und Ihr geht nach Portsmouth?" - „Ich habe keine Zeit zu verlieren. Morgen ist der 23., und Buckingham geht morgen mit der Flotte ab." - „Er geht morgen ab! Wohin?" - „Nach La Rochelle." - „Er darf nicht abgehen!" rief Mylady, ihre gewöhnliche Geistesgegenwart verlierend. - „Seid ruhig", erwiderte Felton, „er wird nicht abgehen."

Mylady bebte vor Freude, sie hatte tief im Herzen des jungen Mannes gelesen. Der Tod Buckinghams stand in deutlicher Schrift geschrieben.

„Felton!" sagte sie, „Ihr seid groß wie Judas Maccabäus! Sterbt Ihr, so sterbe ich mit Euch. Das ist alles, was ich Euch sagen kann."

„Leise, wir sind an Ort und Stelle."

Man hielt wirklich an der Schaluppe.

Felton stieg zuerst die Leiter hinauf und reichte Mylady die Hand, während die Matrosen sie unterstützten.

Einen Augenblick später befanden sie sich auf dem Verdeck.

„Kapitän", sprach Felton, „hier ist die Person, von der ich gesprochen habe, und die Ihr gesund und wohlbehalten nach Frankreich bringen müßt."

„Gegen tausend Pistolen", entgegnete der Kapitän.

„Ich habe Euch fünfhundert gegeben."

„Ganz richtig."

„Und hier sind die anderen fünfhundert", sprach Mylady und griff in den Beutel.

„Nein", erwiderte der Kapitän, „ich habe nur ein Wort, und dieses Wort gab ich dem jungen Mann. Die anderen fünfhundert Pistolen ist man mir erst schuldig, wenn wir in Boulogne ankommen."

„Und wir werden ankommen?"

„Gesund und wohlbehalten", sprach der Kapitän, „so wahr ich Jack Butler heiße."

„Gut“, sprach Mylady, „wenn Ihr Euer Wort haltet, so gebe ich Euch nicht fünfhundert, sondern tausend Pistolen.“

„Dann Hurra für Euch, meine schöne Dame!“ rief der Kapitän, „und Gott möge mir oft Kunden wie Eure Herrlichkeit schicken!“

„Mittlerweile fahrt uns zu der kleinen Bucht von Chichester“, sagte Felton, „vor Portsmouth, Ihr wißt, es ist verabredet, daß Ihr uns dorthin bringen sollt!“

Der Kapitän erwiderte diese Worte durch den Befehl zu dem erforderlichen Manöver, und um sieben Uhr abends ankerte das kleine Schiff in der bezeichneten Bucht.

Während dieser Fahrt erzählte Felton Mylady alles, wie er, statt nach London zu gehen, das Schiff gemietet hatte, wie er zurückgekehrt war, wie er mit Hilfe von Lücken, hervorspringenden Steinen und Klammern, die er befestigte, um seinen Füßen Halt zu geben, die Mauern erstiegen und endlich zu dem Gitter gelangt, die Leiter angebunden hatte. Das übrige wußte Mylady.

Mylady suchte ihrerseits den jungen Offizier in seinem Vorhaben zu ermutigen und zu bestärken, aber bei den ersten Worten, die aus ihrem Munde kamen, sah sie, daß der Fanatiker eher eine Dämpfung als eine Aufmunterung brauchte.

Es wurde verabredet, daß Mylady Felton bis zehn Uhr erwarten sollte, wäre er um zehn Uhr nicht zurück, so sollte sie absegeln.

Vorausgesetzt, daß er frei wäre, sollte er sodann in Frankreich im Kloster der Karmeliterinnen in Bethune mit ihr zusammentreffen.

59. Kapitel

Was in Portsmouth am 23. August 1628 geschah

Felton nahm von Mylady Abschied wie ein Bruder, der einen einfachen Spaziergang machen will, von seiner Schwester Abschied nimmt, d. h. indem er ihr die Hand küßte.

Seine ganze Persönlichkeit schien wieder im Zustand ihrer gewöhnlichen Ruhe zu sein. Nur war in seinen Augen ein seltsamer, dem Widerschein eines Fensters ähnlicher Glanz vorherrschend. Seine Stirn war noch bleicher als früher, seine Zähne waren zusammengepreßt, und seine Sprache machte sich durch ein gewisses Herausstoßen der Töne bemerkbar, woraus sich schließen ließ, daß finstere Gedanken sein Inneres bewegten.

Solange er sich im Boot befand, das ihn an Land brachte, war sein Gesicht Mylady zugewandt, die ihm, auf dem Verdeck stehend, mit den Augen folgte. Alle beide fürchteten sich sehr wenig vor einer Verfolgung. Man betrat das Zimmer Myladys nie vor neun Uhr, und man brauchte drei Stunden, um vom Schloß aus London zu erreichen.

Felton stieg ans Land, erkletterte den kleinen Kamm, der auf die Höhe des abschüssigen Ufers führte, grüßte Mylady zum letztenmal und lief in die Stadt.

Nach hundert Schritten konnte er, weil sich das Terrain senkte, nur noch den Mast der Schaluppe sehen.

Er eilte in Richtung Portsmouth, dessen Türme und Häuser er in einer Entfernung von einer halben Meile im Morgennebel vor sich erblickte.

Vor Portsmouth war das Meer mit Schiffen bedeckt, deren Masten, einem Wald von winterlich entblätterten Pappelbäumen ähnlich, sich unter dem Hauch des Windes wiegten.

Während seines raschen Laufes ging Felton alles durch, was ihm zehn Jahre asketischer Betrachtungen und ein langer Aufenthalt unter den Puritanern an wahren und falschen Beschuldigungen gegen den Liebling Ludwigs VI. und Karls I. geliefert hatten.

Wenn Felton die öffentlichen Verbrechen des Ministers, schreiende, sozusagen europäische Verbrechen mit den unbekannten und persönlichen Verbrechen verglich, mit denen ihn Mylady belastete, so fand er, daß der schuldigere von den zwei Persönlichkeiten, die Buckingham in sich schloß, derjenige war, dessen Leben das Volk nicht kannte. Seine so seltsame, so neue, so glühende Liebe ließ ihn die schändlichen, erdichteten Anklagen der Lady Winter so sehen, wie man durch ein Vergrößerungsglas in Ameisen furchtbare Ungeheuer erblickt.

Der rasche Lauf entzündete sein Blut noch mehr. Der Gedanke, daß er eine furchtbarer Rache preisgegebene Frau hinter sich ließ, die er liebte oder vielmehr wie eine Heilige anbetete, die Aufregung der vorhergehenden Stunden und Tage, die gegenwärtige Anstrengung, alles dies erhitzte sein Gemüt über das Maß menschlicher Gefühle.

Er erreichte Portsmouth gegen acht Uhr morgens. Die ganze Bevölkerung war auf den Beinen. Die Trommeln wurden in den Straßen und im Hafen gerührt. Die zum Einschiffen bestimmten Truppen marschierten dem Meer zu.

Felton gelangte, mit Staub bedeckt und von Schweiß triefend, zum Admiralitätspalast. Sein gewöhnlich bleiches Gesicht war purpurrot vor Grimm und Hitze. Die Wache wollte ihn zurückweisen, aber Felton rief den Anführer des Postens, zog aus seiner Tasche den Brief, den er zu überbringen hatte, und sagte nur die Worte:

„Eilbote von Lord Winter."

Bei dem Namen des Lords, den man als einen der vertrautesten Freunde seiner Herrlichkeit kannte, gab der Anführer des Postens Befehl, Felton, der ohnedies die Uniform eines Marineoffiziers trug, durchzulassen.

Felton stürzte in den Palast. Im selben Augenblick, wo er in den Flur trat, erschien auch ein bestaubter, atemloser Mann, der vor der Tür ein Postpferd stehen ließ, das vor Erschöpfung in die Knie sank.

Felton und er wandten sich zu gleicher Zeit an Patrick, den ersten Kammerdiener des Herzogs. Felton nannte den Baron Winter. Der Unbekannte wollte niemand nennen und behauptete, er dürfe sich nur dem Herzog allein zu erkennen geben.

Patrick, welcher wußte, daß Lord Winter in dienstlichen und freundschaftlichen Verhältnissen zu dem Herzog stand, gab demjenigen, der in des Lords Namen kam, den Vorzug. Der andere war genötigt, zu warten, und man sah deutlich, wie sehr er diese Verzögerung verwünschte.

Der Kammerdiener ließ Felton durch einen großen Saal gehen, in dem die Deputierten von La Rochelle, mit dem Fürsten von Soubise an der Spitze, warteten, und führte ihn in ein Kabinett, wo Buckingham, aus dem Bad kommend, seine Toilette vollendete, der er diesmal, wie immer, eine besondere Aufmerksamkeit widmete.

„Der Leutnant Felton", sagte Patrick, „von Lord Winter geschickt."

„Von Lord Winter?" wiederholte Buckingham. „Laß ihn eintreten."

Felton trat ein. In diesem Augenblick warf Buckingham einen reichen, mit Gold bestickten Schlafrock auf das Kanapee, um ein mit Perlen besticktes Wams aus blauem Samt anzuziehen.

„Warum ist der Baron nicht selbst gekommen?" fragte Buckingham. „Ich erwartete ihn heute morgen."

„Er hat mich beauftragt, Eurer Herrlichkeit zu sagen", antwortete Felton, „daß er sehr bedaure, nicht diese Ehre haben zu können, aber er sei durch eine notwendige Bewachung im Schloß abgehalten."

„Ja, ja", sprach Buckingham, „ich weiß das, er hat eine Gefangene."

„Gerade von dieser Gefangenen wollte ich mit Eurer Herrlichkeit sprechen", versetzte Felton.

„Nun, so sprecht!"

„Was ich zu sagen habe, darf nur Eure Herrlichkeit hören."

„Laß uns allein, Patrick", sprach Buckingham, „aber halte dich im Bereich der Glocke auf. Ich werde dich sogleich rufen."

Patrick ging hinaus.

„Wir sind allein, mein Herr", sagte Buckingham, „sprecht nun."

„Mylord", erwiderte Felton, „der Baron von Winter hat Euch kürzlich geschrieben und Euch in seinem Brief gebeten, einen Deportationsbefehl bezüglich einer jungen Frau namens Charlotte Backson zu unterzeichnen."

„Ja, mein Herr, und ich habe ihm geantwortet, er soll mir diesen Befehl bringen oder schicken und ich werde ihn unterzeichnen."

„Hier ist er, Mylord."

„Gebt ihn her", sagte der Herzog.

Er nahm das Papier aus den Händen Feltons und warf einen raschen Blick darauf. Als er sah, daß es derjenige war, den man ihm angekündigt hatte, legte er ihn auf den Tisch, ergriff eine Feder und wollte ihn unterzeichnen.

„Verzeihung", sprach Felton, den Herzog zurückhaltend. „Weiß Eure Herrlichkeit, daß der Name Charlotte Backson nicht der wahre Name dieser jungen Frau ist?"

„Ja, mein Herr, ich weiß es", antwortete der Herzog, die Feder in das Tintenfaß tauchend.

„Also kennt Eure Herrlichkeit ihren wahren Namen?" fragte Felton.

„Ich kenne ihn."

Der Herzog näherte die Feder dem Papier. Felton erbleichte.

„Und mit dem wahren Namen vertraut", sprach Felton, „wird Eure Herrlichkeit dennoch unterzeichnen?"

„Allerdings“, erwiderte Buckingham, „eher zweimal als einmal.“

„Ich kann nicht glauben“, fuhr Felton mit einer Stimme fort, die immer mehr stoßweise herauskam, „ich kann nicht glauben, daß Eure Herrlichkeit weiß, daß es sich um Lady Winter handelt.“

„Ich weiß es vollkommen, obwohl ich staune, daß Ihr es wißt.“

„Und Eure Herrlichkeit wird diesen Befehl ohne Gewissensbisse unterzeichnen?“

Buckingham schaute den jungen Mann stolz an.

„Wißt Ihr“, sagte er, „daß Ihr ganz seltsame Fragen an mich stellt, und daß es töricht von mir ist, darauf zu antworten?“

„Antwortet, gnädigster Herr“, sprach Felton; „die Lage der Dinge ist ernsthafter als Ihr vielleicht glauben könnt.“

Buckingham dachte, da der junge Mann von Lord Winter abgeschickt sei, so spreche er ohne Zweifel in dessen Namen und besänftigte sich.

„Ohne irgendeinen Gewissensbiß“, sagte er, „und der Baron weiß so gut wie ich, daß Mylady eine große Verbrecherin ist, und daß man es beinahe als Begnadigung betrachten muß, wenn man ihre Strafe auf Deportation beschränkt.“

Der Herzog legte die Feder auf das Papier.

„Ihr werdet diesen Befehl nicht unterzeichnen, Mylord“, sprach Felton und machte einen Schritt auf den Herzog zu.

„Ich werde diesen Befehl nicht unterzeichnen?“ fragte Buckingham „und warum nicht?“

„Weil Ihr in Euch gehen und Mylady Gerechtigkeit widerfahren lassen werdet.“

„Man würde ihr Gerechtigkeit widerfahren lassen, wenn man sie nach Tyburn schickte“, sagte Buckingham. „Mylady ist eine Verbrecherin.“

„Gnädigster Herr, Mylady ist ein Engel. Ihr wißt es genau, und ich fordere von Euch ihre Freiheit."

„Seid Ihr ein Narr", rief Buckingham, „daß Ihr so sprecht!"

„Mylord, entschuldigt mich, ich spreche, wie ich kann. Ich halte an mich. Bedenkt jedoch, Mylord, was Ihr zu tun im Begriff seid, und fürchtet, das Maß zu überschreiten."

„Wie?... Gott vergebe mir", rief Buckingham, „ich glaube, Ihr droht mir!"

„Nein, Mylord, ich bitte noch und sage Euch, ein Tropfen Wasser reicht aus, um das volle Gefäß überlaufen zu lassen. Ein leichter Fehltritt genügt, um die Strafe auf das trotz so vieler Verbrechen bis auf diesen Tag verschonte Haupt herabzuziehen."

„Felton", sprach Buckingham, „Ihr entfernt Euch und meldet Euch sogleich in Arrest."

„Und Ihr, Ihr werdet mich ganz anhören, Mylord. Ihr habt dieses junge Mädchen verführt, Ihr habt die Unglückliche beschmutzt, mißhandelt. Macht Eure Verbrechen gegen sie wieder gut. Laßt sie frei ziehen, und ich werde nichts anderes von Euch fordern."

„Ihr werdet nicht fordern?" sprach Buckingham und sah Felton mit Erstauen an, auf jede Silbe der vier Worte, die er sprach, besonderen Nachdruck legend.

„Mylord", fuhr Felton fort, der immer aufgeregter wurde, je länger er sprach, „ganz England ist Eurer Frevel müde, Mylord, Ihr habt die königliche Gewalt, die Ihr an Euch gerissen habt, mißbraucht, Mylord. Ihr seid Gott und den Menschen ein Abscheu. Gott wird Euch später bestrafen, aber ich, ich bestrafe Euch heute."

„Ah, das ist zu stark", rief Buckingham mit einem Schritt zur Tür.

Felton versperrte ihm den Weg.

„Ich bitte Euch in Demut, unterzeichnet den Freilassungsbefehl von Lady Winter. Bedenkt, daß es die Frau ist, die Ihr entehrt habt."

„Entfernt Euch," sagte Buckingham, „oder ich rufe und lasse Euch von meinen Leuten wegjagen."

„Ihr werdet nicht rufen", sagte Felton und warf sich zwischen den Herzog und die Glocke, die auf einem mit Silber eingelegten Tischchen stand. „Nehmt Euch in acht, Mylord, Ihr seid jetzt in den Händen Gottes."

„In den Händen des Teufels, wollt Ihr sagen!" rief Buckingham, die Stimme verstärkend, um Leute herbeizuholen, ohne diese jedoch unmittelbar aufzufordern.

„Unterzeichnet, Mylord, unterzeichnet die Freilassung von Lady Winter", sagte Felton und stieß ein Papier vor den Herzog.

„Gewalt? Scherzt Ihr? Holla, Patrick!"

„Unterzeichnet, Mylord!"

„Nie!"

„Nie?"

„Herbei!" rief der Herzog und lief zu gleicher Zeit zu seinem Degen.

Aber Felton ließ ihm nicht Zeit, ihn zu ziehen. Er hielt, geöffnet und unter seinem Wams verborgen, das Messer, mit dem sich Mylady verletzt hatte. Mit einem Sprung war er beim Herzog.

In diesem Augenblick trat Patrick in den Saal und rief: „Mylord, ein Brief von Frankreich."

„Von Frankreich!" sprach der Herzog, der jetzt alles um sich her vergaß und nur daran dachte, von wem wohl dieser Brief komme.

Felton benutzte diesen Augenblick und stieß ihm das Messer bis ans Heft in die Seite.

„Ha, Verräter!" schrie Buckingham, „du hast mich ermordet."

„Mörder! Mörder!" heulte Patrick.

Felton warf seine Blicke umher, um zu entfliehen. Als er die Tür geöffnet sah, stürzte er in das anstoßende Zimmer, wo, wie erwähnt, die Abgeordneten von La Rochelle warteten, eilte durch dieses und lief zur Treppe. Aber auf der ersten Stufe begegnete er Lord Winter, der ihn, als er ihn bleich, verstört, leichenfarben, an der Hand und im Gesicht mit Blut befleckt, herabstürzen sah, an der Gurgel faßte, und ihm zurief:

„Ich wußte es! Ich hatte es geahnt. Eine Minute zu spät! Oh, ich Unglücklicher! Ich Unglücklicher!"

Felton leistete keinen Widerstand. Lord Winter übergab ihn den Wachen, die ihn bis auf weiteres auf eine kleine, das Meer beherrschende Terrasse führten, und eilte selbst in das Kabinett Buckinghams.

Bei des Herzogs Geschrei, bei dem Ruf Patricks lief der Mann, den Felton im Vorzimmer getroffen hatte, hastig in das Kabinett.

Er fand den Herzog auf einem Sofa ausgestreckt, die Wunde mit krampfhafter Hand zudrückend.

„La Porte", sprach der Herzog mit matter Stimme, „La Porte, kommst du von ihr?"

„Ja, gnädigster Herr", antwortete der treue Diener Annas von Österreich, „aber vielleicht zu spät."

„Still, La Porte! Man könnte Euch hören. Patrick, laß niemand herein. Oh, ich soll nicht erfahren, was sie mir sagen läßt. Mein Gott, ich sterbe!"

Und der Herzog fiel in Ohnmacht.

Indessen waren Lord Winter, die Abgeordneten, die Anführer der Expedition, die Beamten des Hauses Buckingham in sein Zimmer eingedrungen. Überall erscholl ein Geschrei der Verzweiflung. Die Nachricht, die den Palast mit Seufzen erfüllte, verbreitete sich in der Stadt.

Ein Kanonenschuß kündigte an, daß etwas Neues, Unerwartetes vorgefallen war.

Lord Winter raufte sich die Haare.

„Um eine Minute zu spät!“ rief er, „um eine Minute zu spät! Oh, mein Gott, welch ein Unglück!“

Man hatte ihm wirklich morgens um sieben Uhr gemeldet, eine Strickleiter hänge an dem einen Fenster des Schlosses. Er war sofort in Myladys Zimmer gelaufen, hatte dieses leer, das Fenster offen und die Gitterstangen durchsägt gefunden. Er erinnerte sich wieder, was ihm d'Artagnan durch seinen Boten mündlich empfohlen hatte. Er zitterte um den Herzog, lief in den Stall, ohne sich Zeit zu nehmen, ein Pferd satteln zu lassen, bestieg das nächstbeste, eilte im stärksten Galopp davon, sprang im Hof ab, eilte die Treppe hinauf und begegnete, wie wir erzählten, Felton auf der ersten Stufe.

Der Herzog war jedoch nicht tot. Er kam wieder zu sich, öffnete die Augen, und alle Herzen belebten sich mit neuer Hoffnung.

„Meine Herren", sagte er, „laßt mich mit Patrick und La Porte allein... Ah! Ihr seid es, Lord Winter! Ihr habt mir heute morgen einen seltsamen Narren geschickt. Seht den Zustand, in den er mich versetzt hat!"

„Oh, Mylord", rief der Baron, „Mylord, ich werde mich nie zu trösten wissen."

„Und du hättest unrecht, mein guter Winter", erwiderte Buckingham und reichte ihm die Hand. „Ich kenne keinen Menschen, der es verdiente, von einem anderen Menschen ein ganzes Leben hindurch beklagt zu werden. Aber ich bitte dich, laß uns allein."

Der Baron entfernte sich schluchzend.

Es blieben im Kabinett nur noch der verwundete Herzog, La Porte und Patrick. Man suchte einen Arzt und konnte keinen finden.

„Ihr werdet leben, Mylord, Ihr werdet leben", wiederholte, vor dem Sofa des Herzogs kniend, der Bote Annas von Österreich.

„Was schreibt sie mir?" fragte der Herzog mit schwacher Stimme, von Blut triefend und unter furchtbaren Schmerzen, um von der Geliebten sprechen zu können. „Was schreibt sie mir? Lies mir ihren Brief vor!"

„Oh, Mylord!" rief La Porte.

„Nun, La Porte, siehst du nicht, daß ich keine Zeit zu verlieren habe?"

La Porte erbrach das Siegel und legte dem Herzog das

Pergament unter die Augen. Buckingham aber versuchte vergebens die Schrift zu unterscheiden.

„Lies doch", sagte der „lies doch. Ich sehe nichts mehr, lies doch, denn bald werde ich vielleicht auch nicht mehr hören und sterben, ohne zu erfahren, was sie mir geschrieben hat."

La Porte machte keine Schwierigkeiten mehr und las:

„Mylord!"

Bei dem, was ich, seit ich Euch kenne, für Euch und durch Euch gelitten habe, beschwöre ich Euch, wenn Euch an meiner Ruhe etwas gelegen ist, die großen Rüstungen zu unterbrechen, die Ihr gegen Frankreich ins Werk setzt, und einen Krieg aufzugeben, als dessen scheinbare Ursache man laut die Religion bezeichnet, während man ganz leise sagt, Eure Liebe für mich sei die verborgene Ursache. Dieser Krieg kann nicht nur für Frankreich und England große Katastrophen, sondern auch für Euch ein Unglück herbeiführen, über das ich mich nie mehr trösten würde.

Wacht über Euer Leben, das man bedroht und das mir von dem Augenblick an teuer sein wird, wo ich nicht mehr genötigt bin, in Euch einen Feind zu sehen.

Eure wohlergebene
Anna"

Buckingham raffte den ganzen Rest seines Lebens zusammen, um diesen Brief zu hören. Sobald er zu Ende war, fragte er, als hätte er eine Enttäuschung darin gefunden:

„Habt Ihr mir nichts anderes zu sagen, La Porte?"

„Allerdings, gnädiger Herr. Die Königin beauftragte mich, Euch zu sagen, Ihr sollt auf Eurer Hut sein, denn sie habe sichere Kunde, daß man Euch ermorden wolle."

„Und das ist alles? Das ist alles?" versetzte Buckingham ungeduldig.

„Sie hat mich auch noch beauftragt, Euch zu sagen, daß sie Euch immer noch liebt."

„Ah!" rief Buckingham, „Gott sei gelobt! Mein Tod wird also für sie nicht der Tod eines Fremden sein."

La Porte zerfloß in Tränen.

„Patrick", sprach der Herzog, „bring mir das Kästchen, in dem die diamantenen Nestelstifte eingeschlossen waren."

Patrick brachte den verlangten Gegenstand, worin La Porte ein früheres Eigentum der Königin erkannte.

„Jetzt das kleine Kissen aus weißem Atlas, auf dem ihre Initialen in Perlen gestickt sind."

Patrick gehorchte.

„Seht, La Porte, " sprach Buckingham, „das sind die einzigen Pfänder, die ich von ihr besitze. Dieses Kästchen und diese zwei Briefe. Ihr gebt sie Ihrer Majestät zurück und zum letzten Andenken ... (er suchte nach einem kostbaren Gegenstand um sich her) ... fügt Ihr ... "

Er suchte abermals, aber seine durch den Tod verfinsterten Blicke begegneten nur dem Messer, das Feltons Händen entfallen war, und dessen Klinge noch von frischem Blut tropfte.

„Und Ihr fügt dieses Messer bei", sprach der Herzog und drückte La Porte die Hand.

Er legte das kleine Kissen in das Kästchen, ließ das Messer hineinfallen und machte La Porte ein Zeichen, daß er nicht mehr sprechen könne. Dann erfaßte ihn ein letztes krampfhaftes Zucken, das er nicht mehr bekämpfen konnte, und er glitt vom Sofa auf den Boden herab.

Patrick stieß ein furchtbares Geschrei aus. Buckingham wollte zum letztenmal lächeln, aber der Tod schlug seinen Gedanken in Fesseln, und dieser blieb wie ein letzter Liebeskuß auf seine Stirn geprägt.

In diesem Augenblick trat ein Arzt des Herzogs ganz

verstört ein. Er war schon an Bord des Admiralschiffes gewesen, und man war genötigt gewesen, ihn dort zu suchen.

Er näherte sich dem Herzog, nahm seine Hand, hielt sie einen Augenblick in der seinigen und ließ sie wieder fallen.

„Alles ist vergeblich", sprach er, „er ist tot!"

„Tot! Tot!" rief Patrick.

Bei diesem Schrei drang die ganze Menge wieder in den Saal und überall herrschte Bestürzung und Aufruhr.

Sobald Lord Winter Buckingham entseelt sah, lief er zu Felton zurück, den die Soldaten auf der Terrasse des Palastes bewachten.

„Elender", sprach er zu dem jungen Mann, der seit dem Tode Buckinghams wieder die Ruhe und Kaltblütigkeit gewonnen hatte, die ihn nicht mehr verlassen sollte. „Elender, was hast du getan?"

„Ich habe mich gerächt", antwortete er.

„Du!" rief der Baron, „sage, daß du diesem verfluchten Weib als Werkzeug gedient hast. Aber ich schwöre dir, dieses Verbrechen soll ihr letztes sein!"

„Ich weiß nicht, was Ihr damit sagen wollt", entgegnete Felton ruhig, „und ich begreife nicht, wovon Ihr redet, Mylord, ich habe Seine Hoheit getötet, weil er es Euch selbst zweimal abschlug, mich zum Kapitän zu ernennen. Ich habe ihn für seine Ungerechtigkeit bestraft, das ist alles."

Lord Winter schaute die Leute, die Felton banden, erstaunt an und wußte nicht, was er von einer solchen Unempfindlichkeit denken sollte. Nur eines lagerte sich wie eine Wolke auf Feltons Stirn. Bei jedem Tritt, den er hörte, glaubte der naive Puritaner den Tritt und die Stimme Myladys zu hören, die komme, um sich in seine Arme zu werfen, sich mit ihm anzuklagen und dem Verderben zu überantworten.

Plötzlich bebte er. Sein Blick war auf einen Punkt auf dem Meer gerichtet, das man von der Terrasse aus, auf der er sich befand, völlig übersah. Mit seinem seemännischen Blick hatte er da, wo ein anderer nur eine auf den Wellen sich wiegende Möwe gesehen hätte, das Segel der Schaluppe gesehen, die der Küste Frankreichs zusteuerte.

Er erbleichte, fuhr mit der Hand ans Herz und begriff den ganzen Verrat.

„Eine letzte Gnade", sagte er zu dem Baron.

„Welche?" fragte dieser.

„Wieviel Uhr ist es?"

Der Baron zog seine Uhr und antwortete:

„Neun Uhr, weniger zehn Minuten."

Mylady hatte ihre Abfahrt um anderthalb Stunden beschleunigt. Sobald sie den Kanonenschuß hörte, der ein unglückliches Ereignis ankündigte, gab sie Befehl, die Anker zu lichten.

Das Schiff glitt in großer Entfernung von der Küste unter einem blauen Himmel dahin.

„Es war so Gottes Wille", sprach Felton, mit der Resignation des Fanatikers, jedoch ohne seine Augen von dem Fahrzeug losmachen zu können, an dessen Bord er ohne Zweifel das weiße Gespenst derjenigen zu unterscheiden glaubte, der sein Leben geopfert werden sollte.

Lord Winter folgte seinem Blick, schaute in sein leidendes Antlitz und erriet alles.

„Du sollst vorerst allein bestraft werden, Elender", sagte der Lord zu Felton, der sich, die Augen nach der See gekehrt, wegführen ließ, „aber ich schwöre dir bei dem Andenken meines Bruders, den ich unendlich liebte, daß deine Mitschuldige nicht so davonkommt!"

Felton neigte das Haupt, ohne eine Silbe zu sprechen.

Der Baron aber stieg rasch die Treppe hinab und ging zum Hafen.

60. Kapitel

Weitere Vorgänge in Frankreich

Als König Karl I. von England vom Tod Buckinghams erfuhr, fürchtete er vor allem, die Rocheller könnten durch diese furchtbare Nachricht entmutigt werden, er versuchte sie ihnen daher, nach den Memoiren des Kardinals, so lange als möglich vorzuenthalten, ließ alle Häfen in seinem Königreich schließen und sorgfältig darüber wachen, daß kein Schiff auslaufen konnte, bis das Heer, das Buckingham ausrüstete, abgegangen wäre, und übernahm es, in Ermangelung Buckinghams, die Abfahrt in eigener Person zu leiten.

Er trieb die Strenge sogar so weit, daß er die Botschafter Dänemarks, die sich bereits verabschiedet hatten, und den Botschafter von Holland, der die indischen Schiffe, die Karl I. den Vereinigten Niederlanden zurückgegeben hatte, in den Hafen von Vlissingen zurückführen sollte, in England zurückhielt.

Da er aber seinen Befehl erst fünf Stunden nach dem Attentat, das heißt gegen zwei Uhr nachmittags, erließ, so waren bereits zwei Schiffe aus dem Hafen ausgelaufen. Das eine führte Mylady, die das Ereignis vermutete und in ihrem Glauben noch bestätigt wurde, als sie sah, daß sich die schwarze Flagge auf dem Admiralschiff entfaltete.

Wer sich auf dem zweiten Schiff befand und wie es hinauskam, werden wir später mitteilen.

Während dieser Zeit ging nichts Neues im Lager von La Rochelle vor. Nur beschloß der König, der sich wie immer, im Lager aber vielleicht noch ein wenig mehr als anderswo, langweilte, das Fest des Heiligen Ludwig inkognito in Saint-Germain mitzumachen, und ersuchte den Kardinal, eine Eskorte von zwanzig Musketieren für ihn bereitzu-

halten. Der Kardinal, den die Langeweile des Königs manchmal ansteckte, bewilligte mit großem Vergnügen seinem königlichen Leutnant Urlaub, und dieser versprach ihm, am 15. September zurück zu sein.

Von Seiner Eminenz benachrichtigt, traf Herr von Treville Vorbereitungen zur Reise, und da er, ohne die Ursache zu kennen, mit dem lebhaften Verlangen seiner Freunde, nach Paris zurückzukehren vertraut war, so bestimmte er sie zur Teilnahme an der Eskorte.

Die vier jungen Leute erfuhren die Neuigkeit eine Viertelstunde nach Herrn von Treville, denn sie waren die ersten, denen er sie mitteilte. Jetzt erst wußte d'Artagnan die Gunst recht zu schätzen, die ihm der Kardinal dadurch erwiesen hatte, daß er ihn zu den Musketieren übertreten ließ. Ohne diesen Umstand hätte er im Lager zurückbleiben müssen, während seine Freunde reisten.

Man wird später sehen, daß das ungeduldige Verlangen, wieder nach Paris zu kommen, von der Furcht vor der Gefahr herrührte, der Madame Bonacieux preisgegeben sein mußte, wenn sie im Kloster von Bethune mit Mylady, ihrer Todfeindin, zusammentraf. Aramis hatte auch, wie erwähnt, sofort an Marie Michon, die Weißnäherin von Tours, die sich so schöner Bekanntschaften erfreute, geschrieben, sie möchte von der Königin für Madame Bonacieux die Erlaubnis erwirken, das Kloster verlassen und sich nach Lothringen oder Belgien zurückziehen zu dürfen. Die Antwort ließ nicht lange auf sich warten, und schon nach acht bis zehn Tagen hatte Aramis folgenden Brief empfangen:

„Mein lieber Vetter, Ihr erhaltet hier die Erlaubnis, unsere kleine Dienerin aus dem Kloster in Bethune zu holen, da ihr Eurer Ansicht nach die dortige Luft nicht zuträglich ist. Meine Schwester schickt Euch diese Erlaubnis mit großem Vergnügen, denn sie liebt das kleine Mädchen sehr und hofft, ihr später nützlich zu sein.
Ich umarme Euch.

Marie Michon"

Diesem Brief war eine in folgenden Worten abgefaßte Vollmacht beigefügt:

„Die Superiorin des Klosters in Bethune wird der Person, die ihr dieses Billett zustellt, die Novizin übergeben,

die auf meine Empfehlung und unter meinem Patronat in ihr Kloster eingetreten ist.

Gegeben im Louvre, den 10. August 1628.

Anna“

Man begreift, wie sehr die Verwandtschaftsverhältnisse, die zwischen Aramis und einer Weißnäherin, die die Königin ihre Schwester nannte, unsere Freunde belustigten. Aber nachdem Aramis wiederholt bei den plumpen Anspielungen Porthos bis über die Ohren errötet war, bat er seine Genossen, nie mehr auf diesen Gegenstand zurückzukommen, und erklärte gleichzeitig, wenn man ihm noch ein Wort hierüber sagen sollte, so würde er seine Base nie mehr als Vermittlerin benutzen.

Es war also nicht mehr von Marie Michon die Rede unter den vier Musketieren, die übrigens in Händen hatten, was sie haben wollten, nämlich den Befehl, Madame Bonacieux aus dem Kloster der Karmeliterinnen in Bethune zu holen. Dieser Befehl nützte ihnen allerdings nicht viel, solange sie sich im Lager von La Rochelle, das heißt am anderen Ende Frankreichs befanden. Auch war d'Artagnan im Begriff, sich von Herrn von Treville, unter einfacher Andeutung der Wichtigkeit seiner Abreise, einen Urlaub zu erbitten, als die Nachricht zugestellt wurde, daß sich der König mit einer Eskorte von zwanzig Musketieren, darunter auch sie, nach Paris begeben würde.

Die Freude war groß. Man schickte die Bediensteten mit dem Gepäck voraus und zog am 16. morgens ab.

Der Kardinal begleitete Seine Majestät von Surgères bis Mauzé, und hier nahmen der König und sein Minister unter großen Freundschaftsbeteuerungen voneinander Abschied.

Obwohl der König, der Zerstreuung suchte, so schnell als es ihm möglich war, reiste, denn er wollte am 23. in Paris sein, hielt er doch von Zeit zu Zeit an, um die Elster beizen zu sehen, ein Vergnügen, an dem ihm Herr von Luynes, der erste Gatte der Frau von Chevreuse, Geschmack beigebracht hatte, und wofür er stets große Vorliebe hegte. Von den zwanzig Musketieren freuten sich immer sechzehn, wenn dies der Fall war, über die Ruhe, die dann eintrat, aber vier murrten gewaltig. D'Artagnan besonders hatte ein beständiges Summen in den Ohren, was Porthos so erklärte:

„Eine sehr vornehme Dame hat mich belehrt, dies bedeute, daß man irgendwo von dir spricht."

Endlich, am 23. in der Nacht zog die Eskorte durch Paris, der König dankte Herrn von Treville und bevollmächtigte ihn, Urlaub für vier Tage unter der Bedingung zu erteilen, daß sich keiner der Begünstigten bei Strafe der Bastille an einem öffentlichen Ort sehen lasse.

Die vier ersten Urlaube, die bewilligt wurden, erhielten, wie sich leicht denken läßt, unsere vier Freunde. Athos erhielt sogar sechs Tage statt vier und ließ diesen sechs Tagen noch zwei Nächte beifügen, denn sie reisten am 24. abends fünf Uhr ab, und Herr von Treville stellte den Urlaub vom Morgen des 25. an aus.

„Ei, mein Gott!" sprach d'Artagnan, der bekanntlich nie an etwas verzweifelte, „wir machen viel Wesen um eine ganz einfache Sache. Wir reiten ein Paar Pferde zu Tode, was liegt daran? Ich habe Geld. In zwei Tagen bin ich in Bethune, überreiche der Superiorin den Brief der Königin und führe den teuren Schatz, den ich suche, nicht nach Belgien, nicht nach Lothringen, sondern nach Paris, wo er besser verborgen sein wird, besonders solange der Kardinal vor La Rochelle liegt. Sind wir einmal aus dem Feld zurück, so erhalten wir von der Königin, halb durch die Protektion ihrer Base, halb für die Dienste, die wir ihr persönlich geleistet haben, alles was wir wollen. Bleibt also hier, und erschöpft Euch nicht durch unnütze Anstrengungen. Ich und Planchet genügen für eine so einfache Expedition."

Hierauf erwiderte Athos ruhig:

„Wir besitzen auch Geld, denn ich habe den Rest des Diamanten noch nicht ganz vertrunken, und Porthos und Aramis haben ihn noch nicht ganz verspeist. Wir werden also ebensogut vier Pferde als eines zu Tode reiten. Aber bedenkt, d'Artagnan", fügte er in so düsterem Ton bei, daß jener von einem Schauer ergriffen wurde, „bedenkt, daß Bethune eine Stadt ist, wo der Kardinal einer Frau ein Rendezvous gegeben hat, die, wohin sie auch geht, stets Unglück mit sich bringt. Wenn Ihr nur mit vier Männern zu tun hättet, d'Artagnan, so ließe ich Euch allein ziehen. Ihr habt es aber mit einem Weib zu tun, darum laßt uns zu viert ausziehen, und möge es Gott gefallen, daß wir mit unseren vier Bediensteten die hinreichende Zahl bilden."

„Ihr erschreckt mich, Athos!" rief d'Artagnan. „Mein Gott! Was fürchtet Ihr denn?"

„Alles!" antwortete Athos.

D'Artagnan schaute die Gesichter seiner Freunde forschend an. Auf allen zeigte sich, wie bei Athos, tiefe Unruhe, und man setzte den Ritt in großer Eile, aber ohne ein Wort zu sprechen, fort.

Als sie am 25. in Arras anlangten, und d'Artagnan vor dem Gasthaus „Zur Goldenen Egge" abstieg, um ein Glas Wein zu trinken, kam ein Reiter aus dem Posthof, wo er die Pferde gewechselt hatte, und sprengte mit verhängtem Zügel auf der Straße nach Paris fort. In dem Augenblick, wo er durch das große Tor in die Straße ritt, öffnete der Wind den Mantel, in den er sich gehüllt hatte, obwohl man erst August hatte, und lüftete seinen Hut, den der Reisende in der Sekunde, wo er sich bereits von seinem Kopf getrennt, mit der Hand faßte, und rasch wieder in die Stirn drückte.

D'Artagnan richtete seinen Blick auf diesen Mann, erbleichte und ließ sein Glas fallen.

„Was habt Ihr, gnädiger Herr?" fragte Planchet. „Holla! Herbei, meine Herren, meinem Gebieter ist nicht gut!"

Die drei Freunde liefen herbei, und fanden d'Artagnan, der, statt sich übel zu fühlen, zu seinem Pferd eilte. Sie hielten ihn auf der Schwelle zurück.

„Wo, zum Teufel, willst du denn hin?" rief ihm Athos zu.

„Er ist es!“ erwiderte d'Artagnan bleich vor Zorn. „Er ist es, laßt mich ihm nach!“

„Wem denn?“

„Ihm! Diesem Menschen!“

„Welcher Mensch?“

„Dieser verfluchte Mensch, mein böser Genius, dem ich stets begegnete, wenn ein Unglück bevorstand, derjenige, der die furchtbare Frau begleitete, als ich sie zum erstenmal erblickte. Derjenige, den ich suchte, als ich unseren

Freund Athos herausforderte. Derjenige, den ich am gleichen Morgen erblickte, an dem man Madame Bonacieux entführte. Ich habe ihn gesehen! Er ist es! Der Mann von Meung! Ich habe ihn wiedererkannt, als der Wind seinen Mantel zurückschlug."

„Teufel!" sprach Athos träumerisch.

„Zu Pferd! Meine Herren, zu Pferd! Wir wollen ihn verfolgen und werden ihn sicher einholen."

„Mein Lieber", sagte Aramis, „überlegt doch, daß er in der entgegengesetzten Richtung von uns reitet, daß er ein frisches Pferd hat und daß unsere Pferde ermüdet sind, daß wir also unsere Pferde, ohne die geringste Hoffnung, ihn zu erreichen, zu Tode reiten werden. Lassen wir also den Mann, d'Artagnan, und retten wir die Frau."

„He, Herr!" rief ein Stallknecht, der dem Unbekannten nachlief. „He, Herr, hier ist ein Papier, das aus Eurem Hut fiel. He, Herr, he!"

„Mein Freund", sprach d'Artagnan, indem er den Stallknecht am Ärmel faßte und zurückhielt, „eine halbe Pistole für dieses Papier."

„Meiner Treu, Herr! Mit dem größten Vergnügen, hier ist es!"

Entzückt über den guten Lohn, den er empfangen hatte, kehrte der Stallknecht in den Hof des Wirtshauses zurück. D'Artagnan entfaltete das Papier.

„Nun?" fragten seine Freunde lauschend.

„Ein einziges Wort!" antwortete d'Artagnan.

„Ja", sagte Aramis, „aber dieses Wort ist der Name einer Stadt."

„Armentières", las Porthos. „Armentières, das kenne ich nicht."

„Und der Name dieser Stadt oder dieses Dorfs ist von ihrer Hand geschrieben."

„Wir wollen das Papier sorgfältig aufbewahren", sprach

d'Artagnan. „Meine halbe Pistole ist vielleicht nicht verloren. Zu Pferd, meine Freunde, zu Pferd!"

Und die vier Gefährten sprengten im Galopp auf der Straße nach Bethune dahin.

61. Kapitel

Das Kloster der Karmeliterinnen in Bethune

Große Verbrecher tragen eine Art Vorherbestimmungen mit sich, durch die sie alle Hindernisse überwinden und allen Gefahren entgehen, bis zu dem Augenblick, den die Vorsehung als Klippe ihres Glücks bestimmt hat.

Dies war bei Mylady der Fall. Sie fuhr mitten durch die Kreuzer der beiden Nationen und gelangte ohne irgendeinen Zwischenfall nach Boulogne.

Als sich Mylady in Portsmouth ausschiffte, war sie eine durch die Verfolgungen Frankreichs aus La Rochelle vertriebene Engländerin.

Nach einer zweitägigen Fahrt nach Boulogne gab sie sich als Französin aus, die von den Engländern in Portsmouth aus Franzosenhaß behelligt wurde.

Mylady hatte ja auch den wirksamsten aller Pässe bei sich. Ihre Schönheit und die Freigebigkeit, mit der sie die Pistolen ausstreute. Von den üblichen Formalitäten durch das höfliche Lächeln und die galanten Manieren eines alten Hafengouverneurs befreit, der ihr die Hände küßte, hielt sie sich in Boulogne nur so lange auf, bis sie einen in folgenden Worten abgefaßten Brief abgesandt hatte:

„An Seine Eminenz,
Monseigneur den Kardinal von Richelieu,
im Lager von La Rochelle.

Monseigneur, Eure Eminenz darf unbesorgt sein. Seine Herrlichkeit der Duke of Buckingham wird nicht nach Frankreich abgehen.

Boulogne, den 25. abends.

Mylady

N.S. Nach dem Wunsch Eurer Eminenz begebe ich mich

in das Kloster der Karmeliterinnen in Bethune, wo ich weiteren Befehlen entgegensehe."

Mylady machte sich am gleichen Abend auf den Weg.

Die Nacht überfiel sie. Sie sah sich genötigt anzuhalten und übernachtete in einem Gasthof. Am anderen Morgen um fünf Uhr reiste sie wieder ab und hatte nach drei Stunden Bethune erreicht.

Sie ließ sich das Kloster der Karmeliterinnen zeigen und begab sich gleich dorthin. Die Superiorin kam ihr entgegen. Mylady wies ihr den Befehl des Kardinals vor. Die Äbtissin ließ ihr ein Zimmer geben und ein Frühstück vorsetzen.

Alles Vergangene hatte sich vor den Augen dieser Frau verwischt, und den Blick auf die Zukunft gerichtet, sah sie nur das hohe Glück, das ihr der Kardinal gewährte, den sie so gut bedient hatte, ohne daß sein Name irgendwie in dieser blutigen Angelegenheit erschien. Die stets neuen Leidenschaften, die sie verzehrten, gaben ihrem Leben Ähnlichkeit mit jenen Wolken, die am Himmel aufsteigen, bald den Azur, bald das Feuer, bald das tiefe Schwarz des Sturmes widerspiegeln und auf der Erde keine anderen Spuren als Verwüstung und Tod zurücklassen.

Nach dem Frühstück machte ihr die Äbtissin ihre Aufwartung. Im Kloster gibt es wenig Zerstreuung, und es drängte die gute Vorsteherin, bald Bekanntschaft mit ihrem Gast anzuknüpfen.

Mylady wollte der Äbtissin gefallen, und dies war etwas Leichtes für eine Frau von so hervorragenden Eigenschaften. Sie versuchte es, liebenswürdig zu sein. Sie war bezaubernd und verführte die Superiorin durch angenehme Gespräche und durch ihren Charme.

Die Äbtissin, eine Tochter aus adeligem Haus, liebte besonders Hofgeschichten, die so selten bis an das Ende des

Königreichs gelangen und nur mit Mühe die Klostermauern überspringen, an deren Schwelle das Geräusch alles Weltlichen erstirbt.

Mylady dagegen war auf dem laufenden mit allen aristokratischen Intrigen, in deren Mitte sie fünf bis sechs Jahre ständig gelebt hatte. Sie fing also an, der guten Äbtissin von den weltlichen Ränken und Geschichten des Hofs von Frankreich, sowie den übertriebenen Andachtsübungen des Königs zu erzählen. Sie lieferte ihr die Skandalchronik der vornehmen Herren und Damen des Hofs, die die Äbtissin dem Namen nach vollkommen kannte, streifte oberflächlich die Liebschaft der Königin mit Buckingham und sprach viel, um die Konversation am Laufen zu halten.

Aber die Äbtissin begnügte sich zuzuhören und zu lächeln und antwortete nicht. Da Mylady jedoch sah, daß diese Art von Erzählungen sie sehr zu erfreuen schien, so fuhr sie fort, lenkte aber das Gespräch auf den Kardinal.

Dabei geriet sie jedoch in große Verlegenheit, denn sie wußte nicht, ob die Äbtissin Royalistin oder Kardinalistin war. Sie hielt sich deshalb in einer klugen Mitte. Aber die Äbtissin, die ihrerseits eine noch klügere Zurückhaltung einhielt, beschränkte sich darauf, eine tiefe Verbeugung mit dem Kopf zu machen, sooft der Name Seiner Eminenz fiel.

Mylady begann zu fürchten, sie würde sich in diesem Kloster gewaltig langweilen. Sie beschloß daher, etwas zu wagen, um zu erfahren, woran sie sich zu halten hatte. Da sie wissen wollte, wie weit die Diskretion der Äbtissin ging, begann sie sehr verblümt über den Kardinal herzuziehen. Dann rückte sie näher und erzählte von den Liebschaften des Ministers mit Frau von Aiguillon, mit Marion de Lorme und einigen anderen galanten Damen.

Die Äbtissin hörte aufmerksam zu, wurde allmählich lebhaft und lächelte.

„Gut“, sagte Mylady zu sich selbst, „sie findet Geschmack an meiner Unterhaltung. Ist sie eine Kardinalistin, so treibt sie es wenigstens nicht fanatisch.“

Dann ging sie auf die Verfolgungen über, die sich der Kardinal gegen seine Feinde zuschulden kommen ließ. Die Äbtissin beschränkte sich darauf, sich zu bekreuzigen, ohne zu billigen oder zu mißbilligen.

Dies bestätigte Mylady in ihrer Meinung, daß die Nonne mehr Royalistin als Kardinalistin sei. Mylady trug immer stärker auf.

„Ich bin sehr unwissend in allen diesen Verhältnissen", sagte die Äbtissin endlich, „aber wie fern wir auch vom Hof leben, wie sehr wir auch außerhalb der weltlichen Interessen gestellt sind, so haben wir doch äußerst traurige Beispiele von der Wahrheit dessen, was Ihr uns da erzählt, und eine unserer Hospitantinnen hat viel unter der Rache und den Verfolgungen des Kardinals gelitten."

„Eine Eurer Hospitantinnen?" fragte Mylady. „Oh, mein Gott, die arme Frau! Wie sehr beklage ich sie!"

„Und Ihr habt recht, denn sie ist sehr zu beklagen. Gefängnis, Drohungen, Mißhandlungen, alles mußte sie erdulden. Aber im ganzen", versetzte die Äbtissin, „hatte der Kardinal vielleicht triftige Gründe, so zu handeln, und obwohl sie wie ein Engel aussieht, so darf man die Menschen doch nicht nur nach ihrem Gesicht beurteilen."

„Gut", sagte Mylady zu sich selbst, „wer weiß, ich entdecke vielleicht hier etwas." Und sie verlieh ihren Zügen einen Ausdruck vollkommener Unschuld.

„Ach, ich weiß", sprach Mylady, „man sagt, es sei dem Gesichtsausdruck nicht zu trauen. Aber wem sollte man denn Glauben schenken, wenn nicht dem schönen Werk des Herrn? Ich für meine Person werde vielleicht mein ganzes Leben lang getäuscht werden. Stets aber werde ich einer Person trauen, deren Gesicht mir Mitgefühl einflößt."

„Ihr seid also der Ansicht, diese junge Frau für unschuldig zu halten?" fragte die Äbtissin.

„Der Herr Kardinal bestraft nicht allein die Verbrechen", erwiderte Mylady; „es gibt gewisse Tugenden, die er noch heftiger verfolgt als gewisse Frevel."

„Erlaubt mir, Madame, Euch mein Erstaunen auszudrücken", sagte die Äbtissin.

„Und worüber?“ fragte Mylady naiv.

„Über die Sprache, die Ihr führt.“

„Was findet Ihr denn außergewöhnlich an dieser Sprache?“ fragte Mylady lächelnd.

„Ihr seid die Freundin des Kardinals, da er Euch hierher schickt, und dennoch ... “

„Und dennoch rede ich Schlimmes von ihm“, versetzte Mylady, den Gedanken der Superiorin vollendend.

„Wenigstens sagt Ihr nichts Gutes von ihm.“

„Dies geschieht, weil ich nicht seine Freundin, sondern sein Opfer bin“, erwiderte sie seufzend.

„Doch diesen Brief, durch den er Euch mir empfiehlt ...“

„Ist ein Befehl für mich, in einer Art von Gefängnis zu verharren, bis er mich durch seine Schergen ... “

„Aber warum seid Ihr nicht geflüchtet?“

„Wohin sollte ich gehen? Glaubt Ihr, es gibt irgendeinen Ort der Erde, wohin der Kardinal nicht reichen könnte, wenn er sich die Mühe geben will, seinen Arm auszustrekken? Wäre ich ein Mann, so dürfte dies auch möglich sein, aber eine Frau!... Was sollte ich als Frau machen? Hat die junge Hospitantin, die Ihr bei Euch habt, zu entfliehen versucht?“

„Nein, das ist wahr! Doch bei ihr ist es etwas anderes. Sie wird, wie ich glaube, durch irgendeine Liebschaft in Frankreich zurückgehalten.“

„Wenn sie liebt“, sprach Mylady mit einem Seufzer, „ist sie nicht ganz unglücklich.“

„Also sehe ich“, fragte die Äbtissin, und schaute Mylady mit wachsender Teilnahme an, „also sehe ich noch eine arme Verfolgte vor mir?“

„Leider ja“, antwortete Mylady.

Die Äbtissin betrachtete Mylady einen Augenblick mit großer Unruhe, als ob ein neuer Gedanke in ihrem Geist auftauchte.

„Ihr seid keine Feindin unseres heiligen Glaubens", sprach sie stammelnd.

„Ich", rief Mylady, „ich eine Protestantin? O nein! Ich rufe Gott zum Zeugen an, daß ich im Gegenteil eine eifrige Katholikin bin."

„Dann, Madame", sprach die Äbtissin lächelnd, „dann könnt Ihr Euch beruhigen. Denn das Haus, in dem ihr Euch befindet, soll kein harter Kerker für Euch sein, und wir werden alles tun, was in unseren Kräften steht, um Eure Gefangenschaft angenehm zu machen. Überdies findet Ihr hier die junge Frau, die ohne Zweifel wegen einer Hofintrige verfolgt wird. Sie ist liebenswürdig, anmutig und wird Euch gefallen."

„Wie heißt sie?"

„Sie ist mir von einer sehr hochgestellten Person unter dem Namen Ketty empfohlen worden. Ich habe ihren richtigen Namen nicht weiter ausgeforscht."

„Ketty!" rief Mylady. „Seid Ihr da ganz sicher?"

„Daß sie sich so nennen läßt? Ja, Madame. Kennt Ihr sie etwa?"

Mylady lächelte bei dem Gedanken, diese junge Frau könnte ihre ehemalige Zofe sein. In die Erinnerung an dieses Mädchen mischte sich eine ärgerliche Erinnerung, und die Rachgier verstörte schnell Myladys Züge, die jedoch gleich wieder den ruhigen, wohlwollenden Ausdruck annahmen, den diese Frau mit den hundert Gesichtern ihnen zuvor verliehen hatte.

„Und wann könnte ich diese junge Dame sehen, für die ich bereits eine so große Sympathie fühle?" fragte Mylady.

„Diesen Abend", erwiderte die Äbtissin, „noch heute. Aber Ihr reist seit vier Tagen, wie Ihr mir selbst sagt, seid diesen Morgen um fünf Uhr aufgestanden und müßt Ruhe nötig haben. Legt Euch nieder und schlaft. Zum Mittagessen werden wir Euch wecken."

Obwohl Mylady, aufrecht gehalten durch alle Aufregungen, die ein neues Abenteuer in ihrem nach Intrigen gierigen Gemüt erzeugte, leicht auf den Schlaf hätte verzichten können, so nahm sie jedoch das Angebot der Superiorin an. Seit zehn bis vierzehn Tagen hatte sie so verschiedene Gemütsbewegungen durchlebt, daß, wenn auch ihr Körper die Anstrengungen ertragen hatte, ihre Seele doch etwas Ruhe brauchte.

Sie nahm also von der Äbtissin Abschied und legte sich, durch Rachegedanken sanft gewiegt, auf die natürlich der Name Ketty sie gebracht hatte, zu Bett. Sie erinnerte sich an das beinahe unbegrenzte Versprechen, das der Kardinal ihr gegeben hatte, falls sie ihre Unternehmungen glücklich zu Ende führte. Es war ihr geglückt, und somit konnte sie sich an d'Artagnan rächen.

Eins jedoch schreckte Mylady, das Andenken an ihren Gatten, den Grafen de la Fère, den sie tot oder wenigstens aus dem Königreich entfernt geglaubt hatte, nun aber in Athos, dem besten Freund d'Artagnans, wiederfand.

Aber wenn er der Freund d'Artagnans war, so mußte er ihm auch in allen seinen Handlungen, durch die er den Plan Seiner Eminenz vereitelt hatte, Beistand geleistet haben. Wenn er der Freund d'Artagnans war, so war er der Feind des Kardinals, und ohne Zweifel würde es ihr gelingen, ihn in das gleiche Rachewerk zu verstricken, in dem der junge Musketier seinen Untergang finden sollte.

Alle diese Aussichten brachten angenehme Gedanken für Mylady. Sanft von diesen gewiegt, schlummerte sie bald ein.

Sie wurde durch eine weiche Stimme erweckt, die vom Fuß ihres Bettes kam. Mylady öffnete die Augen und sah die Äbtissin in Begleitung einer jungen Person mit blonden Haaren und zartem Teint, die einen Blick voll wohlwollender Neugier auf sie richtete.

Das Gesicht dieser jungen Person war ihr völlig unbekannt. Beide schauten sich prüfend und mit ängstlicher Aufmerksamkeit an, während sie die üblichen Höflichkeiten austauschten. Beide waren sehr schön, aber von verschiedenartiger Schönheit. Mylady lächelte jedoch, als sie erkannte, daß sie selbst in bezug auf vornehmes Aussehen und aristokratische Manieren bei weitem den Vorzug hatte. Allerdings ist das Novizenkleid, in dem die junge Frau erschien, nicht sehr vorteilhaft, um einen Vergleich dieser Art auszuhalten.

Die Äbtissin stellte sie einander vor, und nachdem diese Förmlichkeit erledigt war, ließ sie die beiden jungen Frauen allein, da ihre Pflichten sie in die Kirche riefen.

Da die Novizin sah, daß Mylady im Bett lag, so wollte sie der Superiorin folgen, Mylady aber hielt sie zurück.

„Wie, Madame", sprach sie, „kaum habe ich Euch erblickt, und Ihr wollt mich bereits wieder Eurer Gegenwart berauben, auf die ich, ich gestehe es, für die Dauer meiner Anwesenheit an diesem Ort ein wenig rechnete."

„Nein, Madame", antwortete die Novizin, „ich glaubte nur, die Zeit schlecht gewählt zu haben, Ihr seid müde."

„Nun", erwiderte Mylady, „was können schlafende Menschen Besseres verlangen, als ein gutes Erwachen? Dieses Erwachen habt Ihr mir verschafft. Laßt es mich ruhig genießen."

Und hierauf nahm sie die junge Person bei der Hand und zog sie auf einen Stuhl, der in der Nähe ihres Betts stand.

Die Novizin setzte sich.

„Mein Gott", sprach sie „wie unglücklich ich bin! Ich befinde mich nun sechs Monate hier ohne einen Schatten von Zerstreuung. Ihr kommt; Eure Gegenwart sollte für mich eine liebliche Gefährtin sein, aber wahrscheinlich verlasse ich nun das Kloster in der nächsten Zeit."

„Wie?“ sprach Mylady, „Ihr geht also bald von hier fort?“

„Wenigstens hoffe ich es“, erwiderte die Novizin mit einem freudigen Ausdruck, den sie nicht im mindesten zu verbergen versuchte.

„Ihr habt, wie ich gehört habe, durch den Kardinal gelitten“, fuhr Mylady fort. „Das ist ein weiterer Grund der Sympathie zwischen uns.“

„Also ist das, was mir unsere Mutter gesagt hat, die Wahrheit? Ihr seid ebenfalls ein Opfer des Kardinals?“

„Still“, entgegnete Mylady, „selbst hier dürfen wir nicht so von ihm sprechen. Mein ganzes Unglück kommt davon, daß ich ungefähr das, was Ihr soeben sagtet, in Gegenwart einer Frau äußerte, die ich für meine Freundin hielt und die mich verriet. Und Ihr, seid Ihr auch das Opfer eines Verrats?“

„Nein“, antwortete die Novizin, „sondern meiner Anhänglichkeit an eine Frau, die ich liebte, für die ich das Leben hingegeben hätte, für die ich es noch hingeben würde.“

„Und die Euch verlassen hat, nicht wahr?“

„Ich war so ungerecht, dies zu glauben. Aber seit ein paar Tagen habe ich den Beweis vom Gegenteil erhalten und danke Gott dafür. Es würde mich das Leben gekostet haben, wenn ich hätte glauben müssen, ich sei ganz und gar von ihr vergessen worden. Aber Ihr, Madame“, fuhr die Novizin fort, „es scheint mir, Ihr seid frei, und wenn Ihr fliehen wollt, so würde es nur von Euch abhängen.“

„Wohin soll ich gehen, ohne Freunde, ohne Geld, in einer Gegend von Frankreich, die ich nicht kenne, wo ...“

„Oh!“ rief die Novizin, „was die Freunde betrifft, Ihr werdet sie überall finden, wo Ihr wollt, denn Ihr scheint so gut zu sein, und seid so schön!“

„Darum bin ich nicht weniger allein und verfolgt“, fügte

Mylady bei und versüßte ihr Lächeln, so daß es einen wahrhaft engelhaften Ausdruck annahm.

„Hört“, sprach die Novizin, „man muß die Hoffnung auf den Himmel nicht aufgeben. „Seht, es kommt immer ein Augenblick, wo das Gute, was wir getan haben, vor Gott für unsere Sache spricht, und es ist vielleicht ein Glück für Euch, daß, so niedrig auch meine Stellung ist, so wenig ich Macht besitze, Ihr mich getroffen habt, denn wenn ich diesen Ort verlasse, nun, dann werde ich einige mächtige Freunde haben, die, nachdem sie für mich ins Feld gezogen sind, auch für Euch das gleiche tun können.“

„Oh, wenn ich sagte, ich stände allein“, erwiderte Mylady, in der Hoffnung, die Novizin zum Sprechen zu bringen, wenn sie selbst reden würde, „so wollte ich damit nicht sagen, ich hätte nicht auch einige hohe Bekanntschaften, sondern ich sprach so, weil diese Freunde vor dem Kardinal zittern. Die Königin selber wagt es nicht, mir gegen diesen furchtbaren Minister beizustehen, und ich habe den Beweis, daß Ihre Majestät, trotz ihres guten Herzens, mehr als einmal genötigt gewesen ist, die Personen, die ihr Dienste geleistet hatten, dem Zorn Seiner Eminenz preiszugeben.“

„Glaubt mir, Madame, es kann bei der Königin den Anschein haben, als hätte sie diese Personen verlassen, aber man muß dem Schein nicht glauben. Je mehr sie verfolgt werden, desto mehr denkt Ihre Majestät an sie, und in dem Augenblick, wo sie es am wenigsten vermuten, erhalten sie oft den Beweis eines guten Andenkens.“

„Ach, ich glaube das schon“, sprach Mylady. „Die Königin ist so gut!“

„Ihr kennt sie also, diese schöne und edle Königin, wenn Ihr so viel von ihr sprecht!“ rief die Novizin begeistert.

„Das heißt“, versetzte Mylady, in ihren Verschanzungen bedrängt, „ich habe nicht die Ehre, sie persönlich zu kennen, aber ich kenne viele ihrer vertrautesten Freunde. Ich kenne Herrn von Putange. Ich habe in England Herrn Dujart kennengelernt. Ich kenne Herrn von Treville."

„Herrn von Treville!" rief die Novizin, „Ihr kennt Herrn von Treville?"

„Ja, vollkommen, sehr gut sogar."

„Den Kapitän der Musketiere des Königs?"

„Den Kapitän der Musketiere des Königs."

„Oh, nun werdet Ihr sehen", sprach die Novizin, „daß wir sogleich ganz gut miteinander bekannt, ja beinahe Freundinnen sein werden. Wenn Ihr Herrn von Treville kennt, so müßt Ihr in seinem Hause gewesen sein."

„Oft", antwortete Mylady, die die Lüge bis zu Ende führen wollte, als sie bemerkte, daß sie auf diesem Weg zum Ziel kam.

„Ihr müßt bei ihm einige von seinen Musketieren gesehen haben?"

„Alle diejenigen, die er gewöhnlich empfängt", erwiderte Mylady, für die dieses Gespräch ein wirkliches Interesse zu gewinnen anfing.

„Nennt mir einige von denen, die Ihr kennt, und Ihr werdet sehen, daß sie zu meinen Freunden gehören."

„Ich kenne", sprach Mylady etwas verlegen, „ich kenne Herrn von Louvigny, Herrn von Courtivon, Herrn von Ferussac."

Die Novizin ließ sie aussprechen. Als sie aber sah, daß Mylady unterbrach, so fragte sie:

„Kennt Ihr nicht einen Edelmann namens Athos?"

Mylady wurde so bleich wie die Leintücher, in denen sie lag, und konnte sich, so sehr sie sich auch zu beherrschen wußte, eines Schreies nicht enthalten, während sie die Novizin bei der Hand faßte und mit den Blicken verschlang.

„Wie? Was habt Ihr? Oh, mein Gott", fragte die arme

junge Frau, „habe ich etwas gesagt, was Euch verletzte?"

„Nein, aber der Name ist mir aufgefallen, weil ich diesen Mann ebenfalls kenne, und weil es mir seltsam vorkommt, daß ich jemand finde, der so genau mit ihm bekannt ist."

„O ja, sehr genau bekannt, und zwar nicht allein mit ihm, sondern auch mit seinen Freunden, den Herren Aramis und Porthos."

„Wirklich? Auch sie kenne ich", rief Mylady, die eine eisige Kälte in ihr Herz dringen fühlte.

„Nun, wenn Ihr sie kennt, so müßt Ihr wissen, daß es gute und brave Kameraden sind. Warum wendet Ihr Euch nicht an sie, wenn Ihr Hilfe braucht?"

„Das heißt", stammelte Mylady, „ich stehe mit keinem von ihnen in einer wirklichen Verbindung. Ich kenne sie, weil ich einen von ihren Freunden, Herrn d'Artagnan, von ihnen sprechen hörte."

„Ihr kennt also Herrn d'Artagnan!" rief die Novizin, die nun ihrerseits Mylady bei der Hand faßte und sie mit ihren Augen verschlang.

Dann sagte sie, als sie den seltsamen Ausdruck in Myladys Blick gewahr wurde:

„Verzeihung, Madame, aber in welcher Eigenschaft kennt Ihr ihn?"

„Wie meint Ihr?" sprach Mylady verlegen. „In der Eigenschaft eines Freundes."

„Ihr täuscht mich, Madame", versetzte die Novizin, „Ihr seid seine Geliebte gewesen!"

„Ihr seid es gewesen, Madame", entgegnete Mylady.

„Ich!" rief die Novizin.

„O ja, Ihr! Ich kenne Euch jetzt. Ihr seid Madame Bonacieux."

Die junge Frau wich voll Staunen und Schrecken zurück.

„Oh, leugnet nicht, antwortet", sprach Mylady.

„Nun ja, Madame, ich liebe ihn. Sind wir Nebenbuhlerinnen?"

Das Gesicht Myladys erglühte in einem so wilden Feuer, daß Madame Bonacieux unter allen anderen Umständen voll Angst entflohen wäre. Jetzt aber wurde sie einzig und allein durch die Eifersucht beherrscht.

„Sprecht, laßt hören, Madame", fuhr Frau Bonacieux mit einer Energie fort, deren sie gar nicht fähig schien. „Seid Ihr seine Geliebte gewesen, oder seid Ihr es noch?"

„O nein!" rief Mylady mit einer Betonung, die keinen

Zweifel an der Wahrheit dessen, was sie sagte, übrigließ. „Nie! Nie!"

„Ich glaube Euch", sprach Madame Bonacieux „aber warum dieser Schrei?"

„Wie, Ihr begreift nicht?" sagte Mylady, die sich von ihrer Unruhe erholt und ihre ganze Geistesgegenwart wiedergewonnen hatte.

„Wie soll ich begreifen? Ich weiß nichts."

„Ihr begreift nicht, daß d'Artagnan, der mein Freund war, mich zu seiner Vertrauten gewählt hatte?"

„Wirklich?"

„Ihr begreift nicht, daß ich alles weiß, Eure Entführung aus dem kleinen Haus in St.-Germain, seine und seiner Freunde Verzweiflung, ihre Nachforschungen seit jenem Augenblick? Und ich soll nicht staunen, wenn ich mich so unvermutet in Eurer Nähe befinde, nachdem wir so oft miteinander von Euch gesprochen haben, die er mit der ganzen Macht seiner Seele liebt, so daß auch ich Euch lieben mußte, noch ehe ich Euch gesehen hatte? Ach, teure Constance, endlich, endlich finde ich Euch!"

Und Mylady streckte ihre Arme nach Madame Bonacieux aus, die nunmehr überzeugt war, und in dieser Frau, die sie einen Augenblick vorher für ihre Nebenbuhlerin gehalten hatte, nur noch eine ergebene und aufrichtige Freundin erblickte.

„Oh, vergebt mir! Vergebt mir!" sagte sie und sank auf ihre Schulter, „ich liebe ihn so sehr!"

Die beiden Frauen hielten sich einen Augenblick umarmt. Wenn Myladys Kräfte ihrem Haß gleichgekommen wären, so würde diese Umarmung nur mit dem Tod von Madame Bonacieux geendet haben.

Aber da sie die junge Frau nicht ersticken konnte, so lächelte sie ihr zu.

„Oh, teure, schöne Kleine", sagte Mylady, „wie glücklich

bin ich, Euch zu sehen. Laßt mich Euch anschauen." Und bei diesen Worten verschlang sie die Novizin wirklich mit ihren Blicken. „Ja, Ihr seid es. Nach dem, was er mir von Euch gesagt hat, erkenne ich Euch, ich erkenne Euch jetzt vollkommen!"

Die arme junge Frau konnte nicht ahnen, wie schrecklich es hinter dieser reinen Stirn, hinter diesen schimmernden Augen, worin sie nur das Interesse des Mitleids las, zuging.

„Ihr wißt also, was ich gelitten habe", sprach Madame Bonacieux, „da er Euch sein Leiden mitgeteilt hat. Aber für ihn dulden ist Glück."

Mylady wiederholte mechanisch:

„Ja, das ist Glück."

Sie dachte an etwas anderes.

„Und dann", fuhr Madame Bonacieux fort, „ist mein Unglück seinem Ende nahe. Morgen, heute abend vielleicht werde ich ihn wiedersehen, und dann besteht die Vergangenheit nicht mehr für mich."

„Heute abend, morgen?" rief Mylady, durch diese Worte aus ihrer Träumerei gerissen. „Was wollt Ihr damit sagen? Erwartet Ihr vielleicht Nachrichten von ihm?"

„Ich erwarte ihn selbst!"

„Ihn selbst! D'Artagnan hier!"

„Ihn selbst."

„Das ist unmöglich! Er befindet sich mit dem Kardinal bei der Belagerung von La Rochelle und wird erst nach der Einnahme der Stadt nach Paris zurückkehren."

„Ihr glaubt dies, aber sagt: Ist meinem d'Artagnan, diesem aufrechten Edelmann, etwas unmöglich?"

„Ah! Ich kann es nicht glauben."

„Nun, so lest doch", sprach die unglückliche junge Frau, im Übermaß ihrer Freude und ihres Stolzes, indem sie Mylady einen Brief überreichte.

„Die Handschrift der Frau von Chevreuse!" sagte Mylady zu sich selbst. „Ich war überzeugt, daß mit dieser ein Einverständnis bestand."

Und sie las mit gierigen Blicken folgende Zeilen:

„Mein liebes Kind, haltet Euch bereit. Unser Freund wird Euch bald besuchen, und zwar nur, um Euch dem

Gefängnis zu entreißen, wo Ihr Euch Eurer Sicherheit wegen verborgenhalten mußtet. Trefft Eure Reisevorbereitungen und zweifelt nie an uns.

Unser vortrefflicher Gascogner hat sich soeben wieder brav und getreu gezeigt wie immer. Sagt ihm, daß man ihm irgendwo für den Rat, den er erteilt, dankbar sei."

„Ja, ja", sprach Mylady, „ja, dieser Brief ist bestimmt. Wißt Ihr vielleicht, worin dieser Rat besteht?"

„Nein. Ich vermute nur, daß er die Königin von irgendeiner Machenschaft des Kardinals benachrichtigt hat."

„Ja, so ist es ohne Zweifel", erwiderte Mylady, gab den Brief Madame Bonacieux zurück und ließ ihren Kopf nachdenklich auf die Brust sinken.

In diesem Augenblick hörte man den Galopp eines Pferdes.

„Oh!" rief Madame Bonacieux, an das Fenster stürzend, „sollte er es sein?"

Mylady war vor Erstaunen in Stein verwandelt im Bett geblieben. Es begegneten ihr plötzlich so viele unerwartete Dinge, daß sie zum erstenmal den Kopf verlor.

„Er! Er!" murmelte sie. „Sollte er es sein?" Und sie verharrte mit starren Augen in ihrem Bett.

„Ach nein", sprach Madame Bonacieux, „es ist ein Mann, den ich nicht kenne. Es scheint, er kommt hierher; er reitet langsamer - er hält vor der Tür- er läutet."

Mylady sprang aus dem Bett.

„Seid Ihr gewiß, daß er es nicht ist?" sagte sie.

„O ja, ganz gewiß."

„Ihr habt vielleicht schlecht gesehen?"

„Oh, ich würde ihn erkennen, wenn ich nur die Feder seines Hutes, das Ende seines Mantels erblickte."

Mylady kleidete sich inzwischen an.

„Jedenfalls, Ihr sagt, dieser Mann kommt hierher?"

„Ja, er ist bereits in das Kloster eingetreten." - „Das geschieht entweder Euret- oder meinetwegen." - „Oh, mein Gott! Wie aufgeregt seht Ihr aus!" - „Ja, ich gestehe, ich hege nicht Euer Vertrauen, ich fürchte alles vom Kardinal!" - „Still!" sagte Madame Bonacieux, „man kommt."

Die Tür öffnete sich wirklich, und die Äbtissin trat ein.

„Kommt Ihr aus Boulogne?" fragte sie Mylady.

„Allerdings", antwortete diese, indem sie ihre Kaltblütigkeit zurückzugewinnen versuchte. „Wer fragt nach mir?"

„Ein Mann, der seinen Namen nicht nennen will, aber vom Kardinal kommt."

„Und mich sprechen will?" fragte Mylady.

„Der eine Dame sprechen will, die aus Boulogne gekommen sein soll."

„Dann laßt ihn eintreten, Madame!"

„Oh, mein Gott, mein Gott!" rief Madame Bonacieux, „sollte es eine schlimme Nachricht sein?"

„Ich befürchte es."

„Ich lasse Euch mit diesem Fremden allein. Aber sobald er sich entfernt hat, kehre ich mit Eurer Erlaubnis wieder zurück."

„Ich bitte Euch darum."

Die Äbtissin und Madame Bonacieux verließen das Zimmer.

Mylady blieb, die Augen auf die Tür gerichtet, allein. Bald hörte man Sporengeklirr auf der Treppe. Dann näherten sich Tritte; die Tür wurde geöffnet, und ein Mann erschien.

Mylady stieß einen Freudenschrei aus. Dieser Mann war Graf Rochefort, der dienstbare Geist Seiner Eminenz.

62. Kapitel

Zwei Abarten von Teufeln

„Ah!“ riefen Rochefort und Mylady gleichzeitig, „Ihr seid es?“ - „Ja, ich bin es.“ - „Und Ihr kommt von?“ fragte Mylady. - „Von La Rochelle. Und Ihr?“ - „Von England.“ - „Buckingham?“ - „Tot oder gefährlich verwundet. Als ich abreiste, ohne etwas von ihm erreichen zu können, ermordete ihn ein Fanatiker.“ - „Ah“, sprach Rochefort lächelnd, „das ist ein äußerst glücklicher Zufall, worüber sich Seine Eminenz ungemein freuen wird. Habt Ihr ihn davon in Kenntnis gesetzt?“ - „Ich habe ihm von Boulogne aus geschrieben. Aber wie kommt Ihr hierher?“ - „Seine Eminenz war in Unruhe, und schickte mich, um Euch zu suchen.“ - „Ich bin erst gestern hier angekommen.“ - „Und was habt Ihr seit gestern gemacht?“ - „Ich habe meine Zeit nicht verloren.“ - „Oh, das kann ich mir wohl denken.“ - „Wißt Ihr, wen ich hier getroffen habe?“ - „Nein.“ - „Ratet!“ - „Wie soll ich?“ - „Die junge Frau, die die Königin dem Gefängnis entrissen hat.“ - „Die Geliebte des kleinen d'Artagnan?“ - „Ja, Madame Bonacieux, deren Zufluchtsstätte der Kardinal nicht kannte.“ - „Nun“, sprach Rochefort, „das ist wiederum ein Zufall, der dem anderen die Stange halten kann. Der Herr Kardinal ist in der Tat ein vom Glück begünstigter Mann.“ - „Könnt Ihr Euch mein Erstaunen denken“, fuhr Mylady fort, „als ich dieser Frau gegenüberstand?“ - „Kennt sie Euch?“ - „Nein.“ - „Dann hält sie Euch für eine Fremde?“ - Mylady lächelte. „Ich bin ihre beste Freundin.“ - „Bei meiner Ehre!“ sprach Rochefort, „nur Ihr, meine liebe Gräfin, könnt solche Wunder bewirken.“ - „Es geschah zur rechten Zeit“, sagte Mylady; „denn wißt Ihr, was vorgeht?“ - „Nein.“ - „Man will sie morgen oder übermorgen mit

einem Befehl der Königin abholen." - „Wirklich? Und wer dies?" - „D'Artagnan und seine Freunde." - „Wirklich? Sie treiben es so arg, daß wir sie in die Bastille stekken müssen." - „Warum ist dies nicht bereits geschehen?" - „Was wollt Ihr? Der Herr Kardinal hat für diese Männer eine mir ganz unbegreifliche Vorliebe." - „Wirklich? Nun, so sagt ihm folgendes, Rochefort: Sagt ihm, daß unsere Unterredung in der Herberge „Zum Roten Taubenschlag" von diesen vieren gehört worden ist. Sagt ihm, daß einer von ihnen nach seinem Weggang heraufkam und mir mit Gewalt den Geleitbrief entriß, den er mir gegeben hatte. Sagt ihm, daß sie Lord Winter von meiner Fahrt nach England benachrichtigen ließen. Daß sie auch diesmal beinahe meine Sendung vereitelt hätten, wie sie die mit den Nestelstiften vereitelten. Sagt ihm, daß von diesen vier Menschen nur zwei, d'Artagnan und Athos, zu fürchten sind. Sagt ihm, daß der dritte der Liebhaber der Frau von Chevreuse ist. Man muß ihn leben lassen. Man weiß sein Geheimnis, er kann von Nutzen sein. Der vierte, Porthos, ist ein Einfaltspinsel, ein alberner Geck, mit dem man sich nicht zu beschäftigen braucht." – „Aber diese vier Männer müssen zur Stunde bei der Belagerung von La Rochelle sein." – „Ich glaube dies, wie Ihr, aber ein Brief, den Madame Bonacieux von Frau von Chevreuse erhalten und mir unklugerweise mitgeteilt hat, gibt mir die Überzeugung, daß diese vier vielmehr ausgezogen sind, um sie zu entführen." – „Teufel, was ist da zu machen?" – „Was hat Euch der Kardinal in bezug auf mich aufgetragen?" – „Eure geschriebenen oder mündlichen Depeschen in Empfang zu nehmen und mit Postpferden zurückzukehren. Sobald er weiß, was Ihr getan habt, wird er Befehl geben, was Ihr tun sollt." – „Ich muß also hierbleiben?" – „Hier oder in der Gegend." – „Ihr könnt mich nicht mitnehmen?" – „Nein, der Befehl ist streng. In der Umgegend des Lagers könnt Ihr erkannt werden, und Eure Gegenwart würde wie Ihr wohl begreift, Seine Eminenz, besonders nach dem, was da drüben vorgefallen ist, bloßstellen. Doch sagt mir jetzt schon, wo Ihr Nachrichten vom Kardinal erwarten wollt, damit ich stets weiß, wo ich Euch treffen kann." – „Wahrscheinlich bin ich nicht in der Lage, länger hierzubleiben." – „Warum?" – „Ihr vergeßt, daß meine Feinde jeden Augenblick ankommen können." – „Das ist wahr, aber dann wird diese kleine Frau Seiner Eminenz entschlüpfen." - „Pah!" sprach Mylady mit einem Lächeln, das nur ihr eigen war. „Ihr vergeßt, daß ich ihre beste Freundin bin." - „Ah, das ist wahr. Ich darf also dem Kardinal sagen, in bezug auf diese Frau ..." - „Könne er ruhig sein." - „Nicht mehr? Weiß er, was dies zu bedeuten hat?" - „Er wird es erraten." - „Was soll ich nun tun?" - „Sofort abreisen. Es scheint mir, die Nachrichten, die Ihr bringt, sind wohl wert, daß man sich beeilt." - „Mein Wagen ist in Lilliers zerbrochen." - „Ausgezeichnet!" - „Weshalb ausgezeichnet?" - „Ja, ich brauche Euren Wagen." - „Und wie soll ich dann reisen?" - „Zu Pferd." - „Ihr habt gut reden, hundertundachtzig Meilen!" - „Was will das schon sagen?" - „Sie sollen gemacht werden. Und hernach?" - „Wenn Ihr durch Lilliers kommt, schickt Ihr mir den Wagen und gebt Eurem Bediensteten Befehl, sich mir zur Verfügung zu halten." - „Gut." - „Ihr habt ohne Zweifel einen Befehl des Kardinals bei Euch?" - „Ich habe eine Vollmacht bei mir." - „Ihr zeigt sie der Äbtissin und sagt ihr, man werde mich heute oder morgen abholen, und ich habe der Person zu folgen, die sich in Eurem Namen einfinde." - „Sehr gut!" - „Vergeßt nicht, über mich loszuziehen, wenn Ihr mit der Äbtissin von mir sprecht." - „Wozu soll das nützen?" - „Ich bin ein Opfer des Kardinals und muß doch dieser armen kleinen Madame Bonacieux Vertrauen einflößen." - „Das ist richtig. Wollt Ihr mir nun einen Bericht von alldem machen, was vorgefallen ist?" - „Ich habe Euch die Ereignisse erzählt, Ihr besitzt ein gutes Gedächtnis. Wiederholt die Dinge, wie ich sie Euch mitteilte. Ein Papier geht verloren." - „Ihr habt recht. Nur möchte ich wissen, wo ich Euch finden kann, damit ich nicht unnütz in der Gegend umherlaufe." - „Das ist richtig. Wartet!" - „Wollt Ihr eine Karte?" - „Oh, ich kenne diese Gegend bestens." - „Ihr? Wann seid Ihr hier gewesen?" -

„Ich bin hier erzogen worden.“ - „Wirklich!“ - „Seht, irgendwo erzogen worden zu sein, nützt doch zu etwas.“ - „Ihr werdet mich also erwarten?... “ - „Laßt mich einen Augenblick nachdenken... halt, ja, in Armentières?“ - „Was ist das, Armentières?“ - „Eine kleine Stadt an der Lys. Ich habe nur über den Fluß zu setzen und bin im Ausland.“ - „Vortrefflich! Aber wohlverstanden, Ihr geht nur im Fall einer großen Gefahr über den Fluß.“ - „Natürlich.“

- „Wie soll ich aber dann erfahren, wo Ihr seid!“ - „Ihr braucht Euren Bediensteten nicht?“ - „Nein.“ - „Er ist ein sicherer Mann?“ - „In jeder Beziehung.“ - „Gebt ihn mir. Niemand kennt ihn, ich lasse ihn an dem Ort zurück, von dem ich mich entferne, und er führt Euch dorthin, wo ich bin.“ - „Und Ihr sagt, Ihr werdet mich in Armentières erwarten?“ - „In Armentières.“ - „Schreibt mir diesen Namen auf ein Stückchen Papier, damit ich ihn nicht vergesse. Der Name einer Stadt kann unmöglich kompromittieren, nicht wahr?“ - „Wer weiß? Na, ist egal“, sagte Mylady und schrieb den Namen auf ein Stück Papier; „ich gefährde mich dadurch.“

„Gut“, sprach Rochefort, nahm das Papier Mylady aus der Hand, faltete es zusammen und steckte es in das Futter seines Huts. „Seid übrigens unbesorgt, ich mache es wie die Kinder und wiederhole den Namen den ganzen Weg über, wenn ich das Papier verliere. Nun, ist das alles?“

„Ich glaube.“

„Wir wollen einmal alles wiederholen; Buckingham tot oder schwer verwundet. Eure Unterredung mit dem Kardinal von den vier Musketieren gehört. Lord Winter von Eurer Ankunft in Portsmouth benachrichtigt. D'Artagnan und Athos in die Bastille. Aramis der Liebhaber der Frau von Chevreuse. Porthos ein Gimpel. Madame Bonacieux wiedergefunden. Euch den Wagen so schnell wie möglich schicken. Euch meinen Bediensteten zur Verfügung stellen. Ein Opfer des Kardinals aus Euch machen, damit die Äbtissin keinen Verdacht schöpft. Armentières an den Ufern der Lys - ist es so?“

„Wirklich, Graf, Ihr seid ein wahres Wunder an Gedächtnis. Doch fügt noch bei ... “

„Was?“

„Ich habe ein sehr hübsches Wäldchen gesehen, das an den Klostergarten stoßen muß. Sagt, es sei mir erlaubt, in diesem Wäldchen spazierenzugehen. Wer weiß, ich muß vielleicht durch eine Hinterpforte von hier weg."

„Ihr denkt an alles." - „Und Ihr, Ihr vergeßt etwas." - „Was denn?" - „Zu fragen, ob ich Geld brauche." - „Das ist richtig. Wieviel wollt Ihr?" - „Alles, was Ihr an Gold bei Euch habt." - „Ich habe ungefähr fünfhundert Pistolen bei mir." - „Ich etwa ebensoviel. Mit tausend Pistolen kann man allem Trotz bieten. Leert Eure Taschen." - „Hier." - „Gut. Und Ihr reist wann?" - „In einer Stunde. Ich bleibe nur so lange, um einen Bissen zu essen, und schicke inzwischen nach einem Postpferd." - „Vortrefflich. Adieu, Graf!" - „Adieu, Gräfin." - „Empfehlt mich dem Kardinal." - „Empfehlt mich dem Satan."

Mylady und Rochefort tauschten ein Lächeln aus und trennten sich.

Eine Stunde später sprengte Rochefort im stärksten Galopp aus Bethune. Nach fünf Stunden kam er durch Arras.

Unsere Leser wissen bereits, wie er von d'Artagnan wiedererkannt wurde, wie dieses Wiedererkennen den vier Musketieren Furcht einflößte und sie zur größten Eile antrieb.

63. Kapitel

Der Tropfen Wasser

Kaum war Rochefort weggegangen, als Madame Bonacieux zurückkehrte. Sie traf Mylady mit strahlendem Gesicht an.

„Nun“, sprach die junge Frau, „was Ihr befürchtet habt, ist eingetroffen. Diesen Abend oder morgen läßt Euch der Kardinal holen.“

„Woher wißt Ihr es?“

„Ich habe es aus dem Mund des Boten vernommen.“

„Setzt Euch zu mir“, sprach Mylady.

„Hier bin ich.“

„Wartet, ich will mich überzeugen, ob uns niemand belauscht.“

„Warum diese Vorsicht?“

„Ihr sollt es erfahren.“

Mylady stand auf, ging an die Tür, öffnete sie, schaute in den Flur, kehrte zurück und setzte sich wieder neben Madame Bonacieux.

„Er hat also seine Rolle gut gespielt“, sprach sie. - „Wer?“ - „Der sich bei der Äbtissin als ein Abgesandter des Kardinals vorgestellt hat.“ - „Er spielte also eine Rolle?“ - „Ja, mein Kind.“ - „Dieser Mann ist kein ...“ - „Dieser Mann“, erwiderte Mylady, ihre Stimme dämpfend, „dieser Mann ist mein Bruder.“ - „Euer Bruder!“ rief Madame Bonacieux.

„Nur Ihr wißt dieses Geheimnis, mein Kind, und wenn Ihr es irgend jemand anvertraut, so bin ich verloren und Ihr vielleicht ebenfalls.“

„Oh, mein Gott!“

„Hört, was vorgefallen ist. Mein Bruder, der mir zu Hilfe eilte und mich im Notfall mit Gewalt von hier wegbringen

wollte, traf den Emissär des Kardinals, der mich abholen sollte. Er folgte ihm, und als sie auf einem einsamen, verborgenen Weg waren, zog er den Degen und forderte den Boten auf, ihm die Papiere zu übergeben, die er bei sich trug. Der Bote wollte sich verteidigen, mein Bruder tötete ihn."

„Oh!" rief Madame Bonacieux schaudernd.

„Aber bedenkt doch, es war das einzige Mittel. Mein Bruder beschloß nun, List an Stelle der Gewalt zu setzen. Er nahm die Papiere, erschien hier als Abgeordneter des Kardinals, und in ein paar Stunden wird mich ein Wagen im Auftrag Seiner Eminenz abholen."

„Ich begreife, den Wagen schickt Euch Euer Bruder."

„Richtig, aber das ist noch nicht alles. Der Brief, den Ihr empfangen habt und von dem Ihr glaubt, er käme von Frau von Chevreuse..."

„Nun?"

„Er ist eine Fälschung!"

„Wie dies?"

„Es ist eine Falle, damit Ihr keinen Widerstand leistet, wenn man Euch holen will."

„Aber d'Artagnan wird kommen und mich holen."

„Ihr täuscht Euch, d'Artagnan und seine Freunde sind bei der Belagerung von La Rochelle."

„Woher wißt Ihr dies?"

„Mein Bruder begegnete Emissären des Kardinals in Musketiertracht. Man hätte Euch vor die Tür gerufen. Ihr hättet geglaubt, Eure Freunde seien erschienen. Man hätte Euch ergriffen und nach Paris zurückgebracht."

„Oh, mein Gott! Mein Kopf wird ganz wirr in diesem Chaos von Niederträchtigkeiten. Ich werde wahnsinnig, wenn dies lange so fortdauert", sprach Madame Bonacieux und legte die Hände an die Stirn.

„Hört."

„Was?"

„Ich höre den Tritt eines Pferdes. Mein Bruder reist wieder ab. Ich will ihm ein letztes Lebewohl sagen, kommt."

Mylady öffnete das Fenster und forderte Madame Bonacieux durch ein Zeichen auf, heranzutreten.

Rochefort ritt im Galopp vorüber.

„Adieu, Bruder!" rief Mylady.

Der Graf schaute empor, sah die beiden jungen Frauen und winkte Mylady freundschaftlich zu.

„Dieser gute George!" sagte sie, indem sie mit einem Ausdruck voll Zärtlichkeit und Schwermut das Fenster schloß.

Und dann setzte sie sich wieder auf ihren Platz, als ob sie in rein persönliche Betrachtungen versunken wäre.

„Liebe Dame", sprach Madame Bonacieux, „entschuldigt, daß ich Euch unterbreche, aber mein Gott! Was ratet Ihr mir denn zu tun? Ihr habt mehr Erfahrung als ich, sprecht, ich höre."

„Vor allem kann ich mich täuschen", erwiderte Mylady, „und es ist gut möglich, daß Euch d'Artagnan und seine Freunde wirklich zu Hilfe kommen."

„Oh, das wäre zu schön", rief Madame Bonacieux, „aber soviel Glück gibt es nicht für mich auf der Welt."

„Ihr begreift, daß es nur eine Zeitfrage, eine Art Wettlauf wäre, wer zuerst ankäme. Sind Eure Freunde schneller, so seid Ihr gerettet; gewinnen die Schergen des Kardinals einen Vorsprung, so seid Ihr verloren."

„Ja! Ja! Ohne Barmherzigkeit verloren. Aber was soll ich tun? Was soll ich beginnen?"

„Es gäbe ein einfaches, ganz natürliches Mittel."

„Oh, nennt es, nennt es mir!"

„Ihr müßtet Euch in der Gegend verborgenhalten und Euch überzeugen, was für Leute nach Euch fragen."

„Aber wo warten?"

„Oh, das ist keine Schwierigkeit. Ich selbst verberge mich einige Meilen von hier, bis mich mein Bruder abholt. Wenn Ihr wollt, nehme ich Euch mit, wir verbergen uns zusammen und warten auf die Rettung."

„Man wird mich nicht ziehen lassen, ich bin fast eine Gefangene hier."

„Da man meint, ich reise auf einen Befehl des Kardinals, so wird man nicht annehmen, daß Ihr große Lust habt, mir zu folgen."

„Und dann?"

„Der Wagen ist vor der Tür. Ihr sagt mir Lebewohl, Ihr steigt auf den Fußtritt, um mich zum letztenmal in Eure

Arme zu schließen, der Bedienstete meines Bruders wird unterrichtet, er gibt dem Postillon ein Zeichen, und wir eilen im Galopp davon."

„Aber d'Artagnan, wenn d'Artagnan kommt?"

„Werden wir es nicht erfahren?"

„Wie dies?"

„Nichts leichter, - wir schicken diesen Bediensteten meines Bruders, auf den wir uns verlassen können, zurück. Er nimmt in einer Verkleidung sein Quartier dem Kloster gegenüber. Kommen Emissäre des Kardinals, so rührt er sich nicht, erscheinen aber Herr d'Artagnan und seine Freunde, so bringt er sie dahin, wo wir uns aufhalten."

„Er kennt sie also?"

„Allerdings! Hat er nicht Herrn d'Artagnan bei mir gesehen?"

„O ja, ja, Ihr habt recht. So wird alles gutgehen, so macht sich die Sache gut. Wir aber wollen uns nicht weit entfernen."

„Höchstens sieben bis acht Meilen. Wir halten uns nahe der Grenze, und bei der ersten Warnung verlassen wir Frankreich."

„Und was tun wir bis dahin?"

„Wir warten ab."

„Aber wenn sie kommen?"

„Der Wagen meines Bruders wird vor ihnen hier sein."

„Wenn ich zu der Zeit, wo man Euch abholt, nun aber nicht bei Euch bin, beim Mittag- oder Abendessen zum Beispiel?"

„So hört, was Ihr tun könnt."

„Was?"

„Bittet Eure gute Äbtissin, Euer Mahl mit mir teilen zu dürfen, damit Ihr mich so wenig als möglich zu verlassen braucht."

„Wird sie es erlauben?"

„Was kann dabei auffallen?"

„ Oh, schön, schön! Auf diese Art verlassen wir uns nicht einen Augenblick."

„Nun, so geht zu ihr, und tragt ihr Eure Bitte vor, ich will inzwischen einen Gang durch den Garten machen."

„Geht, und wo treffe ich Euch wieder?"

„Hier, in einer Stunde!"

„Oh, ich danke Euch. Wie gut seid Ihr doch!"

„Wie sollte ich nicht innige Teilnahme für Euch hegen, da Ihr so schön und liebenswürdig seid, und seid Ihr denn nicht auch die Freundin eines meiner besten Freunde?"

„Der teure d'Artagnan! Oh, wie wird er Euch danken!"

„Ich hoffe es. Aber nun vorwärts. Alles ist verabredet; laßt uns hinabgehen."

„Ihr geht in den Garten?"

„Ja."

„Geht diesen Gang entlang, über eine kleine Treppe kommt ihr hinaus."

„Gut, ich danke Euch."

Und mit dem freundlichsten Lächeln verließen sich die beiden Frauen.

Mylady hatte die Wahrheit gesagt. Der Kopf war ihr schwer, denn ihre noch ungeordneten Pläne trieben wie in einem Chaos durcheinander. Sie benötigte die Einsamkeit, um etwas Ordnung in ihre Gedanken zu bringen. Ihr Blick in die Zukunft war nicht klar, und sie brauchte Ruhe und Stille, um allen ihren Ideen eine bestimmte Form, feste Anhaltspunkte zu geben.

Das Dringendste war, Madame Bonacieux zu entführen und an einen sicheren Ort zu bringen, um sie erforderlichenfalls als Geisel zu gebrauchen. Mylady fing an, den Ausgang des furchtbaren Zweikampfes zu fürchten, bei dem ihre Feinde ebensoviel Hartnäckigkeit zeigten, als sie selbst Erbitterung bewies.

Überdies fühlte sie, wie man den Sturm kommen fühlt, daß dieser Ausgang nahe war und sicher furchtbar werden mußte.

Die Hauptsache schien ihr also zu sein, daß sie Madame Bonacieux bei sich behielt. Mit Madame Bonacieux hatte sie das Leben d'Artagnans, ja noch mehr das Leben der Frau, die er liebte, in ihrer Gewalt. Im allerschlimmsten

Fall besaß sie dadurch ein Verhandlungspfand, um auf sichere Weise gute Bedingungen zu erzielen.

Dieser Punkt war nun gesichert. Madame Bonacieux folgte ihr ohne Mißtrauen. Einmal mit ihr in Armentières verborgen, konnte man ihr leicht vormachen, d'Artagnan sei nicht nach Bethune gekommen. In spätestens vierzehn Tagen mußte Rochefort zurückkehren. Während dieser vierzehn Tage würde sie bestimmt einen Plan ersinnen, um sich an den vier Freunden zu rächen. Langeweile könnte sie - Gott sei Dank! - nicht bekommen, denn sie hatte den süßesten Zeitvertreib, den die Ereignisse einer Frau ihres Charakters gewähren können - sie hatte ein schönes Werk der Rache auszuführen.

Unter diesen Träumen schaute sie umher und merkte sich die Topographie des Gartens. Mylady war ein guter Feldherr, der gleichzeitig die Möglichkeit von Sieg und Niederlage vorher berechnet und sich bereit hält, je nach den Chancen der Schlacht vorwärtszumarschieren oder sich fechtend zurückzuziehen.

Nach einer Stunde hörte sie eine sanfte Stimme, die sie rief. Es war Madame Bonacieux. Die gute Äbtissin hatte natürlich zu allem ihre Einwilligung erteilt, und um den Anfang zu machen, sollten sie miteinander ihr Abendessen einnehmen.

Als sie in den Hof kamen, vernahmen sie das Geräusch eines Wagens, der vor dem Tor anhielt. Mylady horchte.

„Hört Ihr?" sprach sie. - „Ja, das Rollen eines Wagens." - „Es ist der, den uns mein Bruder schickt." - „Oh, mein Gott!" - „Auf! Mut gefaßt!"

Man läutete an der Klosterpforte, Mylady hatte sich nicht getäuscht.

„Geht in Euer Zimmer hinauf", sagte sie zu Madame Bonacieux. „Ihr habt wohl einige Juwelen, die ihr mitnehmen wollt."

„Ich habe seine Briefe“, erwiderte sie.

„Nun gut! So geht und holt sie! Kommt dann gleich zu mir, wir essen dann geschwind noch etwas. Vielleicht reisen wir die Nacht durch.“

„Großer Gott!“ sprach Madame Bonacieux. „Mein Herz droht zu zerspringen, ich kann nicht von der Stelle.“

„Mut gefaßt, meine Teure, Mut gefaßt! Bedenkt, daß Ihr in einer Viertelstunde gerettet seid und daß Ihr das, was Ihr tut, für ihn tut.“

„Ja, ja! Alles, alles für ihn. Ihr habt mir durch ein einziges Wort meinen Mut wiedergegeben.“

Mylady eilte in ihr Zimmer, sie fand hier den Bediensteten Rocheforts und gab ihm seine Instruktionen.

Er sollte vor dem Tor warten. Würden zufällig die Musketiere erscheinen, so sollte der Wagen im Galopp um das Kloster fahren und Mylady in einem Dörfchen erwarten, das auf der anderen Seite des Gehölzes lag.

In diesem Fall würde Mylady durch den Garten gehen und das Dörfchen zu Fuß erreichen. Mylady kannte diesen Teil Frankreichs, wie erwähnt, sehr genau.

Würden die Musketiere nicht erscheinen, so sollte alles vor sich gehen wie verabredet. Madame Bonacieux stieg in den Wagen, unter dem Vorwand, ihr Lebewohl zu sagen, und sie entführte Madame Bonacieux.

Madame Bonacieux trat ein, und um ihr jeden Argwohn zu nehmen, wiederholte sie in ihrer Gegenwart den letzten Teil der Instruktion.

Mylady stellte einige Fragen wegen des Wagens. Es war eine mit drei Pferden bespannte Kutsche. Der Lakai Rocheforts sollte als Kurier vorausreiten.

Mylady hatte unrecht, wenn sie Argwohn bei Madame Bonacieux befürchtete. Die arme junge Frau war zu naiv, um bei einem anderen weiblichen Wesen eine solche Treulosigkeit zu ahnen. Überdies war ihr der Name der Gräfin

Winter, den sie von der Äbtissin gehört hatte, völlig unbekannt, und sie wußte nicht einmal, daß eine Frau so großen Anteil an den Unglücksfällen ihres Lebens gehabt hatte.

„Ihr seht", sprach Mylady, nachdem der Lakai weggegangen war, „alles ist bereit. Die Äbtissin hatte keine Ahnung und glaubt, man holt mich auf Befehl des Kardinals. Dieser Mann erteilt die letzten Befehle. Eßt etwas, trinkt einen Tropfen Wein und dann vorwärts."

„Ja", sprach Madame Bonacieux mechanisch, „ja, vorwärts!"

Mylady forderte sie auf, sich ihr gegenüber zu setzen, schenkte ihr ein Glas Wein ein und legte ihr ein Stück Huhn vor.

„Seht", sprach sie, „wie uns alles begünstigt, es wird bereits Nacht. Mit Tagesanbruch sind wir an Ort und Stelle, und niemand wird ahnen, wo wir uns befinden. Mut gefaßt, nehmt etwas zu Euch!"

Madame Bonacieux aß mechanisch einige Bissen und nippte am Wein.

„Auf, mutig!" sprach Mylady, indem sie ihr Glas an die Lippen setzte, „macht es wie ich."

Aber in dem Augenblick, wo sie trinken wollte, zögerte ihre Hand. Sie hatte in der Ferne das Getrappel eines lauter werdenden Galopps gehört, und es kam ihr vor, als vernähme sie das Gewieher von Pferden.

Dieses Geräusch entriß sie aus ihrer Freude, wie uns das Brausen des Sturms mitten aus einem schönen Traum aufschreckt. Sie erbleichte und lief zum Fenster, während Madame Bonacieux, am ganzen Leibe zitternd, aufstand und sich, um nicht zu fallen, auf ihren Stuhl stützte.

Man sah noch nichts, man hörte nur den Galopp.

„Oh, mein Gott!" rief Madame Bonacieux, „was bedeutet dieses Geräusch!"

„Es wird von unseren Freunden oder von unseren Feinden verursacht", antwortete Mylady mit furchtbarer Kaltblütigkeit. „Bleibt, wo Ihr seid, ich werde es Euch sagen."

Madame Bonacieux blieb an ihrem Platz stehen, stumm, starr und bleich wie eine Statue.

Das Geräusch wurde immer stärker. Die Pferde konnten nicht mehr über fünfhundert Schritt entfernt sein. Wenn man sie noch nicht sah, so lag dies daran, daß die Straße eine Biegung machte. Aber das Getöse war so deutlich, daß man die Zahl der Pferde an ihrem Hufschlag unterscheiden konnte.

Mylady spähte mit gespanntester Aufmerksamkeit. Es war gerade noch hell genug, daß man die Ankommenden erkennen konnte.

Plötzlich sah sie an der Wendung des Wegs betreßte Hüte glänzen und Federn wogen. Sie zählte zwei, dann fünf, dann acht Reiter. Der eine von ihnen ritt den übrigen um zwei Pferdelängen voraus.

Mylady stieß einen unterdrückten Seufzer aus. In dem Spitzenreiter erkannte sie d'Artagnan.

„Oh, mein Gott!" rief Madame Bonacieux, „was gibt es denn?"

„Es ist die Uniform der Leibwachen des Kardinals - keinen Augenblick zu verlieren!" schrie Mylady, „laßt uns fliehen, eiligst fliehen."

„Ja, ja, fliehen", wiederholte Madame Bonacieux, aber ohne, durch den Schreck gebannt, einen Schritt machen zu können.

Man hörte die Reiter unter dem Fenster vorüberreiten.

„Kommt doch, kommt doch!" rief Mylady und suchte die junge Frau am Arm fortzuschleppen, „durch den Garten können wir noch entfliehen. Ich habe den Schlüssel. Aber eilen wir, in fünf Minuten ist es zu spät!"

Madame Bonacieux versuchte zu gehen, machte zwei Schritt und sank in die Knie.

In diesem Moment hörte man das Rollen des Wagens, der bei der Ankunft der Musketiere im Galopp davoneilte. Dann erschollen drei oder vier Schüsse.

„Zum letztenmal, kommt!" rief Mylady.

„Oh, mein Gott! Mein Gott! Ihr seht, daß ich nicht gehen kann, flieht allein."

„Allein fliehen? Euch hier lassen? Nein, nie, nie!" rief Mylady.

Plötzlich zuckte ein bleicher Blitz aus ihren Augen hervor. Sie lief zum Tisch und schüttete in das Glas von Madame Bonacieux den Inhalt einer Ringkapsel, die sie mit seltsamer Geschwindigkeit öffnete.

Es war ein rötliches Kügelchen, das sich sofort auflöste.

Dann nahm sie das Glas mit fester Hand und sagte zu Madame Bonacieux:

„Trinkt, trinkt, dieser Wein wird Euch kräftigen, trinkt!"

Und sie näherte das Glas den Lippen der jungen Frau, die es mechanisch trank.

„Ah! Ich wollte mich nicht auf diese Art rächen", sprach Mylady, indem sie mit einem höllischen Lächeln das Glas auf den Tisch setzte; „aber, meiner Treu, man tut, was man kann."

Und sie stürzte aus dem Zimmer.

Madame Bonacieux sah sie fliehen, ohne ihr folgen zu können. Sie war wie jene Menschen, die träumen, man verfolge sie und vergebens zu gehen versuchen. Einige Minuten gingen vorüber. Ein furchtbares Getöse erhob sich vor der Tür. Jeden Augenblick erwartete Madame Bonacieux Mylady zurück, die jedoch nicht wiederkam. Mehrmals trat, ohne Zweifel aus Schrecken, kalter Schweiß auf ihre glühende Stirn.

Endlich vernahm sie das Ächzen der Gitter, die man öffnete. Der Lärm von Stiefeln und Sporen ertönte auf der Treppe. In dem Gemurmel von Stimmen, die sich näherten, glaubte sie ihren Namen aussprechen zu hören.

Plötzlich stieß sie ein Freudengeschrei aus und stürzte zur Tür. Sie hatte die Stimme d'Artagnans erkannt.

„D'Artagnan! D'Artagnan!" rief sie, „seid Ihr es? Hierher!"

„Constance! Constance!" antwortete der junge Mann, „mein Gott, wo seid Ihr?"

In diesem Augenblick gab die Tür der Zelle einem kräf-

tigen Stoß nach. Mehrere Männer traten in das Zimmer. Madame Bonacieux war in einen Lehnstuhl gesunken, ohne sich von der Stelle bewegen zu können.

D'Artagnan warf eine noch rauchende Pistole, die er in der Hand hielt, von sich und fiel vor seiner Geliebten auf die Knie, Athos steckte seine Waffe in den Gürtel, Porthos und Aramis, die ihre Degen in der Hand hielten, stießen sie in die Scheide.

„Oh, d'Artagnan, mein geliebter d'Artagnan, du kommst endlich! Du hast mich nicht getäuscht! Du bist es wirklich!"

„Ja, ja, Constance! Endlich bin ich da!"

„Oh, mochte s i e immerhin sagen, du würdest nicht kommen, ich hoffte dennoch und wollte nicht fliehen. Oh wie richtig war das! Wie glücklich bin ich!"

Bei dem Wort s i e stand Athos, der sich ruhig niedergesetzt hatte, plötzlich auf.

„S i e, welche s i e?" fragte d'Artagnan.

„Meine Gefährtin, die mich aus Freundschaft meinen Verfolgern entziehen wollte, die soeben entflohen ist, weil sie euch für Leibwachen des Kardinals hielt."

„Eure Gefährtin?" rief d'Artagnan und wurde so weiß wie der Schleier seiner Geliebten. „Von welcher Gefährtin sprecht Ihr?"

„Von der, deren Wagen vor der Tür stand. Von einer Frau, die sich Eure Freundin nennt, d'Artagnan. Von einer Frau, der Ihr alles erzählt habt."

„Ihr Name?" rief d'Artagnan. „Mein Gott, wißt Ihr ihren Namen nicht?"

„Allerdings, man hat ihn in meiner Gegenwart ausgesprochen. Wartet, aber das ist seltsam ... Ah! mein Gott! meine Sinne schwinden ... ich sehe nicht mehr ..."

„Hierher, meine Freunde, hierher, ihre Hände sind kalt wie Eis!" rief d'Artagnan. „Großer Gott, sie verliert das Bewußtsein!"

Während Porthos so laut wie er nur konnte, um Hilfe rief, lief Aramis, um ein Glas Wasser zu holen, zum Tisch. Aber er blieb plötzlich stehen, als er die furchtbare Verstörung in den Gesichtszügen von Athos wahrnahm, der am Tisch stand, die Haare gesträubt, das Gesicht starr wie Stein, als er eins der Gläser betrachtete und ihm die gräßlichste Vermutung durch den Kopf schoß.

„Oh", sagte Athos, „o nein, das ist unmöglich! Gott würde ein solches Verbrechen nicht gestatten."

„Wasser! Wasser!" rief d'Artagnan, „Wasser!"

„Oh, arme Frau, arme Frau", murmelte Athos mit gebrochener Stimme.

Madame Bonacieux öffnete die Augen wieder unter d'Artagnans Küssen.

„Sie kommt zu sich!" rief der junge Mann. „O mein Gott, mein Gott, ich danke dir!"

„Madame", sprach Athos, „Madame, im Namen des Himmels! Wem gehört dieses leere Glas?"

„Mir, Herr", antwortete die junge Frau mit erlöschender Stimme.

„Doch wer hat den Wein eingeschenkt, der in diesem Glas war?"

„Sie!"

„Aber welche sie denn?"

„Ah, ich erinnere mich", erwiderte Madame Bonacieux, „die Gräfin Winter."

Die vier Freunde stießen einen einzigen, gleichzeitigen Schrei aus. Die Stimme von Athos aber beherrschte die anderen.

In diesem Augenblick wurde das Gesicht von Madame Bonacieux leichenblaß. Ein dumpfer Schmerz erfaßte sie. Sie fiel keuchend in die Arme von Porthos und Aramis.

D'Artagnan ergriff Athos' Hände in herzzerreißender Seelennot.

„Wie!“ sagte er, „du glaubst?“

Seine Stimme erlosch unter gewaltigem Schluchzen.

„Ich glaube das Schlimmste“, antwortete Athos und biß in seine Lippen, daß das Blut hervorquoll.

„D’Artagnan! D’Artagnan!“ rief Madame Bonacieux, „wo bist du? Verlaß mich nicht, du siehst, daß ich sterbe.“

D’Artagnan ließ Athos’ Hände los, die er in seinen krampfhaft zusammengepreßten Fäusten hielt.

Ihr so schönes Gesicht war völlig zerstört, ihre glasigen Augen hatten bereits keinen Blick mehr, ein krampfhaftes Zittern schüttelte ihren ganzen Leib, und der Schweiß brach aus allen ihren Poren.

„Um Himmels willen lauft, ruft, Porthos, Aramis, verlangt Hilfe!“

„Vergeblich“, sprach Athos, „vergeblich! Für ein Gift, das sie einflößt, gibt es kein Gegengift.“

„Ja, ja, Hilfe! Hilfe!“ murmelte Madame Bonacieux, „zu Hilfe!“

Dann raffte sie alle ihre Kräfte zusammen, nahm den Kopf des jungen Mannes zwischen ihre beiden Hände, schaute ihn eine Sekunde an, als ob sie ihre ganze Seele in ihren Blick gelegt hätte und drückte mit einem jammervollen Schrei ihre Lippen auf die seinen.

„Constance! Constance!“ rief d’Artagnan.

Ein Seufzer drang aus Madame Bonacieux’ Mund hervor, der d’Artagnans Lippen berührte. Dieser Seufzer war der letzte Atemstoß – d’Artagnan hielt nur noch eine Leiche in seinen Armen.

Der junge Mann stieß einen Schrei aus und stürzte sich neben seine Geliebte, bleich und starr wie sie.

Porthos weinte. Athos streckte die Faust zum Himmel empor. Aramis schlug ein Kreuz.

In diesem Augenblick erschien ein Mann an der Tür, beinahe so bleich wie diejenigen, die im Zimmer waren. Er

schaute um sich her, sah Madame Bonacieux tot und d'Artagnan in Ohnmacht.

Er erschien gerade in jenem Augenblick der Erstarrung, der stets auf große Katastrophen folgt.

„Ich hatte mich nicht getäuscht", sagte er, „hier ist Herr d'Artagnan und Ihr seid seine drei Freunde, die Herren Athos, Porthos und Aramis."

Die Männer, deren Namen genannt worden waren,

schauten den Fremden erstaunt an. Es kam ihnen allen vor, als müßten sie ihn kennen.

„Meine Herren“, versetzte der Fremde, „ihr sucht alle, wie ich, eine Frau auf, die“, fügte er mit einem furchtbaren Lächeln bei, „hier durchgekommen sein muß, denn ich sehe dort eine Leiche.“

Die drei Freunde blieben stumm. Nun erinnerte sie die Stimme, wie zuvor das Gesicht, an einen Mann, den sie bereits gesehen hatten. Aber sie konnten sich nicht entsinnen, unter welchen Umständen.

„Meine Herren“, fuhr der Fremde fort, „da ihr mich nicht als den Mann wiedererkennen wollt, der euch zweifellos das Leben zu verdanken hat, so muß ich mich wohl zu erkennen geben: Ich bin Lord Winter, der Schwager jener Frau.“

Die drei Freunde brachen in einen Schrei des Staunens aus.

Athos stand auf, gab ihm die Hand und sprach:

„Seid willkommen, Mylord, Ihr gehört zu uns.“

„Ich reiste fünf Stunden nach ihr von Portsmouth ab“, sprach Lord Winter; „ich kam drei Stunden nach ihr in Boulogne an, ich verfehlte sie um zwanzig Minuten in Saint-Omer. Schließlich verlor ich in Lilliers ihre Spur. Ich überließ mich dem Zufall, erkundigte mich bei jedermann, als ich Euch im Galopp vorüberreiten sah. Ich erkannte Herrn d'Artagnan, rief Euch an, aber Ihr antwortetet mir nicht. Ich wollte Euch folgen, doch mein Pferd war zu müde, um mit den Euren gleichen Schritt halten zu können, aber es scheint so, Ihr seid bei allem Eurem Eifer zu spät gekommen.“

„Ihr seht es“, sprach Athos und zeigte Lord Winter die tote Madame Bonacieux und d'Artagnan, den Porthos und Aramis in das Leben zurückzurufen suchten.

„Sind alle beide tot?“ fragte Lord Winter kalt.

„Zum Glück, nein“, antwortete Athos, „d'Artagnan ist nur ohnmächtig.“

„Desto besser!“ sprach Lord Winter.

D'Artagnan öffnete in diesem Moment die Augen wieder. Er entriß sich den Armen von Porthos und Aramis und warf sich wie ein Wahnsinniger auf die Leiche seiner Geliebten.

Athos stand auf, ging mit langsamem Schritt auf seinen Freund zu und sagte, als dieser in Schluchzen ausbrach, mit überzeugender Stimme:

„Freund! Sei ein Mann, nur Weiber beweinen die Toten, Männer rächen sie!“

„O ja“, sprach d'Artagnan, „ja, um sie zu rächen, bin ich bereit, dir zu folgen.“

Athos benutzte diesen Augenblick der Kraft, die die Hoffnung auf Rache seinem unglücklichen Freund wieder verlieh, und gab Porthos und Aramis ein Zeichen, die Äbtissin zu holen.

Die Freunde trafen sie im Flur, noch ganz verwirrt und fassungslos über die Ereignisse. Sie rief einige Nonnen, die gegen alle klösterlichen Gebräuche vor den fünf Männern erschienen.

„Madame“, sagte Athos, wobei er d'Artagnan beim Arm nahm, „wir überlassen Eurer frommen Sorge den Leib dieser unglücklichen Frau. Sie war ein Engel auf Erden, ehe sie ein Engel im Himmel wurde. Behandelt sie wie eine von Euren Schwestern, wir werden eines Tages wiederkommen, um an ihrem Grab zu beten.“

D'Artagnan verbarg sein Gesicht an der Brust seines Freundes und brach wieder in Schluchzen aus.

„Weine“, sagte Athos, „weine, Herz voll Liebe, Jugend und Leben! Ach, ich wünschte, ich könnte auch wie du weinen.“

Und er zog seinen Freund fort, zärtlich wie ein Vater,

tröstend wie ein Priester, groß wie ein Mann, der viel gelitten hat.

Alle fünf begaben sich nun, von ihren Bediensteten gefolgt, die ihre Pferde am Zügel führten, nach Bethune und hielten vor der ersten Herberge an, die sie erblickten.

„Aber verfolgen wir denn diese Frau nicht?" fragte d'Artagnan.

„Später", antwortete Athos, „ich habe Maßnahmen zu treffen."

„Sie wird uns entkommen", entgegnete der junge Mann, „sie wird uns entkommen, Athos, und das ist deine Schuld."

„Ich stehe für sie ein", sprach Athos.

D'Artagnan hatte solch Zutrauen zu dem Wort seines Freundes, daß er ohne eine weitere Silbe in die Herberge eintrat.

Porthos und Aramis schauten sich an und konnten die Sicherheit von Athos nicht begreifen.

Lord Winter glaubte, er rede so, um d'Artagnans Schmerz zu betäuben.

„Nun, meine Herren", sagte Athos, nachdem er sich überzeugt hatte, daß fünf Zimmer im Haus frei waren, „nun wollen wir uns jeder in sein Zimmer zurückziehen. Für d'Artagnan ist es ein Bedürfnis, allein zu weinen und für euch zu schlafen. Ich übernehme alles, seid unbesorgt "

„Es scheint mir jedoch", erwiderte Lord Winter, „daß es mich angeht, wenn Maßnahmen gegen die Gräfin zu treffen sind, denn sie ist meine Schwägerin."

„Und meine Frau", sprach Athos.

D'Artagnan bebte, denn er begriff, daß Athos seiner Rache jetzt sicher war, da er sein Geheimnis enthüllte. Porthos und Aramis schauten sich erbleichend an. Lord Winter glaubte, Athos sei verrückt.

„Zieht euch nun zurück", sagte Athos, „und laßt mich machen. Ihr seht wohl ein, daß es meine Sache als Ehemann ist. Nur gebt mir das Papier, d'Artagnan, wenn Ihr es nicht verloren habt, das aus dem Hut jenes Mannes gefallen ist und worauf der Name der Stadt geschrieben steht."

„Ah!" rief d'Artagnan, „ich begreife, der von ihrer Hand geschriebene Name..."

„Du siehst wohl", sprach Athos, „daß es doch einen Gott im Himmel gibt!"

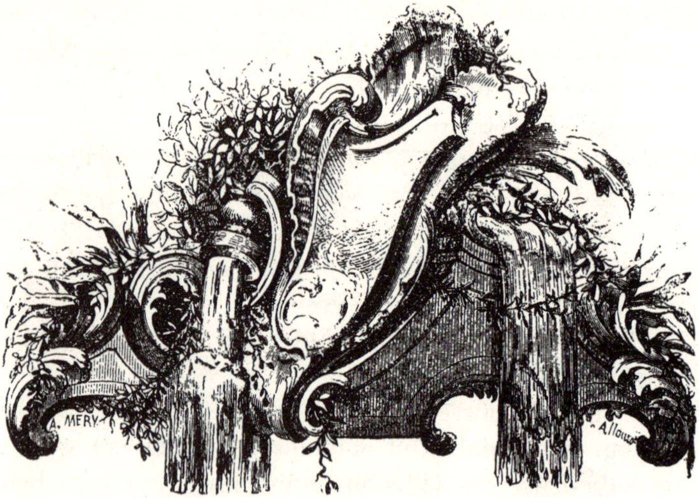

64. Kapitel

Der Mann im roten Mantel

Athos' Verzweiflung hatte einem tiefen, inneren Schmerz Platz gemacht, der die glänzenden Eigenschaften dieses Mannes noch leuchtender hervortreten ließ.

Nur mit einem Gedanken beschäftigt, nämlich an das Versprechen, das er geleistet, und an die Verantwortung, die er übernommen hatte, zog er sich zuletzt in sein Zimmer zurück, bat den Wirt, ihm eine Karte der Gegend zu verschaffen, beugte sich darüber, betrachtete die gezogenen Linien, fand, daß vier verschiedene Wege von Bethune nach Armentières führten, und ließ die Bediensteten rufen.

Planchet, Grimaud, Mousqueton und Bazin erschienen und erhielten klare, pünktliche und ernste Befehle von Athos. Sie sollten mit Tagesanbruch abgehen und sich jeder auf einem anderen Weg nach Armentières begeben. Planchet, der Gescheiteste von allen, sollte den gleichen wie der Wagen einschlagen, auf den die drei Freunde geschossen hatten, und der, wie man sich erinnerte, von dem Bediensteten Rocheforts begleitet wurde.

Athos ließ die Bediensteten zuerst ins Feld rücken, einmal weil er, seitdem diese Leute in seinem und seiner Freunde Dienst standen, bei jedem von ihnen verschiedenartige und wesentliche Eigenschaften erkannt hatte, und dann, weil Bedienstete, wenn sie sich nach etwas erkundigen, den Bauern weniger Mißtrauen einflößen als ihre Herren, und mehr Sympathie bei denen finden, an die sie sich wenden. Endlich kannte auch Mylady die Herren, während ihr die Diener fremd waren, denen aber dagegen Mylady wohlbekannt war.

Alle vier sollten sich am anderen Tag um elf Uhr an einem bezeichneten Ort einfinden. Wenn sie den Auf-

enthalt Myladys entdeckt hätten, sollten drei zu ihrer Bewachung zurückbleiben, der vierte aber sollte wieder nach Bethune kommen, um Athos Nachricht zu geben und den vier Freunden als Führer zu dienen.

Als diese Anordnungen getroffen waren, gingen auch die Bediensteten schlafen.

Athos erhob sich nun von seinem Stuhl, hing seinen Degen ein, hüllte sich in seinen Mantel und verließ die

Herberge. Es war zehn Uhr, um zehn Uhr findet man in der Provinz nur selten Menschen auf den Straßen. Athos aber suchte offenbar irgend jemand, an den er eine Frage richten könnte. Endlich ging ein Verspäteter vorüber, er näherte sich ihm und sagte einige Worte. Der Mann wich erschrocken zurück. Er beantwortete jedoch die Frage des Musketiers durch eine Geste. Athos bot ihm eine halbe Pistole an, wenn er ihn begleiten würde, aber der schlug es aus.

Athos wandte sich zu einer Straße, die ihm der Befragte bezeichnet hatte, aber als er zu einem Kreuzweg gelangte, geriet er wieder in sichtbare Verlegenheit. Da er jedoch hier mehr als irgendwo anders einem Menschen zu begegnen hoffen durfte, so blieb er stehen. Bald kam auch wirklich ein Nachtwächter. Athos wiederholte die Frage, die er bereits an die erste Person gerichtet hatte. Der Nachtwächter zeigte sich ebenso erschrocken, weigerte sich ebenfalls, Athos zu begleiten, und zeigte ihm mit der Hand den Weg, den er einzuschlagen hatte.

Athos ging in der ihm angegebenen Richtung weiter und erreichte die am entgegengesetzten Ende liegende Vorstadt. Hier schien er abermals unruhig und verlegen und machte zum drittenmal halt.

Zum Glück kam ein Bettler vorüber, der sich an Athos wandte und ihn um ein Almosen bat. Athos bot ihm einen Taler an, wenn er ihn begleiten würde. Der Bettler zögerte einen Moment, aber beim Anblick des in der Dunkelheit schimmernden Geldstücks entschloß er sich und ging vor Athos her.

Als sie die Ecke einer Straße erreicht hatten, zeigte er ihm von ferne ein kleines, einsam gelegenes, düsteres Haus. Athos eilte darauf zu, während der Bettler, nachdem er seine Belohnung erhalten hatte, schnellstens davonlief.

Athos ging rings um das Haus, ehe er unter der roten

Farbe, mit der es angemalt war, die Tür erkennen konnte. Kein Licht schien durch die Spalten der Fensterläden, kein Geräusch ließ vermuten, daß es bewohnt wurde. Es war stumm und traurig wie ein Grab.

Athos klopfte dreimal, ohne daß man antwortete. Beim dritten Schlag näherten sich im Innern Tritte, die Tür öffnete sich halb, und ein Mann von hohem Wuchs, bleicher Gesichtsfarbe, schwarzen Haaren und mit schwarzem Bart erschien.

Athos und er wechselten leise einige Worte, dann machte der Mann dem Musketier ein Zeichen, daß er eintreten könne. Athos tat dies, und die Tür schloß sich hinter ihm.

Der Mann, den Athos von so weit her aufgesucht und nur mit Mühe gefunden hatte, ließ ihn in ein Laboratorium eintreten, wo er eben daran arbeitete, die klappernden Knochen eines Skeletts mit Eisendraht aneinander zu befestigen. Der ganze Corpus war bereits zusammengefügt, nur der Kopf allein lag noch auf dem Tisch.

Alles übrige Gerät deutete an, daß der Mann, bei dem man sich befand, sich mit den Naturwissenschaften beschäftigte. Es gab hier gläserne Gefäße voll von Schlangen mit Aufschriften nach den Gattungen, getrocknete Eidechsen, glänzend wie Smaragde in großen Holzrahmen; Bündel von wildwachsenden, wohlriechenden Kräutern, ohne Zweifel mit Eigenschaften und Kräften, die den meisten Menschen unbekannt waren, hingen von der Decke und in den Ecken der Stube.

Keine Familie, kein Gesinde war zu sehen. Der hochgewachsene Mann bewohnte das Haus allein.

Athos warf einen kalten, gleichgültigen Blick auf all diese Gegenstände und setzte sich auf die Einladung des Mannes, den er aufgesucht hatte, zu diesem.

Er erklärte ihm den Zweck seines Besuches und den Dienst, den er von ihm forderte. Kaum aber hatte er ihm sein Verlangen auseinandergesetzt, als der Unbekannte, der vor dem Musketier stehengeblieben war, voll Schreck zurückwich und ablehnte. Athos zog aus seiner Tasche ein kleines Papier, auf dem zwei mit einer Unterschrift und einem Siegel versehene Zeilen geschrieben waren, und bot es dem dar, der zu frühzeitig Zeichen des Widerstrebens kundgab. Der hochgewachsene Mann hatte kaum diese zwei Zeilen gelesen, die Unterschrift gesehen und das Siegel erkannt, als er sich verbeugte, zum Beweis, daß er keine Einwände mehr zu machen habe und gehorchen wolle.

Athos verlangte nicht mehr, stand auf, verließ das Haus, ging auf demselben Weg, auf dem er gekommen war, wieder durch die Straßen, kehrte in das Gasthaus zurück und schloß sich in seinem Zimmer ein.

Bei Tagesanbruch trat d'Artagnan bei ihm ein und fragte, was zu tun sei.

„Abwarten", antwortete Athos.

Einige Augenblicke darauf ließ die Äbtissin des Klosters die Musketiere benachrichtigen, daß die Beerdigung von Myladys Opfer zur Mittagsstunde stattfinden solle. Von der Giftmischerin hatte man keine Nachricht. Nur wußte man, daß sie durch den Garten entflohen war, man hatte die Spur ihrer Tritte erkannt und die Tür wieder geschlossen gefunden. Der Schlüssel war verschwunden.

Zur bezeichneten Stunde gingen Lord Winter und die vier Freunde in das Kloster, alle Glocken wurden geläutet, die Kapelle war geöffnet, nur das Gitter des Chors war geschlossen. Mitten im Chor war der Leichnam in Novizenkleidern aufgebahrt. Auf jeder Seite des Chors und hinter dem Gitter war die ganze Schwesternschaft der Karmeliterinnen versammelt, die von hier aus den Gottesdienst hörte und ihren Gesang mit dem Gesang des Priesters vereinigte, ohne die Laien zu sehen und von ihnen gesehen zu werden.

An der Tür der Kapelle fühlte d'Artagnan, daß ihn die Fassung verließ. Er wandte sich um, um Athos zu suchen. Athos aber war verschwunden.

Seinem Racheauftrag getreu, hatte sich Athos in den

Garten führen lassen, folgte auf dem Sand den leichten Tritten der Frau, von der überall, wo sie erschien, eine blutige Spur zurückblieb, gelangte zur Tür, öffnete sie und lief in den Wald.

Alle seine Zweifel wurden nun beseitigt. Der Weg, auf dem der Wagen verschwunden war, führte um den Wald herum. Athos folgte diesem Weg eine Zeitlang, die Augen auf den Boden gerichtet. Leichte Blutspuren, die entweder von einer Verwundung des Mannes, der den Wagen als Kurier begleitete, oder von einem verwundeten Pferd stammten, sprenkelten den Weg. Nach ungefähr einer dreiviertel Meile, fünfzig Schritt von Festubert entfernt, erschien ein größerer Blutfleck. Der Boden war von Pferden zertreten. Zwischen dem Wald und dieser verräterischen Stelle, etwas hinter der zertretenen Erde, fand man dieselbe Spur von kleinen Tritten. Der Wagen hatte gehalten.

Hier hatte Mylady den Wald verlassen und war in den Wagen gestiegen.

Befriedigt durch diese Entdeckung, die alle seine Vermutungen bestätigte, kehrte Athos in das Gasthaus zurück, wo er Planchet fand, der schon ungeduldig auf ihn wartete.

Alles war, wie es Athos vorhergesehen hatte.

Planchet hatte seinen Weg verfolgt und wie Athos die Blutspuren bemerkt, wie Athos hatte er die Stelle erkannt, wo die Pferde anhielten. Er war aber weiter gegangen als Athos, und hatte im Dorf Festubert, im Wirtshaus, ohne viel fragen zu müssen, erfahren, daß um halb neun Uhr am Abend vorher ein verwundeter Mann, der eine in einer Kutsche reisende Dame begleitete, habe einkehren müssen, weil ihm seine Schmerzen das Weiterreisen nicht gestatteten. Der Unfall war auf Rechnung von Räubern gesetzt worden, die den Wagen im Wald angehalten haben

sollten. Der Mann war im Dorf zurückgeblieben, die Frau hatte frische Pferde genommen und ihre Reise fortgesetzt.

Planchet suchte den Postillon auf und fand ihn auch. Er hatte die Dame bis Fromelles geführt, und von Fromelles war sie nach Armentières gereist. Planchet schlug einen Seitenweg ein und erreichte Armentières um acht Uhr morgens. Es war hier nur ein Wirtshaus, das „Zur Post". Planchet gab sich als stellungsloser Lakai aus, der einen

Herrn suche. Er hatte noch keine zehn Minuten mit den Leuten gesprochen, als er bereits wußte, daß um elf Uhr abends eine Frau ganz allein angekommen war, ein Zimmer genommen, den Wirt gerufen und diesem gesagt hatte, sie wünsche einige Zeit in der Gegend zu bleiben.

Planchet brauchte nicht mehr zu wissen. Er lief zurück, fand die drei Lakaien pünktlich auf ihrem Posten, stellte sie als Schildwachen vor alle Ausgänge des Gasthauses und kehrte zu Athos zurück, der gerade die letzte Meldung Planchets angehört hatte, als seine Freunde wieder erschienen.

Auf allen Gesichtern waren finstere Wolken, selbst auf dem sanften Antlitz von Aramis.

„Was soll geschehen?" fragte d'Artagnan.

„Abwarten", antwortete Athos.

Jeder zog sich in sein Zimmer zurück.

Abends um acht Uhr gab Athos Befehl, die Pferde zu satteln und Lord Winter und seine Freunde zu benachrichtigen, sie möchten sich zu dem Zug bereit halten.

Rasch waren alle fünf fertig. Jeder untersuchte seine Waffen und setzte sie in gehörigen Stand. Athos ging zuletzt hinab und fand d'Artagnan bereits zu Pferd.

„Geduld, d'Artagnan", sprach Athos, „es fehlt noch einer."

Die vier Freunde sahen sich erstaunt um, denn sie besannen sich vergeblich, wer der eine sein könnte, der noch fehlen sollte.

In diesem Augenblick führte Planchet das Pferd von Athos vor. Der Musketier sprang leicht in den Sattel.

„Wartet auf mich", sagte er, „ich komme gleich."

Und er sprengte im Galopp davon.

Eine Viertelstunde später kam er wirklich in Begleitung eines maskierten und in einen großen roten Mantel gehüllten Mannes zurück.

Lord Winter und die drei Musketiere fragten sich gegenseitig mit den Blicken. Keiner von ihnen konnte den anderen etwas sagen, denn sie wußten alle nicht, wer dieser Mann war. Sie dachten jedoch, es müsse so sein, da es auf Athos' Befehl geschah.

Um neun Uhr setzte sich der kleine Reitertrupp, von Planchet geführt, in Marsch und schlug den Weg ein, den der Wagen genommen hatte.

Sie boten einen traurigen Anblick, die sechs Männer, die schweigend dahinritten, jeder in seine Gedanken vertieft, düster wie die Verzweiflung, ernst wie die Strafe.

65. Kapitel

Das Gericht

Es war eine stürmische, finstere Nacht. Schwere Wolken jagten am Himmel dahin und verschleierten den Glanz der Sterne. Der Mond sollte erst um Mitternacht aufgehen. Manchmal sah man beim Schimmer eines Blitzes, der am Horizont zuckte, die Straße, wie sie sich weiß und einsam erstreckte. Erlosch der Blitz, so trat wieder tiefste Finsternis ein.

Jeden Augenblick rief Athos d'Artagnan an, der stets an der Spitze des kleinen Trupps ritt, und forderte ihn auf, in sein Glied zurückzukehren, das er nach einem Augenblick wieder verließ. Er hatte nur einen Gedanken, nämlich vorwärts zu kommen. Man zog stumm durch das Dorf Festubert, dann am Wald von Richebourg entlang. In Herlier angelangt, wandte sich Planchet, der die Kolonne anführte, nach links.

Wiederholt hatten Lord Winter, Porthos oder Aramis versucht, den Mann im roten Mantel anzureden, aber auf jede Frage, die man an ihn richtete, verneigte er sich, ohne zu antworten. Die Reisenden begriffen nun, daß der Unbekannte sein Schweigen aus guten Gründen einhielt, und hörten auf, ihn anzusprechen.

Das Gewitter nahm immer mehr zu, die Blitze folgten rascher, der Donner fing an zu grollen, und der Wind pfiff durch die Federn der Hüte und Haare der Reiter.

Der Reitertrupp schlug einen schnellen Trab an.

Hinter Fromelles kam der Sturm zum Ausbruch. Man zog die Mäntel an. Es waren noch drei Meilen zurückzulegen, man ritt sie unter Strömen von Regen. D'Artagnan hatte seinen Hut abgenommen und den Mantel nicht angezogen. Es war ihm eine Erquickung, das Wasser über seine glühende Stirn und seinen von Fieberschauern geschüttelten Körper rinnen zu lassen.

Im Augenblick, nachdem der kleine Trupp durch Goscal geritten war und sich vor der Post befand, löste sich ein an einen Baum gelehnter Mann von dem Baumstamm, mit dem er in der Dunkelheit verschmolzen war, und trat, seinen Finger auf den Lippen, bis in die Mitte der Straße vor.

Athos erkannte Grimaud.

„Was gibt es?“ rief d'Artagnan. „Sollte sie Armentières verlassen haben?“

Grimaud nickte mit dem Kopf. D'Artagnan knirschte mit den Zähnen.

„Still, d'Artagnan!“ sprach Athos, „ich habe alles übernommen, und es ist also meine Sache, Grimaud zu befragen.“

„Wo ist sie?“ fragte Athos.

Grimaud streckte die Hand in Richtung der Lys aus.

„Fern von hier?“

Grimaud zeigte seinem Herrn einen gebogenen Finger.

„Allein?“

Grimaud bejahte durch ein Zeichen.

„Meine Herren“, sagte Athos, „sie ist eine halbe Meile von hier, in Richtung Fluß.“

„Gut“, sprach d'Artagnan, „führe uns, Grimaud.“

Grimaud ging querfeldein und diente dem Trupp als Führer.

Nach ungefähr fünfhundert Schritt traf man auf einen Bach, den man durchwatete.

Beim Schimmer eines Blitzes sah man das Dorf Erquinheim.

„Ist es hier?“ fragte d'Artagnan.

Grimaud schüttelte verneinend den Kopf.

„Still also“, sprach Athos.

Und der Trupp setzte seinen Weg fort.

Ein anderer Blitz leuchtete. Grimaud streckte den Arm aus, und bei dem bläulichen Schein erkannte man ein kleines, einzeln stehendes Haus am Rand des Flusses, hundert Schritt von einer Fähre.

Ein Fenster war erleuchtet.

„Wir sind an Ort und Stelle", sprach Athos.

In diesem Augenblick erhob sich ein im Graben liegender Mann. Es war Mousqueton.

„Sie ist hier", sagte er.

„Und Bazin?" fragte Athos.

„Während ich das Fenster bewachte, bewachte er die Tür."

„Gut", sagte Athos, „ihr seid treue Diener."

Athos sprang von seinem Pferd, dessen Zügel er Grimaud überließ, und ging auf das Fenster zu, nachdem er den übrigen Mitgliedern seiner Truppe durch ein Zeichen angedeutet hatte, sie möchten zur Tür gehen.

Das kleine Haus war von einer zwei bis drei Fuß hohen Hecke umgeben. Athos sprang über die Hecke und gelangte bis zu dem Fenster, das wohl keine Läden hatte, dessen Halbvorhänge aber sorgfältig zugezogen waren.

Er stieg auf die steinerne Randleiste, damit er über die Höhe der Vorhänge sehen konnte.

Beim Schimmer einer Lampe sah er eine in einen dunklen Mantel gehüllte Frau auf einem Schemel in der Nähe eines erlöschenden Feuers sitzen.

Sie stützte ihren Ellbogen auf einen schlechten Tisch und hatte ihren Kopf in ihre elfenbeinweißen Hände gestützt.

Man konnte ihr Gesicht nicht unterscheiden, aber ein finsteres Lächeln zog über Athos' Lippen. Es war keine Täuschung möglich. Er sah die Person, die er suchte.

In diesem Augenblick wieherte ein Pferd. Mylady schaute hoch, erblickte dicht vor dem Fenster das bleiche Gesicht von Athos und stieß einen Schrei aus.

Athos begriff, daß sie ihn erkannt hatte, stieß mit dem Knie und der Hand das Fenster ein, die Scheiben zerbrachen, und Athos sprang, dem Gespenst der Rache gleich, in das Zimmer.

Mylady lief zur Tür und öffnete sie. Noch bleicher, noch drohender als Athos, stand d'Artagnan auf der Schwelle.

Mylady wich kreischend zurück. D'Artagnan glaubte, sie habe ein Mittel zu entfliehen, und zog, ihr Entkommen befürchtend, eine Pistole aus seinem Gürtel. Aber Athos hob die Hand und sprach:

„Steck die Waffe wieder weg, d'Artagnan. Diese Frau soll gerichtet und nicht ermordet werden. Warte noch einen Augenblick, d'Artagnan, und du sollst befriedigt sein. Tretet ein, meine Herren."

D'Artagnan gehorchte, denn Athos hatte die Stimme und das Auftreten eines vom Herrn im Himmel abgesandten Richters. Hinter d'Artagnan traten Porthos, Aramis, Lord Winter und der Rotmantel ein.

Die vier Lakaien bewachten die Tür und das Fenster.

Mylady war auf ihren Sitz zurückgesunken und streckte die Hände aus, als wolle sie diese furchtbare Erscheinung beschwören. Als sie ihren Schwager erblickte, stieß sie einen gräßlichen Schrei aus.

„Was verlangt Ihr?" rief Mylady.

„Wir verlangen", antwortete Athos, „Anna von Breuil, die sich erst Gräfin de la Fère und dann Lady Winter, Baronin Sheffield genannt hat."

„Ich bin es", murmelte sie in höchster Bestürzung. „Was wollt Ihr von mir?"

„Wir wollen Euch richten nach Euren Verbrechen", sagte Athos. „Es steht Euch frei, Euch zu verteidigen. Rechtfertigt Euch, wenn Ihr könnt. Herr d'Artagnan, Euch kommt die erste Anklage zu."

D'Artagnan schritt vor und sprach:

„Vor Gott und den Menschen klage ich diese Frau an, Constance Bonacieux, die gestern abend verschieden ist, vergiftet zu haben.“

Er wandte sich an Porthos und Aramis.

„Wir bezeugen es“, sagten gleichzeitig die beiden Musketiere. D'Artagnan fuhr fort:

„Vor Gott und den Menschen klage ich diese Frau an, daß sie mich mit dem Wein vergiften wollte, den sie mir von Villeroi mit einem falschen Brief zuschickte, als ob der

Wein von meinen Freunden käme. Gott hat mich gerettet, aber ein Mann, namens Baisemont, ist statt meiner gestorben."

„Wir bezeugen es", sagten einstimmig Porthos und Aramis.

„Vor Gott und den Menschen", sprach d'Artagnan weiter, „klage ich diese Frau an, mich zur Ermordung des Grafen von Wardes angestiftet zu haben, und da niemand hier ist, um die Wahrheit dieser Beschuldigung zu bezeugen, so bezeuge ich sie. Ich habe gesprochen."

Nach diesen Worten trat d'Artagnan mit Porthos und Aramis auf die andere Seite des Zimmers.

„An Euch, Mylord!" sagte Athos.

Der Baron trat ebenfalls vor und sprach:

„Vor Gott und den Menschen klage ich diese Frau an, daß sie den Duke of Buckingham ermorden ließ."

„Buckingham ermordert!" riefen alle Anwesenden wie aus einem Mund.

„Ja", erwiderte der Baron, „ermordet! Auf Euer warnendes Schreiben hin ließ ich diese Frau verhaften und übergab sie einem redlichen Diener zur Bewachung. Sie verführte ihn, drückte ihm den Dolch in die Hand, ließ ihn den Herzog ermorden, und in diesem Augenblick bezahlt Felton vielleicht mit seinem Kopf das Verbrechen dieser Furie."

Ein Schauer durchlief die Richter bei der Enthüllung dieser noch unbekannten Verbrechen.

„Das ist noch nicht alles", versetzte Lord Winter. „Mein Bruder, der Euch zu seiner Erbin eingesetzt hatte, ist in drei Stunden an einer seltsamen Krankheit gestorben, die auf dem ganzen Körper schwarzblaue Flecken zurückläßt. Schwägerin, wie ist Euer Gatte gestorben?"

„Entsetzlich!" riefen Porthos und Aramis.

„Mörderin Buckinghams! Mörderin Feltons! Mörderin

meines Bruders! Ich verlange Gerechtigkeit, und wenn sie mir nicht gewährt wird, so werde ich sie mir selbst verschaffen!"

Und Lord Winter stellte sich neben d'Artagnan und ließ den Platz für einen anderen Ankläger frei. Athos trat an seine Stelle.

Myladys Stirn sank in ihre beiden Hände, sie suchte ihre durch einen tödlichen Schwindel verwirrten Gedanken zu klären.

„Nun ist es an mir", sprach Athos selbst, indem er zitterte, wie ein Löwe beim Anblick einer Schlange zittert, „nun ist es an mir. Ich heiratete diese Frau, als sie noch ein junges Mädchen war. Ich heiratete sie gegen den Willen meiner Familie. Ich gab ihr mein Vermögen, ich gab ihr meine Hand, und eines Tages bemerkte ich, daß diese Frau gebrandmarkt war. Diese Frau trug das Brandmal einer Lilie auf der linken Schulter."

„Oh!" rief Mylady und erhob sich, „ich fordere Euch auf, das Tribunal, das diesen schändlichen Spruch über mich verhängt hat, aufzufinden. Ich fordere Euch auf, denjenigen zu finden, der ihn vollstreckte."

„Still!" ließ sich eine Stimme vernehmen, „dies zu beantworten, kommt mir zu!"

Und der Mann im roten Mantel trat ebenfalls näher.

„Wer ist dieser Mann? - Wer ist dieser Mann?" rief, durch den Schreck niedergeschmettert, Mylady, deren Haare sich lösten und auf dem leichenblassen Haupt emporstarrten, als ob sie lebendig gewesen wären.

Alle Augen wandten sich zu diesem Mann, denn mit Ausnahme von Athos war er allen unbekannt. Doch auch Athos schaute ihn mit ebensogroßer Verwunderung an wie die anderen. Er wußte nicht, wie der Unbekannte mit dem furchtbaren Drama in Zusammenhang stehen könnte, das sich in diesem Augenblick entwickelte.

Nachdem der Unbekannte sich langsam und feierlich Mylady genähert hatte, so daß ihn nur noch der Tisch von ihr trennte, nahm er seine Maske ab.

Mylady schaute einige Zeit mit allen Zeichen wachsenden Schreckens das bleiche, mit schwarzen Haaren und schwarzem Bart umgebene Gesicht an, dessen einziger Ausdruck eine eisige Unempfindlichkeit war. Dann rief sie, plötzlich bis an die Wand zurückweichend:

„O nein, nein, nein! Das ist eine höllische Erscheinung! Er ist es nicht! Zu Hilfe, zu Hilfe!“ schrie sie mit rauher Stimme und wandte sich zur Wand um, als ob sie sich mit ihren Händen einen freien Durchlaß hätte verschaffen können.

„Aber wer seid Ihr denn?“ riefen alle Zeugen dieser Szene.

„Fragt diese Frau“, antwortete der Mann im roten Mantel, „denn ihr seht ja, daß sie mich wiedererkannt hat.“

„Der Henker von Lille! Der Henker von Lille!“ rief Mylady, von wahnsinnigem Schrecken erfaßt.

Alle Anwesenden wichen zurück, und der Rotmantel stand allein mitten im Raum.

„Oh, Gnade! Barmherzigkeit!“ rief die Elende und stürzte auf die Knie.

Der Unbekannte wartete, bis es wieder still geworden war und sprach dann:

„Ich sagte euch ja, daß sie mich wiedererkannt hat. Ja, ich bin der Henker der Stadt Lille. Hört meine Geschichte!“

Alle Augen waren auf den Mann gerichtet, dessen Worte man mit ängstlicher Neugier erwartete.

„Diese Frau war einst ein junges Mädchen, so schön, wie sie heute ist. Sie war Nonne im Kloster der Benedektinerinnen von Templemar. Ein junger Priester versah den Gottesdienst in der Kirche des Klosters. Sie unternahm es, ihn zu verführen, und es gelang ihr. Sie hätte auch einen Heiligen verführt.

Beider Gelübde waren heilig, unwiderruflich. Ihre Liebschaft konnte nicht lange dauern, ohne beide ins Verderben zu stürzen. Sie bewog ihn, mit ihr die Gegend zu verlassen. Aber um die Gegend zu verlassen und gemeinschaftlich in einen anderen Teil Frankreichs fliehen zu können, wo sie als Unbekannte ruhig leben wollten, brauchten sie Geld, und keiner der beiden besaß Geld. Der Priester stahl die heiligen Gefäße und verkaufte sie. Als sie eben abreisen wollten, wurden beide verhaftet.

Acht Tage nachher hatte sie den Sohn des Kerkermeisters verführt und war geflüchtet. Der junge Priester wurde zu zehn Jahren Galeere und zur Brandmarkung verurteilt. Ich war der Henker der Stadt Lille, wie diese Frau sagt. Ich mußte den Schuldigen brandmarken, und der Schuldige, meine Herren, war mein Bruder.

Ich schwor, daß diese Frau, die ihn zugrunde gerichtet hatte und mehr als seine Mitschuldige war, weil sie ihn zum Verbrechen antrieb, wenigstens seine Strafe teilen sollte. Ich vermutete, wo sie verborgen war, verfolgte, erreichte, knebelte sie und drückte ihr dasselbe Schandmal auf, das ich meinem Bruder aufgedrückt hatte.

Am Tage nach meiner Rückkehr nach Lille gelang es meinem Bruder, ebenfalls zu entweichen. Man klagte mich der Mitschuld an und verurteilte mich, so lange im Gefängnis zu bleiben, bis er sich wieder gestellt hätte. Mein armer Bruder wußte nichts von diesem Urteil. Er war mit der ehemaligen Nonne wieder zusammengetroffen und mit ihr ins Berry gezogen, wo er eine kleine Pfarre erhielt. Diese Frau galt als seine Schwester.

Der Herr des Gutes, auf dem die Kirche des Pfarrers lag, sah die angebliche Schwester und verliebte sich in sie, so daß er ihr die Ehe antrug. Da verließ sie denjenigen, den sie ins Verderben gestürzt hatte, um dem Mann zu folgen, den sie ins Verderben stürzen sollte, und wurde Gräfin de la Fère."

Aller Augen wandten sich zu Athos, dessen wirklicher Name jetzt allen bekannt war. Athos bestätigte mit einem Zeichen seines Kopfs, daß alles, was der Henker gesagt hatte, der Wahrheit entsprach. Dieser fuhr fort:

„In Verzweiflung, entschlossen, sich eines Daseins zu

entledigen, dem sie Ehre, Glück, alles geraubt hatte, kam mein armer Bruder nun nach Lille zurück, und als er von dem Spruch hörte, der mich an seiner Statt verurteilt hatte, ging er freiwillig in Haft und erhängte sich noch am gleichen Abend.

Um denjenigen, die mich verurteilt hatten, Gerechtigkeit widerfahren zu lassen, muß ich sagen, daß sie Wort hielten. Kaum war die Identität des Leichnams nachgewiesen, als man mich wieder auf freien Fuß setzte. Dies ist das Verbrechen, dessen ich sie anklage, dies die Ursache, derentwegen sie gebrandmarkt worden ist."

„Herr d'Artagnan", sprach Athos, „welche Strafe fordert Ihr für diese Frau?"

„Die Todesstrafe!" antwortete d'Artagnan.

„Mylord Winter", fuhr Athos fort, „welche Strafe fordert Ihr für diese Frau?"

„Die Todesstrafe!" antwortete Lord Winter.

„Meine Herren Porthos und Aramis", sagte Athos, „ihr, die ihr ihre Richter seid, welche Strafe verhängt ihr über diese Frau?"

„Die Todesstrafe!" antworteten mit dumpfer Stimme die zwei Musketiere.

Mylady stieß ein furchtbares Geheul aus und schleppte sich auf den Knien einige Schritte auf ihre Richter zu.

Athos streckte die Hand gegen sie aus.

„Anna von Breuil, Gräfin de la Fère, Mylady Winter", sagte er, „Eure Verbrechen haben die Menschen auf Erden und Gott im Himmel ermüdet. Wenn Ihr ein Gebet wißt, so sprecht es, denn Ihr seid verurteilt und müßt sterben."

Bei diesen Worten, die ihr keine Hoffnung mehr ließen, richtete sich Mylady wieder in ganzer Größe auf und wollte reden. Aber es fehlten ihr die Laute. Sie fühlte, daß eine mächtige, unwiderstehliche, unversöhnliche Hand sie an den Haaren faßte und unwiderruflich fortzog, wie das

Verhängnis den Menschen fortzieht. Sie versuchte daher nicht einmal Widerstand zu leisten, und verließ die Hütte.

Lord Winter, d'Artagnan, Athos, Porthos und Aramis gingen nach ihr hinaus. Die Bediensteten folgten ihren Herren, und mit ihren zerbrochenen Fenstern, ihrer offenen Tür und ihrer rauchenden Lampe, die düster auf dem Tisch fortbrannte, blieb die Stube verlassen.

66. Kapitel

Die Hinrichtung

Es war Mitternacht. Der blutig gefärbte Mond ging hinter der kleinen Stadt Armentières auf, die in seinem bleichen Schimmer die düsteren Umrisse ihrer Häuser und das Skelett ihres hohen, durchbrochenen Glockenturmes erkennen ließ. Vorn wälzte die Lys ihre Wasser, während man auf dem anderen Ufer eine schwarze Masse von Bäumen von einem stürmischen Himmel sich abzeichnen sah, dessen dicke, kupferrote Wolken mitten in der Nacht eine Art von Dämmerung hervorriefen. Zur Linken erhob sich eine alte verlassene Mühle mit unbeweglichen Flügeln, in deren Trümmern von Zeit zu Zeit eine Nachteule ihr monotones, schrilles Geschrei hören ließ. Da und dort erschienen in der Ebene rechts und links vom Weg, auf dem sich der traurige Zug bewegte, niedrige, zerzauste Bäume.

Zuweilen öffnete ein mächtiger Blitz den Horizont in seiner ganzen Breite, schlängelte sich über die schwarze Masse der Bäume hin und trennte, wie ein furchtbarer Säbel, den Himmel und das Wasser in zwei Teile. Nicht der leiseste Wind bewegte die drückende Luft. Totenstille lastete auf der ganzen Natur, der Boden war feucht und schlüpfrig vom Regen, und die wiederbelebten Gräser und Kräuter ergossen ihre Wohlgerüche mit neuer Kraft.

Zwei Bedienstete schleppten Mylady, die jeder von ihnen an einem Arm hielt. Der Henker ging hinter ihr. Lord Winter, d'Artagnan, Athos, Porthos und Aramis gingen hinter dem Henker.

Planchet und Bazin kamen zuletzt.

Die beiden Diener führten Mylady zum Fluß. Ihr Mund war stumm, aber ihre Augen sprachen mit ihrer unaussprechlichen Beredsamkeit.

Als sie einige Schritte voraus war, sagte sie zu den Bediensteten:

„Tausend Pistolen für jeden von euch, wenn ihr meine Flucht begünstigt. Wenn ihr mich aber euren Herren ausliefert, so habe ich hier in meiner Nähe Rächer, die euch meinen Tod teuer bezahlen lassen werden."

Grimaud zögerte, Mousqueton zitterte an allen Gliedern.

Athos, der die Stimme Myladys gehört hatte, kam rasch heran, Lord Winter ebenfalls.

„Schickt sie weg“, sagte er, „sie hat mit ihnen gesprochen, sie sind nicht mehr sicher.“

Man rief Planchet und Bazin, die die Stelle von Grimaud und Mousqueton einnahmen.

Am Rand des Wassers angelangt, trat der Henker zu Mylady und band ihr Hände und Füße.

Da brach sie das Schweigen und rief: „Ihr seid feige, elende Mörder, ihr vereinigt euch zu zehnt, um eine Frau umzubringen. Nehmt euch in acht, wenn man mir auch keine Hilfe bringt, so wird man mich doch rächen...“

„Ihr seid kein Weib“, sprach Athos kalt, „Ihr gehört nicht dem Menschengeschlecht an, Ihr seid ein der Hölle entsprungener Teufel, den wir wieder dahin zurückschikken werden.“

„Oh, meine tugendhaften Herren“, sprach Mylady, „bedenkt, daß derjenige von euch, der mir ein Haar krümmt, auch ein Mörder ist.“

„Der Henker kann töten, ohne darum ein Mörder zu sein, Madame“, sprach der Rotmantel und klopfte dabei an sein breites Schwert. „Er ist der Nachrichter, der letzte Richter und nichts anderes.“

Während er sie band und diese Worte sprach, stieß Mylady wiederholt ein Geschrei aus, das sich in der Tiefe des Waldes verlor.

„Wenn ich schuldig bin, wenn ich die Verbrechen begangen habe, deren ihr mich bezichtigt“, heulte Mylady, „so führt mich vor ein Tribunal. Ihr seid nicht die Richter, die mich verdammen können.“

„Ich habe Euch Tyburn vorgeschlagen“, entgegnete Lord Winter, „warum habt Ihr es nicht angenommen?“

„Weil ich nicht sterben will“, rief Mylady, sich gegen den Henker sträubend, „weil ich zu jung bin, um zu sterben.“

„Die Frau, die Ihr in Bethune vergiftet habt, war noch jünger als Ihr und ist dennoch gestorben“, sagte d'Artagnan.

„Ich werde in ein Kloster eintreten, ich werde den Schleier nehmen“, rief Mylady.

„Ihr wart in einem Kloster“, sprach der Henker, „und Ihr habt es verlassen, um meinen Bruder zu verderben.“

Mylady stieß wieder ein Angstgeschrei aus und fiel auf die Knie.

Der Henker hob sie auf und wollte sie zum Ruderboot tragen.

„Oh, mein Gott, mein Gott!“ rief sie. „Wollt ihr mich denn ertränken?“

Dies Geschrei hatte etwas so Herzzerreißendes, daß d'Artagnan, der anfangs der erbittertste Verfolger Myladys war, sich auf einen Baumstumpf niederließ, den Kopf senkte und die Ohren mit seinen flachen Händen zuhielt, aber trotzdem hörte er sie schreien und drohen.

D'Artagnan war der jüngste dieser Männer, sein Herz erweichte sich.

„Oh, ich kann dieses furchtbare Schauspiel nicht mit ansehen“, sagte er, „ich kann nicht zugeben, daß diese Frau so stirbt.“

Mylady hatte die letzten Worte gehört und gab sich wieder einem Strahl der Hoffnung hin.

„D'Artagnan! D'Artagnan!“ rief sie, „erinnerst du dich, daß ich dich geliebt habe?“

Der junge Mann stand auf und machte einen Schritt auf sie zu.

Athos stand ebenfalls auf, zog seinen Degen und stellte sich ihm in den Weg.

„Wenn Ihr noch einen Schritt macht, d'Artagnan“, sprach er, „so werden sich unsere Degen kreuzen.“

D'Artagnan fiel auf die Knie und betete.

„Auf!“ fuhr Athos fort, „Henker, tu deine Pflicht!“

„Gern, gnädiger Herr“, antwortete der Henker, „denn so wahr ich ein guter Katholik bin, glaube ich, daß ich gerecht handle, wenn ich mein Amt an dieser Frau vollziehe.“

Athos trat näher zu Mylady und sprach:

„Ich vergebe Euch das Böse, das Ihr mir zugefügt habt, ich vergebe Euch meine zertrümmerte Zukunft, meine verlorene Ehre, meine befleckte Liebe und mein für immer durch die Verzweiflung, in die Ihr mich gestürzt habt, zugrunde gerichtetes Glück. Sterbt in Frieden!"

Lord Winter kam ebenfalls heran und sagte:

„Ich vergebe Euch die Vergiftung meines Bruders, die Ermordung Seiner Herrlichkeit, ich vergebe Euch den Tod des armen Felton, ich vergebe Euch, was Ihr gegen meine Person versucht habt. Sterbt in Frieden!"

„Was mich betrifft", sprach d'Artagnan, „so vergebt mir, Madame, daß ich durch einen eines Edelmannes unwürdigen Betrug Euren Zorn hervorgerufen habe, und dagegen vergebe ich Euch die Ermordung meiner armen Freundin und die grausame Rache, die Ihr an mir geübt habt, ich vergebe Euch und beklage Euch. Sterbt in Frieden!"

„I am lost!" murmelte Mylady englisch, „I must die!"

Dann erhob sie sich und warf einen jener leuchtenden Blicke um sich, die aus Flammenaugen hervorzubrechen schienen.

Sie sah nichts.

Sie horchte, sie hörte nichts.

Sie hatte nur Feinde rund um sich.

„Wo soll ich sterben?" fragte sie.

„Auf dem anderen Ufer", antwortete der Henker.

Dann ließ er sie in das Boot steigen, und als er den Fuß in dieses setzte, um ihr zu folgen, überreichte ihm Athos einen Beutel mit Geld.

„Nehmt", sprach er, „hier ist der Lohn der Hinrichtung, damit man sieht, daß wir als Richter handeln."

„Gut", versetzte der Henker, „diese Frau soll nun erfahren, daß ich nicht mein Gewerbe treibe, sondern meine Pflicht erfülle."

Und er warf das Geld in den Fluß.

„Seht“, sagte Athos, „diese Frau hat ein Kind, und trotz allem hat sie kein Wort von ihrem Kind gesprochen.“

Das Boot entfernte sich zum linken Ufer der Lys mit der Schuldigen und dem Nachrichter. Die anderen blieben auf dem rechten Ufer und knieten nieder.

Das Boot glitt langsam an dem Strick der Fähre entlang unter dem Widerschein einer bleichen Wolke, die in diesem Augenblick über dem Wasser schwebte.

Man sah ihn am anderen Ufer landen. Die Personen zeichneten sich schwarz an dem rötlichen Horizont ab. Mylady hatte während der Überfahrt den Strick an ihren Füßen losgemacht. Als sie sich nahe vom Ufer befand, sprang sie leicht zu Boden und ergriff die Flucht.

Aber der Boden war feucht. Oben auf der Böschung angelangt, glitt sie aus und fiel auf ihre Knie nieder.

Ohne Zweifel kam ihr ein abergläubischer Gedanke. Sie sah ein, daß der Himmel ihr seinen Beistand versagte, und so verharrte sie gebeugten Hauptes und mit gefalteten Händen in dieser Stellung.

Da sah man vom anderen Ufer den Henker langsam seine Arme heben, ein Mondstrahl spiegelte sich auf der Klinge seines breiten Schwertes. Die beiden Arme fielen nieder, man hörte das Zischen des Schwertes, und eine verstümmelte Masse wälzte sich unter dem Streich.

Der Henker nahm seinen roten Mantel ab, legte den Körper darauf, warf den Kopf dazu, knüpfte den Mantel an seinen vier Enden zusammen, lud ihn auf seine Schulter und stieg wieder in das Boot.

Als er die Mitte der Lys erreicht hatte, hielt er das Boot an, hob seine Last über den Fluß und rief:

„Gottes Gerechtigkeit soll walten!"

Und er schleuderte den Leichnam in die Tiefe des Wassers, das sich darüber schloß.

Drei Tage später kamen die vier Musketiere nach Paris zurück. Sie hatten sich innerhalb der Grenzen ihres Urlaubs gehalten und statteten noch am gleichen Abend Herrn von Treville ihren gewöhnlichen Besuch ab.

„Nun, meine Herren", fragte sie der brave Kapitän, „habt Ihr Euch bei Eurem Ausflug gut unterhalten?"

„Außerordentlich", antwortete Athos in seinem und seiner Freunde Namen.

Am sechsten des nächsten Monats verließ der König, dem Versprechen getreu, das er dem Kardinal wegen seiner Rückkehr nach La Rochelle geleistet hatte, die Stadt Paris, noch ganz betäubt von der Nachricht, die sich über die Ermordung Buckinghams verbreitete.

Obwohl davon unterrichtet, daß der Mann, den sie so

sehr geliebt hatte, von einer Gefahr bedroht war, wollte die Königin, als man ihr seinen Tod mitteilte, nicht daran glauben. Sie rief sogar unklugerweise aus: „Das ist nicht wahr, er hat mir kürzlich erst geschrieben!"

Aber am anderen Tage mußte sie wohl der unseligen Nachricht Glauben schenken. La Porte, wie alle Menschen in England durch den Befehl des Königs Karl I. zurückgehalten, kam als Überbringer des letzten traurigen Geschenks an, das Buckingham der Königin übersandte.

Der König war voll Freude, als er die Nachricht erhielt, er gab sich nicht einmal die Mühe, diese Freude zu verbergen, sondern zeigte sie sogar in Gegenwart der Königin. Ludwig XIII. fehlte es, wie allen schwachen Seelen, an Edelmut.

Bald aber wurde der König wieder düster und übler Laune. Sein Geist war keiner von denen, die sich auf lange Zeit erheitern. Er fühlte, daß er sich, in das Lager zurückkehrend, wieder in seine Sklaverei begab, und trotzdem kehrte er zurück.

Der Kardinal war für ihn die bezaubernde Schlange, und er war der Vogel, der von Zweig zu Zweig hüpft, ohne ihr entweichen zu können.

Der Rückweg nach La Rochelle war auch äußerst traurig. Unsere Freunde besonders setzten ihre Kameraden in Erstaunen. Sie ritten dicht nebeneinander mit düsteren Augen und mit gesenkten Köpfen. Nur Athos allein hob seine breite Stirn von Zeit zu Zeit empor, ein Blitz leuchtete in seinen Augen, ein bitteres Lächeln zog über seine Lippen, und dann überließ er sich wieder, wie seine Kameraden, seinen finsteren Träumereien.

Gleich nach der Ankunft der Eskorte in einer Stadt zogen sich die vier Freunde, sobald sie den König zu seiner Wohnung geleitet hatten, entweder in ihre Quartiere oder in eine abgelegene Schenke zurück, wo sie weder spielten

noch tranken, sondern nur unter sorgfältigem Umherschauen, ob niemand sie hören könne, leise miteinander sprachen.

Als der König eines Tages auf dem Weg haltgemacht hatte, um die Elster zu beizen, und die vier Freunde ihrer Gewohnheit gemäß, statt der Jagd zu folgen, in einem Wirtshaus an der Landstraße saßen, sprengte ein Mann, der von La Rochelle kam, mit verhängten Zügeln heran, hielt vor der Tür, um ein Glas Wein zu trinken, und schaute in das Innere der Stube, wo sich die vier Musketiere befanden.

„Holla! Herr d'Artagnan", sprach er, „seid Ihr es nicht, den ich hier sehe?"

D'Artagnan schaute auf und stieß ein Freudengeschrei aus. Der Unbekannte, der ihn rief, war sein Gespenst, sein Unbekannter von Meung, von der Rue des Fossoyeurs und von Arras.

D'Artagnan zog den Degen und stürzte zur Tür. Aber statt zu fliehen, sprang der Unbekannte vom Pferd und lief d'Artagnan entgegen.

„Ah, mein Herr", sprach der junge Mann, „endlich treffe ich Euch. Diesmal sollt Ihr mir nicht entgehen!"

„Das ist auch diesmal gar nicht meine Absicht, denn ich suche Euch. Ich verhafte Euch im Namen des Königs! Ihr habt mir Euren Degen zu geben, mein Herr, und zwar ohne Widerstand. Es geht um Euren Kopf, das sage ich Euch."

„Wer seid Ihr denn?" fragte d'Artagnan, den Degen senkend, aber ohne ihn abzugeben.

„Ich bin Graf Rochefort, der Stallmeister des Kardinals Richelieu, und habe Befehl, Euch vor Seine Eminenz zu führen."

„Wir kehren zu Seiner Eminenz zurück, werter Rochefort" sagte Athos vortretend, „und Ihr werdet wohl Herrn d'Artagnan auf sein Wort glauben, daß er sich geradewegs nach La Rochelle begibt."

„Ich muß ihn den Wachen übergeben, die ihn zum Lager führen werden."

„Wir werden ihm als solche dienen, mein Herr, bei unserem Wort! Aber ich sage Euch auch", fügte Athos die Stirn runzelnd, bei, „ich sage Euch bei unserem adligen Ehrenwort, daß uns Herr d'Artagnan nicht verläßt."

Rochefort warf einen Blick zurück und sah, daß sich Porthos und Aramis zwischen ihn und die Tür gestellt hatten. Er begriff, daß er ganz der Willkür dieser vier Männer preisgegeben war.

„Meine Herren", sagte er, „wenn mir Herr d'Artagnan seinen Degen übergeben und sein Wort dem Euren beifügen will, so begnüge ich mich mit Eurem Versprechen, Herrn d'Artagnan in das Quartier des Kardinals zu führen."

„Ihr habt mein Wort", sprach d'Artagnan, „und hier meinen Degen."

„Das ist mir um so lieber", fügte Rochefort bei, „als ich meine Reise fortsetzen muß."

„Geschieht dies, um Mylady aufzusuchen", sprach Athos kalt, „so bemüht Euch nicht, Ihr werdet sie nicht finden."

„Was ist denn aus ihr geworden?" fragte Rochefort heftig.

„Kommt in das Lager zurück, und Ihr sollt es erfahren."

Rochefort blieb einen Augenblick in Gedanken versunken stehen. Da man aber nur noch eine Tagereise von Surgères entfernt war, wo der Kardinal dem König entgegenkommen wollte, so beschloß er, Athos' Rat zu befolgen und mit ihm zurückzukehren.

Überdies bot ihm diese Rückkehr einen weiteren Vorteil: Er konnte seinen Gefangenen selbst überwachen.

Man setzte sich in Marsch.

Am anderen Tag um drei Uhr nachmittags erreichte man Surgères; der Kardinal erwartete hier Ludwig XIII. Der Minister und der König tauschten viele Schmeicheleien aus und beglückwünschten sich über den glücklichen Zufall, der Frankreich von dem erbitterten Feind befreite, der ganz Europa dagegen aufwiegelte.

Darauf verabschiedete sich der Kardinal, der von Rochefort die Ankunft d'Artagnans erfahren hatte und diesen

sofort vernehmen wollte, von dem König, indem er ihn einlud, am anderen Tag die vollendeten Dammarbeiten zu besichtigen.

Als der Kardinal am Abend in sein Quartier am Pont de Pierre zurückkam, traf er vor dem Haus, das er bewohnte, d'Artagnan ohne Degen und die drei Musketiere bewaffnet an.

Da er ihnen diesmal an Kräften überlegen war, so schaute er sie streng an und gab d'Artagnan mit den Augen und mit der Hand ein Zeichen, ihm zu folgen.

„Wir erwarten dich, d'Artagnan", sprach Athos laut genug, daß es der Kardinal hören konnte.

Seine Eminenz runzelte die Stirn, stand einen Augenblick still und setzte dann seinen Weg fort, ohne ein Wort zu sprechen.

D'Artagnan trat hinter dem Kardinal ein, und hinter d'Artagnan wurde die Tür bewacht.

Seine Eminenz begab sich in das Zimmer, das ihm als Arbeitskabinett diente und befahl Rochefort durch ein Zeichen, d'Artagnan hereinzuführen.

Rochefort gehorchte und zog sich zurück.

D'Artagnan blieb allein mit dem Kardinal. Es war seine zweite Zusammenkunft mit Richelieu, und er gestand später, er sei überzeugt gewesen, daß es seine letzte sein würde.

Richelieu blieb am Kamin stehen. Ein Tisch befand sich zwischen ihm und d'Artagnan.

„Mein Herr", sprach der Kardinal, „Ihr seid auf meinen Befehl verhaftet worden." - „Man hat es mir gesagt, Monseigneur." - „Wißt Ihr, warum?" - „Nein, Monseigneur, denn die einzige Sache, wegen der ich verhaftet werden könnte, ist Seiner Eminenz noch unbekannt."

Richelieu schaute den jungen Mann fest an und rief:

„Holla, was wollt Ihr damit sagen?"

„Wenn mich Monseigneur zuerst über die Verbrechen belehren will, die man mir anlastet, so werde ich umgehend die Handlungen nennen, die ich begangen habe."

„Man bürdet Euch Verbrechen auf, die noch höhere Häupter als das Eurige zu Fall gebracht haben, mein Herr", sagte der Kardinal.

„Welche, Monseigneur?" fragte d'Artagnan mit einer Ruhe, die den Kardinal in Erstaunen setzte.

„Man klagt Euch an, Ihr hättet mit den Feinden des Königreichs korrespondiert. Man klagt Euch an, Ihr hättet Staatsgeheimnisse erlauscht; man klagt Euch an, Ihr hättet die Pläne Eures Generals zu vereiteln versucht."

„Und wer beschuldigt mich, Monseigneur?" sprach d'Artagnan, der sich dachte, daß die Anklage von Mylady komme. „Eine von den Gerichten gebrandmarkte Frau, eine Frau, die einen Mann in Frankreich und einen anderen in England geheiratet hat, die ihren zweiten Gatten vergiftet und mich selbst zu vergiften versucht hat."

„Was sagt Ihr da, Herr!" rief der Kardinal voll Erstaunen, „von wem sprecht Ihr so?"

„Von Mylady Winter", antwortete d'Artagnan, „ja, von Mylady Winter, deren Verbrechen Eure Eminenz ohne Zweifel nicht kannte, als Ihr Mylady mit Eurem Vertrauen beehrtet."

„Mein Herr", sprach der Kardinal, „wenn Mylady Winter die Verbrechen begangen hat, deren Ihr sie beschuldigt, so soll sie bestraft werden."

„Sie ist bestraft."

„Und wer hat sie bestraft?"

„Wir."

„Sie ist im Gefängnis?"

„Sie ist tot."

„Tot!" wiederholte der Kardinal, der nicht an das glauben konnte, was er hörte. „Habt Ihr nicht gesagt, sie sei tot?"

„Dreimal versuchte sie es, mich zu töten, und ich verzieh ihr. Sie mordete aber eine Frau, die ich liebte. Da nahmen meine Freunde und ich sie gefangen, hielten Gericht und verurteilten sie."

D'Artagnan erzählte nun von der Vergiftung von Madame Bonacieux im Kloster der Karmeliterinnen in Bethune, dem Gericht in dem einsamen Haus und der Hinrichtung am Ufer der Lys. Ein Schauer überlief den Kardinal und doch erschauerte der Kardinal sonst nicht so leicht.

Aber als ob sich plötzlich ein Gedanke seiner bemächtigte, erhellte sich allmählich das bisher so düstere Antlitz des Kardinals und strahlte die vollkommenste Ruhe aus.

„Ihr habt euch also", sprach er mit einer Stimme, deren Weichheit in seltsamem Widerspruch zu der Strenge der

Worte stand, „ihr habt euch also zu Richtern aufgeworfen, ohne zu überlegen, daß diejenigen, die strafen und nicht den Auftrag dazu haben, Mörder sind?"

„Monseigneur, ich schwöre, daß ich nicht einen Augenblick die Absicht gehabt habe, meinen Kopf gegen Euch zu verteidigen. Ich werde mich der Strafe unterziehen, die Eure Eminenz über mich ausspricht. Ich hänge nicht so sehr am Leben, daß ich den Tod fürchten sollte."

„Ja, ich weiß es, Ihr seid ein beherzter Mann", sprach der Kardinal beinahe zärtlich; „ich kann Euch also im voraus sagen, daß man Gericht über Euch halten, ja sogar Euch verurteilen wird."

„Ein anderer könnte Eurer Eminenz entgegnen, er habe seine Begnadigung in der Tasche. Ich aber begnüge mich zu antworten: Befehlt, Monseigneur, ich bin bereit."

„Eure Begnadigung?" fragte Richelieu erstaunt.

„Ja, Monseigneur", erwiderte d'Artagnan.

„Und von wem unterzeichnet? Vom König?"

Der Kardinal sprach diese Worte mit einem eigentümlichen Ausdruck der Verachtung.

„Nein, von Eurer Eminenz."

„Von mir? Ihr seid ein Narr, mein Herr."

„Monseigneur wird ohne Zweifel seine Handschrift erkennen."

Bei diesen Worten übereichte d'Artagnan dem Kardinal das kostbare Papier, das Athos Mylady entrissen und d'Artagnan übergeben hatte, dem es als Schutzwehr dienen sollte.

Seine Eminenz nahm es und las es langsam und mit starker Betonung jeder einzelnen Silbe.

„Auf meinen Befehl und zum Wohl des Staates hat der Träger des Gegenwärtigen getan, was er getan hat.

Gegeben im Lager von La Rochelle,
den 3. August 1628. Richelieu"

Der Kardinal versank in tiefes Nachdenken, nachdem er das Papier gelesen hatte, gab es aber d'Artagnan nicht zurück.

„Er überlegt, durch welche Strafe er mich ins Jenseits befördern soll", sagte der Gascogner ganz leise zu sich selbst. „Gut, er soll sehen, wie ein Edelmann stirbt."

Der junge Musketier war in der besten Verfassung, um heldenmütig aus der Welt zu scheiden.

Richelieu dachte immer noch nach, rollte das Papier in seiner Hand zusammen und rollte es wieder auseinander. Dann schaute er auf und richtete seinen Adlerblick auf diese redlichen, offenen, gescheiten Züge, auf dieses infolge der seit einem Monat ausgestandenen Leiden, von Tränen durchfurchte Antlitz, und dachte zum dritten- und viertenmal, wieviel Aussichten dieser junge Mensch von zwanzig Jahren für die Zukunft vor sich hatte, und welche Hilfsmittel seine Tätigkeit, sein Mut und sein Geist einem guten Herrn bieten konnten.

Andererseits hatten ihn die Verbrechen, die Macht, der höllische Erfindungsgeist Myladys mehr als einmal in Schrecken gesetzt. Er fühlte etwas wie eine geheime Freude darüber, daß er für immer von dieser gefährlichen Komplizin befreit war.

Langsam zerriß er das Papier, das ihm d'Artagnan so edelmütig übergeben hatte.

„Ich bin verloren", sprach d'Artagnan zu sich selbst.

Und er verbeugte sich tief vor dem Kardinal, wie ein Mensch, der da sagt: „Gnädiger Herr, Euer Wille geschehe."

Der Kardinal trat an den Tisch, schrieb, ohne sich zu setzen, ein paar Zeilen auf ein Pergament, das zu zwei Dritteln bereits vollgeschrieben war, und drückte sein Siegel darunter.

„Das ist meine Verurteilung", dachte d'Artagnan, „er er-

spart mir die Unannehmlichkeiten der Bastille und den langsamen Gang des Gerichts. Ich finde das noch sehr liebenswürdig von ihm."

„Nehmt", sprach der Kardinal zu dem jungen Mann, „ich habe Euch eine Blankovollmacht genommen und gebe Euch eine andere. Der Name fehlt auf diesem Patent, Ihr werdet ihn selbst eintragen."

D'Artagnan ergriff das Papier zögernd und warf einen Blick darauf.

Es war eine Leutnantsstelle bei den Musketieren.

D'Artagnan fiel dem Kardinal zu Füßen.

„Monseigneur", rief er, „mein Leben gehört von nun an Euch, verfügt darüber. Aber ich verdiene die Gunst nicht, die Ihr mir bewilligt; ich habe drei Freunde, die würdiger..."

„Ihr seid ein braver Junge, d'Artagnan", unterbrach ihn der Kardinal und klopfte ihn, entzückt, diese widerspenstige Natur besiegt zu haben, vertraulich auf die Schulter: „Macht mit diesem Patent was Ihr wollt. Nur erinnert Euch, daß, obwohl der Name nicht eingetragen ist, ich es Euch gebe."

„Ich werde es nie vergessen", antwortete d'Artagnan, „Eure Eminenz darf dessen sicher sein."

Der Kardinal wandte sich um und rief mit lauter Stimme: „Rochefort".

Der Graf hatte sich ohne Zweifel an der Tür aufgehalten und trat sofort ein.

„Rochefort", sagte der Kardinal, „Ihr seht hier Herrn d'Artagnan, ich nehme ihn unter die Zahl meiner Freunde auf. Man umarme ihn also und sei vernünftig, wenn man sein Leben liebt!"

Rochefort und d'Artagnan küßten sich mit dem Rand ihrer Lippen. Der Kardinal aber war da und beobachtete sie wachsam.

Sie verließen zu gleicher Zeit das Zimmer.

„Wir treffen uns wieder, nicht wahr, mein Herr?"

„Wann es Euch beliebt", sagte d'Artagnan.

„Die Gelegenheit wird sich finden", erwiderte Rochefort.

„Was da?" brummte der Kardinal, die Tür öffnend.

Die Männer lächelten sich zu, drückten sich die Hand und verbeugten sich vor Seiner Eminenz.

„Wir fingen an, unruhig zu werden", sprach Athos, als der Musketier zurückkam.

„Hier bin ich, meine Freunde", antwortete d'Artagnan.

„Frei?"

„Nicht allein frei, sondern in Gunst."

„Ihr werdet uns das erzählen."

„Noch heute abend. Doch für diesen Augenblick trennen wir uns."

D'Artagnan begab sich wirklich noch am gleichen

Abend in die Wohnung von Athos, den er im besten Zug fand, seine Flasche Wein zu leeren, ein Geschäft, dem er gewissenhaft jeden Abend nachging.

Er erzählte seinem Freund, was zwischen ihm und dem Kardinal vorgefallen war, zog sein Patent aus der Tasche und sprach:

„Nehmt, mein lieber Athos, was Euch ganz selbstverständlich zukommt."

Athos lächelte in seiner sanften, liebenswürdigen Art und erwiderte:

„Freund, für Athos ist es zuviel, für den Grafen de la Fère ist es zuwenig. Behaltet dieses Patent, es gehört Euch. Ach, Ihr habt es teuer genug bezahlen müssen."

D'Artagnan entfernte sich aus Athos' Zimmer und trat bei Porthos ein.

Er traf ihn in einem prächtigen, mit glänzenden Stickereien bedeckten Rock, wie er sich eben im Spiegel betrachtete.

„Aha!" rief Porthos, „Ihr seid es, lieber Freund. Wie findet Ihr, daß mir dieser Rock steht?"

„Ausgezeichnet", sprach d'Artagnan; „doch ich komme, um Euch einen Rock anzutragen, der Euch noch viel besser stehen wird."

„Welchen?"

„Die Uniform eines Musketierleutnants."

D'Artagnan erzählte Porthos sein Gespräch mit dem Kardinal, zog das Patent aus der Tasche und sagte:

„Nehmt, mein Lieber, schreibt Euren Namen darauf und seid ein guter Chef für mich."

Porthos warf einen Blick auf das Patent und gab es zum großen Erstaunen des jungen Mannes zurück.

„Ja", sprach er, „das würde mir sehr schmeicheln, aber ich könnte diese Gunst nicht lange genug genießen. Während unseres Zuges nach Bethune ist der Gatte meiner Herzogin gestorben, und da mir die Kasse des Verblichenen die Hand reicht, so heirate ich die Witwe. Seht, ich habe soeben meinen Hochzeitsanzug probiert. Behaltet das Patent, mein Lieber, behaltet es."

Und er legte es d'Artagnan wieder in die Hände.

Der junge Mann begab sich zu Aramis.

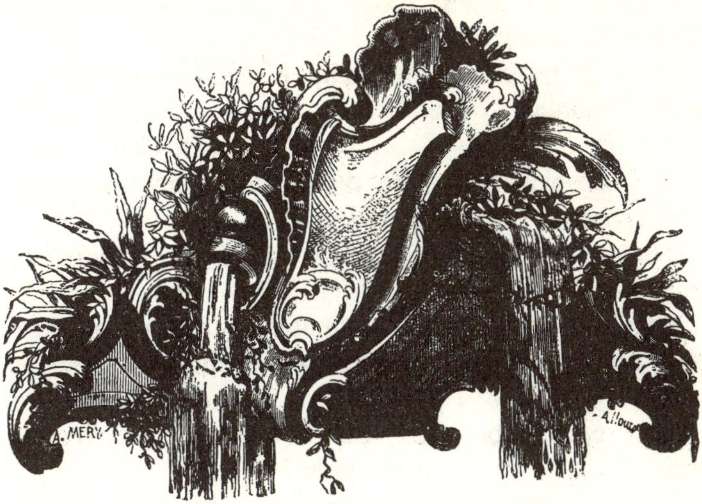

Er fand ihn vor einem Betpult kniend, seine Stirn auf ein Andachtsbuch gestützt.

D'Artagnan erzählte ihm seine Zusammenkunft mit dem Kardinal, zog sein Patent zum drittenmal aus der Tasche und sprach:

„Ihr, unser Freund, unser Licht, unser unsichtbarer Beschützer empfangt dieses Patent. Ihr habt es mehr als jeder andere durch Eure Weisheit und Eure stets von gutem Erfolg begleiteten Ratschläge verdient.

„Ach, teurer Freund", erwiderte Aramis, „unsere letzten Abenteuer haben mir einen vollständigen Widerwillen gegen das Soldatenleben eingeflößt. Diesmal steht mein Entschluß unwiderruflich fest. Nach der Belagerung trete ich bei den Lazaristen ein. Behaltet dieses Patent, d'Artagnan. Das Waffenhandwerk sagt Euch zu. Ihr werdet auch noch ein kühner und verwegener Kapitän werden."

Das Auge feucht von Dankbarkeit, strahlend vor Freude kehrte d'Artagnan zu Athos zurück, den er immer noch am

Tisch fand, wo er sein letztes Glas Malaga beim Schein einer Lampe beäugelte.

„Auch sie haben mich zurückgewiesen“, sagte er.

„Ganz einfach, lieber Freund, keiner war würdiger als Ihr.“

Er nahm eine Feder, schrieb in das Patent den Namen d'Artagnan und gab es ihm zurück.

„Ich werde also keine Freunde mehr haben“, sprach der junge Mann. „Ach, nichts mehr als bittere Erinnerungen.“

Und er vergrub seinen Kopf in beiden Händen, während zwei Tränen an seinen Wangen herabrollten.

„Ihr seid noch jung“, erwiderte Athos, „und Eure bitteren Erinnerungen haben Zeit, sich in süße Erinnerungen zu verwandeln.“

Ausblick

Ohne Hilfe der englischen Flotte und des von Buckingham versprochenen Eingreifens beraubt, ergab sich La Rochelle nach einjähriger Belagerung. Am 25. Oktober 1628 unterzeichnete man seine Kapitulation.

Der König hielt am 23. Dezember seinen Einzug in Paris. Man bereitete ihm einen Triumph, als ob er den Feind und nicht Franzosen besiegt hätte. Er hielt seinen Einzug unter Bogen von grünem Laubwerk durch das Faubourg Saint-Jacques.

D'Artagnan nahm Besitz von seinem Rang. Porthos verließ den Dienst und heiratete im Verlauf des folgenden Jahres Madame Coquenard. Die so schmerzlich ersehnte Kiste enthielt achthunderttausend Livres.

Mousqueton trug eine prächtige Livree und genoß die Befriedigung, nach der er sein ganzes Leben getrachtet hatte, nämlich hinter einer vergoldeten Karosse stehen zu dürfen.

Aramis verschwand plötzlich nach einer Reise ins

Lothringische und schrieb seinen Freunden nicht mehr. Man erfuhr später durch Frau von Chevreuse, die es zwei oder dreien ihrer Liebhaber mitteilte, daß er in ein Kloster in Nancy eingetreten war.

Bazin wurde Laienbruder.

Athos blieb unter d'Artagnans Befehl Musketier bis zum Jahre 1633, wo er, nach einer Reise in die Touraine, unter dem Vorwand, im Roussillon eine kleine Erbschaft gemacht zu haben, ebenfalls quittierte.

Grimaud folgte Athos.

D'Artagnan schlug sich dreimal mit Rochefort und verwundete ihn dreimal.

„Ich werde Euch wahrscheinlich das vierte Mal töten", sagte er zu ihm und reichte ihm die Hand, um ihn aufzuheben.

„Es ist also besser für Euch und für mich, wir belassen es hierbei", antwortete der Verwundete. „Zum Henker, ich meine es besser mit Euch, als Ihr vielleicht glaubt, denn bei unserem ersten Zusammentreffen brauchte ich nur ein Wort zu dem Kardinal sagen, und man hätte Euch den Hals abgeschnitten."

Sie umarmten sich, aber diesmal freiwillig und ohne einen Hintergedanken.

Planchet erhielt von Rochefort eine Sergeantenstelle im Regiment Piemont.

Herr Bonacieux lebte in vollkommener Ruhe, wußte durchaus nicht, was aus seiner Frau geworden war, und kümmerte sich auch nicht darum. Eines Tages hatte er die Unklugheit, sich dem Kardinal ins Gedächtnis zurückzurufen. Der Kardinal ließ ihm antworten, er werde dafür sorgen, daß es ihm in Zukunft niemals an etwas fehlen solle.

Am anderen Tage ging Herr Bonacieux wirklich abends um sieben Uhr aus, um sich in den Louvre zu begeben, und erschien seitdem nie mehr in der Rue des Fossoyeurs. Die Meinung derjenigen, die sich für sehr gut unterrichtet hielten, ging dahin, daß er in irgendeinem königlichen Schloß auf Kosten Seiner freigebigen Eminenz freie Kost und Logis genieße.

Anzeigen des Verlags

SONDERAUSGABEN

Konfuzius

Gespräche (Lun Yü)

240 Seiten
Gebunden
Schutzumschlag
Format:
11,8 x 18,5 cm

ISBN 3-88400-136-1
€ 5,00

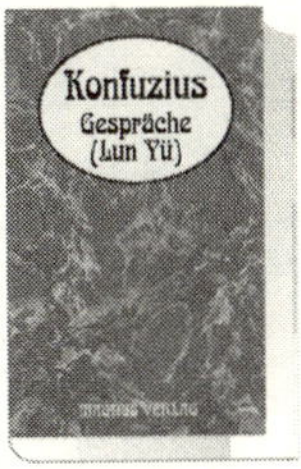

Marc Aurel

Selbstbetrachtungen

192 Seiten
Gebunden
Schutzumschlag
Format:
11,8 x 18,5 cm

ISBN 3-88400-137-X
€ 5,00

Balthazar Gracian

Handorakel und die Kunst der Weltklugheit

192 Seiten
Gebunden
Schutzumschlag
Format:
11,8 x 18,5 cm

ISBN 3-88400-138-8
€ 5,00

Konfuzius (ca. 551 – 479 v. Chr.) hat die chinesische Kultur und die chinesische Welt- und Staatsauffassung über 2.500 Jahre bestimmt. Seine Lehre beruht auf einer Hochschätzung und Verehrung der Ahnen: Die unserer Neuausgabe zugrunde liegende Übersetzung von James Legge gilt nach wie vor als die philologisch beste.
Durch zahlreiche Erläuterungen und Anregungen zur Interpretation wird der Text auch dem nicht so bewanderten Leser zugänglich gemacht.

Die „Selbstbetrachtungen" des römischen Kaisers Marc Aurel (121-180 n. Chr.), sind eine leicht fassliche Einführung in die Philosophie der Stoa. Zu den stoischen Tugenden werden Tapferkeit, seelische Unerschütterlichkeit, Pflichttreue, Genügsamkeit und Friedensliebe gezählt. Aus seiner Sicht konsequent führte Marc Aurel sein Bekenntnis zu den Pflichten des Einzelnen gegenüber der menschlichen Gesellschaft zu einer Ablehnung des Verhaltens der antiken Christen als einer Auflehnung gegen die Staatsgewalt.

Das Handorakel des Balthazar Gracian (1601-1658), eine Sammlung von 3000 Weisheiten, Merksprüchen und praktischen Verhaltensregeln, war eines der weitverbreitesten Werke des 17. und 18. Jahrhunderts. Das Werk, das die Erkenntnis des guten Geschmacks und das Bewusstsein der Weltklugheit förderte, war kein leichtsinniger Ratgeber, sondern bot eine moralische Herausforderung, die ganz aktuelle Bezüge zu unserem modernen Karrieredenken hat.

Niccolo Machiavelli

Der Fürst (Il principe)

152 Seiten
Gebunden
Schutzumschlag
Format:
11,8 x 18,5 cm

ISBN 3-88400-139-6
€ 5,00

Arthur Schopenhauer

Aphorismen zur Lebensweisheit

256 Seiten
Gebunden
Schutzumschlag
Format:
11,8 x 18,5 cm

ISBN 3-88400-140-X
€ 5,00

Friedrich Nietzsche

Also sprach Zarathustra

304 Seiten
Gebunden
Schutzumschlag
Format:
11,8 x 18,5 cm

ISBN 3-88400-141-8
€ 5,00

Das wichtigste Werk Machiavellis (1469-1527) liegt hier neu in deutscher Übersetzung vor. Gegenstand seiner Schriften ist die theoretisch fundierte Untersuchung der als unzureichend beurteilten politischen Praxis: Der Philosoph befasst sich mit der Staatsform der Fürstentümer und verkündet als Ziel die Erhaltung des Fürsten – nicht die des Vaterlandes; der Fürst muß mehr gefürchtet als geliebt werden; vor allem darf er sich nicht verhasst oder verächtlich machen. Die hier vertretenen Gedanken einer berechtigten Anwendung von Gewalt werden bis in die heutige Zeit kontrovers diskutiert.

Nach der Ausgabe letzter Hand herausgegeben von K. Bock.
Als schwer zugänglich erweist sich das Werk des Philosophen Arthur Schopenhauer (1788-1860). In dieser umfassend kommentierten Neuausgabe seiner „Aphorismen" (1851) lernen wir den Philosophen von einer anderen Seite kennen: Er legt hier anhand von zahlreichen konkreten und lebensnahen Beispielen seine pessimistischen Thesen vom Wesen der Welt dar.

Nietzsche (1844-1890) verstand seinen Zarathustra immer als Sprachkunstwerk, dessen Leistung ihn neben Luther und Goethe stellen sollte. Philosophisch behandelt die Schrift die Begriffe „Übermensch" und „Ewige Wiederkehr", die, zunächst im Widerstreit erscheinend, später durch den Begriff des Lebens in Einklang gebracht werden. Leider wurde gerade der Begriff des „Übermenschen" durch Fehlinterpretationen und bruchstückhafte Zitate von späteren Generationen missverstanden und Nietzsche einmal mehr missbraucht.
Eine Einführung in Leben und Werk wurde vorangestellt.